RALF H. DORWEILER

Die Uhrmacher der Königin

Weitere Titel des Autors:

Der Pakt der Flößer
Das Geheimnis des Glasbläsers
Der Gesang der Bienen
Die Gabe der Sattlerin

Über den Autor:

Ralf H. Dorweiler wurde 1973 in der Nähe der Loreley geboren. Nach dem Studium der Theater-, Film- und Fernsehwissenschaft in Köln zog es ihn in den Südschwarzwald. Dort arbeitete er als Redakteur für eine große Tageszeitung und schrieb parallel zahlreiche Bücher. Seine groß angelegten Historischen Romane stellen stets das Leben einfacher Leute in den Mittelpunkt, die vom Schicksal gezwungen werden, über sich hinauszuwachsen. Dabei treffen sie auf bedeutende historische Persönlichkeiten ihrer Zeit. Mittlerweile widmet sich Ralf H. Dorweiler in Bad Pyrmont ausschließlich der Schriftstellerei. Er ist verheiratet und Vater eines Sohnes.

Ralf H. Dorweiler

Die UHRMACHER der KÖNIGIN

Historischer
Roman

lübbe

Dieser Titel ist auch als E-Book erschienen.

Vollständige Taschenbuchausgabe
Originalausgabe

Dieses Werk wurde vermittelt durch die
Literarische Agentur Thomas Schlück GmbH, 30161 Hannover.

Copyright © 2022 by Bastei Lübbe AG, Köln
Textredaktion: Dr. Ulrike Brandt-Schwarze, Bonn
Titelillustration: © Photo by John MacVicar Anderson/Fine Art Photographic/
Getty Images | © Martin Bergsma/shutterstock.com
Umschlaggestaltung: ZERO Werbeagentur, München
Motiv im Innenteil: © Inna Kharlamova/shutterstock.com
Satz: hanseatenSatz-bremen, Bremen
Gesetzt aus der Adobe Garamond Pro
Druck und Verarbeitung: GGP Media GmbH, Pößneck
Printed in Germany
ISBN 978-3-404-18509-2

2 4 5 3 1

Sie finden uns im Internet unter luebbe.de
Bitte beachten Sie auch: lesejury.de

PERSONENVERZEICHNIS

In der folgenden Liste sind die wichtigsten handelnden Figuren aufgeführt. Historische Persönlichkeiten sind mit einem * markiert.

St. Märgen, Schwarzwald
Hermann Faller, Bauer
Martha, seine Frau
August, ihr ältester Sohn
Johannes, ihr zweitältester Sohn
Ernst, ihr jüngster Sohn
Liesbeth, ihre älteste Tochter
Erika, ihre zweitälteste Tochter
Auguste, Augusts Frau
Elsa, Magd
Ida, uneheliche Tochter von Hermann Faller mit der Magd Elsa

Berthold Armbruster, Sohn des Armbruster-Bauern
* Andreas Löffler, Sohn des Rankhof-Bauern, Freund von August
Viktor Schwär, Schulfreund von Johannes
Hedwig Krumm, Schulfreundin von Johannes
Erhard Mark, Freund von Johannes
* Lorenz Mark, Onkel von Erhard Mark, Uhrmacher
* Egidius Riesle, Feind von Johannes
* Martin Riesle, sein Vater
* Urban Heim, Lehrer
* Joseph Lickert, Bürgermeister
Sebastian Weber, Amtmann
Prosper Emanuel Keller, Uhrenhändler aus Edinburgh

ENGLAND
Kensington Palace
* Victoria (gen. Drina), Prinzessin Alexandrina Victoria von Kent
* Marie Louise Victoire von Sachsen-Coburg-Saalfeld, Herzogin von Kent, ihre Mutter
* Sir John Conroy, Vertrauter und Berater von Victorias Mutter
* Mary Stopford, Hausdame von Victorias Mutter
* Baroness Johanna Clara Luise Lehzen, Victorias Vertraute und Hauslehrerin

Hastings
Sophia Carpenter
Emma Carpenter, ihre Mutter
Etienne Légat, französischer Gentleman
Lady Ann, Hausherrin in Hughes House
William, ihr kleiner Sohn
Mister Wilson, Butler
Miss Webster, Hausdame bei Lady Ann

London
* Andreas Schwär, Uhrenhändler
Erich Wagner, Verkäufer im Laden von Andreas Schwär
Emily Wagner, dessen Frau
Phillip Schmid (gen. Flip), Uhrenbauer
Oliver Strittmatter, angestellter Uhrenhausierer bei Andreas Schwär
Bobby, Mann fürs Grobe im Uhrenladen Schwär

Jim Highman, Inhaber eines Möbelgroßhandels
Abigail, seine Tochter

Agatha Libberfield, erste Vermieterin von Sophia
Mr. Riley, Betreiber der Wäscherei Riley
Jennifer Larkins (gen. Jenny), Freundin von Sophia

* John Francis, Tabakwarenhändler
Hans Walter Richter, protestantischer Goldschmied
* Eckhard Kleyser, Schwarzwälder Mitinhaber des Uhrenladens Kleyser and Burger
* Edward John Dent, Uhrmacher
Everett Smith, Diener am Empfang in dessen Uhrenladen
Ebenezer Godfield, Klavierhändler in London
* Henry Fowler Broadwood, Klavierfabrikant
* Juliana Maria Broadwood, seine Frau

BUCKINGHAM PALACE
* Victoria, eigentlich Alexandrina Victoria von Kent, Königin des Vereinigten Königreichs Großbritannien und Irland
* Albert von Sachsen-Coburg und Gotha, Prinzgemahl
* Victoria Adelaide Mary Louisa, Prinzessin von Großbritannien und Irland (gen. Vicky), ihre Tochter
* Albert Edward (gen. Bertie), ihr Sohn, Kronprinz
* Baroness Sarah Lyttleton, Hofdame Victorias
* Lady Charlotte Canning, Kammerfrau Victorias
* Marianne Skerrett, Ankleidedame der Königin
* Louisa Southey, Leiterin der Nursery bei Queen Victoria
* Mistress Roberts, oberste Kinderfrau
Emely, Kindermädchen
* Ernst August, Duke of Cumberland and Teviotdale, König von Hannover und Onkel Victorias
* Doctor Clark, Arzt im Buckingham Palace
* Charles Elmé Francatelli, oberster Koch Ihrer Majestät
* Franz Xaver Winterhalter, deutscher Fürstenmaler
* Hermann Fidel Winterhalter, Kunstmaler, sein jüngerer Bruder

INHALT

»Wir müssen mit der Zeit fortschreiten,
oder die Zeit schleppt uns fort.
Glücklich ist der, der willig fortgeht.«

Johann Gottfried von Herder (1744–1803)

DER AUFZUG

Der Aufzug bringt das Räderwerk ans Laufen. Durch das Aufziehen erhält ein Uhrwerk die Energie, die es benötigt, die nachfolgenden Baugruppen in Bewegung zu setzen und somit die Zeit überhaupt messen und anzeigen zu können. Die alten Schwarzwalduhren besitzen meist Tageswerke aus Holz, die einen täglichen Aufzug benötigen. Dafür zieht man die erst mit Schnüren und später mit Ketten befestigten Eisengewichte nach oben. Durch ihre Masse streben sie stets dem Boden entgegen. Andere Formen des Aufzugs funktionieren etwa mit Schlüsseln, die zu drehen sind und so Energie ins Uhrwerk bringen.

 KAPITEL 1

»Die Zeit hat keinen Anfang und kein Ende. Das Leben eines Menschen wiegt in der Ewigkeit nicht mehr als eine Nadel im Tannenwald.«

Die Kanzel knarrte, als der Pfarrer sein nicht unerhebliches Gewicht gegen die vordere Brüstung warf und mit ausgestreckten Armen über seiner Gemeinde einen riesenhaften Kreis in die staubige Kirchenluft malte.

»Gottes Kinder erblicken das Licht der Welt, wachsen auf, reifen heran zu einem Jüngling oder einer jungen Frau«, fuhr der Geistliche inbrünstig fort. »Sie gründen Familien, ziehen ihre Nachkommen auf und pflegen die Alten, spüren mit den Jahren selbst die Kräfte schwinden, bevor der Tod sie unausweichlich vor unseren Herrn und Richter führt.« Er sog tief die Luft ein und ergänzte bewegt: »Wie viel Zeit jedem einzelnen Menschen bleibt, um seine gottgefälligen Spuren auf Erden zu hinterlassen, steht einzig auf einer himmlischen Tafel angeschrieben.«

Johannes folgte mit seinem Blick dem in die Luft weisenden Zeigefinger des Pfarrers und besah sich die farbenprächtigen Deckengemälde im Kirchenschiff, die biblische Szenen darstellten. Es sah aus, als blicke man durch die goldenen Rahmen direkt in das himmlische Reich der Engel.

Ein Schlag gegen den Hinterkopf riss ihn aus seinen Betrachtungen. Sein älterer Bruder August forderte ihn mit einem Nicken seines runden Kopfes in Richtung Kanzel auf, gefälligst dem Pfarrer zuzuhören. Ihre älteren Schwestern Liesbeth und Erika hingen andächtig an dessen Lippen.

Johannes wandte sich wieder zur Seite. Vorher hatte der Pfarrer noch in einer fremden Sprache gesprochen und gesungen – Latein. Jetzt redete er auf Deutsch. Johannes verstand zwar die meisten Worte, aber der Sinn erschloss sich ihm nicht. Dafür war er noch zu klein mit seinen fast fünf Jahren.

Wenn Johannes den Vater mit den Pferden in den Wald begleiten wollte, winkte der stets ab. Spielte er mit den Rädern, Ketten und Zapfen der bunten Uhren in der Werkstatt, schickte man ihn fort. Wollte er am Abend mit den Geschwistern oder den Katzen in der Kammer toben, brachte die Mutter ihn als jüngstes Kind des Fallerhofs zuerst ins Bett. Er wäre noch zu jung, hieß es immer. Johannes konnte es kaum abwarten, endlich groß zu sein. Darum aß er brav das Sauerkraut, obwohl es ihm bei jedem Bissen den Mund zusammenzog. Er ließ auf seinem Teller keinen Spinat übrig, auch wenn er ihn für sich »Iiiih-nat« nannte. Sogar die Blutsuppe, die es nach dem Schlachten gab, löffelte er aus, obwohl sie auf seinem Gaumen ein ekelhaft pelziges Gefühl hinterließ. Aber die Mutter sagte, das mache ihn groß und stark.

»Der Sensenmann wartet überall und jederzeit auf die, die er mit sich nehmen möchte«, rief der Pfarrer mahnend. »Er lauert am morschen Ast eines Kirschbaums, weist Kindern im Wald den Weg zu bunten Pilzen oder verbreitet mit seinem unbarmherzigen Atem einen Husten, der die Schwachen dahinrafft.«

Der Geistliche sah aus wie ein übersättigter Waldkauz, der unter eine weite Robe geschlüpft war, fand Johannes. Die aufgerissenen Augen und die buschigen schwarzen Brauen, die über ihnen tanzten, ließen ihm den Mann ein bisschen unheimlich erscheinen. Er drückte sich näher an den Vater heran.

Normalerweise hätte der Junge solche Gedanken schnell wieder vergessen, aber Johannes sollte sich auch noch viele Jahre später gut an diesen Sonntagmorgen in der Kirche erinnern. Der Grund dafür war, dass just in diesem Moment das Hauptportal aufgerissen wurde. Ein kühler Luftzug drang herein und kündigte Unheil an. Der Pfarrer schaute verärgert durch den Mittelgang. Die Köpfe der Gemeinde folgten seinem Blick.

»Hochwürden!«, keuchte eine atemlose Frauenstimme durch das Gotteshaus. Johannes erkannte sie. Er musste aber mit den Knien auf die Kirchenbank klettern, um an einer alten Frau vorbei zur Tür sehen zu können. Umgeben von kühlem Licht stand dort Elsa, die neue Magd des Fallerhofs. Ihr stoßweiser Atem bildete in der kalten Luft weiße Dunstwölkchen.

»Was soll das, Weib?«, polterte der Pfarrer.

Johannes' Vater sprang alarmiert auf.

»Es muss etwas mit Martha sein, Hochwürden«, rief die alte Rita. Die Frau wohnte zwei Höfe weiter als Johannes' Familie.

»Was ist los, Elsa, sprich!«, befahl der Vater. Johannes hatte ihn selten so ernst gesehen. Seine riesigen starken Hände zitterten vor Anspannung.

Die junge Magd stolperte vor auf den Mittelgang. »Es ist die Frau Martha. Sie schreit vor Schmerzen. Ich weiß nicht, was ich tun soll. Ich glaube, das Kind kommt!«

»Schon? Es ist doch noch viel zu früh«, murmelte die alte Rita in die Stille hinein. Aufgeregtes Gemurmel setzte ein.

»Komm schnell mit, Rita«, rief der Vater. Er wandte sich zum Pfarrer, der ihm winkte, dass er sich entfernen dürfe, dann hob er Johannes auf den Arm und eilte mit ihm hinaus.

An den Vater gedrückt, weinte Johannes, weil er nicht verstand, was geschah. Durch den Tränenschleier sah er, dass weitere Dorfbewohner aus der Kirche strömten. August rannte kurz hinter dem Vater, gefolgt von Liesbeth und Erika. Zwei Männer führten die alte Rita zu einem Fuhrwerk. Dahinter drängten weitere Menschen aus der Kirche. Ob sie ihnen nachkamen oder nur zusahen, konnte Johannes nicht mehr erkennen, weil der Vater am Ende der Friedhofsmauer angelangt war und zu ihrem Hof abbog.

Johannes wurde auf dem Arm des Vaters völlig durchgeschüttelt, bis sie endlich an ihrem Ziel ankamen. Fast gleichzeitig mit ihnen erreichte ein Pferdewagen den Fallerhof. Die beiden Männer mit der alten Rita und die Magd Elsa saßen darin. Elsas lange blonde Zöpfe flogen hin und her. Johannes' Geschwister waren dahinter auch schon zu sehen.

Der Vater ließ seinen verunsicherten Jüngsten in der Diele zurück und rannte die Treppe hinauf. Die alte Rita, die dem halben Dorf auf die Welt geholfen hatte, folgte ihm schwerfällig. Von oben war gedämpftes Klagen zu hören. Als die Tür zur Schlafkammer der Eltern kurz geöffnet wurde, erkannte Johannes die Stimme der Mutter.

Die hohe, dünne Standuhr in der Diele knackte und setzte einen Glockenschlag ab. Der große Zeiger wies nach unten zur sechs, der kleine auf die zehn. Es war noch früh. Nur Momente später fielen auch in der Kammer mehrere Uhren in das Konzert ein.

»Steh nicht im Weg herum!«, sagte einer der Männer und schob Johannes zur Seite. Schließlich erschien Liesbeth. Die große Schwester nahm ihn an der Hand und führte ihn in die Küche. Sie schmierte ihm ein Butterbrot und tröstete ihn. Als er sie fragte, warum die Mutter so schreie, antwortete sie: »Weil wir ein neues Geschwisterchen bekommen. Das weißt du doch.«

»Ich will aber eine kleine Katze«, sagte Johannes.

Liesbeth streichelte ihm lächelnd über den Kopf.

Laute gequälte Schreie wechselten sich ab mit Phasen nervöser Ruhe. In der Küche wurde ein großer Topf Wasser abgekocht, ein Arzt kam, verließ den Hof bald aber wieder. Zwei Frauen wurden aus St. Peter hergebracht. Fremde Leute gingen ein und aus, brachten Essen oder setzten sich einfach in die Stube, um nachzuhören, ob sie helfen könnten. Der Vater tauchte ab und zu kurz auf. Er roch nach Schweiß und scharfem Schnaps und verteilte an Elsa und manchmal an die Gäste Aufgaben, bevor er wieder die Treppe hinaufpolterte.

Je länger dies alles andauerte, desto unruhiger wurden die Erwachsenen und auch Johannes' Schwestern. Nur August blieb ruhig. Er saß auf der Bank am Kachelofen und schnitzte ein Pferd. Johannes fand, dass es eher wie eine Kuh aussah, behielt das aber für sich. August wurde schnell wütend und boxte ihn dann.

Kamen Erwachsene in die Stube, lobten sie Augusts Schnitzkünste zwar lautstark, flüsterten aber nur noch, wenn die Rede auf die anstehende Geburt kam. So auch die Armbruster-Bäuerin, die am Nachmittag einen frischen Hefezopf brachte. Obwohl das duftende Gebäck zu Johannes' Leibspeisen zählte, konnte er es heute nicht genießen. Denn der Kampf ein Stockwerk über ihnen schien kein Ende finden zu wollen.

Johannes fragte mehrfach, ob er die Mutter besuchen könne, aber die Nachbarinnen schüttelten nur mit dem Kopf. Da half auch kein Betteln und kein Weinen. Dabei wollte er nur nachsehen, ob es wirklich die Mutter war, die solch schreckliche, heisere Schreie von sich gab. Die Laute erinnerten ihn eher an ein Tier.

»Alles wird gut«, sagte eine der Frauen und drückte Johannes an ihren weichen, warmen Körper.

Es begann schon zu dämmern, als ein schwacher Schrei der Mutter ertönte, der wie ein trockenes Herbstblatt vom Ast fiel. Über ihnen waren schnelle Schritte und Getöse zu vernehmen. Aufgeregte Stimmen erklangen, dann wurde alles still.

»Sie holen es«, flüsterte die Nachbarin. Das Ticken der Uhren war auf einmal deutlich zu hören, als wäre es der einzige Laut auf der Welt. Und doch warteten alle in der Stube auf einen anderen Klang. Die Erwachsenen starrten ungeduldig an die verrauchte Decke.

»Es muss jetzt schreien«, stieß die Armbruster-Bäuerin tonlos hervor. »Bitte, Herr, lass das Kind schreien!«

Aber es blieb still. Mit jedem Ticken der Uhren wurden die Gesichter in der Stube länger. Die Anspannung wich der Verzweiflung. Eine Frau schüttelte traurig den Kopf. Johannes sah Tränen in Liesbeths Augen. Oben setzten erneut Geräusche ein. Langsame Schritte, eine kaum zu hörende Stimme, irgendein Gegenstand fiel dumpf zu Boden.

Doch dann war da noch etwas anderes: Ein leises Plärren setzte ein, das eher an ein quietschendes Holztor erinnerte als an einen Menschen. Auf jeden Fall klingt es nicht nach einer Katze, dachte Johannes enttäuscht.

Die Aufregung und erleichterte Freude der Älteren hatte Johannes angesteckt. Er konnte kaum schlafen in dieser Nacht. Er hatte einen neuen Bruder bekommen! Als die Kinder am nächsten Morgen zur Mutter durften, lag sie bleich und mit dunklen Ringen unter den Augen im Bett. Sie brachte ein kaum merkliches Lächeln zustande. Johannes wollte zu ihr klettern, aber Liesbeth hielt ihn zurück und hob ihn hoch.

Da konnte er den Bruder sehen: ein verschrumpeltes, rotes, winziges Ding in Mutters Arm. Zwei Augen, eine Nase, ein Mund, zwei Arme. Die Beine waren unter der Decke, aber er zweifelte nicht daran, dass es ebenfalls zwei waren. Alles an dem Bruder war winzig klein wie bei einer Stoffpuppe und wirkte zerbrechlich wie die feinsten hölzernen Zahnräder.

»Wie geht es dir, Mutter?«, fragte Liesbeth besorgt.

»Es geht ihr sicher bald wieder besser«, antwortete Vater für sie. »Jetzt brauchen die Mutter und der kleine Ernst erst einmal viel Ruhe.«

»Der kleine Ernst?«, fragte Johannes.

»Ernst. Auf diesen Namen wird dein Bruder getauft werden«, erklärte der Vater.

Die Mutter legte den Kopf zur Seite und lächelte das Neugeborene an. »Unser Ernst ist ein ganz besonderes Kind«, hauchte sie stolz.

Johannes hingegen war von dem Geschwisterchen ein wenig enttäuscht. Er hatte einen Bruder erwartet, mit dem er sich gegen August verbünden konnte, wenn der ihn wieder boxen wollte. Aber Ernst sah nicht aus, als könne er eine große Hilfe sein. Und dennoch spürte Johannes gleich, dass es eine Verbindung zwischen ihnen gab.

»Ich will dir ein guter Bruder sein«, sagte er zu dem winzigen Säugling.

August lachte. Die Mutter hingegen flüsterte: »Ich bin mir sicher, dass du das sein wirst.«

KAPITEL 2

St. Märgen, Mai 1824

Die Mutter hatte zwei Wochen gebraucht, um langsam wieder auf die Beine zu kommen. Tante Emma war für zehn Tage von ihrem Hof auf dem Thurner zu ihnen gezogen, um ihrer Schwester zu helfen. Es hatte einen weiteren Monat gedauert, bis die Mutter sich nicht mehr ständig setzen oder gar hinlegen musste. All ihre Kraft wendete sie für die Pflege des kränklichen Säuglings auf.

Die Erwachsenen sprachen oft darüber, wie schlecht es um Ernst stand. Oft behielt er die wenige Muttermilch, die er trank, nicht bei sich. Mehrfach wurde sein winziger Körper von hohem Fieber heimgesucht, das die Mutter mit kalten Umschlägen behandelte. Zu alledem war er außerordentlich still. In der Stube hörte man von oben zwar ständig die Schritte der Mutter auf dem Holzboden oder ein leises Singen, aber von dem Säugling war kaum einmal ein Ton zu hören. Johannes ging täglich ins Schlafzimmer der Eltern und kletterte auf eine Strebe der Krippe, um seinen kleinen Bruder anzusehen. Da lag das Bündel, eingewickelt in Lagen von Stoff, erstarrt und reglos wie eine Puppe.

»Es stimmt etwas nicht mit dem Kind«, murmelte eines Tages die alte Rita nach einem Besuch auf dem Weg nach draußen vor sich hin. Überhaupt schnappte Johannes mehrmals aus Gesprächen auf, dass sich die Leute fragten, wann der Herr seinen kleinen Bruder wohl zu sich hole.

»Zu sich holt?«, fragte sich Johannes. Aber Ernst gehörte doch jetzt hierher. Zu ihnen.

Es dauerte ein paar Tage, bis er die Redensart verstand. Ein Mann in schwarzer Kleidung ging von Hof zu Hof und verkündete, dass in der Nacht der Löffler-Senior vom Rankhof gestorben war. Das schien keinen der Erwachsenen zu überraschen. »Jetzt hat der Herrgott ihn zu sich geholt und von seinen Leiden erlöst«, sagte der Vater.

Johannes horchte auf. Wenn der Herr jemanden zu sich holte, bedeutete das also, dass dieser Mensch starb. Glaubten die Leute etwa auch, dass Ernst sterben würde? Der Gedanke, den gerade gewonnenen Bruder wieder zu verlieren, machte ihn traurig. Ohne ihn wäre er erneut der Kleinste.

Solange die Mutter sich um Ernst kümmern musste, übernahm Liesbeth als älteste Tochter viele Aufgaben im Haus. Und das machte sie so gut, dass die Eltern sie lobten. Das Essen kam pünktlich auf den Tisch und schmeckte meist sogar fein. Das Haus hielt sie mithilfe der Magd Elsa ordentlich und sauber, und gewaschene Kleider lagen, wenn nötig, zum Wechseln bereit. Aber auch die anderen Kinder halfen mit. Augusts Aufgabe war es, dem alten Knecht Wilhelm morgens vor der Schule im Stall zu helfen. Nach dem Unterricht rannte er in den Wald oder ins Sägewerk, um dem Vater und seinen Helfern Essen und Getränke zu bringen. Erika saß nachmittags entweder in der Stube und stopfte Strümpfe oder besserte andere Kleidung aus. Oft war sie auch in der Werkstatt und bemalte Uhrenschilde, die später als Zier vor die Uhrwerke montiert wurden. Malen konnte Erika gut. Johannes bewunderte ihre bunten Blüten.

Liesbeth kümmerte sich um Johannes, wenn die anderen in der Schule waren. Sie gab ihm kleine Aufgaben und erfand lustige Spiele. Manchmal nahm sie ihn auch mit zu Besorgungen. Ein paar Tage nach seinem fünften Geburtstag führte der Weg sie zum Armbruster-Bauern, um dort Erbsen und Lauchzwiebeln zu holen.

An einer Seite des Hofs befanden sich zwölf Verschläge, in denen flauschige Kaninchen Löwenzahn fraßen, wobei ihre Nasen beständig wackelten. Liesbeth trug Johannes auf, dort auf sie zu warten, und wandte sich in Richtung des Gartens. Johannes steckte einen Zeigefinger durch die Löcher zwischen dem Käfigdraht und lachte, wenn die Kaninchen kamen, um daran zu schnuppern. Nach einiger Zeit brachte ihm die Armbruster-Bäuerin ein Butterbrot und einen Becher Milch. Zufrieden setzte er sich auf die Bank neben den Käfigen und wartete in der Sonne auf die Schwester.

Wo blieb Liesbeth nur? Es kam ihm vor, als seien sie schon ewig auf dem Hof. Johannes stand auf und lief um das Haus herum. Da sah er sie. Sie und der älteste Armbruster-Sohn waren fast ganz vom Stamm eines Apfelbaums verdeckt. Johannes erkannte, dass der Junge ihre Hand hielt. Er sagte etwas, was Liesbeth zum Kichern brachte.

Als sie ihn bemerkten, ließ der Junge Liesbeths Hand sofort wieder los. Sie nahm die Körbe auf und lief zu ihrem Bruder. Ihre Wangen glänzten rot wie reife Äpfel in der Sonne.

»Ist das dein Liebling?«, fragte Johannes.

»Das ist Berthold«, antwortete Liesbeth und wechselte das Thema. »Haben dir die Kaninchen gefallen?«, fragte sie nur.

Johannes sollte den jungen Mann noch öfter sehen. Als Ende Juni das Strohdach des Fallerhofs ausgebessert wurde, gehörten zu den Helfern aus der Nachbarschaft auch der Armbruster-Bauer und sein Ältester. Dass Berthold dabei immer wieder Ausschau nach der bald sechzehnjährigen Liesbeth hielt – und die kaum eine Gelegenheit ausließ, von unten zu ihm hinaufzuschauen –, blieb auch den beiden Vätern nicht verborgen. Sie schienen nichts dagegen zu haben, denn sie schickten Berthold nach unten, um eine Pause zu machen. Diese bestand aus einem Spaziergang mit Liesbeth, Hand in Hand, wie Johannes neugierig beobachtete.

Die älteste Schwester hatte nun wieder mehr freie Zeit, denn der Zustand des kleinen Ernst hatte sich endlich gefestigt.

»Holt der Herr ihn doch nicht zu sich?«, fragte Johannes die Mutter. Sie sah ihn erstaunt an.

»Woher hast du denn das?«, fragte sie, erwartete aber keine Antwort. Stattdessen erklärte sie Johannes mit Erleichterung in ihrer Stimme, dass Ernst das Schlimmste überstanden und der Herr offenbar beschlossen habe, ihn als Geschenk bei ihnen zu lassen. Johannes gefiel das. Sie trug den Kleinen seither oft an den Körper gebunden mit sich herum und übernahm wieder mehr Aufgaben im Haus.

Ernst blieb ein stilles Kind. Nur höchstes Missfallen oder beißenden Hunger zeigte er durch ein grelles Plärren an, das an das Gegacker eines Huhns erinnerte, dem Vater gleich den Kopf abhacken wollte. Ihm wuchs ein dunkler, weicher Flaum auf dem runden Schädel. Wenn er wach in seiner Krippe lag, konnte er ewig auf eine Stelle starren, ohne sich mit Worten oder Winken davon abbringen zu lassen. Manchmal bemerkte Johannes aber, dass sich Ernsts Augen rasch hin- und herbewegten. Er berührte ihn dann vorsichtig mit einem Finger oder streichelte ihm mit der flachen Hand zart über die weichen Haare. Das fühlte sich gut an und schien Ernst zu beruhigen. Sogar wenn der Bruder einschlief, tätschelte Johannes ihn manchmal weiter.

»Lass ihn schlafen!«, mahnte die Mutter dann und schickte ihn nach draußen zum Spielen.

Vor allem an den Vormittagen, wenn die Geschwister in der Schule waren, langweilte Johannes sich häufig. Darum war er froh, als im Sommer die Ferien begannen. Für die größeren Kinder bedeutete das zwar, umso mehr auf dem Hof anpacken zu müssen, aber Johannes gefiel es, dass immer irgendwo etwas los war.

Ihm fiel auf, dass August morgens früher aufstand als sonst. Es war noch dunkel, da schlüpfte er schon aus dem Bett und zog sich für den Stall an. Wenn Johannes die ersten Schritte auf den Hof tat, hatte August bereits die Kälber, Ziegen und Hühner versorgt und half dem alten Wilhelm beim Misten oder spannte mit ihm die beiden Schwarzwälder Goldi und Brauni an, wenn Besorgungen zu machen waren. Gegen Mittag hatte August seine Aufgaben erfüllt, aß mit der Familie und wartete dann draußen ungeduldig auf seine Freunde.

Liesbeths Berthold hatte zwei jüngere Brüder, die nicht nur gleich alt waren, sondern sich ähnelten wie ein Ei dem anderen. Alle redeten von ihnen als den Armbruster-Zwillingen Peter und Paul. Sie kamen immer aus Richtung des Rankhofs mit einem Jungen, den alle nur den Schüri nannten. Manchmal war auch Andreas dabei, der älteste Sohn des Rankhof-Bauern, oder Tinus, ein Sohn des Klosterschneiders. Sie warteten draußen, bis August den Tisch verlassen durfte, dann standen sie kurz zusammen und rannten anschließend davon.

»Darf ich auch mit?«, fragte Johannes die Jungen an einem sonnigen Tag.

»Bloß nicht!«, winkte August sofort ab. Seine Freunde lachten über die Enttäuschung im Gesicht des kleinen Jungen. Sie liefen los und ließen ihn stehen. Weinend erzählte er der Mutter, was passiert war – und dass er sich nichts so sehr wünschte, wie mit den anderen Kindern mitgehen zu dürfen. Sie nahm ihn tröstend in den Arm, bis ein klapperndes Geräusch aus der Krippe zu hören war.

»Spiel mit den Katzen. Ich muss nach Ernstchen schauen«, sagte sie.

Dass es ein Fehler gewesen war, sich zu diesem Thema der Mutter anzuvertrauen, erfuhr Johannes am Folgetag. Beim Essen befahl sie August, Johannes das nächste Mal bei seinem Herumstreifen mitzunehmen. Der große Bruder sprang empört auf und protestierte, erntete für seine frechen Widerworte aber eine Ohrfeige vom Vater.

Entsprechend misslich war die Stimmung, als August und die anderen Buben später in Richtung Waldrand stapften. Johannes bemühte sich, mit den größeren Jungen Schritt zu halten. Er rief ihnen einmal nach, dass sie zu schnell gehen würden, aber sie taten, als wäre er Luft.

»Habt ihr irgendwas gehört?«, fragte der Schüri und kratzte seinen schwarzen Lockenkopf.

»Nein, nichts«, meinte einer der Zwillinge. Der andere schüttelte den Kopf.

August blickte sich demonstrativ um. Er sah aber durch Johannes hindurch, als sei der unsichtbar geworden.

»Niemand zu sehen«, sagte er.

»Doch, ich«, rief Johannes aufgebracht.

»Los, lasst uns weiter.«

Die vier älteren Kinder stürmten lachend davon. Johannes versuchte zwar, zu ihnen aufzuschließen, aber als er am Waldrand völlig außer Atem stolperte und der Länge nach hinfiel, wusste er, dass er sie nicht mehr einholen konnte.

Er setzte sich auf und blickte in den Wald hinein. Hatten die anderen ihn wirklich nicht gesehen und gehört? Er schüttelte den Kopf. Nur Geister waren unsichtbar. Und er war kein Geist, sondern ein lebendiger Junge. Dennoch war er erst erleichtert, als er wieder am Fallerhof ankam und Liesbeth ihn tatsächlich sehen konnte. August und seine Freunde hatten also nur so getan.

»Haben die dich doch nicht mitgenommen?«, fragte die Schwester.

»Ich will lieber hier spielen«, antwortete Johannes mürrisch, denn er wollte sich nicht die Blöße geben zu erzählen, wie die anderen ihn losgeworden waren. Zudem fürchtete er die handfeste Rache des Älteren, wenn er ihn erneut verpetzen würde.

»Hätt ich nicht gedacht, dass du dichthältst«, flüsterte August am Abend in ihrer Kammer. »Gut gemacht, Kleiner.«

»Darf ich denn morgen mit?«, fragte Johannes hoffnungsvoll.

»Wenn Ostern und Weihnachten auf einen Tag fallen«, erwiderte August, pustete die Talgkerze aus und drehte sich in seinem Bett zur Seite.

Es dauerte einen Moment, bis Johannes verstand, dass die beiden Feste nie am gleichen Tag gefeiert werden würden. Trotzdem war er stolz auf das Lob des großen Bruders.

***

Das Gefühl, von anderen nicht gesehen werden zu können, entwickelte sich dennoch zu einer regelrechten Angst. In der nächsten Zeit kehrte immer wieder ein Traum zurück, der trotz aller Abwandlungen stets einen vergleichbaren Kern hatte. Johannes befand sich darin in der Begleitung meist mehrerer anderer Personen. Zu Beginn waren es die Eltern oder Geschwister, nach seiner Einschulung kamen Schulkameraden oder der Lehrer dazu. Der Ablauf war immer ähnlich: Entweder fiel etwas mit lautem Schlag zu Boden oder jemand schrie etwas. »Da, der Baum fällt«, konnte der Vater rufen und in eine Richtung zeigen. Sobald aller Blicke von Johannes abgelenkt waren, begann seine Verwandlung in einen Geist. Wenn er auf seine Hand sah, wurde diese durchsichtig wie Mutters gutes Glas und war schließlich gar nicht mehr zu sehen. Wollte er etwas sagen, bewegten sich zwar sein Kiefer und die Zunge, aber er blieb stumm wie sein Bruder Ernst.

Sobald er aus dem Blickfeld der Menschen in seinem Traum war, schienen sie ihn auch zu vergessen. Zuerst sahen sie sich noch nach ihm um, dann verhielten sie sich, als hätte es ihn nie gegeben. Wenn Johannes sie ansprach, hörten sie ihn nicht. Wenn er sie berührte, blieb jede Reaktion darauf aus. Die Träume endeten immer gleich: Voller Verzweiflung lief Johannes den davongehenden Traumgestalten nach, doch Schritt für Schritt wurden seine Bewegungen mühsamer und langsamer, so als stapfe er durch immer tiefer werdenden Schnee. Meist erwachte er mit einem Schrei. Das Laken war dann völlig durchgeschwitzt – und einige Male stellte er fest, dass er vor Angst ins Bett gemacht hatte.

August zog ihn zwar mit dem Bettnässen auf, behielt das aber wenigstens in der Schule für sich. Offenbar hatte er Sorge, dass ein schlechter Ruf seines Bruders auch einen Schatten auf ihn werfen könnte. Dafür scheute er sich nicht, Viktor Schwär damit aufzuziehen. Dessen Bruder war nämlich weniger nett und hatte vor der Schule von einem Malheur des kleineren Jungen erzählt.

Viktor war im gleichen Alter wie Johannes und saß in einer Bank ganz an der Seite bei mehreren Mädchen. Seinem rundlichen Gesicht konnte man im Unterricht oft ansehen, dass es ihm schwerfiel, den Vorträgen des Lehrers zu folgen, vor allem, wenn es ums Rechnen ging. Viktor war einfach etwas langsamer.

Vielleicht liegt das an seinen Füßen, dachte Johannes. Die neigten nämlich zum Stolpern, sobald Viktor sich schneller bewegen wollte. Als er wieder einmal hinfiel und Egidius, der Sohn vom jähzornigen Riesle, ihm dazu in den Hintern trat und ihn Bettnässer schimpfte, schubste Johannes den zwei Jahre älteren Jungen, ohne nachzudenken, zur Seite.

»Lass ihn in Ruhe!«, brüllte er ihn dabei an.

Der Kerl ging sofort auf ihn los. Johannes fand sich einen Moment später auf dem Boden wieder. Egidius saß auf seiner Brust und hieb ihm die Faust ins Gesicht. Er traf ihn dabei auf der Nase, die laut knackte, was Johannes noch lauter aufschreien ließ. August hatte sich den kurzen Kampf zuerst lachend angeschaut, als er aber das Blut im Gesicht seines Bruders sah, zerrte er den Riesle-Sohn von ihm herunter. Von dem Gewicht auf der Brust befreit, setzte sich Johannes weinend auf und fasste sich an die Nase. Sie war zur Größe einer Kartoffel angeschwollen und schmerzte bei der Berührung. Als er seine Hände anschaute, waren sie voller Blut.

Es stellte sich schnell heraus, dass Johannes' Nase gebrochen war. Der Lehrer schickte ihn in Begleitung von August nach Hause. Die Mutter war außer sich vor Sorge, aber der Vater meinte, so etwas komme vor unter Jungs. Es dauerte ein paar Tage, bis die Schwellung abgeklungen war und Johannes wieder zurück in die Schule durfte. Die Mutter ermahnte ihn, sich nicht noch einmal in eine Schlägerei verwickeln zu lassen.

Ihr Lehrer hieß Urban Heim. Sein Vater Joseph war Uhrmacher, und eigentlich war auch seinem Sohn diese Laufbahn in die Wiege gelegt gewesen. Doch ihm gefiel es, die Kinder zu gottgefälligen Menschen zu erziehen. Johannes' Vater hielt nichts von ihm. Er sei zu jung und habe Ansichten, die nicht zum Leben im Schwarzwald passen würden. Vor allem störte es ihn, dass Heim persönlich vorbeikam, wenn August ein paar Tage nicht zum Unterricht erschien, weil der Vater seine Hilfe brauchte. Ihm blieb dann nichts anderes übrig, als klein beizugeben und August wieder in die Schule zu schicken – zumindest für ein paar Tage.

Johannes mochte den Schullehrer, der ihnen im ehemaligen Hühnerhaus des Klosters Rechnen, Lesen und Schreiben beibrachte. Er las ihnen auch aus der Bibel vor. Johannes verstand davon in seinem ersten Schuljahr nicht sehr viel und fand das eher langweilig. Aber manchmal erzählte Heim ihnen auch Geschichten von früheren Kriegen. Zum Beispiel von Alexander dem Großen, der aus dem Nichts heraus ein gewaltiges Reich erobert hatte. Oder von Cäsar, der irgendwann später das Römische Imperium zu ungeahnter Macht führte. Aber der Lehrer erzählte auch von dem großen Verrat: Cäsar wurde von seinen Getreuen ermordet, darunter Brutus, für den er wie für einen Sohn empfunden hatte. Solche Geschichten von fernen Ländern begeisterten den Jungen sehr.

Als er nach dem Nasenbruch wieder in die Schule durfte, holte Urban Heim ihn nach vorn. Dann forderte er Egidius Riesle auf, ebenfalls vor die Klasse zu treten.

»Egidius, du hast den Johannes hier geschlagen und ihm die Nase gebrochen«, begann der Lehrer. »Aber du weißt ganz genau, dass ich der Einzige bin, der hier jemanden schlagen darf, oder?«

Egidius schaute zu Boden und nickte schwach.

»Bisher hast du keine Strafe erhalten, weil ich wollte, dass Johannes auch sehen kann, wie du sie empfängst.«

Urban Heim holte den Rohrstock von der Wand. Die Kinder

raunten, und Egidius verzog angespannt das Gesicht. Kurz darauf zappelte er, als der Lehrer ihn über die Bank legte und ihm die Hose herunterzog. Die ersten vier Schläge quittierte der Junge nur mit einem zischenden Einziehen von Luft, beim fünften hörte Johannes ein leises Wimmern. Der Lehrer hatte ihn so übers Knie gelegt, dass Egidius Johannes ins Gesicht blicken konnte. In seine finster dreinblickenden Augen mischten sich Tränen, als der Rohrstock ein sechstes und siebtes Mal niederzischte. Johannes schaute die drei folgenden Schläge weg, spürte aber Egidius' feindseligen Blick auf sich.

»So, das waren zehn«, sagte der Lehrer, stellte Egidius wieder auf und wartete, bis der sich die Hose hochgezogen hatte. Ein paar Mädchen kicherten.

»Jetzt kannst du den Johannes um Verzeihung bitten«, meinte Urban Heim. Mit grimmigem Blick stellte sich Egidius vor ihn und murmelte eine Entschuldigung. Johannes fand das alles unangenehmer als die gebrochene Nase. Er nickte schnell, und beide durften zurück in ihre Sitzbänke.

Der Nasenbruch hatte aber auch erfreuliche Folgen: In der nächsten Pause kam Viktor Schwär mit einem mageren Mädchen mit braunen Zöpfen und abenteuerlustigen Augen im Schlepptau zu Johannes. Ihr Name war Hedwig. Beide schauten sich seine vom Bruch leicht gekrümmte Nase an, und Viktor bedankte sich etwas hölzern für seine Hilfe. Hedwig war ein Jahr älter als die beiden Jungen. Wie Viktor wohnte sie im Steinbachtal. Sie waren Hof an Hof zusammen aufgewachsen und gingen den Schulweg immer gemeinsam. Hedwigs strahlendes Lächeln ließ winzige, weiße Zähne aufblitzen. Sie überragte die beiden Jungen um fast einen Kopf, dennoch wirkte die Schürze über ihrem einfachen Kleid an ihrem dürren Körper etwas zu groß.

»Meine Mutter sagt, ich wachse da rein«, erklärte sie, als Johannes sie ein paar Tage später danach fragte. Ohnehin schien sie nie um eine Antwort verlegen zu sein. Am meisten bewunderte Johannes sie dafür, dass niemand sie ärgern konnte. Wenn ein Junge an ihrem Zopf zog, versetzte sie ihm ohne Ansehen des Alters oder Familiennamens einen Fausthieb in den Bauch, der ihn zu Boden gehen ließ. Hänselte jemand sie wegen ihrer dünnen Ärmchen oder dem ärmlichen Kleid, zahlte sie es ihm ohne Zögern zurück, indem sie seine wunde Stelle benannte. Oft genug blieb der Urheber der Hänselei mit langem Gesicht zurück. Die meisten ließen sie mittlerweile in Ruhe.

So schlagfertig sie mit Worten und Taten Gegnern entgegentrat, so lustig und fürsorglich war sie Freunden gegenüber. Johannes mochte ihre fröhliche Art. Aber am allermeisten gefiel es ihm, Freunde gefunden zu haben, mit denen er in der Pause toben konnte. Nach der Schule blieben sie oft vor dem Schulhaus stehen und erzählten sich ihre Erlebnisse, Wünsche und Träume. Endlich fühlte er sich wie ein wichtiger Teil von etwas.

Im Spätsommer besuchte Johannes zum ersten Mal mit Viktor Hedwig in ihrem Zuhause. Ihr Vater betrieb den Krummhof am Hang, vier Kühe weideten mit zwei alten Schwarzwälder Füchsen eine Steilwiese neben dem Haus ab. Das Wasser im Teich war grün und stank. Im Inneren des Hauses standen in den Zimmern Blecheimer bereit, um sie bei Regen unter das löchrige Strohdach zu stellen.

»Repariert dein Vater das nicht?«, fragte Johannes flüsternd.

»Er hat noch nicht genug Geld dafür«, antwortete Hedwig leise und sah ihn traurig an.

Wenn sie nach der Schule bei Hedwig waren, tischte ihre Mutter meist eine dünne Hühnersuppe auf, in der ein paar Möhren und Pastinaken schwammen. Die Brühe wurde mehrmals gestreckt, sodass kaum einmal ein Fettauge darauf schwamm. Selbst ihre Kartoffel- und Erbsensuppen waren wässrig und schmeckten fad. Kein Wunder, dass Hedwig und die jüngeren Geschwister alle dürr sind wie Vogelscheuchen, dachte Johannes.

Nach dem Essen halfen sie als Dank auf dem Hof, dann liefen sie zum Waldrand, wo Hedwig und Viktor Johannes zum ersten Mal ihren Lieblingsplatz zeigten. Sie kletterten über eine umgestürzte Tanne, stiegen ein Stück weiter bergauf und gelangten nach einem kurzen Marsch durch den Wald an eine Lichtung. Die wurde von mehreren hellgrauen Felsen gebildet, die am Hang aus dem moosigen Untergrund ragten. Eine riesige Esche tastete mit ihrem Wurzelwerk über einen der Felsen.

»Das ist unser Schloss«, erklärte Viktor stolz.

Ein Stein hatte eine Mulde, die wie gemacht war, um darauf zu sitzen.

»Der Thron. Wer darauf sitzt, ist der König.«

»Oder die Königin!«, rief Hedwig.

Das wollte Johannes sofort ausprobieren. Er nahm in der Mulde Platz. Von hier aus konnte man das ganze Schloss überblicken.

Zu seinem großen Vergnügen verbeugten sich Viktor und Hedwig tief vor ihm. Aber er erfuhr auch gleich, dass die Untertanen dem König – oder der Königin – nicht nur huldigten, sie stellten auch Ansprüche. Der König musste sich ein Spiel ausdenken. Er beschloss, Verstecken zu spielen.

Als Hedwig dreimal sofort gefunden worden war, verging ihr die Lust daran. Sie setzte sich nun auf den Thron. Ein paar Sonnenstrahlen trafen durch das Blätterdach der Esche auf ihre blonden Haare. Johannes fand, dass sie wirklich wie eine Prinzessin aussah. Er verbeugte sich vor ihr.

Sie spielten, bis sie in der Ferne die Glocken der Kirche läuten hörten.

»Ich muss los«, rief Johannes erschrocken. Es waren fünf Schläge. Er hätte längst zu Hause sein müssen.

Seit diesem Tag trafen die drei sich öfter nach der Schule zum Spielen. Manchmal tobten sie herum, oft saßen sie aber auch einfach auf einem der warmen Felsen im Schatten der Esche und schauten in den Wald. Sie stellten sich dann vor, Adlige zu sein, die in Prunk und Reichtum lebten und keine Sorgen kannten. Das Schloss wurde bald zu einem Ort, an den sie sich regelmäßig zurückzogen – zumindest so lange, bis es zu kalt dafür wurde.

Der Winter kam in diesem Jahr früh und erbarmungslos. Nach einem bitteren Kälteeinbruch wurde es endlich ein bisschen wärmer, doch es schneite mehrere Tage ununterbrochen. Die Schule wurde ausgesetzt, und die Treffen mit den Freunden endeten damit schlagartig. Für Johannes begann die Zeit in der Uhrenwerkstatt.

KAPITEL 3

St. Märgen, November 1825

Den Winter 1825/26 über drängte sich die ganze Familie Faller samt Knecht und Magd eng in der geheizten Stube zusammen. Hier befand sich neben dem großen Tisch und dem wärmenden Kachelofen die Werkbank, wo die Holzuhren zusammengesteckt wurden. Eine Tür führte zur eigentlichen Werkstatt, in der bei Bedarf ein Eisenofen für Wärme sorgen konnte. Das Holz dafür hatte der Vater bereits im Frühjahr am Haus entlang unter dem tief gezogenen Dach aufgestapelt.

An den ersten frostigen Tagen hatte er noch genug zu tun. Mit mehreren anderen Holzfällern schlug er in den Wäldern Bäume, die sie mithilfe der Schwarzwälder Füchse zu Sammelorten transportierten und aufschichteten. Das Schneetreiben hatte aber auch dem ein Ende gesetzt. Die Männer mussten zu Hause bleiben. Da war es gut, dass sich viele Familien im Schwarzwald ein Zubrot sicherten, indem sie Holzuhren bauten.

Johannes' Vater war ein Mann fürs Grobe. Er verbrachte Stunde um Stunde in der kalten Werkstatt in der Scheune, fertigte dort mit seinen Maschinen größere Teilstücke an und setzte die Uhrkästen zusammen. In der warmen Stube montierten die Frauen und August aus den ganzen vielen Einzelteilen die Uhren. Johannes hatte im vergangenen Jahr schon spielerisch geholfen. In diesem Jahr wurde seine Arbeitskraft fest eingeplant. Immerhin war er jetzt schon in der Schule.

Holzuhren zu bauen war komplizierter, als Johannes gedacht hatte. Natürlich hatte er seit seiner Geburt mitbekommen, wie der

Vater in der Scheune Stifte drechselte, Bretter zurechtsägte und die Zähne der Rädchen kontrollierte, die er aus mit Holzwolle gepolsterten Kistchen kramte. Johannes war groß geworden mit dem beißenden Geruch der Bleifarben, die nur langsam auf den Uhrschilden trockneten. Das beständige Tick und Tack der Werke hatte ihn seit jüngster Kindheit ebenso begleitet wie die verschiedenen Schläge und Flötentöne zu den vollen Stunden.

Der halbe Ort war mit der Herstellung und dem Verkauf von Uhren oder ihren Bestandteilen beschäftigt. Für manche war es der Haupterwerb, andere – wie die Fallers – verdienten sich ein Zubrot damit. Selbst der Lehrer Urban Heim nahm nach dem Unterricht noch Geld durch den Uhrenhandel ein, indem er Bestellungen aus dem Uhrenland zusammentrug und in große Holzkisten verpackte.

Vom Uhrenland sprachen die Erwachsenen in Märgen oft. »Der Schwär ist ins Uhrenland gezogen«, war ein Satz, den Johannes mit wechselnden Namen immer wieder hörte. Bei »dem Schwär« handelte es sich um einen Großonkel von Viktor. Das muss wohl ein schönes Land sein, das alle zu sich zieht, dachte Johannes und malte sich oft aus, wie es da wohl aussehen mochte. Er stellte sich ein Land mit riesigen Häusern vor, in denen Menschen lebten, die sich nur im Takt der tickenden Uhren bewegten. In allen Zimmern, an jeder Straßenecke und selbst am kleinsten Baum musste dann wohl eine Uhr hängen, damit man überall hingehen konnte. Was wäre das für ein Lärm zur Mittagsstunde, wenn alle Uhren zwölfmal schlugen!

Johannes bekam im ersten Jahr einfache Aufgaben übertragen. Erika und August saßen auf den beiden Schemeln und steckten konzentriert verschieden geformte Rädchen auf dünne Holzstifte. August bohrte mit einer Schablone feine Löcher in eine bereits zugesägte Holzplatte. Erika stellte die Stifte mit den Rädern in die Löcher. Das sah recht schwierig aus, fand Johannes, weil die kleinen Rädchen genau ineinandergreifen mussten.

Er lernte schnell, dass jedes Zahnrad seine ureigenste Aufgabe hatte und nicht einfach durch ein anderes ersetzt werden konnte. Bewegte sich eines, beeinflusste das alle anderen Teile der Uhr. Ein kleiner Fehler, selbst eine winzige Ungenauigkeit konnten dazu führen, dass August ein zusammengesetztes Uhrwerk nach einem Test schimpfend wieder auseinanderbauen musste und manchmal eine ganze Stunde oder länger nach dem Fehler suchte, Zahnrädchen anschliff und alles wieder zusammensteckte.

»Du darfst nicht so viel Zeit verschwenden!«, mahnte ihn der Vater einmal. »Wenn ein Rad Ärger macht, nimm ein anderes.«

Johannes' Aufgabe im ersten Jahr waren vor allem Botengänge. Außerdem sollte er bei den Größeren zuschauen und durfte die entsprechenden Handgriffe unter Anleitung nachmachen.

Auch Liesbeth und Mutter waren neben Putzen und Kochen mit Uhren beschäftigt. Nicht selten rief der Vater sogar die Magd Elsa, damit sie ihm in der Werkstatt neben dem Stall zur Hand ging. Johannes wurde oft von der Mutter oder von Erika losgeschickt, um irgendetwas aus dieser Werkstatt zu holen. Er rannte zum Vater, wenn Erika ein Minutenrad benötigte. Oder die Mutter sagte, dass die Anker zur Neige gingen. Der Vater bewahrte diese vorgefertigten Teile in Kästen in einem Regal und reichte Johannes je nach Wunsch eines oder mehrere der gewünschten Teile. Elsa zeigte ihm, wie er die feinen Holzachsen mit Bronzefarbe anzustreichen hatte, damit sie wie wertvolles Metall aussahen, und der Vater ließ ihn immer wieder die Namen der einzelnen Stücke aufsagen, bis Johannes sie selbst im Schlaf hätte bezeichnen können. Wenn er dem Sohn ein guter Lehrer gewesen war, gönnte Vater sich als Belohnung einen Schluck aus der Schnapsflasche, die er in einem Uhrenkasten vor seiner Frau versteckt hielt. War er richtig gut gelaunt, bekam Elsa von ihm einen Klaps auf den Po. Dann kicherte sie.

Die Tage flossen dahin wie Harz: träge und langsam. Es schien, als wolle der Winter nie mehr enden. Zur Weihnachtszeit meldete sich bei Johannes ein drückender Schmerz im Kopf. Seine Nase begann zu laufen, und er fühlte sich schwach und matt.

»Er hat Fieber«, stellte seine Mutter besorgt fest, als sie ihm die Hand auf die Stirn legte. Sie packte ihn gleich ins Bett. Das Fieber sank zwei Tage später zwar wieder, aber der Schnupfen und die Kopfschmerzen wurden zu einer Qual. Die Taschentücher trockneten nach dem Waschen nicht so schnell, wie er neue brauchte. Johannes konnte die weihnachtlichen Gerüche von Früchtebrot, Bienenwachs und Tannennadeln kaum wahrnehmen. Erst nach Weihnachten besserte sich sein Zustand, nicht aber genug, um den Vater in den Wald zu begleiten.

»Zwischen Weihnachten und Neujahr werden die jungen Buchen bei abnehmendem Mond geschlagen«, erklärte ihm sein Vater. »Daraus mache ich die Rohlinge für die Zahnräder.«

Johannes konnte an seinem Atem riechen, dass er schon Schnaps getrunken hatte. Wahrscheinlich, um es später im Wald warm zu haben.

»Kann ich mitkommen?«, fragte er.

Der Vater schüttelte bedauernd den Kopf.

»Warum denn nicht, Vater?«

»Wir sind lange unterwegs, der Schnee ist tief, und du bist noch nicht ganz gesund«, war die Antwort. »Im nächsten Jahr.«

Der Vater nahm nur August mit. Gemeinsam kehrten sie mit etwa zwanzig armdicken Buchenstämmen zurück, die sie entasteten, bevor sie die Rinde abschälten. Das Holz ließen sie so drei Wochen liegen. Johannes beobachtete, wie der Vater anschließend die Stämmchen in kaum fingerdicke Scheiben schnitt. August bohrte in jede mittig ein Loch.

***

Anfang Januar des neuen Jahres war Johannes wieder ganz gesund und durfte nun mehr helfen. Er war begierig darauf, so viel wie möglich zu lernen. Die Scheiben mussten Stück für Stück auf eine Kordel aufgezogen und in ein altes stinkendes Fass gelegt werden. Darüber kippte der Vater Gülle, die er extra zu diesem Zweck im Güllebecken zurückgehalten hatte.

»Nach der Behandlung geht kein Wurm mehr an das Holz«, erklärte er stolz.

»Hermann?«

Das war Elsas Stimme, die den Vater rief. Wobei sie nicht wirklich rief, sondern eher wisperte.

»Mach allein weiter!«, befahl der Vater und warf die Tür zum Stall hinter sich ins Schloss. Johannes folgte ihm und lauschte durch die Spalte zwischen den Brettern. Was gesagt wurde, konnte er nicht verstehen. Auch der Vater sprach leise. Aber dem Tonfall konnte Johannes anhören, dass er mit der jungen Magd schimpfte. Wahrscheinlich, weil sie ihn nicht beim Vornamen rufen darf, sondern ihn Herr Faller oder Bauer zu nennen hat, dachte er.

Vier Wochen ließ der Vater die Scheiben in der Gülle ruhen. Die helle Buche hatte eine matte, dunkelbraune Farbe angenommen. Der Geruch war beißend, als Johannes die Rohlinge an den Schnüren herauszog. Insgesamt waren es sechs Fässer voll.

Er ließ die Ketten mit je zwanzig Scheiben draußen abtropfen. Später kam August und brachte sie zum Vater, der sie im Rauchfang zwischen die schwarzen Schinken und Würste hing. Durch die Wärme und den Rauch sollten die hölzernen Scheiben fest wie Metall werden. Die vom vorigen Jahr nahm er gleichzeitig ab. August stapelte diese in der großen Werkstatt – und das Spiel begann von Neuem.

Der Vater behielt nur einige der trockenen, steinharten Zahnradrohlinge bei sich. Die meisten lieferte er beim eintretenden Tauwetter an Zahnradmacher und andere Uhrmacher in der Gegend aus.

Insgesamt vier kleine Kisten voller Uhrwerke und eine mit Schilden waren fertig, als die Tage wieder länger wurden und wärmere Tage die eisige Kälte unterbrachen. Der Vater war zufrieden und hoffte, die neue Ware gut ins Uhrenland verkaufen zu können.

Mit dem Einsetzen des Tauwetters gab es für ihn auch keinen Grund mehr, die Kinder nicht in die Schule zu schicken. Johannes jubelte vor Freude, als er davon erfuhr. Er freute sich vor allem darauf, Viktor und Hedwig wiederzusehen, die er über die Wintertage vermisst hatte.

Vor dem Schulhaus umarmten sie sich und plapperten wild drauflos, als wolle jeder von ihnen das in den vergangenen Wochen nicht mit den Freunden Geteilte in wenigen Minuten aufholen. Johannes bemerkte plötzlich eine Bewegung aus den Augenwinkeln. Im selben Moment traf ihn ein in schweren Stiefeln steckender Fuß mitten auf dem Schienbein. Der Schmerz war wie eine Dachlawine: Er kam überraschend wie aus dem Nichts und begrub alle anderen Empfindungen unter sich. Johannes ging zu Boden und hielt sich mit beiden Händen das Bein.

»Oh, das war ein Versehen«, sagte ein Junge mit bedauernder Stimme. Johannes blickte in ein schmales Gesicht, das mit der länglichen Nase irgendwie an einen Gockel erinnerte. Egidius Riesle. Wer sonst.

»Dein Bein war meinem einfach so plötzlich im Weg«, behauptete er süßlich und hielt Johannes eine Hand hin. »Komm, ich helfe dir auf.«

Johannes zögerte kurz, ergriff dann aber die Hand. Als er halb oben war, löste Egidius seinen Griff, und Johannes purzelte zurück zu Boden. Die umstehenden Kinder lachten und zeigten mit dem Finger auf ihn. Einer klopfte Egidius aufmunternd auf die Schulter. Johannes fühlte sich schrecklich. Zu allem Überfluss war ihm auch Schnee in den Nacken gekommen.

»Du hast aber schwitzige Hände«, sagte Egidius. Dabei schaute er auf seine und verzog angeekelt das Gesicht. Während Viktor und Hedwig Johannes aufhalfen, rieb sich Egidius die Hand an Schneeresten ab. Dann läutete die Glocke.

***

In den nächsten beiden Jahren sollte Johannes so einige Blessuren von Egidius einstecken. Raubte ihm ein in den Rücken gerammter Ellenbogen den Atem, konnte er sicher sein, im Anschluss eine nicht ernst gemeinte Entschuldigung von dem größeren Jungen zu hören. Stolperte er über ein ihm gestelltes Bein, gehörte das mit an Sicherheit grenzender Wahrscheinlichkeit dem schwarzhaarigen Riesle-Sohn. Egidius bat stets um Verzeihung, was den Lehrer täuschte, Johannes aber nicht. Mit der Zeit machten sich auch Freunde von Egidius einen Spaß daraus, Johannes zu ärgern.

»Du musst es dem Herrn Schullehrer sagen«, meinte Viktor, als sie wieder einmal einen Nachmittag in ihrem Schloss verbrachten.

Johannes winkte ab. »Wenn ich petze, wird es nur noch schlimmer.«

»Richtig, du musst zurückschlagen«, riet ihm Hedwig.

»Oder sag es deinem Vater. Der soll mit dem Riesle sprechen«, versuchte Viktor es erneut.

Doch auch diesen Vorschlag lehnte Johannes ab.

»Warum hilft dein Bruder dir nicht?«, fragte Hedwig.

»Er meint, ich muss lernen, mich selbst zu wehren«, erwiderte er.

»Dann wird es wohl für den Rest deines Lebens so weitergehen, oder?«, meinte sie. Sie hatte ihre blonden Haare mit roten Bändern zu Zöpfen gebunden. Johannes fand, dass das schön aussah.

»Hör mal!«, rief sie. »Ich hab dich was gefragt.«

Johannes schüttelte den Kopf. »Nein, wird es nicht. Ich werde mich schon noch gegen ihn wehren. Nur noch nicht gleich.«

Hedwig verdrehte die Augen.

***

Bis Johannes dies in die Tat umsetzen konnte, sollten allerdings noch ein paar weitere Jahre ins Land gehen. Und die Zeit verging wie im Flug.

Berthold Armbruster kam mit seinen Eltern auf den Fallerhof und hielt um Liesbeths Hand an. Ein paar Tage später kam es zu einem heftigen Streit zwischen Johannes' Eltern. Die Mutter verlangte mit Tränen in den Augen, dass die Magd den Hof sofort verlassen müsse. Der Vater fügte sich schließlich und verschaffte Elsa eine Stellung als Hilfe bei der Schnurfrau Anna Waldvogel in Hinterstraß. Obwohl er getan hatte, was die Mutter wollte, blieb sie lange Zeit böse auf ihn. Sie stritten häufig, und der Vater roch immer öfter und manchmal schon zur Mittagszeit nach Schnaps.

Johannes versuchte trotz der wachsenden Zahl an Aufgaben, so viel Zeit wie möglich mit Viktor und Hedwig zu verbringen. Die Leute sagten, sie seien wie Pech und Schwefel. Das bedeutete offenbar, dass sie sehr gute Freunde waren. Das stimmte. Sie spielten Fangen oder Verstecken, bauten Dämme im Bach oder versuchten mit selbst gebastelten Fallen Tiere zu fangen. Hedwig war ein wildes Mädchen, das sich nicht scheute, auf Bäume zu klettern oder Frösche in die Hand zu nehmen. Wenn sie rannten, war Hedwig immer die Schnellste. Und sie hatte immer die besten Ideen für neue Spiele oder Abenteuer. Irgendwann war klar, dass sie so etwas wie die Anführerin ihrer kleinen Truppe war.

Sie war es auch, die eines Tages Erhard fragte, ob er in die Bande eintreten wolle. Erhard war eine Waise und lebte seit Kurzem bei der Familie seines Onkels Lorenz Mark. Der baute die komplizierten Uhren mit Achttagewerk, während die Uhren vom Fallerhof jeden Tag aufgezogen werden mussten. Joseph, Erhards Cousin, ging auch mit ihnen in die Schule, er gehörte aber zur Gruppe um Egidius.

Erhard war ein zierlicher Junge mit einer leisen, rauen Stimme. Er hatte mitansehen müssen, wie seine Eltern in Freiburg ums Leben gekommen waren. Dieses grausame Erlebnis spiegelt sich irgendwie auch heute noch in seinen Augen wider, fand Johannes.

Niemand sprach je darüber, wie genau Erhard zur Waisen geworden war. Doch das interessierte Johannes brennend. Also fragte er ihn eines Tages im Schloss einfach danach. Hedwig ging aber gleich dazwischen.

»Lass ihn! Vielleicht will er ja gar nicht darüber reden.«

Johannes verzog enttäuscht das Gesicht.

Zu ihrer aller Überraschung zuckte Erhard mit den schmalen Schultern und sagte: »Ich erzähle es euch.«

Sofort hockten sie sich vor ihn und lauschten gebannt seiner Geschichte.

»Ich kann mich nicht mehr an viel erinnern«, warnte er sie vor, dass sein Bericht kürzer würde, als sie vielleicht erwarteten. »Es war mitten in der Nacht. Meine Mutter hat laut gerufen und mich geschüttelt. Überall war Rauch und Hitze. Mir hat das Atmen wehgetan.« Er zeigte auf seinen Kehlkopf. »Der Arzt meint, dass meine Stimme durch die Bergluft wieder besser wird«, krächzte er.

»Und dann?« Johannes beugte sich vor, um alles genau mitzubekommen.

»Sie hat mich zum Fenster raus auf die Straße geworfen. Ein Mann hat mich aufgefangen.«

»Und deine Eltern?«

Erhard schüttelte den Kopf, dann traten Tränen in seine Augen. Johannes' großer Bruder August hatte ihm immer eine Kopfnuss verpasst, wenn er weinte, weil Männer nicht weinen würden. Johannes wandte sich darum wie auch Viktor verschämt ab, und sie taten, als würden sie die Tränen des Jungen nicht sehen. Allerdings fand er, dass ein Junge bestimmt weinen durfte, wenn er seine Eltern verloren hatte und auf einmal bei einem Onkel leben musste. Hedwig nahm Erhards Hand und hielt sie.

Ohne Erhard waren ihre Spiele meist unbeschwerter. Sein düsteres Erlebnis schwang in jeder Sekunde im Leben des Jungen mit wie das Pendulum einer Uhr. Es warf einen Schatten der Traurigkeit auf sein Gemüt, das nicht einmal verschwand, wenn er über einen von Johannes' Witzen lachte oder versuchte, schneller als Hedwig zu rennen. Dieser Schatten übertrug sich stets auch auf die, die in seiner Gesellschaft waren. Und trotzdem dachte keiner von ihnen je daran, ihn auszuschließen. Im Spätsommer sprach Viktor aus, was ohnehin keinem Mitglied der Bande mehr ein Geheimnis war: »Du bist jetzt einer von uns, Eri.«

 KAPITEL 4

London, Kensington Palace, Juni 1830

Drina wartete an der breiten, mit weinrotem Teppich ausgelegten Treppe und blickte in Richtung der Tür zum Schlafzimmer, das sie sich mit ihrer Mutter teilte. Ihr voller Name lautete eigentlich Alexandrina Victoria von Kent, aber Mutter benutzte fast immer die Kurzform Drina als Spitznamen. Wo blieb Mama nur? Am liebsten wäre sie schon hinuntergelaufen, um den Tag zu beginnen. Ihr Lehrer, Reverend Davys, kam samstags nicht in den Kensington Palace. Damit fielen sowohl Latein als auch Religion heute aus. Stattdessen freute sie sich schon auf den Unterricht bei der lieben Baroness von Lehzen. Aber der wahre Grund ihres heutigen Eifers lag in den beiden Stunden danach. Beim morgendlichen Blick durch den Vorhang hatte sie einen für London ungewöhnlich blauen Himmel gesehen. Unter diesen Umständen konnte sie Mister Denning sicher überzeugen, die Malstunde im Kensington Garden abzuhalten. Vielleicht würde sie den kleinen streunenden Hund wiedersehen, der neulich über den Rasen gelaufen war. Ein herzallerliebstes Tierchen, so groß wie ein schwerer Kater und mit struppigem, graubraunem Fell. Der Gärtner meinte, er sei ein räudiger Mischling, aber gerade dadurch hatte er Drinas Herz gewonnen.

Und nach dem Malen stand noch der Tanz auf ihrem Stundenplan. Sie liebte Musik. Am liebsten mochte sie den Anglaise oder einen Walzer, beschwingte Tänze, bei denen sie sich endlich bewegen konnte, ohne dass ihre Mutter oder Lord Conroy sie ständig zur Vorsicht ermahnten.

Ihre Mutter war immer noch nicht zu sehen. Am liebsten hätte sie nach ihr gerufen. Aber sie wusste natürlich genau, dass diese das nicht goutierte. Stattdessen vertrieb sich die Elfjährige die Zeit mit einem Hüpfspiel.

»Auf einem Bein, dann auf zwei'n«, sang sie leise dazu vor sich hin.

»Drina!«, mahnte die Stimme ihrer Mutter. Drina hielt sofort inne und wandte sich zu ihr um.

»Wie kannst du an der Treppe springen? Du weißt, dass das nicht geht. Lord Conroy möchte das nicht.«

Die Mutter packte energisch ihre Hand. Drina durfte die Treppen im Palast – und davon gab es mehrere – nur geführt von einer erwachsenen Begleitperson hinauf- oder hinabsteigen. Das war schon so, solange sie denken konnte. Ebenso, dass sie als Tochter im Zimmer der Mutter schlief. Drinas Halbschwester Feodora hatte ein eigenes Zimmer gehabt, als sie vor ihrer Eheschließung noch hier lebte. Aber bei ihr als jüngster Tochter war das anders. Auch deswegen, weil Lord Conroy ihrer Mutter ständig Angst machte.

»Haltung!«, mahnte die Herzogin auf dem Zwischenpodest.

Drina richtete sich auf, drückte die Brust vor und hielt den Kopf gerade.

»Ist Lord Conroy bereits eingetroffen?«, fragte ihre Mutter Lady Stopford, die am Fuß der Treppe stand.

Die Hofdame schüttelte betreten den Kopf. »Er ist offenbar noch verhindert, Ma'am.«

Drina löffelte warmen Porridge, in den kleine, süße Apfelstücke gewürfelt waren. Die Stimmung ihrer Mutter befand sich durch die Verspätung von Lord Conroy in einer Tiefe, als sei sie in die Kellerräume des Palastes hinabgestiegen. Sie lächelte über diesen Vergleich.

»Amüsiert es dich etwa, dass Lord Conroy noch nicht da ist?«, fragte ihre Mutter empört.

Sofort setzte Alexandrina ein ernstes Gesicht auf. »Nein, Mama, Verzeihung.«

Dass Conroy nicht da war, hatte der Herzogin von Kent den Appetit verdorben. Statt zu essen, klagte sie ihrer Hofdame ihr Leid. Lord Conroy hier, Lord Conroy da. Drina hingegen fand es sogar angenehm, diesen eingebildeten Besserwisser einmal nicht um sich haben zu müssen.

Als sich die Tür öffnete, sprang ihre Mutter auf und rief: »Endlich!«

Doch sie wurde enttäuscht. Es war die Baroness Lehzen, eine hochgewachsene Frau mit ernster Miene und dunklem, streng frisiertem und von grauen Strähnen durchzogenem Haar. Drina hatte es erst ein paar Mal offen gesehen.

»Ich bitte um Verzeihung, Ma'am. Bin ich zu spät?«, fragte die Baroness leicht verwirrt.

»Ach, Sie sind es, Lehzen. Nein, mein Ruf galt nicht Ihnen. Mich treibt eine Unruhe um wegen einer Verspätung von Lord Conroy.«

Drina stand vom Tisch auf und begrüßte ihre Hauslehrerin mit einem Knicks. Sie hielt ihr die Hand hin. Bevor sie den Raum verließ, blickte sie auf das Porträt ihres Vaters, der kurz nach ihrer Geburt gestorben war. Auch wenn er sehr ernst blickte in seiner Uniform, war sie sich sicher, dass er ihr gegenüber sehr liebevoll und gütig geschaut hätte. Sie wünschte, er wäre hier – statt dieses lästigen Conroy.

Sobald sie allein waren, ersetzte ein freundliches Lächeln die Strenge auf dem Gesicht der Baroness.

»Wir beginnen heute mit Staatskunde, Drina«, sagte sie im Unterrichtsraum.

Vor den beiden tiefen Fenstern des hellen Zimmers tanzte bereits die Sonne auf den Blättern der Bäume und Büsche im Park.

»Staatskunde? Heute, an so einem schönen Samstag?«

Baroness Lehzen nickte. »Wir wollen uns die Erbfolge anschauen«, sagte sie. Sie holte einen Bogen heraus, der sich wie ein Stammbaum mehrfach auffalten ließ, und breitete das Papier vor Drina aus. »Du musst eine Ahnung davon bekommen, welches die Mitglieder deiner Familie sind.«

»Mama ist meine Familie. Und Feo. Und Sie, Baroness.«

Die Angesprochene lächelte geschmeichelt. »Neben den engsten Verwandten gibt es aber auch weiter entfernte Verwandtschaft.«

»Ich weiß. Mama kommt aus Coburg, wo viele unserer Verwandten leben.«

»Und die Familie von Coburg hat auch eine Menge weiterer Verbindungen«, stellte die Hauslehrerin fest. Es war gleichzeitig eine Aufforderung für Drina weiterzusprechen.

»Zum Beispiel zu Onkel Leopold, dem König der Belgier.«

»Dem Bruder deiner Mutter, der Herzogin von Kent. Ganz richtig. Aber eigentlich wollte ich mit dir nicht über deine Verwandten mütterlicherseits sprechen, sondern über die Familie vonseiten deines Vaters.«

»Die kenne ich doch kaum.«

»Eben darum ist es ja nötig. Schlag den Stammbaum auf.«

Es war also tatsächlich ein Stammbaum. Das Papier war ganz hell und glatt. Es hatte kaum Knicke, außer da, wo es gefaltet war. Der Stammbaum war neu.

Jeder Name war mit einem geschmückten Rahmen versehen. Die meisten befanden sich oben, wo sie klein und gedrängt dargestellt waren. In der Mitte waren auch viele Felder, während die unterste Reihe fast leer war. Direkt nebeneinanderliegende Personen waren mit zwei ineinander verschränkten Ringen als Ehegatten gekennzeichnet. Die Linien nach oben halfen, die Eltern der Person und damit auch die Geschwister auszumachen. An den von den Ringen ausgehenden Linien nach unten konnte man die Kinder ablesen, die aus einer Ehe hervorgegangen waren. Dazu stand bei jeder Person ein Datum mit vorangesetztem Stern. Bei manchen fand sich ein zweites Datum mit einem Kreuz. Bei Königen war dazu eine Krone gemalt. Darunter war ein drittes Datum notiert.

»Das Datum mit dem Stern bezeichnet, wann die Person geboren wurde«, erklärte die Baroness. »Und das Kreuz?«

Sie zeigte auf einen der Namen. Dort war unter dem Geburtsdatum zu lesen: † *29. Januar 1820.*

»Das Todesdatum«, sagte Drina.

»Richtig. Aber sieh noch mal genau hin. Was fällt dir sonst noch auf?«

Über dem Eintrag entdeckte sie eine Krone, und es gab fünfzehn Nachkommen. Erst jetzt wurde ihr bewusst, was die Baroness meinte.

»Das ist George III.«, rief sie.

»Dein Großvater.«

»Dann bin ich mit all diesen Leuten verwandt?«, fragte Drina verblüfft.

»So ist es.«

»Hier ist Papa«, sagte sie aufgeregt. »Und da Mama!« Mit dem Finger fuhr sie die Linie nach, die um den Namen ihres Vaters verlief, dann wanderten ihre Augen den Strich nach unten.

»Und da bin ich«, flüsterte Drina und zeigte auf einen Eintrag: *Alexandrina Victoria von Kent. * 24. Mai 1819.*

Jetzt nahm sie den Stammbaum ganz anders wahr. Es handelte sich um die Geschichte ihrer Familie. Ihr Blick wanderte zurück zu König George III. Eine große Zahl von Strichen ging von seiner Verbindung mit Sophie Charlotte von Mecklenburg-Strelitz ab. Einer davon führte zu ihrem Vater, Edward Augustus, Duke of Kent and Strathearn. Es schmerzte sie, das Todeskreuz bei ihm zu sehen.

»23. Januar 1820 … Papa ist noch vor Großvater gestorben«, bemerkte Drina überrascht.

Baroness Lehzen nickte. »Es war eine düstere Woche für die Familie. Der König soll zu dieser Zeit völlig von Sinnen gewesen.

Er hat den Tod deines Vaters wahrscheinlich nicht einmal wahrgenommen.«

»Papa war auch krank.«

»Ja, eine schlimme Erkältung suchte ihn heim, die bald darauf zu einer Lungenentzündung führte.«

»Ich hätte ihn so gern kennengelernt. Richtig kennengelernt, meine ich. Ich wünschte, ich könnte mich noch irgendwie an ihn erinnern.«

Die Baroness streichelte Drina über die Wange. »Er war sehr stolz auf dich und wäre es auch jetzt. Fällt dir noch etwas auf zu deinem Großvater?«

Drina vertiefte sich in den Stammbaum. Dass George III. jähzornig gewesen war und im Laufe der Jahre geisteskrank wurde, stand nicht auf dem Papier. Aber Reverend Davys hatte darüber im Geschichtsunterricht gesprochen. Zornig zu werden kannte Drina selbst auch, vor allem, wenn sie ungerecht behandelt wurde und Lord Conroy und ihre Mutter das einengende Regelgeflecht um sie herum dichter und dichter weben wollten. Dann konnte sie vor Wut regelrecht aus der Haut fahren, brüllen und mit den Füßen aufstampfen.

Ihre Mutter erschrak in solchen Momenten. »Das hat sie von ihrem Großvater«, hatte sie zu Lord Conroy gesagt, was Drinas Wut nur noch mehr befeuert hatte, da sie ihn ja nicht einmal gekannt hatte.

Aber was fiel ihr auf?

»Meine Großeltern haben viele Kinder«, stellte sie fest.

»Das stimmt. Wie viele sind es?«

Drina zählte sie durch. »Fünfzehn.«

»Und den ältesten Sohn hat er nach sich selbst benannt«, bemerkte die Baroness. »Du kennst ihn.«

Drina schaute genauer hin. Ja, George Augustus Frederick war ihr Onkel.

Ihre Hauslehrerin wies auf die beiden Daten unter der Krone.

»Dein Großvater George III. litt an einer Krankheit des Geistes und konnte nicht mehr regieren. 1811 hat dein Onkel die Regentschaft bis zum Tod seines Vaters übernommen und wurde dann selbst König. George IV.«

Drina nickte. Sie hatte ihn einmal in der Royal Lodge bei Windsor Castle getroffen. Eingeschüchtert hatte sie vor dem massigen König gestanden. Der hatte nur gegrinst, ihr die Hand hingestreckt und leise gesagt: »Reich mir deine kleine Tatze!«

Sie mochte ihn, auch wenn er weder beim Volk noch in seiner Familie beliebt war. Seine Majestät war ebenfalls ein jähzorniger Mann, und er scheute sich nicht, Gäste auch während eines Essens oder gleich schon zur Begrüßung zu brüskieren. Vor allem Drinas Mutter konnte er nicht ausstehen. Dass sein Bruder eine Coburg geheiratet hatte, die aus erster Ehe zwei Kinder mitbrachte, hatte ihm nicht gefallen, wie er in der Royal Lodge lautstark verkündet hatte.

Dementsprechend mied Drinas Mutter jeglichen Kontakt zum Hof, wie es ihr Lord Conroy ständig anriet. Alexandrina Victoria solle von den Einflüssen des Hoflebens frei aufwachsen. Aber Onkel George akzeptierte das Nein der Verwandtschaft nicht immer.

Es klopfte. Das war während des Unterrichts mehr als ungewöhnlich. Die Baroness stand überrascht auf und blickte zur Tür, die in dem gleichen Moment aufgestoßen wurde. Es war Lord Conroy, stellte Drina erschrocken fest. Er nickte ihr mit einem kalten Lächeln zu. Was wollte er hier?

Das fragte sich offenbar auch Baroness Lehzen: »Lord Conroy?« Sie deutete einen Knicks an.

»Baroness«, sagte er und verneigte sich kurz. »Verzeihen Sie die Störung, aber ich muss Sie einen Moment unter vier Augen sprechen.«

Conroy hatte eine durchaus wohlklingende Stimme, die er zielgerichtet einzusetzen wusste. Wie oft hatte Drina ihn vor ihrer Mutter herumsäuseln gehört, um sie von etwas zu überzeugen. Half das nicht, konnte er schlagartig eine eisige Kälte in die

Stimme legen. Drina hatte es oft genug beobachtet, dass ihre Mutter spätestens dann auf seinen Kurs einschwenkte. Die Herzogin von Kent war keine starke Frau. Sie war angewiesen auf Conroy und wollte sich seines Wohlwollens sicher sein. Darum traf sie nie eine Entscheidung, ohne vorher seinen Rat einzuholen.

»Unter vier Augen? Dann würde das Kind allein zurückbleiben.«

»Es handelt sich um eine Angelegenheit von größter Bedeutung«, sagte er. »Wir werden eine Ausnahme machen.«

»Bleib still auf deinem Platz sitzen, studiere das Papier und merke dir, was dir auffällt«, befahl Baroness Lehzen mit einem Wink auf den vor Drina liegenden Stammbaum. »Ich bin gleich zurück. Was Lord Conroy mir zu sagen hat, wird sicher nicht allzu lange dauern. Das ist doch so, Lord Conroy?«

Er antwortete nicht, sondern machte schneidig kehrt und verließ das Unterrichtszimmer. Die Baroness folgte ihm.

Natürlich war Alexandrina neugierig, was es da zu besprechen gab. Warum war Lord Conroy heute erst so spät in Kensington Palace erschienen? Wieso kam er während des Unterrichts allein zur Baroness? Was um alles in der Welt konnte nur so wichtig sein? So wichtig, dass sie allein zurückbleiben durfte, was er sonst strikt untersagte. Drina war in der Regel so gut wie nie für sich. Dabei hatte sie eines gelernt: Niemals allein zu sein versperrte der Einsamkeit nicht den Weg.

Eine Angelegenheit von höchster Bedeutung, hatte er gesagt. Auf Zehenspitzen schlich sie zur hohen Tür. Leider war diese von den Erbauern des Palasts dermaßen massiv ausgeführt worden, dass sie zwar leise Stimmen vernehmen, aber nicht verstehen konnte, was besprochen wurde. Vielleicht half es, das Ohr ganz fest an das Holz zu drücken? Die Stimmen wurden lauter, aber eher dumpfer statt deutlicher.

Enttäuscht gab Drina auf und ging zurück zu ihrem Platz, bevor die Baroness sie am Ende noch erwischte.

Laut Stammbaum war ihr Onkel George im Jahr 1762 geboren,

also war er inzwischen schon fast – sie zählte die Jahrzehnte an den Fingern ab – siebzig Jahre. Uralt, dachte Drina, vor allem für einen so dicken Mann. Sie hatte Lord Conroy neulich noch mit Mutter darüber flüstern hören, dass der König krank wäre. Wer würde auf ihn folgen? Sie fuhr die Linie auf dem Papier mit dem Finger nach: Das einzige Kind aus seiner Ehe mit Caroline von Braunschweig-Wolfenbüttel war Charlotte Augusta. Drina überlegte kurz. Vom Verwandtschaftsgrad her musste das eine Cousine sein. Aber neben dem Eintrag von Charlotte Augusta stand – verbunden durch die Ringe der Ehe – ein Name, den Drina von ihrer mütterlichen Seite kannte: Prinz Leopold von Sachsen-Coburg-Saalfeld. Das war ihr lieber Onkel Leopold, Mutters Bruder! Drina wusste, dass dessen Frau noch vor ihrer Geburt gestorben war, eben diese Charlotte Augusta. Würde sie noch leben, wäre sie heute Drinas Cousine und Tante zugleich – und nach König Georges Tod Königin geworden, mit Onkel Leopold an ihrer Seite. Da sie keine Kinder hatten, war dieser Ast für die Thronfolge morsch geworden und abgebrochen.

Drina schaute gebannt, wie es weiterging. Nach allem, was sie in den vergangenen Lektionen Staatskunde gelernt hatte, rückten nun Onkel Georges Geschwister und deren Kinder in der Thronfolge voran. Der älteste Bruder war Onkel Wilhelm. Er würde wohl der nächste König werden.

Ein Geräusch vor der Tür ließ sie aufhorchen. Was war da los? Dann aber blieb alles still. Drina war verunsichert. So lange wie jetzt war sie sonst so gut wie nie allein. Was besprach Lord Conroy nur mit der Baroness? Draußen war jetzt alles still. Offenbar waren sie gegangen.

Drina zuckte mit den schmalen Schultern. Sie blickte wieder auf das Papier. Der Stammbaum zog sie an wie ein Licht im Dunkeln. Ihr Onkel Wilhelm war auch schon ein alter Mann. Dazu ebenfalls ohne legitime Kinder, die für die königliche Erbfolge infrage kamen. Wer würde den Thron einmal von ihm erben?

Die Linien und Namen tanzten vor Drinas Gesicht. Sie verfolgte in Gedanken die Möglichkeiten und landete … Das konnte nicht sein! Sie erschauderte, als ihr eine Gänsehaut über den Rücken lief. Ihr eigener Vater wäre der Nächste der Thronfolge gewesen. Aber er war tot. Aber … das bedeutete …

Drina hatte zu atmen vergessen. Jetzt sog sie die Luft tief ein. Sie schüttelte den Kopf. Sie musste sich getäuscht, einen anderen Zweig übersehen haben.

Für sie war ihr Titel als Prinzessin in ihrem bisherigen Leben verhasst gewesen, war er doch stets Lord Conroys Argument, dass sie sich seinen Regeln beugen musste. »Weil Ernst August, der Duke von Cumberland, Alexandrina Victoria etwas antun könnte«, hatte sie Conroy einmal sagen hören. Was er damit meinte, verstand sie nicht. Jedenfalls bedeutete ihr der Titel nichts. Es war wie der Titel eines Buches. Er stand außen auf dem Einband. Sie hatte das Buch oft gesehen, es sogar in der Hand gehalten, es bisher aber nie geöffnet und herausgefunden, dass darin ein ganzer Roman zu finden war. Jetzt aber wurde ihr bewusst, dass ihre Stellung eine Bedeutung hatte. Sie, die viel zu klein gewachsene Prinzessin, könnte einmal zur Königin der größten Nation der Welt werden. Eine Träne stahl sich aus ihrem rechten Augenwinkel. Sie spürte nach, wie sie über ihre Wange lief. Sie schmeckte salzig und bitter. Auf einmal fühlte sie sich noch einsamer als je zuvor. Und gleichzeitig stieg aus tiefstem Herzen ein Gefühl der Entschlossenheit in ihr auf. Königin. Das würde alles ändern.

»Ich werde es gut machen«, flüsterte sie.

In ihre Überlegungen öffnete sich die Tür.

»Lehzen!«, rief sie aus. Sie war froh, dass die Baroness ohne Lord Conroy eintrat.

Ihre Lehrerin wirkte aufgewühlt, fand aber schnell zu ihrem Lächeln zurück.

»Was ist denn los?«

»Es gibt Neuigkeiten, die dir die Herzogin und Lord Conroy im Salon persönlich mitteilen wollen«, sagte sie. »Komm mit.«

Drina stand auf, blieb dann aber mit einem Blick auf den Stammbaum stehen.

»Baroness!«, sagte sie.

»Ja?«

»Sie hatten mir aufgetragen, mir diesen Stammbaum anzusehen, und wollten mich fragen, was mir aufgefallen ist.«

»Und dir ist etwas aufgefallen«, stellte die Baroness mit zitternder Stimme fest.

»Ich weiß nicht, ob ich die richtigen Schlüsse gezogen habe«, gab Drina zu.

»Und welche Schlüsse hast du gezogen?«

»Werde ich einmal … Werde ich Königin sein?«

Die Baroness atmete tief ein und schloss kurz die Augen, als wollte sie so die Welt um sich aussperren. Doch dann blickte sie Drina an. »Heute ist etwas geschehen, das viel verändern wird.«

»Was denn? Hat das mit Lord Conroy zu tun?«

Die Hauslehrerin ergriff ihre Hand und führte sie zur Tür.

»Mein liebes Kind. Es wäre am besten, wenn du vor deiner Mutter und vor ihm heute nicht davon reden würdest, was du soeben erfahren hast.«

Die Herzogin saß im Salon in einem Lehnstuhl, Lord Conroy stand zwischen ihr und dem Piano forte hinter ihr.

»Mein Kind!«, rief ihre Mutter und streckte theatralisch die Hände aus.

Drinas Herz schlug heftig. Die Erkenntnis, einmal Königin zu werden, diese Nachricht und das Geheimnis mit der Baroness, das war zu viel Aufregung für einen Tag. Aber der Aufregungen war offensichtlich noch kein Ende.

»Baroness Lehzen, Sie können nun gehen«, sagte Conroy. »Es wird heute keine weiteren Unterrichtsstunden geben.«

Er wartete, bis die Angesprochene den Salon verlassen und die Tür hinter sich geschlossen hatte.

»Drina, mein liebes Kind!«, begann ihre Mutter.

»Was ist denn geschehen?«

Ihre Mutter öffnete den Mund, um weiterzusprechen, aber Conroy kam ihr mit einem deutlichen Räuspern zuvor.

»Ach, ich bin aber auch eine dumme, alte Gans!«, rief ihre Mutter aus. Drina mochte es gar nicht, wenn sie sich vor Lord Conroy so schlecht machte.

Conroy widersprach ihr nicht einmal. »Heute Nacht in aller Frühe ist dein Onkel, König George, verstorben.« Er legte so wenig Regung in diesen Satz, dass es einen Moment dauerte, bis Drina der Sinn des Gesagten bewusst wurde. George IV. war tot!

Ihre Mutter zuckte wenig damenhaft mit den Schultern. Conroy stellte sich zwischen sie und Drina.

»Damit steht fest, dass Wilhelm neuer König wird.«

Drina nickte. Genau das hatte sie gerade eben gedanklich durchgespielt! Sie fragte sich, ob die Baroness schon vom Tod des Onkels gewusst hatte. Auf jeden Fall erinnerte sie sich an die Mahnung ihrer Lehrerin und Freundin, Lord Conroy gegenüber nicht über die Thronfolge zu sprechen. Also schwieg sie.

»Deine Mutter hat dich rufen lassen, damit du erfährst, dass in den kommenden Wochen sicherlich eine Reihe von Gästen eintreffen wird«, erklärte Conroy. »Die Regel lautet: Wenn solche Gäste kommen, wirst du mit einer der Hofdamen im Schlafzimmer bleiben.«

Drina fand das befremdlich und spürte Wut in sich aufsteigen.

»Und es werden in der nächsten Zeit keinerlei Ausflüge mehr stattfinden«, fuhr Conroy fort.

»Aber es wird doch eine Beerdigung geben«, dachte Drina laut nach. »Und dann die Krönung von Onkel Wilhelm.«

»Nicht für dich, junge Lady«, sagte Conroy streng.

»Dann müssen Sie mir sagen, warum nicht«, befahl sie mürrisch.

»Weil deine englische Familie dich verdirbt!«

Drina war kurz davor, ihn anzufahren, doch erneut dachte sie an die Mahnung der Baroness. Sie rannte aus dem Salon.

»Alexandrina!«, bellte Conroy.

»Drina!«, rief Mutter ihr nach. »Warte an der Treppe.«

Die Erziehung in Kensington Palace war ihr so in Fleisch und Blut übergegangen, dass sie trotz der in ihrem Inneren widerstreitenden Gefühle an der Treppe stehen blieb, bis Lady Stopford kam und sie an der Hand nach oben führte.

Oh – eine Menge wird anders werden, wenn ich Königin bin, dachte sie. Sogar ihren eigenen Namen mochte sie nicht mehr, weil Conroy ihn ständig aussprach. Während sie als einer von ganz wenigen Menschen um ihren Onkel weinte, schwor sie sich, als Königin nicht mehr Alexandrina zu heißen. Sie würde lieber ihren zweiten Namen nehmen, den bisher niemand nutzte. Victoria. Königin Victoria. Das klang gewöhnungsbedürftig, aber sie war sich sicher, dass England, Großbritannien und die Welt sich daran gewöhnen würden.

DER ANTRIEB

Wird der Uhr durch das Aufziehen Energie zugeführt, ist der Antrieb dafür verantwortlich, diese zu speichern und nur nach und nach in das Uhrwerk abzugeben. Bei Taschenuhren findet das durch eine Spiralfeder statt, die im Federhaus sitzt.

 KAPITEL 5

Das »Schloss« blieb ein wichtiger Rückzugsort für die vier Kinder. Sie errichteten sich zwischen zwei Felsen ein grobes Dach aus dicken Ästen und Brettern, das sie mit Erdreich und Moos bedeckten. So konnten sie auch einen Regenschauer oder ein Gewitter halbwegs trocken überstehen. Hier spielten sie, ruhten sich aus und vertrauten sich ihre Sorgen und Wünsche an. Als Hedwigs Vater die Familie verließ, um allein nach Amerika auszuwandern, trösteten die Jungen das Mädchen. Hier brach sich Viktor beim Klettern auf den »hohen Turm« – so nannten sie einen Ast auf der Schatten spendenden Esche – den Arm. Hier wurde Erhard beinahe von einem Dachs gebissen, der plötzlich wie aus dem Nichts aufgetaucht war.

Und hier bekam Johannes seinen ersten Kuss. Besser gesagt, alle bekamen ihren ersten Kuss. Hedwig hatte das Spiel aufgebracht, das Mutprobe zugleich war. Sie wollte schauen, wer von den drei Jungen wohl der beste Küsser sein mochte. Mit geschlossenen Augen und klopfenden Herzen hielten sie dem Mädchen der Reihe nach ihre Münder hin. Viktor schnellte sofort zurück, als er die Berührung ihrer gespitzten Lippen fühlte. Erhard war mutiger und beendete den Kuss mit einem schmatzenden Geräusch, das alle zum Lachen brachte. Als Hedwig sich Johannes zuwandte, spürte er sein Herz wie wild schlagen. Er wollte nicht als feige gelten. Um sich zu beruhigen, schloss er die Augen, riss sie aber wieder auf, als sich ihre Münder berührten. Hedwig drückte ihre Lippen fest auf seine. Durch die Berührung wurde ihm ganz plötzlich schwindelig, sodass er den Kopf rasch zur Seite drehte.

Hedwig hatte schließlich den Sieger des Wettbewerbs zu bestimmen. Ihr Urteil fiel deutlich aus: Sie fand Küssen blöde, und sie lachten alle herzlich und fragten sich, warum es bei den Größeren so eine wichtige Rolle spielte.

Das Schloss gehörte ihnen ganz allein. Erwachsene und ihre Regeln hatten hier nichts verloren. Ältere Kinder hatten ihre eigenen Orte, wo sie sich trafen. Nein, das Schloss gehörte zu Viktor, Hedwig, Johannes und Erhard. Manchmal brachte einer von ihnen ein anderes Kind zum Spielen mit, aber im Kern blieben sie eine Viererbande, auch wenn sich sonst nach und nach alles verändert hatte.

Eine der größten Umwälzungen in Johannes Leben war vier Jahre nach Ernsts Geburt so plötzlich über den Fallerhof gekommen wie ein verheerender Gewittersturm. Eines Abends hatte der Vater die ein Jahr zuvor auf die Forderung seiner Frau hin weggeschickte Magd Elsa in die Stube geführt. Mit Tränen in den Augen stand sie da, in einem Arm einen schreienden Säugling, im anderen das Bündel mit ihren wenigen Habseligkeiten. Johannes las im Blick der Mutter eine Mischung aus entsetzter Wut und schmerzlicher Traurigkeit.

»Die Elsa wohnt jetzt wieder bei uns«, lautete Vaters knappe Ankündigung. »Das Kind heißt Ida.«

Johannes' Mutter war aus der Stube gestürmt, der Vater ihr hinterher. Die junge Magd schluchzte hemmungslos, während sie dem Streit vor der Tür zuhören konnten. Johannes hatte das Geschehen damals noch nicht recht verstanden, aber genug, um sich zu fürchten, dass die Eltern auseinandergehen würden. Am Ende aber blieben alle auf dem Hof. Elsa bezog wieder die Magdkammer unter dem Dach. Sie kümmerte sich um ihr Töchterchen und ging der Mutter wenn möglich aus dem Weg. Die würdigte die andere Frau keines Blickes.

Der Vater verschwand immer öfter abends im Kranz. Manchmal wurde Johannes nachts von seinem Poltern wach, wenn er betrunken zurückkehrte. Fand er die Tür zum Schlafzimmer seiner Frau verschlossen vor, schrie er das ganze Haus zusammen. Aber die Mutter öffnete ihm nicht. Mehrere Male kam er dann am nächsten Morgen die Stiege vom Dachboden heruntergeklettert. Doch im Laufe der Zeit legte auch Elsa ihrer Tür einen Riegel vor.

Johannes konnte sich später kaum noch an die Zeit erinnern, als man in Märgen vom »Fallerhof-Hermann« mit Respekt gesprochen hatte. Im Suff wurde sein Vater regelrecht streitsüchtig. Und betrunken schien er ständig zu sein. Er pöbelte häufig herum. Wenn irgendwo eine Schlägerei stattfand, konnte man eine Zeit lang fast sicher sein, dass er daran beteiligt war.

An Johannes' elftem Geburtstag war der Vater erst nachmittags nach Hause gekommen. Er war schon wieder – oder noch – betrunken, das wusste man bei ihm in diesen Tagen nicht. Die Mutter fauchte ihn an, er solle gleich wieder verschwinden, da warf er mit Schimpfworten um sich herum, die ein Mann nicht der schlimmsten Frau nachsagen durfte, geschweige denn seinem Eheweib. Elsa befahl ihm, sofort zu schweigen. Doch das führte nur dazu, dass er wütend zum Schlag ausholte.

Johannes war ihm in den Arm gesprungen, bevor er Elsa und die kleine Ida treffen konnte. Damit hatte er die Wut des Alten auf sich gelenkt. Der nächste Schlag ging nicht daneben, sondern streckte Johannes nieder. Bevor er ohnmächtig wurde, spürte er einen stechenden Schmerz durch sein Gesicht peitschen. Vaters Hand hatte seine Nase getroffen und sie ein zweites Mal an derselben Stelle brechen lassen, wo es durch Egidius schon einmal passiert war.

Als Johannes wieder zur Besinnung kam, war sein Vater verschwunden. »Er war entsetzt, als er dich am Boden gesehen hat«, sagte Elsa später. »Er hat geschrien, dass er das nicht gewollt habe.« Johannes glaubte das sogar. Offenbar war der Vater daraufhin weggelaufen. Und er blieb verschwunden.

Nach zwei Tagen, in denen niemand ein Lebenszeichen von ihm gesehen hatte, ordnete Bürgermeister Joseph Lickert eine Suche an. Fast fünfzig Männer durchkämmten die Gegend und hielten an Stellen im Wald und am Fuß von Hängen Ausschau, wo ein Betrunkener hätte stürzen können. Aber sie fanden keine Spur von ihm. Noch Jahre später sprach man in Märgen von der Faller-Suche, die trotz aller Befürchtungen schließlich unerwartet ein gutes Ende gefunden hatte. Nach einer Woche war der Vater stinkend und verdreckt, sonst aber unversehrt wieder aufgetaucht. Er verriet niemandem, wo er gewesen war.

Doch während seiner Abwesenheit hatte er sich verändert: Er versuchte, dem Alkohol zu widerstehen. Das gelang ihm nicht immer, aber in den folgenden Jahren hatte er sich weitaus besser im Griff als zuvor. Auf jeden Fall erhob er nie wieder eine Hand gegen ein Mitglied seiner Familie. War er wütend – und dafür reichte meist schon ein geringer Anlass –, brüllte er herum, beruhigte sich dann aber entweder oder rannte irgendwann schimpfend und fluchend aus dem Raum.

Gott sei Dank fand das Leben im Fallerhof nach seiner Rückkehr langsam wieder zu einer Art Normalität zurück. Johannes' Mutter und Elsa hatten sich während der Abwesenheit des Vaters zu einer Zweckgemeinschaft zusammengefunden. Gemeinsam stellten sie sich seinen Launen meist erfolgreich entgegen. Freundinnen wurden sie nie, aber dass sie einst denselben Mann liebten und ihm Kinder geboren hatten, verband sie. Und es gab noch eine Gemeinsamkeit: Die Liebe zu Johannes' Vater war bei beiden Frauen längst erloschen, aber die Umstände zwangen sie, bei ihm auf dem Hof zu bleiben.

Johannes' kleine Schwester Ida wuchs zu einem aufgeweckten Mädchen heran, das seine älteren Halbbrüder vergötterte. Im zarten Alter von drei Jahren hatte sie schon mehr geredet als Ernst in seinem ganzen Leben. Jetzt war sie fünf, kaum zu zähmen und die einzige Schwester, die noch auf dem Hof lebte. Liesbeth und

Erika hatten das Elternhaus schon verlassen. Die älteste Schwester würde ihrem Berthold bald das zweite Kind schenken. Und auch Erika hatte sich verliebt – Hals über Kopf in den Uhrenhändler Alfred Glaser, der auf dem Weg ins Uhrenland in Märgen Station gemacht hatte.

Das Uhrenland. Johannes wusste natürlich längst, dass man das Land seiner kindlichen Vorstellung auf keiner Landkarte finden konnte. Die Schwarzwälder Händler nannten alle fremden Länder so, in denen sie ihre Uhren mit Gewinn verkauften – und das waren nicht wenige. Alfred Glaser zog es in den Osten – nach Prag und Budapest. Er schrieb Erika mehrere Briefe und kündigte sich ein Jahr nach seinem ersten Besuch erneut an. Er war aus dem Ausland zurückgekehrt, weil er den Hof der Familie in Freudenstadt geerbt hatte. Dem Vater gefiel der junge Mann. Er willigte in den von beiden einhellig geäußerten Heiratswunsch nur zu gern ein.

***

Auch Johannes selbst durchlebte einige Veränderungen. Mit zwölf Jahren machte er einen Schuss in die Höhe. Dazu bekam er bald breitere Schultern. War er früher schmächtig gewesen, so war aus ihm über die Zeit ein athletischer Vierzehnjähriger geworden, der im Wald und auf dem Hof tatkräftig mit anpackte. Dafür aß er auch für zwei.

Dass er nun an diesem einen Mittag beim Hinausgehen aus dem Schulhaus der Länge nach zu Boden fiel, lag aber nicht an dem schnellen Wachstum, sondern an einem Fuß, der ihm plötzlich im Weg stand. Johannes hörte schadenfrohes Lachen, während er sich aufrappelte. Er betrachtete sich die aufgeschürfte Handfläche und blickte dann seinem Peiniger in die Augen, Egidius Riesle.

»Oh, hast du deinem Namen wieder alle Ehre gemacht, Faller?«, fragte dieser mit süßlichem Ton in der Stimme. Schärfer fügte er hinzu: »Was läufst du mir auch immer genau in den Weg?«

Egidius klopfte Johannes demonstrativ den Schmutz vom Hemd.

»Hier ist ja auch noch was«, sagte er mit einem hämischen Grinsen und schlug Johannes mit der flachen Hand auf die Wange, dass es nur so klatschte. In seinem Gesicht spiegelte sich dabei die Macht des Stärkeren – des vermeintlich Stärkeren. Seit Jahren ertrug Johannes die Schikanen des Älteren und schmiedete Pläne, wie er es ihm heimzahlen könnte. Die ganze Grübelei hatte ihn nicht weitergebracht. Doch als Egidius ihm jetzt eine zweite Ohrfeige verpassen wollte, handelte Johannes, ohne nachzudenken. Ja, er erschrak sogar selbst, als ihm bewusst wurde, dass er den Kerl heftig mit beiden Händen vor die Brust von sich wegstieß. Ihre Mitschüler nahmen auf einmal von der außergewöhnlichen Situation Notiz und bildeten einen Ring um die Kontrahenten.

Diesen Moment hatte Johannes sich oft ausgemalt, diesen Satz Hunderte Male zu sagen geplant: »Du hast mich heute zum letzten Mal geärgert.«

Statt mannhaft zu klingen, drang seine Stimme leicht wackelig aus seiner Kehle hervor und endete mit einem Kieksen. Ein unkontrollierbares Zittern ergriff Besitz von seinem Körper. Je mehr er sich zwang, seine Aufregung nicht zu zeigen, desto stärker wurde sie.

Egidius erkannte Anzeichen von Schwäche immer sofort. Er grinste dreckig und sagte mit harmlosem Unterton: »Was machst du? Ich wollte dir doch nur helfen. Du kannst mich nicht für deine Ungeschicklichkeit verantwortlich machen, Faller. Und das ist dafür, dass du mich geschubst hast!« Damit stieß er Johannes mit voller Wucht zurück. Johannes sah kommen, dass er stürzen würde, schaffte er aber irgendwie, sich nach zwei Schritten zu fangen.

Der Rest sollte in seiner Erinnerung zu einem neblig verschwommenen Bild verblassen. Johannes stürzte sich wutentbrannt auf Egidius. Der hatte mit einem so wuchtigen Angriff nicht gerechnet und ihm dementsprechend wenig entgegenzusetzen. Er landete auf dem Rücken wie ein Käfer. Johannes fand sich auf der Brust seines Peinigers wieder und boxte ihm ins Gesicht. Egidius zappelte und wehrte sich, versuchte seinerseits, einen Haken nach oben zu landen, und bäumte sich auf im Versuch, Johannes von sich zu werfen. Das gelang ihm fast. Aber mit einer gewaltigen Kraftanstrengung drückte Johannes ihn wieder zu Boden und schlug weiter zu. Jemand riss an seinem Hemd, er schüttelte ihn ab. Andere Kinder brüllten, Johannes verstand ihre Worte nicht. Das Einzige, was er sah, war die wutverzerrte Fratze seines Gegners.

Erst jetzt klärte sich sein Blickfeld. Das Gesicht, das er gerade erneut traf, war nicht wut-, sondern schmerzverzerrt. Egidius weinte! Er versuchte nur noch, sich vor Johannes' Schlägen zu schützen. Er wehrte sich nicht einmal mehr.

Johannes ließ von ihm ab. Er blickte Egidius noch einen Moment an. Ein Blutfaden quoll aus der geplatzten Oberlippe, und ein Auge begann schon jetzt zuzuschwellen.

Johannes stand auf und gab Egidius damit frei. Über viele Jahre hinweg hatte er diesen Triumph herbeigesehnt, aber jetzt hinterließ der Anblick seines besiegten Gegners keine Genugtuung, sondern nur eine matte Leere.

»Der wird sich hüten, dich noch mal anzugehen«, sagte Hedwig nach dem Kampf.

Johannes nickte kraftlos. Er war erschüttert über sich selbst. Er wurde doch hoffentlich nicht wie sein Vater? Ein Mann, der sich nicht unter Kontrolle hatte. Das durfte nicht sein, das wollte er nicht!

Auf dem Weg nach Hause ahnte Johannes schon, dass das Kapitel Egidius damit nicht endgültig abgeschlossen war. Der Schwarzwald mochte riesig sein, dennoch begegnete man sich hier immer mindestens zweimal.

Am Abend sprach der alte Riesle beim Vater vor. Er schilderte Egidius' Version der Geschichte, nach der Johannes unglücklich gestürzt sei und seine Wut an Egidius ausgelassen hätte.

»Wir wissen doch beide, was für ein Satan dein Junge sein kann«, machte der Vater ihm klar und sagte, dass er eher der Version seines eigenen Sohnes Glauben schenke. Die beiden Erwachsenen stritten, bis Johannes' Vater den mittlerweile tobenden Martin Riesle unsanft vor die Tür setzte.

»Wer sich nicht zu wehren weiß, wird immer ganz unten bleiben«, sagte er zu Johannes und klopfte ihm anerkennend auf die Schulter.

Mit einem Lob hatte Johannes wahrlich nicht gerechnet. Er fühlte sich nun sogar erbärmlicher, als hätte er eine richtige Bestrafung bekommen.

Die gab es erst am nächsten Morgen in der Schule. Martin Riesle redete vor Schulbeginn aufgeregt auf den Lehrer ein. Er zeigte auf Johannes, bevor er das Schulhaus verließ.

»Dass Jungen sich prügeln«, begann Urban Heim nach dem Gebet, »kann man nicht immer verhindern. Aber es ist meine Pflicht als Lehrer, dafür zu sorgen, dass ihr euch der Konsequenzen eurer Taten bewusst werdet. Egidius, Johannes, tretet vor!«

Beide taten wie geheißen. Egidius funkelte Johannes mit dem linken Auge an. Das rechte war vollkommen unter einem dunklen Bluterguss zugeschwollen. Auch die Oberlippe war deutlich dicker als sonst.

Sie standen nebeneinander vor der Klasse, während Urban Heim aus seiner abgegriffenen Bibel aus dem Matthäusevangelium vorlas: »*Ihr habt gehört, dass es im Gesetz von Mose heißt: ›Du sollst nicht töten. Wer einen Mord begeht, wird verurteilt.‹ Ich aber sage: Schon der, der nur zornig auf jemanden ist, wird verurteilt! Wer zu seinem Freund sagt: ›Du Dummkopf!‹, den erwartet das Gericht. Und wer jemanden verflucht, dem droht das Feuer der Hölle.*«

Der Lehrer schaute aus der Bibel auf und fragte: »Wollt ihr etwa bis in alle Ewigkeit in der Hölle schmoren?«

Johannes schüttelte entsetzt den Kopf. Egidius tat es ihm gleich.

»*Wenn ihr also vor dem Altar im Tempel steht, um zu opfern, und es fällt euch mit einem Mal ein, dass jemand etwas gegen euch hat, dann lasst euer Opfer vor dem Altar liegen, geht zu dem Betreffenden und versöhnt euch mit ihm. Erst dann kommt zurück und bringt Gott euer Opfer dar*«, las der Lehrer weiter.

Er blickte sie erneut an. »Reicht euch die Hände und versöhnt euch!«

Beide Jungen wussten, dass der erzwungene Handschlag nichts bedeutete. Johannes bereute zwar ehrlich, die Kontrolle verloren zu haben. Dass dadurch Egidius in die Schranken gewiesen worden war, bedauerte er aber keinesfalls. Dafür hatte der ihn zu lange gepiesackt. Seine Entschuldigung war deshalb letztlich nur ein Lippenbekenntnis.

Während Egidius sich auf seinen Platz setzen durfte, erhielt Johannes als Strafe für die Prügelei vier kräftige Schläge mit dem Rohrstock auf jede Handfläche. Er nahm sich zwar vor, die Strafe klaglos zu erdulden, bei den letzten beiden Schlägen konnte er die Schmerzensschreie allerdings nicht mehr zurückhalten.

Endlich durfte sich auch Johannes wieder setzen. Im Unterricht sprach Urban Heim über die Erbfolge im Schwarzwald, die sich deutlich von dem Vorgehen in den meisten anderen Regionen der deutschen Fürstentümer unterschied. Aber die Einzelheiten hatte Johannes nicht mitbekommen. Er wartete nur darauf, dass der brennende Schmerz auf seinen Handflächen nachließ.

Als der Vater zwei Wochen später seine drei Söhne zusammenrief, waren die Striemen auf Johannes' Händen längst wieder verheilt. Seine Mutter saß bereits in der Stube am Tisch. Sie trug ihre Tracht samt der schwarzen Backenhaube, was für einen Werktag ein außergewöhnlicher Anblick war. Noch seltsamer fand Johannes die

Anwesenheit des Amtmanns, des Herrn Lehrers und des Bürgermeisters Joseph Lickert. Ein junger Amtsschreiber hatte ein halb gefülltes Blatt Papier vor sich liegen und streute das bis eben Geschriebene mit feinem Sand ab. Johannes fürchtete zuerst, dass es noch einmal um seine Prügelei mit Egidius ginge, aber diese Sorge stellte sich als unbegründet heraus.

»So, dann sind wir jetzt also vollzählig«, sagte der Amtmann. Er stellte sich als Sebastian Weber vor.

Johannes' Vater war heute nüchtern, sein Blick leicht glasig, das Gesicht aufgedunsen. Das Trinken hatte über die Zeit auf seiner Nase Äderchen hervortreten und platzen lassen. Es sah aus wie auf eine Landkarte gekritzelte Flussverläufe.

»Ihr seid meine Söhne«, begann er und blickte dabei August und Johannes in die Augen. Ernst anzusehen, vermied er. Johannes' jüngster Bruder war seit ein paar Wochen neun Jahre alt, sein Körper erinnerte aber eher an einen Sechs- oder Siebenjährigen. Johannes teilte sich mittlerweile mit ihm das Zimmer, nachdem August Erikas ehemalige Kammer bezogen hatte.

»Es ist an der Zeit, dass wir uns darüber unterhalten, wer von euch einmal den Hof übernehmen soll«, fuhr der Vater fort.

Amtmann Weber ergriff das Wort. »Sagt euch Jungen der Begriff ›Minorat‹ etwas?«, fragte er. August nickte, Johannes aber schüttelte mit dem Kopf. Ernst reagierte gar nicht.

»Das bedeutet, dass der jüngste Sohn den Hof nach dem Anerbenrecht übernimmt. Er hat seine älteren Brüder auszuzahlen.«

Ganz schwach regte sich in Johannes die Erinnerung, so etwas schon einmal gehört zu haben.

»Der Erbe dieses sogenannten Fallerhofs wäre nach dem Prinzip des Minorats dieser junge Mann.« Der Amtmann wies auf Ernst. Der reagierte immer noch nicht auf die Ansprache. Seine Augen bewegten sich im Takt des betrachteten Uhrpendels hin und her.

»Zumindest, falls keine weiteren Söhne mehr geboren werden«, fügte der Amtmann an.

Johannes' Mutter schüttelte vehement den Kopf.

»Junger Mann?«, versuchte der Amtmann erneut, Ernst zu einer Reaktion zu bewegen.

»Ernst!«, knurrte der Vater gereizt, aber auch das war nicht von Erfolg gekrönt. Als die Mutter sich vorbeugte und die Hand des jüngsten Bruders nahm, blinzelte er ihr nur kurz zu, lächelte, wandte sich dann aber wieder ab.

»Da sehen Sie es selbst, Herr Amtmann. Der Junge ist nicht recht bei Sinnen«, sagte der Vater.

»Sonst spricht er aber, Herr Amtmann«, verteidigte die Mutter ihren Jüngsten. »Er ist ein besonderes Kind. Jetzt ist er wohl zu verunsichert von der Anwesenheit so vieler wichtiger Herren. Er ist doch erst neun Jahre alt.«

»Das mag sein«, sagte Weber, wandte sich dann aber an den Schullehrer: »Sie kennen den Jungen besser. Was sind Ihre Erfahrungen?«

Urban Heim rückt etwas nach vorn. Er strich sich eine Locke aus den Augen, atmete tief ein und sagte dann: »Es stimmt, dass Ernst sehr still ist und oft, so wie jetzt, abwesend zu sein scheint. Aber wenn ihn in der Schule etwas interessiert, bekommt er das sehr wohl mit. Vor allem, wenn es mit Technik oder der Mathematik zu tun hat.«

Der Amtmann nickte und wandte sich erneut an den Jungen: »Kannst du mir sagen, was zwei plus zwei ergibt?«

»Ernst!«, ermahnte Vater ihn ein zweites Mal mit lauter Stimme.

Johannes kannte seinen Bruder gut. Dass er schwieg, lag nicht daran, dass er nicht sprechen konnte. Wenn Ernst wollte, gab er durchaus eine Antwort. Manchmal überraschte er seine Familie, wenn er von sich aus etwas fragte oder plötzlich über Möglichkeiten berichtete, die Zahnräder platzsparender anzuordnen. Lange Reden hielt er nie, er redete stets nur das Nötigste. Vor allem bei Erwachsenen und Fremden.

Ernst ging jeden Morgen klaglos mit in die Schule, setzte sich und reagierte auf Hänseleien so wenig wie jetzt auf die Frage des Amtmanns. Nach ein, zwei Versuchen hatten die Kinder das Interesse an ihm verloren. Dass er allein saß, störte ihn offenbar nicht. Manchmal meldete Ernst sich sogar unvermittelt und warf eine Zahl in den Raum. Zuerst hatten sich alle darüber amüsiert. Im Laufe der Wochen hatte Urban Heim allerdings wohl festgestellt, dass Ernst mit etwas Verzögerung die Aufgaben beantwortete, die er den älteren Kindern für den nächsten Tag als Schularbeiten aufgetragen hatte.

»Sie müssen ihm eine schwerere Aufgabe stellen, Herr Amtmann!«, sagte Johannes.

»Hier unterhalten sich Erwachsene«, herrschte der Vater ihn an. »Entschuldigen Sie, Herr Amtmann.«

»Aber ich denke, er hat recht«, sprang der Lehrer Johannes zur Seite. »Ernst, welchen Umfang hat ein Zahnrad mit einem Radius von vier neuen Zentimetern?«

»Als hätte er die Frage nicht einmal gehört!«, bemerkte Amtmann Weber nach einer Pause, in der er sich über den gezwirbelten Schnurrbart strich.

»Doch, Herr Amtmann«, sagten die Mutter und Johannes zugleich.

»Ist dein Bruder immer so?«, wandte er sich an August.

»Ich habe nicht viel mit ihm zu tun«, sagte der. »Ich bin meist draußen. Und er baut hier drinnen Uhren.«

»Uhren bauen kann er also?«, fragte Weber den Vater.

»Er macht ja kaum etwas anderes. Wenn er aus der Schule kommt, setzt er sich an die Werkbank und verlasst die nur, um sich Teile zu holen oder fertige Uhren wegzubringen.«

»Und die Uhren gehen?«

Der Vater nickte. »Die Uhren gehen«, bestätigte er. »Sie gehen vor allem weder vor noch nach, sondern immer genau. Es sind die besten übersetzten und angestrichenen 24-Stunden-Werke, die Sie in Märgen finden werden, ach, wahrscheinlich im ganzen Schwarzwald. Aber er sitzt auch ewig daran und feilt jeden Zahn einzeln nach. Von seiner Arbeit könnte keiner je leben.«

Bürgermeister Lickert nickte.

»Ihre Uhren liefern Sie nach England?«, fragte der Amtmann.

»Das müssen Sie ihn hier fragen«, sagte Vater und zeigte auf den Lehrer.

»Wie Ihnen sicher bekannt ist, arbeite ich neben dem Schuldienst gelegentlich als Packer für verschiedene Händler in London und Cambridge«, erklärte Urban Heim.

Der Amtmann nickte. »Dann können Sie die Qualität der Arbeit bestätigen?«

»Unbedingt, Herr Amtmann.«

»Walter, schreib das nieder«, befahl Weber seinem Schreiber. An den Vater gerichtet fuhr er fort: »Lässt der Knabe sich denn nicht dazu bewegen, die Teile schneller zu montieren?«

»Eine Uhr braucht Zeit«, erklang plötzlich Ernsts vom knappen Gebrauch leicht krächzend klingende Stimme. Alle blickten auf ihn.

»Er spricht!«, bemerkte der Amtmann überrascht.

»Das sagte ich doch«, warf Johannes' Mutter ein.

Aber sosehr sich der Amtmann bemühte, mehr aus Ernst herauszubekommen, der Junge schwieg nach diesem Satz beharrlich weiter. Weber schüttelte den Kopf und diktierte seinem Schreiber: »Unter den vorgefundenen Bedingungen kann dem Jungen Ernst Faller, Sohn von Hermann Faller, eine Übernahme des Fallerhofs nicht zugemutet werden.« Er blickte zum Bürgermeister, der ihm mit einer Geste seine Zustimmung signalisierte.

»Wegen der augenfälligen Beschränkung des Jungen stellen wir hiermit fest, dass der zweitjüngste Sohn ... Johannes war der Name?« Er blickte fragend zum Vater.

»Johannes Karl Faller«, sagte der.

»... Johannes Karl Faller nach dem Minoratsprinzip den Fallerhof in Märgen erben soll, wenn sein Vater stirbt oder sich auf das

Altenteil zurückzieht.« Erneut schaute er zum Vater. »Ersteres wollen wir nicht hoffen, und Letzteres wird ja wohl noch viele Jahre auf sich warten lassen.«

Johannes bemerkte einen stechenden Blick von August, er registrierte, dass Ernst mit einem Bein wackelte, sah Mutters maskenhaftes Gesicht und Vaters Grinsen. Das Besprochene drang derweil nur langsam zu ihm durch. Er würde also eines Tages den Hof übernehmen? Dann wäre er der Herr des Fallerhofs! Eine Welle des Stolzes durchfuhr ihn.

»Ich werde es gut machen«, flüsterte Johannes kaum hörbar.

Kurz darauf hatte sich die Versammlung aufgelöst. Als Letzte befanden sich Ernst und Johannes in der Stube. Der Jüngere setzte sich an die Werkbank und nahm sich eine defekte Uhr vor. Als Johannes die Stube verließ, hörte er Ernst murmeln: »Fünfundzwanzig Komma eins, drei, zwei, sieben, vier, eins, zwei, zwei, acht …«

 KAPITEL 6

St. Märgen, Sommer 1833

Mit den Jahren hatte sich der Freundeskreis von Viktor, Erhard und Johannes erweitert. Statt im Schloss trafen sie sich nach der Schule nun häufiger hinter dem Kloster, draußen am *Hirschen* oder am Bach, wo auch andere Schüler zusammenkamen. Es war ihr letzter Sommer, den sie so verbringen konnten. Der Abschluss der Volksschule stand unmittelbar bevor.

Hedwig hatte schon im vergangenen Herbst eine Anstellung als Magd auf dem Hummelhof angenommen. Ihre neue Arbeit begann so früh und endete so spät, dass sie im Winter ganz dort wohnen blieb. Die Stellung gefiel ihr recht gut. Der Herr und die Familie behandelten sie freundlich und gerecht, und ihren Lohn bekam sie stets pünktlich ausgezahlt. Mit dem Großteil davon unterstützte sie ihre Mutter, damit die jüngeren Geschwister etwas Vernünftiges zu essen bekamen. Obwohl ihr Vater versprochen hatte, aus Amerika Geld zu senden, war bisher weder ein Heller noch ein Brief eingetroffen.

Erhards Pläne für die Zeit nach der Schule standen ebenfalls schon fest. Er würde zurück nach Freiburg gehen. Sein Onkel hatte ihm dort eine Ausbildung in der Stadtverwaltung verschafft, die am 1. September 1833 beginnen sollte. Johannes konnte sich den immer noch heiseren Jungen gut in einer Schreibstube vorstellen, der er wahrscheinlich nach fünf oder acht Jahren selbst vorstehen würde. Obwohl Erhard mit der kleinen Bande Freunde gefunden hatte, freute er sich darauf, in seine Heimatstadt zurückzukehren, wo er bei einem entfernten Cousin seiner Mutter wohnen würde.

Wäre er hiergeblieben, hätte er weiter seinem Onkel Lorenz und Cousin Josef beim Bau der Uhren mit Achttagewerk helfen müssen. Aber diese Arbeit lag ihm nicht. Johannes konnte das nachvollziehen. Uhrenbauen machte auch ihm keinen Spaß, obwohl die Arbeit dem Hof wichtiges Geld einbrachte.

»Hat dein Onkel die Zahnräder bekommen?«, fragte er Erhard an einem besonders heißen Nachmittag, den sie im Schatten einer Eiche am Bach verbrachten.

Erhard wandte den Blick nicht von den drei Mädchen, die kichernd etwas weiter saßen und mit hochgezogenen Röcken die Beine ins Wasser hielten. »Die Zahnräder?«, wiederholte er. »Ja, die hat er bekommen. Aber er war nicht zufrieden.«

»Nicht zufrieden? Warum nicht?«, fragte Johannes überrascht.

Erich drehte sich zu seinem Freund um. Die Mädchen kicherten noch lauter. »Er sagt, dass mehrere davon nicht rundlaufen. Drei Uhren musste er deshalb zurückbauen. Heute Abend will er zu euch kommen und von deinem Vater für den Ärger drei Gulden als Entschädigung einfordern.«

Johannes biss sich auf die Unterlippe. In letzter Zeit war der Vater wieder öfter und regelmäßiger in den Wirtschaften gewesen. Jetzt trank er auch erneut daheim. Ermahnungen von Mutter und Elsa halfen nur bedingt. Er bemühte sich kurz, nüchtern zu bleiben, wurde dann aber so übellaunig, unkonzentriert und aufbrausend, dass sie ihn lieber trinken ließen. Johannes fürchtete, dass er im Suff auf die Forderung von Lorenz Mark handfest oder zumindest ausfallend reagieren könnte. Dabei war dieser ein wichtiger Kunde.

»Sag deinem Onkel, dass er heute nicht zu meinem Vater gehen soll«, bat Johannes. »Ich kümmere mich um alles. Ich bringe ihm morgen die drei Gulden. Und sag ihm, dass es nicht wieder vorkommt.«

Als sich der Vater am Abend zum Stammtisch verabschiedet hatte, ging Johannes unter einem Vorwand in die Werkstatt. Er wusste genau, wo der Alte sein Extrageld für den Schnaps versteckte. In einer Schublade mit den gesammelten Nägeln und Eisenbeschlägen lag ein Schlüssel. Das Schloss dazu befand sich unter der Werkbank mit der Zahnbohrmaschine an einer kleinen Truhe. Auf den ersten Blick lagen darin nur Tücher und Stoffstücke, darunter allerdings fanden sich Münzen und eine Flasche mit Schnaps. Sollte er es wirklich tun? War das nicht Diebstahl? Johannes nahm drei der Silbergulden heraus. Im Profil war das Gesicht von Großherzog Leopold darauf geprägt. Johannes fragte sich, ob er den Regenten anhand dieses Bildes erkennen würde, wenn er ihm auf der Straße begegnete. Er zuckte mit den Schultern. Er würde wahrscheinlich nie in seinem Leben einen Mann von Adel kennenlernen.

Johannes zögerte noch immer. Die Münzen lagen schwer in seiner Hand und würden sein Gewissen ebenfalls belasten. Aber er nahm das Geld ja nicht für sich, sondern für die Familie. Und nachdem er zu Erhard gesagt hatte, dass er das Geld besorgen würde, konnte er jetzt auch nicht kneifen. Johannes wickelte die Münzen schließlich in eines der Tücher und schob das Bündel in die Hosentasche. Er konnte nur hoffen, dass dem Vater das fehlende Geld nicht auffallen würde.

***

Die einfachsten Werke der Schwarzwalduhren ließen sich für eine Laufzeit von zwölf Stunden aufziehen. Das war unpraktisch. Die übersetzten Werke, die sie bauten, liefen doppelt so lange, also vierundzwanzig Stunden. Im Fallerhof ging Ernst jeden Morgen vor dem Frühstück die Uhren im Haus ab und zog sie liebevoll auf. Ihm genügte das dabei entstehende Geräusch im Werk, um Schlüsse auf seine Funktionstüchtigkeit ziehen zu können. Manchmal nahm er eine Uhr von der Wand. Er reinigte dann das Werk, wechselte vielleicht einen Teil des Antriebs aus und hängte sie zurück. Seit Ernst sich darum kümmerte, liefen alle Werke perfekt gleichmäßig.

Die meisten Leute behandelten ihre Uhren mit weniger Begeisterung. Einigen war es lästig, jeden Tag ans Aufziehen denken zu müssen. Deshalb fertigte Erhards Onkel Lorenz Mark kompliziertere Werke, die eine ganze Woche am Stück laufen konnten, sogenannte Achttagewerke. Diese waren aufwendiger zu bauen und dementsprechend auch weit teurer als die bescheideneren Werke, die auf dem Fallerhof hergestellt wurden.

Lorenz Mark war in Vaters Alter. Sein leichter Buckel drückte sich heraus, wenn er mit der runden Eisenbrille auf der Nase konzentriert an seiner Werkbank die Räder auf die Platinen steckte.

Johannes musste kurz warten, bis Mark einen Arbeitsschritt abgeschlossen hatte. Er setzte die Brille ab.

»Der Faller-Sohn«, begrüßte er Johannes knapp. »Eigentlich wollte ich lieber mit deinem Vater gesprochen haben.«

»Er lässt ausrichten, dass es ihm leidtut, dass sie mit der Lieferung nicht zufrieden waren«, log Johannes. Am Hochziehen der Augenbrauen erkannte er, dass Mark am Wahrheitsgehalt seiner Worte zweifelte.

»Es soll nicht mehr vorkommen«, fügte Johannes schnell hinzu und kramte die drei Gulden aus seiner Hosentasche. Er legte sie vor Mark auf den Tisch.

Die Feinwerkstatt war ein großer Raum voller Regale, auf denen Uhrenteile lagen, Schilde und vorgefertigte Kästen. An einem niedrigen Balken hingen acht Uhren, deren Laufgenauigkeit er testete.

»Gefallen sie dir?«, fragte Erhards Onkel. Er legte das Geld zur Seite, als sei es eine Nebensache.

»Wir stellen bei uns ja nur Tageswerke her«, antwortete Johannes.

Mark nickte.

»Gehen die ins Uhrenland?«, fragte Johannes.

»Sechs gehen nach Freiburg und zwei nach Straßburg.«

»Ich dachte, dass sie vielleicht nach England verkauft würden.«

Mark schüttelte den Kopf. »Da wollen die meisten Kunden lieber die billigen Werke. Die Schwarzwald-Engländer verkaufen die gut, aber für meine aufwendigeren Uhren gehen nur wenige Bestellungen ein. Der Andreas Schwär will jetzt ein paar.«

»Der ist doch mit Viktor verwandt, oder?«, fragte Johannes.

»Entfernt. Ich glaube, er ist ein Großonkel. Er ist *Clockmaker* in London.« Er erhob einen Zeigefinger: »Aber zurück: Wenn mir dein Vater noch einmal so krumme Zahnräder liefert, braucht er mir gar keine mehr machen. Das kannst du dem Hermann ganz deutlich sagen.«

Johannes nickte.

»Es ist ja bemerkenswert, dass du für deinen Vater einstehst und ihn schützen willst, aber du kannst mir glauben: Das Saufen macht die Leute kaputt. Man kann nur hoffen, dass der Faller seine Familie nicht mit sich in den Abgrund zieht.«

Johannes spürte Scham in sich aufsteigen. Er wusste nicht, was er sagen sollte.

»Schlägt er euch auch?«, fragte der Mann.

»Nein!«, rief Johannes schnell.

»War da nicht mal was mit deiner Nase?«

»Das war ein Unfall.«

Mark nickte. »Er war mal ein guter Kerl, sonst hätte deine Mutter sich damals vielleicht anders entschieden. Aber die Sauferei lässt die guten Seiten eines Mannes im Schatten der schlechten unsichtbar werden. Lass die Hände davon, Johannes!«

Johannes war es peinlich, sich vom Onkel seines Freundes eine solche Predigt über seinen Vater anhören zu müssen. Er nickte nur. »Können wir Ihnen denn weiter Zahnräder liefern?«

»Man hört, dass dein kleiner Bruder sich gut macht«, sagte Mark, ohne Johannes' Frage zu beantworten. »Ernst, oder?«

»Ja, er ist von Uhren besessen.«

»Wie alt ist er jetzt?«

»Neun.«

»Ich könnte noch einen Helfer gebrauchen«, sagte Mark. »Der Josef arbeitet etwas ungenau, und Erhard hat sich ja nie sonderlich für Uhren interessiert. Wenn dein Bruder gelehrig ist und besser sieht als ich«, er zeigte dabei auf seine Brille, »könnte er mir ab und an nach der Schule zur Hand gehen.«

Johannes war verwundert. »Aber er ist … nicht normal. Er redet kaum einmal.«

»Wer viel schwätzt, hört das Uhrwerk schlecht«, sagte Mark. »Ich will sehen, ob ich etwas mit ihm anfangen kann. Ein Experiment. Und wenn es gelingt, will ich ihm auch einen gerechten Lohn zahlen.«

Johannes verschwieg am Abend den genauen Grund seines Besuchs bei Lorenz Mark, berichtete aber von dessen Vorschlag. Seine Mutter zweifelte, ob der ihrer Meinung nach noch viel zu junge Ernst sich behaupten könne. Der Vater war überzeugt, dass er ohnehin nach dem ersten Tag heimgeschickt werden würde, ohne wiederkehren zu dürfen. Elsa meinte, man solle sehen, ob es Ernst gefallen könne. Der, um den es ging, zeigte selbst keine Regung dafür oder dagegen.

»Er soll auch einen guten Lohn erhalten, hat der Mark gesagt«, brachte Joseph vor.

Das stimmt den Vater um. Zweimal die Woche könne Ernst dem Uhrmacher nach der Schule helfen, bestimmte er. »Johannes, du holst ihn am Abend ab und lässt dir den Lohn aushändigen. Ich bin gespannt, was der Lorenz als guten Lohn ansieht. Wenn er knausert, kriegt er es mit mir zu tun.«

Am nächsten Tag fand Johannes zum Abendgeläut in der Mark'schen Werkstatt einen Bruder vor, der gelöster wirkte als sonst. Er hob sogar die Hand zum Gruß, als er Johannes sah.

Lorenz Mark feilte gerade an einem Rädchen, während Ernst sich schon wieder mit äußerster Sorgfalt einer Holzplatine zuwandte, die er glatt schliff. Weil er viel zu klein für den Werkstattstuhl war, hatte der Uhrmacher ihm ein dickes Kissen untergelegt. So konnte er besser am Tisch arbeiten. Die Füße baumelten weit über dem Boden.

»Wie hat er sich gemacht?«, fragte Johannes.

»Gut. Sehr gut. Dein Bruder ist ein Naturtalent.« Lorenz Mark strahlte. »Wofür Erhard drei Monate braucht, um es zu verstehen, und mein Josef drei Wochen, hat er nach den ersten drei Stunden schon den Dreh rausgehabt.«

»Heißt das, Sie wollen ihn behalten?«, fragte Johannes überrascht. Er hatte insgeheim die Befürchtung seines Vaters geteilt, dass der Versuch zum Scheitern verurteilt war.

»Am liebsten dreimal die Woche.«

»Der Vater erlaubt es vorerst nur zweimal.«

Es blieb dabei. Ernst verbrachte im Sommer zwei Nachmittage pro Woche, meist den Dienstag und Freitag, in der Werkstatt von Lorenz Mark. Und die Arbeit tat ihm gut. Er erzählte zwar nicht davon, wirkte auf Johannes beim Abendessen aber gelöst und zufrieden. Erhard berichtete, dass Ernst sogar mehrfach von sich aus Fragen gestellt habe. Johannes konnte das kaum glauben. Mark jedenfalls war sehr zufrieden mit der Arbeit seines kleinen Gehilfen. Jedes Mal bekam er dreißig Kreuzer als Lohn, von dem Vater ihm zehn ließ, die er in einem leeren Uhrenkasten sammelte. Den Rest behielt der Vater ein. Johannes vermutete, dass das Geld erst im Kasten in der Werkstatt und dann in der Wirtschaft landete. Nach zwei Monaten war so das Geld, das Johannes ihm unbemerkt genommen hatte, wieder eingenommen.

Johannes war ein wenig stolz auf sich. Dem Vater das Geld zu nehmen, war nicht rechtens gewesen. Das war ihm mittlerweile klar geworden. Bei allen guten Vorsätzen hatte er es letztlich doch gestohlen. Und stehlen durfte man nicht. Zum Glück hatte sein Diebstahl letzten Endes dazu geführt, dass alle Beteiligten zufrieden sein konnten. So muss es sein, dachte Johannes. Ein Geschäft auf Kosten und zum Nachteil einer Seite mochte kurzfristig Gewinn bringen, wäre aber langfristig zum Schaden aller.

Erst im Laufe der Zeit wurde ihm bewusst, wie riskant sein Vorgehen gewesen war. Der Diebstahl war nur deswegen nicht aufgeflogen, weil Lorenz Mark den Vater nie auf die Gulden angesprochen hatte. Johannes lernte daraus einen zweiten Grundsatz: Ein guter Handel sollte unter ehrlichen Vorzeichen abgeschlossen werden. Nur so konnte man die Früchte seiner Arbeit ohne Reue genießen.

 KAPITEL 7

St. Märgen, Herbst 1837

*D*ass Johannes ein Talent für lohnenswerte Geschäfte besaß, blieb über die Jahre nicht einmal seinem Vater verborgen. Dieser schlief eines Tages gerade in der Werkstatt seinen Rausch aus, als überraschend Bürgermeister Joseph Lickert vor der Tür stand. Er benötigte zusätzliche Bretter für das neue Schulhaus. Johannes ahnte, dass der Profit allzu leicht an einen anderen Holzbauern gehen konnte. Er verhandelte darum auf eigene Faust mit Lickert.

»Wenn der Vater nicht kann, bin ich als Hoferbe der Ansprechpartner«, sagte er und versuchte, möglichst selbstsicher zu klingen. Er selbst hörte das Zittern in seiner Stimme, doch Lickert fiel das nicht auf.

»Dagegen lässt sich nichts einwenden«, gab der Bürgermeister zurück und verhandelte mit ihm wie mit einem Erwachsenen.

Das Holz, das die Gemeinde dringend und vor dem Wintereinbruch an der Baustelle brauchte, hatten sie noch sägetrocken bereitliegen. Johannes überschlug die Mengen und die benötigte Zeit für Sägen und Transport. Andere Aufträge mussten verschoben werden, zu dritt und nur mit zwei Pferden würde es schwierig werden, die engen Fristen einzuhalten, aber wenn sie Augusts Freund, den Schüri, und Viktor mit einem weiteren Gespann zur Hilfe nahmen, könnte es klappen.

Als der Vater am nächsten Morgen erfuhr, dass Johannes über seinen Kopf hinweg ein Geschäft mit dem Bürgermeister abgeschlossen hatte, tobte er. Zumindest bis er den Preis hörte, den Johannes ausgehandelt hatte.

»Außerdem habe ich dem Bürgermeister gesagt, dass natürlich du dem Geschäft zustimmen musst«, sagte Johannes.

Der Vater nickte endlich. »Und was hat er dazu gesagt?«

»Dass du bei dem Preis ein Narr wärst, wenn du es nicht annehmen würdest.«

Der Vater wollte gleich wieder losbrüllen, doch dann siegte ein breites Grinsen, das sich über sein bärtiges Gesicht zog. Er zerrte seinen Sohn heran und nahm ihn spielerisch in den Schwitzkasten. Nach einer ziemlich festen Kopfnuss entließ er ihn.

Seit diesem Tag zog er Johannes bei geschäftlichen Verhandlungen öfter zurate. Ein großer Vorteil war, dass die Leute den Jungen wegen seiner erst achtzehn Jahre unterschätzten. So unsicher er als Kind gewesen war, so selbstsicher fühlte er sich jetzt und schaffte es immer wieder, dass die Bedingungen eines Handels beiden Seiten gerecht wurden. Wollte ein Händler einen Preis partout zu weit drücken, ließ Johannes den Handel platzen, auch wenn der Vater ihn danach schalt. Meist jedoch ergab sich kurz später eine bessere Gelegenheit – und der Vater verließ sich seitdem immer häufiger auf seinen Sohn.

Auch mit August verstand sich Johannes besser. Sie verbrachten einige Zeit gemeinsam beim Holzmachen. August hatte sich damit abgefunden, dass er den Hof nicht erben, sondern sein jüngerer Bruder ihn einmal auszahlen würde. Bis dahin blieb er auf dem Fallerhof. Bei einem Tanz hatte er ein leicht zum Kichern bringendes Steinebrunner-Mädchen aus Furtwangen kennengelernt. Als August sie ihnen vorstellte, hatte Johannes nicht anders gekonnt, als loszuprusten: Sie hieß ausgerechnet Auguste. Dafür hatte er von August einen heftigen Hieb gegen die Schulter geerntet. Die beiden taten einander gut. Seit einem knappen Jahr lebte das junge Ehepaar in der Kammer, die zuletzt Ernst und Johannes bewohnt hatten. Die Brüder waren unters Dach gezogen. Langsam wurde der Hof zu klein für alle, zumal Auguste in wenigen Wochen das erste Kind zur Welt bringen sollte.

Bisher war Ida die Jüngste auf dem Fallerhof gewesen und freute sich sehr, bald eine große Tante zu sein. Johannes fühlte sich ein wenig an sich selbst erinnert, als Ernst erwartet wurde. Für die Arbeit an den Uhren hatte Ida überhaupt keine Geduld. Dafür war sie viel zu zappelig. Und der Lehrer, nach all den Jahren immer noch Urban Heim, beschwerte sich öfter, dass sie nicht fünf Minuten still sitzen könne. Dafür mochte sie es, bei den Tieren zu helfen. Am liebsten arbeitete sie mit den Pferden. Wenn August, Vater und Johannes die Schwarzwälder nicht brauchten, unternahm Ida lange Ausritte.

Doch die Pferde waren meist im Wald im Einsatz. Die Stute Goldi und der Wallach Brauni waren hervorragende Rückepferde, mit denen Johannes und August die gefällten Bäume auf die Wege schleppen konnten. Später ging es weiter zum Sägewerk, wo Bretter, Balken und Latten daraus gefertigt wurden. Natürlich waren die Fallers nicht die Einzigen mit Wald, aber die beiden Brüder arbeiteten schnell und zuverlässig und boten ihre Hilfe für einen gerechten Lohn bald auch anderen Bauern an.

Auch Ernst schaffte mittlerweile mehr Geld heran. Er war weiterhin bei Lorenz Mark im Dienst, arbeitete seit zwei Jahren aber zusätzlich auch für den Sackuhrenmacher Joseph Wehrle. Dieser stellte feine Taschenuhren her mit Getrieben aus Metall und silbernen Schutzklappen vor den kunstvollen Uhrengläsern. Neben ihnen wirkten selbst die winzigen Jockele-Holzuhren wie das Werk grober Barbaren. Es gab nicht viele Sackuhrenmacher auf dem Land. Metallene Uhrwerke zu bauen unterlag dem städtischen Zunftrecht. Die Fertigung von Holzuhren hingegen war ein freies Gewerbe.

Johannes beobachtete ein paar Mal, mit welcher Begeisterung Ernst bei Wehrle lernte und die unfassbar diffizile Arbeit mit so winzigen Teilen ausführte, dass sie dem Auge fast verborgen blieben. Während die Schwarzwald-Engländer für ein übersetztes Tageswerk aus Holz samt Schild zwei Gulden zu zahlen bereit waren, konnte man für eine einzige fein gearbeitete Silbersackuhr unfassbare zweihundert Gulden auf einmal ausgeben. Und hier galt: je kleiner, desto teurer. Ernst jedenfalls lernte in dieser Zeit sehr viel über die wahre Uhrmacherkunst: den Umgang mit Metall, das Einbringen von Juwelen, um den Verschleiß der Bauteile zu mindern, sowie neue Techniken, die durch die Miniaturisierung nötig geworden waren und sich sonst nie bis auf den Fallerhof durchgesprochen hätten. Ernst experimentierte auf Wehrles Wunsch mit diesen neuen Techniken und entwickelte für ihn ein Werk, das nochmals kleiner und leichter war als seine bisherigen Sackuhren. Der Bruder verdiente ganz ordentlich mit den beiden Stellen.

Alles in allem handelte es sich um gute Jahre für den Fallerhof. Nachdem sich der alte Wilhelm aufs Altenteil zurückgezogen hatte, stellten sie mit Otto einen neuen Knecht ein, kauften ein drittes Pferd und zwei weitere Kühe und hatten genug Reserven, um den Stall zu erweitern. Außerdem begannen sie mit der Planung und schließlich der Arbeit an einem Leibgedinghaus, das die Eltern einmal beziehen sollten, wenn der Hof an Johannes überschrieben wäre. Denn dieser würde ja bald eine eigene Familie gründen. Da waren sich alle sicher.

Johannes wusste, dass er ein stattlicher, gut aussehender Mann war. Viele Jungen in der Gegend hatten dunkles Haar, seines jedoch war von einem langweiligen Braun zu einem fast leuchtenden Blondton aufgehellt, der dafür sorgte, dass die Mädchen sich nach ihm umdrehten. Die schwere Arbeit im Wald hatte seinen Körper kräftig werden lassen. Breite Schultern und muskulöse Arme imponierten den Mädchen offenbar genauso wie die Gewandtheit, mit der er ihnen schöne Komplimente zu machen wusste. Vor Kurzem hatte er bei einem Tanz seinen zweiten Kuss bekommen. Diesmal war ihm nicht auf die gleiche Art und Weise schwindelig geworden wie damals beim Üben mit Hedwig, denn jetzt war er alt genug, um zu verstehen, warum alle davon sprachen.

Oft zog es ihn hin zu Tanzabenden und geselligen Festen in der

Umgebung. Er mochte die ausgelassenen, drehenden Tänze, bei denen es den Mädchen in seinen Armen ganz schwindelig wurde. Und sie lobten begeistert, wie sicher er sie hielt und führte. Dazu kam, dass er seinen Tanzpartnerinnen selbst am späten Abend nie auf den Zehen stand. Das lag daran, dass er nicht trank. Die meisten anderen Jungen lallten und schwankten nach ein paar Stunden, aber Johannes vergaß nie die Worte von Josef Mark: »Die Sauferei lässt die guten Seiten eines Mannes im Schatten der schlechten unsichtbar werden.« Dass dies stimmte, lebte sein Vater ihnen nahezu jeden Tag vor.

»Und, hast du eine, die dir besonders gefällt?«, fragte Viktor ihn an einem sonnigen Mittag im Wald. In letzter Zeit half Viktor bei Fällarbeiten aus, wenn es viel Arbeit gab. Sie machten gerade Pause. Der Freund saß neben Johannes auf einem entasteten Stamm. Viktor biss herzhaft von einer getrockneten Mettwurst ab und stopfte dem Bissen frisches Brot hinterher.

»Es gibt so viele Schöne, da kann ich mich nicht so einfach entscheiden«, antwortete Johannes grinsend.

»Die Liesel vielleicht?« Viktor ließ nicht locker. Der Freund hatte mit Emma Hüsslin bereits eine Freundin gefunden, die er bald um ihre Hand bitten wollte. Die angesprochene Liesel war die beste Freundin seiner Auserwählten.

»Sie ist nett, aber sie riecht etwas streng«, sagte Johannes.

»Riech mal an dir!«, gab Viktor lachend zurück. Sie waren beide von der Arbeit vollkommen verdreckt und verschwitzt.

Johannes lachte auch.

»Ja, aber wenn ich gewaschen bin, rieche ich wieder normal.«

»Also, ich kann an der Liesel nichts Schlimmes riechen«, sagte Viktor.

»Lass das deine Emma nicht hören, dass du an anderen Frauen rumschnüffelst!«

Sie grinsten, dann wurde Viktor ernst. »Hedwig riecht für dich wohl besser, oder?«

Johannes spürte, wie ihm das Blut in die Wangen schoss. Hedwig. Allein ihren Namen zu hören verursachte ein mulmiges Gefühl in seiner Magengegend.

»Darüber brauchen wir jetzt nicht zu sprechen«, erwiderte er harsch und hoffte, dass das Thema damit abgeschlossen wäre.

Aber da hatte er die Rechnung ohne Viktor gemacht. »Bist du dir sicher?«, fragte der und grinste wissend.

»Hör auf zu grinsen. Du weißt genau, dass da nie etwas war zwischen Hedwig und mir.«

»Mein lieber Hannes. Wir drei kennen uns jetzt, solange ich mich zurückerinnern kann. Und auch wenn du es nicht hören willst, aus welchem Grund auch immer: Die Hedi war einige Zeit richtig verliebt in dich. Du hast es nur nicht gemerkt. Und von dir ...«

»Das ist Quatsch!«, unterbrach Johannes ihn etwas zu laut und sprang auf. »Die Pause ist um. Komm jetzt an die Arbeit! Sonst muss ich dir noch deinen Lohn streichen.«

»Versuch's doch!«, sagte Viktor, stand aber auf und wischte sich die fettigen Hände an der Arbeitshose ab.

Johannes musste sich arg zusammenreißen. Im Wald war Konzentration überlebenswichtig, aber seine Gedanken schweiften immer wieder ab zu diesem Satz von Viktor. Hedwig sollte in ihn verliebt gewesen sein? Dann hätte er doch vorher schon einmal etwas davon bemerkt. So ein Unsinn! Das war sicher wieder einer dieser Scherze von Viktor, mit denen er ihn manchmal aufzog.

Seit Hedwig ihre Anstellung als Magd auf dem Hummelhof angetreten hatte, waren die regelmäßigen Treffen der Freunde rar geworden. Letztlich war man sich nur noch in der Kirche oder bei Festen über den Weg gelaufen. Beim Chilbitanz zur Kirchweih im vergangenen Jahr hatte Hedwig dann ausgerechnet vor Johannes' Nase mit Egidius Riesle getanzt. Ganz eng hatte sie sich an ihn gedrückt. Seine Hand war an ihren Po gerutscht, und sie hatte das zugelassen!

Für Johannes war das ein absoluter Vertrauensbruch gewesen.

Und es war noch schlimmer gekommen. In den folgenden Monaten traf man die beiden fast nur noch gemeinsam an. Viktor hatte sogar vermutet, dass sie sich vielleicht bald verloben würden.

Es hatte einen Versuch der Aussprache zwischen Hedwig und Johannes gegeben. Sie hatte ihn bei einem Fest zur Seite genommen und ihn davon zu überzeugen versucht, dass Egidius sich geändert habe. Aber Johannes wusste es besser. Dieser Kerl verstellte sich nur: Nach außen gab er sich als Paulus, während tief in ihm das Herz eines Saulus schlug. Johannes war sich sicher, dass Egidius Hedwig unglücklich machen würde. Und er sagte ihr das ins Gesicht.

Der darauffolgende Streit stand bis heute zwischen ihnen wie eine hohe Mauer. Dass Johannes mit seiner Vorhersage recht behalten hatte, machte die Sache nur noch schlimmer. Egidius hatte Hedwig kurz darauf fallen lassen wie eine heiße Kartoffel. Sie war nur eine Magd – er wollte höher hinaus. So hatte es Viktor ihm erzählt, denn mit Johannes sprach Hedwig nicht mehr.

»Hallo? Bist du noch da?«, holte Viktors Stimme Johannes zurück in den Märgener Wald.

»Los, den einen Baum noch«, bestimmte er, statt eine Antwort zu geben. Die Weißtanne, auf die er zeigte, war sicher achtzig bis hundert Jahre alt und an die neunzig Fuß hoch. Recht dicht neben ihr kümmerten zwei jüngere Bäume dahin, die nicht genug Licht bekamen. Mit dieser Tanne würden sie mit einem Streich so viel Holz ernten, als hätten sie drei gefällt. Es war ein echter Holländerstamm. Schon lange brachten die Schwarzwälder solche Bäume mit Flößen über den Rhein nach Holland, wo sie als Bauholz für Häuser oder die Handelsflotten Verwendung fanden. Aber diesen Stamm würden sie auch in Märgen zu einem hervorragenden Preis verkaufen können.

Während sie den Platz um die Tanne fürs Fällen einrichteten und die Werkzeuge parat legten, wanderten Johannes' Gedanken immer wieder zu Hedwig. Er konnte sich noch genau an den Moment erinnern, als ihm zum ersten Mal bewusst wurde, dass sie nicht mehr das dürre Mädchen der Kindheit war. Bezeichnenderweise war es gleichzeitig der letzte gemeinsame Besuch in ihrem Schloss gewesen.

Hedwig hatte unbedingt auf die Astgabel der Esche klettern wollen, die sie früher den »hohen Turm« genannt hatten.

»Hilf mir hoch!«, hatte sie ihn aufgefordert.

Wie Hunderte Male zuvor hatte er die Hände zur Räuberleiter zusammengefaltet. Hedwig setzte ihren Fuß darauf, und während sie sich hochdrückte, richtete sich Johannes auf. Sie waren ein eingespieltes Team. Hedwig erreichte mit den Händen einen dünneren Ast, an dem sie sich hochziehen musste. Um das zu erleichtern, reckte sich Johannes hoch und unterstützte sie beim Klettern mit einem Schieben an ihrer Kehrseite. Er spürte aber nicht mehr wie früher ein knochiges Hinterteil, stattdessen vergruben sich seine Hände in festes, warmes Sitzfleisch.

Und dann hatte es einen lauten Knacks gegeben. Der dünnere Ast, an dem sie sich gerade hochzog, war wohl morsch geworden. Hedwig stürzte mit dem Ast ab, landete auf Johannes und riss ihn mit sich zu Boden. Hedwig lag auf ihm, ihr Gesicht war seinem ganz nahe. Beiden war nichts passiert, sie lachten über ihren Unfall, blickten sich dabei gegenseitig in die Augen. Johannes hatte ihre Brüste auf sich gespürt, ihren schlanken Bauch, das breite Becken. Und sein Körper hatte eine Regung gezeigt, die auch Hedwig nicht verborgen geblieben war. Sie lachte auf einmal nicht mehr, lächelte nur noch. Johannes hatte die Luft angehalten.

Viktor ließ die Axt kreisen und hieb die Klinge tief in den Fuß der Weißtanne. Schlag folgte auf Schlag, Späne und Holzstücke flogen umher. Johannes nahm seine Axt auf und löste den Freund ab, ohne dass der Takt der Schläge sich veränderte. Jetzt konnten sie die Säge einsetzen. Zug um Zug fraßen sie sich in das nasse, vor Leben strotzende Holz des riesigen Baums. Der harzige Duft umschloss sie. Goldi schnaubte.

Sie schlugen mit der stumpfen Seite der Äxte Keile in den

Stamm, um die Fallrichtung zu bestimmen. Johannes hatte das schon Hunderte Male gemacht. Dann sägten sie weiter.

Obwohl Johannes beinahe dem Gefühl nachgegeben hätte, Hedwig zu küssen, hatte er es damals nicht gewagt. Der Moment war vorübergegangen. Viktor war gekommen, um zu sehen, ob ihnen etwas passiert war. Er hatte Hedwig aufgeholfen. Jetzt, wo Johannes darüber nachdachte, fiel ihm auf, dass sie nur kurz nach diesem letzten Nachmittag am Schloss mit Egidius zusammengekommen war.

Und dann gab es einen lauten Knacks. Es handelte sich um ein viel intensiveres Geräusch als damals das des gebrochenen Asts der Esche am Schloss. Johannes zerrte an der Säge, doch das Blatt ließ sich nicht mehr bewegen. Es war eingeklemmt. Er ließ den Griff los. Viktor rief etwas, dann erklang ein neues, unheilvolles Knacken, das aus dem Innersten der Tanne zu stammen schien. Johannes spürte, dass sich im Holz eine uralte Spannung löste. Er starrte regungslos auf den zitternden Baumstamm. Viktor handelte, ohne zu überlegen. Er stieß Johannes zur Seite und sprang weg vom Baum. Gerade noch rechtzeitig. Da, wo Johannes eben noch gestanden hatte, riss das Holz, und scharfe Splitter schlugen durch die Luft, die Johannes sicher aufgespießt hätten. Vom Boden aus erkannte er nun, dass sich der Wipfel des Baums senkte. Die Tanne fiel aber nicht wie geplant nach vorn, sondern drehte sich bedenklich zur Seite.

Gott! Sie stürzt auf die Pferde!, schoss es ihm durch den Kopf.

Er rollte sich weiter weg vom Stamm. Als er sich aufsetzte und in Richtung der Tiere blickte, peitschte die Spitze des Baums mit lautem Zischen zu Boden. Johannes atmete auf. Die Tanne hatte die Pferde verpasst. Die Tiere erschraken, scheuten und rannten los. Kopflos. Auf Johannes zu.

»Hoooo!«, schrie er, doch die Rösser waren panisch. Er warf sich noch einmal zur Seite, dann sah er die mit schweren Eisen bewehrten Hufe von Goldi auf sich zukommen. Die Welt wurde zu Schmerz. Der Schmerz wurde zu Düsternis.

 KAPITEL 8

Hastings, England, Herbst 1837

Sophia Carpenter schlug ungeduldig mit dem Ring, den ein bronzener Löwenkopf im Maul hielt, an die Tür des weißen Gebäudekomplexes am Wellington Square in Hastings. Eine Brise wehte den salzigen Duft des nahen Meeres herüber. Nach fast einer Minute des Wartens klopfte sie erneut, dieses Mal fordernder. Eine Hausdame öffnete endlich und musterte das junge Mädchen kritisch.

Sophia machte einen Knicks. »Mein Name ist Sophia Carpenter, Lady Hughes erwartet mich.«

»Der Dienstboteneingang ist über die Russell Street zu erreichen«, sagte die Hausdame kühl und schloss die Tür vor ihrer Nase.

Sophia rannte verärgert um die in einer langen Reihe stehenden Gebäude herum. Die Russell Street erschloss die gleichen Häuser von hinten, erkannte sie. Ein Pferdewagen holte schmutzige Wäsche ab, im Haus daneben versuchten zwei Männer unter Aufsicht eines Dieners, einen Polstersessel durch die Tür zu bugsieren. Der Eingang, den Sophia nehmen musste, lag zwei Häuser weiter. Sie klopfte erneut.

Ein Junge mit etwas Mehl im sonst pechschwarzen Haar öffnete ihr. Er war vielleicht vierzehn Jahre alt, also zwei Jahre jünger als Sophia selbst. Er zog die dichten Augenbrauen hoch.

»Mein Name ist Sophia Carpenter, Lady Hughes erwartet mich«, wiederholte sie.

»Ich bin Colin. Wilson hat schon gesagt, dass du heute kommst.«

»Wilson?«

»Der Butler«, sagte der Junge und ließ sie in einen dunklen Flur treten.

Wilson war ein Mann in den Fünfzigern, der trotz seiner schmalen Schultern in seinem schwarzgrau gestreiften Rock stattlich wirkte. Er war glatt rasiert und hatte sein fast weißes Haar mit einer Pomade nach hinten frisiert. Er musterte ihr schlichtes Kleid. Wegen eines Flecks trug sie die weiße Schürze falsch herum. Sie hatte keine Zeit gehabt, sie zu wechseln, und hoffte nun, dass es niemandem auffiele.

Wilson forderte sie auf, ihm zu folgen. Sie kamen an der Küche vorbei und dem Essraum der Diener. Es roch nach einem Fischgericht, wie man es in der Fischerstadt Hastings an einem Freitag erwarten konnte. Nach zwei weiteren Türen gelangten sie an eine schmucklose Treppe.

»Warte hier«, befahl der Butler und ging durch die daneben befindliche Tür. Sophia trat ungeduldig von einem Fuß auf den anderen. Zum Glück dauerte es nicht allzu lange, bis die gleiche Hausdame kam, die ihr vorher die Haupttür vor der Nase zugeschlagen hatte.

»Folge mir«, sagte sie leidenschaftslos und nahm die Treppe nach oben.

Sie führte Sophia in einen mit herrschaftlichem Teppich ausgelegten Flur und durch eine verschnörkelte Tür in den Salon.

Auf einem Sofa saß Lady Ann. Sie trug ein weites, hellblaues Kleid, das ihren gerundeten Bauch nicht mehr verstecken konnte. Sie las in einem kleinen Büchlein. Auf dem runden Tisch vor ihr stand ein Glas mit einem Getränk, das Apfel- oder Birnensaft sein mochte. Durch die Spitzengardinen der bis zum Boden reichenden Fenster blickte Sophia auf einen Balkon und die Bäume des Wellington Square Garden. Die Sonne warf tanzende Schatten auf die Orientteppiche. An den tapezierten Wänden hingen Gemälde, auf dem Flügel stand ein kunstvoller Kerzenleuchter mit sechs Armen, der wohl bei einer Abendgesellschaft zusätzliches Licht zu dem des Kristalllüsters geben sollte, der mittig im Raum von der Decke hing. Auf dem Kaminsims schlug eine prächtige Uhr zweimal. Sie war mit einer Bronzeplastik eines Reiters auf seinem steigenden Pferd verbunden. Sophia war gerade noch pünktlich erschienen!

Lady Ann hatte bis eben noch nicht aus ihrem Buch aufgeschaut. Nachdem aber der zweite Gong verklungen war, ließ sie es mit einer Handbewegung schnappend zufallen und legte es neben sich auf das mit türkisem Seidenstoff bezogene Sofa. Sophia machte einen Knicks und harrte mit gesenktem Kopf aus.

»Sophie Carpenter, die Tochter von Emilia Carpenter, Mylady«, stellte die Hausdame sie nicht ganz richtig vor.

»Danke, Webster. Mir ist nach ein bisschen Gebäck.«

»Sehr gern, Mylady«, erwiderte die Angesprochene und verließ den Raum.

»Du brauchst nicht die ganze Zeit auf den Boden zu schauen, Sophie«, sagte Lady Ann belustigt.

»Danke, Mylady. Verzeihen Sie, mein Name ist Sophia. Mein Großvater stammte aus Deutschland. Vielen Dank, dass Sie mich empfangen.«

»Sophia«, sagte die Frau und lächelte. Ann Hughes mochte höchstens acht Jahre älter sein als das Mädchen, das vor ihr stand. Obwohl sie saß, erkannte Sophia, dass sie hochgewachsen und bis auf ihren gerundeten Bauch von zarter Gestalt war. Ein sanfter Rotton ließ ihr blondes Haar noch strahlender erscheinen. Sie trug es offen. Ihr längliches Gesicht mit einer leicht gebogenen Nase wirkte aristokratisch, auch wenn Sophia wusste, dass sie die Tochter eines bürgerlichen Politikers war.

»Es kommt nicht oft vor, dass ich eine einfache Handwerkertochter empfange«, sagte sie. Obwohl sie die Unterschiede zwischen ihnen damit betonte, wirkte es nicht unfreundlich. Sie streichelte mit beiden Händen sanft über ihren Bauch. »Ich möchte sogar meinen, dass dieser Raum so etwas noch nie gesehen hat.«

»Ich bin Ihnen sehr dankbar, dass Sie mich empfangen, Mylady«, wiederholte Sophia.

»In deinem Schreiben hieß es, es gehe um deine Mutter. Was ist mit ihr?«

»Sie … sie ist sehr krank«, antwortete Sophia. Ihre Stimme zitterte. »Ihr Arzt, Doctor Johnson, hat gesagt, sie wird sterben.«

»Das tut mir leid. Woran leidet sie?«

»Doctor Johnson hat Geschwulste in ihrer Brust ausgemacht. Er fürchtet, dass sie sich bereits in ihrem Körper ausgebreitet haben.«

Lady Ann schüttelte mit ernster Miene leicht den Kopf.

»Deine Mutter hat früher in Hughes Manor gearbeitet«, bemerkte sie.

»Im Haus der Eltern Ihres Mannes, Mylady. Ja.«

»Hat sie dich deshalb zu mir geschickt?«

Sophia schüttelte schnell den Kopf. »Ich komme aus eigenem Antrieb zu Ihnen, Mylady. Ich habe einen anderen Arzt gefunden, der meint, Mutters Geschwüre heilen zu können. Aber ihn aus London zu holen und die nötige Medizin zu kaufen ist äußerst kostspielig.«

Die Tür hinter Sophia öffnete sich wieder. Die Hausdame schob einen Servierwagen herein, auf dem eine Teekanne, eine Zuckerschale und ein Milchkännchen aus purem Silber neben einer Tasse aus hauchdünnem Porzellan und einer passenden Etagere mit duftenden Scones und Marmeladen standen. Sie servierte der Lady an dem kleinen Tisch. Sophia wartete ungeduldig. Der Vermittler des Arztes musste bis spätestens um halb vier das Geld haben, sonst konnte er sich nicht mehr für ihre Mutter einsetzen. Damit wäre auch die letzte Hoffnung verloren.

»Danke, Webster«, sagte Lady Ann und nahm einen Bissen, bevor sie sich wieder an Sophia wandte.

»Der einzige Grund, wieso ich dich überhaupt vorgelassen habe, ist, dass Robert einmal von deiner Mutter erzählt hat. Ich fand es ungewöhnlich für eine Frau, aber sie hat auch Schreibarbeiten erledigt, nicht wahr?«

Sophia nickte eifrig. »Bis Sir Hughes gestorben ist, Gott hab ihn selig. Sein Tod hat sie schwer getroffen.«

»Sein Tod hat seine Familie am schwersten getroffen«, sagte Lady Ann. Dabei erzählte man sich, dass der alte Sir von seiner sehr jungen Schwiegertochter nicht begeistert gewesen war. Es hieß, er habe ihretwegen sogar mit seinem einzigen Sohn, Robert Hughes, im Streit gelegen. Der hatte nach dem Tod des Vaters das kaum zu unterhaltende Herrenhaus verkauft und die meisten Bediensteten entlassen müssen. Mit seiner fast zwanzig Jahre jüngeren Frau war Robert Hughes mitten in die Stadt gezogen.

»Und sie muss eine gute Bäckerin sein«, ergänzte Lady Ann. »Robert meinte, dass das Gebäck deiner Mutter ihm immer das liebste gewesen sei«, sagte sie.

»Ihr Shortbread ist so berühmt wie ihre Schönschrift, Mylady«, brachte Sophia mit einem Lächeln hervor.

»Was ist das für eine Behandlung, von der du erzählst?«

»Ich kenne mich nicht gut genug aus, um es Ihnen genau zu erklären«, antwortete Sophia. »Es handelt sich um eine neue Behandlung aus Paris und soll dort bereits vielen Menschen geholfen haben, denen andere Ärzte keine Hoffnung mehr gemacht hatten.«

»Aus Paris«, bemerkte Lady Ann. »Und wie viel Geld verlangt dein Arzt dafür?«

Sie nahm einen zweiten Bissen und nippte anschließend an ihrem Tee.

Sophia atmete tief durch. »Fünfzehn Pfund, Mylady.«

Lady Ann verschluckte sich. Etwas von dem dunklen Tee schwappte über den Rand der Tasse auf ihr hellblaues Kleid.

»Lassen Sie mich Ihnen helfen!«, rief Sophia und nahm ihr die Tasse ab. Lady Ann zauberte ein Taschentuch hervor und tupfte über den feuchten Fleck.

»Ich hoffe, es wird wieder herausgehen«, sagte Sophia.

»Und ich hoffe, dass dieser Arzt deiner Mutter wirklich helfen kann! Fünfzehn Pfund! Das ist der Lohn eines Dienstmädchens für ein ganzes Jahr.«

Sophia ging wieder zurück auf ihren Platz.

»Ich kann dir nicht helfen. Es tut mir leid«, sagte Lady Ann. Sie klingelte mit einem Messingglöckchen.

Bei diesen Worten brach für Sophia eine Welt zusammen. »Ich bitte Sie, Mylady, überdenken Sie Ihre Entscheidung noch einmal«, flehte sie. »Es ist die einzige Hoffnung, dass Mama weiterleben kann.«

»Es ist zu viel!«, sagte Lady Ann. »Du weißt, dass mein Mann für drei Jahre nach Ceylon aufgebrochen ist? Ich werde bis zu seiner Rückkehr allein mit unserem Kind und diesem Haus sein.« Sie strich sich erneut über den Bauch. »Eine finanzielle Entscheidung in einem solchen Rahmen kann ich nicht ohne sein Einverständnis treffen. Und wie wolltest du das Geld jemals zurückzahlen?«

»Ich weiß, dass es viel ist«, sagte Sophia mit flatternder Stimme. Die Sorge um ihre Mutter trieb ihr die Tränen in die Augen. »Aber was soll ich denn nur machen? Sie sind unsere letzte Hoffnung. Ich flehe Sie an: Lassen Sie mich das Geld bei Ihnen abarbeiten, Mylady! Ich bin jung und gesund und werde Ihnen und Ihrem Kind dankbar und treu ergeben dienen. Ich werde alles tun ...«

Der Rest ging in einem Schluchzen unter.

Lady Ann stand auf und reichte Sophia ein besticktes Taschentuch.

»Hast du jüngere Geschwister?«, fragte sie.

»Nein, Mylady, aber ich kann sehr gut mit Kindern«, brachte Sophia schnell hervor. »Seit ich neun bin, passe ich auf die Kinder in der Nachbarschaft auf.«

Die Tür öffnete sich.

»Ihr habt geläutet, Mylady?«

Sophia sah Lady Ann an, dass sie mit sich haderte.

»Webster, helfen Sie mir auf die Sprünge: Wann sollen sich die

Bewerberinnen für die Anstellung als Kindermädchen vorstellen?«, fragte sie.

»In der kommenden Woche, Mylady.«

»Das wird nicht mehr nötig sein, Webster. Sagen Sie den Bewerberinnen bitte ab. Wir haben schon ein Kindermädchen gefunden.«

»Sind Sie sicher …«, begann die Hausdame.

Lady Ann fiel ihr harsch ins Wort: »Ich habe meine Entscheidung getroffen!«

»Selbstverständlich, Mylady.« Die Hausdame knickste, bevor sie die Tür hinter sich schloss.

Sophia war sprachlos vor Glück. Es gab wieder Hoffnung!

***

Der Bankier las das von Lady Ann aufgesetzte Schreiben und prüfte den auf Sophia Carpenter ausgestellten Wechsel doppelt, bevor er damit in einem anderen Zimmer verschwand. Sophia schaute ruhelos auf das schlichte Ziffernblatt einer gewaltigen Standuhr. Es war Viertel nach drei. In nur fünfzehn Minuten musste sie bei Monsieur Légat, dem Vermittler sein, der bald darauf abreisen würde, um den Arzt aus London nach Hastings zu holen.

Als der Bankier zurückkehrte, zählte er ihr fünfzehn goldene Sovereigns vor und füllte ein Formular aus, auf dem Sophia unterschreiben musste. Dann schob er ihr die Münzen hin und legte ein schwarzes Samtsäckchen dazu.

Es war ein Vermögen! Sophia hatte noch nie einen Sovereign in der Hand gehalten, geschweige denn fünfzehn Stück davon. Der Inhalt dieses kleinen Säckchens, das sie beim Laufen krampfhaft fest umschlossen hielt, wog hoffentlich schwer genug, um die Waagschale des Schicksals zu ihren Gunsten ausschlagen zu lassen. Es musste klappen. Ihre Mutter musste überleben, kostete es, was es wollte!

Mister Gull, in dessen Laden sie ihre Lebensmittel kauften, hatte von dem Mann namens Etienne Légat gehört, der sich seit Kurzem in Hastings aufhielt. Der Franzose vermittelte für eine Provision Kontakte zu medizinischen Koryphäen, die selbst bei vermeintlich unheilbaren Fällen große Heilungserfolge verzeichnen konnten. Doctor Johnson hatte getobt, dabei müsse es sich um Quacksalberei handeln. Der Kranken bliebe kein Monat mehr zu leben.

Als die Schmerzen ihre Mutter am nächsten Tag erneut quälten und selbst durch das Opium kaum noch zu betäuben waren, konnte Sophia nicht anders und hatte den Franzosen auf eigene Faust gesucht. Und sie war froh, es getan zu haben! Der Vermittler konnte ihr nämlich große Hoffnungen machen. Etienne Légat berichtete ihr von zahlreichen Fällen, in denen seine Spezialisten selbst hoffnungslos Kranken eine gute Konstitution zurückgeschenkt hatten.

»Dein Doctor Johnson weiß es nur nicht besser«, hatte er gesagt, als Sophia die Bedenken des Arztes auf den Tisch brachte. »Wir leben heute in einer neuen Zeit, einer neuen Welt, mit neuen Erkenntnissen. Die *médecine moderne* verspricht Heilung, wo es früher keine gab. All das kennen die Provinzärzte nicht. Sie sind Relikte einer düsteren Vergangenheit.«

Etienne Légat hatte Sophia überzeugt. Das einzige, dafür aber umso größere Problem waren die Kosten der Behandlung. Normalerweise vermittelte der Franzose die Ärzte nur an Vertreter des Adels und der vermögenden Bürgerschaft. Für Sophias Mutter wollte er eine Ausnahme machen, falls Sophia das Geld auftreiben konnte, hatte er gesagt.

Jetzt eilte Sophia die Treppe zu seiner Wohnung hinauf. Etienne Légat war etwa vierzig Jahre alt. Er residierte im zweiten Stock eines Gästehauses direkt an der Promenade und hatte von seinen Räumen einen guten Blick auf das Meer und den Castle Hill. Er trug eine etwas altbacken wirkende schwarze Hose und eine graue Weste über einem weißen Hemd. Sein Rock hing über der Lehne eines der beiden Stühle. Auf dessen Sitzfläche lag ein hoher Zylinder.

Etienne Légat versuchte nicht einmal, seinen Ärger über Sophias halbstündige Verspätung zu verhehlen.

»Ich überlege ernsthaft, den Kontakt zu dem Arzt überhaupt nicht anzubahnen«, sagte er schließlich erregt.

Sophia riss schockiert die Augen auf. »Ich flehe Sie an«, rief sie, »ich habe doch alles getan. Es war nicht leicht, das Geld zusammenzubekommen. Ich bin doch jetzt da.«

Sie war dem Ziel, ihrer Mutter zu helfen, so nahegekommen! Ihr Leben zu retten durfte jetzt nicht daran scheitern, dass es eine halbe Stunde länger gedauert hatte.

Zum Glück ließ der Franzose sein Herz erweichen. Er trat vor, und während er ihre Wange tätschelte, sagte er endlich zu, morgen in aller Frühe nach London aufzubrechen. Er würde den Arzt holen, der Geschwüre nach modernsten Methoden behandeln und, so Gott wolle, auch heilen könne.

Sophia vergaß auf Lady Anns Mahnen nicht, sich eine Quittung und den Namen des Arztes geben zu lassen, bevor sie ihm die fünfzehn Goldmünzen aushändigte. Eine davon war Lohn für Etienne Légats Dienste, eine weitere nötig für die Reisen. Auf acht Pfund beliefen sich die Forderungen von Doctor John Montgomery, einem Absolventen der medizinischen Fakultäten von London und Paris und Lebensretter manch hochstehender Persönlichkeit, wie Légat nicht müde wurde zu versichern. Für die restlichen fünf Pfund würde der Franzose die hochwirksamen Medikamente mitbringen, die die Heilung von Sophias Mutter nach der Abreise des Arztes langfristig weiter unterstützen würden. Es handelte sich um seltene Wirkstoffe aus fernen Ländern, die erst seit wenigen Monaten in England erhältlich waren und in Verbindung mit den Heilkünsten des Arztes Wunder wirken konnten.

»Bei neun von zehn Personen mit Geschwüren schlägt die Behandlung an«, erklärte Légat. »Selbst dann, wenn die Krankheit im fortgeschrittenen Stadium ist. Du tust also genau das Richtige. Deiner Mutter wird es bald wieder gut gehen.«

Sophia taumelte erschöpft nach Hause. Sie hatte den ganzen Tag noch nichts gegessen und ein Maß an Aufregung hinter sich gebracht, das selbst für eine erwachsene Frau zu viel sein musste. Ja, es fiel ihr ein Stein vom Herzen. In wenigen Tagen würde ihre Mutter sich wieder auf dem Weg der Besserung befinden. Das war das Wichtigste auf der Welt. Zugleich spürte sie, wie sich eine neue Last auf ihre Schultern legte. Fünfzehn Pfund Sterling wogen als Goldmünzen nicht allzu schwer, aber als Schulden wurden sie zu einer erdrückenden Summe. Sophia beschloss, der Mutter erst am Montag nach der Behandlung zu gestehen, was sie getan hatte.

DAS GEHWERK

Das Gehwerk oder Laufwerk ist ein Getriebe aus verschiedenen Zahnrädern, das die Energie zwischen dem Antrieb und der Hemmung überträgt. Je mehr Getriebestufen verarbeitet sind, umso länger ist die Gangdauer, also die Zeit, die die Uhr läuft, ohne erneut aufgezogen zu werden. Das Gehwerk kontrolliert auch das Schlagwerk, das die Zeit akustisch anzeigt.

KAPITEL 9

St. Märgen, Sommer 1839

Ein Krampf im Bein ließ Johannes zusammenzucken. Er versuchte, es zu strecken, aber das gelang nicht weit genug, um den Muskel zu lösen.

Ernst schaute von seiner Arbeit auf. Er legte die Platine zur Seite und kam zu seinem Bruder. Ohne ein Wort kniete er sich vor Johannes hin und vergrub seine Finger tief in dessen Wade.

»Ah«, stöhnte Johannes erleichtert auf, als der Muskel sich durch den Druck plötzlich wieder lockerte.

Ernst ging zurück zu seinem Platz. Johannes dankte ihm nicht.

Seit er wieder zu gehen übte, litt er manchmal unter Krämpfen im rechten Bein. Dass er es wegen des steifen Knies nicht mehr durchstrecken konnte, machte es schwierig, die Muskeln selbst zu lösen. Natürlich war Johannes in solchen Momenten froh, wenn Ernst ihm half, aber gleichzeitig machte es ihn wütend. Wütend auf das Schicksal, das ihm ein Jahr zuvor alle Hoffnung auf ein gutes Leben geraubt hatte.

Die ersten sechs Monate, nachdem ihn die Pferde überrannt hatten, waren ihm wie Jahre vorgekommen. Sie waren von unsagbarem Schmerzen geprägt gewesen. Zu Beginn waren sie so stark, dass Johannes von einer Ohnmacht in die nächste fiel. Doch irgendwann wurde ihm diese Gnade nicht mehr zuteil. Er erinnerte sich an bärtige Gesichter, Ärzte, die ihn untersuchten, sich flüsternd berieten, seine Knochen richteten, während er sie anbettelte, ihm nicht weiter wehzutun. Dass er heute wenigstens wieder ein paar wackelige Schritte machen konnte, hatte er der Tatsache zu verdanken, dass die Ärzte auf sein Betteln nicht eingegangen waren.

Sein rechtes Knie war bei dem Unglück zertrümmert worden, der Oberschenkel gesplittert. Ebenso sechs Rippen auf der gleichen Seite. Ein Huf hatte seinen Schädel gestreift, der von der Wucht des Aufpralls gebrochen war. Alle sagten, es wäre ein Wunder, dass Johannes überhaupt noch lebte, aber er selbst wünschte sich manches Mal, der Huf hätte ihn nicht nur berührt, sondern an Ort und Stelle erlöst.

Dann hätte er sich nicht ständig mit diesen Selbstvorwürfen quälen müssen. Wie oft hatte der Vater ihm eingebläut, dass man im Wald auf seine Arbeit konzentriert bleiben musste? Gerade er, der reichlich angetrunken manchen Baum gefällt hatte. Und Johannes war ein einziges Mal mit seinen Gedanken abgeschweift und war vom Schicksal bestraft worden, wie es schlimmer nicht sein konnte.

Sein Leben würde nie wieder dasselbe sein. Das Knie war steif und ließ sich nicht mehr durchstrecken. Der Oberschenkelknochen war zwar zusammengewachsen, aber ein stechender Schmerz blieb ihm bei Belastung auch ein Jahr später erhalten, vor allem, wenn es kalt und klamm war. Auch die Rippen bereiteten ihm keine Freude. Der Schädelbruch war ausgeheilt, doch eine lange, daumenbreite Narbe erinnerte ihn bei jedem Blick in den Spiegel daran. Sie zog sich von der rechten Augenbraue über die ganze Stirn und weiter bis zur Mitte seines Kopfes. Um die Narbe herum wuchs kein Haar mehr. Johannes sah aus wie eine Bestie.

Zu Beginn seiner Leidensgeschichte war Viktor noch regelmäßig vorbeigekommen und hatte ihm berichtet, was sich in Märgen so tat. Im Laufe der Zeit wuchsen die Abstände zwischen seinen Besuchen. Johannes hatte Verständnis dafür. Der Freund hatte jetzt selbst eine Familie durchzubringen. Zudem verhielt sich Johannes ihm gegenüber nicht immer gerecht. Er wusste zwar, dass es falsch war, aber er konnte Viktor nicht verzeihen, dass er an diesem Schicksalstag keine einzige Schramme abbekommen hatte. Überdies fiel es Johannes schwer, dem Freund nicht eine Mitschuld an dem Geschehen und damit seinem jetzigen Zustand zu geben. Hätte Viktor ihm nicht von Hedwigs Gefühlen erzählt, wäre Johannes konzentrierter gewesen und hätte sicher bemerkt, dass die Tanne wegen gefährlicher Spannungen im Stamm unberechenbar war.

Hedwig war im vergangenen Jahr nur dreimal auf dem Fallerhof vorbeigekommen. Einmal so kurz nach dem Unfall, dass er nur später von der Mutter davon erfahren hatte. Das zweite Mal war die ganze alte Bande aufgetaucht: Viktor, Hedwig und Erhard, der extra aus Freiburg angereist war. Für einen Moment gelang es ihnen, Johannes die Schmerzen vergessen zu lassen.

»Es ist fast wie früher«, hatte Hedwig gesagt. Doch allen war klar, dass nichts mehr sein würde wie früher. In das daraufhin eintretende Schweigen hatte Johannes sie gebeten zu gehen, weil er ruhen müsse.

Hedwigs dritter Besuch hatte zu Johannes' Überraschung nur wenige Tage später stattgefunden. Sie setzte sich an sein Bett und nahm seine Hand in ihre. Die Haare hatte sie zu einem Pferdeschwanz gebunden, wodurch ihr gebräunter Hals zu sehen war. Sie roch nach Sonne, Gras – und Unsicherheit.

Diesmal war das Schweigen angenehm gewesen. Johannes genoss die Berührung und spürte eine Wärme um sein Herz, die ihm für den Moment Zufriedenheit und Glück schenkte. Sie sahen sich lange in die Augen. Hedwig verstärkte den Druck um seine Hand und näherte ihren Kopf dem seinen. Johannes verspürte ein Schaudern, das ihm durch den Leib fuhr. Hedwig schloss die Augen und bot ihm ihre Lippen zum Kuss.

Es war dieser Moment, in dem Johannes verstand, dass er das Mädchen seit ihrem ersten Treffen geliebt hatte. Wärme durchflutete seinen Leib. Aber gerade in diesem Bewusstsein musste er seinen Kopf zur Seite drehen und den Griff ihrer Hände lösen.

»Was ist?«, hatte sie mit zitternder Stimme gefragt.

Johannes stellte bestürzt fest, dass ihn seine Liebe zu ihr zwang, sie abzuweisen. Hedwig war eine wunderschöne, duftende Blume. Sie brauchte frisches Wasser und gesunden Boden zum Gedeihen. Und er konnte als Krüppel nicht für sie sorgen, wie sie es verdiente. Sie würde Gefahr laufen, in seinen Armen zu verkümmern. Das konnte er nicht zulassen.

»Ich brauche dein Mitleid nicht!«, hatte er kalt erwidert. Seine Worte versetzen ihm selbst einen Stich ins Herz.

»Johannes, das hat nichts mit Mitleid zu tun!«

Er schüttelte den Kopf.

»Ist es wegen Egidius?«

»Was ist mit dem?«

»Ist es, weil ich mit ihm zusammen war? Das war doch nur ein dummer Fehler!«

»Ach, hör auf mit dem! Das hier ist ein dummer Fehler«, gab Johannes zurück. Es fiel ihm schwer, das zu sagen, denn in Wahrheit wünschte er sich nichts mehr als ihre Nähe. Aber gleichzeitig fühlte er, dass es falsch war, sie an sich zu binden. Seine Selbstsucht würde sie beide unglücklich machen. Und dass Hedwig unglücklich wurde, durfte nicht geschehen, auch wenn er sie jetzt verletzen musste.

Tränen schossen ihr in die Augen. Sie wandte sich ab. Johannes verspürte den Drang zu weinen. Um zu verhindern, dass Hedwig das sah, sagte er: »Es ist besser, wenn du jetzt gehst.«

»Johannes …«

Sie hatte sich noch einmal zu ihm umgedreht, aber er schwieg eisern. Sie suchte offensichtlich nach Worten. Als sie die nicht fand, war sie aufgesprungen und weinend aus dem Zimmer gelaufen.

»Es tut mir leid«, flüsterte Johannes, als die Kammertür hinter ihr zugefallen war.

Zwei Wochen lang hatte Johannes alle von sich gewiesen. Er

wollte niemanden sehen oder sprechen, sondern sich in seiner Traurigkeit suhlen. Manchmal weinte er, manchmal fluchte er, aber meist spürte er dieser tiefen Leere nach, die immer mehr Besitz von ihm ergriff. Ernst war der Einzige, den er täglich sah, weil er sich weiter mit ihm die Kammer teilte. Der Bruder brachte ihm Essen, entsorgte den Nachttopf und setzte sich manchmal für eine Stunde oder länger schweigend zu ihm. Gemeinsam betrachteten sie dann das langsam hin- und herschwingende Pendel der Uhr, die Ernst vor einem halben Jahr dort aufgehängt hatte.

»Du brauchst ein Ziel«, sagte Ernst eines Tages in die Stille hinein.

»Was? Was meinst du damit?«, fragte Johannes erstaunt, dass sein Bruder gesprochen hatte.

»Die Zeit geht voran, aber du bist wie ein verhaktes Gehwerk.« Ernst stand auf, zog sich das Hemd vom dürren Leib, streifte die Hose von den schmalen Hüften und legte sich ins Bett.

Er hatte sich verändert. Er wurde langsam erwachsen, pflegte täglich sein Oberlippenbärtchen und schien mehr Anteil am Leben der Familie zu nehmen. Das zeigte sich zum Beispiel darin, dass er auf Fragen antwortete – nicht immer sofort, manchmal dachte er offenbar über die Frage nach, um sie in einem Moment zu beantworten, in dem niemand mehr damit rechnete. Dass er aber von sich aus das Wort an jemanden richtete, kam weiterhin nur sehr selten vor.

Johannes gingen die Sätze des jüngeren Bruders lange durch den Kopf. Sie verfolgten ihn bis in seine Träume. *Du brauchst ein Ziel.*

Ja. Ernst hatte recht. Es konnte so nicht weitergehen. Ein Ziel. Was konnte das sein? Eine Familie gründen? Er hatte gerade die einzige Frau abgewiesen, die er lieben konnte. Und welche andere Frau würde einen wie ihn jetzt noch nehmen? Die Zeiten waren vorbei, in denen er zu Tanzabenden gehen und die Mädchen zu einem Kuss verführen konnte.

Was gab es sonst? Johannes dachte an die Geschichten, die Urban Heim früher von fernen Ländern erzählt hatte. Aber die Welt kennenzulernen war auch kein mögliches Ziel, das er sich setzen konnte. Er schaffte es mit seinem Bein gerade einmal bis zum Fenster. Außerdem war er als Erbe des Hofs gezwungen hierzubleiben.

Mehrere Tage lang gingen ihm immer wieder mögliche Ziele durch den Kopf. Und zu jedem Ziel fand er gute Gründe, warum er dieses nicht anstreben konnte. Eines jedoch wurde ihm bald klar: In diesem Bett zu liegen und sich selbst zu bemitleiden brachte ihn nicht weiter. Er brauchte eine Aufgabe. Körperliche Arbeit fiel aus, auch wenn Johannes Sehnsucht nach dem Wald verspürte. Aber wie sollte er Bäume fällen? Genauso verhielt es sich mit Arbeiten auf dem Hof. Das Leibgedinghaus wartete immer noch darauf, fertiggestellt zu werden. Aber dafür brauchte es zwei gesunde Arme und Beine.

Es blieb also nur eine Arbeit im Haus, die sich im Sitzen erledigen ließ. Natürlich drängte sich der Gedanke auf, mit Ernst Uhren zu montieren, aber davon wollte er nichts wissen. Blieb nur die Buchführung. Bei diesem Gedanken verspürte Johannes ein leichtes Kribbeln. Sein Vater war furchtbar schlecht darin, die Geschäfte schriftlich festzuhalten. Seine Buchführung bestand aus einem Sammelsurium von Zetteln, auf denen in seiner krakeligen Schrift Ausgaben und Einnahmen notiert waren.

Am nächsten Morgen kleidete er sich an und ließ sich von dem Vater und August die Treppe hinabhelfen. Gleich nach dem Frühstück begann er mit der Arbeit. Er legte Bücher an, versuchte, aus den Notizen seines Vaters schlau zu werden, übertrug die Werte in der richtigen Reihenfolge und schrieb Rechnungen, die zu stellen wohl vergessen worden war.

Sehr bald musste er erkennen, dass es finanziell ziemlich schlecht um den Fallerhof stand. Sein Unfall und dessen Folgen hatten daran einen entscheidenden Anteil. Die Ärzte hatten ein Vermögen gekostet. Und dass Johannes selbst als wichtige Arbeitskraft über so lange Zeit ausgefallen war, hatte die Löcher in der Kasse immer größer werden lassen. So groß, dass der Vater den Knecht Otto und ausstehende Rechnungen nur noch bezahlen konnte, indem er die Ersparnisse von Ernst plünderte. Leider hatte er auch angefangen, wieder öfter in die Wirtschaft zu gehen. Wenn er spätnachts betrunken nach Hause kam, fiel er für den nächsten Tag bei der Arbeit aus. Als Johannes das vorsichtig ansprach, kochte sein Vater vor Wut über.

»Ein Krüppel braucht mir nicht zu befehlen, was ich tun und lassen darf!«, brüllte er und zerschlug eine Uhr, die Ernst fast fertig montiert hatte. Natürlich rannte er im Anschluss in die Wirtschaft.

Weniger Hände mussten also mehr Mäuler ernähren, denn mittlerweile war auch Augusts Sohn Wolfgang auf die Welt gekommen. Und Auguste war schon wieder schwanger.

Johannes erstellte eine Berechnung, wie lange das alles gut gehen konnte. Auf eine Seite schrieb er die ausstehenden Gelder und den Wert von bestehenden und künftigen Aufträgen. Die Zahl unter dem Strich war bedenklich klein gegenüber der auf der anderen Seite, auf der er unvermeidbare Ausgaben notiert hatte.

Da der Vater eine unsichere Hilfe war, nahm August meist den Schüri mit in den Wald, dem sie natürlich Lohn auszahlen mussten. Der Knecht Otto war vorwiegend auf dem Hof beschäftigt, was eine Hilfe war, aber auch kein Geld einbrachte. Nur Ernst füllte regelmäßig die Kasse, wenn er bei Uhrmacher Mark und dem Sackuhrmacher Wehrle arbeitete. Gleichzeitig konnte er zu diesen Zeiten natürlich keine Uhrwerke für den Fallerhof fertigen, die sich ins Uhrenland verkaufen ließen.

Es half nichts: Johannes hatte einsehen müssen, dass die Buchführung zu übernehmen nur einen Tropfen auf den heißen Stein bedeutete. Er musste weitaus mehr dazu beitragen, dass der Hof Geld erwirtschaftete. Er musste Uhren bauen – ob es ihm gefiel oder nicht.

Der Krampf in seinem Bein klang ab und hinterließ einen störenden Nachhall wie ein schlecht eingestelltes Schlagwerk. Johannes widmete sich wieder dem Gehwerk, das er gerade zusammenbaute. Die Zahnräder steckten auf einem Stift, der sie auf der Platine hielt. Sie hatten aber noch eine weitere Aufgabe. Unterhalb des Rads befand sich am Stift der Trieb. Mehrere Holzstäbchen waren so angebracht, dass sie, wenn sich der Stift drehte, in die Zähne eines weiteren Rads greifen konnten und dieses damit antrieben.

Die Zeit tröpfelte heute nur so dahin. *Du brauchst ein Ziel,* hatte Ernst gesagt. Johannes bezweifelte, es in der Uhrenwerkstatt gefunden zu haben. Aber immerhin hatte er wieder eine Aufgabe, statt sich in seinem Selbstmitleid vor der Welt zu verstecken. Vielleicht, dachte Johannes, kann man als übergeordnetes Ziel ansehen, dass ich den Fallerhof vor dem finanziellen Ruin bewahren will.

***

»Johannes. Wir müssen über etwas sprechen«, sagte der Vater, als er in die Stube trat.

Er hatte ihm gegenüber nach seinem Wutausbruch noch kein Wort des Bedauerns über seine Lippen gebracht. Johannes zweifelte auch, dass es jetzt darum gehen sollte. Er hörte sogar weitere Personen vor der Tür. Er rückte seinen Stuhl mühsam um, sodass er in die Stube schauen konnte.

Mit dem Vater trat August mit seiner Frau ein, die den kleinen Wolfgang auf dem Arm trug. Damit hatte Johannes nicht gerechnet.

»Was wollt ihr?«, fragte er.

Der Vater antwortete nicht, sondern holte eine Flasche mit Klarem und drei Gläser aus dem Schrank und stellte alles auf den Esstisch.

»Schaffst du es allein?«, fragte August, als Johannes aufstand, um zum Tisch zu gehen.

»Es wird schon gehen«, antwortete er und taumelte mit schnellen, unsicheren Schritten auf den Tisch zu. Er hielt sich an einem der Stühle fest.

Auguste stieß August an, der nun doch zu Johannes kam und ihm half, sich zu setzen.

»Jetzt sag schon: Worum geht es?«, fragte er August.

»Das wird der Vater dir erklären«, meinte der Bruder und ging zurück zu seiner Frau.

»Zuerst trinken wir einen Schluck«, sagte Johannes' Vater und füllte sich selbst und den beiden älteren Söhnen das Glas.

»Gesundheit«, prostete er ihnen zu.

Johannes ließ den Schnaps stehen.

»Jetzt sag endlich, was los ist!«, forderte er.

Der Vater atmete tief durch. August wich Johannes' Blick aus.

»Es ist gut, dass du dich um die Rechnungen kümmerst und Ernst mit den Uhren hilfst«, sagte der Vater endlich.

Johannes nickte. Er bekam eine Ahnung, worum es gehen sollte. Es fühlte sich an, als würde er eine Lawine beobachten, die auf ihn zuraste.

»Es ist so, dass ich schauen muss, wie alles ...« Der Vater stockte und setzte neu zu sprechen an. »Als Oberhaupt der Familie ist es meine Pflicht, all meinen Kindern gegenüber, dafür zu sorgen, dass ...«

Sprachlos sah Johannes vom Vater zum Bruder und zurück.

»Du willst, dass August den Hof bekommt«, stellte er fest. Um etwas anderes konnte es nicht gehen.

Der Vater sah ihn überrascht an, als wundere er sich, dass sein Sohn erraten hatte, worauf er hinauswollte. Er nickte schließlich. August und seine Frau schienen erleichtert, dass es endlich heraus war, egal wer es gesagt hatte.

»Ich habe darüber selbst schon nachgedacht«, sagte Johannes. Das stimmte nur zum Teil. Er hatte sich natürlich gefragt, wie er den Hof würde bewirtschaften können. August spielte in diesen Gedanken eine Rolle. Allerdings als wichtiger Helfer, nicht als Herr des Hauses.

»Dann hast du nichts dagegen?«, fragte sein Vater. Ohne eine Antwort abzuwarten, sprach er weiter, als hätte er seine Worte zu lange vorbereitet, um sie jetzt nicht auszusprechen: »Du weißt, dass ich wollte, dass nach unserer Sitte du den Hof bekommst«, begann er. »Aber unter diesen Umständen geht das nicht. Wenn ich aufhöre, dann braucht es einen starken, gesunden Mann.«

»Nicht einen Krüppel«, warf Johannes ein.

»Ach, jetzt halt mir das doch nicht vor. So hab ich das nicht gemeint.« Seine folgende Frage strafte seine Worte Lügen: »Aber wie wolltest du das in deinem Zustand schaffen? Und selbst wenn du den Hof übernähmst, wie wolltest du deinen Bruder ausbezahlen?«

»Du kannst natürlich immer hier leben bleiben, Johannes«, sagte Auguste mit einem freundlichen Lächeln.

»Es soll dein Schaden nicht sein«, fügte August hinzu.

Die Lawine hatte ihn erreicht und traf ihn nun mit ihrer ganzen unnachgiebigen Wucht. Johannes fühlte sich von einem Moment auf den anderen wie unter einer dicken Schicht Schnee begraben. Er brachte kein Wort heraus. Es war fast wie früher in seinen Albträumen. Die anderen sahen ihn nicht mehr, und er konnte ihnen nicht folgen, sich nicht einmal bemerkbar machen.

»Wir fanden, dass du es gleich wissen solltest«, sagte Vater. »Wir waren gestern beim Bürgermeister.«

Johannes schwieg.

»Der Lickert gibt den Antrag an den Amtmann weiter. Er wird ihm darlegen, dass du in deinem Zustand das Erbe nicht wirst antreten können.«

Johannes war in diesem Moment weder enttäuscht noch verärgert, sondern fühlte sich einfach nur leer. Am liebsten wäre er aufgestanden und weggegangen, aber genau das ließ sein »Zustand«, wie der Vater es dauernd nannte, nicht zu.

»Jetzt sag schon, was du davon hältst!«, sagte dieser gereizt.

»Das muss dir doch einleuchten, dass es so am besten ist. Auguste hat schon den kleinen Wolfgang, und das nächste Kind kommt auch bald. So kann der Hof später einmal weitergegeben werden. Wir müssen ja auch an die Zukunft denken.«

Johannes zuckte zusammen. Sein Vater sprach ihm damit die Zukunft ab.

»Ihr habt es ja sowieso schon in die Wege geleitet«, erwiderte er zutiefst gekränkt. »Dann soll es so sein.«

»Du kannst wählen, ob du lebenslang bei uns bleiben oder ausgezahlt werden möchtest«, sagte Auguste strahlend. »Es soll dir bei uns an nichts fehlen. Das ist schön! Es bleiben alle Brüder hier. Du und Ernst, ihr könnt weiter Uhren montieren.«

Das versetzte Johannes den zweiten Stich. Ein Leben lang Uhren bauen – das klang nach einer Strafe! Zu diesem Zeitpunkt konnte er sich nicht vorstellen, dass es noch schlimmer kommen könnte.

Vater füllte sein und Augusts Schnapsglas erneut und hielt seines Johannes zum Anstoßen hin. Johannes schüttelte den Kopf. Er wollte nichts trinken.

»Ach, Johannes«, sagte Auguste, »wusstest du schon, dass deine Kinderfreundin, die Hedwig, die dich letzten Monat noch besucht hat, sich dem Andreas Löffler vom Rankhof versprochen hat?«

Johannes starrte seine Schwägerin mit offenem Mund an. Dann nahm er das vor ihm stehende Glas und kippte den Klaren in seinen Mund. Das Zeug schmerzte im Hals, als trinke er flüssiges Feuer. Der Vater lachte, als Johannes nach Luft schnappte. Dann griff er nach der Flasche und füllte sein Glas erneut.

KAPITEL 10

St. Märgen, Herbst 1839

Dass Hedwig sich mit Andreas Löffler verlobt haben sollte, stellte sich als falsch heraus. Auguste hatte offenbar etwas missverstanden oder übertrieben. Auf jeden Fall aber waren die beiden jüngst mehrfach zusammen Hand in Hand gesehen worden. Viktor hatte weiterhin Kontakt zu Hedwig. Bei einem Besuch erfuhr Johannes, dass sie wohl sehr verliebt sei – und Andreas auch.

»Sie war hier bei mir«, sagte er.

Viktor sah ihn überrascht an. »Wie, sie war hier?«

»Hedi war hier, und wir haben uns an der Hand gehalten. Sie wollte, dass wir ein Paar sind. Es ist erst ein paar Wochen her.«

»Und du wolltest nicht?«

»Schau mich doch an!«, rief Johannes. »Was hätte ich ihr bieten können?«

»Du hast sie abgewiesen«, stellte Viktor fest. »Darum war sie so ...«

»Wie? Wie war sie denn?«

»Irgendwie neben sich. Warum hast du das gemacht?«

»Weil es besser ist«, sagte Johannes. »Besser für sie und besser für mich.«

Viktor schüttelte den Kopf. »Aber dann hast du kein Recht, eifersüchtig zu sein.«

»Bin ich nicht«, spuckte Johannes aus.

»Du darfst ihr das nicht kaputtmachen, weil du zu blöde warst«, erwiderte Viktor und fügte hinzu: »Ich muss jetzt los. Wir sehen uns später.«

Johannes kannte Andreas Löffler gut. Der älteste Sohn vom Rankhof war im gleichen Alter wie sein Bruder August, und beide waren früher oft gemeinsam unterwegs gewesen. Sie wohnten ja nicht weit voneinander entfernt. Andreas hatte schon einmal während der Schulzeit ein Auge auf Hedwig geworfen, aber sie hatte sich nicht für ihn interessiert. Offenbar war das jetzt anders. Johannes wusste, dass Andreas ein tüchtiger Kerl war. Er konnte sich vorstellen, dass er einen guten Mann und Vater abgeben würde. Aber musste er unbedingt Hedwigs Mann werden? Und Vater ihrer Kinder?

Ein Pfeil der Eifersucht bohrte sich durch sein Herz. Wie Viktor gesagt hatte: Er hatte kein Recht dazu, aber er konnte es auch nicht verhindern.

Letztlich, sagte er sich immer wieder, war einzig und allein wichtig, dass Hedwig glücklich wurde. Auch wenn er schon bereut hatte, sie nicht geküsst zu haben, war es die richtige Entscheidung gewesen. Und nur das zählte. Aber wieso nagte dann weiter dieses quälende Gefühl an ihm?

Als seine Eifersucht eines Tages mehr schmerzte als seine geschundenen Knochen, beschloss Johannes zu versuchen, sich mit Schnaps zu betäuben. Er schleppte sich in die große Werkstatt, wo der Vater seine Vorräte versteckte. Fünf oder sechs Schritte mochten nötig sein, die Schublade mit dem Schlüssel zu erreichen. Dann drei oder vier Schritte, um zu der Kiste zu gelangen, die immer noch unter dem Bohrtisch stand. Jeder einzelne davon fühlte sich im rechten Oberschenkel an, als steche ein Teufel ihm eine Vielzahl kleiner Dolche ins Bein, aber er schaffte es.

Schließlich saß er auf dem schmutzigen Boden vor dem Bohrtisch und entkorkte die Flasche mit dem Kirschwasser. Der erste Schluck schmerzte im Hals, der zweite brannte noch ein bisschen. Er musste mehr trinken. Bald hatte er die Flasche geleert, ohne eine Erleichterung zu verspüren. Im Gegenteil. Er fühlte sich noch schlechter. August und der Vater hatten ihn auch ausgebootet. Sie hatten ihm den Hof gestohlen, und er hatte sich nicht einmal dagegen gewehrt! Er war so furchtbar schwach. Er war so nutzlos! Johannes kämpfte sich auf die Beine und reckte sich, um auf einem Regal nach einer weiteren Flasche zu suchen. Mit den Fingerspitzen bekam er kaltes Glas zu fassen und holte die Flasche herunter, die noch halb gefüllt war. Er lehnte sich gegen das Regal, öffnete den Schnaps und trank auch davon, als sei es Wasser.

»Gott, warum bist du nur so ungerecht zu mir!«, murmelte er.

»Ich will dir nur helfen«, antwortete eine Stimme aus dem Dunkel.

Johannes öffnete die Augen und erkannte wie durch einen Schleier seinen Bruder Ernst.

»Der kleine, stille Ernst«, lallte Johannes. »Der Bruder, der niemanden an sich heranlässt.«

»Du lässt auch niemanden an dich heran«, bemerkte Ernst nüchtern und befahl: »Komm!« Er zog Johannes in eine aufrechte Sitzposition. Scherben und Erbrochenes bedeckten den Boden. Johannes nahm das nur verschwommen wahr.

»Das geht so nicht weiter.«

»Ja«, lachte Johannes. »Das geht so nicht weiter.«

***

Am nächsten Tag erwachte Johannes mit pochenden Kopfschmerzen und einem furchtbaren Durst in seiner Kammer. Die Mutter kam herein und schaute nach ihm. Sie sah enttäuscht aus. Johannes drehte sich beschämt zur Wand. Er war selbst enttäuscht von sich. »Das geht so nicht weiter«, hatte Ernst zu ihm gesagt. Und zuvor? *Du brauchst ein Ziel.* Ja, sein Bruder mochte still und verschlossen sein, aber dumm war er nicht. »Du brauchst ein Ziel.« Und hier in seiner Kammer, während es in seinem Schädel hämmerte und sein Magen sich verkrampfte, verstand er Ernsts Worte auf einmal besser.

Er brauchte keine bloße Beschäftigung, sondern ein größeres

Ziel für sein Leben. Und mit einem Mal war ihm auch klar, worum es sich handelte: Er musste seine Selbstständigkeit zurückerlangen. Er wollte wieder – im wahrsten Sinne des Wortes – auf eigenen Füßen stehen.

Nach einem Jahr im Krankenbett waren Johannes' Muskeln verkümmert. Arme und Beine waren dünn geworden, die Schultern schmaler. Dafür waren Nacken und Rücken überbeansprucht und verkrampft. Von nun an begann er seine Tage mit Übungen. Er nahm sich zwei schwere Eisengewichte, die eigentlich für die Uhren gedacht waren. Jeden Morgen nach dem Aufstehen stemmte er sie noch vor dem Frühstück hundert Mal in die Höhe. Die ersten Male schmerzten seine Oberarme, aber langsam fanden sie zu etwas Kraft zurück.

Gleichzeitig begann er in jeder möglichen Minute mit dem Gehtraining. Er bat Ernst, sich auf die andere Seite des Zimmers zu stellen, und lief ungelenk auf ihn zu. Die ersten Male war es ein Tanz wie auf rohen Eiern, ein paar Mal stürzte er, rappelte sich aber jedes Mal wieder auf. Nach zwei Wochen erreichte er Ernst ohne Probleme und konnte seine Schritte schon wieder planvoller setzen. Und dann schaffte er es zum ersten Mal allein die Treppe hinauf. Hinunter war es wegen des steifen Knies schwerer, und einmal fiel er tatsächlich ziemlich schlimm, sodass er schon fürchtete, eine seiner Rippen sei wieder gebrochen, doch der ärgste Schmerz ließ bald wieder nach.

Nach einem weiteren Monat stellte die Treppe kein großes Hindernis mehr da, egal ob hinauf oder hinunter. Er musste sie Stufe für Stufe nehmen, dennoch genoss er die neue Freiheit.

Leider stand der Winter bevor. Die kalte Jahreszeit brachte erst einmal viel Regen und weichte die Böden auf, sodass die ganze Familie im Haus blieb. An Arbeit im Wald war nicht zu denken. Auch Ernst ging nicht mehr zu den beiden Uhrmachern, die ihn erst im Frühjahr wieder brauchten. Der Vater und August hatten sich einige handwerkliche Arbeiten am Haus vorgenommen, die

Mutter und Elsa versorgten alle mit Essen und hielten den Hof sauber. Elsa half ihnen nebenbei öfter bei der Montage der Uhren. Johannes war nun so weit, dass er wieder selbst in die große Werkstatt gehen und Zahnräder bohren konnte. Den Schnaps rührte er nicht mehr an. Wenn die Schmerzen im Oberschenkel zu stark wurden, setzte er sich hin und wartete, bis sie vergingen. Bis zum Frühjahr fiel ihm auf, dass die Phasen des Stehens deutlich länger und die des Ausruhens kürzer wurden.

Im Januar 1840 brachte Auguste ihr zweites Kind zur Welt. Die Geburt war schwer und dauerte lange. Johannes fühlte sich daran erinnert, wie er hier in der Stube gesessen und den Schreien der Mutter bei Ernsts Geburt gelauscht hatte. Doch anders als sein jüngerer Bruder erblickte sein Neffe Wilhelm als starker, großer Junge das Licht der Welt. Und anders als Ernst brüllte er das ganze Haus zusammen. Aber das hielt die beiden Eltern nicht davon ab, gleich schon ein weiteres Kind zu planen.

Ida half Auguste gern mit dem älteren Wolfgang. Sie trug den Kleinen herum, als wäre sie seine Mutter. Gleichzeitig kümmerte sie sich weiter um alle Tiere, darunter auch um Torro, den der Vater ihr vor einem Jahr als Welpen mitgebracht hatte. Der schwarze, borstige Mischling folgte dem Mädchen seither auf Schritt und Tritt. Ida hatte vor Kurzem ihren zwölften Geburtstag gefeiert und war ein hübsches Mädchen mit langen Zöpfen geworden. Die Armbruster-Bäuerin, die Johannes' Mutter manchmal mit Liesbeth besuchte, hatte erzählt, dass die Jungen in der Schule ihr schon nachstellten.

Ida hatte jedoch noch kein Interesse an ihnen. Sie war ständig im Stall, führte mit Torro die Pferde auf die Matschkoppel, versorgte die Tiere mit Futter und Wasser und hatte mit Johannes nun ein weiteres Wesen gefunden, um das sie sich kümmern konnte. Es begann eine Zeit, in der sie ihm fast täglich bei seinen Übungen half.

»Lässt du uns kurz allein, Ida?«, sagte Mutter eines Tages, als Johannes mit seiner Halbschwester auf den Treppen übte. Sie waren auf dem Absatz im ersten Stock. Ida zuckte mit den Schultern und ging in die Stube.

»Ist etwas?«, fragte Johannes.

»Es ist wunderbar zu sehen, dass du wieder auf die Beine kommst«, stellte seine Mutter lächelnd fest.

Sie war immer noch eine schöne Frau, aber ihr Haar war über die Jahre grau und die Falten um die Augen tiefer geworden.

»Ich wollte dir schon die ganze Zeit etwas sagen, mein Junge«, begann sie. »Wenn man sieht, mit wie viel Ausdauer und Beharrlichkeit du dir dein Leben zurückeroberst, frage ich mich, ob es gerecht war, den Hof an deinen Bruder zu geben.«

Johannes entdeckte Tränen in ihren Augen. Er nahm sie in den Arm, was er lange nicht getan hatte. Die Berührung beruhigte sie offenbar.

»Es war richtig so«, sagte Johannes. »August wird den Hof fortführen und irgendwann einmal der kleine Wilhelm. Er schreit schon wieder, hörst du?«

Die Mutter lächelte. »Ich mache mir eben Sorgen, was aus dir wird.«

»Ein einsamer, hinkender Uhrmacher mit einer Narbe auf dem Schädel und krummem Rücken«, sagte Johannes mit einem bitteren Lachen. »Du darfst dich nicht allzu sehr sorgen. Wir haben es doch gut.«

»Gut? Meinst du?«

»Meinst du nicht?«

»Als ich ein junges Mädchen war«, flüsterte die Mutter, »habe ich mir etwas anderes für mein Leben vorgestellt.«

Johannes war überrascht. Gleichzeitig schoss ihm ein Stich durch den Oberschenkel.

»Ich muss mich kurz setzen«, sagte er und ließ sich auf die Kante der Treppe nieder. »Komm!«, forderte er die Mutter auf.

Sie setzte sich zu ihm.

»Es stand dir zu, den Hof zu erben.«

Johannes schüttelte den Kopf. »Es stand Ernst zu. *Er* ist der jüngste Sohn«, stellte er fest.

Seine Mutter zögerte. »Ja, aber das wäre nie gegangen«, flüsterte sie. »Sein Kopf ist wie ein Labyrinth, das sich ständig verändert. Er findet den Ausgang nicht.«

»Und ich bin ein Krüppel, der den Weg finden könnte, aber zu schwach ist, ihn zu gehen«, gab Johannes zurück. »Ich hätte nie gedacht, dass August mal der Normalste von uns dreien ist.«

»Er ist ein feiner Mann geworden«, sagte die Mutter. »Aber wenn ich gewusst hätte, dass du bald wieder so gehen kannst, hätte ich nie zugestimmt, dass dir der Hof aberkannt wird.«

»Ehrlich gesagt macht es mir gar nicht mehr so viel aus«, entgegnete er. »Natürlich hat es im ersten Moment wehgetan. Aber es war weniger der Verlust des Hofs als das Bewusstsein, dass ich nicht selbst darüber entscheiden konnte.«

»Konntest du das nicht?«

Johannes schüttelte den Kopf. »Aber ich habe mir vorgenommen, es wieder zu lernen. Ich will mir wieder Ziele stecken!«

Die Mutter lächelte ihn liebevoll an. »Das passt zu dir. Jeder andere würde sich vielleicht ein Ziel setzen, bei dir sind es gleich mehrere Ziele.«

»Meine Ziele sind gar nicht so groß«, entgegnete Johannes. »Das eine ist, wieder so stark wie möglich zu werden, um ein selbstständiges Leben führen zu können. Und das zweite herauszufinden, was ich wirklich anfangen möchte mit meinem Leben.«

Sie nahm seine Hand in ihre. »Von allen meinen Kindern bist immer du derjenige gewesen, den ich am meisten geliebt habe«, flüsterte sie unvermittelt.

Johannes blickte sie überrascht an.

»Ich weiß, eine Mutter muss alle ihre Kinder lieben. Aber es ist nun einmal so, dass das Band zu dir am intensivsten ist.«

»Ich dachte immer, du würdest Ernst am meisten lieben«, sagte Johannes.

Seine Mutter seufzte tief. »Ernst? Er macht es einem so schwer. Er ist mein Kind. Natürlich liebe ich ihn, aber er gibt so wenig zurück.« Sie zuckte leicht zusammen. »Eine Mutter sollte ihre Kinder nicht mit so etwas belasten«, fügte sie kühler hinzu.

Die Tür zur Stube öffnete sich, was man unschwer am lauter werdenden Geschrei des kleinen Wilhelm erkennen konnte.

»Ah, da kommt Ida schon wieder!«

Die Mutter streichelte Johannes über die Narbe am Kopf und stieg die Treppe hinab. Während sie in die Stube ging, kam Ida bei Johannes an.

»Wollen wir weitermachen?«, fragte sie eifrig.

Johannes nickte und erhob sich. Ida zählte die Stufen, die er hinabstieg. Unten angekommen drehte er sich um und ging sie wieder hinauf. Das ging ein paar Mal so, bis Ida eine Idee hatte: »Schaffst du auch die steilere Stiege unters Dach?«

Johannes nahm die Herausforderung an. Die Treppe ins Dachgeschoss war nur ein kurzes Stück einsehbar und machte dann eine Biegung. Als Johannes dort ankam und nach oben sehen konnte, erschrak er gehörig. Ernst saß da und war in die Betrachtung einer der ältesten Uhren des Hauses vertieft, die dort hing.

»Wa…warst du die ganze Zeit da?«, stotterte Johannes.

Ernst sah überrascht auf und stieg dann ohne ein Wort die Treppe hinab.

***

Auf ergiebige Schneefälle Anfang März folgten so kalte Tage, dass sie eines Morgens mehrere tiefgefrorene Spatzen am Haus fanden. Nur eine Woche später änderte sich das Wetter. Die Schneemassen schmolzen in wenigen Tagen dahin. Bäche traten über die Ufer und sorgten auf einigen Höfen für nasse Füße. Den ersten vorsichtigen Schneeglöckchen folgten muntere Krokusse, die mit ihrer Farbenfreude einen neuen Jahreszyklus einläuteten.

Johannes nutzte das bessere Wetter für Spaziergänge im Freien. Zuerst begleitete er Ida und Torro bis zur Weide, zwei Wochen darauf schafften sie es bis zum Armbruster-Hof, um Liesbeth zu besuchen, die ihrem Berthold mittlerweile vier Kinder geboren hatte. Sie ließen sich mit den Nichten und Neffen und im Fall Idas den Cousinen und Cousins frisch gebackenes Bauernbrot mit Butter schmecken, bevor sie sich wieder auf den Heimweg machten.

Ida war ein flatterhaftes junges Mädchen. Jeden Tag mit dem alten lahmen Bruder spazieren zu gehen wurde ihr offenbar bald langweilig. Mit dem Start der Schule traf sie sich wieder häufiger mit ihren Freundinnen.

Für Johannes bedeutete das, seine Gehübungen allein mit Torro fortzusetzen. Seine Mutter hingegen fand, dass der Hund nicht genug Begleitung war. Sie bestand darauf, dass Ernst mit ihm gehen sollte. Elsa unterstützte die Idee. Nur August und der Vater fanden das übertrieben. Vor allem dem ältesten Bruder waren Johannes' Übungen schon lange ein Dorn im Auge.

»Dann sollen uns für seine Spaziergänge zwei Arbeitskräfte bei den Uhren wegfallen? Was uns das kostet!«, rief er aus.

»Noch hast du den Hof nicht übernommen«, warf die Mutter ein.

»Aber nur auf dem Papier. Wer hält denn hier alles am Laufen?«

»Es muss dir doch begreiflich zu machen sein, dass Johannes das für seine Genesung braucht«, sagte die Mutter laut. »Aber ohne eine Begleitung ist es zu gefährlich.«

»Nichts da«, erwiderte August aufgebracht. »Ich kann nicht alle Arbeit allein machen. Dieses Herumlaufen hat ab sofort ein Ende!«

Johannes baute sich vor August auf. Ihre Augen funkelten, als sie sich gegenseitig anstarrten.

»In dem Fall sollten wir über die Auszahlung sprechen«, sagte Johannes. »Dann verlasse ich den Hof.«

Augusts Gesichtszüge versteinerten. Den Bruder auszuzahlen war ihm nicht möglich. Das wusste Johannes genau – immerhin führte er die Bücher. August hatte das Leibgedinghaus wieder in Angriff genommen und bei der Pferdeschau eine gute Summe in zwei neue Rösser investiert. Damit war es möglich, in der Saison täglich in den Wald zu gehen und gleichzeitig kleinere Lieferungen auszufahren. Das Geld für die Pferde war geliehen und erhöhte die Schulden des Hofs auf jetzt mehr als zweitausend Gulden. Keiner würde August weiteres Geld leihen, bevor er nicht einen guten Teil abbezahlt hätte. Das wusste sein Bruder selbst auch.

Sie atmeten sich gegenseitig an, so nahe waren sich ihre Gesichter.

»Als ob ich wollte, dass du weggehst«, sagte August schließlich. Seine Worte klangen kaum versöhnlich. »Dann geht eben spazieren. Aber die Uhren dürfen nicht darunter leiden.«

Meist schwiegen sie, wenn sie den Hof verließen. Es kam vor, dass sie nach zwei Stunden wieder zu Hause ankamen und außer ihren Schritten nichts voneinander gehört hatten. Aber es kam auch vor, dass Johannes den ganzen Weg über redete. Er sprach dann alles aus, was ihm durch den Kopf ging. Ob Ernst ihm zuhörte und es ihn überhaupt interessierte, wusste er nicht. Aber ihm tat es gut.

Es war immer wieder der Oberschenkel, der die Ausflüge begrenzte. Die Schmerzen kündigten sich leise an und waren deutliches Zeichen, dass Johannes gleich rasten musste. Missachtete er dieses Warnzeichen, jagten bald darauf Stiche durch sein Bein, die so heftig waren, dass er manchmal zu Boden stürzte. In solchen Momenten setzte Ernst sich zu ihm, und sie warteten gemeinsam, bis es wieder besser wurde. Der Rest des Heimwegs zog sich dann in die Länge, weil Johannes mehrere Pausen einlegen musste.

Das Gute war: Je mehr er seine Ausdauer trainierte, desto länger ließen die ersten Anzeichen der Schmerzen auf sich warten. Johannes gewann zudem den Eindruck, dass sie erträglicher wurden. Vielleicht aber hatte er sich nur daran gewöhnt.

Es war der 3. Juni 1840, als sie es zum ersten Mal bis an die Stelle des Unglücks schafften. Johannes hatte die Spaziergänge schon seit einiger Zeit in diese Richtung ausgeweitet, war aber die Tage zuvor immer vor der letzten Steigung umgekehrt. Heute hatte er sich stark genug gefühlt. Die Stelle zu sehen, wo sein Leben von einem Moment auf den anderen umgeworfen worden war wie eben die Tanne, die sie gefällt hatten, fühlte sich eigenartig an. Und doch hatte er mehr erwartet, ja, fast Angst vor diesem Besuch gehabt. Erstes Moos hatte sich auf dem großen Stumpf festgesetzt, von der Tanne oder dem Unglück war nichts mehr zu sehen. Ein Eichhörnchen lief Ernst direkt vor die Füße, blickte erschrocken auf und sprang dann weg in Richtung einer Blutbuche, deren Stamm es blitzschnell emporkletterte.

Johannes ging ebenfalls zu der Buche und ließ sich nieder, dass er sich an den Stamm lehnen konnte. Das Hinsetzen war mit dem steifen Knie nicht einfach. Das Gelenk funktionierte nur noch in einem recht begrenzten Rahmen. Er konnte das Bein weder ganz strecken noch mehr als in einem rechten Winkel zum Oberschenkel beugen. Hier half kein Üben. Johannes musste sich damit abfinden, den Rest seines Lebens auffällig zu hinken. Aber immerhin, dachte er zufrieden, kann ich wieder allein gehen – oder mich setzen. Das war mehr, als ihm die Ärzte versprochen hatten.

Wenn das Gehwerk einer Uhr nicht flüssig arbeitete, öffnete man es und untersuchte seine Einzelteile. Das verantwortliche Stück baute man aus und reparierte oder ersetzte es. Ernst war ein Meister darin, selbst die kleinste Ungenauigkeit auszumachen und auszumerzen. Seit er beim Sackuhrenmacher eine Art Brillengestell bekommen hatte, an dem eine starke Lupe befestigt war, konnte er sich noch mehr in das Innere des Gehwerks vertiefen als ohnehin schon. Manchmal saß er eine ganze Stunde und starrte konzentriert auf das Spiel der Zahnräder. Dann baute er fast betriebsam die

Uhr auseinander. Aber nur so weit, wie es nötig war. Er entfernte ein Zahnrad, das für Johannes absolut perfekt aussah, feilte an einem Zahn ein Stückchen weg oder schliff an dem Stift, der ihn auf der Platine hielt. Danach lief die Uhr wieder einwandfrei. Beim Gehwerk einer Uhr ging das, bei dem eines Menschen leider nicht.

»Hast du neulich gehört, was Mutter gesagt hat?«, fragte Johannes.

»Ja«, antwortete Ernst zu seiner Überraschung, während er sich neben ihn setzte.

»Sie hat es nicht so gemeint, wie es sich vielleicht angehört hat«, sagte Johannes schnell und wandte sich um, sodass er seinen Bruder ansehen konnte.

Dieser zuckte mit den Schultern.

»Es ist dir egal?«

Jetzt schüttelte er mit dem Kopf.

»Du weißt, dass du anders bist, oder?«

»Ob das Uhrwerk aus Holz ist oder aus Metall, beide zeigen die Zeit«, sagte er nach einem Moment des Überlegens. Es ist eigenartig, mit Ernst ein richtiges Gespräch zu führen, dachte Johannes. Vor allem, weil das, was er sagte, Sinn ergab.

»Du hast recht«, sagte er. »Du gehörst zu uns und bist so wichtig wie jeder andere auch«, sagte Johannes. »Wir wissen nur nicht immer, ob du das überhaupt willst.«

Der Kampf, der in Ernsts Innerem tobte, spiegelte sich in seinen Augen. Schließlich sagte er: »Doch.«

»Komm her«, sagte Johannes und legte einen Arm um den Bruder und zog ihn an sich.

»Du stinkst«, sagte Ernst.

Johannes lachte und ließ den Bruder nicht los.

»Das musst du aushalten.«

# KAPITEL 11

Wenn Urban Heim den Fallerhof besuchte, lag das meist daran, dass ein schulpflichtiges Kind längere Zeit nicht erschienen war. Doch Ida ging jeden Tag brav in die Schule, wie er Elsa in der Stube bestätigte.

Mit den Jahren hatte der Lehrer sich ein kleines Bäuchlein zugelegt. Die Stirn war höher geworden, und auf der Nase saß eine Rundbrille, die ihn älter wirken ließ, als er war. Johannes schätzte ihn auf vierzig Jahre.

Er schien richtig nervös zu werden, je länger er mit Elsa zusammensaß. Auch die Magd hatte sich verändert. Mit gerade einmal zwanzig hatte sie Ida das Leben geschenkt. Jetzt stand sie in ihrem dreiunddreißigsten Lebensjahr. Aus dem Mädchen war eine gestandene Frau geworden. Ein paar Fältchen um die Augen, breitere Hüften und vollere Wangen zeugten äußerlich davon. Dass erste graue Fäden in ihrem Haar auftauchten, sah man gerade nicht, denn sie hatte ein weißes Tuch darüber geknotet.

»Ida macht sich gut in der Schule, Fräulein Elsa«, sagte Urban Heim.

»Sie erzählt viel vom Unterricht«, erwiderte Elsa. Das war schlichtweg gelogen! Johannes fühlte sich wie ein Lauscher. Aber er konnte sich an der Werkbank ja nicht die Ohren zuhalten.

»Ich hoffe, sie berichtet nur Gutes.«

»Meistens«, sagte Elsa und kicherte.

Urban Heim gluckste. »Ihre Schönschrift ist vorbildlich«, lobte er das Mädchen weiter.

Johannes konnte sich das nicht länger anhören. Er stand auf. »Verzeiht, dass wir gehen. Aber wir haben in der großen Werkstatt zu tun.«

»Das ist schlecht«, erklärte Urban Heim.

»Schlecht?«

»Ich bin ja eigentlich gekommen, um mit dir und Ernst zu reden.«

Das überraschte Johannes.

»Ich muss sowieso noch die Hühner füttern«, sagte Elsa.

Urban Heim verabschiedete sich wortreich von ihr. Johannes bemerkte, wie der Lehrer rot anlief, als sie vor ihm knickste. Er schaute ihr nach, bis sie die Tür hinter sich zugezogen hatte.

»Der Schwär aus London war von den Faller-Uhren angetan, die wir letztes Mal mitgeschickt haben«, wandte er sich schließlich Johannes zu. Neben der Schule arbeitete Heim noch immer als Packer, nahm Bestellungen aus dem Uhrenland entgegen und verschickte die geforderten Waren über spezialisierte Speditionen in die fremden Länder, vornehmlich nach England, wohin viele Schwarzwälder gegangen waren.

»Das ist schön. Will er wieder welche haben?«, fragte Johannes.

»Das kommt darauf an, ob ihr sie ihm zu seinem Preis liefern könnt«, entgegnete Heim. Eben hatte er im Umgang mit Elsa noch befangen gewirkt. Jetzt war jede Spur der Unsicherheit verschwunden. Über Uhren zu verhandeln schien ihm leichter zu fallen, als mit einer schönen Frau zu sprechen.

»Anfang September kommt der Fuhrmann Rogg aus Lenzkirch, der eine große Lieferung für den Weitertransport nach Straßburg bringt. Von da geht es nach London weiter. Es werden zwei Uhrenkisten, eine ist allein für den Schwär.«

Andreas Schwär war der Vetter des Rankhof-Bauern Michael Löffler und über mehrere Ecken auch mit Viktor verwandt. Sie hatten ihm schon mehrmals fünf oder sechs Uhren liefern dürfen.

»Er hat mir geschrieben, dass er bei euren Uhren kaum Reklamationen hat. Und deshalb will er wieder welche bei euch bestellen.«

»Das freut uns zu hören. Wir bauen unsere Uhren mit viel Sorgfalt. Wie viele will er denn haben? Wieder fünf?«

»Ein bisschen mehr. Es sollen zweiunddreißig übersetzte Uhren mit Weckerfunktion sein. Die Schilde nach englischem Gusto, also quadratisch mit aufgesetztem Halbkreis, einfach gestaltet mit Blumendekor und römischen Ziffern.«

Johannes stand der Mund offen. Das war eine richtige Großbestellung.

»Bis Anfang September?«, fragte er nach.

»Schafft ihr das?«

»Was zahlt er denn?«

»Einen Gulden pro Uhr«, antwortete Heim nach einem Moment des Zögerns. Hätte Johannes dieses Zögern nicht bemerkt, wäre er auf den Handel vielleicht sogar eingegangen, aber so war er sich sicher, dass der Lehrer noch Verhandlungsspielraum mitgebracht hatte.

»Unter zwei Gulden ist nichts zu machen«, sagte er kühl.

Heim machte ein entsetztes Gesicht. »Hast du denn gar nichts bei mir in der Schule gelernt? Das ist ja das Doppelte!«

»Ich würde es anders ausdrücken. Was Sie bieten, ist nur die Hälfte des normalen Preises.«

»Ich kann dir höchstens mit zwei Kreuzern pro Uhr entgegenkommen, aber das geht von meinem eigenen Geld ab«, sagte der Lehrer.

Und so ging es hin und her. Über zehn Minuten feilschten beide und näherten sich Stück für Stück langsam einander an. Schließlich hielt Johannes dem Lehrer die Hand zum Einschlagen hin.

»Also dann, anderthalb Gulden, und wir geben auf unsere Kosten Ersatzschnüre dazu.«

Urban Heim schlug ein.

Johannes hatte das Geschäft schnell im Kopf überschlagen. Der Handel brachte ihnen achtundvierzig Gulden, wobei man sechs Gulden für das Material und Zukäufe abziehen musste. Von den übrigen zweiundvierzig Gulden würden je zwölf an Johannes und Ernst gehen. Die restlichen achtzehn Gulden waren für Kost und Logis, die sie an August abzutreten hatten. Johannes war überzeugt, dass der ziemlich erfreut sein dürfte über diese schöne Summe.

»Hast du das vom Andreas Löffler schon gehört?«, fragte Urban Heim.

»Dass er mit der Hedwig …« Johannes konnte es nicht aussprechen.

»Ach, die beiden? Das überrascht mich jetzt«, sagte der Lehrer. »Ist sie nicht Magd auf dem Kapfbühlhof bei den Hummels?«

Johannes nickte.

»Nein, das wusste ich nicht. Aber ich meinte etwas anderes. Er will ins Uhrenland gehen, nach England!«

Jetzt war Johannes an der Reihe, erstaunt zu schauen.

»Wann?«

»Er will schon mit den beiden Kisten mitreisen.«

»Also Anfang September?«

Urban Heim nickte und sagte: »Bald machen alle tüchtigen Kerle aus der Gegend ihr Glück im Uhrenland.«

Zwei Hummel-Brüder vom Kapfbühlhof, wo Hedwig arbeitete, waren bereits nach England gegangen. Zuerst Lorenz, ein Jahr später Andreas. Und jetzt würde also auch Andreas Löffler, der beste Freund der beiden, ebenfalls aufbrechen.

»Schade, dass ihr beiden nicht ins Uhrenland könnt«, sagte Heim.

Daran hatte Johannes noch gar nicht gedacht. »Wieso sollten wir das nicht können?«, fragte er.

»Ein Uhrenhändler muss viel laufen und die Leute an den Haustüren von den Uhren überzeugen«, erklärte der Lehrer. »Du

kannst nicht gut gehen – und unser Ernst hier redet nicht genug.«
Heim grinste. »Aber die Händler brauchen ja auch jemanden in
der Heimat, der ihnen die Uhren baut, die sie dann verkaufen. So,
ich muss dann los.«

Heim stand auf. »Bestellt dem Vater und dem Bruder meine
Grüße. Und der Mutter.« Rote Flecken wuchsen auf den Wangen
des Lehrers, bevor er hinzufügte: »Und teilt bitte dem Fräulein Elsa
mit, dass sie sich gern melden soll, wenn sie erzieherische Fragen
zu Ida hat.«

»Sie freut sich bestimmt über das Angebot, Herr Schullehrer.«

»Ich denke, du bist lange genug nicht mehr mein Schüler, um
mich Urban nennen zu können. Übrigens, das sage ich jetzt als
dein früherer Lehrer und nicht als dein Geschäftspartner: gut ver-
handelt!«

August hörte sich am Abend die Geschichte über das Geschäft und
die Verhandlung an. Er nickte und tunkte sein Brot in die dicke,
mit Speck angereicherte Erbsensuppe. Johannes merkte ihm an,
dass etwas nicht stimmte.

»Was hast du?«, fragte er. »Der Preis ist doch gut.«

August legte das Brot ab und sagte leise: »Du musst dich langsam daran gewöhnen, dass du nicht der Herr im Haus bist.«

Nur noch das Ticken der Uhren war zu hören.

»Was hat das mit Herr des Hauses zu tun?«, fragte Johannes.

»Wenn es um fünf Uhren gegangen wäre, hätte ich ja nichts gesagt«, sagte August lauter, »aber Entscheidung über so ein Ausmaß
zu treffen, steht dir auf diesem Hof nicht zu.«

»Du tust ja gerade so, als gehöre der Hof schon dir«, protestierte Johannes.

»Und du musst dich damit abfinden, dass jetzt ich derjenige
bin, der hier das Sagen hat«, rief August und hieb mit der Faust auf
den Tisch. Suppe spritzte aus seiner Schüssel.

»Vater?«, wandte sich Johannes zur Seite. »Was sagst du dazu?«

Doch der schaute nur unglücklich von seiner Suppe hoch.

Es war dieser Moment, in dem Johannes bewusst wurde, dass sein Vater alt geworden war. Obwohl er erst zweiundfünfzig Jahre zählte, hatten das viele Trinken und die harte Arbeit im Wald seine Haut wie dünnes Leder werden lassen. Das Haar war schütter geworden und der Blick trübe und vor allem müde. Von ihm brauchte er keine Hilfe zu erwarten.

»Da mische ich mich nicht ein«, brummte der Vater.

August hatte die unausgesprochene Unterstützung wohl wahrgenommen und baute sich vor Johannes auf.

»Du hast einen guten Preis erzielt. Dagegen ist nichts zu sagen. Aber du kannst nicht für den Hof handeln. Du musst mit so etwas zu mir kommen. Verstehen wir uns?«

»Du willst mir jetzt tatsächlich vorhalten, dass ich Geld für den Hof verdiene?«

»Ich halte dir vor, dass du mich nicht fragst.«

»Aber ich darf noch Luft holen? Großer Herr August, darf ich atmen?«

»Das ist doch Unsinn«, schimpfte August.

»Hab ich mich denn so großspurig benommen, als ich noch der zukünftige Erbe war?«, fragte Johannes ebenso laut.

»Ah, darum geht's dir!«, gab August zurück. Während er weitersprach, wies er mit dem Zeigefinger auf Johannes. »Hier geht es nicht um dich oder mich. Hier geht es um die Zukunft des Fallerhofs. Und es ist nun mal so, wie es ist. Solche Geschäfte laufen ab sofort über mich.«

Johannes wollte die Situation nicht wieder eskalieren lassen. Statt weiter dagegenzuhalten, nickte er.

»Gut«, sagte August etwas ruhiger. »Und noch etwas. Wir können es uns nicht leisten, diesen Auftrag nicht pünktlich bedienen zu können. Bis nicht alle Uhren fertig sind, werdet ihr diese Spaziergänge sein lassen. Das kostet nur wertvolle Zeit.«

Johannes spürte Wut in sich aufsteigen. »Dann musst du mich

auszahlen«, wiederholte er die Drohung, die beim letzten Mal schon geholfen hatte.

Johannes sah an Augusts erst feuerrotem und dann plötzlich blutleerem Kopf, dass er kurz davorstand, die Kontrolle zu verlieren. Dann stürmte der Bruder zur Tür hinaus. Er schlug sie mit solcher Kraft zu, dass sie aus den Angeln brach.

***

Die Tür war bald wieder repariert, aber Augusts Stimmung blieb düster. Er redete nicht mehr mit Johannes. Ja, er verhielt sich fast wie früher, als Johannes ihm und seinen Freunden nachfolgen wollte und diese so taten, als hörten sie ihn nicht. Sogar Auguste fand das albern. Als sie ihren Mann ermahnte, brüllte August auch sie an und verschwand im Wald.

Johannes hatte die letzte Schlacht für sich entschieden, aber er wusste, dass August ein nachtragender Gegner war. Dennoch war er froh, auch weiterhin sein Bein üben zu können, denn ein Ziel wollte er unbedingt noch erreichen.

Es war bereits Anfang August, bis Johannes den weiten Weg bis zum Kapfbühlhof schaffte. Der Hof war schon in Sichtweite, als das heftige Stechen in seinem Oberschenkel einsetzte und ihn zwang, sich mit Ernsts Hilfe auf den Boden zu setzen. Es war ein heißer, staubiger Tag. Beide hatten Durst und wünschten sich nichts sehnlicher, als am Trog vor dem Hof Wasser über Hände und Gesicht laufen zu lassen, aber sie mussten abwarten, bis sich der Schmerz verflüchtigte.

»Ich weiß nicht, ob ich es heute noch bis nach Hause schaffe«, sagte Johannes zweifelnd. Doch zuerst stand der Besuch an, auf den er schon so lange hingearbeitet hatte.

Johannes erkannte Hedwig schon von Weitem. Sie stand an einem Wagen, vor den ein Pferd gespannt war. Neben ihr bemerkte er einen Mann und eine ältere Frau. Letztere musste die Kapfbühl-

Bäuerin sein. Bestürzt erkannte er nun auch den Mann, der Hedwig an der Hand nahm.

»Schau, Andreas!«, rief die Bäuerin. »Da kommen zwei Faller-Brüder aus deiner Richtung.«

Hedwig und Andreas wandten sich zu ihnen um. Johannes hob unsicher die Hand zum Gruß. Ernst winkte überraschenderweise ebenfalls.

Die Bäuerin brachte ihnen einen großen Krug frisches Wasser, den Ernst und Johannes durstig leerten. Hedwig schien über den Besuch so wenig erfreut zu sein, wie Johannes es befürchtet hatte. Nur Andreas begrüßte die beiden freundlich und im Fall von Johannes mit Handschlag.

»Dein Bein macht sich!«, sagte er anerkennend. »Das ist ein weites Stück, das du schon wieder gehen kannst.«

»Wolltest du mich besuchen?«, fragte Hedwig kühl.

Diesmal schmerzte Johannes nicht das Bein, sondern sein Herz. Er nickte. Zu Andreas sagte er: »Mit Übung schaffe ich es immer ein bisschen weiter.«

»Andreas, kannst du noch mal schnell hereinkommen?«, drang die Stimme der Bäuerin durch das geöffnete Fenster.

Er lächelte und folgte ihrem Ruf.

»Was willst du hier?«, fauchte Hedwig, als sie Johannes von ebendiesem Fenster weg in den Schatten des Stalls gezogen hatte. Fliegen summten um ihre Köpfe herum.

»Ich wollte dich sehen und mit dir sprechen.«

»Wir haben nichts zu besprechen, Johannes!«

»Ich dachte schon. Ich wollte dir erklären, wieso …«

»… du brauchst nichts zu erklären. Es hat sich alles zum Guten gewendet.«

»Du meinst, du und Andreas.« Johannes scheuchte die Fliegen weg, die sich auf seine glänzende Stirn und die freie Haut der Arme setzen wollten. Hedwig nickte nur.

»Und wie ist es für dich, dass er nach England geht?«

Johannes kannte Hedwig lange genug, um ihr anzusehen, wenn sie log. Kurz vor einer Flunkerei blickte sie immer unwillkürlich für einen Moment in die Luft. Und ihre Stimme verfiel in einen Singsang, den sie sonst nicht benutzte.

»Das stört mich nicht. Wir wollen heiraten, wenn er als gemachter Mann zurückkehrt.«

»Ich freue mich für dich«, sagte Johannes. Und das war nicht gelogen. »Ich habe es sehr bereut, wie wir auseinandergegangen sind. Ich wollte es nicht dabei belassen. Ich möchte, dass wir Freunde bleiben.«

Hedwigs Miene hellte sich etwas auf. »Wirklich? Du bist nicht gekommen, weil du mir Andreas ausreden willst?«

»Nein, bin ich nicht. Er ist ein tüchtiger Kerl, und ich hoffe, dass ihr glücklich werdet miteinander.«

»Und du?«

»Ich habe genug mit mir selbst zu tun«, antwortete Johannes wahrheitsgemäß. »Ich habe bereut, dass ich dich weggeschickt habe, aber ich bin mir sicher, dass es so, wie es jetzt ist, gut sein wird.«

Johannes konnte gar nicht so schnell schauen, wie Hedwig sich zu ihm vorbeugte und ihn umarmte. Ihr Kopf lag für einen Moment an seinem Hals, dann ließ sie ihn los, stellte sich auf die Zehenspitzen und gab ihm einen Kuss auf die Wange. Sie blickte ihn ernst an und bat: »Erzähl ihm bitte nicht von meinem Besuch bei dir! Er macht sich Sorgen, ob ich auf ihn warten werde. Und ich möchte nicht, dass er dadurch auf seiner Reise in Zweifel gerät.«

»Ich verspreche es dir.«

Hedwig bewegte sich wieder zurück zum offenen Fenster bei der Tür. Ernst wusch sich das Gesicht am Trog, und Andreas kam gerade wieder aus dem Haus, in der Hand einen zweiten Krug mit Wasser.

Während Johannes einen weiteren tiefen Schluck nahm, spürte er die Unordnung in seinem Inneren, fühlte sich aber auch darin bestätigt, dass er das Beste für Hedwig wollte. Und wenn sie davon überzeugt war, dass es der Sohn vom Rankhof war, wünschte er ihr alles Glück der Erde.

»Ich bin mir nicht sicher, aber ich glaube, ich habe mich mit dem Weg hierher etwas übernommen«, sagte Johannes. »Könnte ich nachher auf deinem Wagen mit zum Rankhof zurückfahren, Andreas?«

»Ich wollte gleich losfahren. Steig auf.«

Als Johannes schon auf dem Wagen saß und Ernst dem Pferd über die Nüstern streichelte, lief Andreas noch einmal kurz zum Haus. Johannes drehte sich um und sah, dass er Hedwig an die Hauswand gezogen hatte und küsste. Er zuckte zusammen. Ein bisschen schmerzte es doch.

KAPITEL 12

Hastings, Sommer 1840

Man sah Williams Miene an, dass er überlegte, ob wohl lautes Weinen oder eher Quengeln erfolgversprechender wären. Sophia wusste, wie laut der kleine Mister Hughes werden konnte, und wollte es nicht darauf ankommen lassen. Lady Ann hatte Gäste. Aus dem Salon drang leise Klaviermusik und Gesang bis hinauf in Williams Zimmer.

»Sag mir auf Deutsch, was du möchtest, William!«, forderte sie den Zweijährigen auf. Lady Ann gefiel der Gedanke, dass ihr Sohn neben Englisch auch mit der Sprache der Königin aufwuchs.

»Nachtkuss«, sagte William.

»Da fehlt etwas«, bemerkte Sophia.

Der süße Fratz überlegte angestrengt.

»Was?«, fragte er.

»Was möchtest du?«

»Gutenachtkuss?«

»Gutenachtkuss ...«, sagte sie abwartend.

»Please!«, fiel es William ein. Er lächelte so charmant, wie es nur kleine Kinder konnten.

»Auf Deutsch?«

»Bitte, Miss Sophia.«

Sie lächelte und beugte sich zu dem Kind. Das Wiegenbett war fast schon zu klein für ihn. Er wuchs so schnell! Kein Wunder bei den langen Beinen seiner Mutter. Sophia küsste William zärtlich auf die Stirn.

Zweieinhalb Jahre stand sie nun schon in Diensten von Lady

Ann. Mister Hughes befand sich immer noch in Ceylon, würde aber in einem halben Jahr wieder die Heimreise zu See antreten. William war schon ganz aufgeregt, seinen Vater kennenzulernen.

Die Pflichten im Hughes-Haus hatten Sophias unermessliche Trauer anfangs wenigstens tagsüber in den Hintergrund rücken lassen. Aber sobald Sophia in ihrer kargen Kammer unter dem Dach zu schlafen versuchte, war mit der Stille der Gram wie eine biblische Heimsuchung über sie gekommen. Nächtelang hatte sie geweint – um ihre Mutter, wegen ihrer Einsamkeit und aus Wut über sich selbst.

Lady Anns großzügige Hilfe am Tag ihres ersten Treffens hatte Sophia noch ein Wochenende der Hoffnung beschert. Erst als am darauffolgenden Tag weder Etienne Légat noch ein Arzt aus London erschienen waren, um ihre Mutter zu behandeln, war Sophia die Niederträchtigkeit und Schändlichkeit des Betruges bewusst geworden. Und sie konnte ihre Wut über ihre Einfalt nicht einmal teilen. Ihrer Mutter ging es so schlecht, dass Sophia fürchtete, die Nachrichten könnten ihr Ende noch beschleunigen.

Sophia zog William die Decke hoch und begann, ihm sein Lieblingsschlaflied vorzusingen, *Twinkle, Twinkle, Little Star*. Der Junge lächelte selig und schloss die Augen.

Zwölf Tage waren Sophia noch mit ihrer Mutter vergönnt gewesen. Wobei es sich um Tage des Schmerzes gehandelt hatte. Kurz vor ihrem Tod sah es so aus, als habe die Genesung eingesetzt. Sie war sogar aus dem Bett aufgestanden und hatte, auf unsicheren Beinen stehend, ihre Tochter in den Arm genommen. Sie hatten gemeinsam am Tisch gegessen, bevor ihre Mutter Sophia um Papier und eine Feder gebeten hatte. Dann wollte sie allein sein. Fast eine Stunde lang schrieb sie. Sophia wartete vor der Tür.

»Du sollst ihn erst lesen, wenn ich gegangen bin«, hatte ihre Mutter gesagt und den Brief unter ihr Kopfkissen gesteckt. Sie hatte sich erschöpft wieder hingelegt und war gleich eingeschlafen. Sophia hatte die ganze Nacht an ihrem Bett verbracht, ihr den

Schweiß von der Stirn getupft und beruhigend auf sie eingeredet, als sie offenbar schlecht träumte und im Schlaf Unverständliches murmelte. Kurz nach Mitternacht hatte die Stimme ihrer Mutter Sophia aus einem flachen Schlaf geweckt. Sie war schließlich doch eingenickt.

»Ich muss jetzt gehen«, flüsterte ihre Mutter. Sie bewegte schwach einen Finger. Sophia war schlagartig hellwach und nahm ihre Hand. Sie war warm.

»Ich bete …«, flüsterte sie. »… dich in einer …« Jedes Wort war eine Kraftanstrengung. »… besseren Welt …«

Das waren ihre letzten Worte. Ein schwaches Lächeln bewegte ihre Mundwinkel. Sophia hatte sofort gewusst, dass in diesem Moment das Leben aus ihrer Mutter herausgefahren war. Den Rest der Nacht war sie einfach bei ihr sitzen geblieben und hatte gespürt, wie die Hand in ihrer bald kalt und später steif wurde.

Williams Atem ging ruhig und sanft. Der Kleine war eingeschlafen. Sophia summte die Melodie ganz leise weiter, damit sie ihn in seinen Träumen begleiten würde. Dann blies sie die Kerzen aus und schlich aus dem Zimmer.

Aus Richtung des Salons drang Gelächter an ihr Ohr. Wilson brachte gerade eine Flasche Whisky auf einem Tablett. Sie winkte ihm zu. Der Butler war seit dem ersten Tag immer freundlich und gerecht zu ihr gewesen. Miss Webster hingegen war ein Drachen. Sie suchte ständig nach Fehlern, die sie Sophia unter die Nase reiben konnte. Mal waren die Kleider nicht richtig gefaltet, mal saß ihr Haar zu locker. Sie kontrollierte auch die Dienstbotenzimmer, und obwohl Sophia ihres penibel sauber hielt, hatte sie sich über Staub auf dem Schrank beschwert. Zum Beweis hatte sie einen weißen Handschuh vorgezeigt, der an den Fingern etwas verschmutzt war. Sophia war sich allerdings sicher, dass der Schmutz nicht aus ihrem Zimmer stammte.

Als Wilson die Tür zum Salon öffnete, wurden die Stimmen noch einmal kurz lauter. Sophia wandte sich zur Bedienstetentreppe und stieg bis unters Dach, wo es im Winter kalt und im Sommer heiß war.

Ihre Kammer war klein und karg. Aber es gab ein Fenster, von dem aus sie tagsüber den Park überblicken konnte. Im Zimmer standen ein gemütliches Bett mit warmem Bettzeug, eine abschließbare Truhe für ihre wichtigsten Habseligkeiten, ein Kleiderschrank und ein Tisch mit Stuhl. Sophia hatte ein paar Erinnerungsstücke an ihre Mutter und Großeltern dekorativ aufgestellt, aber meist kam sie nur zum Schlafen hier herauf oder wenn sie in Ruhe Arbeiten ausführen wollte, etwa kostbare Wäsche flicken.

Die Erinnerung war heute so stark. Vielleicht lag es daran, dass ihre roten Tage unmittelbar bevorstanden. Auf jeden Fall fühlte sie sich aufgewühlt und wusste, dass sie noch keinen Schlaf finden würde.

Sophia öffnete die Truhe, in der ihre wenigen Wertsachen lagen. Mutters Ring in einem Kästchen, ein kleines Löffelchen aus Silber, aber vor allem der Brief. Sophia hatte ihn erst am Morgen nach dem Tod ihrer Mutter unter ihrem Kissen hervorgezogen und den Umschlag geöffnet. Seither hatte sie ihn in den vergangenen Jahren so oft gelesen, dass das dünne Papier schon ganz weich und an den Knickstellen eingerissen war. Ihre Mutter hatte so schön schreiben können.

Sophia nahm auf ihrem Bett Platz und las.

Mein herzallerliebstes Kind, meine geliebte Tochter Sophia,
mein Leben neigt sich seinem Ende entgegen. Blicke ich auf die
Tage zurück, die mir im Diesseits vergönnt waren, danke ich zu-
allererst Gott dem Herrn, denn er hat mir Dich geschenkt, das
größte Glück, das es geben kann. Ich habe mich oft gefragt, wo-
mit ich es verdiente, einer so wundervollen Tochter das Leben ge-
schenkt haben zu dürfen. Denn es gibt einiges zu bereuen. Mich
schmerzt vor allem, dass ich nicht einmal so kurz vor meinem Tod

den Mut finde, Dir in die Augen zu schauen und zu erklären, was ich nun nur schreiben kann.

Seit vielen Jahren plagt mich mein Gewissen, weil ich Dich über Deine Herkunft belogen habe. Meine eigene Mutter, Deine Oma Mary, hatte mich damals überzeugt, dass es besser für Dich wäre, die Wahrheit noch nicht zu kennen. Denn die steht mit Scham und Ehrlosigkeit in Verbindung.

Urteile ruhig über mich, wenn Du diese Zeilen liest, aber ich flehe Dich an, mich trotzdem als liebende Mutter in Deinem Herzen zu behalten.

Als Du klein warst, hast Du mich oft nach deinem Vater gefragt. Ich sagte Dir, er sei ein deutscher Seemann gewesen wie dein Großvater. Du bist in der Gewissheit aufgewachsen, dass er als mein Verlobter auf dem Kanal zu Tode gekommen ist. All das war eine Lüge. Zuerst wollte ich Dich schützen, dann fand ich keinen Weg, Dir die Wahrheit zu gestehen. Aber bevor ich Dich, mein über alles geliebtes Kind, und diese Welt verlasse, bin ich Dir schuldig, Dir zu sagen, dass Dein wahrer Vater lebt.

Sein Name lautet Edward John Dent. Er ist Uhrmacher in London und war bekannt mit dem Sohn der Finchs, bei denen ich als Dienstmädchen in Crowborough arbeitete. Als ich feststellte, dass ich guter Hoffnung war, habe ich die Stelle gekündigt und bin nach Hause zurückgekehrt. Oma Mary, Opa Paul und ich haben gemeinsam die Geschichte um den Verlobten aus Deutschland erfunden, damit die Schande in Grenzen gehalten werden konnte. Den Ring, den Edward mir damals zum Abschied schenkte, gaben wir als Verlobungsring aus. Nun soll er Dir gehören. Leider ist er alles, was ich Dir hinterlassen kann. Aber Du bist jung und tüchtig und immerhin frei von Schulden, sodass Du Dir nun eine Anstellung suchen kannst. Vergib Deiner Dich ewig liebenden Mutter, dass sie Dich so früh verlässt. Ich werde – so Gott mir meine Sünden verzeiht – aus dem Himmel stets eine schützende Hand über Dich halten.

Da ich Dich kenne, vermute ich, Du wirst Deinem Vater begeg-
nen wollen. Tue, was Du für richtig empfindest. Aber Du musst
wissen, dass ich mit Edward nie wieder Kontakt hatte und er so-
mit nichts von Deiner Existenz weiß. Bedenke das bei Deinen
Überlegungen.
Liebste Sophia, mein Herz fühlt sich nun leichter an, mein Kör-
per aber wieder schwach. Ich wünsche Dir von Herzen ein glück-
liches, erfülltes Leben voller Liebe.
Deine Mutter

Wie immer, wenn sie den Brief las, kam es Sophia vor, als stehe
ihre Mutter hinter ihr. Manchmal war das Gefühl so stark, dass sie
sich öfters einmal umgedreht hatte, aber dann war es vorüber. Darum wandte sie sich bewusst nicht mehr um, damit sie ihre Nähe
so lange wie möglich spüren konnte. Manchmal sprach sie sogar
laut mit ihr und stellte sich vor, wie sie ihr mit Engelsflügeln Kraft
verlieh.

Der Leichnam ihrer Mutter war noch nicht unter der Erde gewesen, da hatte schon Mister Greaton mit zwei grobschlächtigen
Kerlen in der Tür gestanden. Der Vermieter hatte Sophia darüber
aufgeklärt, dass es Mietschulden gäbe. Sie konnte diese natürlich
nicht begleichen, sodass Mister Greatons Begleiter alles aus dem
Haus trugen, was man versilbern konnte. Eine Kiste durfte Sophia
sich zuerst füllen. Mit der war sie schließlich zu Lady Ann Hughes
gegangen, dieses Mal allerdings direkt über den Dienstboteneingang.

Sophia hatte sich zu sehr geschämt, um Etienne Légat anzu-
zeigen. Doch als Lady Ann fassungslos gehört hatte, was geschehen war, hatte sie die Sache in die Hand genommen und einen
Constable alarmiert. Légat war verschwunden und hatte der Hausherrin gesagt, dass er nach Frankreich zurückreise. Lady Ann hatte
daraufhin einen Mann engagiert, der helfen konnte, Leute zu finden. Mister Cedrik Finnegan war ein Ire, dessen Wangen so rot wie

seine Haare waren. Der Tweedanzug saß etwas eng, dafür war der Zylinder eine Nummer zu groß. Finnegan hatte sich auf die Spurensuche gemacht und nicht viel herausgefunden. Légat hatte sich von einem Kutscher nach Dover bringen lassen. Dort hatte sich seine Spur auch schon verloren. Einen Doctor John Montgomery fand er in einem Dorf nahe Oxford. Dieser war aber kein Absolvent der medizinischen Fakultäten von London und Paris, sondern einfacher Landarzt und hatte von einem Etienne Légat noch nie etwas gehört. Finnegan bezweifelte, dass das überhaupt sein richtiger Name war. Auch diese Erkenntnis war Sophia und Lady Ann mittlerweile gekommen.

Von Etienne Légat fehlte seither jede Spur. Damit blieb Sophia Lady Ann fünfzehn Pfund schuldig. Nach Abzug von Kost und Logis und einem minimalen Taschengeld musste Sophia drei Jahre bei Lady Ann arbeiten, um ihre Schuld abzutragen, wie sie in einem Heft notierte. Vor allem anfangs war es schwer gewesen. Aber Lady Ann zeigte sich freundlich, und sich um William zu kümmern war ein Vergnügen.

Es war seltsam, dass Sophia ausgerechnet an diesem Tag an Finnegan dachte. Am nächsten Morgen – Sophia räumte gerade Williams Spielecke auf – rief Lady Ann sie zu sich.

William rannte gleich zu seiner Mutter und kletterte auf das Sofa.

»Lady Ann«, sagte Sophia mit einem Knicks.

»Nimm Platz.«

Sophia tat wie befohlen. Auch wenn Lady Ann stets sehr freundlich zu ihr war, kam es doch selten vor, dass sie sich zu ihr setzen sollte.

»Die gestrige Soirée schien ein voller Erfolg gewesen zu sein«, sagte Sophia.

»Das war sie, auch wenn Major Brigg etwas über die Stränge geschlagen hat.«

»Ich sah Mister Wilson eine neue Flasche in den Salon tragen, als ich William ins Bett gebracht hatte.«

»Ja, der gute Brigg hat auch die fast leer bekommen. Mister Wellington hat ihn dann hinausgeführt. Wir kennen ihn ja. Die anderen haben sich aber wunderbar unterhalten. Dabei kamen wir auch auf ein Thema zu sprechen, das mich an dich denken ließ.«

Sophia sah sie fragend an.

»Mister Wellington kam kürzlich von einer geschäftlichen Reise nach London zurück. Er berichtete von einer dortigen Gesellschaft, und dabei kam die Sprache auch auf einen Mann, der wunderhafte Heilung bei Geschwüren verspricht.«

Sophia richtete sich kerzengerade auf. Das musste Etienne Légat sein!

»Was sagte Mister Wellington weiter?«

»Er wollte schon das Thema wechseln, aber ich fragte noch einmal nach. Ein Mister Jim Highman hatte von dem Mann gesprochen. Es soll sich um eine neuartige Behandlungsmethode handeln mit exotischer Medizin. Es klang wie bei dir.«

»Genau wie bei mir!«, rief Sophia.

William versuchte, auf seine Mutter zu klettern. Sophia wusste, dass sie nicht mochte, wenn er an ihren Kleidern zerrte. Noch bevor sie etwas sagen konnte, stand Sophia auf, nahm den Jungen hoch und setzte sich wieder, sodass er auf ihrem Schoß saß. Lady Ann nickte.

»Wissen Sie mehr über diesen Mister Jim Highman?«

»Nur dass er auf dem gleichen Empfang war wie Mister Wellington. Im Haus einer Möbelhandelsgesellschaft in der Watling Street.«

»Sie haben ganz genau nachgehört, Mylady«, stellte Sophia dankbar fest. Ihr selbst gingen Hunderte Gedanken gleichzeitig durch den Kopf. Wie oft hatte sie sich vorgestellt, Etienne Légat oder wie immer er heißen mochte, das Handwerk legen zu können. Gab es etwas Niederträchtigeres, als sich an sterbenskranken Menschen und der Hoffnung ihrer Angehörigen zu bereichern?

»Meinen Sie, wir könnten Mister Finnegan noch einmal engagieren?«

»Genau das habe ich vor, Sophia.«

# KAPITEL 13

St. Märgen, Spätsommer 1840

Um die Lieferung für den Uhrenhändler Schwär in London rechtzeitig fertigzustellen, mussten Ernst und Johannes schließlich doch auf ihre Spaziergänge verzichten. Sie arbeiteten bald in jeder freien Minute. Elsa und Ida halfen ihnen – und der Vater sägte in der großen Werkstatt Platinen aus, stellte Uhrkästen her und bemalte an guten Tagen sogar die Schilde mit den römischen Ziffern. Die Mutter war dafür zuständig, die Blumen über das Ziffernblatt zu malen. Zum ersten Mal seit längerer Zeit verbrachten beide wieder einmal mehr als die Zeit am Mittagstisch miteinander. Zu Johannes' Überraschung kam es zu keinen größeren Streitigkeiten zwischen den Eltern.

An einem Freitagmittag hörten sie ein schweres Fuhrwerk heranrattern, das von vier prächtigen Füchsen gezogen wurde. Solch großen Wagen sah man nicht oft im kleinen Märgen. *Spedition Rogg* war auf die Wand einer gewachsten Plane geschrieben, die den wertvollen Inhalt des stabil gebauten Holzwagens vor der Witterung schützte.

Begleitet wurde das Gefährt von Urban Heim und drei großen Kerlen in einfacherer Arbeitertracht. Zwei gingen mit den Pferden, der dritte saß auf dem Bock und trieb sie mit lauten Rufen den steilen Teil des Wegs bis zum Fallerhof hinauf. Ein paar Kinder folgten dem Wagen in ehrfurchtsvollem Abstand.

»So, wir sind da, um die Uhren zu packen!«, rief Urban Heim.

»Dann kommt nur erst herein. Ihr werdet hungrig und durstig sein«, antwortete Johannes. Damit lag er richtig. Die Männer waren seit dem frühen Morgen unterwegs. Der Lehrer war allerdings erst im Ort dazugestoßen.

Als der Fahrer vom Bock stieg, bemerkte Johannes, dass es noch einen weiteren Passagier gab. Der Mann trug einen fein gewebten, grauen Anzug und war bis auf weit hinabreichende Koteletten säuberlich rasiert. Sein dunkles Haar lag in ordentlichen Wellen um den Kopf. Er reckte sich, als er über eine vom Fahrer aufgestellte Treppe aus dem Wagen stieg. Er trug glänzende schwarze Lederschuhe und passte auf, nicht in eine Pfütze zu treten.

»Das ist Prosper Emanuel Keller, Uhrenhändler in Schottland«, stellte Heim ihn vor.

Der Mann mochte Anfang dreißig sein. Er roch nach Parfum, etwas, was Johannes nur von Hochzeiten und da nur bei den Damen kannte. Sein Händedruck jedoch war stark und markant.

»Nur hinein in die gute Stube«, sagte Johannes zu ihm und ließ ihm den Vortritt.

Elsa errötete, als Urban Heim ihre Hand ergriff und einen Handkuss andeutete.

»Die Frau des Hauses ist schöner als die Blumen, die auf die Uhrenschilde gemalt sind«, sagte Keller.

Für einen Moment herrschte eine peinliche Stille. Doch dann klatschte Ernst in die Hände, und im gleichen Moment begannen alle Uhren im Haus gleichzeitig zu schlagen.

Prosper Emanuel Keller lachte begeistert und klopfte Ernst auf die Schulter.

»Das nenne ich perfekt abgepasst. Wie heißt du, Junge?«

»Ernst. Ich baue Uhren.«

Alle, die Ernst kannten, blickten erstaunt zu ihm.

»Und ich verkaufe welche«, sagte der Händler grinsend und ging zur kleinen Werkstatt. Ernst folgte ihm.

Elsa hielt eine Flasche Markgräfler Roten in der Hand, vergaß aber das Einschenken. Sie, Johannes und Urban Heim sahen sich wegen Ernsts Verhalten verwundert an.

»Das sieht nach wertiger Arbeit aus«, lobte Prosper Emanuel Keller und inspizierte das Werk einer der Uhren genauer, die am Querbalken hingen, um hier ein paar Tage zur Probe zu laufen.

»Woher bezieht ihr die Zahnräder?«, fragte er Ernst und nahm ein Minutenrad vom Tisch auf.

Der sonst so schweigsame Bruder antwortete tatsächlich. »Die schlechten aus Freudenstadt. Die guten machen wir selbst.«

Diesmal lachten auch die Spediteure.

»Was unterscheidet eure von den schlechten?«

»Unsere verhaken nie.«

»Das ist aber eine recht anmaßende Antwort, mein junger Freund«, sagte Prosper Emanuel Keller ungläubig.

»Nie«, wiederholte Ernst. Jetzt war es offenbar so weit, dass er wieder zu schweigen beschlossen hatte.

»Mein Bruder meint, dass er für seine Uhren am liebsten Bestandteile verwendet, die er zuvor selbst überprüft hat. Er mag es gar nicht, wenn ein Uhrwerk Probleme macht«, erklärte Johannes.

»Das sind die Uhren, die ihr nach London liefert?«

Urban Heim antwortete, bevor Johannes etwas sagen konnte: »So ist es. Die gehen nach London.«

»Zum Andreas Schwär?«, fragte Keller.

»Eben zu dem.«

»Ich habe ihn kennengelernt. Er ist kein einfacher Mann. Ah, es gibt ein Speckvesper. Setzen wir uns!«

Mittlerweile hatte Elsa ausgeschenkt und schnitt nun ein Brot und für jeden eine solide Scheibe Schinken ab. Dazu legte sie einen aufgeschnittenen und entkernten Apfel auf die Teller. Ernst setzte sich neben den Uhrenhändler, der nun eine winzige Sackuhr aus Gold aus seiner Westentasche zog, an der sie mit einer feingliedrigen Goldkette befestigt war. Er klappte sie auf und las die Zeit ab. Johannes erkannte ein Ziffernblatt, das glänzte, als sei es aus Perlmutt gefertigt.

Ernsts Blick wurde von der Uhr angezogen wie Seeleute von

den Sirenen. Und wieder überraschte er Johannes und alle anderen, die er kannte, als er fragte: »Darf ich?«

Keller kramte in seiner Westentasche und löste die Kette ab. Er legte dem Jungen das kleine Stück Uhrmacherkunst in die Hände.

Ernst blickte ehrfürchtig darauf, schloss zuerst die Uhr, dann die Augen und führte sie an sein Ohr. Der Uhrenhändler beobachtete ihn und konnte sich offensichtlich nicht entscheiden, ob er erstaunt oder belustigt sein sollte.

Ernst hielt die Uhr so innig, dass niemand ihn stören wollte. Der Kutscher und seine Gehilfen, Elsa, Urban Heim – keiner von ihnen aß, sie hatten sogar das Kauen eingestellt. Alle schauten zu Ernst, dessen Gesicht von einem inneren Strahlen erleuchtet zu sein schien. Johannes merkte, dass er den Atem anhielt.

Dann zuckte Ernst. Er nahm die Uhr vom Ohr und drehte sie in der Hand. In das Material der Rückseite waren mit schwungvoller Schrift die Initialen ihres Besitzers eingraviert: PEK. Aber Ernst betrachtete sich nicht die Gravur. Er stand plötzlich ohne ein weiteres Wort auf und ging zur Werkbank.

Die Bewegung löste den auf den Anwesenden liegenden Bann. Die Gespräche wurden weitergeführt, die Bissen geschluckt und neue Fleischstücke abgeschnitten. Nur Prosper Emanuel Keller und Johannes folgten Ernst. Ersterer wohl aus Sorge um seine wertvolle Uhr, Johannes, weil er sich keinen Reim auf das Verhalten des Bruders machen konnte.

Ernst hatte den Deckel schon mit einem feinen Messer angehoben und spannte gerade die Aufzugsfeder ab.

»Warum machst du die Uhr auf?«, fragte Johannes alarmiert. Er sah, dass auch das Innenleben der Uhr aus Gold bestand und kunstvoll bearbeitet war. Ernst reagierte nicht.

»Es sieht zumindest aus, als wisse er, was er tut«, sagte Keller. Seine Worte klangen, als wolle er sich selbst überzeugen. »Ist er immer so?«

Johannes zuckte mit den Schultern und sagte: »In der Tat sind wahrscheinlich alle überrascht, ihn heute so viel sprechen gehört zu haben. Er redet sonst so gut wie nie, vor allem nicht mit Fremden.«

Als Ernst die Aufzugswelle entfernte, merkte Johannes dem Uhrenhändler doch etwas Sorge um seine teure Uhr an.

»Keine Angst, in seinen Händen hat noch nie eine Uhr einen Schaden genommen«, sagte er.

»Sie stammt aus dem Hause Dent. Ich habe dafür ein wirklich bedeutendes Vermögen gezahlt«, flüsterte Prosper Emanuel Keller.

»Sie wird nachher besser gehen«, sagte Ernst, ohne die Konzentration von den Werkhalteschräubchen zu nehmen, die er ablöste. Er griff in eine seiner Schubladen und holte ein Stück Seidenpapier hervor, um das sensible Werk nicht mit dem Fett seiner Haut zu beschmutzen. Als Nächstes löste er die Zeiger mit einer Zange vom Stift. Keller hielt den Atem an, als er sie abzog und auf einen zweiten, sauberen Bogen Papier legte.

»Ich dachte, ihr baut nur Holzuhren«, bemerkte Keller erleichtert, dass die äußerst fragil gebauten Zeiger heil geblieben waren.

»Der Bruder hilft unserem Sackuhrenmacher aus«, erklärte Johannes, der ebenfalls nicht den Blick von Ernsts schmalen Fingern wenden konnte. Hinter ihnen wurde gegessen und getrunken, aber zu sehen, mit wie viel Geschick und Hingabe Ernst die Uhr behandelte, erfüllte ihn mit einem ebenso warmen Gefühl im Bauch, wie der Markgräfler Wein es schaffen konnte.

Ernst hielt die linke Hand flach nach vorn und die Uhr darüber. Vorsichtig richtete er sie auf und schüttelte sie leicht. Johannes merkte, wie er die Luft anhielt. Dann legte Ernst das winzige Uhrwerk zur Seite. Er lächelte zufrieden und schaute in seine Hand.

»Was ist da?«, fragte Keller. Auch Johannes konnte nichts erkennen.

Ernst hob ihnen die flache Hand etwas entgegen und wies mit dem Zeigefinger der anderen auf eine Stelle. Es handelte sich um einen Metallspan, kaum größer als eine kurze Bartstoppel, eher dünner. Keller feuchtete seinen Zeigefinger an und nahm das Stückchen damit von Ernsts Handfläche auf.

»Das hast du im Inneren der Uhr hören können?«, fragte er ungläubig.

Johannes war selbst erstaunt und fragte Ernst: »Hat das denn irgendeinen Schaden gebracht?«

Sein Bruder schüttelte den Kopf. Erst mit einem Moment zeitlichem Abstand sagte er: »Nicht jetzt, aber keiner braucht einen Span im Gehwerk.«

Er nahm die Uhr wieder auf und vertiefte sich in die filigrane Zusammenstellung von Zahnrädern, Hemmung und Unruh, Anker und Ankerrad auf kleinstem Raum. Die verbauten Rubine waren von einem tiefen Rot. Diese Uhr war weit kleiner als die zierlichsten Modelle des Märgener Sackuhrenmachers.

»Ein Meisterwerk«, sagte Johannes.

»Dennoch wurde ein Span darin vergessen«, sagte Keller. »Dent dürfte so etwas eigentlich nicht passieren.«

Die anderen waren mit dem Essen fertig und gingen nach draußen, um mit Urban Heim die Uhren zu packen. Ernst war mit dem Zusammenbau der Golduhr beschäftigt, sodass jetzt nur Johannes und Keller am Tisch saßen.

»Mein Bruder hat nie viel gesagt, aber mit Uhren ist er verbunden, als wäre er selbst ein Zahnrad.«

Keller lachte. »Er hat noch Flaum auf der Oberlippe, aber scheint ein wirklich großes Talent zu besitzen.«

»Darum sind auch unsere Holzuhren so begehrt. Am besten gehen die normalen übersetzten Uhren mit Wecker, aber wir bauen auch auf Bestellung die kleinen Jockele-Uhrwerke. Vielleicht mögen die Schotten die gerne?«

»Die sind den Schotten zu teuer.«

»Aber schön klein«, sagte Johannes. »Nun sei's drum. Wir können Ihnen auch normale Uhren zu einem sehr guten Preis liefern.«

Der Händler blickte Johannes prüfend an. »Auf dem Wagen

draußen ist eine Kiste mit hundert Uhren, die mich nach Edinburgh begleiten werden. Die muss ich erst einmal absetzen und dazu kommen die Reparaturen. Aber ich würde gern eine von euren für mich kaufen. Und wenn ich zufrieden bin, können wir vielleicht doch noch ins Geschäft kommen.«

Johannes hob das Glas und stieß mit Keller an.

»Wer von euch beiden wird den Hof erben?«, wollte der Uhrenhändler daraufhin wissen.

»Keiner von uns. Der Bruder, der ihn bekommen soll, ist mit dem Vater im Wald.«

»Das heißt, ihr zwei seid frei?«

Frei? So hatte Johannes das noch nie gesehen. Er nickte vorsichtig.

»Und wieso geht ihr dann nicht ins Uhrenland? Zwei junge Kerle wie ihr – ihr könntet zusammen das beste Geschäft machen.«

Johannes schaute Keller unsicher an. Der Mann schien nicht zu scherzen.

»Wie gesagt, Ernst redet nicht viel«, erklärte Johannes, »und ich bin nicht gut zu Fuß. Der Herr Schullehrer meinte, dass wir nicht ins Uhrenland passen würden.«

»Wie kam es zu deiner Narbe am Kopf?«, fragte Keller.

Johannes berichtete ihm von dem Unfall und seinen Übungen, die ihm mittlerweile wieder zu einem stabilen Gleichgewicht verholfen hatten, immerhin gut genug, dass es Keller nicht sofort aufgefallen war. Er zeigte sich überrascht, dass Johannes einen so schweren Unfall gehabt hatte.

»Nicht gut zu Fuß zu sein ist in der Tat schlecht«, meinte er schließlich. »Gibt es denn keine Hoffnung, dass es besser wird mit deinem Bein? Ein junger Körper kann mit der Zeit vieles kurieren.«

»Es wird schon als Wunder angesehen, dass ich überhaupt wieder kleinere Strecken so gut laufen kann. Aber ich muss mich immer noch länger ausruhen.«

»Aber das Wunder ist geschehen«, sagte Keller. »Du kannst wieder gehen, und wer weiß, was dir in einem Jahr alles möglich sein wird. Oder reizt dich die Fremde etwa nicht?«

Diese Frage sollte Johannes noch lange durch den Kopf gehen. Das Gespräch mit dem Uhrenhändler war jedenfalls vorüber, weil Urban Heim eintrat und Johannes aufforderte, ihnen beim Packen der Uhren zu helfen. Gleichzeitig war Ernst mit dem Zusammenbau der Taschenuhr fertig. Er überreichte sie Keller mit einer tiefen Verbeugung.

 KAPITEL 14

St. Märgen, Januar 1841

Das Jahr 1841 begann auf dem Fallerhof mit viel Traurigkeit. Am Dreikönigstag brachte Auguste viel zu früh ein kränkliches Mädchen zur Welt, das wenige Stunden nach der Nottaufe verstarb. Das kleine Herz hörte einfach auf zu schlagen. Auguste weinte wochenlang, Augusts Gesichtszüge blieben wie versteinert.

Der Streit über den Uhrenauftrag von Urban Heim schwelte nach mehr als einem halben Jahr noch immer. Johannes und August hatten nur das Nötigste miteinander gesprochen. In dieser Situation gab sich Johannes einen Ruck. Er fing August ab. »Bruder, es tut mir sehr, sehr leid, was eurem Kind geschehen ist. Es muss sehr schwer sein für Auguste und dich.«

August blickte ihm ohne Regung ins Gesicht und antwortete: »Was weißt du schon?«

So standen sie sich gegenüber, keiner sagte ein Wort, bis Johannes ein Frösteln verspürte, sich wegdrehte und davonging.

Er und August hatten sich nie besonders nahegestanden, aber sie waren Brüder. Zwischenzeitig hatte es einmal so ausgesehen, als hätten sie eine Ebene gefunden, auf der sie sich begegnen konnten. Jetzt aber hatte sich zwischen ihnen ein Wall aus Eis erhoben, der jeden Tag weiter zu wachsen schien. Johannes hatte insgeheim gehofft, dass seine Worte helfen würden, wieder zueinanderzufinden, doch der Wall war nicht einmal angekratzt, geschweige denn eingerissen worden. Und wie eine Eisblume am Fenster in alle Richtungen wuchs, ergriff die kalte Stimmung auch die anderen Bewohner des Fallerhofs.

Nur Ernst schien wie immer von den Stimmungen der Menschen um ihn herum unbeeindruckt zu bleiben. Er bewegte sich zwar oft unter ihnen, hielt sich aber meist in seiner eigenen Gedankenwelt auf. Und doch: Als die Person, die mit Ernst die meiste Zeit dicht an dicht verbrachte, bemerkte Johannes Veränderungen an ihm. Veränderungen, die sich seit dem Besuch des Uhrenhändlers Keller verstärkten. Ernst beteiligte sich jetzt öfter unverhofft an Gesprächen oder gab auf eine Frage eine sinnvolle Antwort. Die Mutter war zu Beginn innerlich ganz aufgewühlt, wenn er etwas sagte. Niemand vermochte eine Erklärung über den Wandel zu finden, auch nicht Ernst selbst.

Es war beileibe nicht so, dass er viel redete. Aber wenn ein Blinder plötzlich hell und dunkel unterscheiden konnte, war das schon ein großer Fortschritt und ließ auf mehr hoffen. Seine Worte standen meist mit Uhren und Uhrwerken in Verbindung. Über andere Familienmitglieder oder Gefühle sprach er so gut wie nie. Dafür äußerte er manchmal Beobachtungen, die so explizit und genau waren, dass es Johannes vorkam, als habe er die vergangenen Jahre dafür gebraucht, die richtigen Schlüsse zu ziehen, bevor er darüber reden konnte.

Mit dem Frühling und dem Ende des Schnees besserte sich die feindselige Situation auf dem Hof etwas, denn man konnte sich endlich wieder mehr aus dem Weg gehen. August zog es mit dem Vater in den Wald, und Johannes und Ernst taten das Ihre für das Bestehen des Hofes, indem sie weiter Uhren bauten.

Ernst war mittlerweile bei gleicher Sorgfalt schneller geworden. Hatte er sein Tagespensum erledigt, verbrachte er seine freie Zeit mit Versuchen, eine Taschenuhr aus Holz zu bauen.

»Es geht nicht«, stellte er sehr bald fest. »Das Holz lässt sich nicht dünn genug arbeiten, um in ein Sackuhrengehäuse zu passen. Die Zähne brechen oder stumpfen zu schnell ab. Es braucht Metall!«

»Willst du wieder beim Joseph Wehrle Sackuhren aus Metall arbeiten? Der würde sich freuen«, meinte Johannes.

Ernst sah interessiert zu seinem Bruder. Er kratzte sich am mittlerweile etwas voller gewordenen Schnurrbart. Dann schüttelte er den Kopf. Damit war dieses Gespräch zu Ende. Aber Johannes sah ihm an, dass das Thema ihn weiter beschäftigte. Er vermutete, bald wieder davon zu hören.

Der 11. April 1841, Ernsts siebzehnter Geburtstag, war wie der tatsächliche Tag seiner Geburt ein Sonntag. Nach dem Kirchgang saßen alle beim Mittagessen zusammen und aßen zur Feier des besonderen Tages einen Schweinsbraten mit Graupennudeln, die in einer dunkel eingekochten Zwiebelsauce schwammen, in der eine Menge Rotwein stecken musste. Elsa hatte zudem die letzten Möhren aus dem Vorrat im Keller ausgegraben und diese in Scheiben mit Butter angebraten.

Nach dem Essen überreichte die Mutter Ernst eine neue Hose aus gutem Tuch. Johannes hatte für seinen Bruder in vielen Stunden heimlicher Arbeit eine kleine Sackuhr aus Holz geschnitzt und mit Goldfarbe bemalt. Er hatte sogar einen beweglichen Deckel gefertigt, der das Ziffernblatt und die beiden aus feinen Spänen geschnittenen Zeiger schützte. Über der Ziffer XII hatte er ein gebogenes Eisenstäbchen ins Holz getrieben, an der eine Kette für Uhrgewichte hing.

»Weil du gesagt hast, es gehe nur mit Metall«, sagte Johannes grinsend, als er das Geschenk überreichte.

Er hatte sich dafür sehr viel Mühe gegeben. Zum einen war ihm bewusst geworden, dass Ernst immer nur von der Mutter Kleidung zum Geburtstag bekam. Außerdem wollte er sich damit für seine Hilfe beim Wiedererlernen des Gehens bedanken – und ihm einfach eine Freude machen.

Ernst nahm die Uhr ehrfürchtig entgegen. Er streichelte über das Holz und staunte über die auf die Rückseite eingeritzten Initialen: *EF*. Als er die Uhr schließlich noch öffnen konnte, schaute er sich die winzigen, mit einem Einhaarpinsel aufgemalten Ziffern des Ziffernblatts an, schloss die Attrappe wieder und hielt sie an sein Ohr.

»Kann ihm mal einer sagen, dass das bloß ein Kinderspielzeug ist?«, murrte August.

Doch Ernst schloss die Augen und machte dann ganz leise: »Tick, tick, tick, tick, tick.«

»Irgendwann wirst du einmal eine echte von mir bekommen«, sagte Johannes.

»Dann solltest du nicht so viel Zeit damit verschwenden, für einen fast erwachsenen Kerl Spielzeuge zu schnitzen.«

Johannes wandte sich zu August: »Was geht dich das an?«

»Aber recht hat er«, mischte Vater sich ein. »Wie viel Zeit hast du für das Ding gebraucht?«

»August, Vater«, mahnte Auguste.

»Vielleicht habe ich das gemacht, weil ihr euch nie Mühe gebt, anderen eine Freude zu bereiten.«

Der Vater schlug auf den Tisch: »Das brauche ich mir von meinem Sohn nicht sagen lassen. Ich habe dir mehr geschenkt ...«

»Ja, was denn? Den Hof habt ihr beide mir abgenommen!«

»Ah, jetzt spielt der feine Herr Bruder mal mit offenen Karten«, rief August triumphierend aus.

Auguste versuchte, ihren Mann zurückzuhalten. Elsa warf dem Vater wütende Blicke zu. Der kleine Wilhelm erfasste die Stimmung genau und begann plärrend zu weinen.

»Aber es ist so!«, rief Johannes. »Der Hof stand mir zu. Und ihr habt ohne mein Einverständnis in meiner größten Not ...«

»... das ist Unsinn!«, übertönte Vater ihn.

»Du warst ein Krüppel!«, brüllte August. »Und du bis es auch heute noch. Denkst du etwa, es reicht, zum nächsten Hof gehen zu können? Du hast doch keine Ahnung, wie viel Arbeit das ist.«

»Oh, die habe ich wohl! Wir haben lange genug im Wald zusammen geschuftet. Und ich habe nichts gesagt, wenn du immer gleich wieder eine Pause machen wolltest. Da war ich noch dein Herr!«

»Mein Herr warst du nie! Und du wirst es auch nie sein!«

»August ist der einzig mögliche und rechtmäßige Erbe, wie es auch festgeschrieben wurde«, rief Vater. »Der Fallerhof soll auch langfristig auf gesunden Beinen stehen.«

Auf gesunden Beinen! Johannes sprang auf und war sich seines steifen Knies bewusster als je zuvor. Ein Teil von ihm forderte, er solle den Streit beenden, indem er entweder ging oder gleich hier klein beigab. Aber der andere Teil war stärker. Die Wut, die sich in den vergangenen Jahren in ihm aufgestaut hatte, die Enttäuschungen und fehlenden Perspektiven wollten sich Bahn brechen.

»Ich weiß sehr wohl, dass ich keine zwei gesunden Beine habe. Das ist bei einem Unfall passiert. Für den Hof.«

»Verdammt, das war doch nur so eine Redensart!«

»Ich weiß genau, was du gemeint hast. Dass so jemand wie ich keine Kinder mehr haben wird.«

»So ist es nun einmal«, sagte Vater etwas leiser.

»Und warum nicht?« Johannes legte es darauf an.

»Für tüchtige Kinder brauchst du eine tüchtige Frau«, erwiderte Vater kalt. »Eine tüchtige Frau sucht sich aber nicht einen Krüppel zum Mann.«

Jetzt war bis auf Wilhelms Weinen auf Augustes Arm alles still. Es dauerte einen Moment, bis die Worte des Vaters vollkommen zu Johannes durchgedrungen waren. *Eine tüchtige Frau sucht sich keinen Krüppel.*

»Das denkst du also. Und deshalb hast du dich von dem da«, er zeigte auf August, »überreden lassen, mich um mein Erbe zu betrügen …«

Er konnte nicht weitersprechen, denn in dem Moment hechtete August, das Geschirr umwerfend, über den Tisch und warf sich brüllend auf Johannes.

Beide gingen zu Boden. Johannes spürte einen stechenden Schmerz in den Rippen, sah die Faust des Bruders auf sein Gesicht zukommen und spürte den Aufschlag auf seiner Nase. Ihm war sofort klar, dass sie wieder gebrochen sein musste. Er versuchte, August mit einem Gegenangriff von sich zu drücken, aber das gelang ihm nicht. Es gab einen zweiten Treffer, der Johannes' Auge nur streifte, dann spürte er, dass es leichter wurde. Der Vater zog August von ihm herunter.

Johannes nahm erst jetzt den Lärm wahr, der in der Stube herrschte. Er packte an seine Nase, die stark schmerzte. Blut lief heraus. Die Mutter zog ihm den Kopf in den Nacken, Auguste lief mit dem Kind aus dem Raum, Ida hob das zerschlagene Geschirr auf, und Elsa redete mit dem Vater auf August ein, der weiter tobte.

Die Schmerzen in Johannes' Körper waren nicht das Schlimmste. Viel ärger kam ihm vor, dass seine Familie ihm wirklich sein Erbe genommen hatte, weil der Vater in ihm nur noch den Krüppel sah. Das konnte er sich nicht gefallen lassen. Was geändert worden war, würde man auch wieder umschreiben können.

Johannes schob seine Mutter zur Seite. »Der Hof steht mir zu. Und wenn ich vor den Oberamtmann gehen muss!«

»Johannes!«, rief die Mutter mahnend.

»Alles ist beschlossen und unterschrieben. Ich werde den Hof behalten«, entgegnete August mit eisiger Miene.

Auf einmal drang eine weitere Stimme durch die Stube. »Eigentlich bin ich der Erbe«, übertönte Ernst sie. »Für euch sind die Uhren stehen geblieben«, fuhr er leiser fort, als sei er selbst erschrocken über sich. »Mir reicht's. Ich gehe.«

»Wohin willst du denn gehen?«, fragte der Vater spöttisch.

»Ins Uhrenland«, sagte Ernst.

Johannes fühlte sich schrecklich. Zum einen, weil seine Nase schmerzte – die Rippe war zum Glück nicht erneut gebrochen –, vor allem aber, weil er einsah, dass Ernst recht hatte. Weil er nicht der Regel entsprach, hatten sie ihm sein Erbe verwehrt. Niemand hatte ihn gefragt. Und als Johannes selbst aus dem Rahmen gefallen war, hatten Vater und August das Gleiche wieder getan. War das verwerflich? Ernst hatte sich nie beklagt. Johannes hatte nicht einmal gedacht, dass der Bruder überhaupt verstand, worum es ging. Obwohl alle mittlerweile begriffen hatten, dass Ernst nicht blödsinnig war, sondern nur anders, war niemand auf die Idee gekommen, dass er der rechte Erbe sein könnte.

Ernsts Ankündigung, den Fallerhof verlassen zu wollen, hatte den Streit und die Schlägerei in den Hintergrund rücken lassen. Johannes wusch sich das Blut aus dem Gesicht, Augusts Auge schwoll derweil zu. Der Vater hielt sich ständig zwischen ihnen beiden auf, aber die Zeichen standen nicht auf eine Fortsetzung des Kampfs.

Die Mutter redete auf Ernst ein, wie er es sich vorstelle, im Uhrenland zu bestehen. Er reagierte auf ihre Worte nicht mehr. Zuerst starrte er nur vor sich hin, dann ging er ohne ein Wort nach oben in die Kammer.

Johannes fand ihn dort kurz später angezogen auf seinem Bett liegen. Er drehte die aus Holz geschnitzte Sackuhr gedankenverloren in der Hand.

»Es tut mir leid, Ernst«, sagte Johannes.

»Willst du den Hof?«, fragte er.

Johannes schüttelte den Kopf. »Nein. Ich wollte August nur etwas entgegensetzen, weil er sich mir gegenüber ständig als Hoferbe aufspielt.«

»Wenn ich ins Uhrenland gehe, kannst du mit mir kommen«, sagte Ernst ruhig. Er strich sich mit dem Zeigefinger der freien Hand über den Schnurrbart.

Johannes zögerte einen Moment. Ins Uhrenland. In die Fremde. Ins Ungewisse.

»Natürlich. Wir beide gehen zusammen«, hörte er sich selbst sagen.

Ernst lächelte. »Wir reisen im Herbst.«

»Auf welchem Weg? Und was nehmen wir mit?« Johannes begann nahezu sofort damit, sich Einzelheiten ihres Vorhabens auszumalen.

Ernst lächelte. »Ich bin gut mit Uhren, du mit Planung.«

Als Johannes ihr Vorhaben am nächsten Tag bekannt gab, wirkten sowohl der Vater als auch August erleichtert, dass er seine Ansprüche nicht weiter durchsetzen, sondern den Hof freiwillig verlassen wollte. Die Mutter hingegen weinte, als ihr bewusst wurde, dass sie gleich zwei Söhne an die weite Welt verlieren würde.

Johannes hatte am Abend noch einige Zeit darüber nachgedacht, wie sie ihre Reise am besten antreten könnten. Nach dem Aufstehen hatte er seine Überlegungen mit Ernst besprochen. Besser: Johannes hatte referiert und Ernst schließlich zustimmend genickt. Jetzt war es an der Zeit, die Bedingungen auch mit dem Rest der Familie zu klären, vor allem mit August.

»August«, sagte Johannes. »Du hast uns beide bei der Übernahme des Hofs auszuzahlen, was du aber nicht kannst.«

Sein Bruder schien das wieder als Angriff zu werten, aber Johannes gebot ihm mit einem Wink Einhalt. »Hör dir meinen Vorschlag erst einmal an, wie wir das lösen können.«

August nickte zweifelnd, als erwarte er einen Hinterhalt.

»Erstens: Ernst und ich gehen Anfang des Herbstes. Bis dahin ziehen wir ins Leibgedinghaus.«

»Aber das ist doch nicht fertig«, rief die Mutter.

»Es hat Wände, ein Dach und eine Feuerstelle«, entgegnete Johannes. »August wird diese Woche dafür sorgen, dass wir dort Möbel haben, um notdürftig unterkommen können. Nach dem, was gestern passiert ist und gesagt wurde, ist es besser, nicht weiter unter einem Dach zu verbleiben.«

August nickte, dieses Mal sicherer.

»Zweitens: Die kleine Werkstatt wird ebenfalls ins Leibgedinghaus gebracht. Alle Uhren, die wir bis zur Abreise fertigen, gehören uns und werden uns auf Kosten des Hofs mit der Spedition nach-geschickt, sobald wir eine Adresse in England haben.«

»So soll es sein«, sagte August. »War es das?«

»Das genaue Vorgehen zur restlichen Auszahlung besprechen wir später«, erwiderte Johannes.

Er hinkte aus der Stube. Ernst folgte ihm.

»Uhrenland«, sagte der Jüngere. Aus seinem Mund klang das nach einer Verheißung. Johannes hingegen kämpfte gegen ein eigenartiges flaues Gefühl im Magen an.

KAPITEL 15

Paris, Herbst 1841

Die Probe war vorüber. Franz Xaver Winterhalter richtete sich auf, als der Bühneneingang des Pariser Opernhauses Sängerinnen und Sänger sowie Tänzerinnen und Tänzer auf die belebte Rue le Peletier ausspuckte. Er saß auf einer Bank im Schatten einer Platane. Seine Augen ergötzten sich an der Schönheit der jungen Frauen: Er erkannte Julienne Gayard, da war die kleine Victoire de Lefèvre, und direkt hinter ihr kam Pauline Viardot-García. Pauline! Die junge, hochgewachsene Mezzosopranistin verabschiedete sich von ihren Kolleginnen mit einem Küsschen auf die Wange und kam dann auf seine Bank zu.

»Monsieur Winterhalter«, sagte sie mit einem verschwörerischen Lächeln und nickte ihm beiläufig zu. Seinen Nachnamen auszusprechen fiel ihr nicht ganz leicht. Es klang wie »Wintär-Altär«. Wenn sie sprach, hörte sich ihre Stimme hell und samten an, wenn sie sang, klang sie voll und stark und meisterte die sopranen Höhen so souverän wie die Tiefen des Alts. Sie mochte vielleicht sogar die talentierteste des aktuellen Ensembles der Opéra Le Peletier sein. Doch nicht ihr Talent allein war der Grund dafür, dass Franz Xaver, statt in seinem Atelier zu arbeiten, den Nachmittag auf dieser Bank verbrachte.

Er stand kurz auf und zog den Hut. Seine Augen saugten die klassische Schönheit auf, die geschwungenen Lippen, die über einem spitz zulaufenden Kinn thronten. Die gerade Nase, die man skizzenhaft mit nur einem Strich zeichnen konnte. Die dunklen, wie ein Nachen geformten Augen, in denen trotz der jugendlichen Unbeschwertheit eine Prise Melancholie anschlug, das glatte dunkle Haar, das über einer hohen Stirn ansetzte. Und ein Körper zum Anbeten – zumindest legte ihr Anblick in dem aufwendigen Seidenkleid das nahe, das er nun von hinten sah. Kurz darauf war sie nur noch ein Farbfleck unter all den anderen Menschen auf der Rue Le Peletier, bevor sie ganz im Rausch der Pariser Farben verschwamm.

Franz Xaver schnupperte ihr nach und bereute es gleich wieder, denn der betörende Duft ihres Parfums war leider schon verflogen. Stattdessen betäubte ihn der Gestank der Metropole. Es war Zeit heimzukehren.

Paris war in den letzten Jahren sein Zuhause geworden. Hier fühlte er sich trotz aller schlechten Gerüche wohl. Hier hatte er eine steile Karriere und sein gut gehendes Atelier aufgebaut. Selbst eine Frau wie Pauline Viardot-García kannte seinen Namen. Ja, er liebte diese Stadt. Aber er hasste Paris auch manchmal, wenn die heiße Luft im Sommer in den Häuserschluchten stand oder im Winter der eisige Wind durch die undichten Fenster pfiff.

Auch wenn er sich hier zu Hause fühlte, war Paris doch nicht seine Heimat. Die lag mehrere Tagesreisen entfernt im Schwarzwald, genauer im Menzenschwander Hinterdorf, wo sein Vater vielleicht gerade die bestellten Strümpfe einpackte, die Franz Xaver sich für den kommenden Winter gewünscht hatte.

Zum Glück hatte er ein wichtiges Stück Heimat hier vor Ort: Sein jüngerer Bruder Hermann lebte mit ihm, und auch ihr Freund Alfred Gräfle war gekommen, um sie bei der großen Zahl der bestellten Gemäldekopien für das französische Königshaus zu unterstützen.

Vom Theater war es bis zum Atelier in der Rue la Bruyère nur ein Spaziergang von knapp zehn Minuten durch das herbstliche Paris. Die Kutschen fuhren zum großen Teil noch offen, die Damen schützten ihre gepuderte Haut mit Sonnenschirmchen, und die Herren saßen an Tischen vor den Gaststätten und rauchten dünne Zigaretten. Franz Xaver genoss die wunderbare Unterbrechung, um die von den Dämpfen der Farben und Lösungsmitteln entstehende Mattigkeit abzuschütteln.

Hermann und Alfred blieben meist im Atelier. Sie arbeiteten gerade an den bestellten Kopien des Ganzkörperporträts von König Louis-Philippe, als Franz Xaver eintrat.

»Etwas mehr Scharlach«, sagte er zu seinem Bruder Hermann.

»Und, hast du sie heute angesprochen?«, fragte der und rückte mit einem Knöchel des Zeigefingers die Brillengläser auf dem Nasenrücken hoch.

»Woher willst du wissen, wo ich war?«

»Wohin solltest du sonst um diese Zeit gehen? Du hast also nichts gesagt?«

Franz Xaver schüttelte schwach den Kopf.

»So wirst du sie wohl nie für ein Gemälde gewinnen. Aber vielleicht hast du ohnehin mehr vor, als ihre Schönheit nur auf die Leinwand zu bannen.«

»Sie ist verheiratet!«, sagte Franz Xaver empört.

»Das ist Aveline auch«, gab Hermann zurück. »Komm, ich zeige dir das Porträt.«

Er führte ihn in das Nebenzimmer. Durch die großen Fenster, die auf die Rue la Bruyère hinausgingen, fiel warmes Licht herein. Auf der schweren Buchenstaffelei an der rechten Wand stand eine mittelgroße Leinwand neben einem Tisch voller Pinsel und Farbtuben. In einer Schrankvitrine, in der man zur Zeit des Sonnenkönigs wohl feines Porzellan aufbewahrt hatte, befanden sich Flaschen mit Straßburger Terpentin, Behältnisse mit den verschiedensten Pigmenten und deren Grundstoffe, Eimerchen voller Firnisöle und eine Sammlung weiterer Farben und Pinsel. Daneben standen mehrere Leinwände zum Trocknen.

Die Staffelei war so ausgerichtet, dass der Maler dahinter freien Blick auf ein rotes Sofa hatte, das sie sich von einem Teil des Lohns für ein Genrebild geleistet hatten. Vor allem Hermann nutzte es, um ab und zu seine Liebschaften Modell sitzen zu lassen. Franz Xaver vermutete, dass die Frauen so manches Mal nicht nur darauf saßen.

»Ein noch einigermaßen züchtiger Anblick«, stellte er fest. Die dunkelhaarige Schönheit saß, das Gesicht im Halbprofil. Ihre kastanienbraunen Augen blickten zum Betrachter. Eine Locke verdeckte einen Teil des vorderen Auges. Hermann hatte die Schlupflider der jungen Frau leicht abgeschwächt dargestellt, ohne dass sie ihre spezielle Charakteristik verloren. Das war gut. Ebenso hatte er ihr reine weiße Haut gegeben. Dabei neigte sie in Wirklichkeit zur Ausbildung von Mitessern, wie Franz Xaver bei dem persönlichen Treffen gesehen hatte, als sie das letzte Mal zu Hermann gekommen war.

Aveline trug auf dem Bild ein modernes, blaues Kleid, dessen geöffnete Knopfleiste etwas Dekolleté zeigte. Es war ein wenig verrutscht, sodass man Haut von ihrer zierlichen Schulter aufblitzen sehen konnte. In ihrem Blick lag eine kokette Mattheit. Die leichte Röte auf den Wangen und hitzige Stirn zeugten von einer hinter ihr liegenden Anstrengung. Es war das Bild einer Geliebten, die wieder bekleidet, aber noch nicht ganz gerichtet war.

»Und, was sagst du?«

»Ihr Mann sollte dieses Bild besser nie zu Augen bekommen.« Hermann lachte.

»Du hast sie wirklich gut getroffen.«

»Viel besser als in Wirklichkeit«, sagte Hermann stolz.

Franz Xaver nickte. »Man sieht allerdings, dass du dir mit dem Hintergrund keine Mühe gegeben hast«, bemängelte er. Hermann hatte einfach das Rot des Sofas aufgezogen, das sich zu den oberen Rändern und den Ecken in die Dunkelheit erstreckte.

»Wer achtet bei dieser Frau schon auf den Hintergrund?«, erwiderte Hermann amüsiert.

»Es ist gut, dass du es noch nicht signiert hast. So sollte es auch bleiben!«, mahnte Franz Xaver.

»Ich dachte, ich könnte ...«

»Hermann«, ging er strenger dazwischen. »Es schadet unserem Ruf, wenn solche Bilder mit dem Namen Winterhalter auf den Markt kommen. Du weißt, dass das ein Skandal wäre.«

»Die Majestäten müssten es nie erfahren«, hielt Hermann dagegen.

»Oh, da unterschätzt du die Sucht des Hofs nach schlüpfrigen Neuigkeiten. Es geht nicht, Hermann. Glaub es mir.«

Sein Bruder atmete durch. »Manchmal denke ich, du willst, dass nur Bilder von dir als Winterhalter-Werke angesehen werden.«

»Es ist nun einmal mein Name, der uns das Geld einbringt, kleiner Bruder. Sei nicht böse, aber du wirst sicher noch eine Menge Bilder malen, die du mit deinem Namen signieren kannst. Aber nicht heute. Und nicht das Bild der Frau eines berühmten Parfümeurs von Paris, deren ganz eigenen Duft man fast durch dein Bild riechen kann. Wir müssen uns jetzt darauf konzentrieren, dass der Hof uns weiter engagiert. Und wir müssen die Kopien pünktlich abliefern. Wir sind auf dem richtigen Weg.«

»Ja, ich weiß«, sagte Hermann, ohne zu enttäuscht zu klingen. Der drei Jahre jüngere Bruder mochte seine Eigenarten haben, aber sie beide gehörten zusammen.

Es klopfte an der Tür. Es war Alfred. An den Flecken auf seinem Malkittel sah Franz Xaver sofort, dass er gerade am Hermelinmantel arbeitete.

»Franz, gerade ist ein Bote eingetroffen«, sagte Alfred. »Er meint, er bringt einen Brief für den Herrn Franz Xaver Winterhalter und wartet jetzt auf dich.«

»Wieso hat er ihn dir nicht gegeben?«

»Weil er beauftragt ist, eine Antwort zu überbringen.«

»Wer schickt ihn? Leopold?«

»Nein. Er kommt aus England.«

Franz Xaver und Hermann schauten sich erschrocken an. »Victoria?«, flüsterte Franz Xaver.

»Ich würde wetten«, sagte Alfred grinsend.

Der Bote war ein Mann in den späten Vierzigern. Er trug einen altmodischen Uniformrock im englischen Stil, und über der Schulter hing seitlich eine Tasche aus schwerem Kalbsleder. Die schwarzen Stiefel ließen etwas Glanz vermissen. Das Leder war zerkratzt und bestoßen. Auch die Tasche musste ihn schon auf zahlreichen Reisen begleitet haben. Er stellte sich als Colin Simpson vor und fischte einen Briefumschlag aus seiner Tasche, den er Franz Xaver überreichte. Das Kuvert war mit einem königlichen Siegel verschlossen.

»Der Wunsch Ihrer Majestät Victoria, Königin des Vereinigten Königreichs Großbritannien und Irland, war es, dass ich mit Ihnen nach dem Lesen noch einmal sprechen soll. Sie meinte, Sie würden mir dann vielleicht etwas mitgeben.«

»Unser Englisch ist noch nicht so gut«, erwiderte Franz Xaver.

»Die Königin hat Ihnen auf Deutsch geschrieben«, erklärte der Bote.

Franz Xaver fand das erstaunlich, nickte aber und bat Albert, mit Colin Simpson in den kleinen Salon zu gehen und ihm dort etwas zu trinken anzubieten. Derweil las er mit Hermann den Brief der Queen.

»Werter Herr Winterhalter«, begann er vorzulesen. »In kunstsinnigen Kreisen Europas wird Ihr Name seit geraumer Zeit in einem Zug mit den Granden der Porträtmalerei wie Jean-Auguste-Dominique Ingres oder George Hayter genannt.«

»Hört, hört!«, rief Hermann übermütig dazwischen.

Franz Xaver las weiter, murmelte die nächsten Zeilen nur vor sich hin, da sie Begrüßung und Lob enthielten, er aber zum Wesentlichen kommen wollte.

»Ah, hier«, sagte er und las laut weiter: »Königin Louise-Marie von Orléans, die Königin der Belgier, Frau meines geschätzten Onkels Leopold, schenkte mir vor zwei Jahren eines Ihrer Bilder, auf dem Sie sie und ihren Sohn Leopold, den Duc de Brabant, meisterhaft porträtiert haben. Ich kann sagen, dass mir Ihre Façon zu malen sehr gefällt.«

»Die Königin von England!«, jubelte Hermann begeistert. »Das schreibt die Königin von England!«

Franz Xaver las still weiter.

»Sie bestellt ein Gemälde«, fasste er die nächsten Zeilen zusammen.

»Von sich? Ein Staatsporträt etwa?« Hermann war ganz außer sich.

»Noch nicht«, erklärte Franz Xaver. »Sie wünscht, dass wir dem Boten ein Bild mitgeben.«

»Ich bin sicher, dass Sie ein schönes Werk aussuchen werden, das seinen Platz in meinen privaten Gemächern finden soll«, las Franz Xaver mit pochendem Herzen weiter. »Sofern es möglich sein sollte, würde ein kleineres Hochformat gut passen.«

»La Siesta!«, rief Hermann.

Auch Franz Xaver hatte genau dieses Bild sofort im Kopf gehabt. Es entsprach den Vorgaben der Königin in Größe und Format. Außerdem hatten sie es gerade vor einer Woche mit Firnis überzogen. Der passende Rahmen war auch schon geliefert worden. Sie mussten es sicher verpacken und konnten es dem Boten mitgeben. Mit dem Sujet würden sie kein Porzellan zerschlagen. Das Bild zeigte drei Italienerinnen, die sich im Wald ausruhten. Eine hielt ein Schatten spendendes Tuch über sich und die liegende Freundin, im Hintergrund war die italienische Burg zu sehen, wo die Frauen lebten. Ein Genrebild par excellence.

»Lies weiter«, forderte Hermann ihn auf.

»Da ich nicht weiß, ob Sie meinem Wunsch gerecht werden können«, las Franz Xaver vor, »und wenn doch, wie viel das Bild kosten wird, biete ich Ihnen an, den Betrag bei einem Besuch im

Buckingham Palace persönlich in Empfang zu nehmen. Bei dieser Gelegenheit könnten wir über anstehende Aufträge für Staatsporträts sprechen. Teilen Sie meinem Boten bitte mit, wann es Ihnen im kommenden Frühjahr möglich sein würde, mir und meinem Gemahl Albert für ein paar Wochen die Ehre Ihres Besuchs zu erweisen.«

Hermann tanzte durch das Atelier und warf beinahe die Kopie des Bildes des französischen Gegenparts der Königin um. Franz Xavers Freude äußerte sich wie so oft eher innerlich. Eine Welle des Stolzes fuhr durch seinen schmalen Leib. Die beiden Söhne des armen Harzers Fidel Winterhalter aus Menzenschwand hatten tatsächlich gerade eine Einladung erhalten, für ein paar Wochen im Palast der mächtigsten Frau der Welt zu leben!

# KAPITEL 16

Auf dem Weg nach Boulogne-sur-Mer, Herbst 1841

Monsieur Jacques Revoir und seine Tochter Claudette beendeten den Imbiss, der aus einem länglichen Weißbrot und einer fleischfarbenen Creme bestand, die sie sich mit einem Messer aus einem tönernen Behälter auf das abgebrochene Brot strichen. Johannes roch den duftenden Teig, die wie eine feine Leberwurst aussehende Creme und den Rotwein, den der Erwachsene trank. Sein Magen gab ein grummelndes Geräusch von sich, das aber vom Poltern der Kutsche auf der unebenen Straße nach Boulogne-sur-Mer verschluckt wurde, von wo aus Ernst und er über den Kanal in See stechen wollten.

Claudette war vierzehn oder fünfzehn Jahre alt, und ihr Gesicht ähnelte dem ihres Vaters wie ein Ei dem anderen – wenn man sich bei Monsieur Revoir den Bart wegdachte. Beide hatten Pausbacken und einen überstehenden Oberkiefer, der in einem seltsamen Kontrast zu ihrem fliehenden Kinn stand, das direkt in den Hals übergehen zu wollen schien. Sie waren vor einer Stunde in Arras in die Postkutsche zugestiegen, und seither schoben sie sich unablässig Bissen um Bissen in den Mund. Johannes und Ernst hatten das Frühstück in der Herberge in Arras ausfallen lassen, um Geld zu sparen. Die Reise erwies sich als weit teurer als gedacht, und das Säckchen mit Münzen brachte jeden Tag weniger Gewicht auf die Waage. Den Revoirs auf der gepolsterten Sitzbank gegenüber beim Verzehren der duftenden Köstlichkeiten zusehen zu müssen hatte das Hungergefühl jedenfalls nicht gerade gedämpft.

Jetzt packte Monsieur Revoir ein Leinentuch aus seiner Tasche, in das eine große Traube Weinbeeren gepackt war. Er legte das Tuch auf seinen Schoß, und er und seine Tochter zupften sich immer wieder ein Beerchen von der Traube ab.

»Wann sind wir da?«, fragte Ernst.

Johannes atmete durch. Diese Frage stellte sein Bruder mindestens dreimal am Tag. »Noch vor Einbruch der Dunkelheit, hoffe ich«, antwortete er, was der Kutscher ihm bei Abfahrt radebrechend auf die gleiche Frage mitgeteilt hatte.

Sie saßen in einer Diligence, einer großen französischen Schnellkutsche, die von vier mehrfach gewechselten Pferden gezogen wurde. So ging es von Station zu Station. Johannes und Ernst hatten zwei der günstigeren Außenplätze gebucht. Bei gutem Wetter war das bis auf die vielen Fliegen, die man verschluckte, recht angenehm. Die beiden Brüder betrachteten sich die Landschaften, durch die sie fuhren. Je weiter sie kamen, desto weniger erinnerte sie noch an Märgen und den Schwarzwald. Und je mehr Johannes sah, desto bewusster wurde ihm, dass die Welt viel mehr bot als das, was er kannte. Die Häuser waren anders, die Menschen trugen Kleidung, die mit der in Märgen nicht viel zu tun hatte. Ernst wurden die neuen Eindrücke manchmal zu viel. Er holte dann die hölzerne Taschenuhr hervor und vertiefte sich in ihre Betrachtung. Zumindest, bis der Regen einsetzte.

Am Vortag waren sie in einen kurzen, aber heftigen Schauer geraten und hatten sich nur dank bereitliegender Wachsplanen notdürftig trocken halten können. Der Fahrplan der Schnellkutsche war äußerst knapp bemessen und erlaubte ausschließlich geplante Zwischenhalte zum Wechseln der Pferde. Oder in echten Notfällen, wozu allerdings zwei nasse Brüder aus dem Schwarzwald nicht zählten.

Da die Kutsche auf der letzten Etappe durch Frankreich nur schwach besetzt war, hatte der Kutscher ihnen am Morgen mit einem Wink erlaubt, es sich drinnen gemütlich zu machen. Es gab ein Vorder- und ein Hintercoupé mit jeweils drei Sitzen, wo bereits

Leute saßen, sowie das große Kutschenabteil, in dem sechs Personen Platz fanden. Aber sie waren jetzt nur zu viert.

»Messieurs, darf ich fragen, woher Sie kommen?«, fragte das Mädchen auf Deutsch mit einem ausgeprägten Akzent.

»Claudette!«, mahnte ihr Vater und wandte sich darauf an sein Gegenüber: »Verzeihen Sie.«

Johannes schüttelte den Kopf. »Das ist nicht schlimm. Wir sind aus Baden«, erwiderte er lächelnd.

»Ah, Karlsruhe«, sagte Revoir.

»Nicht ganz, aus dem Schwarzwald.«

»Freiburg?«, fragte der Franzose.

»In der Nähe.«

»Und wohin fahren Sie?«, wollte das Mädchen wissen. Monsieur Revoir knipste ein weiteres Träubchen ab und steckte es sich in den Mund.

»Unser Ziel ist London. Wir wollen dort unser Glück mit Uhren machen«, antwortete Johannes. »Du sprichst unsere Sprache sehr gut«, lobte er.

»Ihre Mutter stammte aus dem Elsass«, erklärte Revoir.

»Passen Sie auf, die Trauben!«, rief Johannes.

Monsieur Revoir griff nach dem Obst auf seinem Schoß und bewahrte es so gerade noch davor, zu Boden zu rutschen.

»*Merci*«, sagte er und wollte das Tuch schon über der Traube schließen, doch dann fragte er: »Wollen Sie?«

Er hielt ihnen die halb abgegessene Traube hin. Johannes war sicher, dass er ihnen ein Beerchen anbieten wollte, aber das würde den Hunger nur noch verstärken. Er tat also so, als habe Revoir ihm die ganze Traube angeboten, und packte sie am dicksten Teil des Stiels.

»Gern, vielen Dank, Monsieur. Das ist sehr großzügig.«

Claudette lachte hell auf. Ernst riss sich gleich drei Beerchen ab und steckte sie in den Mund. Johannes tat es ihm nach.

»Lassen Sie es sich schmecken. Wir sind ohnehin satt.«

Das Gespräch stockte nun, denn die beiden Brüder konzentrierten sich darauf, die reifen Früchte in ihre Münder zu stecken. Johannes zerbiss mit Vorliebe die bitteren Kerne.

»Sind Sie schon lange unterwegs?«, versuchte Revoir, das Gespräch wieder in Gang zu bringen.

Das waren sie. Johannes spürte die Umarmung seiner Mutter noch immer nach, ihre Tränen an seiner Schulter.

»Pass auf deinen Bruder auf«, hatte sie ihm mitgegeben. »Und auf dich in der Fremde.«

Das hatte er ihr versprochen, bevor er zum Lastenkarren gegangen war, um seinen Rucksack hinaufzuwuchten. Sein Vater stand plötzlich neben ihm. Johannes hatte sich den ganzen Sommer über so viele Worte zurechtgelegt, die er ihm noch sagen wollte. Doch jetzt schien es ihm nicht richtig, den Abschied unversöhnlich zu gestalten. So kam es, dass beide sich nur schweigend die Hand reichten. Bei August war es nicht anders. Der zeigte sich geschäftig, die Uhrenkiste auf die Ladefläche zu heben und zu befestigen, und hatte dem Bruder nur kurz auf die Schulter geschlagen.

»Vor sechs Tagen sind wir daheim aufgebrochen«, antwortete Johannes. »Der Weg führte uns zuerst nach Freiburg, dann weiter nach Straßburg, wo wir unsere Uhren einer Spedition zur weiteren Beförderung nach London übergeben haben. Mein Bruder und ich sind derweil mit der Kutsche vorausgefahren.«

»*Très intéressant*«, sagte Revoir.

»Was ist mit Ihrem Kopf geschehen?«, fragte das Mädchen.

»Claudette!«

»Es ist in Ordnung, Monsieur, sie kann ruhig fragen. Ich hatte einen Unfall im Wald. Einmal kurz nicht aufgepasst und den Rest meines Lebens dafür bestraft. Zwei Pferde haben mich überrannt. Die Narbe …«, er fühlte dabei über die kahle Stelle von der Stirn bis zum Mittelkopf, »… die Narbe wird mich daran ebenso auf alle Zeit erinnern wie mein steifes Knie.«

»Und welche Pläne haben Sie in England?«, fragte der Monsieur.

»Wir haben eine Adresse von einem Uhrenhändler, der aus dem gleichen Ort stammt wie wir«, sagte Johannes. »Wenn unsere Uhren angekommen sind, werden wir unser Geschäft starten.«

»Uhren verkaufen«, bemerkte Revoir.

»Ich werde sie verkaufen, und mein Bruder wird sie bauen und wenn nötig reparieren.«

»Dann wünsche ich Ihnen viel Glück.«

»Vielen Dank, Monsieur. Das werden wir hoffentlich haben.«

Die Kutsche wurde langsamer. Sie fuhren in einen schmutzig wirkenden Ort ein. Lange Häuserreihen aus rotem Backstein säumten die matschige Straße auf beiden Seiten. Die durchgehenden, mit Tonpfannen eingedeckten Dächer wurden in regelmäßigen Abständen von Gauben durchbrochen. Die Türen gingen mit einer Stufe direkt auf die Straße. Ärmlich aussehende Kinder schauten der Kutsche nach, ein Köter kratzte sich die Läuse aus dem struppigen Fell. Eine Katze schleppte eine tote Ratte weg. Überall schien Kohlestaub in der Luft zu hängen, der den Fenstern und den Augen der Menschen jeglichen Glanz raubte.

Der Kutscher stieß viermal ins Horn. Wegen des engen Zeitplans wurden die Mitarbeiter an der Station schon vorgewarnt, dass gleich ein Pferdewechsel eines Vierspänners anstand. Und tatsächlich, als sie eine knappe Minute darauf an der Poststation ankamen, führte ein Junge schon vier frische Rösser heraus. Gerade einmal zehn Minuten würden sie Zeit haben, sich die Füße zu vertreten.

»Ich muss«, sagte Ernst und zeigte auf ein Gebüsch, an dem bereits zwei andere Männer ihr Geschäft erledigten.

»Dann besorge ich uns etwas Brot. Ich habe einen Bärenhunger.«

Johannes hatte den kleinen Bäckerladen gegenüber der Poststation gleich gesehen. Als er eintrat, verdoppelte der Geruch nach Brot seinen Appetit. Sie hatten längst allen Proviant aufgebraucht, den sie aus dem Schwarzwald mitgenommen hatten. In der Kiste mit den siebenundvierzig Uhren, die sie sich für die Reise fertig gemacht hatten, lagen noch Würste und Schinken, aber die Rucksäcke waren bis auf die Wasserflasche leer.

Johannes kaufte zwei der Stangenbrote. Durch feine Poren in der festen braunen Kruste dampfte noch ein Rest Flüssigkeit aus dem Teig, so frisch kamen sie aus dem Ofen. Dazu nahm er zwei Hörnchen, die nach süßem Gebäck aussahen. Sie mussten zwar sparen, aber hungernd ankommen war auch nicht gerade wünschenswert.

Johannes bezahlte und packte die Hörnchen zuoberst in seinen Rucksack. Er würde Ernst damit überraschen. Die beiden Stangenbrote nahm er in die Hand und musste mehrfach umgreifen, weil sie noch so heiß waren.

An der Kutsche schaute er sich nach Ernst um. Draußen war nichts von ihm zu sehen.

»Ernst?« Johannes blickte in die Kutsche, aber auch dort war er nicht. Er legte die Brote auf ihren Sitz und ging nach vorn zum Bock, wo die Jungen gerade die neuen Pferde einspannten. Der Kutscher trank Wasser aus einer Kelle, die an einem großen Fass hing. Johannes zeigte fragend, ob er auch trinken dürfe.

»*Oui, oui, oui*«, sagte der Kutscher und reichte ihm die Kelle. Sogar das Wasser schmeckte nach Kohlestaub.

»*Mon frère?*«, stammelte er. *Frère*, das hatte er gelernt, hieß Bruder. *Mon* hieß mein.

Der Kutscher sprach auf ihn ein. Johannes verstand kein Wort.

»*Pardon*«, sagte er mit einer Geste des Missverstehens.

»*Ne sais pas*«, sagte der Kutscher und zuckte mit den Schultern.

»Er sagt, er weiß es nicht«, übersetzte Claudette, die plötzlich neben Johannes erschien.

»Ich suche meinen Bruder«, sagte er. Langsam war Johannes ein bisschen besorgt. Er schaute zum wiederholten Male zu den Büschen, aber da stand niemand mehr. Vielleicht hatte er sich hingehockt?

Johannes hinkte auf die Büsche zu. Man konnte deutlich riechen, dass Ernst nicht der Erste war, der sich hier erleichtert hatte.

»Ernst?«

Johannes' Sorge wuchs. Hier war er auch nicht.

Die Arbeiten an der Kutsche waren erledigt. Ein älterer Mann in einfacher dunkelblauer Uniform trug einen Postsack heraus, den er dem Ersatzkutscher überreichte.

»Ernst!«, rief Johannes. Er musste jetzt kommen, nicht dass die Kutsche ohne sie abfuhr.

Aber es gab keine Reaktion. Johannes öffnete alle Türen der Kutsche, doch Ernst war auch nicht in einem der anderen Abteile. Er ging zu Monsieur Revoir und seiner Tochter und fragte sie noch einmal, ob sie ihn gesehen hätten. Beide verneinten. Der Kutscher blies erneut ins Horn. Das war das Zeichen, dass die Passagiere einsteigen sollten.

»Bitte, Monsieur, können Sie ihm sagen, dass mein Bruder noch fehlt?«, bat Johannes. Revoir redete mit der Besatzung. Der Kutscher sah verärgert aus.

»Er sagt, er kann nicht lange warten. Zwei Minuten.«

»Ernst!«, rief Johannes mit zum Trichter geformten Händen. »Komm her!«

Monsieur Revoir diskutierte weiter mit dem Kutscher, aber dem saß der Zeitplan im Nacken. Er schüttelte nach ein paar Minuten bedauernd den Kopf. Aber was sollte Johannes denn tun?

Er rief noch einmal, erneut ohne Erfolg.

»Wir müssen einsteigen«, sagte Revoir bedauernd und kletterte seiner Tochter in die Kutsche nach. Johannes hingegen rannte nach vorn und stellte sich direkt vor die Pferde. Die riesigen Tiere vor Augen kam ihm sofort sein Unfall wieder ins Gedächtnis. Der Kutscher fluchte und schimpfte auf Französisch, Johannes rief erneut.

Und dann sah er Ernst! Von seinem jetzigen Standpunkt konnte er in eine Seitenstraße blicken. Da, ein gutes Stück weg schubsten zwei Kerlen seinen Bruder zu Boden.

Johannes gab dem fluchenden Kutscher ein Zeichen und rief: »*Mon frère, mon frère!* Warten, warten!«

Er lief los, so schnell sein steifes Knie es zuließ. Johannes schrie wütend auf, als er die Peitsche hinter sich knallen hörte. Hufe stemmten sich in den Boden, knarrend setzte sich die Kutsche in Bewegung. Er blickte sich noch einmal um und sah Claudette Revoir am Fenster der Kutsche, dann verschwand sie schon um die Ecke.

Es war ohnehin zu spät. Und Ernst brauchte seine Hilfe. Johannes erkannte in den beiden Kerlen die gleichen, die vorher an dem Gebüsch gewesen waren. Es waren Halbwüchsige, vielleicht sechzehn Jahre alt.

»Lasst ihn in Ruhe!«, brüllte Johannes.

Ernst machte keine Anstalten, sich zu wehren. Er lag auf dem Rücken, und die Kerle hatten ihre Hände in seinen Taschen. Einer zerrte an der Kette in der Westentasche und zog die mit Goldfarbe angemalte Uhr hervor. Er glaubte wohl, dass seine Beute groß genug war, und ließ in Ansicht des auf sie zuhinkenden Erwachsenen von seinem Opfer ab. Der andere hatte gerade das Beutelchen gefunden, in dem Ernst sein Geld trug. Er riss es an sich und folgte seinem Freund.

»Ihr feigen Schweine!«, schrie Johannes den Gaunern nach und kam bei Ernst an. Sein Bruder blutete. Johannes ließ sich auf das gesunde Knie nieder und stellte zum Glück schnell fest, dass Ernst bis auf die geplatzte Lippe wohlauf schien. Er schaute wieder auf, um die Jungen zu verfolgen, aber die mussten in irgendeine der Seitenstraßen verschwunden sein. Und mit seinen fehlenden Sprachkenntnissen konnte Johannes nicht einmal Leute fragen. Also hinkte er bis zur nächsten Kreuzung und spähte in die Straße, aber die Kerle blieben spurlos verschwunden.

Johannes ging zu Ernst zurück und führte ihn zur Poststation. Auch hier erntete er mit seinen deutschen Erklärungen nur fragende Blicke und Schulterzucken. Mit Händen und Füßen verstand man schließlich, dass Ernst am helllichten Tag beraubt worden war, aber niemand konnte – oder wollte – ihnen helfen.

Johannes setzte sich irgendwann deprimiert mit Ernst auf eine Bank vor der Station. Sein Magen knurrte erneut, diesmal lauter als zuvor. Er fluchte laut vor sich hin, denn zu allem Übel hatte er das gekaufte Brot schon in die Kutsche gelegt gehabt. Gott sei Dank blieben die süßen Hörnchen, erinnerte er sich. Er kramte sie aus dem Rucksack und gab eines seinem Bruder. Ernst fiel hungrig darüber her.

»Wie ist es dazu gekommen?«, fragte er.

»Sie haben gesagt, ich soll kurz mitkommen.«

Johannes schüttelte den Kopf. »Du musst mit Fremden vorsichtig sein, Ernst! Wir sind nicht mehr im Schwarzwald.«

»Es tut mir leid. Sie haben meine Uhr.« Ernsts Stimme zitterte.

Das versetzte auch Johannes einen Stich ins Herz. Er hatte viele Stunden damit verbracht, das hölzerne Modell für seinen Bruder zu fertigen – und jetzt war es einfach gestohlen worden. »Sie war nur aus Holz«, sagte er trotzdem tröstend. »Du bekommst noch eine richtige Uhr!«

Während sie auf die nächste Kutsche nach Boulogne-sur-Mer warteten, hielt Johannes die ganze Zeit über Ausschau, ob die beiden Kerle vielleicht wieder auftauchten. Doch offenbar hatten sie genug für den Tag. Auf jeden Fall ließen sie sich nicht mehr blicken.

Johannes war klar, dass sie für die bald erwartete Spätkutsche erneut eine Passage buchen mussten. Er schaute seinen Geldsäckel durch und stellte fest, dass es knapp wurde, zumal da auch Ernsts Geld weg war, das er stets als stille Reserve angesehen hatte.

»Ich habe noch Hunger«, sagte Ernst.

»Wir haben nicht mehr genug, um noch etwas zu kaufen.«

»Daran bin ich schuld«, bemerkte sein Bruder traurig.

Was konnte er darauf antworten? »Du warst unvorsichtig. Aber schuld waren die beiden Kerle, nicht du.«

»Ich will zurück nach Hause.« Ernsts Stimme zitterte.

Auch Johannes hatte schon ans Aufgeben gedacht. Aber es gab jetzt kein Zurück mehr. Das Geld mochte vielleicht gerade noch ausreichen, sie nach London zu bringen, den viel weiteren Weg zurück nach Märgen würden sie damit auf keinen Fall bewerkstelligen können. Nach Hause ging es nur zu Fuß. Aber Hunderte von Meilen zu laufen würde sein Bein nicht mitmachen.

Es gab zudem einen weiteren wichtigen Grund, warum Umkehren nicht zur Wahl stand: Ein kleines Vermögen in Form von siebenundvierzig Schwarzwalduhren befand sich auf dem Weg nach London. Sie mussten nur durchhalten, bis die Kiste ankam, dann würde sich das Blatt für sie wenden.

»Es wird sicher alles gut werden«, beruhigte Johannes seinen Bruder. Er versuchte, dabei so zuversichtlich wie möglich zu klingen.

Aus der Ferne vernahmen sie vier Stöße ins Horn. »Hörst du, da kommt schon die nächste Kutsche!«, rief Johannes. Er nahm es als Zeichen, dass sich hoffentlich wirklich alles zum Guten wenden würde.

KAPITEL 17

Hastings, Oktober 1841

Der Abschied tat weh. Es fiel Sophia nicht leicht, die Kollegen und zum Teil gar Freunde zu verlassen, die sie in den vergangenen drei Jahren im Hughes-Haus gefunden hatte. Am schlimmsten jedoch war es, William Lebewohl sagen zu müssen, auch weil der Kleine die Konsequenz des Abschieds noch nicht verstand. Wahrscheinlich würde sie nicht wieder zurückkehren.

Lady Ann bat Sophia am letzten Abend zu sich. Der große Leuchter erhellte den Salon. Sophia machte einen Knicks vor der Hausherrin.

»Nimm doch Platz!«, sagte diese und zeigte auf den Stuhl ihr gegenüber.

»Danke, Mylady«, antwortete Sophia.

»Es ist schön, dass du gekommen bist. Ich wollte mich noch einmal in Ruhe mit dir unterhalten, bevor du uns verlässt. Trinkst du mit mir einen Port?«

Sophia zögerte. Sie hatte noch nie Portwein getrunken.

»Ist der nicht sehr stark, Mylady?«

»Ein Gläschen, Liebes«, sagte sie und ging zu dem Vitrinenschrank, in dem Flaschen und Gläser auf Gäste warteten.

»Sollte nicht ich das tun?«, fragte Sophia vorsichtig, aber Lady Ann winkte ab.

»Du hast die vergangenen drei Jahre wirklich sehr fleißig gearbeitet«, begann sie. »William und ich hätten es nicht besser treffen können. Heute Abend kannst du dich einmal bedienen lassen.«

»Ich danke Ihnen, Mylady, dass Sie mich so freundlich aufgenommen haben. William ist mir sehr ans Herz gewachsen.«

»Ich weiß. Darum tut es mir doppelt leid, dich jetzt gehen lassen zu müssen.«

Sie brachte zwei hauchdünne bauchige Kelche, die beide bis zur Hälfte mit einer braunroten Flüssigkeit gefüllt waren. Sophia stand auf und nahm eines der Gläser entgegen.

»Genau das ist der Grund, warum ich noch einmal unter vier Augen mit dir sprechen wollte, Sophia. Du kannst deine Meinung nämlich immer noch ändern.«

»Nein, Mylady«, sagte Sophia deutlicher, als es ihrer Überzeugung entsprach. »Ich würde sehr gern bei Ihnen bleiben und William aufwachsen sehen, aber … Sie wissen es ja selbst.«

»Etienne Légat«, sagte Lady Ann lang gezogen. »Was aber eben nur einer von vielen Namen zu sein scheint, die er benutzt.«

»Egal wie er sich nennt, ich möchte, dass ihm das Handwerk gelegt wird.«

»Lass uns darauf trinken, dass dir genau das gelingen möge«, sagte Lady Ann und hob das Glas. Ein feines, lange andauerndes Klingen erfüllte den Salon, als sich das Kristall berührte. Sophia nippte von dem likörartigen Getränk und spürte wundervolle Kirscharomen in ihrem Mund, gemischt mit Kaffee und einer salzig-erdigen Note.

»Sehr gut«, lobte Lady Ann.

Sophia nickte schüchtern.

»Sosehr ich für dich hoffe, dass du ihn findest, so sehr sorge ich mich auch um dein Wohlergehen. Denke immer daran, was Mister Finnegan gesagt hat.«

»Dass man vorsichtig sein muss, besonders als Frau«, wiederholte Sophia die Worte des Ermittlers, dessen letzter Einsatz leider kaum neue Erkenntnisse gebracht hatte. »Dieser Mann, ob er wirklich Légat heißt oder nicht, spielt mit Hoffnung und mit Leben und bereichert sich ohne Skrupel. Damit darf er nicht durchkommen. Seine Betrügereien müssen ein für alle Mal ein Ende finden!«

»Ich möchte dich nur bitten, wirklich vorsichtig zu sein«, sagte Lady Ann. Sie legte eine Hand auf Sophias Arm. »Ich möchte nicht, dass dir etwas geschieht. Mister Finnegan ist der Überzeugung, dass dieser Mann sehr gefährlich sein kann.«

»Ich danke Ihnen vielmals für Ihre Fürsorglichkeit, Mylady. Ich werde vorsichtig sein. Aber ich bleibe dabei: Dieser Mann muss büßen für seine Taten.«

»Mir ist bewusst, dass meine Worte dich nicht aufhalten können, ob mahnend oder bittend«, antwortete die hochgewachsene Frau. Sie setzte sich wieder. Sophia tat es ihr nach.

Lady Ann griff neben sich und holte ein Heft hervor, das sie Sophia aufgeschlagen vorzeigte. Darin fanden sich Tabellen und Zahlenkolonnen. »Du hast deine Schuld abgearbeitet«, erklärte sie und wies auf eine verschnörkelte Null ganz am Ende über zwei dicken Strichen. »Es steht dir demnach frei zu gehen, wohin du gehen möchtest.«

»Danke, Mylady«, sagte Sophia. Über die Jahre war ihr Lady Ann ans Herz gewachsen. Sie hatten viel Zeit miteinander verbracht. Lady Ann hatte sogar vor ihr geweint, als Mister Hughes in einem Brief eine Verlängerung seines Dienstes in Ceylon bekannt gegeben hatte. Aber Sophia war mit ihrer eigenen Geschichte zurückhaltend gewesen. Sie hatte Lady Ann nie davon erzählt, dass ihr wahrer Vater noch in London lebte, geschweige denn, wer er war. Die Schande war für alle zu groß. Für ihre verstorbene Mutter, für ihren Vater, Edward John Dent, und vor allem für sie selbst.

Doch in den vergangenen Jahren war ihr Wunsch immer stärker geworden, ihn zu sehen. Die Suche nach Etienne Légat hatte Sophia als Grund vorgeschoben, wieso sie nach drei Jahren des Dienstes unbedingt nach London gehen wollte. Aber der wahre Grund lag darin, dass sie sich seit dem Tod ihrer Mutter vollkommen allein fühlte auf dieser Welt. Wenn Sophia manchmal nachts weinend in ihrer Kammer lag, stellte sie sich vor, wie sie ihren Vater traf, wie er reagieren würde, wenn er erfuhr, dass es sie gab. Würde er sie lieben? Würde sie ihn lieben? Sie waren Vater und Tochter. Sophia war sicher, dass sie das unsichtbare Band, das ihrer beider Schicksale verknüpfte, deutlich spüren würden.

»Ich habe mich die ganze Zeit über mitschuldig gefühlt, weil ich dir damals das Geld gegeben habe«, unterbrach Lady Ann Sophias Gedanken.

Sie schüttelte den Kopf. »Sie haben mir aus reinem Herzen geholfen, Mylady. Sie trifft keinerlei Schuld.«

»Dennoch, liebe Sophia, hätte ich dich als erfahrenere Frau vor der Gefahr warnen müssen.«

»Das haben Sie doch sogar getan.«

»Drei Jahre deines Lebens hast du eine Schuld abgetragen, von der du niemals profitiert hast.«

»Ich weiß nicht, was nach dem Tod meiner Mutter aus mir geworden wäre, wenn Sie mich nicht aufgenommen hätten. Und Sie haben Mister Finnegan bezahlt.«

»Nun hör endlich auf, mich von allem freizusprechen!«, rief Lady Ann. Sophia sah, dass ihre Augen feucht wurden.

Die Hausherrin ging zu einem Rundtischchen am Fenster, auf dem eine Bronze stand, die zwei Löwenmännchen im Kampf zeigte. Sie zog die Schublade heraus und holte etwas Kleines hervor.

»Natürlich kannst du die Kleidung behalten, die wir für dich angeschafft haben«, sagte Lady Ann beim Schließen der Schublade. Dann kam sie zu Sophia, nahm ihre Hand und legte eine schwere Münze hinein. »Das ist ein Bonus, den du dir durch deine gute Arbeit redlich verdient hast. Mister Hughes wird dafür Verständnis haben, wenn er zurückkommt.«

»Aber Lady Ann!«, rief Sophia aus. Ein goldener Sovereign glänzte in ihrer Hand!

»Du musst nach London, brauchst eine Unterkunft und etwas zu essen. Das soll dir den Anfang erleichtern.«

»Ich danke Ihnen, Mylady. Von ganzem Herzen.«

Drei Tage später saß Sophia mit einem Koffer und einer kleineren Ledertasche in der Kutsche nach Dover, von wo aus sie weiter nach London fahren würde. Wilson und die anderen Bediensteten hatten ihr einen hellblauen Seidenschal geschenkt, den sie stolz um den Hals trug. Sogar die strenge Miss Webster hatte sich daran beteiligt und Sophia viel Glück gewünscht. Von Lady Ann hatte sie kurz vor der Abfahrt noch ein Empfehlungsschreiben erhalten, das einer künftigen Herrschaft gegenüber Sophias Arbeit sehr lobend darlegte.

In Dover herrschte ein Verkehr, als sei gerade halb England hier unterwegs. Das Pflaster der Straßen konnte man teilweise unter dem Pferdemist nicht mehr ausmachen. Das Wetter war unbeständig – typisch Oktober. Die Wolken, die von einer steifen Brise über Land herangeweht wurden, brachten heftige Regenfälle, dann brachen sie auf und schwache Sonnenstrahlen schienen auf das Land, nur um kurz später einem Nieselregen zu weichen. Mit all dem nassen Mist war das Pflaster rutschig geworden. Die Fußgänger brachten sich schnell in Sicherheit, wenn eine Kutsche heranschlingerte. Sophia erblickte durch das Seitenfenster der Postkutsche Dover Castle, das von einem Berg aus über die Hafenstadt wachte wie ein eifersüchtiger Liebhaber. Ein Regenbogen spannte sich über der Burg. Sophia nahm das als Zeichen des Aufbruchs in ein aufregendes neues Leben.

An der Poststation ließ Sophia den anderen Passagieren den Vortritt. Ein Mann in Postuniform half ihr die Stiege hinab und nahm ihren Koffer vom Dach entgegen.

»Danke«, sagte sie. »Wissen Sie, wo die Kutsche nach London abfährt?«

Der Postmann schickte sie auf die andere Seite des belebten

Platzes. Hier wurde das Pflaster gereinigt. Ein paar Jungen liefen mit Schaufeln herum und hoben fallen gelassene Haufen gleich auf. Das musste auch sein bei den vielen Kutschen, Wagen und Karren, die über den Platz rollten. Sophia roch das nahe Meer. Kreischende Möwen kreisten über den Kutschplatz oder sprangen frech zwischen den Beinen der Pferde herum.

»Darf ich Ihnen helfen?«, fragte ein Junge und griff nach ihrem Koffer. Aber Sophia zog ihn schnell weg. »Er ist nicht schwer. Ich trage ihn selbst.«

Den Jungen störte das nicht. Er wandte sich an einen Herrn, ließ sich dessen Gepäckstück geben und trug es dem Mann hinterher. Sophia hatte befürchtet, der Knabe wollte ihr den Koffer stehlen. Jetzt schämte sie sich dafür ein bisschen.

Die Kutsche, auf die ihr voriger Fahrer gezeigt hatte, war die größte, die auf dem Platz stand. Vier riesige schwarze Pferde waren davor angespannt und fraßen Heu aus um ihren Hals gehängten Beuteln. Zwei Männer verschnürten Transportgut auf dem Dach, das ihnen von unten hochgeworfen wurde. Sophia erkannte den Kutscher an seiner Uniform. Er diskutierte mit zwei jungen Männern, die offenbar eine Passage buchen wollten. Wie sie selbst auch. Sie stellte sich mit etwas Abstand an.

Die beiden jungen Männer trugen dunkle Leinenhosen, die ab den Knien in schmutzigen Lederstiefeln steckten. Einer hatte einen Rock aus grauem Tuch an, der ihm bis zu den Stiefeln reichte. Er schien der Ältere der beiden zu sein und der Wortführer, denn der Zweite stand in seiner dunkleren Rockjacke nur schweigend daneben und schaute auf die Uhr des Kirchturms. Trotz des gepflegten Schnurrbarts erkannte man, dass er fast noch ein Junge war.

Selbst wenn sie der altmodischen, fremdländischen Kleidung nicht schon angesehen hätte, dass die beiden keine Engländer waren, die Worte des Älteren konnten es nicht verbergen. Er sprach Deutsch. Es klang zwar anders als das, was Großvater ihr beigebracht hatte, aber sie verstand das meiste davon. Nicht so der Kutscher. Der blickte fast schon flehend in den wolkigen Himmel.

»So verstehen Sie doch: Wir erwarten eine Lieferung in London und zahlen die Fahrt dann«, sagte der Deutsche.

Der Kutscher schüttelte nur den Kopf.

»Wir erwarten eine Lieferung in London und zahlen die Fahrt dann«, wiederholte der Mann langsamer und deutlicher.

»London«, bestätigte der Kutscher, zeigte auf den Sprecher und sagte: »*Half Crown.*« Danach wies er auf den stilleren Jungen und wiederholte das Gesagte.

»Wir erwarten eine Lieferung in London ...«

»Sie können es noch so oft wiederholen, mein Herr, er wird Sie nicht verstehen«, mischte sich Sophia ein.

Der Mann drehte sich zu ihr um. Sie blickte in ernste, braune Augen. Um das markante Kinn wuchs ein dunkler Bart, der etwas Pflege nötig hatte. Dem strähnigen Haar merkte man eine weite Reise an. Sophia konnte den Blick nicht von der Narbe abwenden, die einen Großteil seiner Stirn überzog und bis zur Kopfspitze verlief. Wo das Gewebe vernarbt war, wuchs auf einer breiten Spur kein Haar mehr.

»Du sprichst Deutsch, Gott sei Dank!«, rief der Mann erleichtert. »Sag ihm, dass wir eine Lieferung in London erwarten ...«

»Das habe ich jetzt selbst schon dreimal aus Ihrem Mund gehört«, unterbrach sie ihn. Wieso duzte er sie einfach? Sie ärgerte sich ein bisschen darüber, dass sie sich hier eingemischt hatte. In der Hoffnung, sich bald wieder um ihre eigenen Angelegenheiten kümmern zu können, übersetzte sie dem Kutscher, was er gesagt hatte.

»Danke für Ihre Hilfe, junge Frau«, sagte der Fahrer. »Dieser Gentleman will einfach nicht verstehen, dass die Beförderung eine Half Crown kostet. Wollen Sie auch nach London?«

»Ja«, antwortete sie und ließ sich von dem Mann den Koffer abnehmen, den er gleich weitergab. Er landete wenig später in den Händen eines Packers auf dem Dach und wurde verstaut.

»Was ist denn jetzt mit uns?«, wollte der Deutsche wissen und fügte an: »Was hat er denn gesagt, Mädchen?«

Sophia atmete tief durch und erklärte: »Sie müssen jeder eine halbe Krone zahlen, eine Half Crown, das ist eine Münze.«

»Aber ich habe ihm doch eben mein ganzes Geld gegeben. Er gab es mir zurück.«

Sophia fragte den Kutscher.

»Es war weder englisches Geld noch ausreichend für die Fahrt«, erklärte ihr dieser. »Es waren süddeutsche Kreuzer. Ich würde sagen, gerade genug, damit einer von ihnen mitreisen könnte, wenn ich ein Auge zudrücke. Daher habe ich ihm das Geld zurückgegeben.«

Sophia übersetzte kurz: »Es war nicht genug.«

»Können wir nicht irgendetwas tun, um günstiger mitzufahren? Ich kann auch packen helfen.«

»Er will wissen, ob sie vielleicht durch Mitarbeit eine vergünstigte Fahrt erhalten könnten.«

Der Kutscher schüttelte den Kopf. »Dann wird er sich eine andere Lösung suchen müssen, wie er nach London kommt. Sagen Sie ihm das, bitte.« Er wandte sich zu den nächsten Reisenden.

»Es tut mir leid«, sagte Sophia.

In dem Moment griff der Jüngere nach Sophias Seidenschal.

»Lass das!«, rief sie erschrocken.

Der Junge streichelte über den Stoff. Sophia war wie versteinert. Wie konnte ein fremder Junge sie einfach anfassen?

»Ernst!«, mahnte der andere. Der Junge nahm die Hand weg. »Du musst sein Verhalten verzeihen. Er wollte dir nichts tun. Es sieht ihm auch gar nicht ähnlich, dass er so etwas macht. Das ist fast eine Ehre.«

Was für eine Ehre soll das sein?, dachte Sophia. Die ganze Situation wurde ihr langsam zu viel. Die beiden verhielten sich eigenartig. Sie vermutete, es mit Brüdern zu tun zu haben. Auch wenn der eine deutlich kleiner war als der Ältere, sprachen das leicht zottelige helle Haar, die wachen Augen und ein Grübchen an den Mundwinkeln für sich.

»Ich fürchte, der Kutscher hat für euch beide nichts zu tun und wird euch ohne die volle Bezahlung nicht mitnehmen«, erklärte sie und fügte rasch hinzu: »Ihr werdet wohl nach London laufen müssen. Ich wünsche euch viel Glück.«

Damit trat sie schnell an den beiden vorbei auf die Tür der Kutsche zu. Der Kutscher kassierte und hielt ihr die Tür auf.

Zwei Geschäftsleute und ein älterer Geistlicher mit seiner Frau saßen im Abteil und begrüßten sie. Man stellte sich gegenseitig vor, und alle machten sich bereit für die Abfahrt. Sophia konnte von ihrem Platz aus durch das Seitenfenster die beiden Deutschen sehen, die jetzt etwas abseits Position bezogen hatten. Der Ältere brach gerade ein Stück Brot in zwei ungleiche Hälften. Das größere Stück gab er dem Jüngeren. Er hatte ihn Ernst genannt. Die beiden wirkten sehr vertraut, sie schienen sich auch ohne viele Worte zu verstehen. Der mit der Narbe ging ein paar Schritte, um an einer anderen Kutsche vorbeischauen zu können. Sophia bemerkte, dass er auffällig hinkte. Jetzt meldete sich doch ihr Gewissen, da sie ihm eben gesagt hatte, er müsse nach London laufen.

»Bereitmachen zur Abfahrt!«, riss der Kutscher sie aus ihren Gedanken. Sophia hörte den Knall der Peitsche, dann setzte sich die Kutsche mit einem heftigen Ruck in Bewegung. Das nächste Geräusch war nicht normal: Es gab ein lautes Knacken, dann ein Fluchen vom Bock. Gleichzeitig erbebte die Kutsche und senkte sich darauf so schlagartig nach rechts hinten, dass alle Passagiere durcheinanderpurzelten.

Der Pfarrer schrie auf und wurde gegen seine Frau geworfen. Einer der Geschäftsleute konnte sich festhalten, der andere landete im Fußraum des Abteils, und Sophia hielt sich am noch geöffneten

Fenster fest. Die Hinterseite der Kutsche schleifte über das Pflaster. Draußen schrien die Leute, und Sophia sah durch das mittlerweile steil nach oben zeigende Seitenfenster, dass sich eine große Wolke vor die Sonne schob. Dann verlor sie den letzten Halt und rutschte über den Sitz direkt auf den Pfarrer und seine Frau.

 KAPITEL 18

Dover, Oktober 1841

Mit einem lauten Knacken brach ein Rad der Kutsche. Die Pferde rannten zuerst panisch weiter. Das Gefährt senkte sich zur Seite nach hinten und schleifte krachend über den Boden, bis der Kutscher die Tiere vom Bock aus endlich unter Kontrolle bekam. Ein Mann fiel vom Dach, war aber schnell wieder auf den Beinen.

»Ernst, halte die Pferde ruhig!«, rief Johannes und eilte hinkend zur Kutsche. Die rechte Tür hatte sich verkeilt. Bei einem Blick durch das Fenster sah er auf einen Haufen ineinander verknotete Leiber, die versuchten, sich zu sortieren. Er entdeckte das Mädchen, das ihnen vorhin noch beim Gespräch mit dem Kutscher geholfen hatte.

»Ist jemand verletzt?«, fragte er. Erst dann wurde ihm bewusst, dass nur das Mädchen ihn verstand. Er schaute sie hilfesuchend an. »Die Tür geht nicht auf. Ich gehe auf die andere Seite.«

Das Mädchen übersetzte.

Johannes zog sich dort an dem großen hinteren Rad hoch und zerrte mit aller Kraft oben die Tür auf. Als er sie losließ, fiel sie bis an die Grenze der Scharniere zurück.

»Nimm meine Hand!«, rief er. Das Mädchen zögerte einen Moment, griff dann aber zu und ließ sich von ihm aus der schrägen Öffnung helfen. In dem Moment setzte der Regen wieder ein.

Die zweite Frau war bedeutend älter und schien zu dem Geistlichen zu gehören, dem Johannes nach ihr half. Danach waren zwei Männer an der Reihe, einer atmetet schwer und ergriff sichtlich dankbar Johannes' Hand. Der andere ließ sich sogar noch einmal ins Wageninnere hinab, da ihm sein Zylinder abhandengekommen war.

Johannes war als Erster an der Unfallstelle gewesen, doch direkt darauf kamen viele andere herbeigelaufen, um ebenfalls zu helfen oder sich das Spektakel einfach aus der Nähe zu betrachten. Auch Ernst eilte herbei. Während Johannes wieder von der Seitenwand herunterkletterte, wurde schon begonnen, die Fracht abzuladen.

Der Kutscher kam zu ihnen und sagte etwas. Er klopfte Johannes anerkennend auf die Schulter. Dann drehte er sich zu einem Geräusch um. Eine Kiste war zu Boden gefallen und der Deckel aufgeflogen. Hunderte Briefe landeten auf dem nassen Pflaster. Er rannte fluchend zu den Packern.

»Er dankt Ihnen. Und ich danke Ihnen auch«, sagte das Mädchen.

»Du kannst uns ruhig duzen«, bot Johannes an. »Ich denke, wir sind in etwa gleich alt.«

»Wir können sicher erst abfahren, wenn ein neues Rad montiert wurde«, wechselte sie das Thema.

Sie gingen zur Seite unter das Vordach eines Geschäftes für Kolonialwaren, um den Helfern Platz zu machen, die die Pferde abspannten. Außerdem waren sie froh, hier Schutz vor dem Regen zu finden.

Johannes fiel auf, dass er nicht einmal den Namen der jungen Frau kannte. »Verzeihung. Ich glaube, wir haben uns noch gar nicht vorgestellt. Mein Name ist Johannes Faller. Mein Bruder heißt Ernst.«

»Sophia Carpenter«, erwiderte sie mit einem Lächeln. »Woher kommt ihr?«

Johannes registrierte, dass sie zum Duzen gewechselt war. Das gefiel ihm.

»Aus dem Schwarzwald.«

»Das ist im Süden?«

»Ja, vor der Eidgenossenschaft der Schweizer.«

Sophia nickte, obwohl sie sich immer noch kein rechtes Bild machen konnte, woher die beiden stammten.

»Wie kommt es, dass du so gut Deutsch sprichst?«, fragte Johannes.

»Mein Großvater war ein deutscher Schiffszimmermann. Bei einer seiner Reisen blieb er in England. Er hat es mir beigebracht, als ich ein Kind war. Aber es ist schon etwas eingerückt.«

»Eingerostet«, korrigierte Johannes und lächelte.

Zum ersten Mal nahm er sie jetzt bewusst wahr. Sophia Carpenter war zierlich gebaut. Ihr rundliches Gesicht fiel erst einmal nicht besonders auf, auf den zweiten Blick aber fand er sie durchaus hübsch. Um die blasse Nase hatte sie Sommersprossen, das hochgesteckte, unter einer Haube gehaltene Haar war hellblond, wie er am Ansatz erkennen konnte. Sie trug ein dunkelgraues Kleid mit einem weißen Kragen. Um den schlanken Hals lag das elegante Seidentuch, das Ernst vorhin angefasst hatte. Ihre abgegriffene Ledertasche erinnerte Johannes an die der Ärzte, die ihn nach dem Unfall behandelt hatten. Der Koffer, den ein Helfer gerade von der Kutsche zu ihnen brachte, sah fast neu aus.

»Du bist wie ein Kuckuck«, sagte Ernst.

Johannes sah ihr die Verwunderung an. Ihm selbst ging es nicht anders. Was meinte er damit?

»Ernst …«, mahnte er.

»Hast du das nett gemeint?«, fragte Sophia.

Ernst nickte.

»Du musst unbedingt an deinen Komplimenten arbeiten. Ich hoffe zumindest, dass es eines gewesen sein sollte.« Sie lachte.

Ernst nickte wieder, und Johannes sah, dass seinem Bruder das Blut in die Wangen schoss.

»Und ich hatte schon gedacht, du wärest stumm!«

»Mein Bruder ist ein eher stiller Charakter«, kam ihm Johannes zur Hilfe. »Er redet höchst selten mit Fremden.«

Der Geistliche, der ebenfalls in der Kutsche gewesen war, kam durch den Regen auf sie zu und sprach mit Sophia.

»Der Vikar möchte sich bei euch bedanken«, übersetzte sie, »auch im Namen seiner Frau.«

»Ich hoffe, es geht ihr gut«, sagte Johannes.

Sophia übersetzte zurück, dass zum Glück niemandem etwas Ernstes passiert war.

»Und was hat er jetzt gesagt?«, fragte er.

Sie sah aus, als würde sie sich schämen, als sie erwiderte: »Das betrifft nur mich. Er hat gesagt, dass der Radwechsel noch mindestens eine Stunde dauern wird und die Passagiere sich im Gasthaus etwas zu essen und zu trinken holen können.«

Johannes nickte. »Ich verstehe.«

Bei dem Gedanken an Essen knurrte sein Magen vernehmlich. Für die Überfahrt auf einem klapprigen Segler hatten sie einen Großteil des verbliebenen Geldes verbraucht, und jetzt reichte es nicht einmal mehr aus, sie bis nach London zu bringen. Aber dahin mussten sie es auf jeden Fall schaffen, um in der nächsten Woche ihre Uhren in Empfang zu nehmen. Es war eine Schande, dass sich ein kleines Vermögen – und dazu Schinken und Würste – unerreichbar in einer Kiste befanden, während sie sich hier kaum noch eine Stärkung kaufen konnten.

»Ihr habt Hunger«, stellte Sophia fest.

»Nicht so schlimm«, wiegelte Johannes schnell ab.

Doch sie lief auf die Kutsche zu, die gerade wieder aufgerichtet worden war, und redete auf den Kutscher ein.

Der schüttelte mit dem Kopf, aber dann sagte Sophia noch etwas, und der Mann nickte endlich.

»Was hast du ihm gesagt?«, wollte Johannes wissen, als sie zurückkam.

»Dass ihr für eure Hilfe eine Passage nach London verdient habt«, entgegnete sie keck. »Und da ihr jetzt auch Passagiere seid, habt ihr ein freies Essen gut!« Sie lachte hell auf.

Johannes fand, dass ihr Gesicht gar nicht mehr unauffällig wirkte, wenn sie lachte. Und er bemerkte, dass er nicht der Einzige war, dem das auffiel. Ernst lächelte das Mädchen an.

Die Passagiere saßen alle an einem langen Tisch. Die Geschäftsleute und das Pfarrerehepaar blickten zuerst erstaunt auf, als Johannes und Ernst mit Sophia hereinkamen, doch sie sprach auf sie ein, und schließlich nickten alle oder äußerten ihre Zustimmung. Jeder bekam ein schaumloses Bier, das etwas wässrig schmeckte. Bald darauf wurden ihnen kleine rote Würste, ein großer Schlag Bohnen und Spiegeleier serviert. Johannes verschlang die Mahlzeit mit Heißhunger. Obwohl die Portion riesig gewesen war, säuberte er den Teller mit einem Finger, den er genüsslich abschleckte. Erst als er das leicht angewiderte Gesicht der Pfarrersfrau sah, ließ er es sein.

Ernst aß langsamer und gesitteter als sonst. Johannes vermutete, dass es an der Gesellschaft lag.

»Ich bin satt«, sagte Sophia. Sie hatte gerade einmal die Hälfte gegessen. »Hast du noch Hunger?«

Johannes nickte dankbar und tauschte die Teller aus. Dann ließ er es sich weiter schmecken.

Als er sich endlich zurücklehnte und die Wärme in seinem Magen den Hunger zugunsten einer matten Müdigkeit vertrieben hatte, fragte Sophia: »Könnt ihr beide gar kein Englisch?«

»Ich lerne schnell«, antwortete er. »Wir waren nur ein paar Tage in Frankreich, und schon kann ich das Wichtigste sagen und verstehen.«

Sie schaute skeptisch. Leider zu Recht, wie er zugeben musste. Er erinnerte sich nur zu gut daran, wie er im Hafen von Boulogne-sur-Mer von Schiff zu Schiff nach Seeleuten gesucht hatte, die ihn hoffentlich verstanden. Schließlich waren sie beim Kapitän der *Babette Marie* fündig geworden. Kapitän Hugo Durand war der Eigner eines kleinen Gefährts mit kurzem Mast, dessen schmutziges Deck nach Fisch stank und die ganze Fahrt über von aggressiven Möwen angeflogen worden war. Ernst und Johannes mussten mehrfach die Köpfe einziehen. Durand hatte etwas Deutsch gesprochen und sie letztlich mit sechs anderen Passagieren gesund und munter über den Kanal gebracht.

Anfangs hatte die Schaukelei Johannes nichts ausgemacht, aber als nach langer Fahrt über nebliges Meer endlich Land auftauchte, war er doch froh gewesen, dass es bald vorbei war. Als er in Dover an Land gegangen war, musste Johannes sich erst einmal an einem Poller festhalten, bis sein Gleichgewichtssinn sich wieder gefangen hatte.

»Du hast gesagt, du erwartest in London eine Lieferung«, sagte Sophia. »Was genau erwartest du denn?«

»Mein Bruder und ich sind Uhrmacher.« Johannes sah, wie sich ihre Miene verdunkelte. »Ist etwas?«

»Nein«, brachte sie schnell hervor. Dann lächelte sie wieder. »Uhrmacher, sehr interessant.«

»Unsere Ware wird in der kommenden Woche eintreffen. Dann können wir damit hausieren gehen und Geld verdienen.«

»Dann wünsche ich euch viel Glück mit eurem Vorhaben.«

»Wonneglocke?«, sagte Johannes.

»Wie bitte?«

»Wonneglocke?«, wiederholte er mit etwas anderer Betonung. Das hatte man ihm doch als wichtigsten Satz beigebracht. Nein – es fehlte etwas: »Ju Wonneglocke?«

Auf einmal sagte der dickliche Geschäftsmann etwas, was ähnlich klang. Dann lachten alle am Tisch laut los. Nur Ernst und Johannes schauten verständnislos drein.

»Du meinst sicher: ›*You want a clock?*‹«, bemerkte Sophia.

Johannes spürte, wie er rot anlief.

»Ju wonnte Klock«, ahmte Johannes den Klang nach. »Wollen Sie eine Uhr?«

»Du musst unbedingt Englisch lernen«, sagte sie.

»In London gibt es eine Menge Schwarzwälder. Wir wollen bei einem unterkommen, und ich denke, da wird man uns die Sprache beibringen.«

Nachdem das Rad gewechselt, die verkeilte Tür repariert und das Transportgut wieder befestigt worden war, ging die Reise endlich los. Als sie einstiegen, hatte Ernst sich vor seinen Bruder gedrängt und direkt neben Sophia Platz genommen. Johannes setzte sich ihr gegenüber. Dieses Mal stürmten die ausgewechselten Pferde los, ohne dass die Kutsche dabei zu Bruch ging.

»Was machst du in London?«, fragte Johannes.

»Ich möchte jemanden suchen, von dem ich nicht weiß, ob er von mir gefunden werden will«, antwortete sie.

»Einen Mann?«, fragte Johannes zurück. »Oh, Entschuldigung. Das geht mich nichts an.«

»So ist es«, antwortete sie knapp, lächelte aber. Johannes wünschte, er würde so nahe neben ihr sitzen wie Ernst.

Sein Bruder drehte sich jetzt zur Seite und sagte: »Es war als Kompliment gedacht.«

»Was?«, fragte Sophia.

»Der Kuckuck. Er hat die schönste Stimme im Wald.«

DIE HEMMUNG

Die Hemmung bremst das Räderwerk so ab, wie die Zeit auf dem Zifferblatt zur Anzeige kommen muss. Sie »hemmt« also den unkontrollierten und zügellosen Ablauf des Gehwerkes und wandelt dabei die aus dem Federhaus über das Gehwerk übertragene Energie in einen periodischen Takt um. Die Hemmung sorgt letztlich dafür, dass eine Stunde auch genau als eine Stunde angezeigt wird.

KAPITEL 19

London, Oktober 1841

Die City of London. Johannes hatte noch nie – nicht einmal beim Ausstellen der Papiere in Straßburg – so hohe Gebäude gesehen. Weit blicken konnte er nicht, weil ein grauer Nebel in den Straßen hing, der nur zum Teil dem Wetter zuzuschreiben war. Man schmeckte regelrecht den Ruß in der Luft. Auch sonst waren sie von vielen Gerüchen umgeben, von denen die meisten eher unangenehmer Natur waren.

Johannes reichte den anderen Fahrgästen die Hand. »Gut bei«, hieß es zum Abschied, das hatte er auf der Fahrt bereits gelernt.

»Vielen Dank für deine Hilfe«, sagte er schließlich zu Sophia, die gerade ihren Koffer ausgehändigt bekam. »Ich würde mich freuen, dich wieder einmal zu treffen.«

»Wo müsst ihr jetzt hin?«, fragte sie.

Er reichte ihr einen Zettel, auf dem Urban Heim ihm die Adresse von Andreas Schwärs Uhrenhandel notiert hatte.

»Weißt du, wo das ist?«

»Nein. Ich bin auch zum ersten Mal in London. Aber die sehen mir so aus, als wüssten sie es.«

Sophia zeigte auf eine Seite des großen Platzes, wo eine Reihe von kleinen schwarzen Kutschen stand, die alle von nur einem Pferd gezogen wurden.

Menschen stiegen ein, und der Kutscher fuhr los, gliederte sich ein in den betriebsamen Kutschverkehr. Eine sich ergebende Lücke wurde umgehend von Passanten genutzt, um die Straßenseite zu wechseln. Johannes merkte gleich, dass es Ernst zu viel wurde.

Je mehr Eindrücke sich ihm boten, umso verschlossener wurde er. Das hatte er auf der Fahrt gut beobachten können. Dennoch überraschte er Johannes auch dieses Mal, denn er reichte Sophia zum Abschied die Hand. Sie gab ihm ihre, und er hielt sie einfach fest.

»So, jetzt ist es gut«, sagte sie nach mehreren Sekunden und entwand sich ihm.

Ernst sah auf einmal sehr traurig aus. Sophia beugte sich vor und flüsterte ihm etwas ins Ohr. Bei all dem Lärm der Stadt konnte Johannes nicht verstehen, was sie sagte, aber es reichte aus, um Ernst wieder ein Lächeln ins Gesicht zu zaubern. Er nickte.

»Auch dir alles Gute.« Sie streckte Johannes die Hand hin.

»Was hast du ihm gesagt?«, fragte er.

»Wenn du es wissen solltest, hätte ich nicht geflüstert«, gab sie zurück und ging davon. Nach ein paar Schritten blickte sie sich noch einmal nach ihnen um. Ernst winkte ihr zu.

Das waren also die Mietkutschen, von denen Urban Heim ihnen erzählt hatte: Sie sollten dem vordersten Kutscher der Reihe die Adresse zeigen und einsteigen. Die Bezahlung würde Andreas Schwär übernehmen. Darüber war Johannes schon einmal froh.

Mr Schwär & Co Clockmaker, No 19 East Street Walworth Road, stand auf dem Zettel. Der Fahrer, ein hakennasiger Kerl in den Vierzigern, nickte und fuhr kurz darauf los.

»Was hat Sophia zu dir gesagt?«, fragte Johannes Ernst, als sie in der Kutsche saßen und die sich in Richtung Süden in Bewegung setzte.

»Sie ist schön«, sagte Ernst.

»Ja, das stimmt, aber was hat sie dir zugeflüstert?«

»Dass wir Freunde bleiben.«

Johannes nickte. »Aber sie hat nichts über mich gesagt?«

Ernst schüttelte den Kopf und fragte: »Wieso sollte sie?«

Die Häuserschluchten wurden niedriger, und ab und zu konnten sie durch die Kutschenfenster einen Blick in Gärten erhaschen, die sich offenbar hinter den langen Häuserreihen aus Backstein verbargen. Die Straße, auf der sie unterwegs waren, war sehr breit und gut befahren. Am Rand wurden Karren ausgeladen und Waren übergeben. Viele Menschen wuselten geschäftig umher. Zwischen ihren Beinen sah man immer wieder eine Maus oder Ratte huschen oder eine Katze, die den Nagern nachstellte.

Die Fahrt dauerte eine halbe Stunde, dann hielt der Kutscher schließlich an und rief etwas durch die Klappe in den Gastraum. »Walworth Road, East Street«, verstand Johannes und stieg aus.

Der Fahrer wollte sein Geld, das begriff Johannes, auch ohne Englisch zu verstehen. Er blickte sich um. Sie befanden sich am Beginn eines großen Straßenmarkts.

»Dort!«, rief Ernst und zeigte auf ein Geschäft mit einem Schaufenster, in dem Uhren hingen. Darüber stand in großen Lettern: *Schwar Clocks & Jewelry*. Johannes zeigte auf den Laden und dann wieder auf die Kutsche. »Mein Bruder wartet hier so lange.«

Er rannte über die Straße und drängte sich durch die Menschen mit gefüllten Körben und Taschen auf die Tür des Ladens zu. Das Gebäude wirkte nicht allzu alt und besaß außer dem Erdgeschoss zwei weitere Etagen darüber. Hierher hatten sie also im vergangenen Jahr ihre Uhren geliefert. Johannes konnte es kaum glauben.

Ehrfürchtig drückte er die Tür mit Glaseinsatz auf, wodurch drinnen ein Gongschlag ausgelöst wurde. Ein Mann hinter einem dunklen Holztresen blickte auf und musterte Johannes mit prüfendem Blick. Neben ihm stand eine Frau in einem hochgeschlossenen Kleid und mit streng zurückgebundenem Haar.

»Du bist Schwarzwälder«, sagte der Mann auf Deutsch.

»Ja, Johannes Faller. Unser Packer, der Urban Heim, hat mich und meinen Bruder angekündigt.«

Die beiden Angestellten waren etwa dreißig Jahre alt. Der Mann trug ein weißes Hemd unter einer schwarzen Weste mit der Kette einer Taschenuhr. Auf dem Tresen lag ein rund geformter Hut, der wohl sonst sein widerspenstiges Haar bedeckte.

»Erich Wagner«, stellte er sich vor und reichte Johannes die Hand. »Und meine Frau Emily.«

Johannes verbeugte sich in ihre Richtung. »Mein Bruder ist noch draußen beim Kutscher«, erklärte er.

»Dann bezahl ihn und kommt rein. Ihr habt eine weite Reise hinter euch.«

»Mir wurde gesagt, dass Andreas Schwär die Fahrt zahlen würde«, sagte Johannes. »Ist er da?«

»Ist er. Aber ich kümmere mich schon darum.«

Johannes wartete. Emily Wagner ließ sich bei ihrer Arbeit nicht stören. Sie sortierte kleine Papiere und wirkte sehr konzentriert. Kurz darauf gongte die Tür erneut, und Erich Wagner kam mit Ernst zurück.

Die Tür fiel hinter Ernst ins Schloss. Er blieb stehen und drehte sich einmal mit offenem Mund langsam um die eigene Achse. An allen freien Wänden des Ladens hingen Uhren, vornehmlich Schwarzwalduhren mit übersetztem Tagewerk, aber hier präsentierten sich auch mehrere Regulatoren und drei mannshohe Standuhren. In einer abschließbaren Vitrine lagen Sackuhren aus Silber. Und selbst der Tresen war eine Vitrine, wie Johannes jetzt erkannte. Sie war über und über mit Ringen und Ketten bestückt. Anhänger und Broschen aus Silber und Gold, die teilweise großzügig mit Granaten besetzt waren, konkurrierten auf engstem Raum in der Auslage miteinander.

Es tickte überall und roch nach Holz, Beize und Lack. Hinter dem Tresen gab es einen mit einem schweren, roten Samtvorhang verdeckten Durchgang, an der Hinterwand befand sich eine weitere Tür.

Erich Wagner bat sie zu warten und ging durch die Tür in ein Treppenhaus. Er war noch nicht lange weg, als die Außentür sich mit einem Gongschlag öffnete. Ein Herr in Tweedanzug trat ein, der den Zylinder lüpfte und auf Englisch mit der Frau zu sprechen begann.

»*Mister Ragsworth, so nice to see you!*«, erklang eine tiefe Stimme von der Hintertür.

Das musste Andreas Schwär sein, der sich, gefolgt von Wagner, an Johannes und Ernst vorbeidrängte, um seinen Kunden zu begrüßen.

»Erich, zeig Mister Ragsworth die neuen Uhrschilde«, befahl er dem Verkäufer. Der übernahm das Gespräch, und Schwär wandte sich an die beiden Brüder.

»Die Faller-Brüder?«

»Sehr erfreut, Herr Schwär«, sagte Johannes.

»Folgt mir, wir reden nicht im Verkaufsraum.«

Schwär war nicht so stattlich gewachsen wie Johannes, gab aber durchaus eine imposante, selbstbewusste Erscheinung ab. Man sah seiner Figur an, dass er einen Teil seines geschäftlichen Erfolgs in gutes Essen investierte. Der auf seinen Leib geschneiderte Anzug verdeckte die Polster jedoch geschickt.

Andreas Schwär stieg ein Stockwerk nach oben. Das Treppenhaus war weit einfacher gestaltet als der Verkaufsraum. Oben gelangten sie in einen Flur, von dem mehrere Türen abgingen. Zwei davon standen offen. Im Vorbeigehen sah Johannes, dass sich darin Werkstätten befanden, in denen junge Arbeiter Uhren montierten. Nun hoben sie die Köpfe.

»Ihr sollt nicht neugierig starren, sondern arbeiten«, sagte Schwär in die Arbeitsräume hinein und öffnete mit einem Schlüssel die hinterste Tür.

Sie traten in eine geräumige Stube, durch deren kleine Fenster Licht auf das größte Möbelstück fiel: ein prächtiger Schreibtisch mit einer grünen Lederauflage im polierten, dunkel gebeizten Holz der Tischplatte. Darauf befanden sich Papiere, ein paar Münzen, Tinte und Feder sowie ein kleiner, verspielt gestalteter Reisewecker aus Gold, den Johannes stilistisch nach Frankreich verortete.

Hinter dem Schreibtisch stand ein gepolsterter Stuhl aus dem gleichen Holz. Eine Wand war mit Schränken zugestellt, an der anderen bog sich das Rohr eines Ofens zum Kamin. Daneben hing ein Bild, das ohne Zweifel eine Schwarzwaldlandschaft mit einem typischen Hof darstellte. Darunter standen zwei einfachere Stühle.

Schwär ging um seinen Schreibtisch herum und setzte sich.

»Wer von euch beiden ist Johannes?«

»Ich, Herr Schwär. Ich soll Ihnen schöne Grüße übermitteln von meinem Freund Viktor, Ihrem Neffen.«

»Der Sohn von Frieda«, bemerkte der Uhrmacher.

»Genau der. Er lässt ausrichten, dass es daheim allen gut geht und er und seine Frau ein Kind erwarten. Wenn es ein Junge wird, soll er nach Ihnen Andreas genannt werden. Wird es ein Mädchen, soll es auf Andrea hören.«

»Er denkt, dass ich deswegen ein besonders hohes Taufgeld schicke«, stellte Schwär fest.

»Nein, er wollte wirklich …«

»Dann ist das der Junge, der ein Händchen für Uhrwerke hat?«, unterbrach Schwär Johannes und wandte sich an Ernst. »Ich habe die Uhren, die ich im letzten Jahr bei euch bestellt habe, alle ohne Reklamation verkaufen können. Wie machst du es, dass deine Uhren so zuverlässig laufen?«

»Er redet nicht viel …«, wollte Johannes seinen Bruder schützen, doch Schwär gebot ihm mit einem Wink zu schweigen.

»Wenn ich ihn etwas frage, wird er mir antworten, sonst kann ich euch beide nicht gebrauchen.«

Ernsts Unterlippe zuckte leicht. Johannes erkannte darin einen inneren Widerstreit. Sein Bruder wollte etwas sagen, aber fand er die rechten Worte nicht?

»Also: Warum sind deine Uhren besser als die anderer Uhrmacher?«

»Uhren brauchen Zeit«, sagte Ernst. Johannes atmete innerlich auf. »Und Zuverlässigkeit kann nur aus Sorgfalt, Genauigkeit, Konzentration und Geschick entstehen.«

Schwär nickte. »Aber zu lange darf es auch nicht dauern, sonst sind die Uhren nicht mehr zu bezahlen. Also gut. Ich vermute, ihr wisst, wie es läuft. Ihr geht bei mir in die Lehre. Die dauert ein Jahr, wenn ihr euch vernünftig anstellt. Sie kann aber auch weitaus früher zu Ende sein, wenn ihr faul seid, die Arbeit nicht zu meiner Zufriedenheit ausführt, Widerworte gebt, euch schlecht benehmt, den Kirchgang am Sonntag zu oft ausfallen lasst, euch mit Huren einlasst oder euch prügelt. Haben wir uns verstanden?«

»Und nach dem Jahr können wir ein eigenes Geschäft eröffnen?«, fragte Johannes.

»Könnt ihr. Aber nicht in London. Die Bezirke sind längst unter uns aufgeteilt. Außerdem braucht ihr in der Stadt zwingend einen Hausierschein. Der allerdings ist teuer. Für Neulinge ist das Geschäft schwerer geworden, zumindest in den Städten. Aber es gibt noch Landstriche in Wales, um die ihr euch kümmern könnt.«

Johannes hätte sich gern gesetzt. Sein Bein machte ihm bei diesem Nebelwetter schon die ganze Zeit zu schaffen. Aber Schwär ließ sie beide vor seinem Schreibtisch stehen.

»Zu dir hat der Urban Heim geschrieben, dass du gut verkaufen kannst, aber nicht so gut laufen. Du wirst dich zusammenreißen müssen. Unsere Wege sind lang, und wir haben keine Zeit zu verlieren. Schaffst du das?«

Johannes blieb nichts anderes übrig, als zu bejahen. Andreas Schwär machte nicht den Eindruck, als würde es ihm Schwierigkeiten bereiten, sie unumwunden auf die Straße zu setzen. Das konnten sie sich nicht leisten. Im Gegenteil.

»Ich bekomme das hin, Herr Schwär. Ich habe noch eine Frage.«

»Dann stell sie. Ich habe nicht den ganzen Tag Zeit.«

»Wir haben über die Spedition Wildt in Straßburg eine Uhrenkiste verschickt, die in der nächsten Woche ankommen soll. Leider haben wir auf der Reise einen Großteil des Geldes verbraucht und wurden in Frankreich auch noch bestohlen.«

»Ihr habt kein Geld mehr für die Einfuhrzölle?«

Johannes nickte.

»Wie viele Uhren sind in der Kiste, und was habt ihr beigeladen?«

»Es sind siebenundvierzig Uhrwerke, fünfzig Schilde, ausreichend Ketten und Schnüre und etwas Werkzeug. Dazu zwei Schinken und Wurst und ein paar Kleider zum Wechseln.«

Schwär notierte ein paar Zahlen auf einem Block. Er rechnete laut: »Die britische Krone nimmt für eine gute Schwarzwalduhr ein Pfund Verkaufswert an. Davon sind 15 Prozent, also drei Shilling als Einfuhrzoll fällig, macht bei 47 Uhren sieben Pfund und einen Shilling.« Er überlegte kurz, blickte auf und sagte: »Das können wir machen.«

Johannes war überrascht. So, wie er Schwär bisher kennengelernt hatte, war er davon ausgegangen, dass es Probleme geben könnte.

»Das ist sehr freundlich von Ihnen, Herr Schwär. Wir zahlen das Geld selbstverständlich zurück, sobald wir die ersten Uhren verkaufen.«

Schwär schaute zuerst verwundert, dann lachte er laut auf. »Das meinst du ernst? Nein, mein Freund. So lange werde ich nicht warten. Ihr bezahlt eure Schulden natürlich mit Uhren.«

Johannes nickte vorsichtig. »Also bekommen Sie sieben Uhren.«

»Wenn du hausieren gehst, musst du aber besser rechnen lernen«, sagte Schwär. »Mit Transport und Zusammenbau vor Ort kostet mich eine Schwarzwalduhr sechs Gulden, also ein halbes Pfund. Ihr müsst mir also siebzehn Uhren geben.«

»Wenn ich das recht überschlage, wären das vierzehn Uhren, nicht siebzehn.«

»Ein bisschen Gewinn will ich auch haben. Aber ihr könnt das Geld auch gern anderswo aufzutreiben versuchen.«

Johannes schüttelte den Kopf. »Dann soll es so sein.«

»Dazu kommen noch mal zehn Uhren für den Hausierschein,

den ich für dich besorgt habe. Vier Pfund verlangen die mittlerweile, achtundvierzig Gulden.«

»Dann müssen wir ja schon mehr als die Hälfte der Uhren an Sie abgeben«, protestierte Johannes.

»Ja, genau das müsst ihr. Dafür behalte ich aber von eurem Lohn nichts ein, weil die Schulden ja schon getilgt sind. Wie gesagt, ihr könnt morgen hier anfangen oder auch wieder gehen. Das ist und bleibt ganz allein eure Entscheidung.«

»Wir fangen morgen an«, sagte Johannes kleinlaut. Es blieb ihnen letztlich auch gar nichts anderes übrig.

# KAPITEL 20

London, Oktober 1841

Sie bekamen eine Kammer unter dem Dach zugewiesen, die eher nach einem Abstellraum aussah. Die beiden Betten waren mit Kisten und Gerümpel vollgestellt, und sie mussten erst einmal aufräumen, bevor sie überhaupt sehen konnten, dass die Strohmatratzen Löcher hatten. Es roch nach Mäusen, und sie fanden an mehreren Stellen die typischen Kotspuren.

Johannes besorgte einen Besen und ein Kehrblech, ebenso einen Eimer Wasser, Kernseife und einen Lappen. Bis zum Abendessen war die Kammer so weit auf Vordermann gebracht, dass er und Ernst die erste Nacht hier einigermaßen gut hinter sich bringen konnten.

Das Vesper gab es in dem Raum hinter dem Geschäft. Dort befanden sich eine weitere Werkstatt und ein Esszimmer. Eine Tür führte in die Wohnung des Geschäftsinhabers.

Schwär stellte ihnen die anderen Angestellten vor. Erich Wagner und seine Frau hatten sie schon kennengelernt. Sie wohnten in der Nähe und würden dort essen. Ebenfalls unter dem Dach lebte Philipp Schmid, den alle Flip riefen. Er stammte aus Sankt Blasien und war zweiundzwanzig Jahre alt. Ein feingliedrig gebauter Junge mit wachen Augen, einer spitzen Nase und abstehenden Ohren.

Der zweite am Tisch war Oliver Strittmatter. »Aus Eisenbach und hoffentlich bald wieder daheim«, sagte er. Während Flip vornehmlich Reparaturarbeiten in der Werkstatt ausführte, war Oliver ein Hausierer. Er hatte breite Schultern und ein noch breiteres Lächeln, das er ganz genau einzusetzen wusste.

»Wenn du nur halb so viel verkaufst wie Oliver, will ich für den Anfang zufrieden sein«, sagte Schwär. »Leider geht er in drei Wochen zurück in den Schwarzwald.«

»Mein Liebchen wartet auf mich«, erklärte Oliver. »Und ich habe einiges gespart. Ich will einen Hof ersteigern und nur noch als Packer arbeiten.«

»Und das ist Bobby.« Schwär zeigte auf den dritten Mann, der den salzigen Gemüsebrei mit Wurststückchen ungerührt weiter in den lukenartig geöffneten Mund schaufelte.

»Bobby ist der Mann fürs Grobe«, sagte Schwär. Er war nicht groß, aber sehr muskulös. Den kurzen Fingern des sicher um die fünfzig Jahre alten Mannes sah man an, dass sie mit der Kraft eines Schraubstocks zupacken konnten. Er zwinkerte Johannes mit einem Auge zu und ließ sich nicht beim Essen stören.

»Esst! Und dann gute Nacht«, verabschiedete sich Schwär und ging hinaus.

»Willkommen«, sagte Flip. »Nehmt Platz und bedient euch!«

Das Essen schmeckte fade, füllte aber den Magen. Es befand sich genug in dem mittig auf dem Tisch stehenden Topf. Dazu gab es Wasser und weiches Brot.

»Ihr seid die Faller-Brüder aus Märgen«, bemerkte Oliver Strittmatter.

»Mein Bruder heißt Ernst, und ich bin Johannes.«

»Kennt ihr den Andreas Löffler? Der ist auch aus Märgen.«

»Ja, sicher. Wir sind ganz nah beisammen aufgewachsen. Ist er auch hier?«

»Cambridge«, antwortete Oliver.

»Das ist ein gutes Stück nördlich. Aber er war schon hier zu Besuch«, erklärte Flip. »Du bist also der Ernst, von dem man dem Schwär so vorgeschwärmt hat?«

»Baut ihr auch Sackuhren?«, fragte Ernst zurück.

»Wir reparieren und warten sie. Schwär hat auch ein paar eigene Entwicklungen gestartet. Vor allem hat er an der Hemmung gearbeitet. Aber er hat die Hebung einfach nicht richtig auf den Paletten zu liegen bekommen.«

Johannes kannte sich mit den Sackuhren aus Metall nicht aus, aber Ernst nickte wissend.

»Und du wirst Hausierer?«, fragte Flip Johannes.

»Das wird nicht leicht mit dem Bein«, warf Oliver ein, noch bevor Johannes antworten konnte. »Du sollst morgen mit mir auf eine Tour. Du musst dann schon mithalten.«

»Morgen schon?« Johannes hatte gehofft, einen Tag zu haben, an dem er sich etwas in der Stadt umsehen konnte.

»Was dagegen?«, herrschte ihn Oliver an.

Johannes atmete durch und sagte: »Nicht im Geringsten.«

Am nächsten Morgen wurden sie von einem Schlag gegen die Tür geweckt und schlüpften rasch in Kleider und Schuhe. Ernst sollte in der Gesellschaft von Flip zurückbleiben und sich beim Reparieren von Uhren beweisen. Das würde ihm nicht schwerfallen, davon war Johannes überzeugt. Er ging davon aus, dass Flip und Ernst sich gut verstehen würden. Flip war nicht so besessen von Uhren wie Ernst, aber ging trotzdem genug in seiner Arbeit auf, um sich nicht ständig unterhalten zu wollen. Und Ernst war einfach glücklich, sich nach der langen Reise wieder mit Uhrwerken befassen zu können.

Johannes hingegen bekam von Bobby eine mit zwölf Uhren behangene Vorrichtung auf den Rücken gewuchtet, ein Gestell aus Holz, das man sich mit breiten Lederriemen über die Schultern hängen konnte wie einen Rucksack. Im Inneren befanden sich Werkzeuge und Ersatzteile, darunter auch schwere Eisengewichte in Zapfenform. An der Außenseite wurden die Uhren und Schilde aufgehängt. Die Leute sollten schon von Weitem sehen, dass hier ein Uhrenhändler unterwegs war.

»Du musst dich vorsichtig bewegen«, mahnte Schwär. »Wenn du Uhren kaputt machst, kommst du dafür auf.«

Oliver nahm eine kleinere Trage auf, an der gerade einmal sechs Uhren mit Tageswerken hingen. Johannes ahnte, dass Schwär prüfen wollte, ob der Neuling mit der großen Last auf dem Rücken Schritt halten konnte. Und Johannes hoffte, dass er diesen Test bestand. Leider stellte er fest, dass der eisige Morgennebel seinen Knochen nicht wohltat.

Sie marschierten in Richtung Süden. Oliver legte ein ordentliches Tempo vor, sodass Johannes sich mühen musste, um nicht zurückzufallen. Er erwischte sich dabei, wie er nach einem bekannten Gesicht Ausschau hielt. Er hatte es versäumt, Sophia Carpenter zu fragen, wo in London sie lebte. Das mochte damit zu tun haben, dass er die Ausdehnung der Großstadt vollkommen unterschätzt hatte.

Nach anderthalb Stunden gelangten sie zu einer ungepflasterten Straße, die von Häuserreihen gesäumt wurde. Ein paar Hunde streunten umher, Kinder spielten Fangen. Es war recht wenig los, aber eben auch bald Mittagszeit. Jedes Haus hatte neben der Eingangstür ein Fenster, zwei weitere im Obergeschoss. Aus dem Dach ragte für je zwei Bauten einer der typischen Schornsteine in die Luft. Aus mehreren davon quoll beißender Rauch und vereinigte sich mit dem Bodennebel. Johannes hatte schon ein paar Mal husten müssen.

»Wir fangen hier an«, sagte Oliver und ging zur ersten Tür. Er klopfte.

Es dauerte einen Moment, bis eine Frau öffnete. Sie hielt einen kleinen rotznäsigen Jungen auf dem Arm. Durch den Türspalt sah Johannes in einen schmucklosen Flur. Eine Tür stand offen, und so konnte er in einen der hinteren Räume spähen, von wo aus ein Fenster zum Garten ging.

»*You want to buy a clock?*«, fragte Oliver und präsentierte eine seiner Uhren. Sie zeigte die falsche Zeit an, das erkannte Johannes gleich. Und er verstand auch schnell, warum Oliver sie so präsentierte. Denn jetzt schob er den Minutenzeiger nur ein Stückchen weiter und der Schlag zur halben Stunde ertönte. Der Junge auf dem Arm der Frau wies brabbelnd mit dem Zeigefinger auf die Uhr.

Oliver redete derweil auf die Frau ein, der Johannes die Ablehnung aber schon im Gesicht ablesen konnte.

Schließlich verneinte sie und schloss die Tür. Das verstand man auch, ohne Englisch sprechen zu können.

Oliver drehte sich um und ging zum nächsten Haus.

»*You want to buy a clock?*«, fragte er und brachte die Uhr erneut zum Schlagen.

Wieder wurden sie weggeschickt.

»Vielleicht ist die Gegend falsch?«, fragte Johannes.

»Die ist genau richtig«, widersprach Oliver. »In der Straße wohnen Familien, deren Männer an der neuen Eisenbahn arbeiten, die bald in Richtung Dover fahren soll. Die verdienen da gutes Geld und müssen pünktlich sein. Aber du verkaufst eben nicht an jedem Haus eine Uhr.«

Auch beim nächsten Versuch hatten sie kein Glück.

»Du musst nur genug Leute fragen, dann finden sich schon Käufer. Und manchmal musst du öfter durch die gleiche Straße ziehen. Wenn eine unserer Uhren in einem Haus schlägt, dann wollen die Nachbarsfrauen auch bald eine haben.«

»Warst du schon mal hier?«

»Mein vierter Durchgang in diesem Jahr.«

»*Hello, Mistress Fisher!*«, sagte Oliver am nächsten Haus. »*This is Mister Faller, my successor in business.*« Er zeigte auf Johannes.

Die Frau war um die vierzig und hatte sehr bleiche Haut. Sie lächelte Johannes an und entblößte dabei gelblich graue Zähne, die zur Farbe ihres Haars passten. Sie sagte etwas, darunter verstand Johannes »*Hello*«.

»*Hello*«, wiederholte er.

»*Is everything fine with the clock?*«, fragte Oliver.

Sie redete wieder. Johannes merkte, dass sich die Miene seines Kollegen verdüsterte.

»Ihre Uhr geht nach«, erklärte er Johannes. »Wir müssen sie reparieren.« Dann wandte er sich an die Frau: *»We will repair it. You get another clock for the time.«*

Die Frau ließ sie eintreten. Im Inneren war es recht dunkel und eng. Johannes musste aufpassen, mit seinem Tragegestell und den daran befestigten Uhren nicht irgendwo hängen zu bleiben.

Eine Katze lag auf einem Kissen und leckte sich die Pfote. Die Uhr hing in einem kleinen Raum, der ein Fenster zum Garten hatte. Darin liefen ein paar Hühner herum, und an der Seite standen Hasenställe. Der Rest war Gemüsebeeten vorbehalten, die aber zum größten Teil längst abgeerntet waren. Ein Apfelbaum trug ganz oben noch letzte Früchte, die gerade vom einsetzenden Regen nass wurden.

Zwei gepolsterte Sessel ließen als einzige Sitzgelegenheiten darauf schließen, dass die Frau und ihr Mann hier allein wohnten. Ein Buch lag aufgeschlagen auf einem Tisch. Die Uhr hing prominent an der ansonsten leeren Wand. Aus der Küche drang ein Geruch, der Johannes an das gestrige Abendessen erinnerte.

Oliver hängte die Uhr ab und warf einen kurzen Blick ins Werk.

»Nichts zu sehen«, sagte er.

Die Frau redete derweil auf ihn ein und präsentierte schließlich erneut ihr gelbliches Lächeln.

»Schwär is fair. We only sell good quality«, sagte Oliver und nahm Johannes eine der einfacheren Uhren vom Gestell ab.

»So, die kannst du wieder austauschen, wenn ihre Uhr repariert ist«, erklärte er Johannes. »Merk dir, wo wir sind!«

Als sie das Haus verließen, zog Oliver eine Wachsplane über die Trage, um die empfindlichen Holzuhren davor zu bewahren, nass zu werden. Er fluchte und zog ebenfalls einen Schutz über Johannes' Rückengestell.

»Das Schlimmste in diesem Land ist der Regen. Es regnet im Frühling, es pisst im Sommer, es schüttet im Herbst, und wenn du

Glück hast, schneit es im Winter. Wenn du Pech hast, kommt der Dreck als Regen runter.«

Sie gingen weiter. Zwischen jedem Haus versorgte Oliver Johannes mit weiteren Tipps zum erfolgreichen Hausieren.

»Wenn sie interessiert sind, aber sich nicht entscheiden können, zeig ihnen, wie die Uhr aussieht, wenn sie hängt«, sagte er. »Dafür hast du auch den Hammer und die Nägel im Gepäck.«

Auf dem Weg zur nächsten Tür meinte er dann: »Manche denken, sie können den Preis drücken, indem sie die Ware schlechtmachen. Ich erzähle ihnen dann, dass mein Bruder die Uhr im Schwarzwald selbst gebaut hat und danach gestorben ist. Darauf sagt keiner mehr was.«

Der Regen wurde bald so stark, dass sie sich unter dem Vordach eines Hauses unterstellten. Oliver zauberte zwei mit Fischstücken belegte weiche Brote hervor und reichte eines davon Johannes.

Johannes merkte beim ersten Bissen, wie hungrig er war. Zu allem Überfluss begann es in seinem Oberschenkel zu stechen. Er kannte den Ablauf genau: Zuerst spürte er das Stechen ganz leicht, als würde sich eine Horde von Schnaken an ihm gütlich tun. Mit der Zeit fühlte es sich eher an, als schlage eine Katze ihre Krallen durchs Fleisch in den Knochen. Spätestens dann musste er eine Pause einlegen, denn der nächste Schritt waren mit Widerhaken versehene Pfeile, die sich durch sein Bein bohrten und ihn oft genug hatten zu Boden gehen lassen.

So weit darf es möglichst nicht kommen, dachte er. Zu allem Überfluss hatte er auch noch ein schwer beladenes Tragegestell auf dem Rücken. Es war, als würde Ida ihm im Genick sitzen und dabei noch ihren Hund Torro halten. Johannes versuchte, das rechte Bein zu entlasten.

»Machen wir bald eine richtige Pause?«, fragte er.

Oliver lachte. »Pause? Wir haben doch noch nichts verkauft. Wenn wir die ersten drei Uhren losgeworden sind, können wir über eine Pause nachdenken.«

KAPITEL 21

London, Oktober 1841

Miss Agatha Libberfield war eine ältliche Dame, die in ihrem Haus im East End Zimmer für alleinstehende Frauen vermietete. Sophia war froh, ihre spezielle Pension am dritten Tag gefunden zu haben. Die Räumlichkeiten waren einigermaßen sauber, das Frühstück reichhaltig. Miss Libberfield war jedoch bis zu einem Grad neugierig, der eindeutig zu weit ging. Sobald ein Mädchen das Haus verlassen hatte, betrat sie mit einem Zweitschlüssel das Zimmer, um es auf Anzeichen von Unsittlichkeiten aller Arten zu überprüfen. Was sie genau darunter verstand, hatte sie Sophia noch nicht mitgeteilt.

Aber Sophia wusste, dass sie den Brief ihrer Mutter nie im Zimmer lassen durfte, wenn sie wegging. Und sie wusste auch, dass sie hier nicht längerfristig bleiben wollte. Sie konnte es auch gar nicht bei den Preisen.

Der Sovereign, den Lady Ann ihr geschenkt hatte, schmolz in London schneller dahin als Schnee in der Sonne. Sie hatte die Münze am nächsten Morgen auf der Bank in unedlere Metalle getauscht. Sophia hatte damit ihre Reise bezahlt und mit den anderen Passagieren zusammengelegt, um den deutschen Brüdern als Dank für ihre Hilfe die halbe Passage zu zahlen. Die zweite Hälfte hatte der Kutscher den beiden erlassen.

In London war Sophia zuerst in einer Pension untergekommen, die noch teurer gewesen war. Deshalb hatte sie sich sofort weiter umgeschaut und die etwas günstigere bei Miss Libberfield gefunden, aber ohne eine feste Arbeit würde sie auch hier ihr Zimmer höchstens noch zwei bis drei Wochen halten können.

An diesem Donnerstag wehte der Wind Hüte durch die Straßen, denen ihre Besitzer aufgeregt hinterherliefen. Man musste sich in Acht nehmen vor Kutschen, die durch Pfützen fuhren und schmutziges Wasser verspritzten. Sophia hatte von Miss Libberfield einen Regenschirm bekommen, ein mit Wachsleinwand bezogenes Gestell aus Holzstäben und Fischbein, den sie gegen die Böen stemmte.

In der Watling Street herrschte trotz der Nässe reger Betrieb. Hier reihte sich ein Geschäft an das nächste. Vor einem gewaltigen sechsstöckigen Bau – über der Tür stand in großen Lettern *Highman Furniture, est. 1765* – warteten zwei Pferde geduldig vor einem riesigen Fuhrwerk. Vier Männer wuchteten gerade einen mannshohen Schrank mit glänzendem Furnier auf eine bereits gut mit anderen Möbelstücken gefüllte Ladefläche. Sie schnauften unter der regendichten Schutzplane des Wagens vor Anstrengung.

Ein Mann mit einem niedrigen Zylinderhut auf dem eckigen Schädel und einem einfachen, aber sicher nicht billigen Anzug wischte mit einem weichen Tuch die Regentropfen vom Holz und sprang wieder von der Ladefläche. Sophia schloss den Schirm und schlüpfte hinter ihm durch die Tür ins Innere der Möbelhandelsgesellschaft. Sie stellte den Schirm in einen Halter, wo er abtropfen konnte. Zwei andere Männer waren gerade damit beschäftigt, einen runden Tisch im gleichfarbigen Furnier wie der eben aufgeladene Schrank hinauszutragen.

»Und wer sind Sie, Madam?«, fragte der Mann, der die Arbeiten überwachte. Er steckte gerade sein Tuch weg.

»Mein Name ist Sophia Carp…«, sie hielt einen Moment inne. War es klug, ihren Namen zu sagen?

»Carp? Wie der Fisch?«

Sophia nickte und zuckte verlegen mit den Schultern.

»Und, Miss Carp? Was wünschen Sie?«

»Ich würde gern mit Mister Highman sprechen, wenn das möglich ist.«

»Wir brauchen keine Mädchen«, sagte der Bedienstete und rief den Trägern nach: »Vorsicht, hab ich gesagt! Wenn es nur eine Macke gibt, zieht euch der Chef den Schaden vom Lohn ab.«

»Es geht nicht um eine Anstellung. Ich habe eine persönliche Frage an Mister Highman.«

Der Mann musterte sie erneut von oben nach unten und kam offenbar zu dem Schluss, dass ein einfaches Dienstmädchen keine persönlichen Fragen an den Geschäftsinhaber haben könnte.

»Vorsicht, hab ich gesagt!«, schrie der Mann noch einmal und wandte sich in unfreundlichem Ton ein letztes Mal an Sophia: »Ich denke, Sie sollten besser gehen.«

Er schob sie zur Tür hinaus.

Sie musste zur Seite springen, um den beiden Trägern Platz zu machen. Der Mann mit dem Zylinder war von dem Transport abgelenkt. Sophias Herz schlug zwar wie eine Militärtrommel, aber sie schlüpfte erneut durch die Tür nach innen.

Reihe um Reihe standen hier Möbel nebeneinander und bildeten Gänge im vollkommen unüberschaubaren Innenraum. Der Mittelgang war so breit, dass man ein Möbelstück herholen und freistehend präsentieren konnte, die davon abgehenden Reihen jedoch waren eng und vollgestopft. Sophia sah von vorn zwei Männer kommen und schlüpfte in einen dieser Seitenwege hinein. Sie fand sich zwischen hohen Bibliothekswänden wieder und hielt sich danach links, wo Buffetschränke aufgebaut waren. Dabei lief sie zwei anderen Männern direkt in die Arme. Die beiden gingen offenbar die Reihen ab. Einer, ein Fünfzigjähriger in feinem Tuch, diktierte rätselhafte Bezeichnungen und Zahlen. Der zweite, offenbar sein Sekretär, notierte alles hektisch auf einem Schreibbrett. Der Ältere hielt inne, als Sophia fast in sie hineinlief.

»Verzeihung«, sagte sie. »Sind Sie Mister Highman?«

»Ebender. Wer will das wissen?«

Highman wirkte unschlüssig, was er von Sophia halten sollte.

»Mein Name ist Sophia Carp. Ich suche einen Mann, der bei einer Soiree bei Ihnen vor drei Monaten von neuartigen Heilmethoden gesprochen hat.«

»Soll ich das Mädchen entfernen, Mister Highman?«, fragte der Sekretär.

»Einen Moment. Worum geht es denn, junge Frau?«

»Wie gesagt, ich suche nur den Mann, der mir mehr über diese neuen Heilmethoden sagen kann.«

»Wer hat Ihnen davon erzählt?«

»Ein Mann, der ebenfalls auf Ihrer Soiree war.«

»Wer soll das gewesen sein?«

Sophia fühlte sich nicht gut dabei, Mister Wellington ins Spiel zu bringen, der Lady Ann gegenüber davon erzählt hatte. »Ich weiß seinen Namen nicht«, log sie.

Während sie das sagte, nahm sie durch eine Lücke zwischen zwei Schränken hinter Mister Highman eine Bewegung wahr.

»Das kommt mir alles sehr ungewöhnlich vor«, sagte der Möbelhändler und fragte den Sekretär: »Ich denke, wir sollten die Polizei rufen. Was meinen Sie, Collins?«

»Aber ich habe doch gar nichts getan!«, rief Sophia erschrocken.

»Dann steht es Ihnen frei, das Gebäude umgehend zu verlassen«, sagte er streng. »Ansonsten lasse ich Sie entfernen.«

Sophia machte einen trotzigen Knicks, drehte sich um und versuchte, so ruhig wie möglich den gleichen Weg zurückzugehen, den sie hergekommen war. Am breiten Hauptgang stieß sie auf ein vielleicht vierzehnjähriges Mädchen in einem grünen Kleid mit weißem Kragen. Sie blickte Sophia prüfend an. Ihr Atem ging schnell, als sei sie gelaufen.

»Komm!«, flüsterte sie und schlüpfte in eine weitere Möbelschlucht.

»Miss?«, drang die Stimme des Sekretärs von hinten an Sophias

Ohr. Er befand sich noch um die Ecke und konnte sie nicht sehen. Sophia folgte einem Impuls und huschte zwischen eng stehenden Garderoben dem Mädchen nach. Die Kleine grinste verschwörerisch und hielt einen Zeigefinger auf ihre Lippen gepresst, als sie sich eng nebeneinander hinter einem mannshohen Spiegel versteckten.

»Miss? Sind sie noch da?« Die Stimme des Sekretärs war schon an ihnen vorüber.

»Was wolltest du denn von meinem Vater?«, flüsterte das Mädchen.

»Du bist die Tochter von Mister Highman?«

Sie nickte. »Ich habe euch gehört.«

»Du hast gelauscht? Dann weißt du, dass ich jemanden suche?«

Sie nickte wieder.

»Weißt du, wer das ist?«

»Und wenn ich es weiß?«

»Sag es mir!«

»Was bekomme ich dafür?«

»Glaub mir, ich habe nichts, was du haben wolltest.«

»Dein Seidentuch«, sagte die Kleine, ohne nachzudenken, und griff nach dem Kleidungsstück, das Sophias Kollegen ihr zum Abschied geschenkt hatten.

»Was? Das bekommst du nicht.«

»Doch. Gib es mir!«, wiederholte das Mädchen fordernder.

Sophia schüttelte den Kopf.

»Dann verrate ich dir nicht, was du wissen willst.«

»Bitte. Sag es mir einfach!«, flehte Sophia, aber das Mädchen setzte ein Gesicht auf, als würde es ihre Bitte nicht hören.

Sophia schluckte. Sie löste den Schal um ihren Hals. Das Mädchen griff gleich danach und roch daran.

»Was machst du da?«

Jetzt legte sie den Schal um.

»Wie sehe ich aus?«, fragte sie und drehte sich einmal kurz um die eigene Achse. Dann riss sie die Augen auf und hielt sich schnell wieder einen Finger an die Lippen.

»Abigail?«, hörten sie eine Stimme. Das war Mister Highman.

Doch das Mädchen blieb weiter ganz still, bis die Schritte seines Vaters verklungen waren.

Abigail näherte sich mit ihrem Mund Sophias Ohr und wisperte: »Komm!«

Schon schlüpfte sie aus dem Versteck und lief tiefer in den Laden hinein. Sophia blieb nichts anderes übrig, als ihr zu folgen. Bei der Tür gab es derweil einen Schlag und dann lautes Gepolter. Ein Möbelstück war heruntergefallen. Sophia hörte mehrere Männerstimmen, die laut schimpften. Der Trubel deckte ihren Lauf über den breiten Gang. Abigail bog nach rechts ab zwischen den aufwendig verzierten Garderoben hindurch. Sophias Herz schlug schnell. Sie war wütend auf das Mädchen, weil es sie, statt ihr zu helfen, immer tiefer in den Lagerbereich führte und damit in die Bredouille brachte. Wenn sie hier aufgegriffen wurde, bestand kein Zweifel, dass Mister Highman die Polizei rufen würde.

»Hier«, hauchte Abigail.

Sophia blickte in die Richtung, aus der ihre Stimme kam. Abigail stand im Inneren eines Kleiderschranks und winkte Sophia, ihr zu folgen. Aber Sophia sah nicht ein, was es ihr bringen sollte, in den Schrank zu klettern. Sie hatte das Gefühl, dass das alles für die Tochter des Möbelhändlers nichts war als ein aufregendes Spiel.

»Sag mir, was du weißt!«, forderte Sophia von ihr. »Du hast schon meinen Schal.«

Abigail trat mit einem enttäuschten Gesichtsausdruck aus dem Schrankinneren. »Also gut«, sagte sie. »Ich weiß es nicht.«

Sie grinste.

Sophia packte ihren Arm und drückte fest. »Das ist gelogen«, sagte sie bestimmt.

»Vater sieht nie, wenn ich lüge«, meinte Abigail enttäuscht.

»Jetzt sag schon: Wer hat von dem Mann gesprochen, der Ärzte für neuartige Heilmethoden vermittelt?«

»Ein ekliger Kerl«, antwortete Abigail. Sophia lockerte ihren Griff ein wenig, als das Mädchen weitersprach: »Er hat ein Musikgeschäft. Vater und er arbeiten zusammen, wenn jemand ein Klavier oder einen Flügel kaufen will.«

»Wie heißt er, und wo finde ich ihn?«

»Ich würde den nicht besuchen wollen«, sagte das Mädchen.

Sophia drückte wieder fester zu.

»Godfield. Ebenezer Godfield. Aber ich weiß nicht, wo der sein Geschäft hat.«

Sophia verstärkte den Druck auf den Arm, aber Abigail sagte nur: »Ich glaube, in London. Du bist gemein.«

Sophia hatte das Gefühl, dass Abigail die Wahrheit gesagt hatte. Sie gab ihren Arm frei. Das Mädchen schüttelte ihn aus.

»Wie komme ich jetzt hier raus?«, fragte Sophia.

»Da hinten ist eine Tür. Von da aus gibt es noch einen Ausgang. Ich muss jetzt meinem Vater sagen, dass du da warst, sonst nimmt er mir das Tuch ab. Komm mal wieder vorbei!« Abigail lief plötzlich in die Richtung des Haupteingangs davon – mit Sophias Tuch. »Vater? Hier ist eine Frau!«

Sophia war kurz wie gelähmt, dann rannte sie in die entgegengesetzte Richtung los, in die Abigail gewiesen hatte. Sie fürchtete schon, dass das Mädchen gelogen haben könnte, aber dann fand sie die Tür. Dahinter gelangte sie in einen Raum, der offenbar von den Bediensteten in ihren Pausen genutzt wurde. Eine weitere Tür führte nach draußen. Sophia zwang sich, nicht zu rennen, um keine Aufmerksamkeit zu erregen.

Mister Ebenezer Godfield. Ein Klaviergeschäft. Und wahrscheinlich in London. Mit diesen Informationen muss sich doch etwas anfangen lassen, dachte Sophia. Dann fiel ihr ein dicker Regentropfen auf die Stirn.

»Der Schirm!«, durchfuhr es sie heiß. Er stand noch im Schirmständer in dem Laden. Einen Moment überkam sie der Impuls, noch einmal umzukehren, aber dann überlegte sie es sich anders. Jetzt brauchte sie nicht nur ein neues Tuch, sondern musste Miss Libberfield auch noch Ersatz für ihren Regenschirm beschaffen.

KAPITEL 22

London, Oktober 1841

W ie war es?«, fragte Schwär Johannes.

»Insgesamt haben wir sechs Uhren verkauft.« Johannes war froh, nach drei Tagen wieder im Uhrenladen angekommen zu sein, und stolz, tatsächlich auch Verkäufe getätigt zu haben.

»Wie viele von dir, Oliver?«, fragte der Uhrmacher Strittmatter.

Der zeigte vier Finger.

»Also zwei von dir. Woran lag es?«

»Was genau?«

»Dass du so schlecht verkauft hast?«

»Sein Englisch ist *terrible*«, antwortete Oliver.

»Ich werde es schnell lernen«, beeilte sich Johannes zu sagen.

Tatsächlich hatte es ihn einige Überwindung gekostet, bei Leuten zu klingeln und sie mit nur wenigen auswendig gelernten Floskeln überzeugen zu wollen, ihm eine Uhr abzukaufen. Hundert Mal hatte man ihn abgewiesen, ihm die Tür vor der Nase zugeschlagen, mit dem Kopf geschüttelt, ihn beschimpft. Eine ältere Dame hatte schlicht Mitleid mit ihm gehabt und zum Glück genug Geld, um ihm zu helfen. Und zwei Häuser weiter lebte ein Eisenbahner, der am Tag zuvor einen gehörigen Bonus erhalten und sich seinen Wunsch nach einer schönen Uhr erfüllt hatte. Auf eines der Schilde war ein Löwe gemalt, was dem Mann gefallen hatte.

Bei zwei anderen Interessenten hatte Johannes den Verkauf wegen der fehlenden Sprachkenntnisse nicht selbst abschließen können. Oliver, der die andere Straßenseite abging, war zum Übersetzen herübergekommen und hatte die Verkäufe dann für sich beansprucht, obwohl Johannes die Vorarbeit geleistet hatte.

Dafür hatte er versprochen, Johannes' Schmerzen im Bein nicht allzu hochzuhängen, wenn Schwär danach fragen würde. Johannes hatte am ersten Nachmittag keinen Schritt mehr tun können, ohne laut aufzustöhnen.

Nach der Übernachtung in einem Sammellager über einer Wirtschaft, die hier Pub genannt wurde, war es seinem Bein am Morgen wieder besser gegangen. Die ersten vier Stunden bereitete es ihm keine Schwierigkeiten, doch als die Schmerzen einsetzten, waren sie so heftig gewesen, dass Johannes Oliver um eine verfrühte Pause anbettelte. Der war allerdings mürrisch, weil er so noch weniger verdiente. Und den Rest des Tages musste Johannes noch mehrmals für eine halbe Stunde ausruhen, um überhaupt weitergehen zu können.

Dass Johannes jetzt nach ihrer Rückkehr vor Andreas Schwär stehen konnte, verdankte er nur der Tatsache, dass sie vor der Ankunft eine Stunde am Straßenrand gesessen hatten.

»Ging alles mit dem Bein?«, fragte Schwär.

»Es ging«, erwiderte Oliver knapp.

Jetzt wandte sich Schwär an Johannes. »Du musst besser werden. Zwei Uhren solltest du mindestens pro Tag verkaufen, nicht zwei an drei Tagen. Aber«, er sah ihn wohlwollend an, »es ist noch kein Meister vom Himmel gefallen. Ruht euch aus, esst und trinkt. Morgen früh geht es in die Kirche, danach habt ihr frei.«

»Wie geht es Ernst?«, fragte Johannes.

»Dein Bruder schlägt sich gut«, entgegnete Schwär. »Der Junge hat ein Händchen für Uhren.«

Als Ernst und die anderen Arbeiter kurz später zum Abendessen dazustießen, umarmte Ernst ihn. Johannes kannte solche Zeichen der Nähe kaum von seinem Bruder.

»Geht es mit deinem Bein?«, flüsterte er ihm ins Ohr und löste sich von ihm.

Johannes verzog gequält das Gesicht.

Ernst sagte nichts weiter dazu. Dafür redete er mit Flip. Für seine Verhältnisse sprudelte es nur so aus ihm heraus. Die beiden sprachen über Radien von Zahnrädern und Möglichkeiten, sie zu feilen. Es ging um Stifte und Triebe und eine Idee für eine neuartige Hemmung, von der Ernst Johannes noch nie etwas erzählt hatte. Johannes spürte fast etwas wie Eifersucht, als sein stiller Bruder sich bestens unterhielt und er neben dem griesgrämigen Oliver zum Schweigen verdonnert war.

»Hast du eigentlich ein Mädchen?«, fragte Flip, als sie fertig waren mit Essen.

Ernst schüttelte den Kopf.

»Ein Kerl wie du hat doch bestimmt ein Mädchen daheim, für das er schwärmt, oder?« Flip zwinkerte mit einem Auge.

»Nicht daheim«, flüsterte Ernst.

»Du wirst ja rot!«, lachte Flip.

Ernst boxte seinem neuen Freund gegen den Arm und lachte ebenfalls.

Johannes fragte sich, ob sein Bruder mit dieser Andeutung wohl Sophia gemeint hatte.

***

Am Sonntag ging es am frühen Morgen in die Kirche, allerdings anders, als Johannes das erwartet hatte. Wenn man sich in London umschaute, sah man – sofern der Nebel nicht zu stark war – eine Menge Kirchtürme zwischen den Rauch ausstoßenden Fabrikschloten. Johannes hatte erwartet, dass sie um acht ein Frühstück zu sich nehmen und dann in das Kirchlein in der Nebenstraße gehen würden, aber Schwär hatte das Treffen um acht Uhr angesetzt, um loszumarschieren.

»Kein Frühstück?«, flüsterte Johannes dem alten Bobby beim Losgehen zu. Sein richtiger Name war Robert. Als »Mann fürs Grobe«, wie Schwär ihn am ersten Tag vorgestellt hatte, war er ein so ausdauernder wie fleißiger Esser.

»Kein Frühstück«, antwortete er. »Wir essen heute erst nach dem Kirchgang.«

Johannes schloss zu Ernst und Flip auf. Der Junge aus Sankt Blasien kannte sich nach zehn Monaten in Schwärs Dienst schon ganz gut aus in den Stadtteilen südlich der Themse. Zu manchem Gebäude wusste er einen Namen zu nennen oder eine Geschichte zu erzählen – ob sie immer wahr war, wagte Johannes zu bezweifeln.

»Gleich kommen wir zur London Bridge. Ihr werdet staunen«, kündigte er die nächste Sehenswürdigkeit an.

Diesmal hatte er tatsächlich nicht übertrieben: Die London Bridge spannte sich majestätisch über den mächtigen Fluss. Johannes hatte nie eine längere oder breitere Brücke gesehen. Mit ihren hohen Bögen bot sie genug Platz, dass Schiffe unter ihr hindurchgleiten konnten. Oben fuhren Kutschen in beide Richtungen.

Auf der anderen Seite der Themse trafen sie auf eine Gruppe von acht Männern, die dort auf sie warteten.

»Das sind auch alles Schwarzwälder«, erklärte Flip. »Die gehören zu Kleyser und Burger, auch *Clockmaker*, aber vor allem läuft über die der ganze Zahlungsverkehr.«

Man begrüßte sich freudig. Johannes kannte niemanden von der Gruppe, obwohl sie alle ursprünglich aus der Nähe von Märgen stammten. Zwei waren aus dem Simonswalder Tal, aber schon über dreißig, was erklärte, dass Johannes nur den Hof kannte, der von ihrem jüngsten Bruder bearbeitet wurde.

Für einen Moment schweiften seine Gedanken in die Heimat. Dort war alles kleiner und überschaubar, was seine Vorteile hatte. Johannes war von der Idee, in die Ferne zu gehen, immer fasziniert gewesen. Und jetzt? Die letzten drei Tage hatte er es schon bitter bereut, ins Uhrenland gezogen zu sein. Dabei befanden sie sich erst am Anfang einer sicher Jahre andauernden Zeitspanne.

Oliver hatte es gut. Er hatte seine Erfahrungen in der Fremde gemacht. Wenn er sich jetzt in ein paar Tagen auf den Heimweg begeben würde, wartete bei seiner Rückkehr eine Frau auf ihn, die ihn liebte. Sie würden heiraten, Kinder zeugen, und er konnte in der Heimat glücklich und wohlhabend alt werden. Ein typischer Schwarzwald-Engländer würde er sein, wie die, die Johannes schon kannte: stets gut gekleidet, vornehmer als ihre daheimgebliebenen Nachbarn und immer davon erzählend, wie aufregend und schön es in der Fremde war. Dabei ist eben doch nicht alles Gold, was glänzt, dachte Johannes. Das konnte er schon nach dieser kurzen Zeit mit Gewissheit sagen.

Nördlich der Themse wuchsen die Gebäude gleich um mehrere Stockwerke in die Höhe. Am beeindruckendsten fand Johannes eine Säule, die selbst die herrschaftlichste Tanne des Schwarzwaldes an Höhe bei Weitem übertraf.

»*The Monument*«, sagte Flip. »Vor fast zweihundert Jahren ist ein Großteil der Stadt ein Raub des größten Feuers seit Menschengedenken geworden. Man soll die Rauchsäule noch in Frankreich gesehen haben. Das Denkmal soll daran erinnern.«

Nach insgesamt einer knappen Stunde Marsch erreichten sie ein Viertel, das deutlich ärmlicher aussah als das Gebiet um die London Bridge. Johannes entdeckte mehrere kleine Uhrmacherläden, über denen deutsche Namen standen. Und die dazugehörigen Schwarzwälder, meist alleinstehende Männer, manche jedoch auch mit Frau und Kind, strömten mit ihnen in eine kleine Halle, in der der Gottesdienst stattfand. »Katholiken sind hier in England sonst nicht gern gesehen«, flüsterte Flip, als der Pfarrer zum Gebet rief.

Nach dem Gottesdienst wurde frisches Bauernbrot aufgetragen, Schwarzwälder Schinken, Käse und Wurst. Es gab mit Wasser gestreckten badischen Wein und englisches Bier. Mit all den alemannischen Gesprächen und dem herzlichen Lachen hätte man meinen können, in der Heimat zu sein. Johannes und Ernst mussten Neuigkeiten aus dem Schwarzwald und von ihrer Reise erzählen. Ernst zog sich alsbald in sich zurück. Johannes wusste nicht allzu viel Neues zu berichten, sodass sich das Interesse an ihnen bald legte.

Der Sonntag war im Uhrenland der einzige freie Tag. Nach dem Essen verlief sich die Gesellschaft, weil sich jeder etwas vorgenommen hatte. Auch die Faller-Brüder machten sich auf den Rückweg. Johannes war froh, dass sein Bein gut mitspielte. Den Rest des Tages verbrachten sie in Schwärs Haus. Ernst feilte in der Werkstatt an winzigen Zahnrädern herum, und Johannes schrieb einen Brief an die Mutter, dass sie gesund angekommen und guten Mutes seien.

***

Da Johannes am kommenden Mittwoch die Uhrenkiste erwartete, schickte Meister Schwär ihn am Montag und Dienstag nicht mit Oliver, sondern gab ihm Aufgaben im Uhrenladen. Johannes war froh darüber, da er so sein Bein schonen konnte.

Zuerst sollte er in der Werkstatt helfen, aber rasch stellte sich heraus, dass die Feinarbeiten bei Ernst und Flip in den besseren Händen waren. Schließlich schickte Schwär ihn ärgerlich in den Verkaufsraum, um sich von Erich Wagners Frau etwas Englisch beibringen zu lassen, während er ihr beim Putzen half.

Johannes achtete besonders auf die Verkaufsgespräche, die Erich führte. Die Kunden aus der City of London kamen mit Mietkutschen, die während der Beratung draußen warteten. Es gab auch Leute aus der näheren Umgebung, etwa zwei Pfarrer, die sich eine nahe Gemeinde teilten und für das Pfarrhaus eine klassische Schilduhr ohne Blumen wünschten. Erich Wagner beherrschte die Landessprache recht gut. Johannes versuchte, sich wiederholende Ausdrücke zu merken.

»Was heißt Oneras suhnegenn?«, fragte er Emily, als die Geistlichen den Laden verlassen hatten.

»*Honor us soon again*«, korrigierte Mistress Wagner ihn. »Es heißt: Beehren Sie uns bald wieder!«

Johannes übte den Satz so lange, bis sie mit seiner Aussprache zufrieden war.

***

Am Mittwoch war es endlich so weit, dass sie ihre Uhrenlieferung abholen konnten. Schwär gab Johannes nach Unterzeichnung eines Schuldscheins das Geld für die Einfuhrzölle und lieh ihm einen Wagen, mit dem er zu den Docks fahren konnte. Ernst blieb in der Walworth Road, was keinen so großen Unterschied machte, denn auch er kannte sich nicht aus. Vor dem Wagen war Gracy angespannt, eine kleine, etwas missproportionierte Apfelschimmelstute. Johannes war froh, es mit einem routinierten, alten Tier zu tun zu haben. Er selbst verspürte einige Aufregung, auf eigene Faust in der größten Stadt der Welt von Southwark über die City of London bis zu den Docks unterwegs zu sein. Zumal, da es hier die verrückte Regel gab, dass man auf der linken Straßenseite fuhr. In Märgen war er öfter in den Wald gefahren, aber da gab es kaum Verkehr. Und meist war ohnehin August an den Zügeln gewesen.

Den ersten Teil der Strecke kannte er noch vom Kirchgang am Sonntag. Johannes steuerte Gracy die Walworth Road in Richtung Norden und hielt auf die London Bridge zu. Die langsameren Gefährte fuhren auf den äußeren Spuren, in der Mitte waren zwei Fahrbahnen schnelleren Kutschen und Reitern vorbehalten. Zumindest war das so vorgesehen. Aber nicht alle hielten sich daran. Immer wieder standen Wagen am Straßenrand, weil ihre Fahrer Passagiere oder Waren auf- oder abluden. Johannes musste dann mehrfach in die Mitte ausweichen, wobei er einmal von einem Kutscher einer sehr edel aussehenden Landauerkutsche mit zwei vorgespannten Rappen beschimpft wurde. Doch er konnte die Peitsche noch so knallen lassen, Gracy ging einfach nicht schneller. Dann sollte der andere sich halt einen Moment gedulden.

In der Stadt musste er mehrmals anhalten, um nach dem Weg zu fragen. Er hatte sich dafür die Adresse aufgeschrieben, fragte jetzt aber erst einmal nach der groben Richtung: »*Docks?*«

Johannes genoss die Fahrt bald, vor allem, weil die dichte Wolkendecke ab und zu aufriss und ihm manchmal ein paar Sonnenstrahlen ins Gesicht scheinen ließ.

Schnell veränderte sich das Bild. Die Häuserreihen wurden niedriger und weniger herrschaftlich, es gab mehr Fabrikgebäude, und selbst wenn die Wolken ein Loch freiließen, musste die Sonne es noch durch den Rauch schaffen, der aus den zahlreichen Schornsteinen quoll.

Johannes fand sich bald am Hafen wieder, wo ihm ein Arbeiter gleich die richtige Richtung wies. Da vorn war das Zollgebäude, daneben wurden die ausländischen Waren gelöscht. Und er war genau pünktlich gekommen. Die Untersuchung seiner Kiste war gerade abgeschlossen. Ein Arbeiter schlug in diesem Moment die letzten Nägel ein.

Johannes musste sieben Pfund und zwei Shilling bezahlen. Das war etwas mehr als das, was Schwär überschlagen hatte, aber zur Sicherheit hatte der erfahrene Uhrenhändler ihm mehr Geld mitgegeben. Johannes zahlte je einen Penny an vier der Mitarbeiter der Spedition Wildt, die ihm die schwere Kiste auf den Wagen hievten. Die Kiste war etwas zu breit, um sie hineinzulegen. Darum lag sie auf der einen Seite drinnen, auf der anderen Seite stand die Unterseite auf der Seitenwand des Wagens.

»Sollen wir die Kiste noch verschnallen?«, fragte einer der Helfer. Das sollte noch einen Penny kosten, sodass Johannes verneinte. Es war alles ohnehin teuer genug, vor allem, weil Schwär sich seine kurzfristige finanzielle Hilfe wahrlich mit Gold aufwiegen ließ. Den Penny wurde Johannes schließlich doch noch los. Ein

Pier weiter kochte jemand auf einem fahrbaren Ofen eine sämige Suppe, in der neben dem verkochten Gemüse Fleisch- und Fischbrocken schwammen. Johannes ließ sich eine Schale geben und leerte sie hungrig. Dabei überlegte er, ob er Schwär vielleicht überreden könnte, ihnen Gracy und den Wagen für die nächste Verkaufsreise mitzugeben. Sie würden so größere Wege schaffen, nicht so schwer zu tragen haben, und Johannes würde sein Bein schonen können. Auf der Rückfahrt stellte er fest, dass er von der Idee immer überzeugter war, je länger er darüber nachdachte. Er legte sich Argumente zurecht, gegen die Schwär nicht so leicht ankommen würde. Natürlich, jetzt im Winter ging es nicht, aber im Sommer könnte man auch im Wagen schlafen und somit noch Geld für die Übernachtung sparen.

»Hey!«, brüllte jemand.

Johannes blickte in Richtung des Rufs. Er war auf einer Kreuzung, von links raste eine Kutsche heran, der Kutscher fuchtelte wild mit den Armen. Johannes erschrak und ließ die Peitsche über Gracy knallen, und die Spitze traf die Stute auf dem dicken Hintern. Das Pferd erschrak und sprang zur Seite.

Auf einmal schien sich die Welt um Johannes langsamer zu drehen. Er nahm so viele Einzelheiten wahr. Eine Frau, die mit zwei Kindern die Straße überquerte, eine Möwe, die auf einer Gaslaterne saß und sich mit weiten Flügelschlägen in den Himmel erhob, die rollenden Augen des riesigen Leitpferdes vor der großen Kutsche. Sein Maul war schmerzhaft aufgerissen, weil sein Führer ihm die Zügel fest nach hinten zerrte. Aber es war klar, dass die Tiere nicht mehr schnell genug anhalten konnten. Sie bogen in die gleiche Richtung ab, in die Gracy sprang, und die Räder der Kutsche schrien und knurrten bei der Belastung. Johannes zog Gracy noch zur Seite, um die Frau mit den Kindern nicht zu überrennen. Sie bemerkte die Gefahr nun auch und riss die Kleinen so heftig zurück, dass sie in die Luft flogen. Gerade noch rechtzeitig, denn einen Moment später touchierte die Kutsche den Wagen. Durch den Aufprall wurde Johannes von seinem Sitz hochgeschleudert. Gleichzeitig brach die Seitenwand, auf der die Kiste stand. Wo vor einem Augenblick noch die Kinder gingen, stürzte die Uhrenkiste ab. Holz splitterte, Schlagwerke gongten scheppernd, es war ein Geräusch, mit dem die Teufel in der Hölle Uhrmacher quälten.

Das Scheppern verklang schon in dem Moment, als Johannes wieder sicher auf dem Bock landete und Gracy stehen blieb. Die Kutsche brauchte noch ein Stück, bis sie zum Stillstand kam.

Johannes wandte sich schockiert um: Da auf der Straße lag seine Zukunft. Dem Anblick und Geräusch nach war sie buchstäblich zerschmettert.

 KAPITEL 23

London, November 1841

Als sie den Uhrenladen von John Edward Dent in der Straße Strand 82 vor sich sah, war Sophia derart eingeschüchtert, dass sie beinahe wieder umgekehrt wäre. Das sechsstöckige Gebäude war Bestandteil einer der wichtigsten Einkaufsstraßen Londons, wo die Reichen ihr Geld unter die Kaufleute brachten. Das Haus, in dem Dents Laden sich befand, bot mehreren Geschäften Platz und hatte in der Mitte eine prächtige Durchfahrt in einen Hinterhof. Rote Steine und weißer Putz verstärkten den Eindruck, dass antike Säulen die einzelnen Stockwerke des riesenhaften Baus tragen würden. Ein Zeitungsjunge stand an der Ecke und posaunte die neusten Nachrichten über das Königshaus heraus: »Ihre Majestät bringt gesunden Jungen zur Welt! Der Thronfolger heißt Albert Edward!«

Die Auslagen im riesigen Schaufenster zeigten eine verschwenderische Auswahl von Uhren und reichten von schrankgroßen Stand- bis zu winzigsten Taschenuhren aus edlen Materialien. Zwei Ladys kamen gerade zur Tür heraus, die ihnen von einem hageren alten Diener in Livree aufgehalten wurde. Sie nahmen ihn nicht einmal zur Kenntnis.

»Entschuldigen Sie, Sir«, sprach Sophia ihn an.

Er betrachtete ihre schlichte Kleidung, sagte nichts, aber ließ die Tür weiter offen, was Sophia als Erlaubnis ansah, weitersprechen zu dürfen.

»Ich …« Auf einmal schien ihr Herz ihre Brust sprengen zu wollen. »Ich möchte gern …« Sie schluckte trocken.

»Sie wünschen?«

»Ich möchte bitte Mister Dent sprechen.«

Jetzt musterte der Diener sie etwas genauer.

»Darf ich fragen, in welcher Angelegenheit?«

Sophia zog den Ring ihrer Mutter vom Finger und hielt ihn dem Mann hin. »Zeigen Sie ihm dies. Ich denke, er wird mich dann vorlassen.«

»Wenn Sie mir folgen wollen.«

Der Diener nahm den Ring, trat zur Seite und ließ Sophia vorbei. Auf einen Wink übernahm ein anderer Diener in Livree seine Position an der Tür.

Der ältere Diener führte Sophia zu einer Gruppe von vier mit dunkelgrünem Leder bezogenen Lehnensesseln mit Knopflehne und einem Tischchen, auf dem in einer Schale kleine Pralinen lagen.

»Probieren Sie eine mit Mandel«, flüsterte der Diener und lächelte verschwörerisch, bevor er verschwand.

Sophia schaute sich um. Zwei Gentlemen wurden auf der anderen Seite des Ladens von einem Verkäufer bedient, der ihnen Taschenuhren und Ketten zur Befestigung in der Weste präsentierte. Ein weiterer Verkäufer war hinter einem Tresen mit einer Feinarbeit beschäftigt, denn er blickte durch ein großes Lupenglas, das an einem Metallständer befestigt war und ihm so beide Hände für die Arbeit frei ließ. Der Laden selbst wirkte sehr britisch. Dunkle Edelholzvertäfelungen, die bis zur Hüfte reichten und darüber in dunkelgrüne Seidentapeten übergingen. Rote Samtauslagen und eine weiß gestrichene Säule, an der edle Wanduhren tickten. Auch an den Wänden hingen nach ihrer Bauart sortierte Uhren. An einer Seite des Raums war ein Segeltuch zur Dekoration aufgespannt, dahinter wehte ein Union Jack. Auf dem Tisch davor befanden sich Marinechronometer in edlen Holzschatullen.

Sophia nahm sich eine der Pralinen. Die geröstete Mandel darauf war größer als die Schokoladenkugel. Sophia steckte sie in den

Mund und fühlte, wie die Schokolade schmolz, eine süße Marzipanmasse freigab und sich mit der knackigen Mandel zu einem wundervollen Ganzen verband.

»Junge Dame«, weckte sie die Stimme des Dieners aus dem Genuss.

Sophia stand auf.

»Folgen Sie mir!«

Sie ging ihm nach in ein Treppenhaus.

»Ich hoffe, die Praline hat Ihnen geschmeckt«, sagte der Diener, als er voranstieg.

»Ja, vielen Dank«, antwortete sie. Nach einem Moment fügte sie flüsternd hinzu: »Wie ist Mister Dent?«

»Wechselhaft wie das Wetter«, flüsterte der Diener zurück.

Sophias Herz schlug mit jeder Stufe heftiger.

»Wir sind da«, sagte er schließlich wieder laut und klopfte an einer Tür.

»Herein.«

Der Diener hielt Sophia die Tür auf.

»Danke, Everett«, kam eine tiefe Stimme aus dem Raum.

»Sir.« Der Diener verbeugte sich und schloss die Tür.

Würziger Zigarrenrauch hing in der Luft. Die zur Straße führenden Fenster waren geschlossen. Zentral stand ein massiver Schreibtisch mit Löwenfüßen auf einem Seidenteppich. Mehrere Uhren hingen an den Wänden.

Es gab eine kolonial wirkende Ledercouch mit Knöpfen und zwei gleiche Sessel. Ein Mann stand am Fenster und schaute hinaus.

Er drehte sich um und ging auf den Schreibtisch zu. Sophia war erstaunt über sein Alter. Er war sicher schon weit über fünfzig. Dents stattliche Gestalt wirkte gut genährt, ohne dick zu sein. Er trug ein weißes Hemd mit hohem Kragen, eine schwarze Seidenweste und darüber einen sicher sehr teuren nachtblauen Rock. Das kurze Haar warf Wellen und setzte sich an den Schläfen und bis zum Kinn als Koteletten fort. Sophia suchte sich selbst in seinen Gesichtszügen wiederzufinden, aber das wollte ihr nicht gelingen.

»Was soll das?«, sagte er kalt und reckte den Ring in die Höhe.

Sophia war schlagartig überzeugt, einen Fehler gemacht zu haben.

»Wie heißen Sie?«

»Sophia Carpenter, Sir.«

»Und was wollen Sie hier?« Seine Stimme überschlug beim letzten Wort.

»Ich … Ich wollte meinen … meinen Vater kennenlernen«, brachte sie hervor. Sie spürte, wie sich eine Gänsehaut über ihren Rücken und ihre Arme zog. »Sie«, fügte sie leise hinzu.

Kaum hatte sie das gesagt, schlug Dent mit der Faust so fest auf den Schreibtisch, dass Tinte aus dem Fässchen spritzte. Er atmete schwer.

»Das ist eine infame Lüge!«

»Aber Sie erkennen den Ring?«

Er warf ihn wie eine heiße Kartoffel Sophia zu. Der Ring fiel zu Boden, prallte immer noch mit Wucht an der Wand hinter ihr ab und blieb schließlich neben ihr liegen. Sophia bückte sich und hob ihn auf. Sie zog ihn nicht an, sondern behielt ihn in der Hand.

»Wer ist Ihre Mutter?«

»Emma Carpenter, Sir.«

»Ich kenne niemanden dieses Namens.«

»Sie war Dienstmädchen bei einer Familie Finch in Crowborough. Sie waren dort vor einundzwanzig Jahren zu Besuch und mit dem Sohn des Hauses befreundet.«

»George Emerald Finch! Ich habe ihn seit fünfzehn Jahren nicht mehr gesehen«, sagte der Mann und setzte sich auf seinen Schreibtischsessel. Er sah Sophia an und doch durch sie hindurch.

Sophia hatte sich diesen Moment sehr oft vorgestellt. Sie hatte nicht gedacht, dass sich die Wirklichkeit so falsch anfühlen könnte. Sie stand hier vor einem Fremden, für den sie eine Fremde war, und hoffte, dass das gemeinsame Blut eine Verbindung zwischen ihnen schuf. Aber in Edward John Dents Miene lagen kein Erkennen, keine Zuneigung, nicht einmal Neugier. Mit zusammengepressten Lippen schüttelte er nur langsam den Kopf.

»Woher wissen Sie das alles?«, fragte er.

»Von meiner Mutter.«

»Wo ist sie?«

»Sie ist seit gut drei Jahren tot.«

»Oh«, machte er.

»Sie hat mir zeitlebens erzählt, dass mein Vater früh verstorben sei. Der Ring sollte der Verlobungsring gewesen sein.« Sie hob ihn noch einmal an.

»Nach ihrem Tod erfuhr ich aus einem Brief, dass sie mich angelogen hatte. Mit Verlaub, Sir, Sie sind … mein Vater.«

Offensichtlich kämpfte etwas in Dents Innerem. Ein Muskel unter seinem linken Auge zitterte.

»Das glaube ich nicht«, sagte er schließlich kühl.

»Ich habe hier den Brief«, wisperte Sophia, aber er sprang schon auf und schlug wieder mit der Faust auf den Tisch.

»Ich kenne keine Emma und sehe auch diesen Ring zum ersten Mal. Ich weiß nicht, wer Sie angestiftet hat, aber ihr bekommt von mir kein Geld!« Er brüllte fast schon.

Sophia zuckte zurück. Damit hatte sie nicht gerechnet. Sie hatte doch die Beweise. Sie holte den Brief hervor, aber Edward John Dent winkte hektisch und entschieden mit beiden Händen ab.

»Raus«, sagte er plötzlich leise mit versteinerter Miene. »Raus, oder ich sorge dafür, dass Sie ins Zuchthaus geworfen werden.«

»Aber …«

»Hier«, sagte er und schob ihr eine Münze hin. Es war eine Crown. »Mehr gibt es für Sie nicht zu holen. Und jetzt gehen Sie mir aus den Augen.«

Sophia spürte, wie Tränen der Ohnmacht in ihr aufstiegen.

Sollte er wirklich ihr Vater sein, war sie froh, ihn nicht früher kennengelernt zu haben.

Ohne die Münze eines weiteren Blickes zu würdigen, drehte sie sich um und lief aus dem Raum. Sie wollte nicht vor diesem Mann weinen.

Sophia stürzte hinaus auf die Straße und wandte sich nach rechts. Tausend Gedanken schossen ihr durch den Kopf. Jetzt fielen ihr kluge Sätze ein, die sie hätte sagen sollen. Jetzt erkannte sie, dass ein anderes Vorgehen wohl besser gewesen wäre. Und gleichzeitig fühlte sie sich einsamer als je zuvor. Die vergangenen drei Jahre hatte sie nach dem Tod ihrer Mutter Lady Ann und William gehabt. Und Mister Wilson, Colin und Miss Webster und die anderen aus der Dienerschaft. Und sie hatte gewusst, dass in London ihr leiblicher Vater lebte. Dass es ihn gab, hatte ihr stets etwas Hoffnung geschenkt. Jetzt war es, als hätte er nie existiert. Schlimmer konnte es nicht kommen. Die Welt um sie verschwamm durch die Tränen in ihren Augen. Sie lief, so schnell sie konnte, von dem Geschäft weg, achtete nicht darauf, wo sie war, wem sie begegnete.

»Brauchen Sie Hilfe?«, fragte ein älterer Herr, mit dem sie beinahe zusammenstieß.

Sie schüttelte den Kopf und ging langsamer und völlig außer Atem weiter. Sie wusste nicht, wo sie sich befand. Auf der Straße fluchten die Kutscher. Die Leute reckten die Hälse, um zu sehen, wieso es nur Schritt für Schritt weiterging. Sophia hörte im Vorbeigehen, es habe einen Unfall gegeben. Offenbar war ein Teil der Straße dadurch versperrt.

Als sie den Grund des Tumults ausmachte, blieb ihr Herz für einen Moment stehen. Konnte das sein? Ja. Sie kannte den Mann, der gerade mithilfe von ein paar Passanten lautstark eine riesige Kiste auf einen Karren wuchtete. Daneben wurde eine Kutsche mit vier Pferden zur Seite gestellt, um die Kreuzung wieder ein Stück weit freizugeben. Sofort zwängten sich die ersten Gespanne hindurch.

Sophia blieb am Rand stehen und betrachtete sich die Szenerie. Als Fremde in einer Stadt wie London ein bekanntes Gesicht auszumachen war wie ein Wunder. Und doch: Der Deutsche, der wieder einmal kein Wort von dem verstand, was ein Polizist in schwarzer Uniform ihm sagte, war wirklich der Johannes, den sie auf der Reise kennengelernt hatte.

»Kann ich behilflich sein?«, fragte sie den Constable.

»Sprechen Sie Deutsch?«, fragte der zurück.

»Sophia!«, rief Johannes.

»Sie kennen sich?« Der Polizist schaute unter dem schwarzen Helm mit den silbernen Beschlägen skeptisch drein.

»Ich bin dem Gentleman schon einmal begegnet. Was ist denn passiert?«

»Er ist hier ohne Sinn und Verstand gefahren«, erklärte der Kutscher, der dazukam. »Wir können von Glück reden, dass meinen Fahrgästen nichts passiert ist.«

Sophia verschaffte sich kurz einen Überblick und sagte dann: »Ich denke eher, Sie waren zu schnell unterwegs.«

»Jetzt werd mal nicht frech, Mädchen!«, rief der Kutscher. »Es ist niemandem etwas passiert. Also sagen Sie ihm, er soll gefälligst die Kreuzung freigeben.«

»Meine Uhren. Ich glaube, alle meine Uhren sind kaputt!«, stieß Johannes hervor.

Sophia sah Spuren von Tränen in seinen Augen.

»Sie sagen, es sei nichts passiert, aber in der Kiste waren Uhren. Wer ersetzt diesem Gentleman den Schaden?«, fuhr sie den Kutscher an.

»Er soll froh sein, dass ich ihn nicht schon verprügelt habe …«

»Ruhig, Sir. Ich lasse hier keine Handgreiflichkeiten zu«, mischte sich der Constable ein.

»Ich muss weiter. Ich habe zwei Lords im Wagen, die dem Unterhaus angehören!«

»Dann fahren Sie«, sagte der Polizist.

»Aber das können Sie nicht tun!«, rief Sophia und sagte auf Deutsch: »Er lässt sie fahren!«

Alles weitere Lamentieren brachte nichts. Johannes musste die Kreuzung räumen und sollte sich am kommenden Tag in der Wache melden, um die Schadenshöhe anzugeben.

»Bekommt er den Schaden denn ersetzt?«, fragte Sophia.

Der Polizist schüttelte den Kopf. »Wer soll das tun? Außerdem hätte er seine Ladung besser sichern müssen.«

»Wieso fährst du mit einem Pferdekarren durch die City?«, fragte Sophia, als sie neben Johannes auf dem Bock saß.

Johannes wirkte vollkommen aufgelöst und fahrig. »Ich musste meine Uhren beim Zoll auslösen. Ich habe dafür Schulden aufnehmen müssen, die ich jetzt wahrscheinlich nicht mehr zurückzahlen kann«, klagte er. Das kam Sophia bekannt vor.

»Hast du schon nachgeschaut, ob die Uhren wirklich kaputt sind?«, fragte sie. »Vielleicht ist ja noch etwas zu retten?«

Sie sah Johannes an, dass sich in seinem Herzen Hoffnung und Zweifel die Waage hielten.

»Du hast mir schon wieder geholfen«, sagte er, als er sie zu Miss Libberfields Pension fuhr.

»Und du steckst ganz schön oft in der Bredouille«, erwiderte sie. »Wie kommst du eigentlich ohne Englisch zurecht?«

»Bis jetzt eher schlecht, wie du siehst.« Er sah sie so traurig an, dass sie eine Welle des Mitleids überlief.

»Du musst es unbedingt lernen!«

 KAPITEL 24

London, November 1841

Sophia Carpenter zu treffen hatte Johannes' Stimmung wieder ein klein wenig aufgehellt. Zum einen, weil sie sich tatsächlich in diesem riesigen Moloch von Stadt wiedergefunden hatten. Das war das einzig Gute an diesem Unglück. Ohne die große Aufmerksamkeit, die dem Unfallort galt, wäre sie wahrscheinlich einfach an ihm vorbeigelaufen. Zum Zweiten blieb ihm etwas Hoffnung, weil sie mit ihrer Mahnung, den tatsächlichen Schaden erst einmal zu begutachten, recht hatte.

Zuerst hatte er sich schnell von der Kreuzung entfernen müssen, dann war der Regen nochmals stärker geworden, bis es sich anfühlte, als führe man nicht über eine Straße, sondern durch einen Fluss. Er hatte eine der beiden Wachsplanen von der Ladefläche über die beschädigte Kiste gezogen und die zweite Sophia als Schutz gegeben, damit sie auf dem Bock einigermaßen trocken blieb.

Er wäre sicher schon längst zu Andreas Schwärs Laden zurückgekehrt, wenn er ihr nicht angeboten hätte, sie nach Hause zu kutschieren. Unter der Plane hatte sie schüchtern genickt. Offenbar war sie froh, nicht durch dieses Unwetter laufen zu müssen. Johannes hingegen war froh, jetzt zu wissen, wo sie lebte. Es war ein gutes Stück weit weg von der Walworth Road.

Der Regen wurde bald wieder schwächer, aber für Johannes war es längst zu spät. Er war am ganzen Leib durchnässt und begann bereits, in der kalten Luft zu schlottern vor Kälte. Sophia hatte ihn um Verständnis gebeten, dass jeglicher Herrenbesuch in ihrer

Pension verboten war und sie ihm höchstens eine Wolldecke herausbringen könne. Johannes hatte abgewunken und war gleich wieder abgefahren.

Auf der Fahrt zu Schwärs Laden hoffte er bei jedem Schritt der Stute, dass die sorgfältige Polsterung den schlimmsten Schaden von den Uhren abgehalten hatte. Immerhin hatten sie die Uhren im Schwarzwald mit viel Sorgfalt gepackt, versuchte er, sich zu beruhigen. Urban Heim hatte jedes einzelne Uhrwerk in dicke Lagen Stroh gewickelt, damit sie die weite Reise gut überstehen würden. Denn die Kiste hatte zahlreiche Schlaglöcher vor sich gehabt, unsanfte Behandlung von groben Arbeitern und vielleicht sogar einen Sturz – das alles konnte bei einem Transport durch halb Europa geschehen. Obwohl die Kiste aufgesprungen war und der Lärm beim Sturz sehr unangenehm geklungen hatte, wagte Johannes doch zu hoffen, dass nicht alle Werke einen irreparablen Schaden davongetragen hatten.

So oder so, gleich würde er es erfahren, denn er bog gerade in die Walworth Road ein. Bald steuerte er rechts in die West Street, von wo aus er hinter den Laden von Andreas Schwär gelangte. Seine Ankunft blieb nicht lange verborgen.

»Wo warst du die ganze Zeit?«, rief Schwär durch ein Fenster nach unten.

»Es gab einen Unfall«, antwortete Johannes.

»Ist etwas passiert?«

»Mir geht es gut.«

»Das sehe ich. Ich meine das Pferd und den Wagen. Und vor allem die Uhren!«

»Dem Pferd geht es auch gut. Nur die Kiste ist auf die Straße gefallen. Aber ich konnte noch nicht nachsehen, was genau los ist. Allein bekomme ich sie auch nicht ins Haus.«

Mit diesen Worten zog er die Plane zur Seite.

»Verdammt noch mal! Was hast du mit meinen Uhren gemacht? Wir kommen sofort runter.«

Das Fenster wurde zugeschlagen. Johannes sah jetzt, dass die Ladefläche sehr nass war. Die Plane hatte die Kiste von oben geschützt, aber von unten hatte sie im Wasser gestanden. Das war bedenklich.

Kurz darauf kam Schwär mit Bobby und Erich Wagner herausgeeilt. Zu viert hievten sie die schwere Kiste vom Wagen und brachten sie über die Hintertür in den Lagerraum.

»Das hört sich nicht gut an«, sprach Bobby aus, was alle über das Rasseln und Klappern im Inneren der Kiste dachten.

Ernst und Flip waren zwischenzeitlich ebenfalls ins Lager geeilt und räumten gerade den Platz neben dem großen Tisch frei, wo die Kiste abgestellt werden sollte.

Mehrere Bretter waren gesplittert, einige Nägel hatte es aus dem Holz getrieben. An einer Seite der riesigen Kiste fehlte ein ganzes Brett. Und auch der Boden hatte einiges abbekommen.

Bobby reichte Johannes ein Stemmeisen. Gemeinsam lösten sie vorsichtig den Rest des Deckels ab.

»Wie konnte das überhaupt passieren?«, wollte Schwär wissen.

»Eine andere Kutsche hat uns gerammt, und die Kiste ist von der Ladefläche gefallen.«

»Warum hast du sie denn nicht festgebunden?«, fragte Schwär vorwurfsvoll.

Johannes konnte darauf nichts erwidern.

»Oh Gott, das sieht schlecht aus«, stöhnte Erich Wagner, als der Deckel den Blick ins Innere der Kiste freigab.

Johannes sah gleich, dass das Werk der obersten Uhr zerstört war. Außerdem war das Stroh feucht.

»Wir müssen sie schnell herausnehmen und trocknen«, rief er.

»Das macht mal schön allein«, sagte Schwär. »Das ist eure Sache. Und alle anderen zurück an die Arbeit. Ich bezahle euch nicht fürs Herumstehen!«

Mit jedem Stück, das Ernst und Johannes aus der Kiste holten, wurden ihre Gesichter länger.

»Bei der sind der Hemmungsanker und mehrere Zahnräder gebrochen«, sagte Ernst nach der Inspektion des letzten Werks. »Die Platine ist nass.«

Johannes setzte den siebenundvierzigsten Strich auf die Liste. Seine Tabelle hatte vier Spalten: *unbeschädigt, leichte Schäden, noch reparabel.* Über die vierte Spalte hatte er statt eines Wortes die Zeichnung eines Friedhofskreuzes gesetzt.

Leider befanden sich in der ersten Spalte nur fünfzehn Striche. Vier Uhren wiesen leichte Schäden auf, die ein findiger Uhrmacher mit ein bisschen Mühe wieder richten konnte. Als »noch reparabel« hatten sie Uhren eingeschätzt, bei denen man Ersatzteile besorgen oder anfertigen musste, um sie mit etwas mehr Aufwand wieder ans Laufen zu bekommen. Hier gab es zwölf Striche. Der Rest – sage und schreibe sechzehn Uhren – taugte höchstens noch zum Ausschlachten.

Die bemalten Schilde waren in einer separaten Kiste im Inneren verstaut gewesen und hatten zum Glück kaum gelitten. Das war nicht einmal das einzig Gute, wie Ernst jetzt mit seinem sachlichen Tonfall verriet: »Die Schinken, Würste, Hosen und Schnüre sind noch ganz.«

Johannes wusste zwar, dass der Bruder seine Worte tröstend gemeint hatte, aber seine Anspannung und Wut über sich selbst führten dazu, dass er ihn packte, schüttelte und lauter als gewollt anfuhr: »Das hilft uns auch nicht viel weiter, verdammt!«

Ernst entwand sich ihm und machte sich ganz klein. Er zitterte.

»Es tut mir leid«, entschuldigte Johannes sich sofort. »Es tut mir leid!«

Ernst zeigte jedoch keine Reaktion. Er hatte sich wieder in seinem Inneren verschlossen. Das war für Johannes nicht neu. Im Gegenteil. Er kannte Ernsts Strategien, Konflikten aus dem Weg zu gehen. Aber genau das ließ ihn jetzt die Beherrschung verlieren. Als er mit der Faust auf den Tisch schlug, sah er vor seinem inneren Auge seinen Vater und seinen älteren Bruder August. Er hasste sich selbst dafür, ihnen so ähnlich zu sein. Aber es fühlte sich gerade an, als fehle die Hemmung im Uhrwerk. All die Mühen und all die Schmerzen waren umsonst gewesen. Sie befanden sich in einem fremden Land, das nur von quälendem Rauch und kaltem Regen bestimmt zu sein schien. Sie konnten sich den Leuten nicht verständlich machen und hatten gerade all ihr Geld verloren! Durch seine Schuld. Weil er einen Penny für das Absichern der Kiste hatte sparen wollen. Und vor allem, weil er nicht aufgepasst hatte. Wie damals bei dem Unfall im Wald. Johannes atmete stoßweise. Es sah alles so aus, als habe sich der Herrgott ihn als Opfer ausgewählt, das zu leiden hatte.

Johannes ließ seine Faust erneut auf den Tisch donnern. Das führte aber nur dazu, dass eine weitere Uhr vom Rand des Tisches herunterfiel und im Anschluss Johannes' Hand von der Wucht des Aufpralls schmerzte. Ernst zog den Kopf tief zwischen die Schultern.

Jetzt war ohnehin alles egal! Johannes hob das Uhrwerk auf und holte weit aus, um es gegen die Wand zu donnern.

»Johannes!«, brüllte Ernst.

Die Stimme seines Bruders ließ ihn innehalten.

»Du bist nicht so«, sagte Ernst leise, fast flüsternd. »Du bist besser.«

Johannes fühlte sich plötzlich wie gelähmt. Er bemerkte, dass er zu atmen vergessen hatte, und sog Luft in seine Lungen. »Ich bin besser?«, flüsterte er. Ernst nickte. Johannes ließ den Arm mit der Uhr sinken. Er legte das Werk unsanft zurück auf den Tisch.

»Was ist denn hier los?« Schwär bemühte sich, leise zu sein, aber konnte die Gereiztheit in seiner Stimme nicht verbergen. Schnell zog er die Tür zum Verkaufsraum hinter sich zu. »Hört auf, so zu schreien«, fauchte er sie an. »Ihr vertreibt mir die Kunden!«

Johannes verspürte sofort wieder den Drang loszubrüllen, aber Ernst warf ihm einen eindringlichen Blick zu. Er atmete tief durch. »Verzeihung, Herr Schwär.«

»Wir sprechen uns noch!« Der Uhrmacher rauschte wieder hinaus.

Johannes beruhigte sich nur langsam. Erich Wagner brachte ihm einen Schnaps, aber er lehnte ab.

»Was machen wir jetzt?«, fragte Ernst. Er klang eher neugierig als besorgt.

»Das wüsste ich auch gern«, antwortete Johannes und besah sich die Bescherung erneut. Es blieb ihm nichts anderes übrig – er musste Schwär bitten, ihnen einen Teil der Schulden zu erlassen. Er ahnte, dass das schwer werden würde, aber auf der anderen Seite war auch Schwär nur ein Mensch. Und als solcher ein Christ, der seinem Nächsten sicher helfen würde.

Er stieg die Treppe hinauf zu seinem *Office* und klopfte an der Tür.

»Herr Schwär?«, fragte er zum Klopfen, um zu zeigen, wer vor der Tür stand.

»Komm rein!«

Schwär saß an seinem Schreibtisch und arbeitete an seinen Büchern. Das passt ja, dachte Johannes. Er blieb vor dem Schreibtisch stehen. Schwär schrieb weiter und schaute nicht einmal auf.

»Moment.«

Es dauerte noch fast eine Minute, bis Schwär den Federhalter zur Seite legte und aufschaute.

»Das geht so nicht, Johannes!«, begann er ohne Umschweife. »Ich toleriere keine Schreierei in meinem Haus. Ich habe einen Ruf zu verlieren!«

»Es tut mir leid, Herr Schwär«, sagte Johannes kleinlaut. »Es war nur wegen der Situation …«

»Die Ursache mag in diesem Fall durchaus nachvollziehbar sein, aber ändert nichts an der Tatsache, dass ich kein Geschrei dulde. Verstehen wir uns?«

»Ja.«

»Und?«

»Es soll nicht wieder vorkommen, Herr Schwär«, sagte Johannes.

»Das will ich denken. Du wirst sicher nie wieder mit einer Kiste durch London fahren, die nicht verschnallt ist.«

Johannes lächelte gequält.

Schwär stand auf. »Es tut mir wirklich leid, dass es zu diesem Unglück gekommen ist.«

»Danke. Es ist wirklich schlimm.«

»Ist denn gar nichts heil geblieben?«

»Doch, zum Glück.« Johannes holte den Zettel vor. »Fünfzehn Uhren sind unbeschädigt, vier kann man schnell reparieren.«

Schwär blickte ihn erschüttert an. »Alle anderen sind unbrauchbar?«

»Sechzehn sind nicht zu retten, und zwölf Uhren kann man mit Mühe noch einmal richten.«

Schwär schnaubte. Er machte sich ein paar Notizen und holte dann aus einer Schublade den Schuldschein heraus, den Johannes unterschrieben hatte.

»Genau deswegen bin ich hier, Herr Schwär. Es handelte sich um ein unvermeidbares Unglück. Und darum möchte ich Sie ergebenst fragen, ob Sie meinem Bruder und mir entgegenkommen könnten.«

»Unvermeidbar? Das bezweifele ich«, erwiderte der Uhrenhändler. »Außerdem bin ich euch schon entgegengekommen, indem ich euch überhaupt mit meinem Geld ausgeholfen habe.«

»Aber ...«

»Hier steht es«, insistierte Schwär. »Siebenundzwanzig komplette Uhren samt Schilden, Pendel und Schnüren haben wir ausgemacht. Genaugenommen müsstet ihr dazu auch die Gewichte besorgen, aber ich will ja nicht so sein. Ich nehme welche, die ich ohnehin im Lager habe. Dann spart ihr euch das.« Er blickte nochmals auf das Papier und wiederholte eindringlich: »Siebenundzwanzig Uhren!«

»Aber wir haben nur noch neunzehn.«

»Plus zwölf, die repariert werden können«, stellte Schwär mit einem Blick auf seine Notizen fest. »Wenn ihr die Reparaturen an den Werken vornehmt, verbleiben nach Begleichung eurer Schuld sogar noch fünf Uhren in eurem Besitz. Das ist besser als nichts.«

»Bitte, Herr Schwär. Sie müssen doch verstehen …«

»*Du* musst verstehen!«, fiel ihm Schwär ins Wort. »Du bist noch nicht lange in meinem Haus, aber machst mir mehr Ärger als ein Haufen besoffener Iren.« Er stand auf und stützte sich mit beiden Händen auf dem Schreibtisch ab. Sein Gesicht hatte eine tiefrote Farbe angenommen. »Ich sage es dir ganz deutlich: Wenn dein Bruder nicht wäre, hätte ich dich spätestens jetzt wieder zurückgeschickt. Wir haben eine Vereinbarung, Junge.« Damit hob er den Schuldschein auf. »Hier steht es schwarz auf weiß. Ich habe deine Einfuhrsteuer bezahlt und deinen Hausierschein. Jetzt zahlst du mir das Geld wie vereinbart zurück.«

»Aber dann stehe ich ohne alles da!«, versuchte Johannes noch einmal zu argumentieren.

»Falsch«, sagte Schwär berechnend. »Du und dein Bruder, ihr habt dann keine Schulden bei mir, dafür Unterkunft und Verpflegung und die Möglichkeit, im kommenden Jahr genug zu verdienen, um euch selbstständig zu machen. Und du hast selbst in der Hand, wie viel du verdienst. Verkauf viele Uhren, und du verdienst viel Geld. So einfach ist das. Hätte ich dir das Geld nicht geliehen, hättest du deine Uhren nicht auslösen können. Dann hättest du ohne alles dagestanden. Und bevor du dich jetzt an die Arbeit machst, habe ich nur noch eines zu sagen. Und das tue ich nur ein einziges Mal, damit wir uns richtig verstehen: Wenn du mir weiterhin solch einen Ärger machst, könnt ihr das Uhrenland vergessen!«

Johannes schluckte trocken.

»Und, was hat er gesagt?«, wollte Flip wissen, als Johannes in die Werkstatt kam, um mit Ernst zu reden.

»Dass wir dankbar zu sein haben und er die heil gebliebenen Uhren plus die haben will, die wir reparieren können.«

»Oh je. Das habe ich befürchtet«, flüsterte Flip. »Er ist nicht einfach, wenn es um Geld geht.«

Johannes nickte.

»Meinst du, wir können die Uhren wieder herrichten?«, fragte er Ernst.

Sein Bruder nickte kurz angebunden.

»Ernst, bitte! Sei du bitte nicht auch noch beleidigt. Ich habe die Beherrschung verloren. Und das tut mir leid. Irgendwie will einfach gar nichts funktionieren. Ich weiß auch nicht, was ich machen soll.«

»Gut«, sagte Ernst zu Johannes' Erleichterung.

»Ich danke dir«, erwiderte er und schlug ihm brüderlich auf die Schulter. »Dass du mir verzeihst, ist immerhin eine gute Sache an diesem blöden Tag. Nein, es gab noch etwas Gutes: Stell dir vor, ich habe diese Sophia wiedergesehen.«

Ernst blickte sofort auf. »Sophia Carpenter?«

»Ja, genau die.«

»Wo?«

»Es war Zufall«, begann er. »Sie ging gerade über die Kreuzung, wo der Unfall passiert ist, und …«, er machte eine Pause, »… hat mich offenbar gleich wiedererkannt.«

»Deine Sophia?«, erkundigte sich Flip.

»Wieso meine?«, fragte Johannes zurück und merkte zu spät, dass Flip eigentlich Ernst angesprochen hatte. »Ernst?«

Ernst wurde rot und legte das Zahnrad zur Seite, das er gerade in der Hand gehalten hatte, weil er plötzlich so stark zitterte. Dann stand er auf und rannte hinaus.

»Oh, hätte ich das nicht sagen sollen?«

»Was hat er dir erzählt?«

»Ich glaube, ich habe mehr gesagt, als ich sollte. *You should better keep quiet, Mister Schmid!*«

»Was?«

»Ich habe gesagt, dass ich besser den Mund halten sollte.«

 KAPITEL 25

London, November 1841

W o ist mein Regenschirm, junge Lady?«
Miss Libberfield erwartete Sophia an der Eingangstür zu ihrer Pension. Sie war etwas größer als Sophia, trug stets altmodische Kleider, die aus zu vielen Lagen bestanden und ihrem eher schmalen Körper ein unförmiges Aussehen verliehen. Die matronenhafte Haube auf dem Kopf war unter dem Kinn mit einer Schleife zusammengebunden. Die Hauswirtin konnte äußerst liebenswürdig schauen. Jetzt aber lag in ihrem Blick eine wachsame Strenge.

»Er ist mir leider abhandengekommen, Miss Libberfield. Selbstverständlich werde ich Ihnen umgehend einen adäquaten Ersatz besorgen.«

Nach dem verpatzten Gespräch mit ihrem Vater war der Schirm Sophias kleinstes Problem.

»Selbstverständlich.«

Sophia machte Anstalten, an ihr vorbei zur Treppe zu gelangen, doch Miss Libberfield wich nicht zur Seite.

»Bitte seien Sie mir nicht böse. Ich konnte nichts dafür. Es tut mir sehr leid.«

»Wer«, Sophias Vermieterin setzte zwischen den folgenden Worten recht lange Pausen, »war ... dieser Mann?«

»Ah, der. Ein entfernter Bekannter, den ich zufällig getroffen habe. Ein deutscher Uhrmacher, der so freundlich war, mich bei diesem Wetter nach Hause zu bringen. Ohne Schirm wäre ich sonst ja pitschnass geworden.«

»Eine junge Lady sollte besser auf ihre Sachen aufpassen, zumal wenn sie von anderen geliehen sind. Dann wäre es nicht nötig gewesen, sich derart vulgär auf einem Pferdekarren durch London fahren zu lassen. Miss Welsh von gegenüber zerreißt sich sicherlich schon das Maul.«

»Mit Verlaub, Miss Libberfield. Was eine Miss Welsh von gegenüber denkt, ist mir von Herzen egal.«

Miss Libberfield schnappte nach Luft wie ein Kabeljau an Land.

»Ich möchte mich jetzt zurückziehen, sonst hole ich mir noch den Tod.«

Sophia drückte sich an der überrumpelten Hauswirtin vorbei und zog ihr die Zimmertür vor der Nase zu.

Das Treffen mit dem deutschen Uhrmacher hatte sie für einen Moment von ihren eigenen Problemen abgelenkt. Kaum war sie in ihrer kleinen Kammer, traten ihr jedoch schon wieder brennende Tränen in die Augen. Wie hatte ihr Vater nur so kalt reagieren können? War ihre Mutter ihm vollkommen gleichgültig gewesen? Nur ein Abenteuer, das er gleich wieder vergessen hatte? Sophia war voller Gewissheit davon ausgegangen, dass ihre Verwandtschaft ein unleugbares Band zwischen ihnen bildete. Aber dass sie überhaupt keine Verbindung zu ihm verspürt hatte, verunsicherte sie am meisten. Sie fragte sich sogar, ob ihre Mutter vielleicht kurz vor ihrem Tod in Verwirrung etwas Falsches aufgeschrieben hatte. Aber Dent hatte eindeutig auf Familie Finch reagiert. Ganz falsch konnte es also nicht sein. Vielleicht wollte er einfach nichts mit Sophia zu tun haben? Dann war es für sie wie die Jahre zuvor. Sie war allein.

Sophia zog sich ein trockenes Kleid über und bürstete ihr kaum abgetrocknetes Haar.

Ein Klopfen an der Tür riss sie aus ihren Gedanken. Ohne Sophias Reaktion abzuwarten, trat Miss Libberfield ein. »Miss Carpenter.«

»Miss Libberfield?«

»Ich komme, um Ihnen mitzuteilen, dass ich wegen der Umstände darüber hinwegsehen werde, dass ein Mann Sie nach Hause gebracht hat.«

»Vielen Dank, Miss Libberfield«, sagte Sophia in der Hoffnung, die Hauswirtin schnell wieder loszuwerden.

»Und sollte Miss Welsh mich darauf ansprechen, werde ich ihr selbstverständlich deutlich zu verstehen geben, dass es an Ihrem Tun moralisch nichts zu bemängeln gibt.«

»Selbstverständlich. Das ist sehr freundlich von Ihnen, Miss Libberfield.«

Die Hauswirtin blieb in der Tür stehen und beobachtete sie beim Bürsten der Haare.

»Haben Sie noch etwas auf dem Herzen?«, fragte Sophia schließlich.

»Hmm«, machte Miss Libberfield und nickte dabei schnell vor sich hin.

»Dann sprechen Sie frei heraus!«

»Nun, Miss Carpenter. Sie hatten angedeutet, dass Ihre finanziellen Möglichkeiten beschränkt sind.«

Wollte sie Sophia jetzt etwa kündigen und vor die Tür setzen?

»Ich war darum so frei, mich etwas umzuhören. Ich wüsste eine Stelle, wo Sie am kommenden Montag anfangen könnten.«

Sophia sprang auf.

»Wirklich?«

Miss Libberfield lächelte und hob kurz die Schultern. »Es ist dieser Tage nicht einfach, eine Arbeit, geschweige denn eine gute Stelle zu finden. Aber es bleibt natürlich Ihnen überlassen, ob Sie sie annehmen wollen.«

»Was ist es?«

»Es ist in einer Wäscherei im East End.«

»Als Wäscherin?«

Miss Libberfield nickte. »Ich weiß, dass Sie eigentlich andere Ziele haben.«

Sophia hatte ihr beim Bewerbungsgespräch um das Zimmer von ihrer vorigen Anstellung bei Lady Ann erzählt. Selbstverständlich käme ihr ein ähnlicher Posten gelegen, aber nach ein paar Tagen der vergeblichen Stellensuche war sie Miss Libberfield dankbar für ihre Unterstützung.

In den vergangenen Jahren waren immer mehr Leute nach London gezogen, es gab weit mehr Menschen, die Arbeit suchten, als freie Stellen. Sophia war vor dem East End gewarnt worden. Hier sollte die Armut am schlimmsten sein. Zwar schossen immer noch Fabriken aus dem Boden, aber viele mussten bald schon wieder schließen. Den Arbeitern, die Geld für ihre Familien verdienen mussten, blieb oft nichts anderes übrig, als auf die schiefe Bahn zu geraten. Sophia war bereits in der Nähe bei einigen Geschäften vorstellig geworden, man hatte sie aber stets weggeschickt, sodass sie schon befürchtet hatte, ebenfalls in einer Fabrik arbeiten zu müssen.

»Geben Sie mir die Adresse? Ich könnte mich gleich morgen dort bewerben«, sagte sie.

»Die Wäscherei liegt in der Middlesex Street. Ich schreibe es Ihnen auf und lege die Adresse in das Speisezimmer, Miss Carpenter«, sagte Miss Libberfield. »Dann lasse ich Sie jetzt mal allein.«

»Einen Moment«, rief Sophia. Sie ging auf Miss Libberfield zu und umarmte sie.

Die Hauswirtin war vollkommen überrumpelt.

»Oh, das war … freundlich, meine Liebe«, sagte sie und fügte hinzu: »Sie sind ein nettes Kind.«

***

Miss Libberfields Hinweis auf die Stelle erwies sich als ein großes Glück. Sophia ging Montag ganz früh zu der Adresse und stellte sich im *Office* des Besitzers vor. Mister John F. Riley war ein dicker Herr, dessen Gummihosenträger immer unter der Weste hervorblitzen. Er neigte zu Schweißanfällen und roch nach einer Mischung aus Zigarrenrauch und alten Miesmuscheln. Sophia hatte sich bei ihm vorgestellt und die Stelle im Waschhaus bekommen. Sie sollte Bügelfrau werden und würde sich mit einem niedrigen Verdienst abfinden müssen, aber das war besser, als gar keine Arbeit zu haben oder in einer Fabrik zu landen. Immerhin reichte es aus, um erst einmal weiter in Miss Libberfields Pension wohnen bleiben zu können. Denn im Moment war es auch nicht leicht, eine Unterkunft in London zu finden, die kein Rattenloch, aber dennoch bezahlbar war. Zusammen mit ihren restlichen Ersparnissen würde sie lange genug zurechtkommen, bis sich etwas Neues, Besseres finden würde.

Mister Riley hatte an der Arbeit selbst wenig Interesse. Er las morgens jedes Wort in der konservativen *Morning Post*, diskutierte mit Besuchern und befreundeten Kunden stundenlang über Politik und schimpfte als eingefleischter Tory vornehmlich über die Whigs. Dass Sir Robert Peel als Premierminister der Tories vor einem halben Jahr auch Whigs in die Führung des Landes bestimmt hatte, konnte ihn zur Weißglut bringen. Dann wurde er so bleich im Gesicht, dass die mit Waschblau besonders weiß gewaschenen Tischdecken und Hemden auf Sophias Tisch fast schon wieder dunkel wirkten.

Riley's Wäscherei im East End gehörte zu den größten nördlich der Themse und arbeitete mit modernsten Maschinen und hochwertigsten Reinigungsmitteln. Zumindest war das auf die Werbezettel gedruckt, die allen Beschäftigten mitgegeben wurden, damit sie sie auf dem Nachhauseweg an den öffentlichen Aushängen befestigten. Wenn Sophia die Wäscherinnen traf, deren Arme von den Laugen feuerrot angelaufen war, dankte sie dem Herrn, dass sie nur bügeln musste.

Dabei war das bei Gott keine einfache Arbeit. Fast zwanzig Frauen waren in der Bügelhalle beschäftigt und machten den ganzen Tag nichts anderes, als Berge von gewaschener Kleidung mit ihren Glätteisen zu bearbeiten, sie zusammenzulegen oder mit Bändern zu Paketen zu verschnüren und in die richtigen Körbe einzusortieren. Jetzt im Winter handelte es sich durchaus um eine dankbare Arbeit, denn die großen Öfen, auf denen die Glätteisen erhitzt wurden, strahlten genug Wärme ab, damit die Arbeiterinnen nicht froren. Im Gegenteil. Es war sogar zu heiß.

Dazu kam der Dampf. Wenn Sophia ein glühendes Eisen auf den Stoff drückte, entwich das restliche Wasser in der Faser wie heißer Nebel in die Luft. Waren alle Frauen beim Bügeln, konnte sie ihre Nachbarinnen kaum noch erkennen. Nach den ersten Tagen erschrak Sophia nicht mehr, wenn ihr dicke Tropfen Kondenswasser von Streben und Decke auf den Kopf platschten.

Sie hatte ziemliches Glück mit der Frau am Nebentisch. Jennifer Larkins war wie sie zwanzig Jahre alt und verhielt sich Sophia gegenüber von Anfang an nett und hilfsbereit. Sophia hatte im Haushalt von Lady Ann nicht bügeln müssen und sich deshalb bei den ersten Stücken noch ein bisschen ungeschickt angestellt. Jennifer hatte ihr daraufhin gezeigt, worauf es ankam und was es zu beachten galt, etwa welche Sorte Bügeleisen man für welche Stoffe verwendete oder wie man die Glätteisen mit wenig Mühe auf der richtigen Temperatur hielt. Das war nicht so leicht wie gedacht. In der ersten Woche verging kein Tag, an dem sich Sophia nicht eine Brandblase geholt hätte, aber dann wurde es einfacher.

Jennifer wohnte in der Nähe mit zwei Frauen aus dem Waschbereich zusammen. Sie hatte eine etwas lange Nase und schmale Lippen, die von Natur aus so rot waren, als hätte sie sie mit Farbe bemalt. Wenn sie lachte, blitzten ihre weißen Zähne hervor. Das Haar war blond und fiel in der Nässe der Bügelhalle so glatt wie Seetang auf ihre Schultern. Sobald es antrocknete, legte es sich in breite Wellen.

Seit einer Woche verbrachten die beiden jungen Frauen ihre Pause zusammen. Zwei Straßen weiter gab es eine Suppenküche, wo man für sehr kleines Geld satt werden konnte.

»Ich brauche jeden Penny«, sagte Jennifer.

»Wofür?«, fragte Sophia.

»Ich möchte einen Laden eröffnen.«

»Was?« Sophia fand das eine bewundernswert abenteuerliche Idee. »Was willst du denn verkaufen?«

»Schöne Bänder und feine Spitze. Edle Accessoires für modische Ladys. Ich habe mir das ganz genau ausgedacht. Mir fehlt nur noch ein Raum. Und natürlich das nötige Geld, um alles ins Rollen zu bringen.«

»Du meinst das ernst, oder?«, fragte Sophia nach.

»Selbstverständlich, was denkst du denn? Mein Vater sagt immer, dass man Pläne haben muss.«

»Und was sagt deine Mutter dazu?«

Jennifer setzte ihr strahlendes Lächeln auf und antwortete: »Dass wir mehr Geld hätten, wenn mein Vater seine Pläne nicht nur ausgedacht, sondern umgesetzt hätte.«

Sophia lachte.

»Wo sind deine Eltern?«, fragte Jennifer sie.

»Die sind tot«, antwortete Sophia leise.

»Oh, das tut mir leid.«

Sophia wurde erst in diesem Moment bewusst, dass ihre Aussage genau genommen nicht stimmte. Ihr Vater lebte. Dennoch korrigierte sie sich nicht, denn er war nur ihr Erzeuger, der kein Interesse an ihr hatte. Für sie hätte er ebenso gut tot sein können, wovon sie den Großteil ihres Lebens ja auch ausgegangen war.

»Ich bin allein auf der Welt«, sagte sie leise.

»Gibt es keinen Liebsten, der dir gegen die Einsamkeit hilft?«

»Jenny!«, rief Sophia und kam sich plötzlich vor wie eine junge Version von Miss Libberfield.

»Oh, ich sehe dir an, dass es da einen gibt«, zog Jennifer sie auf.

»Nein. Also … Nein.«

»Ich glaube, du musst mir ein anderes Mal von ihm erzählen«, sagte sie, als die nahe Kirchuhr zu läuten begann. »Mister Riley reißt uns den Kopf ab, wenn wir nicht pünktlich wieder am Glätteisen stehen!«

»Oder schlimmer«, sagte Sophia, als sie schon losliefen. »Wenn er uns den Lohn kürzt, wird das nie etwas mit deinem Bändergeschäft.«

***

Über die Wochen waren Sophia und Jennifer zu guten Freundinnen geworden. Für Sophia war das etwas ganz Aufregendes. Sie hatte als Kind mit den Mädchen und Jungen in ihrem Viertel in Hastings gespielt. Sie hatte mit den anderen Bediensteten von Lady Ann manche Abende im Gesinderaum zugebracht und dabei auch Freude empfunden und gelacht. Und sie hatte sich mit Lady Ann angefreundet, soweit das ihre unterschiedliche Stellung zuließ. Aber sie hatte noch nie einen anderen Menschen kennengelernt, mit dem sie sich so unbefangen und vertrauensvoll unterhalten konnte. Sie konnten zusammen lachen, waren über die gleichen Sachen traurig, freuten sich sogar auf die Arbeit, weil sie sich dann endlich wiedersahen. Und bald verbrachten sie nach dem Kirchgang die Sonntage gemeinsam, wenn es irgendwie ging. Dann saßen sie zusammen, klöppelten Tücher und Kragen aus Spitze und redeten über alles, was ihnen einfiel. Natürlich auch über George, Jennifers Jugendliebe aus Sheffield, der sie mit einer anderen betrogen hatte. Und über Johannes, den jungen Deutschen, der Sophia nicht mehr aus dem Kopf ging. Wenn sie beide unterwegs waren, lüfteten die jungen Männer ihre Hüte. Und auch manch älterer Herr drehte sich nach den beiden jungen Frauen um.

So auch an einem erstaunlich sonnigen Tag kurz vor Weihnachten. Sophia hätte wetten können, dass der Mann auf der anderen Straßenseite schon über sechzig Jahre alt war. Er trug einen sehr teuer aussehenden Mantel und hohe Lederstiefel. Er starrte sie unverhohlen an. Selbst als sie sich noch einmal umdrehten, stand er immer noch da, wandte sich dann aber ertappt ab.

»So einen müsste man heiraten«, sagte Jennifer. »Einen richtig Alten mit viel Geld.«

»So einen würdest du küssen wollen?«

»Den würde ich direkt nach der Hochzeit küssen, dass ihm das Herz stehen bleibt. Dann wäre ich eine reiche Witwe und könnte meinen Laden aufmachen.«

»Jennifer! Du bist unmöglich.«

»Ich weiß, ich weiß«, kicherte sie und imitierte dann mit schriller Stimme Miss Libberfield: »Ich empfehle Ihnen, Kindchen, mit der Wahl Ihrer Freundinnen sorgfältiger zu sein.«

Sophia musste lachen. So etwas Ähnliches hatte Miss Libberfield nach Jennifers erstem Besuch bei Sophia tatsächlich gesagt.

»Ich bin sicher, dass sie dich mag«, log Sophia.

»Und ich bin davon überzeugt, dass sie mich hasst. Nur dein Johannes könnte mehr Abneigung abbekommen, wenn er endlich mal vorbeikommen würde.«

»Er ist nicht *mein* Johannes. Und außerdem kommt er ja auch gar nicht her.«

»Er muss ziemlich dumm sein, wenn er dich einfach so von der Angel lässt.«

»Vielleicht muss er einfach zu viel arbeiten. Wer weiß, was aus seinen Uhren geworden ist.«

»Wie lange ist das jetzt her, dass du ihn bei dem Unfall getroffen hast?«

»Über vier Wochen.«

»Und du hast nie wieder etwas von ihm gehört?«

»Einmal war ein Mann da und hat nach mir gefragt«, sagte Sophia. »Aber ich bin nicht sicher, ob er es war. Miss Libberfield hat ihn anders beschrieben.«

»Wer soll es denn sonst gewesen sein?«, fragte Jennifer ernster. Nachdenklich fügte sie hinzu: »Aber er ist nicht wiedergekommen.

Wenn ein Mann sich so verhält, dann hat er vielleicht wirklich kein Interesse.«

»Vielleicht gibt es ja längst eine andere«, sagte Sophia nachdenklich. Als sie sah, dass Jennifer zu reden ansetzte, fuhr sie entschlossen fort: »Und wenn es so ist, dann ist es eben so. Ich erzähle dir nie mehr etwas, wenn du mich dann ständig damit aufziehen willst.«

»Ach, will ich doch gar nicht. Weißt du was? Der dritte Mann, der uns auf unserer Straßenseite entgegengeht, wird dein Ehemann werden. Los, komm!«

Die ersten beiden Männer, denen sie begegneten, blickten sie wegen ihres Kicherns befremdet an. Dann kam der Dritte. Der Mann mit dem abgenutzten Zylinder zog eine Bahre auf vier großen Rädern. Auf der ebenen Fläche lag eine abgedeckte Leiche. Ihr Kichern erstarb schlagartig.

»Das gilt natürlich nicht«, versuchte Jennifer, das Gespräch wieder in Gang zu bringen, aber Sophia war die Lust zu scherzen vergangen.

 KAPITEL 26

Das Uhrenland brachte Johannes kein Glück. Durch den Unfall hatten sie nahezu alles verloren. Während Ernst in seiner freien Zeit anfing, die Uhren zu reparieren, die sie Andreas Schwär schuldeten, musste Johannes erneut hausieren gehen. Von seiner Idee, die Uhren auf den Wagen zu packen, hatte ihr Dienstherr nichts wissen wollen. Pferd und Wagen wurden für andere Aufgaben benötigt.

Die erste Tour verlief für Oliver sehr erfolgreich. Er verkaufte sechs Uhren, während Johannes nur einen Abschluss verbuchen konnte. Einen Tag nach ihrer Rückkehr ging es gleich wieder los. Schwär hatte Johannes beim Abschied streng angeschaut und eindringlich gemahnt, dass er endlich mehr verkaufen müsse. Doch diese Reise war zur Tortur geworden. Johannes war von dem Marsch der Vortage so geschwächt, dass er schon nach zwei Stunden kaum noch laufen konnte. Dabei brauchten sie mindestens noch einmal zwei Stunden, um überhaupt in dem Vorort anzukommen, wo sie ihre Uhren anbieten sollten. Oliver war wütend auf ihn gewesen, weil er wieder Rücksicht nehmen musste. Johannes hatte die Zähne zusammengebissen, konnte aber eine Stunde später keinen Schritt mehr tun. Schließlich nahm Oliver ihm noch ein paar Uhren ab und ging allein weiter, während Johannes nach mehreren ausgiebigen Pausen qualvoll zurückkehrte.

Dieser gescheiterte Hausierversuch half nicht gerade, Schwärs Meinung von Johannes als Mitarbeiter zu steigern. Trotzdem merkte der Uhrmacher ihm an, dass sein Bein es nicht gut mit ihm meinte. Er gab Johannes Wacholderzweige zum Auskochen. Danach sollte er das Bein darin baden.

»Das machen alle, wenn sie Schwierigkeiten mit dem Laufen bekommen«, verkündete Schwär.

***

Die Bäder linderten den Schmerz, sodass sich Johannes in den Wochen darauf wieder auf Wanderschaft begeben konnte. Langsam bekam er heraus, was er sagen musste, um den Leuten seine Uhren zeigen zu dürfen.

»Se Schwär-Schwarzwald-Clocks a very gut. Only tuday I häffe speschiäl Preis for you.«

Seine Uhren kosteten genauso viel wie bei Oliver, aber allein das Gefühl, heute mehr zu sparen als sonst, schien doch für manche Interessenten kaufentscheidend zu sein. Bei einer Tour wurde er vier Uhren los – genauso viele wie Oliver. Dieses Mal gab es endlich ein Lob von Andreas Schwär.

Wenn Johannes nicht unterwegs war, deckte der Uhrenhändler ihn mit allerlei Aufgaben ein. Dazu gehörten Auslieferungen von Waren, Einkäufe, oft aber auch Arbeiten am Haus, die Versorgung der Stute oder Hilfe in den Werkstätten. Nach der eigentlichen Arbeitszeit mussten Johannes und Ernst noch an den Uhren arbeiten, die sie Schwär schuldeten. Da sie meist nicht mehr viel schafften, bestand Schwär darauf, dass sie sonntags nach dem Kirchgang noch weitermachten.

Ernst hatte in Flip zum ersten Mal einen richtigen Freund gefunden. Irgendwie passten die beiden gut zueinander. Flip redete gern und viel und freute sich, in Ernst einen so guten Zuhörer zu haben. Johannes war beeindruckt, wie sich sein jüngerer Bruder entwickelte. Mutter hätte gestaunt. Flip und er arbeiteten mit Schwärs Erlaubnis an einer abgewandelten Ankerhemmung für Sackuhren. Schwär hatte sie dafür sogar zu einem Getriebemacher gebracht, der den Uhrmacher mit den winzigen Rohlingen versorgte. Er hatte Johannes davon ausgiebig berichtet, als der von seiner letzten Reise zurückgekehrt war.

Ernst blühte regelrecht auf. Johannes sah ihm an, dass er mit ihrem neuen Leben sehr glücklich war, auch wenn es wenig Freizeit gab. Aber Uhren waren sein Leben – und das konnte er nun auskosten.

»Bist du hier zufrieden?«, fragte Ernst ihn eines Abends, als sie in ihren Betten lagen.

»Ich arbeite darauf hin, dass wir ein eigenes Geschäft gründen können«, antwortete Johannes.

Ein Jahr – so lautete das ungeschriebene Gesetz der Schwarzwald-Engländer –, ein Jahr musste man bei einem Meister arbeiten, bevor man daran denken konnte, sich selbstständig zu machen. Sie befanden sich erst im dritten Monat.

»Wenn wir jetzt sparen, haben wir im nächsten Herbst einen guten Grundstock für einen eigenen Laden. Dann sind wir unsere eigenen Herren.«

»Warum sollen wir das tun? Wir haben es gut hier.«

Johannes hatte nicht damit gerechnet, dass es Ernst bei Schwär so sehr gefiel, dass er am liebsten bleiben wollte.

»Ein paar Monate sind wir ja sowieso noch hier«, antwortete er. »Bis dahin bekomme ich hoffentlich viele Uhren verkauft, damit wir dir eine eigene Werkstatt finanzieren können.«

Der Gedanke an die eigene Werkstatt schien Ernst nun doch zu gefallen.

Schwär bestand darauf, dass Johannes noch vor Weihnachten Oliver auf einer längeren Reise begleiten sollte. Er war der Überzeugung, dass sich mancher Engländer selbst mit einer Uhr zum Fest beglücken könnte. Die Zeiten allerdings waren nicht einfach. Trotz der recht günstigen Preise für die Holzuhren aus dem fernen Schwarzwald hielten die Leute in der Gegend, wo sie unterwegs waren, ihr Geld lieber zusammen. Johannes bekam immerhin vier Uhren verkauft, Oliver brachte neun Abschlüsse mit. Schwär konnte sich nicht wirklich beschweren, ein Lob gab es für Johannes allerdings auch nicht.

Johannes war die ganze Zeit so eingebunden, dass er Sophia kein einziges Mal besuchen konnte. Als er sie nach dem Unfall nach Hause gefahren hatte, hatte er sich ihre Adresse genau gemerkt. Also verfasste er am dritten Adventssonntag einen Brief, in dem er ihr schöne Weihnachten wünschte. Er gab ihn für einen Penny bei der Post auf und erwartete jeden Tag in der Hoffnung, dass Sophia ihm antworten würde. Doch die Weihnachtstage vergingen, ebenso das Neujahrsfest, ohne dass er etwas von ihr hörte. Entweder hatte sie die Pension zugunsten einer anderen Unterkunft gewechselt, oder sie wollte ihm einfach nicht antworten. Das wäre ja auch kein Wunder bei seinem Zustand. Wie hatte er etwas anderes nur erhoffen können?

***

Am ersten Sonntag des Jahres 1842 brachen alle Mitarbeiter des Ladens von Andreas Schwär gemeinsam zur deutschen Kirche auf. St. Bonifatius war ihnen mittlerweile wohl bekannt. Sie kamen fast jeden Sonntag, aßen mit den anderen und hatten dabei schon einige Landsleute kennengelernt. Die alten Hasen erzählten von ihren goldenen Jugendtagen, als sie an jeder Haustür, an der sie klopften, eine Uhr verkauft hätten. Johannes ahnte, dass solche Geschichten im Dunst der Jahre dem Erzähler glanzvoller erscheinen mochten, als sie wirklich waren. Dennoch lauschte er aufmerksam, in der Hoffnung, den einen oder anderen Verkaufstrick mitzubekommen.

Gerade unter den jüngeren Uhrenhändlern gab es viele, die trotz aller Arbeit nur wenig verdienten. Das Uhrenland war nicht mehr das, was es vor Jahren einmal gewesen war, hieß es. Hatten sich früher die meisten Uhrenmacher nach dem verpflichtenden Lehrjahr selbstständig gemacht, blieben heute viele bei ihren Lehrherren angestellt. Doch genau das wollte Johannes für sich nicht.

Der Pfarrer predigte heute passenderweise zum Thema Neuanfang. Als er die Gemeinde kurz später in den Sonntag entließ, gab es am Eingang großen Trubel. Johannes konnte den Neuankömmling durch die Traube von Leuten zuerst nicht erkennen. Dann allerdings trat ein breiter Schwarzwälder zur Seite, und Johannes erkannte einen Mann. Dieser sah im gleichen Moment zu Johannes, und ihre Blicke trafen sich. Ein hämisches Grinsen zeichnete sich auf sein Gesicht.

»Wenn das nicht Johannes, der stets fallende Faller ist!«, rief der Mann schäbig lachend und zeigte auf ihn. »Und der stumme Ernst ist auch dabei. Ich habe schon gehört, dass ihr ins Uhrenland gegangen seid.«

Aller Augen wandten sich zu Johannes und dem Mann, der nun auf ihn zukam. Er hatte seit ihrem letzten Treffen an Gewicht zugelegt und Haare verloren. Im Schlepptau hatte er eine junge Frau mit Hasenzähnen, die einen vielleicht dreijährigen Jungen auf dem Arm trug. Das Kind rieb sich müde die Augen. Der Mann hielt ihm die Hand hin.

»Egidius Riesle«, stellte Johannes fest, ohne seine Hand zu ergreifen.

»Dein alter Freund und Kupferstecher Egidius«, sagte er grinsend. »Schön, dass du mich gleich erkennst.« Er hielt die Hand weiter auffordernd ausgestreckt, bis Johannes sie schließlich doch ergreifen wollte. Aber kurz bevor er sie berührte, zog Egidius sie weg, sodass Johannes ins Leere fasste. Riesle prustete los. Auch die anderen Schwarzwälder, die es gesehen hatten, lachten mit. Statt nun Johannes' Hand zu ergreifen, boxte Egidius ihm gegen die Schulter. Das sollte freundschaftlich aussehen, war aber fest genug, um gehörig wehzutun.

»Schau, Luise, das ist ein alter Schulkamerad aus Märgen«,

holte er die Frau an seine Seite. »Meine Frau Luise und mein Sohn Horatio. Das sind der fallende Johannes und der stumme Ernst.«

»Ich bin nicht stumm«, protestierte Ernst.

»Hoho!«, machte Egidius. »Der kleine Faller hat zu sprechen gelernt.«

Johannes setzte zu einer Erwiderung an, da fuhr ihm Egidius schon über den Mund. »Wir haben leider keine Zeit, das Wiedersehen mit euch gebührend zu feiern. Wir müssen zu meinem Freund. Andreas!«

Damit packte er seine Frau und zog sie in Richtung des einfachen Altars, wo Andreas Schwär mit dem Pfarrer sprach.

»Egidius!«, rief Schwär erfreut zurück. »Luise! Seid ihr wieder in London? Wie schön!«

Nachdem Egidius Hedwig den Laufpass gegeben hatte, hatte Johannes den weiteren Werdegang seines früheren Schulkameraden nicht mehr im Auge behalten. Irgendwann hatte er gehört, dass er Märgen in Richtung Uhrenland verlassen hatte, aber der Riesle-Sohn war so aus seinen Gedanken verschwunden gewesen, dass er nie gedacht hatte, ihn in England zu treffen. Jetzt stand er da mit Andreas Schwär, dem alten Bergstaller und dessen Sohn, und sie schienen sich prächtig zu verstehen.

Als Kind hatte Egidius Johannes zum ersten Mal die Nase gebrochen. Seither war Johannes empfindlich im Nasenbereich und neigte einmal im Jahr zu einer starken Verstopfung und Entzündung, die meist mit starkem Fieber einherging. Als hätte die Begegnung mit Egidius es ausgelöst, setzte bei Johannes noch am gleichen Abend der Schüttelfrost ein. Das hatte noch gefehlt. Er ging sehr früh zu Bett. Ernst brachte ihm in Stoff gewickelte heiße Backsteine. Johannes schwitzte und fror gleichzeitig und wurde schließlich richtig krank. Mehrere Tage vergingen, an die er sich später kaum erinnern konnte.

Als er sich langsam wieder stärker fühlte, kam ihm die Begegnung mit Egidius wie ein böser Traum vor. Aber dann bestellte Andreas Schwär Johannes zu sich in sein Arbeitszimmer.

»Na, bist du wieder gesund?«, fragte er kühl.

»Ja, es geht wieder.«

Schwär nickte.

»Ich kann bald wieder hausieren gehen«, sagte Johannes.

»Ich hätte mir denken können, dass du und Egidius euch kennt.«

»Wir sind zusammen in die Schule gegangen.«

Schwär nickte wieder.

»Ich wusste gar nicht, dass Egidius auch in London ist«, brach Johannes die entstehende Stille.

»Doch, doch. Sein Junge ist hier geboren. Luise ist die Tochter einer Cousine von mir. Horatio ist mein Patenkind.«

»Oh«, brachte Johannes hervor. Ihm schwante Übles.

»Egidius hat mir davon erzählt, dass es durchaus Konflikte zwischen euch gegeben hat.«

Nun war es an Johannes zu nicken.

»Er meint, er habe dich den fallenden Faller genannt, weil du immer schon so ungeschickt warst.«

»Er hat mir damals dauernd ein Bein gestellt«, erklärte Johannes, aber er wusste schon jetzt, dass das keinen großen Einfluss mehr auf das weitere Gespräch haben würde.

»Und er sagte, dass du unehrlich bist.«

»Was? Das ist gelogen!«, protestierte er.

»Jede Medaille hat zwei Seiten«, erwiderte Schwär salomonisch. »Und jede Geschichte je nach Erzähler einen anderen Ausgang. Ich halte mich darum stets an das, was ich selbst beobachtet habe. Dass du unehrlich bist, habe ich Gott sei Dank noch nicht erfahren müssen. Aber ich frage mich, wieso Egidius mich anlügen sollte.«

»Weil er mir schaden will! Das wollte er schon immer«, sagte Johannes.

»So kenne ich ihn nicht«, sagte Schwär ruhig. »Aber davon habe ich meine Entscheidung auch nicht leiten lassen. Johannes, ich bin der Überzeugung, dass es für beide Seiten am besten ist, wenn wir getrennte Wege gehen.«

Johannes schluckte trocken.

»Sie meinen …«

»… dass ich dich nicht länger beschäftigen kann. Du taugst mit deinem Bein nicht zum Hausieren, bist ungeschickt und ständig krank.«

»Das war nur einmal«, verteidigte sich Johannes. »Und das auch nur wegen einer alten Verletzung, die ich von Egid…«

Ein Wink von Schwär brachte ihn zum Schweigen.

»Ich habe mir die Entscheidung nicht leicht gemacht. Du bemühst dich. Aber wir passen nicht zusammen. Dein Bruder kann bleiben, aber du musst gehen.«

»Wenn ich gehe, kommt mein Bruder mit mir.«

Johannes dachte, damit ein Druckmittel zu haben, aber Schwär antwortete: »Dann soll es so sein. Ihr seid frei, gleich zu gehen.«

»Aber es steht noch Lohn aus«, stellte Johannes fest.

»Natürlich. Den sollt ihr ausgezahlt bekommen.«

»Und wohin sollen wir gehen?«, fragte Johannes, der sich vollkommen überrumpelt fühlte.

»Das ist nicht länger meine Sache. Dein Bruder wird sicher eine Stelle finden, aber bei dir wird das schwerer werden. Wenn ich dir einen Rat geben soll, dann schau zu, dass du wieder nach Märgen kommst. London hat schon genug Leute, die Hunger leiden.«

Johannes stimmte der Einschätzung von Schwär innerlich zu. Sein Bruder würde jederzeit eine Stellung finden, aber wer sollte ihn selbst annehmen? Er hatte an den Sonntagen bereits gelernt, dass viele Engländer hungerten, weil es nicht genug Arbeit gab. Wer würde einen Deutschen anstellen, der nicht einmal die Sprache richtig beherrschte? Und der dazu ein Krüppel war?

»Wäre es Ihnen denn recht, wenn Ernst bei Ihnen bliebe?«, fragte Johannes.

»Er leistet hervorragende Arbeit. Wie gesagt: Wenn er will, kann er bleiben.«

»Dann würde ich gern zuerst noch mit meinem Bruder sprechen. Er fühlt sich sehr wohl hier, und ich kann das nicht einfach über seinen Kopf entscheiden.«

Nachdem Johannes seinem Bruder von dem Gespräch mit Schwär berichtet hatte, sagte Ernst ohne jegliches Zögern: »Wenn du gehst, gehe ich auch.«

»Aber es hat dir hier gefallen. Und du hast einen Freund gefunden«, argumentierte Johannes.

»Das stimmt. Aber du bist mein Bruder. Brüder halten immer zusammen«, hielt Ernst dagegen.

Johannes packte ihn und umarmte ihn fest.

»Nicht kaputtmachen!«, grinste Ernst und wand sich aus der Umarmung.

 KAPITEL 27

London, Januar 1842

Am 19. Januar des Jahres 1842 sprachen Sophia und Jennifer bei Mister Riley vor, um sich den folgenden Tag freinehmen zu können. Sophia hatte wichtige Familienangelegenheiten als Grund angeführt, was letztlich auch stimmte. Jennifer sollte ihr als Freundin eine Stütze sein. Sie hatte ihr vor ein paar Tagen erstmals von Etienne Légat und seiner Rolle beim Tod ihrer Mutter erzählt. Jennifer war empört gewesen. Hauptsächlich über den schändlichen Betrug, aber auch darüber, dass Sophia sich ihr erst so spät anvertraut hatte.

»Du musst mir versprechen, mit niemandem darüber zu reden!«, hatte Sophia verlangt.

Jennifer hatte das hoch und heilig geschworen und dann gesagt: »Wir müssen unbedingt der Spur mit dem Klaviergeschäft nachgehen!«

»Wir?«

»Du kannst das doch nicht allein machen. Stell dir vor, du findest diesen Légat!«

Mister Riley war jetzt zwar nicht erfreut, da sie aber beide ordentliche Arbeit leisteten, es ihretwegen noch nie Reklamationen gegeben hatte und sie sonst nie fehlten, genehmigte er ihnen den freien Tag – ohne Bezahlung verstand sich. Das war in Ordnung für Sophia. Außer der Pension, ab und zu einem Essen in der Suppenküche mit Jennifer und Material für Handarbeiten hatte sie nicht viel ausgegeben. Sie kam zurecht. Das war das Wichtigste. Nur Zeit fehlte ihr.

Sophia hatte Miss Libberfield schon vor Weihnachten gefragt, ob sie ein Klaviergeschäft in London kenne, das einem Mister Ebenezer Godfield gehörte. Das war der Name, den Abigail Highman, die Tochter des Möbelhändlers, ihr genannt hatte. Nachdem Sophia ihr versichert hatte, selbst kein Klavier anschaffen zu wollen, hatte Miss Libberfield zugesagt, sich bei ihrem Teekränzchen umzuhören. Aber keine der Damen kannte den Herrn oder seinen Laden. Dafür wusste eine, dass es in der Horseferry Road in Westminster eine Klavierfabrik gab. Sophia hoffte, dass die Hersteller von Klavieren auch die Händler der Stadt kannten.

Es war kalt, aber trocken. Der Rauch der Fabriken hing über der Stadt und verdunkelte die Sonne, obwohl keine Wolke am Himmel zu sehen war. Auf dem Weg nach Westminster kamen sie in der Nähe des Möbelgeschäfts von Mister Highman vorbei. Sophia ging automatisch schneller, weil sie nicht gesehen werden wollte.

An der Themse gelangten sie an eine riesige Baustelle. Hier wurde ein Gebäude errichtet, so groß, wie Sophia es noch nie gesehen hatte. Ein mannshoher Bretterzaun verhinderte neugierige Blicke, aber die von einem gewaltigen Gerüst umgebenen Mauern ragten schon weit empor. Es sah aus, als würde ein Palast erbaut! Und tatsächlich lag Sophia mit diesem Gedanken gar nicht einmal so falsch.

»Was wird das denn hier?«, fragte Sophia.

»Hier stand der Palast des Parlaments«, erklärte Jennifer. »Vor ein paar Jahren gab es ein großes Feuer, bei dem ist das meiste abgebrannt. Da, die Westminster Hall ist unbeschädigt geblieben.« Sie zeigte auf einen Gebäudeteil, der ziemlich alt aussah. »Jetzt müssen sie so schnell wie möglich ein neues Parlament bauen. Was das wohl alles kostet?«

Mehrere Kräne entluden Steine und Schutt von Schiffen, die über die Themse ganz nahe an die Baustelle herankamen. Aber auch auf den Straßen herrschte Hochbetrieb. Mit schweren Pferde-

karren wurden Bretter angeliefert oder Eisenträger. Andere Fuhr-
werke brachten Sand oder schmuckvoll bearbeitete Steine. Die
beiden jungen Frauen gingen eine Weile am Zaun entlang. Gegenüber der Straße befand sich die Westminster Abbey, direkt daneben stand eine kleinere, unscheinbarere Kirche. Dann gelangten
sie an eine Stelle, wo man zwischen den Brettern der Zäune durch
eine Lücke auf das Gelände schauen konnte. Hunderte von Männern liefen umher, schleppten etwas oder mischten in großen Bot-
tichen. Sophia und Jennifer schauten ein bisschen zu, dann gingen
sie weiter.

»Verzeihen Sie, Sir, wir suchen die Horseferry Road«, fragte Sophia einen Passanten nach dem Weg.

Der Mann zog den Hut und konnte ihnen mit einer knappen
Erklärung weiterhelfen, wie sie zu der Klavierfabrik gelangen würden: Erst sollten sie sich geradeaus in Richtung des Millbank Pri-
son halten, aber noch vor dem Zuchthaus rechts in die Horseferry
Road abbiegen.

Es war ein Stück zu gehen, aber es tat ihnen gut. Ja, es war sogar
eine schöne Abwechslung. Bei diesem Wetter auf jeden Fall besser,
als den ganzen Tag an Mister Rileys Bügeltischen zu stehen.

Sophia war über die Ausmaße der Klavierfabrik überrascht.
Das Uhrengeschäft von Edward John Dent war ihr schon riesig
vorgekommen. Aber gegen den mehrstöckigen Bau samt Nebenge-
bäuden über den großflächigen Hof kam ihr das Geschäft ihres Vaters gleich bescheidener vor. Ihre Gedanken schweiften kurz ab. Sie
war so voller Hoffnung und Tatendrang gewesen – ein Vater, eine
Stütze in ihrem Leben. Doch er wollte nichts von ihr wissen.

Mit einem Zupfen an ihrem Ärmel riss Jennifer sie aus ihren
Gedanken. Sophia lächelte ihre Freundin kurz an und schaute sich
dann weiter um.

Auf dem Hof wurden Holz und andere Waren von mehreren
Pferdewagen abgeladen und durch ein breites Tor in das Gebäude
aus Backstein gebracht. Etwas weiter konnte Sophia sehen, wie vier

Männer mit umgehängten Seilen ein Klavier von einer Laderampe auf die Ladefläche eines anderen Wagens hievten. »*Broadwood & Sons*« stand über dem Haupteingang.

Als sie einem Wachmann an der Tür ihr Anliegen erklärten, zeigte der sich wenig hilfreich. Im Gegenteil. Er forderte sie nicht gerade freundlich auf, das Fabrikgelände umgehend zu verlassen.

»Dann müssen wir eben einen anderen Weg hinein finden«, flüsterte Jennifer, als sie wieder vor der Tür standen. In der Zwischenzeit war eine Kutsche vorgefahren. Der Fahrer half gerade einer vornehm gekleideten Lady heraus. Sie trug ein modisch tailliertes moosgrünes Kleid mit weitem Rock und eine pelzbesetzte Jacke.

»Das nenne ich mal elegant!«, raunte Jennifer Sophia zu.

Die Frau war kaum älter als sie.

»Danke, McCullen«, sagte die Dame.

»Ich werde auf Sie warten, Mistress Broadwood«, antwortete der Fahrer.

Sophia brachte ihren Namen sofort mit dem Schriftzug über der Fabrik in Verbindung. Sie knickste vor der Lady. Jennifer tat es ihr nach.

»Ja?«, sagte die Frau.

»Entschuldigen Sie, Mylady. Mein Name ist Sophia Carp, das ist meine Schwester Mary.« Jennifer schaute überrascht zu ihr. Sophia hatte sich spontan dazu entschlossen, den bisher schon einmal genutzten Decknamen beizubehalten. »Bitte verzeihen Sie die Belästigung.«

»Worum geht es denn?«

»Ich habe Ihren Namen gehört und es darum gewagt, Sie anzusprechen. Wir sind auf der Suche nach einem verschollenen Verwandten, der in London ein kleines Geschäft für Klaviere haben soll. Aber wir kennen nicht die Straße und hofften …«

»… dass euch in einer Klavierfabrik jemand weiterhelfen könnte?«

Sophia nickte.

»Es handelt sich um einen entfernten Onkel, aber wir sind Waisen und haben sonst niemanden auf der Welt.«

Sophia war überrascht, wie leicht es ihr mittlerweile fiel, die Wahrheit zu ihren Gunsten zu verändern. Gleichzeitig bedauerte sie es, die junge Lady zu belügen, denn sie kam ihr sehr einnehmend vor.

»Wie heißt denn euer Onkel?«

»Ebenezer Godfield, Mylady. Ich weiß sonst nur, dass sein Klaviergeschäft in der City of London ansässig sein soll.«

»Wie lauteten noch eure Namen?«

»Sophia Carp, Mylady.«

»Und Mary.«

»Ich bin Juliana Maria Broadwood. Ich bin gespannt, ob jemand hier euren Onkel kennt. Folgt mir!«

Sophia jubilierte innerlich. »Ich danke Ihnen von Herzen!«, rief sie freudig. Jennifer warf Sophia einen verschwörerischen Blick zu, als sie Mistress Broadwood in das Gebäude folgten.

Der Wachmann funkelte Jennifer und Sophia böse an, konnte sie als Begleiterinnen von Mistress Broadwood allerdings nicht erneut abweisen.

Sie stiegen die Treppe hinauf, und Juliana Maria Broadwood fragte, woher sie kämen und wie sie die Spur ihres einzigen Verwandten gefunden hätten.

»Wir kommen aus Suffolk, Mylady«, antwortete Sophia spontan. Auch das war gelogen. Miss Webster, die Hausdame bei Lady Ann, stammte aus Ipswich und hatte oft von ihrer Heimat geschwärmt. Je netter die andere Frau war, desto schlechter fühlte Sophia sich.

Bevor sie sich weitere Lügen ausdenken musste, rettete sie eine Begegnung auf der Treppe. Der Mann trug einen feinen Anzug in Schwarz, eine erdfarbene Weste und ein Hemd, das so weiß und glatt gebügelt war, dass es in der Riley-Wäscherei hätte gewesen sein können. Auf der mit Mitessern übersäten Nase saß eine runde Brille.

»Mister Fox, schön, Sie zu sehen!«

»Das Vergnügen ist ganz auf meiner Seite, liebe Mistress Broadwood. Wie geht es der Frau Mutter?«

»Vielen Dank der Nachfrage. Viel besser. Wissen Sie, ob ich Henry im Büro finde?«

»Nein, er beaufsichtigt gerade Arbeiten an den neuen Klaviaturen. Kommen Sie, ich führe Sie und Ihre … Begleitung zu ihm.«

»Das sind die Schwestern …«

»… Carp, Mylady«, half Sophia aus und machte vor dem Herrn einen Knicks.

Sie hatte gar nicht gewusst, dass die Tasten eines Pianos lange Holzstäbe waren, auf deren Ende Elfenbein- und Ebenholz aufgelegt waren. Sie durchquerten einen mit Eisensäulen unterteilten großen Raum. Im vorderen Bereich wurden die Tasten gefertigt, weiter hinten in Rahmen zusammengepackt und mit undurchschaubar kompliziert scheinenden Mechaniken versehen.

Der Mann, der an einem Tisch mit zwei Vorarbeitern und einem Monteur stand, trug einen sehr schicken Anzug. Den Zylinder hatte er abgelegt. Obwohl er höchstens dreißig Jahre alt sein konnte, waren bereits graue Strähnen in seinem Haar zu erkennen. Er sah gut aus, das musste Sophia zugeben.

»Da bist du ja, Juliana«, stellte er mit einem warmen Lächeln fest. Er ließ die anderen Männer stehen, die Hüte und Mütze lüpften, und nahm seine Frau an der Hand.

»Und wen hast du mitgebracht?«

»Zwei junge Frauen, denen du mit einer Auskunft weiterhelfen könntest«, antwortete sie.

Sophia und Jennifer knicksten und stellten sich vor.

»Henry Fowler Broadwood. Was liegt Ihnen auf dem Herzen?«

»Wir sind auf der Suche nach einem entfernten Onkel, der in London ein Klaviergeschäft besitzt, Mister Ebenezer Godfield.«

»Das tut mir leid, den Namen habe ich noch nie gehört.«

Sophia machte ein langes Gesicht. Sie hatte erwartet, dass Mister Broadwood den Gesuchten kennen würde. Immerhin hatten beide mit Klavieren zu tun. Selbst in einer Großstadt wie London gab es doch bestimmt Kontakte unter Fachkollegen. Seine schnelle Absage bereitete Sophia Sorgen. War sie jetzt in einer Sackgasse angekommen?

»Entschuldigen Sie, Mister Broadwood?«, mischte sich der Monteur in das Gespräch ein.

»Raffle? Sprechen Sie!«

Der Handwerker trat einen Schritt hervor. Er war etwas älter als Broadwood und hatte riesige Ohrmuscheln, die von seinem fast kahlen Kopf weit abstanden.

»Mir ist der Laden dieses Herrn bekannt, Mister Broadwood. Er befindet sich in der Nähe der Baker Street in Marylebone. Mister Godfield handelt dort mit gebrauchten Instrumenten. Mein Bruder lebt in der Nähe.«

»Kein Wunder, dass du ihn nicht kennst«, sagte Mistress Broadwood zu ihrem Mann mit einem Lächeln in der Stimme.

Kurz darauf gingen Sophia und Jennifer die James Street entlang, die zum Buckingham Palace führte. Sophia war beeindruckt von dem imposanten Gebäude und dem großen Platz davor. Hier und auf der Mall, der Alleenstraße, die vom Palast durch den St James's Park in die Stadt führte, waren allerlei Menschen verschiedener Stände unterwegs. An der Kleidung konnte man ihre Träger dem Adel, dem Bürgertum bis zu einfacheren Leuten und Arbeitern zuordnen. Bei einem Straßenhändler kauften sie sich *Sausage Rolls*, um etwas gegen ihren aufkommenden Hunger zu unternehmen. Sophia erinnerten sie an Würstchen im Schlafrock.

»Jennifer Carp. Was für ein unmöglicher Name«, stellte Sophias Freundin kichernd zwischen zwei Bissen fest.

Sophia musste lachen, was ihnen einen mahnenden Blick eines Polizisten einbrachte, der auf der Piccadilly patrouillierte.

»Nur für den Fall, dass wir diese Tarnung noch einmal benutzen müssen: Bin ich deine ältere oder deine jüngere Schwester?«

»Auf jeden Fall meine Lieblingsschwester«, meinte Sophia.

Bald änderte sich das Straßenbild. Die Häuser wurden niedriger und weniger herrschaftlich, die Straßen enger und schmutziger. Hier flanierte man nicht wie rund um Buckingham Palace oder die feinen Herren auf der Pall Mall, wo sie zum Essen in ihre Gentlemen's Clubs gingen. Hier bewegte sich einfacheres Volk, was man den Menschen in den Gesichtern und an ihrer Kleidung ablesen konnte.

Nach mehr als einer halben Stunde Fußmarsch kroch die Kälte Sophia durch ihre Jacke und die Tücher. Sie litt vor allem unter kalten Füßen. Deshalb wärmten sie sich in einem Kaffeehaus auf, wo sie sich eine Tasse des heißen Getränks und ein paar Scones teilten. Bevor sie weitergingen, stellte Sophia sich noch einmal für eine Minute an den heißen Ofen. Ihre Füße fühlten sich fast wieder warm an.

Mister Raffle, der Monteur der Klaviaturen, hatte ihr beschrieben, wo sie den in einem Hinterhof gelegenen Eingang des Ladens von Ebenezer Godfield finden konnten. Marylebone war keine ganz arme Gegend, aber Sophia bezweifelte, dass der Bedarf an Klavieren hier besonders groß war. An der Ecke zur York Street nahmen sie den beschriebenen Durchgang zu dem schmalen Weg, der an der Hinterseite der Backsteinhäuser der Baker Street verlief.

»Da«, rief Jennifer und zeigte auf einen Kellerabgang, über dem ein schiefes Schild mit der Aufschrift *Godfield Pianos* hing.

»Da runter?«, fragte sie unsicher.

»Wenn es da steht«, antwortete Sophia. »Oder sollen wir lieber aufgeben?«

»Nachdem wir den ganzen Tag unterwegs gewesen sind? Natürlich nicht!«

Sie klopften.

»Herein!«, hörten sie eine kratzige Stimme von drinnen.

Sophia öffnete die Tür und trat in einen Raum, in den durch die hohen Kellerfenster nur wenig Licht fiel. Es roch nach Holz, Lack und Öl. Und nach etwas anderem, das Sophia nicht einordnen konnte. Mit den sieben Klavieren, die ohne erkennbare Ordnung herumstanden, war wenig Platz in dem Raum. Die meisten Instrumente waren geöffnet. Einem fehlte auch das Rückenteil.

»Ja?«, kam die Stimme, ohne dass Sophia ihren Ursprung ausmachen konnte.

»S-Sir?«, fragte sie und merkte, dass ihre Stimme zitterte. Sie spürte, dass Jennifer sich so hinstellte, dass sie sich an den Schultern berührten.

Plötzlich tauchte eine Gestalt hinter einem der Klaviere auf. Die beiden Frauen erschraken kurz. Doch der Mann war nicht größer als Sophia und schien nur aus Haut und Knochen zu bestehen. Das Gesicht war eingefallen, die Augen lagen tief in dunklen Höhlen, und das widerspenstige schlohweiße Haar bewegte sich, als ginge ein starker Wind. Dabei flackerte die Kerze, die er in einem Halter in der Hand trug, kein bisschen.

»Sie wollen kein Klavier kaufen«, stellte der Mann mit einem prüfenden Blick fest.

Sophia schüttelte langsam den Kopf.

Der Mann kam näher und musterte sie und Jennifer eingehend.

»Was kann ich sonst für Sie tun?«

»Sie waren vor längerer Zeit bei einem Empfang im Hause Highman«, sagte Sophia ohne Umschweife. »Sie haben dort von einem Gentleman erzählt, der Ärzte vermittelt, die mit neuartigen Heilmethoden selbst aussichtslosen Fällen helfen würden.«

»Mag sein.« Sein Atem rasselte. »Und wer sind Sie, wenn ich fragen darf?« Er drückte sein wildes Haar mit einer Hand an den Kopf, aber es nahm fast augenblicklich die vorherige Form an.

»Wir sind Sophia und Jennifer Carp und suchen diesen Mann.«

»Ich fürchte, ich kann Ihnen leider nicht weiterhelfen, Miss Carp und Miss Carp.«

»Sie sind doch Mister Ebenezer Godfield?«, versuchte Sophia sich zu vergewissern.

»Der bin ich, aber kenne den Mann nicht, den Sie suchen.« Godfield sprach zwar zu Sophia, aber sein Blick aus den tiefen Augenhöhlen streifte dabei über Jennifers Körper. Er kam auf sie zu. Sie wichen zurück. Ebenezer Godfield trottete zur Tür und drehte den von innen steckenden Schlüssel herum.

Sophia schluckte. Jennifer wirkte alarmiert.

»Nur keine Angst, die jungen Damen«, sagte der Mann. »Ich schließe immer ab.«

»Als wir kamen, war aber offen.«

»Ich muss es wohl vergessen haben. Zum Glück sind es nur zwei hübsche Mädchen und keine gefährlichen Gauner, die mich ausrauben wollen.« Er lachte, was sich anhörte wie das Krächzen einer kranken Krähe.

Entsetzt bemerkte Sophia, dass er den Schlüssel abzog und in seine Rocktasche steckte.

»Ich kenne den Mann nicht, den Sie suchen«, wiederholte er und kam dabei so direkt auf sie zu, dass sie auseinandertreten mussten, um ihn hindurchzulassen.

»Aber Sie haben bei dem Empfang von ihm gesprochen. Oder stimmt das etwa nicht?«, fragte Sophia.

Er schaute wieder zu ihr. »Doch, doch, aber ich bin ihm nur zweimal begegnet, sonst weiß ich kaum etwas über ihn.«

»Sie sind ihm begegnet? Wie sah er aus?« Sophia fasste wieder Hoffnung und versuchte, die verschlossene Tür zu ignorieren.

Godfield zwinkerte und sah sie an. »Wieso interessiert Sie das?«

Er setzte sich an ein Klavier und schlug eine Note von düsterer Tiefe an. Er hielt die Taste, bis der Klang völlig verhallt war.

»Ich habe Sie etwas gefragt«, sagte er auf einmal gereizt. Sophia spürte seine stechenden Augen auf sich. »Wieso interessiert Sie dieser Mann?«, wiederholte er.

Sophia fiel auf Anhieb keine schlaue Antwort ein.

»Ich bin krank und brauche seine Hilfe«, sprang Jennifer ein.

Godfields Kopf wandte sich ruckartig in ihre Richtung. »Das tut mir leid. Was haben Sie denn? Ich hoffe, es ist nichts allzu Schlimmes.«

Jennifer ging darauf nicht ein, sondern wiederholte Sophias Frage. »Wie sah der Mann denn aus?«

Godfield erhob sich von dem Schemel und stellte sich vor Jennifer und Sophia. »Groß, schlank, ein Gentleman, allerdings Franzose. Sein Name war Etienne …« Er überlegte. Dabei bewegte er sich noch näher an Jennifer heran, als er ohnehin schon stand.

»Etienne Légat«, ergänzte Sophia und schob ihre Freundin aus seiner Reichweite.

»Nein. Lefèvre. Das war sein Name«, erinnerte Godfield sich. »Etienne Lefèvre. Wie gesagt, ich habe nur einmal mit ihm gesprochen. Wir trafen auf der Baker Street aufeinander. Das ist schon ziemlich lange her.«

»Wohnt er hier im Viertel?«

Godfield schüttelte so heftig den Kopf, dass sein wirres Haar in hektisches Wogen geriet. »Ich denke nicht. Er dürfte sich wohl eine bessere Gegend leisten können.«

Er schlurfte zurück zu dem Klavier. Jennifer und Sophia tauschten alarmierte Blicke, als er ihnen den Rücken zuwandte. Doch das tat er nicht lange. Er drehte sich zu ihnen und tastete hinter einem Klavier nach etwas. Schließlich zog er ein armlanges Brecheisen hervor.

Jennifer wurde bleich vor Schreck.

»Was will Lefèvre dann hier?«, versuchte Sophia, das Gespräch in Gang zu halten, und hielt gleichzeitig Ausschau nach einer möglichen Waffe.

Sie atmete auf, als Godfield das Eisen auf seinem Schemel ablegte. Als Antwort auf ihre Frage zuckte er nur mit den Schultern. »So gern ich Sie beide auch hierbehalten hätte – ich habe jetzt doch mein Geschäft fortzuführen.«

»Dann schließen Sie die Tür auf!«, forderte Sophia. Ihre Stimme hörte sich in ihren Ohren brüchig an.

»Was? Ach ja!« Er tastete von außen über die Taschen seines Rocks und griff in die mit dem Schlüssel. Dann ging er wieder zur Tür. Die beiden Frauen wichen ihm aus. Erleichtert beobachtete Sophia, dass er den Schlüssel tatsächlich benutzte, um ihnen die Tür aufschließen.

Jennifer stürmte hinaus ins Freie. Sophia dagegen blieb in der Tür stehen.

»Eine Frage noch, Sir. Sie erwähnten, Sie wären ihm zweimal begegnet.«

»Kurz nach dem Jahreswechsel habe ich ihn noch einmal gesehen. In der Dorset Street hier ganz in der Nähe. Aber es kann auch sein, dass ich mich getäuscht habe.«

»Danke«, sagte Sophia.

Er schlug die Tür zu.

Sie hatten gerade die Mitte der Treppe erreicht, da wurde die Tür wieder aufgerissen. Jennifer sprang die Treppe noch.

»Miss?«

Sophia drehte sich um.

»Nicht Sie. Die andere, die Blonde!«

Sophia beeilte sich ebenfalls, nach oben zu kommen.

»Gute Besserung bei Ihrer Krankheit«, sagte er und warf die Tür wieder zu.

»*Bless me!* War der unheimlich!« Jennifer schüttelte die Anspannung buchstäblich ab. Auch Sophia hatte das Gefühl, jetzt wieder freier atmen zu können.

»Danke für deine Hilfe«, sagte sie.

»Genau wegen solcher Gestalten ist es nötig, dass du das nicht allein machst. Du kannst nicht immer so ein Glück haben wie mit dieser Lady Broadwood. Also, mir ist es eiskalt den Rücken heruntergelaufen. Aber wir haben einiges erfahren.«

»Der Nachname ist anders, aber sonst passt alles genau zu Etienne Légat«, sagte Sophia.

»Offenbar bist du nicht die Einzige, die sich einen falschen Namen gibt.«

»Ja, das stimmt. Wahrscheinlich sind Légat und Lefèvre beide falsch.«

»Wahrscheinlich. Und jetzt? Wie geht es weiter? Wir haben keine heiße Spur mehr.«

»Wir wissen aber, dass er ihn zweimal hier gesehen hat. Marylebone ist unsere Spur.«

»Das ganze Stadtviertel? Was willst du machen? Jeden Sonntag hierherkommen und hoffen, ihn zu treffen?«

»Man müsste hier wohnen«, überlegte Sophia laut.

Doch ihren letzten Satz hatte Jennifer nicht gehört. Sie lief auf das kleine Schaufenster eines Ladens zu, in dem ein Schild hing.

»Sophia, schau mal!«, rief sie und drückte sich die Nase am Fenster platt.

»*Zu vermieten*«, las Sophia den ersten Teil vor, der auf dem Zettel stand. Sie konnte einen schmalen Laden mit einem Verkaufstresen und einem kleinen Ofen ausmachen. Es gab eine Tür, die weiter nach hinten führte.

»Das wäre ideal für ein Geschäft mit Spitzen und Bändern«, stieß Jennifer begeistert hervor. Ihr Atem ließ die kalte Scheibe anlaufen. Sie wischte darüber und schaute weiter ins Innere.

»Ein Pfund pro Woche«, las Sophia weiter. »Interessenten melden sich bitte bei Mistress Illuminata Wolf im Haus nebenan.«

Jennifer zog den Kopf zurück und seufzte tief. »Ich weiß. Das ist viel zu viel. Aber träumen wird man wohl doch noch dürfen.«

# KAPITEL 28

London, Januar 1842

*H*ier sind Nachrichten aus Ceylon«, sagte Prinz Albert.
Königin Victoria stand auf und ging um die beiden Schreibtische in ihrem gemeinsamen Arbeitszimmer in Buckingham Palace herum zu ihrem Mann.

»Ich hätte es dir auch vorlesen können«, sagte er.

»Es schadet mir nicht, kurz aufzustehen. Endlich kann ich mich wieder richtig bewegen.«

Sie schaute Albert über die Schulter und atmete dabei seinen betörenden Geruch ein, der wie Karamell süß und salzig zugleich war. Sie spürte, wie das Verlangen von ihrem Körper Besitz ergriff. Warme Wellen fluteten durch ihren Unterleib, und ihr Herz bebte in ihrer Brust.

»Siehst du?«, fragte er.

Sie konnte sich auf die Worte auf dem Bogen nicht konzentrieren. Die Depesche kam aus dem Außenministerium. Lord Palmerston informierte sie über ein gesunkenes Handelsschiff. Das war schlimm und hätte eigentlich der Grund für ihren schnelleren Atem sein müssen. Sie schalt sich selbst und bewegte ihren Kopf weg von ihrem Gemahl. Wie sehr sie ihn liebte! Sie bewunderte seinen Geist, ihr imponierte seine Geradlinigkeit, sie war beeindruckt von seinem Wesen, dem alles Schlechte fremd zu sein schien. Und sie konnte sich nicht sattsehen an seinen sanften Gesichtszügen, dem beim Küssen kitzelnden Schnurrbart, seinen großen, starken, fordernden Händen und …

Endlich konnten sie ihrer Leidenschaft wieder freien Lauf lassen. Nach Berties nicht ganz leichter Geburt am 9. November hatte Victorias Körper zuerst eine Phase der Erholung nötig gehabt, die von tiefer Lustlosigkeit begleitet gewesen war. Das hatte sie schon im vergangenen Jahr nach Vickys Geburt so erlebt. Als es ihr wieder besser ging, hatten sie beschlossen, ein paar Tage auf ihrem Landsitz Claremont House südwestlich von London zu verbringen, ohne die Kinder und mit kleiner Dienerschaft. Dort hatten sie wieder die Stufen der Glückseligkeit erklimmen können. An einem Tag waren sie nur zum Essen aus dem Schlafgemach gekommen.

Und auch jetzt konnte sie kaum an etwas anderes denken als an die breite Brust und schmalen Hüften ihres geliebten Gemahls.

»Was schreibt Palmerston genau?«, fragte sie und ging zum Fenster, in der Hoffnung, sich weit genug weg von Albert mehr auf seine Worte konzentrieren zu können.

»Er schreibt, dass im Rahmen der Abberufung von Gouverneur Stewart-Mackenzie ein Handelssegler unter englischer Flagge, die *Roberta*, kurz nach der Abfahrt in Richtung England in einem Sturm gesunken ist. Ein Seemann wurde wie durch ein Wunder gerettet und konnte von dem Unglück berichten.«

»Alle anderen sind tot?«

»Davon dürfte auszugehen sein. Darunter befinden sich auch Sir Samuel Helster und ein Robert Hughes, ein Geschäftsmann aus Hastings, die beide im Stab des Gouverneurs gearbeitet hatten und auf dem Heimweg waren.«

Victoria nickte betroffen. Durch die feine Gardine blickte sie auf den Vorplatz des Palastes, der vom Marble Arch, einem Triumphbogen, und dem schwarzen Schmiedeeisenzaun vom öffentlichen Teil des Geländes abgetrennt wurde, der in die Mall überging. Von hier aus sahen die Leute, die dort gingen, ganz klein aus. Die Kutschen wirkten wie Spielzeuge. All diese Menschen und Hunderttausende mehr waren ihre Untertanen. Keine Spielzeuge, sondern Menschen, die ihre Hoffnung auf ein gutes

Leben der Krone, und damit ihrer Königin, anvertraut hatten. Jeder Einzelne von ihnen hatte – wie Victoria selbst – seine ureigene Geschichte. Hoffnungen, Wünsche, Sorgen und Ängste … und Leidenschaften. Der Tod der Engländer bei diesem Schiffsunglück würde bei ihren Angehörigen tiefe Trauer auslösen. Vielleicht ging ihnen sogar die Lebensgrundlage verloren. Denn jedes einzelne Schicksal ihrer Untertanen war mit den Leben der anderen verbunden wie die Schnüre eines Fischernetzes – und ihr eigenes Schicksal hing auch daran, genauso wie das der beiden einfachen jungen Frauen, die gerade am Zaun des Palastes vorbeigingen.

Sie wusste, dass alle um sie herum, alle weisen Berater, ihre Mutter, selbst ihre Bediensteten ihr die Regentschaft nicht zugetraut hatten. Wie auch? Sie war eine junge Frau, aufgewachsen in einem goldenen Käfig in Kensington mit der Furcht ihrer Mutter, ihr Onkel, der Duke von Cumberland, könne Victoria nach dem Leben trachten. Außer guter Bildung hatte sie nur wenig Erfahrung im Umgang mit anderen Menschen, geschweige denn eine Ahnung, wie sich das Leben derer gestalten mochte, die zu ihr als Königin aufschauen sollten. Sie selbst zweifelte oft genug daran, ob sie für diese Aufgabe geeignet war. Aber sie wollte eine gute Königin sein, die von ihren Untertanen geliebt wurde. Untertanen wie diese beiden jungen Frauen.

An ihren Bewegungen und der Zugeneigtheit ihrer Gestalten konnte Victoria erkennen, dass es sich bei ihnen um Schwestern oder enge Freundinnen handeln musste. Auf einmal fiel Victoria auf, dass sie die beiden beneidete. Natürlich war sie sich aller Privilegien bewusst, die ihr als Königin zuteilwurden, aber eine wirkliche Freundin fehlte ihr. Es bestand eine zu tiefe Kluft zwischen ihrer Stellung und der ihrer Untertanen. Selbst zu ihren Hofdamen mochte sich vielleicht zwar eine oberflächliche Freundschaft entwickeln, aber nie eine wirklich unbeschwerte Nähe. Am ehesten fühlte sie sich mit Harriet verbunden, der Herzogin von Sutherland, die bis zum vergangenen Jahr ihre Mistress of the Robes gewesen war. Sie kannten sich schon lange und sprachen auch manches persönliche Wort miteinander. Und doch war Victoria in erster Linie ihre Königin, erst dann eine Freundin.

Sehr eng war ihr Verhältnis zu Louise Lehzen, die Victoria schon als Kind gekannt hatte, aber dennoch war die Baroness für sie eher eine geliebte Beraterin. Zu ihrer nächsten Verwandtschaft, ihrer Mutter und ihrer älteren Schwester Feodora, Feo genannt, empfand Victoria keine Nähe. Ihre Mutter Victoire von Sachsen-Coburg-Saalfeld wohnte zwar im Palast, aber hätte genauso gut wie Feo im Ausland leben können. Vielleicht war sie deshalb so froh, wenn schon keine Freundin, dann in Lord Melbourne einen wahren Freund zu haben.

Die beiden jungen Frauen waren aus ihrem Blickfeld verschwunden. Victoria wandte sich wieder zu dem Menschen um, dem sie sich tatsächlich am nächsten fühlte: ihrem Albert.

»Wir sollten den Familien der beiden Herren von diesem Schiff zu ihrem Verlust unser tiefstes Bedauern ausdrücken«, sagte sie.

Albert nickte zustimmend, markierte den Brief und legte ihn auf den immer höher werdenden Stapel vor sich. Durch die Tage in Claremont House hatten die Amtsgeschäfte warten müssen. Jetzt hatten sich so viele Korrespondenzen angesammelt, dass sie seit dem Frühstück damit beschäftigt waren. Sie hatten seit der Rückkehr noch nicht einmal die Kinder richtig gesehen, nur gestern Abend kurz, als sie schon schliefen.

»Hast du auch etwas Erbaulicheres an diesem sonnigen Tag als Krieg und Tod?«, fragte sie.

»Ich will sehen«, sagte Albert und blätterte die weitere Post durch. Er vertiefte sich in die Schreiben. Wenn Albert sich auf ein Thema konzentrierte, schaffte er es, den Rest der Welt auszublenden. Victoria beneidete ihn darum. Sie musste als Monarchin stets das große Ganze im Blick behalten. Wahrscheinlich funktionierte ihre Zusammenarbeit deshalb so gut, weil sie sich ergänzten. Lord M hatte genau das vorhergesehen.

Melbourne fehlt mir, dachte Victoria. Er war ihr ein wahrer Freund. Und trotz seines hohen Alters hatte sie auch für ihn geschwärmt. Aber vor allem war er ihr wertvollster Ratgeber gewesen. Er hatte lange vor ihr vorhergesehen, dass Albert eine verantwortliche Aufgabe brauchte, um an ihrer Seite nicht unzufrieden und schließlich unglücklich zu werden. Es war gar nicht so einfach, ihm immer neue Aufgaben zu überlassen, ohne dass er das Gefühl bekam, sich nicht selbst dafür entschieden zu haben.

»Hier!«, rief Albert auf und riss sie aus ihren Erinnerungen. »Ein Brief auf Deutsch, der dich aus Frankreich erreicht.«

»Von wem?« Victorias Interesse war geweckt.

»Von Franz Xaver und Hermann Winterhalter.«

»Die Porträtmaler!«, rief sie begeistert. »Was schreiben sie?«

»Eure Majestät, Königin Victoria …«, begann Albert vorzulesen und ließ dann den Rest der Begrüßung aus. »Ah, hier: … freut es uns, dass es uns möglich wird, den lange vorgesehenen Besuch auf den Mai terminieren zu können.«

»Im Mai? So spät?« Sie war enttäuscht.

»Sie werden vorher noch andere Verpflichtungen haben, Liebes.«

»Ich bin die Königin von England!«, rief Victoria gereizt. Sie war es nicht gewohnt, dass man sie warten ließ.

»Wem sagst du das?«

Albert lächelte sie so entwaffnend an, dass der kurze Moment der Wut sofort wieder verrauchte. Das Gemälde, das die Winterhalters ihrem Boten mitgegeben hatten, war wirklich hervorragend gewesen und hatte sie in ihrer Entscheidung bestärkt, die beiden deutschen Brüder wegen ihrer Staatsporträts in Betracht zu ziehen.

»Wahrscheinlich wollten sie eine Chance haben, London ohne Regen und Nebel erleben zu können«, sagte Albert.

»So wie heute, mein geliebter Ehemann.«

»So wie heute.« Albert legte den Brief zur Seite und stand auf. »Wir können nachher weitermachen, Victoria«, sagte er. »Jetzt sollten wir nach Vicky und Bertie schauen.«

»Lehzen hat gesagt, dass alles in Ordnung sei«, sagte Victoria, folgte Albert aber hinaus.

Gemeinsam begaben sie sich in die *Nursery*, den Kinderbereich, wo Mistress Roberts, die leitende Kinderfrau, gleich eines der Kindermädchen nach Baroness Lehzen schickte. An sich war der gute Christian Friedrich von Stockmar verantwortlich für alle kindlichen Belange und arbeitete die Erziehungspläne für Vicky und Bertie aus, aber die Baroness hatte die Oberaufsicht über die Nursery übernommen, wie auch früher schon in Kensington. Mistress Roberts war verantwortlich für Pflege und Betreuung der Kinder und somit auch die Vorgesetzte der Kindermädchen und Ammen.

Albert war ein liebevoller Vater und mochte kleine Kinder weitaus mehr als Victoria. Vor allem als Säuglinge erinnerten sie Victoria an plärrende Frösche. Und auch wenn sie wusste, wie irrational die Vorstellung war, Frösche an ihre Brust zu legen, fand sie es äußerst abstoßend. Darum gab sie das Stillen so schnell wie nur möglich an Ammen ab. Mit der einjährigen Vicky konnte sie schon mehr anfangen. Die Kleine lernte schnell und wusste schon, sich zu benehmen. Victoria war zuversichtlich, dass sich auch ihr Verhältnis zu Bertie mit der Zeit verbessern würde.

Albert beugte sich tief über das Bett seines Söhnchens.

»Schön, dass Sie wieder da sind, Majestät«, sagte Mistress Roberts, während sie einen Knicks machte. Ihr Alter musste irgendwo zwischen vierzig und fünfzig liegen. Sie war eine schlichte Frau, die selbst drei Kinder großgezogen hatte und ihren Dienst seit Vickys Geburt gewissenhaft in der Kinderstube verrichtete. Zuerst war sie einfaches Kindermädchen gewesen, aber nach dem Reinfall mit Louisa Southey, der Schwester des früheren Hofdichters, nahm sie seit November die Planung und Einteilung der

Arbeit in der Nursery vor. Louisa Southey hatte die Leitung der Kinderstube innegehabt, ihre Aufgabe aber nicht im Geringsten ernst genommen und war ständig unterwegs gewesen. Wie Victoria erfahren hatte, um Freunde zu besuchen. Seit sie weggeschickt worden war, hatte die Baroness Lehzen die Verantwortung übernommen. Zu Alberts Missfallen, der lieber seinen Privatsekretär George Anson in der Rolle des Leiters der Nursery gesehen hätte.

»Wie geht es Vicky?«, fragte Königin Victoria die Kinderfrau.

»Sie ist weiterhin sehr schwach, Ma'am.«

»Sie befindet sich auf dem Weg der Besserung«, vernahm die Königin die Stimme der Baroness.

»Lehzen!«, rief sie erfreut.

»Mylady.« Die Baroness senkte kurz den Kopf.

»Was ist denn mit Vicky?«, wollte jetzt auch Prinz Albert wissen. Er war die ganze Zeit in Sorge, weil das kleine Mädchen etwas kränklich und schwach gewesen war, schon bevor sie nach Claremont House gefahren waren. Aber die Baroness hatte Victoria versichert, dass sie sich in besten Händen befände. Sie und Doctor Clark würden sich engmaschig um die Gesundheit der Kleinen kümmern.

Dennoch versetzte der Anblick ihres Kindes Victoria einen Stich ins Herz. Gestern Abend bei schwachem Licht und mit einem Daunenbett zugedeckt, hatte Vickys Schlaf tief und gesund gewirkt, aber jetzt fand sie, dass ihr Töchterchen mager aussah.

»Bekommt sie noch die Diät?«, fragte sie die Kinderfrau.

»Wie Doctor Clark sie vorschreibt«, antwortete sie. »Pfeilwurzmehl in Hühnerbrühe und dazu Eselsmilch.«

»Das ist doch viel zu wenig!«, rief Albert. Er nahm Vicky auf den Arm. »Sie wiegt ja kaum noch etwas. Gebt dem Kind zu essen!«

»Eure Hoheit, die ärztlich vorgeschriebene Diät wird auf das Gramm eingehalt...«, setzte Baroness Lehzen an.

»Dann ist es vielleicht der falsche Arzt«, unterbrach Albert sie. »Victoria! Du musst doch auch sehen, dass Vicky viel zu schmal und zu bleich ist.«

Die Baroness warf ihr einen mahnenden Blick zu.

Vicky war seit einem Monat immer wieder kränklich. Doctor Clark hatte sich ihrer angenommen und festgestellt, dass das Kind Magenprobleme hatte, die nur mit einer peinlich eingehaltenen Diät in den Griff zu bekommen seien. Und Doctor Clark galt als guter Arzt.

»Es wird ihr weitaus schlechter gehen, wenn ihr kleiner Magen überfüllt wird«, erklärte Luise Lehzen anstelle von Victoria.

Albert wandte den Blick nicht von seiner Frau ab. Victoria las in seinen Augen die Aufforderung, als Mutter endlich selbst etwas dazu zu sagen. Sie fasste einen Entschluss.

»Lehzen. Bitte fragen Sie bei Doctor Clark nach, ob Vicky nicht mehr zu essen bekommen könnte. Sie sieht wirklich sehr schmal aus.«

Die Baroness nickte ihr zu.

Alberts Augen funkelten böse. »Das ist alles, was du dazu zu sagen hast?«

»Stell mich nicht als lieblose Mutter dar!«, fauchte Victoria. »Ich sorge mich um meine Kinder ebenso, wie du es tust.«

»Ach, ist dem so? Wer sagt denn immer, dass kleine Kinder aussähen wie Frösche? Du müsstest deine Kinder lieben und für sie sorgen!« Er war laut geworden. Oh, was konnte dieser Mann sie wütend machen!

Baroness Lehzen, Mistress Roberts und die beiden Kindermädchen waren plötzlich alle aus der direkten Umgebung des Streits verschwunden. Vicky war weiter auf Alberts Arm und begann zu weinen.

»Albert!«, schrie Victoria und merkte, dass sie schrill klang. »Du machst ihr Angst.«

»Dann kannst du sie ja trösten«, polterte er zurück und reichte ihr das plärrende Mädchen. »Und fühle dabei mal ihre Rippen. Du wirst jede einzelne zu spüren bekommen.«

Victoria drückte Vicky an ihre Brust, aber das Schreien ließ nicht nach. Sie sah aus den Augenwinkeln, dass ein Kindermädchen auf sie zukam, und hielt das Kind in ihre Richtung. Albert trat aus der Nursery in den Flur.

»Albert. Bleib stehen!«, ordnete sie befehlsgewohnt an. Er ging weiter, als hätte er sie nicht gehört. »Bleib stehen!«, wiederholte sie scharf in der Tür.

Dieses Mal hielt er inne. Als er sich umdrehte, schmerzte sie die mit Wut gepaarte Enttäuschung in seinem Blick.

Sie versuchte, ruhiger zu sprechen. »Ich vertraue Lehzen und den Kinderfrauen voll und ganz«, erklärte sie.

»Und ich vertraue meinem Gefühl als Vater und sage dir, dass du falschliegst.«

Dass er ihr ständig widersprach, erzürnte sie nur noch mehr. Sie stampfte mit einem Fuß auf, als wäre sie selbst noch ein Kind und keine einundzwanzigjährige Frau.

»Du magst der Mann sein, aber du hast hier nichts zu sagen!«, zischte sie. »Und ein für alle Mal: Hör auf, mich ständig zu bevormunden und mir vorschreiben zu wollen, was ich zu tun habe! Das steht dir nicht zu. Ich bin deine Königin! Ach, es ist ein Jammer, dass ich einen wie dich geheiratet habe.«

Albert blickte mit versteinerter Miene auf sie herab.

»Die Behandlung von Vicky wird fortgeführt, wie diejenigen es empfehlen, die sich damit auskennen. Das ist mein letztes Wort dazu. Das ist ein Befehl. Haben Sie das auch gehört, Lehzen?«

»Ja, Mylady«, hörte Victoria die Stimme der Baroness hinter sich.

Doch all das schien Albert unbeeindruckt zu lassen. Er schüttelte nur traurig den Kopf, drehte sich um und ging weiter.

»Du darfst dich entfernen!«, schrie sie ihm nach.

»Lass ihn, Victoria«, sagte die Baroness beruhigend und legte eine Hand sanft auf ihren Unterarm. »Du hast die richtige Entscheidung getroffen.«

Victoria starrte ihrem Mann nach. »Habe ich wirklich recht gehandelt?«, fragte sie leise. Durch alle ihren Jähzorn hindurch begann sie, daran zu zweifeln.

***

Albert blieb in dieser Nacht in seinen Gemächern, statt in das Bett seiner Frau zu schlüpfen. Und auch am kommenden Morgen erschien er nicht zum Frühstück. Stattdessen überbrachte sein Privatsekretär, George Anson, Victoria einen Brief. Sie schickte Anson mit Baroness Lehzen weg, weil sie den Brief allein lesen wollte.

Victoria! Dein Doctor Clark hat unser Kind mit Abführmitteln vergiftet, und Du lässt es verhungern. Ich möchte damit nichts zu tun haben. Verfahre mit Vicky, wie Du es für richtig hältst. Wenn sie stirbt, dann hast Du sie auf dem Gewissen. Albert.

Ihr erster Impuls war, nach Albert zu schicken und ihm zu befehlen, seine Königin für diese Worte um Entschuldigung zu bitten. Doch in den langen wachen Stunden der vergangenen Nacht hatte sie bei mancher Träne die Erkenntnis gewonnen, dass sie mit ihm genau so nicht umgehen durfte. Sie hasste sich selbst für ihren Jähzorn. Und sie fürchtete, Albert für immer verloren zu haben. Dennoch war sie zu stolz, um zu ihm zu gehen. Wenn er meinte, sich mit Briefen mit ihr verständigen zu müssen, vermochte sie das auch zu tun.

Victoria verfasste ihrerseits ein Schreiben an ihren Mann. Sie legte ihm dar, dass seine Sorge um Vicky für seine väterlichen Qualitäten sprächen, dass er aber versichert sein könne, dass sie als Mutter und die Baroness Lehzen als verantwortliche Leiterin der Nursery nichts tun würden, was dem Mädchen schaden könnte.

Victoria saß an diesem Freitag allein an ihrem Schreibtisch. Der ihres Mannes blieb leer. Sie schickte nach der Baroness, die ihren Brief Anson überreichen sollte.

Am Abend erhielt sie über die gleichen Boten, nur in anderer Richtung, ein weiteres Schreiben von Albert, in dem er seine Zweifel an Louise Lehzens hehren Absichten äußerte.

Diese Frau ist frivol, inkompetent und macht nur Ärger. Eine verrückte, dumme Intrigantin, die sich, besessen vom Machthunger, dir als Halbgöttin empfiehlt. Du bist wie betört von dieser Frau.

Der Brief, den sie als Antwort verfasste, hatte es in sich. Sie zerriss ihn, gleich nachdem sie ihn geschrieben hatte. Auch den zweiten brachte sie nicht zu Ende, sondern warf ihn mit den Fetzen des ersten ins Kaminfeuer. Es folgte eine weitere Nacht, die sie allein unter den kalten Bettdecken verbrachte.

Natürlich stimmte kein Wort von dem, was Albert über die Baroness schrieb. Seit Victorias fünftem Geburtstag war Louise Lehzen ihre Lehrerin und Freundin. Sie hatte die Interessen der Prinzessin gegen ihre leibliche Mutter und Lord Conroy durchgesetzt. Ja, wenn sie nicht gewesen wäre, müsste Victoria wahrscheinlich noch immer bei jedem Schritt den verhassten Berater ihrer Mutter um Erlaubnis anflehen. Und die Baroness war ihr auch als Königin treu ergeben. Jeden Tag.

Als Victoria Albert geheiratet hatte und damit weniger Zeit für sie erübrigen konnte, war nie ein böses Wort über ihre Lippen gekommen. Wie konnte Albert also so etwas schreiben?

Eigentlich könnten wir so glücklich sein, dachte Victoria. Stattdessen herrschte zwischen Albert und ihr kaltes Schweigen. Und ohne seine Hilfe schaffte sie es kaum, ihren Aufgaben als Regentin nachzukommen. Erst jetzt bemerkte sie, wie wichtig ihr die Unterstützung ihres Mannes längst geworden war.

Auch die Nursery hielt Victoria auf Trab. Zuerst verletzte sich eines der Kindermädchen. Die Königin beauftragte Mistress Roberts, nach einer neuen Kraft Ausschau zu halten. Vicky ging es einen Tag besser, danach wieder schlechter. Doctor Clark versicherte Victoria, dass das normal sei auf dem Weg zur Besserung.

»Aber ist sie nicht wirklich viel zu dünn?«, fragte sie ihn. Bis vor einem Monat war sie ein properes Mädchen mit roten Wangen und dicken Ärmchen und Schenkelchen gewesen.

»Sie erhält auf das Gramm genau die Menge an Nahrung, die für sie ideal ist, Ma'am«, antwortete der Arzt.

Victoria schüttelte den Kopf. »Trotzdem möchte ich nicht, dass diese Diät fortgesetzt wird.«

Doctor Clark wollte etwas erwidern, aber Mistress Roberts kam ihm zuvor. Sie sagte: »Selbstverständlich, Ma'am! Sehr gern!« Und an ein Kindermädchen gewandt rief sie gleich darauf: »Emely, lauf und hole Milch und Zwieback. Die Prinzessin hat Hunger!«

»Eure Majestät!«, mahnte der Arzt. »Ich kann Sie nur warnen ...«

»In diesem Fall bin ich Mutter, Doctor Clark«, fiel Victoria ihm ins Wort. »Ich bin überzeugt, dass Sie das Beste für Vicky im Auge haben, aber jetzt möchte ich, dass das Kind wieder essen darf.«

Er verbeugte sich und murmelte: »Wie Sie befehlen, Ma'am.«

»Sie dürfen sich entfernen«, sagte sie.

»Jetzt hat es Albert also doch geschafft«, meinte die Baroness Lehzen später, als sie von Victorias Entscheidung hörte, den ärztlichen Rat in den Wind zu schlagen. »Ich weiß, es steht mir nicht zu, das zu sagen, aber du machst einen Fehler. Die Diät braucht nur noch eine Woche, um vollständig anschlagen zu können, wie Doctor Clark mir versichert hat. Lass nicht zu, dass die erreichten Erfolge zunichtegemacht werden.«

War ihre Entscheidung ein Fehler gewesen? Victoria zweifelte langsam selbst daran. »Aber Mistress Roberts hat Vicky bereits andere Nahrung gegeben«, sagte Victoria kleinlaut.

»Ich habe es vorhin verhindert, dass sie es bekommen hat«, erwiderte die Baroness.

»Ohne mich vorher zu fragen? Gegen meinen Befehl?«

»Es war das Beste für Vicky. Stell dir nur einmal vor, was das mit ihrem entwöhnten Magen gemacht hätte! Sie hätte Krämpfe bekommen. Ich bitte dich, Victoria, vertraue mir und vor allem Doctor Clark. Vicky ist dein erstes Kind, aber er hat schon viele Kinder behandelt.«

Victoria kam sich nun wirklich dumm vor. Die Baroness hatte recht. Wer wusste, wie der kleine Magen nach all der flüssigen Kost auf festere Speisen reagiert hätte.

»Verzeihst du mir die Eigenmächtigkeit, Victoria?«, fragte ihre Vertraute.

»Ja«, antwortete sie. »Es tut mir leid, dass ich nicht auf dich gehört habe.«

DIE UNRUH

Ein Pendel gibt durch seine gleichbleibende Schwinggeschwindigkeit den Takt für eine Wanduhr vor. Es regelt den Gang der Uhr. Auch die Schwingung einer Unruhspiralfeder benötigt stets exakt dieselbe Zeit. Sie kann kleinen Uhren den Takt geben.

Die Unruh besteht aus der flachen Spiralfeder, die ein Schwungrad mit einer bestimmten Schwingungsdauer um ihre Achse bewegt. Im Zusammenspiel mit der Hemmung sorgt sie für das Anhalten und Freigeben des Räderwerks, das von der Energiequelle der Uhr angetrieben wird.

# KAPITEL 29

London, Januar 1842

Johannes' Herz schlug wie wild, als er am Sonntag an der dunkelbraun gestrichenen Tür schellte. Obwohl noch Januar war, fühlte sich dieser Tag fast schon frühlingshaft an. Es kam Johannes so vor, als sei der Winter in London milder als in Märgen.

Der Frau, die ihm die Tür öffnete, fehlten die Worte. Sie musterte ihn von oben bis unten und wirkte erschrocken.

»Hello. Good day. My name is Johannes Faller. Sophia?«

Der Blick der Matrone wurde auf seine zurechtgelegte Ansprache hin nicht besser.

»Sophia?«, fragte er erneut.

Die Frau schüttelte den Kopf und schloss die Tür. Einen Moment wusste Johannes nicht, was er jetzt tun sollte, doch darauf hörte er im Inneren einen Ruf: »Miss Sophia!« Es folgten Schritte auf einer Treppe, dann ein Gespräch, dem Johannes nicht folgen konnte. Endlich öffnete sich die Tür erneut.

Diesmal stand Sophia vor ihm.

»Johannes!«

Er atmete auf. Immerhin konnte sie sich an ihn und seinen Namen erinnern. Sophia trug das dunkle Kleid, in dem er sie zum ersten Mal gesehen hatte. Ihr rotblondes Haar war ordentlich hochgesteckt. Johannes freute sich, dass ihre Begrüßung von einem Lächeln begleitet wurde.

»Ich … Ich wollte dich besuchen«, sagte er. Dabei hatte er sich vorgenommen, etwas anderes zu sagen.

»Ja, das sieht so aus«, antwortete sie mit breitem Grinsen.

»Darf ... darf ich hineinkommen?«

»Nein.« Sie wich nicht zur Seite, um ihn einzulassen. »Ich habe es dir ja schon gesagt: Miss Libberfield duldet keinerlei Herrenbesuche in ihrem Haus.«

»Oh, das ist ... schade.«

»Ja.«

»Würde es dieser Miss Libberfield denn etwas ausmachen, wenn du mich auf einen Spaziergang begleitest?«

»Geht das denn mit deinem Bein?«

»Du könntest spazieren gehen, und ich hinke eben ein bisschen neben dir her. Wenn es dir nichts ausmacht ...«, sagte er mit aufgeregtem Herzklopfen und setzte sein charmantestes Lächeln auf.

Sophia lachte. »Mir macht das nichts aus. Und Miss Libberfield kann dagegen auch nichts einzuwenden haben. Hat der Spaziergang denn ein bestimmtes Ziel?«

»Ich wollte mich einfach ein bisschen mit dir unterhalten, um dich besser kennenzulernen«, sagte Johannes.

Sophia sah ihn verwundert an, dann grinste sie erneut. »Ich meinte eher, wohin der Spaziergang führen soll.«

»Ach so«, sagte Johannes verlegen. Darüber hatte er sich keine Gedanken gemacht. »Wir könnten zur Themse gehen und uns die Schiffe anschauen«, schlug er spontan vor.

»Ich hole nur meine Jacke«, rief sie und machte ihm die Tür vor der Nase zu. Fast augenblicklich öffnete sie sie wieder einen Spalt und sagte: »Warte hier!« Noch bevor er etwas erwidern konnte, fiel die Tür wieder ins Schloss.

Sophia trug eine lange Wolljacke und hatte eine Haube aufgesetzt, als sie schließlich aus dem Haus trat. Johannes hörte Miss Libberfield im Hintergrund lamentieren. Sophia gab etwas zurück, was er nicht verstehen konnte, dann zog sie schnell die Tür zu.

»Ihr ist es nicht recht, dass ich da bin, oder?«

Sophia schüttelte den Kopf. »Gehen wir!«

»Ich bin froh, dass du noch hier wohnst«, begann er nach einem kurzen Schweigen.

»Wo sollte ich sonst hin?«

»Ich hatte Sorge, du wärst vielleicht weggezogen.«

»Wie kommst du darauf?«

»Weil du nicht auf meinen Brief reagiert hast.«

»Brief? Auf welchen Brief?« Sie blieb stehen und sah ihn überrascht an.

»Ich hatte dir vor dem Weihnachtsfest geschrieben.«

»Nein.«

»Doch.«

»Ich meine, der Brief hat mich nicht erreicht. Was hast du denn geschrieben?«

»Letztlich habe ich dir einfach frohe Weihnachten gewünscht«, sagte Johannes.

»Miss Libberfield«, murmelte sie. »Sie muss den Brief abgefangen haben.« Sie sah empört aus. »Mit der werde ich mal ein ernstes Wörtchen zu reden haben.«

»Ich hatte gedacht, du bist vielleicht einfach noch nicht dazu gekommen, mir zurückzuschreiben. Und weil mein Bruder und ich umgezogen sind, fürchtete ich, dass eine Antwort mich nicht erreichen würde. Deshalb wollte ich dir unsere neue Adresse sagen.«

»Ihr seid umgezogen?«

»Nach dem Unfall gab es im Laden des Meisters schlechtes Blut. Dann war ich noch krank, und er hat uns schließlich vor die Tür gesetzt.«

»Du warst krank? Aber dann konntest du doch nichts dafür!«

Johannes zuckte mit den Schultern. »Für die Krankheit konnte ich wirklich nichts, aber er wollte mich sowieso loswerden.«

»Geht es dir und deinem Bruder gut? Wo wohnt ihr jetzt?«

»In der Greenfield Street beim Goldschmied Richter. Im Schwarzwälderviertel. Es ist nur eine kalte Kammer unter dem

Dach, aber wir sind froh, überhaupt eins über dem Kopf zu haben.«

Flip hatte ihnen den Kontakt zu Hans Walter Richter vermittelt. Der Vierundfünfzigjährige stammte aus Grenzach am Hochrhein und war wegen seiner protestantischen Konfession ein Außenseiter in der Schwarzwälder Gemeinschaft. Ab und zu erschien er nach Abschluss des katholischen Gottesdienstes bei den sonntäglichen Treffen. Richter war ein hochgewachsener Mann, sogar etwas größer als Johannes. Er war mit einer drei Jahre älteren Engländerin verheiratet, Lynn, die im Rollstuhl saß. In seiner Werkstatt fertigte er auf Bestellung goldene Gehäuse für Sackuhren an und war einer der wenigen, die Egidius Riesle nicht gegen die beiden Faller-Brüder hatte aufbringen können.

»Und wovon lebt ihr?«, wollte Sophia wissen.

»Mein Bruder hilft bei unserem Hauswirt in der Werkstatt aus. Und ich will versuchen, die wenigen Uhren zu verkaufen, die wir noch haben.«

Sie gelangten an eine größere Straße und ließen einen Landauer vorbei, bevor sie sie überqueren konnten. Sie näherten sich dem Ufer. Die Zahl der Leute nahm zu, die das schöne Wetter nutzten. Ein kleines Stück vor ihnen ging ein Paar. Die Frau hatte sich bei ihrem Begleiter untergehakt. Für einen Moment war Johannes versucht, Sophia seinen Arm anzubieten, wollte dann aber noch nicht zu forsch erscheinen. Er fühlte sich schon glücklich, einfach neben ihr zu gehen. Und er war froh, herausgefunden zu haben, warum sie auf seinen Brief nicht geantwortet hatte. An ihm lag es also nicht, wie er die ganze Zeit befürchtet hatte.

»Ich habe mittlerweile ganz passabel Englisch gelernt«, sagte Johannes stolz. »*Do you wonne buy a clock?*«

»*Do you want to buy a clock*«, korrigierte sie ihn lächelnd.

Johannes versuchte, ihre Aussprache zu imitieren. Beim ersten Mal lachte sie noch und wiederholte den Satz, dann war er wohl besser geworden, denn sie nickte.

»*Do you want to buy a clock?*«, sagte er ein weiteres Mal vor sich hin, um sich den Klang besser einzuprägen.

»Es gibt eine Menge Engländer, die etwas gegen die Deutschen haben«, sagte Sophia. »Wenn du erst vernünftig Englisch sprechen kannst, wird es sicher leichter, mit ihnen in Verbindung zu kommen. Und ihnen Uhren zu verkaufen.«

»Was habt ihr gegen uns?«, fragte Johannes.

»Vielen ist der deutsche Einfluss mittlerweile zu groß. Dass die Königin mit Albert von Coburg einen Deutschen geheiratet hat, empfanden viele sogar als Affront.«

»Aber es ist doch die Liebe, die zählt.«

»Nicht in der Politik«, sagte Sophia. »Man sagt, dass der König der Belgier – der übrigens von beiden der Onkel ist – versucht, den Einfluss des Hauses Coburg in ganz Europa immer weiter auszubauen. Und jetzt haben einige Sorge, dass England bald nicht mehr englisch genug sein könnte. Es wächst die Angst vor einer deutschen Krone.«

»Denkst du das auch?«

Sie zuckte mit den Schultern. »Mir ist das egal. Außerdem werden Leute wie wir die Königin und ihren Gemahl niemals kennenlernen. Trotzdem ist es gut, dass du Englisch lernst.«

»Du hast ja gemerkt, dass ich Hilfe brauchen könnte«, sagte Johannes, in der Hoffnung, dass genau sie ihm diese geben würde. Und Sophia schien seine Andeutung zu verstehen, denn sie stellte nach kurzem Nachdenken fest: »Na gut. Ich könnte dir ab und zu etwas beibringen.«

Sie hatte Ja gesagt! Johannes Herz schlug schneller. »Das freut mich so! Ich kann den Unterricht aber nicht sofort bezahlen.«

»Es hilft mir ja auch, mein Deutsch zu üben«, entgegnete sie rasch. »Wir könnten uns einmal die Woche treffen, wenn du magst.«

»Gern!«

»Die Themse!«, sagte sie und wies auf den Fluss.

Sie waren in Höhe der Blackfriars Bridge, gingen ein Stück darauf und schauten sich die Boote und Schiffe an. Ein kalter Wind zwang sie aber bald, wieder umzukehren.

Sie waren auf dem Hinweg bereits an einem fahrbaren Ofen vorbeigekommen, aus dessen Kamin es heftig qualmte. Auf dem seltsamen Gefährt waren zwei Metallbecken montiert, in denen mit einer Mehlkruste versehene Fischstücke ausgebacken wurden.

»Hast du Hunger?«, fragte Sophia.

Hunger hatte er durchaus, aber kein Geld, um etwas zu kaufen. Sein Schweigen genügte ihr offenbar.

»Du kannst es mir irgendwann einmal zurückgeben«, sagte sie und zahlte für zwei Fischstücke, die jeweils in einen Papierbogen gepackt wurden. Sie blieben an einer Häuserecke stehen und aßen den Fisch. Es schmeckte wundervoll. Doch langsam bekam Johannes ein schlechtes Gewissen, weil Ernst nicht nur allein zu Hause saß, sondern auch lediglich eine dünne Suppe und etwas Brot zu erwarten hatte.

»Wie geht es deinem Bruder?«, fragte Sophia, als hätte sie seine Gedanken gelesen.

»Gut.«

»Wie du das sagst, gibt es noch ein Aber.«

»Ach, wir haben uns heute gestritten.«

»Worüber?«

»Wie es weitergehen soll«, sagte er dann. »Es läuft nicht so, wie wir es gehofft haben. Wir wollten ein Jahr für Meister Schwär arbeiten und dann ein eigenes Geschäft gründen. Ernst sollte Uhren bauen und ich sie verkaufen. Aber jetzt haben wir gerade genug Geld, um das Zimmer zu bezahlen und ab und zu etwas Brot zu kaufen. Einen Laden zu mieten kostet. Und das Werkzeug, das Ernst braucht, muss man sich auch erst einmal leisten können.«

»Könnt ihr euch nicht etwas bei euren Landsleuten leihen?«

»Die geben uns nichts«, sagte Johannes bestimmt. »Ein Bekannter hat mich bei allen schlecht gemacht, weil wir uns als Kinder nicht verstanden haben. Und jetzt will keiner mehr etwas mit uns zu tun haben. Ernst meint, wir sollten zurück nach Hause gehen.«

»Aber du willst das nicht?«

»Normalerweise kommen die Schwarzwald-Engländer als gemachte Männer zurück. Ich will nicht, dass uns alle als die gescheiterten Faller-Brüder ansehen.«

»Habt ihr noch Familie in eurem Dorf? Können die euch etwas leihen?«, fragte Sophia.

»Wir haben mit unserem Bruder ausgemacht, dass die Auszahlung unseres Erbes erst im September erfolgen soll.«

»Ihr könntet einen Brief schreiben und fragen, ob das nicht früher ginge.«

»Genau das hat Ernst vorgeschlagen«, gab er zu.

Johannes wollte das aber vermeiden. Wie sah es August gegenüber aus, wenn sie nach so kurzer Zeit schon um weiteres Geld fragten? Sein Eindruck, dass Johannes und Ernst allein nicht zurechtkamen, würde sich nur festigen. Und ziemlich schnell würden alle im Ort davon sprechen.

»Du sorgst dich, wie es aussieht, wenn du scheiterst, aber du willst auch nicht um Hilfe bitten, um das Scheitern abzuwenden«, stellte sie fest.

Johannes schob sich den letzten Bissen in den Mund. Sophia hatte ihre Portion erst halb gegessen und fragte: »Möchtest du noch? Ich bin satt.« Sie hielt ihm das in Papier verpackte Stück hin. Johannes bedankte sich und nahm den Fisch. Dabei berührten sich ihre Finger. Sophia atmete ruckhaft ein, dann zog sie die Hand langsam zurück.

»Du hast wenigstens jemanden, an den du dich wenden kannst«, sagte sie schließlich. Ihre Stimme klang traurig.

»Hast du niemanden mehr?«

»Meine Mutter ist vor mehr als drei Jahren gestorben. Sie und ich waren allein.«

»Das tut mir sehr leid«, sagte er. »Und dein Vater?«

Sie schüttelte den Kopf.

»Auch tot?«, fragte Johannes nach.

»Er lebt, aber ich kenne ihn nicht.«

Das erstaunte ihn. »Wie kommt das?«

»Wieso erzähle ich dir das eigentlich?«, fragte sie mehr sich selbst als ihn. Sie atmete tief durch, bevor sie fortfuhr: »Ich habe erst vor Kurzem erfahren, dass es ihn gibt. Ich war bei ihm, aber er will nichts von mir wissen. Ob er lebt oder tot ist, macht also keinen Unterschied.«

Johannes steckte das letzte Stück Fisch in den Mund, knüllte das Papier zusammen und warf es zu den anderen auf den Boden.

»Er muss ein Idiot sein, wenn er dich nicht bei sich haben will.«

Sie biss sich auf die Unterlippe, kämpfte mit den Tränen. »Ich glaube, du solltest mich jetzt zurückbringen. Mir wird kalt.«

Auf dem Rückweg wurden ihre Gesprächsthemen leichter. Johannes erzählte ihr von den bergigen Wäldern in Märgen, den Schwarzwälder Füchsen und dem alten Kloster, Sophia vom Meer, vom Wind, der durch die Ruinen von Hastings Castle pfiff, und von den Möwen, die sich vor ihrem Fenster gestritten hatten. Viel zu schnell tauchte Miss Libberfields Pension wieder vor ihnen auf.

»Wir sind da«, sagte Sophia. In ihrer Stimme lag Bedauern.

»Ja. Gleich kannst du dich aufwärmen.«

»Streite dich nicht weiter mit deinem Bruder«, riet sie ihm. »Schreibt eurer Familie. Es macht dich nicht zu einem schwachen Menschen, wenn du jemanden um Hilfe bittest.«

Johannes nickte, dann entfuhr ihm: »Unser Streit ging nicht nur darum.«

»Um was denn sonst noch?«

»Er ist der Meinung, dass … Also, er wollte nicht, dass ich zu dir gehe.« Johannes spürte sein Herz wie wild schlagen. Seine eben noch kalten Ohren schienen auf einmal zu glühen.

Sophia blickte ihn fragend an, und Johannes fand, dass sie wunderschön aussah. Er nahm all seinen Mut zusammen und wollte ihre Hände ergreifen, doch im selben Moment wurde die Tür geöffnet.

»Ich glaube, Sie müssen jetzt gehen!«, sagte Miss Libberfield bestimmt, zog Sophia ins Haus und ließ die Tür hinter sich ins Schloss fallen.

***

Der wie eine Säule mitten durch die Dachkammer verlaufende Kamin war die einzige Heizung in dem Raum, in dem Johannes und Ernst nun seit einiger Zeit hausten. Es gab nur ein Bett, das sich die beiden Brüder teilten. Keiner von ihnen konnte sich so nachts bewegen, aber immerhin hatten sie es ein bisschen wärmer.

Das Dach über ihren Köpfen bot zwar Schutz, war aber nur mit ein paar Strohmatten gedämmt. Als Johannes nach einem beschwingten Nachhauseweg zurückkam, saß Ernst auf dem einzigen Stuhl, die Hände auf den leicht warmen Kaminzug gelegt.

Auf dem Tisch lag noch die Hälfte ihres verbliebenen Brotes, die Ernst ihm übrig gelassen hatte.

»Sophia meinte auch, wir sollen bei August um eine frühere Auszahlung bitten,« sagte Johannes.

Ernst blickte demonstrativ zur Seite.

»Ernst!«

Er reagierte nicht.

»Ich weiß, dass du Sophia auch magst. Aber mir ist sie wirklich sehr wichtig, verstehst du?«

»Liebst du sie denn?«

»Ich muss jedenfalls ständig an sie denken.«

»Na und? Ich auch«, sagte Ernst.

Johannes überlegte, was er darauf erwidern konnte. Dass sie zu alt war für Ernst? Dass Ernst zu klein war oder zu still? Genauso gut hätte Ernst erwidern können, dass Johannes ein Krüppel war.

»Wenn wir sie beide mögen, dann sollten wir sie entscheiden lassen«, schlug Johannes vor.

Ernst dachte kurz darüber nach, dann nickte er. »Ich werde eine Uhr für sie bauen und sie ihr schenken.«

»Das ist eine schöne Idee. Aber das bedeutet nicht, dass sie sich für dich entscheiden muss.«

»Wenn ihr die Uhr richtig gut gefällt, entscheidet sie sich vielleicht für mich.«

»Oder trotzdem für mich«, gab Johannes zurück.

»Vielleicht will sie ja auch gar keinen von uns«, wandte Ernst ein. Als Johannes sein Grinsen sah, musste er ebenfalls lächeln. Dabei hatte er das Gefühl, dass seine Chancen nicht schlecht standen bei diesem Mädchen.

Nachdem sie sich jetzt wieder besser vertrugen und Ernst den Rest des Brotes gegessen hatte, besprachen sie noch einmal die nächste Zukunft und beschlossen, tatsächlich einen Brief zu verfassen. Anschließend fielen sie müde ins Bett.

***

Johannes saß auf dem einzigen Stuhl am Tisch. Er hatte bei ihrem Vermieter Papier und Tinte besorgt. Er und Ernst, der mit angezogenen Beinen am Boden hockte, entschieden gemeinsam, was Johannes schrieb. Schließlich formte er seine Hände zu einer Kugel, in die er hineinhauchte, bevor er mit der Feder seine Unterschrift unter den Brief setzte.

»Lies es noch einmal vor«, sagte Ernst.

»Liebe Mutter, liebe Familie«, begann Johannes. »Dem Ernst und mir geht es gut, auch wenn sich einiges anders entwickelt hat als zuerst gedacht.«

Ernst nickte.

*Über den Diebstahl von Ernsts Börse in Frankreich haben wir Euch
ja bereits in unserem ersten Brief direkt nach der Ankunft berichtet. Seither sind die Uhren, die wir von Euch mitgenommen haben,
zwar angekommen, viele aber bei einem Unfall zu Bruch gegangen.
Meister Andreas Schwär hatte uns das Geld für die Einfuhrzölle geliehen und den Hausierschein vorgestreckt. Wir haben ihn mit den
verbliebenen Uhren ausgezahlt, uns dabei aber mit ihm überwor-
fen. Wenn Ihr uns also schreiben wollt, sendet den Brief nicht mehr
an seine Anschrift, sondern nutzt bitte die neue Adresse.*

Johannes schaute auf und erntete ein erneutes Nicken von Ernst.
Jetzt kam der kritische Teil.

*»Leider befinden wir uns zurzeit in der misslichen Lage, nahezu
mittellos in der Fremde gestrandet zu sein. Uns bleibt nichts anderes
übrig, als Euch um Eure Hilfe zu bitten. August, wir hatten zwar
ausgemacht, dass die Rate von zweihundertfünfzig Gulden der Erb-
auszahlung erst im September erfolgen solle. Um in London Fuß
fassen zu können, benötigen wir aber nun eine möglichst sofortige
Auszahlung in Höhe von mindestens hundertzwanzig Gulden, was
zehn englischen Pfund entspricht. Besser wären jedoch zweihundertvierzig Gulden. Falls Du uns die Summe über das Bankhaus Kleyser und Burger nach London transferieren könntest, würden wir auf
die restlichen zehn Gulden dankend verzichten.*

*Urban Heim wird euch gern behilflich sein, das Geld zu über-
mitteln.*

*Wir hoffen, Euch im nächsten Brief berichten zu können, dass
uns das Geld erreicht hat und wir damit einen kleinen Uhrenladen einrichten konnten. Es grüßen Euch von Herzen Johannes
und ...«*

Ernst nahm die Feder und setzte feierlich auch seinen Namen unter das Schreiben.

KAPITEL 30

London, Januar 1842

Jennifer ließ sich jedes Detail von Johannes' Besuch genau berichten.

»Und was ist aus dem Brief geworden?«, fragte sie.

»Miss Libberfield hatte ihn weggeworfen«, sagte Sophia. Sie hatte deswegen am Vorabend noch mit der Hauswirtin gestritten.

»Und werdet ihr euch wiedersehen?«

»Ich denke, er wird mich kommenden Sonntag wieder zu einem Spaziergang abholen«, erwiderte Sophia.

»Mein Gott, das klingt ja nach einer ernsten Sache!«

»Nur weil ich ihm etwas Englisch beibringe, heißt das ja nicht, dass wir heiraten werden.«

»Das nicht, aber immerhin hast du gerade im Zusammenhang mit ihm schon vom Heiraten gesprochen, nicht ich«, zog Jennifer sie auf. »Wenn das nicht ernst klingt ...«

Sie lachten beide.

Hector Miles, einer der Arbeiter der Wäscherei, fuhr einen hoch beladenen Schubwagen heran.

»Ihr habt es lustig, was? Hier, alles für euch«, sagte er und verschwand wieder.

Jennifer nahm sich eine der edlen Tischdecken, die bald wieder die Tafel eines reichen Kaufmannes schmücken würde.

»Hilf mir mal«, sagte sie.

Sophia stellte ihr Glätteisen auf, ging zu der Freundin und nahm zwei der Ecken. Sie bewegten sich auseinander, zogen den

Stoff glatt und legten ihn so zusammen, dass Jennifer ihn gleich gut bügeln konnte.

»Und, was machen wir jetzt mit diesem Etienne Légat?«, fragte sie. Sophia zermarterte sich schon die ganze Zeit den Kopf, welche Schritte sie als Nächstes unternehmen konnte, um Etienne Légat, Lefèvre oder wie immer er sich nannte, aufzuspüren. Jennifer hingegen hatte kaum ein anderes Thema als den kleinen Laden in der Dorset Street. Genau da hatte dieser unheimliche Godfield Légat beim zweiten Mal gesehen. Und das war noch nicht lange her.

***

»Wir müssen irgendwie an genügend Geld kommen, um den Laden und eine kleine Wohnung zu mieten«, sagte Jennifer ein paar Tage später. »Vom Schaufenster aus könntest du dann nach ihm Ausschau halten. Wenn er da schon war, kommt er vielleicht wieder vorbei.«

»Das ist durchaus möglich«, stimmte Sophia ihr zu. »Aber ein Pfund pro Woche, das sind allein vier Pfund im Monat.«

Selbst zusammen verdienten sie nicht genug, um die Miete aufzubringen.

Sie vertrieben sich die Zeit beim Bügeln und Glätten mit Rechnereien. Jennifers Spitzen waren wirklich hervorragende Stücke bester Handwerkskunst. Ob Kragen, Verzierungen von Ärmeln oder Decken, die Arbeiten waren wunderschön und kunstvoll. Sophias größtes Talent war das Klöppeln nicht. Die wenigen Spitzen, die sie bisher fertiggebracht hatte, waren nicht gerade formschön und zum Teil deutlich fehlerhaft. Jennifer müsste also die Klöppelei übernehmen, und Sophia könnte andere anfallende Arbeiten erledigen, etwa die Spitzen an Kragen nähen oder im Laden verkaufen. Gute Spitze hatte ihren Preis. Falls sie genug davon an den Mann oder in diesem Fall besser an die Frau bringen konnten, würde das nicht nur die Ladenmiete tragen, sondern auch eine kleine Wohnung für sie beide. Und es würde sicher noch genug übrig bleiben, um neue Garne und Bänder einzukaufen.

»Dann lass es uns wagen!«, rief Jennifer euphorisch.

»Ich habe gesagt: falls wir genug verkaufen. Aber wir haben zum einen kaum Ware und wissen nicht, wie es laufen würde. Außerdem haben wir nicht einmal das Geld, um die erste Rate für den Laden zu zahlen.«

»Wir können uns mit den Kragen auf den Markt setzen und sie dort verkaufen!«, schlug Jennifer vor. »Mit den Einnahmen bekommen wir die erste Miete hin.«

»Aber dann bräuchten wir immer noch eine Wohnung. Und eine Ladeneinrichtung.«

Es tat Sophia herzlich leid, den Träumen ihrer Freundin immer wieder mahnend die Wirklichkeit entgegenhalten zu müssen, aber sie hatte selbst einmal in ihrem Leben gehandelt, ohne sich abzusichern. Das hatte sie drei Jahre ihrer Jugend gekostet. Sie wollte sich und Jennifer eine Enttäuschung ersparen. Dennoch ließ sie der Gedanke nicht los, auch wegen Légat. Jennifer hatte recht: Aus einem Laden könnte sie die Straße den ganzen Tag über durch ein Schaufenster im Blick behalten. Und wenn sie Légat dann sah … Ja, was dann eigentlich? Sie könnte ihn schlecht ansprechen und ihm ans Herz legen, keine Leute mehr zu betrügen. Genauso wenig würde es bringen, ihr Geld zurückzufordern, um das er sie betrogen hatte. Aber – sie konnte ihm nachgehen, herausfinden, wohin er wollte und wo er wohnte. Und irgendwie würde sich schon ein Weg finden, ihm das Handwerk zu legen.

Blieb nur das Problem, dass sie keinen Laden hatten, keine Ware und kein Geld. Alle ihre Pläne blieben so flüchtig wie der heiße Dampf in der Bügelhalle.

Am Sonntag stand Johannes wieder vor der Tür. Sie gingen gemeinsam durch den Nebel, und Sophia zeigte immer wieder auf ein Gebäude, eine Kutsche oder irgendein Detail und sagte ihm, wie das Wort auf Englisch dafür lautete. Auf dem Rückweg fragte sie ihn ab, was nicht immer von Erfolg gekrönt war. Trotz allem war es ein sehr schöner Nachmittag gewesen. Neben dem Lernen hatten sie wieder viel miteinander gesprochen. Sophia hatte ihm erzählt, dass Jennifer und sie sich auch wünschten, einen Laden zu eröffnen, und er berichtete, dass sein Bruder und er an ihre Familie geschrieben hatten. Sophia freute sich im Stillen – der Gedanke, dass Johannes in den Schwarzwald zurückkehren würde, gefiel ihr ganz und gar nicht. Beim Abschied hatten sie sich wieder für den nächsten Sonntag verabredet.

$$*** $$

Mister Riley ein paar Tage später erneut dazu zu bringen, Jennifer und ihr freizugeben, war bedeutend schwerer als beim ersten Mal. Sophia erläuterte ihm, dass die Familienangelegenheiten in der vorigen Woche nicht abschließend hatten geklärt werden können und erneut ihre Hilfe vonnöten sei. Riley blickte sie beide ernst an und schnauzte: »Von mir aus. Aber vorher habt ihr alles geglättet, was in euren Körben ist!«

»Vielen Dank, Mister Riley«, sagten Sophia und Jennifer gleichzeitig.

»Und damit wir uns verstehen: Das war das letzte Mal. Es gibt genug Leute, die eine Stellung suchen«, rief er ihnen nach. Das klang nicht nach einem Scherz.

Sie bügelten ohne Pause bis in den frühen Abend, bevor in ihren Körben und Fächern gähnende Leere herrschte. Trotz der vielen Wäschestücke ging ihnen die Arbeit gut von der Hand. Sophia erzählte von Johannes, und Jennifer schwärmte davon, wie gut sich ihr Spitzenladen entwickeln könnte.

Am nächsten Tag machten sie sich in aller Frühe auf den Weg in die Dorset Street. Dieses Mal klopften sie an der Tür neben dem leer stehenden Geschäft. Eine ältere Dame öffnete ihnen. Sie trug Trauerkleidung. Mistress Wolf hörte sich ihr Anliegen an und holte dann einen großen Schlüssel, der an einem handlangen Brett befestigt war.

»Damit er nicht verloren geht«, erklärte sie.

»Ich möchte Ihnen mein Beileid aussprechen«, sagte Sophia.

»Danke, Kindchen. Mein Henry ist schon vor zwölf Jahren von uns gegangen.«

»Dann war das nicht sein Laden?«

»Doch, doch. Damals schon. Er verkaufte Pigmente und Öle, Leinwände und Rahmen für Künstler. Er war selbst ein ganz passabler Maler. Als er tot war, zog ein Silberschmied in den Laden. Er ist im Dezember am Wundbrand gestorben.«

»Oh, das ist schlimm«, sagte Jennifer.

»Du musst es anders sehen, Kindchen. Bisher waren alle mit meinem Lädchen so zufrieden, dass nur der Tod ihr Geschäft beenden konnte.«

Sophia und Jennifer sahen sich amüsiert, aber auch ein bisschen erschrocken an.

Der kleine Laden war für ihr Vorhaben hervorragend geeignet. Es gab einen Tresen, der mit zahlreichen Fächern versehen war, ein paar Regalbretter an einer Wand, auf die man gefaltete Spitzentücher stapeln könnte, ausreichend Platz, um zwei Kundinnen zu bedienen, aber nicht so viel, dass es leer wirken würde. Sophia hatte auf dem Weg kurz daran gedacht, ob der Raum groß genug wäre, um ihn sich mit Johannes und Ernst zu teilen, aber die Idee musste sie gleich wieder aufgeben. Das Lager, das man durch die nach hinten führende Tür erreichen konnte, war winzig. Während Jennifer Mistress Wolf ausmalte, wie sie sich die Einrichtung vorstellte, nahm Sophia schon einmal den Platz hinter dem Tresen ein. Von hier aus hatte sie wirklich einen hervorragenden Blick auf die Straße. Wenn Légat vorbeiginge, würde sie ihn sehen.

»Würden Sie denn über den Preis mit sich reden lassen, Mistress Wolf?«, fragte Sophia.

»Nein. Das tut mir leid, Kindchen. Der Preis steht fest. Ich habe ja auch bereits einen Interessenten.«

»Oh nein!«, rief Jennifer enttäuscht.

»Ein junger Mann, der ein Tabakgeschäft eröffnen möchte. Pfeifen und Zigarren für den Gentleman.« Sie winkte ab. »Aber ob das wirklich noch etwas wird?«

Jennifers Miene hellte sich wieder auf.

»Ich habe ihm eine Frist bis zum 14. Februar gegeben«, fügte die alte Dame hinzu.

»Das sind ja noch zwei Wochen!«, rechnete Sophia.

»So ist es. Aber ich stehe bei Mister Francis im Wort. Wenn er sich bis dahin nicht entschieden hat, könnt ihr eure Spitze vorbeibringen. Ich wüsste sogar ein paar Damen, die sicherlich gute Kundinnen werden könnten.«

Sophia fand das gar nicht so schlecht. So blieb ihnen immerhin noch etwas Zeit, das nötige Geld zu besorgen.

Die Witwe Wolf wusste ihnen zudem von einer kleinen Wohnung ein paar Häuser weiter zu berichten, die zu vermieten war.

»Das wäre ideal. Das wäre nur eine Minute zum Laden«, befand Jennifer.

Vor Ort wurden sie von Mistress Solvey empfangen, einer recht herben Frau um die fünfunddreißig Jahre, deren ältester Sohn bereits siebzehn war, wie sie erzählte. Sie hatte noch fünf weitere Kinder, von denen drei vor der Tür spielten. Das kleinste Mädchen blieb trotz ihres Plärrens unbeachtet in einem Stuhl festgeschnallt.

Die Frau musterte Sophia und Jennifer zuerst skeptisch, führte die beiden dann aber durch ein schmutziges Treppenhaus bis zum obersten Stock. Durch eine Tür, die aus derben Brettern gezimmert war, traten sie in einen mit Kisten vollgestellten Flur, von dem zwei weitere Türen abgingen – zu einer Kammer und in einen größeren

Raum mit einem Kochofen. Durch die Fenster in den Gauben fiel genug Licht in die Räume. Die Kammer war zwar klein, konnte aber auch mit einem Kohleöfchen beheizt werden.

»Zum nächsten Brunnen sind es nur hundert Yards«, warb Mistress Solvey für die Wohnung.

»Was hat es mit diesen Kisten und Körben auf sich?«, fragte Sophia.

»Die vorige Familie ist gestern ausgezogen. Den Rest holen sie morgen ab. Wenn ihr die Wohnung wollt, müsst ihr euch sofort entscheiden. Es wird nicht schwer werden, jemanden zu finden. Sechs Shilling pro Woche, jeweils im Voraus zu zahlen.«

Das war eine Menge Geld, aber nicht viel teurer als ihre beiden bisherigen Unterkünfte.

Mistress Solvey ging wieder nach unten.

»Ich weiß nicht«, meinte Sophia zweifelnd, aber Jennifer tanzte aufgedreht durch die Küche, die gleichzeitig ihr Wohnzimmer sein würde.

»Wenn wir das machen, haben wir es jeden Tag sehr weit bis zur Wäscherei«, mahnte Sophia, aber eigentlich war sie von dem Gedanken, hier mit ihrer Freundin zu wohnen, längst selbst schon restlos begeistert.

»Weit bis zur Waschküche, aber nicht weit in unseren kleinen Laden!«

»Falls wir den bekommen«, wandte Sophia ein.

»Wenn der Kerl sich die ganze Zeit nicht entscheiden konnte, wird er den Laden auch in zwei Wochen nicht nehmen«, argumentierte Jennifer. »Aber wir! Ich sage dir, das kann der Schritt in unser Glück werden.«

»Dann lass es uns machen. Nehmen wir die Wohnung!«, hörte Sophia sich sagen. Jennifer sprang jubelnd auf sie zu und nahm sie fest in den Arm.

Die Folgen ihrer Entscheidung wurden Sophia erst bewusst, als sich ihre Wege auf dem Nachhauseweg trennten und sie allein zu Miss Libberfields Pension weiterging. Nach dem Streit mit ihrer Hauswirtin wegen des vorenthaltenen Briefes von Johannes war ihr Verhältnis deutlich getrübt. Auch deshalb würde es gut sein, mit Jennifer zusammenzuziehen.

Als Sophia vor ihrem Zuhause ankam, staunte Sophia nicht schlecht. Miss Libberfield hatte offenbar Besuch. Eine schwarze Kutsche stand vor der Tür. Der Kutscher tränkte gerade das Pferd aus einem Ledereimer. Aus seiner Kleidung, der eleganten Kutsche und dem schönen Tier schloss Sophia, dass der Besucher ein reicher Mann sein musste.

Die Haustür öffnete sich in dem Moment, als Sophia darauf zuschritt. Zwei Gesichter blickten ihr überrascht entgegen. Das von Miss Libberfield und das eines Mannes, den hier zu sehen sie zuletzt erwartet hätte.

»Sophia«, rief Miss Libberfield. »Auf dich haben wir gewartet. Mister Dent wollte gerade wieder fahren.«

»Miss Carpenter«, sagte Edward John Dent ruhig. Er stand steif und aufrecht vor ihr, den Zylinder noch in der Hand.

»Mister Dent. Das ist ein … durchaus überraschender Besuch«, brachte Sophia hervor.

»Ich hoffe, ich komme Ihnen nicht ungelegen.«

Sophia antwortete nicht, dafür bat Miss Libberfield Dent wieder hinein. Sophia folgte ihm wie betäubt.

Sie gingen in den Frühstücksraum. Auf dem Tisch standen noch zwei Tassen. Der Geruch von Kaffee lag in der Luft. Miss Libberfield und Dent hatten sicherlich eine halbe Stunde hier verbracht.

»Ich würde gern mit Ihnen ein Gespräch unter vier Augen führen«, erklärte Dent.

»Ich habe in meinem Zimmer zu tun«, verabschiedete sich Miss Libberfield, die den Wink verstanden hatte. Sophia war verwundert, dass sie wirklich zur Treppe und nach oben ging.

»Ich hatte nicht erwartet, Sie noch einmal zu sehen«, sagte Sophia und versuchte, die Fassung zurückzugewinnen. Sie war noch aufgeregter als bei ihrem Besuch in Dents Uhrenladen. »Wie haben Sie mich gefunden?«

»Ich hatte Ihnen jemanden nachgeschickt.«

»War das der Mann, der hier nach mir gefragt hat?«

»Hillbeck, ein Lehrling.«

Sophia hatte damals vermutet, dass es Johannes gewesen sei. Später hatte sie nicht mehr daran gedacht. Jetzt machte es sie irgendwie wütend.

»Und wieso haben Sie ihn mir nachgeschickt?«

Dent sah genauso aus wie bei ihrem ersten Treffen. Ein stattlicher Herr, gekleidet, als breche er gerade in seinen Gentlemen's Club auf. Ihm jetzt in Miss Libberfields Frühstückszimmer gegenüberzustehen, empfand sie als befremdlich.

Dent musterte sie eingehend. »Da Sie es gewohnt zu sein scheinen, geradeheraus zu sprechen, werde ich mich Ihnen, junge Dame, nun meinerseits ebenso offen erklären. Als Sie bei mir waren, habe ich befürchtet, dass es sich um eine Art Erpressung handeln könnte. Darum habe ich Hillbeck beauftragt, Ihnen zu folgen, um einen Anhaltspunkt zu haben, wer dahinterstecken könnte. Man muss gewappnet sein, wenn Verbrecher einem an den Kragen wollen.«

Sophia schüttelte betreten den Kopf. »Ich bin keine Verbrecherin, Sir.«

»Zu diesem Schluss bin ich nach allem, was mir über Sie berichtet wurde, schließlich auch gekommen. Zumal, da keinerlei Forderungen ausgesprochen wurden.«

»Und da haben Sie sich wieder an meine Mutter erinnert?«, fragte Sophia. Was hatte dieser Mensch ihr alles zugetraut! Und warum stand er nun doch vor ihr?

Dent legte seinen Zylinder auf den Tisch, allerdings zu nah an der Kante, und der Hut fiel zu Boden. Schnell bückte er sich und hob ihn auf.

»Ich bin nicht gekommen, um über Ihre Mutter zu sprechen«, sagte er kühl.

»Und weshalb sind Sie sonst da?«

»Ich habe weitergehende Erkundigungen über Sie einholen lassen.«

Offenbar bemerkte er Sophias verwunderten Blick, denn er fügte hinzu: »Ihre Hauswirtin hatte Hillbeck gegenüber erwähnt, dass Sie aus Hastings stammen und dort als Kindermädchen gearbeitet haben.«

Sophia fand Miss Libberfields Verhalten immer empörender. Sie hatte also einem fremden Mann Einzelheiten aus Sophias Lebens verraten, es aber nicht für nötig gehalten, sie darüber zu informieren.

»Ich habe auch Lady Hughes kontaktiert …«

»Was haben Sie?«, fiel ihm Sophia ins Wort, aber Dent sprach einfach weiter. »Über Ihre frühere Herrschaft erhielt ich allerdings nur die Auskunft, dass Sie sich als ein recht taugliches Kindermädchen erwiesen haben. Wieso arbeiten Sie jetzt als Glätterin?«

Dent hatte wirklich viel über sie in Erfahrung gebracht.

»Weil ich eine Stellung brauchte, um mir diese Unterkunft leisten zu können«, erwiderte sie trotzig.

Dent nickte. Er zog an der Kette, die an seiner Weste befestigt war, und holte eine goldene Taschenuhr heraus. Mit einer Handbewegung ließ er den Deckel aufspringen.

»Ich habe länger auf Sie gewartet, als ich Zeit hatte«, sagte er. »Deshalb möchte ich nicht mehr lange herumreden. Auch wenn ich weiterhin bezweifele, Ihr Vater zu sein, kann ich es dennoch nicht ausschließen.«

Sophia spürte, dass ihre Knie weich wurden. Sie ließ sich auf den nächsten Stuhl sinken.

»Ich habe folgendes Angebot für Sie: Solange Sie unverheiratet sind, erhalten Sie eine jährliche Apanage in Höhe von zwanzig Pfund. Sie werden mich dafür unbehelligt lassen und mit niemandem weder über unsere Vereinbarung noch unser mögliches Verhältnis ein Wort verlieren.«

Sophia konnte kaum noch atmen. Dieser Mann bot ihr Geld an, um sich nicht als ihr Vater fühlen zu müssen? Oder tat er es, weil er sich als Vater fühlte?

»Zudem habe ich Sie für eine andere Anstellung empfohlen.«

»Aber ich habe sowieso eine Veränderung vor«, protestierte sie.

Dent winkte ab. »Sie werden sich um diese Stelle bemühen. Eine bessere werden Sie nirgends finden. Sie werden Kindermädchen im Palast Ihrer Majestät, Königin Victoria.«

# KAPITEL 31

London, Februar 1842

Johannes und Ernst traten in einen mit dunklem Edelholz getäfelten Raum. An der Wand hingen zwei Porträts von Bauern in Schwarzwälder Tracht – ein Mann und eine Frau. Die Bilder sahen schon älter aus. Ein recht großes Fenster ermöglichte einen Blick auf die geschäftige Straße, die direkt in die London Bridge überging, über die sie hergekommen waren. Der größte Teil des Bodens war von einem fein gewebten Orientteppich in dunkelroten und blauen Tönen bedeckt. Darauf stand ziemlich genau in der Mitte des Raums ein Schreibtisch aus dem gleichen Holz wie das der Vertäfelung der Wände. Eine Kaminuhr aus vergoldeter Bronze im verspielten französischen Stil tickte auf dem Sims über dem prasselnden Feuer.

Der Mann, der sie von einem hochlehnigen Polstersessel aus musterte, trug einen penibel gestutzten Schnurrbart und Koteletten. In seinem dunklen, fast schwarzen Schopf schimmerten einzelne Haare wie silberne Fäden. In der Hand hielt er eine lange gebogene Pfeife, aus der sich ein süßlich duftender Tabakrauch mit dem Geruch des Kaminfeuers vereinte.

Johannes verbeugte sich.

»Vielen Dank, dass Sie sich die Zeit nehmen, uns zu empfangen, Herr Kleyser.«

»Du bist Johannes Faller?«, fragte der Mann.

»Ja. Und das ist mein Bruder …«

»… Ernst. Ja, man hört so einiges von ihm. Gefällt dir mein kleines Geschäft?« Die Frage war an Ernst gerichtet.

»Sie machen eigene Uhren«, stellte Ernst fest.

»Oh, wir haben auch Schwarzwälder Holzuhrwerke, aber du hast recht, mein Junge. Wir beschreiten einen anderen Weg als die meisten Schwarzwald-Engländer. Hier geht es nicht um billige Uhren für die einfachen Leute, sondern um Kunstwerke, mit denen der wohlhabende Engländer möglichst alle Zimmer seines Hauses ausstatten soll.«

Johannes hatte Eckhard Kleyser und seinen Partner Franz Burger bei der Christmette gesehen. Ansonsten besuchten sie die kleine deutsche Kirche nicht.

»Wir könnten so einen Jungen wie dich gebrauchen, mein Sohn«, sagte Kleyser zu Ernst.

»Das ist sehr freundlich, dass Sie uns eine Stellung anbieten … äh, meinem Bruder eine Stellung anbieten wollen«, korrigierte sich Johannes, als er Kleysers Blick bemerkte. »Aber wir sind nicht deshalb gekommen, sondern weil wir ein Bankgeschäft mit Ihnen zu besprechen haben.«

Kleyser sog dreimal an seiner Pfeife, hielt die Luft lange ein und blies dann den dichten, weißen Rauch wie einen Pfeil auf Johannes zu.

»Soso. Ausgerechnet die Faller-Brüder, vor denen in ganz London gewarnt wird, weil der Ältere unfähig und unehrlich sein soll? Die, von denen die Spatzen von den Dächern des Towers rufen, dass sie bald hungers sterben werden? Die brauchen einen Bankier?«

Johannes schluckte ob der direkten Worte. »Was immer Egidius Riesle Ihnen gesagt haben mag …«

»Stimmt nicht, willst du wahrscheinlich sagen. Das wird man sehen. Also, was können Kleyser und Burger für euch tun, liebe Landsleute?«

»Sie sind ja bereits bestens über unsere aktuelle Lage informiert, Herr Kleyser. Wie es aussieht, bis zu unserem Speiseplan.«

Kleyser grinste überlegen.

»Sie wissen aber wahrscheinlich noch nicht, dass wir eine Zahlung in Höhe von hundertzwanzig oder gar zweihundertvierzig Gulden zu erwarten haben.«

Die Summe sorgte bei Kleyser nicht einmal dazu, dass sich eine der buschigen Augenbrauen hob.

»Da wir mit unseren geschäftlichen Plänen sofort beginnen wollen, möchten wir bei Ihnen um einen kurzfristigen Kredit anfragen.«

»Wie viel?«

Sie hatten auf dem Weg gestritten, welchen Betrag sie fordern sollten. Johannes war der Ansicht, dass zwanzig Gulden als Vorschuss genug wären – zumal das Risiko bestand, dass August sich weigern würde, das Geld vor September zu zahlen. Ernst hingegen wollte mindestens vierzig Gulden, um bessere Materialien einkaufen zu können. Jetzt allerdings kam Johannes für eine Verhandlung beides falsch vor.

»Hundert Gulden sollten fürs Erste genügen«, sagte er ruhig. Er hörte, wie Ernst neben ihm scharf die Luft einsog.

»Niemand leiht euch hundert Gulden, wenn ihr nicht Rechenschaft über deren Verwendung abgebt.«

»Wir wollen das Gleiche machen wie Sie«, schaltete sich Ernst in das Gespräch ein.

»Nicht das Gleiche«, versuchte Johannes, das etwas abzuschwächen.

»Natürlich nicht das Gleiche«, sagte Kleyser belustigt. »Ihr wollt natürlich keine Kredite vergeben, aber eigene Uhren in England entwerfen und produzieren, das wollt ihr schon, richtig?«

Ernst nickte. »Uhren mit Metallwerken.«

»Feine Chronometer für Wand und Tasche«, fügte Johannes hinzu, was er auf dem Schild über einem Laden stehen haben wollte.

Kleyser saugte erneut am Mundstück seiner Pfeife.

»Ihr habt das Lehrjahr im Uhrenland nicht abgeschlossen und

würdet von den anderen Hausierern Prügel beziehen, wenn ihr euch einfach so ins bestehende Geschäft mit den Schwarzwalduhren drängt.«

Genau das war Johannes' Überlegung gewesen, als er mit Ernst über die Idee eines eigenen Ladens mit selbst hergestellten Uhren nachgedacht hatte.

»Wieso kommt ihr nicht auf den Gedanken, dass ihr von *uns* Prügel beziehen könntet, weil ihr *uns* Konkurrenz machen wollt?«

»Wir wollen zwar in einem ähnlichen Segment Uhren fertigen wie ihr, aber wir sehen uns nicht als Konkurrenz, Herr Kleyser«, antwortete Johannes.

»Mit hundert Gulden werdet ihr auch keine ernst zu nehmende Konkurrenz werden«, sagte Kleyser. »Nicht einmal mit zweihundertfünfzig.«

Jetzt folgte die Frage, auf die Johannes schon die ganze Zeit gewartet hatte. »Aus welchem Grund sollte ich euch das Geld vorstrecken?«

»Wir erwarten, dass unser Bruder uns in spätestens einem Monat auszahlen wird«, entgegnete Johannes. »Das Geld ist Teil unseres Erbes, steht uns also fest zu.«

Kleyser drückte mit einem Stampfer den Tabak im Pfeifenkopf zusammen. Johannes redete weiter: »Da unsere Ankunft in London unter einem schlechten Stern stand, befinden wir uns im Moment in einer misslichen Lage. Die Leute zerreißen sich offenbar das Maul darüber, dass wir nicht mehr viel Geld haben. Wir waren zwar die letzten Wochen nicht mehr in St. Bonifatius, weil wir ohnehin von allen gemieden werden. Trotzdem haben die Leute recht. Ich sage Ihnen ganz deutlich, wie es um uns steht: Wir haben noch drei Schwarzwalduhren. Dazu verdient mein Bruder etwas als Hilfe beim Goldschmied Richter.«

»Zu wenig zum Leben und zu viel zum Sterben«, sagte Kleyser.

»Wir wollen die Zeit nutzen«, fuhr Johannes fort. »Wir haben Geld, nur eben noch nicht hier. Deshalb brauchen wir den Kredit.«

»Hundert Gulden für einen Monat«, murmelte Kleyser. »Das Risiko ist hoch, der Leumund schlecht, der Gewinn niedrig. Jeder Bankier, der euch das Geld geben würde, wäre ein schlechter Kaufmann.«

»Aber …«, wollte Johannes aufbegehren, doch Kleysers erhobene Hand brachte ihn zum Schweigen.

»Ich bin noch nicht fertig. Ihr sollt den Kredit haben.«

Johannes versuchte, keine Miene zu verziehen.

»Die Konditionen«, sagte Kleyser sachlich und zählte auf: »Die hundert Gulden sind voll rückzahlbar innerhalb von drei Monaten. Für jeden angefangenen Monat habt ihr fünf Gulden als Zins zu leisten. Und wenn ihr Material für eure Uhren kauft, ist das über uns zu beziehen, damit wir auch etwas verdienen an der Sache.«

»Das Material aber nur bis zur Rückzahlung«, versuchte Johannes, der gleichzeitig überglücklich war, zu verhandeln. Jetzt konnten sie wirklich loslegen!

»Für ein halbes Jahr«, gab Kleyser zurück.

Johannes nickte. »Aber der Preis muss stimmen.«

»Natürlich.«

Johannes schaute zu Ernst. Der wirkte unsicher, nickte aber schließlich auch.

»Gut, wir sind im Geschäft«, sagte Johannes und hielt Kleyser die Hand hin.

»Moment, mein Sohn«, sagte der. »Wenn der volle Betrag nicht innerhalb der drei Monate zurückgezahlt ist, werdet ihr, du und dein Bruder, den Rest samt Zinsen bei uns abarbeiten. Und noch etwas. Euer Laden muss mindestens eine Meile entfernt sein.«

Kleyser stand auf und präsentierte seine Hand zum Einschlagen. Johannes wies zuerst auf seinen Bruder. Ernst gab Kleyser die Hand, Johannes tat es ihm gleich.

»Wir danken Ihnen wirklich für Ihr Vertrauen«, sagte Johannes. »Vor allem nach dem, was Egidius Riesle an Dreck über uns ausgeschüttet haben mag.«

»Du hast vorhin gesagt, dass ihr die letzten Wochen nicht in St. Bonifatius gewesen seid. Dann habt ihr das vom Riesle noch gar nicht gehört?«

»Nein. Was denn?«

»Dass er sich mit Frau, Sohn, Sack und Pack davongemacht hat?«

Johannes und Ernst warfen sich verwunderte Blicke zu.

»Er hat die Leute beschissen, Deutsche wie Engländer, hier und im Schwarzwald. Als er kürzlich unten war, hat er da auf das Haus seines Vaters einen großen Wechsel aufgenommen. Aber als der Wechsel in der letzten Woche hier ankam, war der Riesle schon weg. Und hier hat er sich unter falschen Voraussetzungen überall Geld zusammengeliehen.«

»Wohin ist er?«

»Keiner weiß es. Nach Amerika wird er gefahren sein, der Betrüger.«

Kleyser war so aufgebracht, dass Johannes vermutete, Egidius habe auch bei ihm Schulden gehabt.

»Und trotzdem haben Sie uns jetzt einfach so geholfen?«, fragte Johannes.

»Nicht trotzdem, sondern deswegen. Wenn dieser Halunke schlecht über euch gesprochen hat, dann sollte ich euch wohl mein Vertrauen schenken«, sagte Kleyser und lächelte schmal.

 KAPITEL 32

London, Februar 1842

Sophia traute ihren Augen kaum. Sie saß tatsächlich im Gesindezimmer des Buckingham Palace an einem großen Holztisch. Um sie herum herrschte rege Betriebsamkeit. Aus der Küche drangen ihr verführerische Gerüche in die Nase. Die Diener trugen rotgoldene Livreen, andere Bedienstete einfachere Kleidung.

»Wer sind Sie?«, fragte eine Frauenstimme.

Sophia stand auf und wandte sich der Fragestellerin zu. Sie war etwa vierzig Jahre alt, eine schlanke, schöne Frau mit einem länglichen Gesicht. Sie musterte Sophia aus zwei schmalen Augenschlitzen.

»Sophia Carpenter, Ma'am. Sind Sie Mistress Roberts?«

»Nein. Ich bin Mariann Skerrett, die Ankleidedame Ihrer Majestät.«

»Oh, verzeihen Sie«, sagte Sophia und machte einen Knicks.

»Bewerben Sie sich um die Stelle in der königlichen Kinderstube?«

»Ja.«

»Mistress Roberts kommt bestimmt gleich, um Sie abzuholen«, sagte Miss Skerrett mit einem freundlichen Lächeln. »Sie brauchen übrigens vor mir nicht zu knicksen, Mädchen, aber falls Sie Ihrer Majestät begegnen, sollten Sie es richtig machen.«

Sie senkte den Kopf, nahm den rechten Fuß vor und beugte beide Knie. Nach einer Sekunde erhob sie sich wieder, den Kopf weiter geneigt, erst dann schaute sie wieder auf.

»Wir müssen wohl adligen Besuch haben, wenn Miss Marianne Skerrett einen ihrer unnachahmlichen Hofknickse vorführt«, kam eine belustigte Stimme aus Richtung der Küchentür. Der Mann mit dunklem Haar und bis zum Kinn reichenden Koteletten war beleibt, ohne dick zu sein. Kinn, Backen und sogar die Nase waren von rundlicher Form, ebenso die Finger. In einer Hand hielt er einen Kochlöffel, an dem ein dicker, brauner Teig klebte. Wenn Sophia ihn nicht daran als Koch hätte ausmachen können, wären die hohe Kochmütze, die graue Hose und weiße, gestärkte Kochjacke Beweise genug gewesen.

»Eine Bewerberin für die Nursery, Mister Francatelli«, erläuterte Miss Skerrett. »Das ist gut, so kann es Miss Carpenter gleich üben. Bitte sehr.« Sie zeigte auf den Koch. Sophia versuchte, ihren Knicks nachzuahmen.

»Nicht schlecht, aber noch kein Skerrett-Knicks«, befand Mister Francatelli und lächelte Sophia freundlich zu.

»Lassen Sie sich nicht von ihm verunsichern. Das war schon recht gut«, sagte Miss Skerrett.

»Warten Sie einen Moment«, forderte der Koch sie auf und verschwand in der Küche, von wo aus er einen Moment später ohne Kochlöffel, dafür mit einem kleinen Silbertablett zurückkehrte. Darauf befanden sich zwei Küchlein, etwas größer als ein Taubenei und mit einer glänzenden braunen Masse überzogen. Winzige dunklere Krümel waren darübergestreut worden.

»Die neue Milchschokolade aus Deutschland«, erklärte Francatelli. »Nicht so bitter und schön süß. Probieren Sie!«

Miss Skerrett nahm eines der Küchlein, dann bot Francatelli Sophia an zuzugreifen.

Die Schokoladenschicht knackte, als sie ein Stück von dem Törtchen abbiss. Im Inneren befanden sich luftige Teigschichten, die von einer im Mund schmelzenden Milchcreme getrennt waren. Die zerhackten gerösteten Kaffeebohnen gaben dem Dessert eine würzig bittere Note.

»Mundet es Ihnen, Miss Carpenter?«, fragte Francatelli. Sophia nickte eifrig.

»Wieder einmal eine köstliche Überraschung, Mister Francatelli«, sagte die Ankleidedame, schaute dann aber zur Treppe. Wen sie dort erblickte, veranlasste sie, den Rest sofort zurück auf das Tablett zu legen.

»Sie lassen es sich offenbar gut gehen«, erklang eine Frauenstimme.

Sophia drehte sich um und sah sich einer sehr streng dreinblickenden Frau gegenüber. Sie trug ein leicht ausgestelltes Kleid in einem dunklen Grau, das an Hals- und Ärmeln einen dünnen, weißen Spitzenrand aufwies.

»Ich habe die Damen gebeten, eine neue Kreation zu testen, Baroness«, sagte Francatelli. »Darf ich Ihnen auch etwas davon anbieten?«

»Sicher nicht«, sagte die Frau. Sie trug eine Perlenkette mit einem auffälligen Anhänger mit blauen Schmucksteinen um den Hals. Ihr Haar war an beiden Seiten zu Zöpfen geflochten, die an den Schläfen unter einer Spitzenhaube befestigt waren.

»Wer sind Sie?«

Sophia schluckte den Bissen schnell herunter. Sie hatte die Hälfte des Küchleins noch in der Hand und nahm diese jetzt zurück und knickste.

»Sophia Carpenter, Mylady.«

»Und was tun Sie hier?«

»Sie ist eine der Bewerberinnen für die Nursery und wartet auf Mistress Roberts«, erklärte Miss Skerrett für Sophia.

»Dann sollte der Bewerberin besser bewusst sein, dass es ihr nicht ansteht, vom königlichen Dessert zu naschen.«

»Selbstverständlich, Mylady«, sagte Sophia.

»Baroness Lehzen, wenn ich bitten darf!«

»Selbstverständlich, Baroness Lehzen.«

»Tragen Sie es ihr bitte nicht nach, Baroness. Ich habe ihr förmlich aufgedrängt, das Küchlein zu probieren«, bat Mister Francatelli.

Baroness Lehzen ignorierte ihn und wandte sich an Sophia: »Sobald Sie geruhen, den Rest Ihrer Speise zu entsorgen, bringe ich Sie in die Nursery.«

Sophia nahm voller Verlegenheit die versteckte Hand vor und legte den Rest ihres Küchleins auf das Tablett, das Mister Francatelli ihr hinstreckte. Die Baroness ging bereits los, und Sophia folgte ihr mit einem Lächeln in Richtung der beiden Bediensteten. Sie spürte, dass noch etwas Schokolade an ihren Fingern klebte, und in einem von der Baroness Lehzen unbeobachteten Moment steckte sie sie schnell in den Mund und leckte sie sauber.

Bald verließen sie das Treppenhaus und befanden sich in einer Herrlichkeit, die Sophia sich nie hätte vorstellen können. Dabei handelte es sich nur um einen Flur, den die Baroness ihr voraus durchschritt. Auf dem Teppich ging es sich wie auf Wolken, die Seidentapeten glänzten mit den Glaskristallen an den Lüstern um die Wette. Riesenhafte Bilder hingen an den Wänden. Sophia blieb nur keine Gelegenheit, sie zu betrachten.

»Sie sollten wissen, dass ich bereits eine äußerst geeignete Kandidatin mit besten Zeugnissen für die Stelle im Auge habe«, verkündete die Baroness. »Wenn Mister Dent Sie nicht Prinz Albert empfohlen hätte, könnten wir uns das Ganze sparen.«

»Ich danke Ihnen, dass Sie mir die Möglichkeit geben, Sie von mir zu überzeugen«, erwiderte Sophia.

»Es ist eher ungewöhnlich, dass ein angesehenes Mitglied der Londoner Gesellschaft wie Mister Dent dem Prinzen ein Kindermädchen empfiehlt«, sagte sie und bog in einen weiteren Flur ein, von dem mehrere doppelflügelige Türen abgingen. »In welcher Beziehung stehen Sie zu ihm?«

Sophia dachte angestrengt nach, was sie sagen sollte. Sie hatte ihrem Vater doch zusagen müssen, darüber zu niemandem ein Wort zu verlieren.

»Baroness!«, rettete sie eine andere Frau. Das musste Mistress Roberts sein, die nun auf sie zukam. »Ich wollte eben nach unten gehen, um die Bewerberin zu holen.«

»Das können Sie sich nun sparen, wie es aussieht.«

»Sind Sie Miss Carpenter?«

Sophia bejahte und nahm erst jetzt den großen Raum wahr. An einem Fenster stand ein prächtiges Wiegenbettchen mit einem Dach aus feinstem Spitzenstoff. Ein Kindermädchen hielt einen süßen Fratz mit Pausbäckchen im Arm, der ein Miniaturkleidchen aus Seidenstoffen trug. Sie sang dem Kind leise etwas vor.

»Kommen wir gleich zum Wichtigsten«, sagte die Baroness.

»Die Kinder!«, erwiderte Sophia.

»Ich meinte Ihre Zeugnisse. Haben Sie diese bei sich?«

»Selbstverständlich«, antwortete Sophia und zog das Schreiben von Lady Ann aus der Tasche.

»Erzählen Sie von sich«, forderte Mistress Roberts sie auf, während die Baroness das Schreiben studierte.

»Nun, ich bin einundzwanzig Jahre alt und habe vor drei Jahren den gerade geborenen Sohn meiner damaligen Herrschaft zu einem guten Teil selbst großgezogen.«

»Diese Lady Hughes weiß in ihrem Empfehlungsschreiben offenbar nur Gutes über Sie zu berichten«, stellte Baroness Lehzen sachlich fest. »Ist das die Lady Hughes aus Hastings, deren Mann kürzlich auf See ums Leben gekommen ist?«

Sophia schlug die Hände vor die Brust.

»Mister ... Mister Robert Hughes ist tot?«, fragte sie entsetzt. Sie stellte sich die Verzweiflung von Lady Ann vor. Und William würde seinen Vater niemals kennenlernen!

»Ich hörte davon«, sagte die Baroness ohne Gefühlsregung. »Ist das Ihre einzige Empfehlung?«

»Ich ... ich fürchte ja«, antwortete Sophia stotternd.

»Bis auf Mister Dent selbstverständlich«, bemerkte die Baroness. »In welcher Beziehung standen Sie noch zu ihm?«

Erneut wurde Sophia davor gerettet, diese Frage beantworten zu müssen.

»Baroness, könnte ich Sie bitte kurz sprechen?«

Sophia drehte sich mit den anderen Frauen zu dem Mann um, der das gesagt hatte. Hochgewachsen stand er sehr aufrecht und mit kultiviertem Blick im Eingang der Nursery. Er trug eine schwarze Hose, ein weißes Hemd mit gesteiftem, hochgestelltem Kragen, dessen Spitzen keck nach unten gebügelt waren. Darüber trug er einen leicht glänzenden *Morning Coat*.

»Königliche Hoheit!«, sagte die Baroness und bewies, dass sie den Hofknicks sogar noch besser beherrschte als Miss Skerrett. Sophia beeilte sich, den Blick zu senken und sich ebenfalls niederzubeugen.

Ihr Herz schlug schneller. Sie stand tatsächlich vor dem Gemahl der Königin. Albert von Coburg, den der Butler Mister Wilson in Hastings immer etwas abfällig »Albert, den Deutschen« genannt hatte. Was mochte nun aus allen werden, wenn Lady Ann Witwe war?

Prinz Albert beachtete Sophia nicht, sondern verließ die Nursery bereits wieder durch die Tür, durch die er gekommen war. Baroness Lehzen eilte ihm nach.

»Das sieht nicht gut aus«, murmelte Mistress Roberts eher zu sich selbst.

»Ich hoffe, das steht nicht mit mir in Verbindung«, sagte Sophia.

»Nein, nein, Liebes. Keinesfalls«, sagte die Kinderfrau. »Gehen wir zu Vicky und Emely.«

Sophia steckte ihr Zeugnis sorgsam ein und hörte durch die Tür einen aufgebrachten Prinzen Albert reden.

»Das ist die kleine Victoria Adelaide Mary Louisa, Prinzessin von Großbritannien und Irland, genannt Vicky.«

Das einjährige Mädchen blickte Sophia aus großen Augen an. Sophia machte einen Knicks und erntete dafür von Mistress Roberts ein anerkennendes Nicken.

»Ich freue mich, Sie kennenzulernen, Königliche Hoheit«, sagte Sophia und lächelte die Kleine an.

Vicky lächelte zurück und reckte die Ärmchen in ihre Richtung.

»Offenbar möchte sie von Ihnen hochgenommen werden«, sagte das Kindermädchen, das ein paar Jahre älter als Sophia sein mochte.

Sophia wusste, dass Mistress Roberts sie genau beobachtete, aber anders als vor der Baroness fühlte sie sich bei der leitenden Kinderfrau nicht unsicher. Zumal sie eingehende Erfahrungen mit William hatte sammeln können. Der arme Junge, dachte sie. Aber sie musste den Gedanken an den Tod von Williams Vater jetzt hintenanstellen. Sie fasste Vicky unter den Armen und hob sie hoch.

»Sie ist aber leicht«, bemerkte Sophia. »Ist sie krank?«

»Sie hat in letzter Zeit eine strenge Diät halten müssen und erholt sich gerade«, gab Mistress Roberts zurück.

»Daher auch der Streit«, flüsterte das Kindermädchen und wies auf die Tür. Sie konnten nicht verstehen, worum es ging, aber Prinz Alberts Stimme war laut. Die Kälte in Baroness Lehzens Antworten schien die Tür vereisen zu lassen.

»Emely!«, sagte Mistress Roberts tadelnd. »Keine Einzelheiten.«

»Verzeihung«, gab die Angesprochene zurück.

»Eine der wichtigsten Regeln: Diskretion ist das A und O. Was immer Sie im Palast aufschnappen, darf nicht mit anderen geteilt werden.«

Sophia nickte und befasste sich mit der zappelnden Prinzessin. Sie hielt sie mit ausgestreckten Armen von sich und drehte sich einmal um die eigene Achse. William hatte das geliebt. Der Prinzessin gefiel es auch. Vicky gluckste vor Freude.

»Emely, nehmen Sie sie bitte wieder«, forderte Mistress Roberts sie auf. »Wir gehen noch zu Prinz Albert Edward.«

Sophia gab das winzige Mädchen zurück an sein Kindermädchen und folgte der obersten Kinderfrau an ein Fenster, vor dem ein mit Gobelin bezogener Wandschirm stand, auf dem Szenen einer Fuchsjagd zu sehen waren.

Hinter dem Paravent stand ein weiteres Bett. Kaum blickte Sophia in das friedlich schlafende Gesichtchen, das zwischen den Daunendecken und -kissen wie das Innere einer Blume wirkte, wurde es vor der Tür noch einmal lauter. Prinz Albert schien äußerst erregt.

»Eigentlich wurde die Baroness in der vergangenen Woche von ihren Pflichten als Leiterin der Nursery entbunden«, flüsterte Mistress Roberts. »Aber sie kann nicht ganz loslassen und schaut doch regelmäßig nach dem Rechten. Das gefällt ihm gar nicht.«

»Sie hat mir gesagt, dass sie schon eine Kinderfrau gefunden hat für die Stelle«, erwiderte Sophia ebenfalls flüsternd.

»Ja, ein Garderobenmädchen, das für Miss Skerrett arbeitet. Ein einfältiges junges Ding, das keinerlei Erfahrung mit Kindern hat. Die Baroness denkt wahrscheinlich, dass sie ihr Bericht erstatten könnte über alles, was in der Nursery geschieht.«

Sophia nickte.

»Mistress Roberts?«, kam die Stimme von Emely aus dem Raum.

»Ja?«

»Mister Anson kommt.«

»Jetzt schon?« Sie blickte Sophia entschuldigend an. »Ich muss die Nursery kurz verlassen. Sie warten genau hier und haben ein Auge auf Bertie. Sonst ist ja Emely da. Wir unterhalten uns weiter, wenn ich zurück bin.«

Die Kinderfrau ging um den Wandschirm herum, und Sophia blieb allein bei dem Knaben. Sie spähte um den Paravent und sah Mistress Roberts mit einem Gentleman durch die zweite Tür verschwinden. Emely spielte mit Vicky, und der Streit vor der großen Tür schien beendet. Oder er hatte sich anderswohin verlagert, denn man hörte keine Stimmen mehr.

»Es soll immer ein Erwachsener pro Kind im Raum sein«, erklärte Emely. »Setz dich einfach zum Prinzen und warte! Mistress Roberts wird in einer Viertelstunde wieder da sein.«

Sophia tat, was das Kindermädchen ihr sagte. Sie setzte sich zu dem Jungen auf einen gepolsterten Stuhl und betrachtete ihn in seinem Bettchen. Ein süßer Knabe, dachte sie. Wie William in seinem Alter. Sie vermisste den Kleinen, trotz all der Aufregung, die sie im Moment durchmachte. Sie dachte erneut bedauernd an das Schicksal seines Vaters. Und von da schweiften ihre Gedanken zu ihrem eigenen Vater weiter.

Edward John Dent hatte sich zwar nicht zu ihr bekannt, aber die Möglichkeit eingeräumt, ihr Erzeuger zu sein. Sophia hingegen spürte seit seinem Besuch in ihrem Herzen, dass sie miteinander verwandt waren. Außerdem vertraute sie den Worten ihrer Mutter. Nach all den vaterlosen Jahren fühlte es sich eigenartig an, die eigenen Wurzeln zu entdecken.

Die zwanzig Pfund Apanage, die er ihr vorgestern zum ersten Mal ausgezahlt hatte, konnte man als Schweigegeld ansehen. Sophia hoffte jedoch, dass hinter seiner geänderten Meinung über sie nicht nur die Berichte seiner Ermittler steckten, sondern auch eine menschliche Regung. Und wenn es nur das einer vagen Verantwortlichkeit war. Immerhin gab es da von seiner Seite ein Gefühl zu ihr! Ihr Vater empfand etwas für sie, das war ein Anfang. Sonst hätte er sie doch nie für diese Stellung empfohlen.

Der kleine Bertie bewegte im Schlaf seine Lippen und gab ein leises, schmatzendes Geräusch von sich. In diesem Moment wurde Sophia bewusst, dass er nicht einfach ein Säugling war. Nein, sie saß vor dem künftigen König von England und Irland, so Gott wollte. Sie streckte eine Hand aus und streichelte dem Kind über eine der warmen Wangen. Ihre Mutter wäre unglaublich stolz auf sie gewesen! Ihre Tochter, Sophia Carpenter, wachte über den Thronfolger des herrlichsten Landes der Welt.

»Emely, gehen Sie bitte, und nehmen Sie Vicky mit«, hörte Sophia eine weitere Frauenstimme. Hatte hier etwa neben Mistress Roberts und Baroness Lehzen noch eine andere Frau das Sagen?

»Verzeihen Sie …«, sagte das Kindermädchen vorsichtig.

»Gehen Sie!«, befahl die Frau streng. Sophia hörte Schritte. Die einen entfernten sich, die anderen kamen näher. Und sie fühlte sich plötzlich grausam fehl am Platze hinter diesem Wandschirm.

Die Tür wurde geschlossen.

»Sie muss den Hof verlassen!«, sagte ein Mann ohne Umschweife. Sophia erkannte die Stimme. Es war der Prinz. Sie hielt die Luft an. Das bedeutete, dass die Frau nur die Königin sein konnte! Sophia biss sich auf die Unterlippe.

»Ich habe ihr doch schon die Verantwortung für die Nursery genommen«, entgegnete die Königin weitaus weicher. »Albert, mein Liebster, ich kann sie schließlich nicht vom Hof jagen.«

»Es geht so nicht weiter, Victoria!«

Sophia konnte die Luft nicht länger anhalten. Und ihr war klar, dass es nicht so aussehen durfte, als würde sie das Gespräch belauschen.

»Verzeihung«, krächzte sie.

»Wer ist da?«, rief der Prinz erschrocken.

Sophia trat mit hochrotem Gesicht neben dem Paravent vor und sank in einen tiefen Knicks. In dem Moment begann das Kind in seinem Bettchen zu plärren.

»Wer ist sie?«, fragte Victoria. Sie war klein von Gestalt, aber ihre Größe füllte den ganzen Raum aus.

»Ein Kindermädchen, Eure Majestät«, stieß Sophia hervor. Dass das nicht ganz stimmte, fiel ihr sofort auf, aber sie konnte doch jetzt vor der Königin nicht in Erklärungen verfallen.

»Dann kümmern Sie sich um Bertie!«, befahl die Königin mit Nachdruck und wandte sich wieder ihrem Mann zu. »Albert, die Baroness steht seit so vielen Jahren treu an meiner Seite.« Sie sprach auf Deutsch weiter, offenbar der Ansicht, so nicht verstanden zu werden. »Ich flehe dich an, liebster Albert, lass sie in meiner Nähe bleiben.«

Sophia nahm Bertie aus dem Bettchen.

Auch Albert sprach nun Deutsch. »Du musst für klare Verhältnisse sorgen. Ein für alle Mal.«

»Verzeihung«, sagte Sophia erneut.

»Was ist denn jetzt schon wieder?«, fuhr die Königin sie an, hielt dann aber überrascht inne. Sie sah zu Sophia, die mit Bertie auf dem Arm hinter dem Paravent hervorkam. Seine Schreie waren nicht leiser geworden.

»Sie sprechen Deutsch!«, stellte die Königin fest.

»Jawohl, Ma'am«, entgegnete Sophia.

»Dann gehen Sie.« In Ihren Worten klang keine Wut mehr mit wegen der erneuten Störung. Als Sophia die Tür öffnete, rief die Königin: »Ich bin erstaunt, dass ich Sie nicht kenne.«

»Das ist das Mädchen, das ich auf Empfehlung von Mister Dent eingeladen hatte«, klärte Prinz Albert sie auf. Von der Bewegung auf Sophias Arm beruhigte sich sein Sohn derweil ein bisschen.

»Wie heißen Sie?«, fragte die Königin.

»Sophia Carpenter, Ma'am.«

»Danke für Ihre Ehrlichkeit, Miss Carpenter.«

Sophia lächelte und trat dann durch die Tür auf den langen Flur. Mistress Roberts kam ihr entgegengeeilt. Sie war hochrot im Gesicht und völlig außer Atem. Bertie gluckste inzwischen wieder zufrieden.

KAPITEL 33

London, Februar 1842

Johannes wartete bereits seit zwei Stunden. Obwohl er immer wieder auf und ab ging, um sich warm zu halten, spürte er nun doch die Kälte durch seine abgelaufenen Sohlen dringen. Er musste sie dringend flicken lassen. Und neue Strümpfe sollte er sich auch besorgen. Hundert Gulden. Das waren acht Pfund, sechs Shilling und ein paar Penny – und damit acht Pfund, sechs Shilling und ein paar Penny mehr, als sie vor dem Besuch bei Kleyser gehabt hatten. Zwei Tage zuvor hatten Ernst und er die wichtigsten Anschaffungen überschlagen, die sie für einen Laden brauchten, und mussten feststellen, dass das Geld entgegen ihren ersten Rechnungen knapp werden würde. Er war froh, bei Kleyser mit dem Kreditbetrag in die Vollen gegangen zu sein.

Johannes zog den Kragen seiner Jacke hoch. Es fing tatsächlich schon wieder an zu nieseln. Und mit der klammen Kälte kam auch das Stechen im Oberschenkel. Er hatte sich zwar mit der Zeit an diesen ständigen Begleiter gewöhnt, aber in England klopfte der Schmerz regelmäßiger an und schien in der Heftigkeit unkalkulierbar. Manchmal genügte es, wenn er wie jetzt zwei Stunden auf und ab ging, um ihm gehörige Qual zu bereiten. Ein anderes Mal konnte er Stunde um Stunde auf den Beinen sein, während der Schmerz ihn nur am Rande wie ein Schatten begleitete. Er versuchte, das Bein zu entlasten, und schaute erneut zu dem Seiteneingang, durch den Sophia ins Innere des Palastes verschwunden war. Nichts. Dabei deutete ihr Ausbleiben natürlich auf einen erfolgreichen Besuch hin. Wäre sie nach zehn Minuten wieder herausgekommen, hätte er nicht viel erwartet, aber nach mehr als zwei Stunden sollte man sich für sie als Kindermädchen entschieden haben.

Die Seitentür des Palastes öffnete sich. Das war in den vergangenen Stunden immer wieder geschehen, aber dieses Mal trat endlich Sophia heraus. Sie wandte den Kopf zum Himmel und zog zum Schutz vor dem Nieselregen ein Tuch über ihre Haube.

Wie gebannt bewunderte Johannes aus der Ferne ihre Gestalt – schlank, aber mit weiblichen Rundungen. Ohne die leichten Absätze ihrer Stiefel würde sie klein aussehen. Ob er sie mit ihrer blassen Haut und dem krausen, rötlich blonden Haar zum Tanz gebeten hätte in den guten Zeiten auf der Märgener Chilbi? Eigentlich hatte er stets eine Neigung zu brauner Haut verspürt, zu einem von der Sonne gebleichten blonden Schopf. Oder zu glattem Haar in der Farbe von Kastanien, das man durch die Finger gleiten lassen konnte wie Seidenbänder, bevor man dem Mädchen einen Kuss raubte. Er fragte sich, wie es sich wohl anfühlen würde, Sophias Haar zu berühren, ihren Kopf zu halten, während sie ihm einen Kuss schenkte. Aber durfte er daran denken, durfte er das wirklich erwarten?

Ihr Blick ließ ihn hoffen. Sie winkte durch die Gitterstäbe des eisernen Zauns, der Buckingham Palace umgab, und beschleunigte ihren Schritt. Ein Wachmann öffnete ihr das Seitentor. Den letzten Rest des Weges lief sie strahlend auf ihn zu, und er hinkte ihr entgegen. Einen Moment kam es ihm vor, als wolle sie sich in seine Arme werfen. Aber sie machte kurz vorher halt.

»Sie haben dich genommen!«, riet er voller Überzeugung.

»Stell dir vor, die Königin …«, begann sie atemlos, »Ich habe mit der Königin gesprochen!« Sie hatte Tränen in den Augen. »Und Bertie hat sich auf meinem Arm gleich beruhigt. Und die Queen freut sich, dass ich Deutsch kann, weil ich dann auch mit den Kindern Deutsch sprechen kann.«

»Langsam, langsam. Komm, erzähl doch eins nach dem anderen«, lachte Johannes. Er freute sich, sie so übermütig zu sehen.

»Ja, du hast recht! Aber es war so aufregend, und einen Moment hatte ich sogar Angst. Und ich durfte ein Küchlein von Mister Francatelli probieren. Das ist der Koch. Ach, jetzt rede ich schon wieder durcheinander.«

»Vielleicht finden wir irgendwo ein trockenes Plätzchen«, sagte Johannes und wies zum Himmel. »Außerdem sollte ich mein Bein bald etwas schonen.«

Sofort wechselte ihr Gesichtsausdruck von Ausgelassenheit zu Sorge. »Ist es sehr schlimm?«

»Nein, ein bisschen wird es schon noch gehen.«

»Wir sollten trotzdem eine Kutsche nehmen«, schlug Sophia vor.

Genau das taten sie. Johannes würde Sophia nach Hause bringen, sein Bein ausruhen und dann aber, sobald er wieder außer Sicht war, den Kutscher anhalten lassen und entlohnen. So konnte er noch ein bisschen Geld sparen.

Sophia setzte sich in dem Gefährt neben ihn. Wenn sie in eine Kurve fuhren, berührten sich ihre Knie ganz leicht.

Sie berichtete, dass die Leiterin der Nursery sie schon hatte wegschicken wollen, dann aber eine königliche Anweisung bekam, ihr die Stellung zu geben.

»Wann fängst du an?«, fragte er.

»Schon übermorgen. Morgen früh kündige ich bei Mister Riley, und dann machen wir den Umzug.«

»Es bleibt also bei morgen?«

»Ja, ich durfte wählen, ob ich in einer Kammer im Palast oder auf eigene Kosten wohnen will.«

»In einem Palast zu leben klingt doch nicht schlecht«, meinte Johannes.

»Stimmt. Aber dafür würde ich auf einen Teil meines Lohns verzichten müssen. Außerdem freue ich mich schon so darauf, mit Jennifer zusammenzuziehen.«

»Wir helfen euch natürlich«, sagte Johannes.

»Das ist lieb von euch. Ich freue mich schon darauf, deinen Bruder wiederzusehen.«

»Er wird sich auch freuen. Aber klappt das denn jetzt noch mit eurem Vorhaben, einen Laden zu öffnen, wenn du für die Königin arbeitest?«

»Ich werde erst mal nur an vier Tagen in der Woche gebraucht. Und auch nur in Buckingham Palace. Wenn die königliche Familie in Windsor Castle weilt, gibt es dort noch ein anderes Kindermädchen. An solchen Tagen werde ich im Laden sein. Ist das nicht aufregend?«

Die Kutsche fuhr in einer Kurve durch ein Schlagloch, und beide wurden in die Luft geworfen, um sofort wieder auf der harten Bank aufzutreffen. Sophia rutschte gegen Johannes und kämpfte sich schnell zurück auf einen Mindestabstand, den Miss Libberfield gerade noch hätte durchgehen lassen.

»Ja, es ist eine aufregende Zeit«, stimmte Johannes ihr zu.

***

Am nächsten Morgen machte sich Johannes mit Ernst und einem Handkarren auf den Weg zum Gästehaus ebendieser Miss Libberfield. Sie wechselten sich mit dem Ziehen des einachsigen Karrens ab, der auf zwei hohen Rädern fuhr und mit zwei Deichselstangen gezogen wurde, zwischen denen der Ziehende lief. Das Wetter hatte zum Vortag eine volle Wendung vorgenommen. Die Wolken waren am Abend von einem kräftigen Wind weggeweht worden, der London eine klare, eisige Nacht beschert hatte. Jetzt eilten noch immer einzelne Wolken wie vor einem Wolf fliehende Schafe über den Himmel. Zum Glück mussten sie sich keine Sorgen über Regen machen.

Sophias Besitztümer ließen sich an einer Hand abzählen. Nach einer etwas unterkühlten Verabschiedung von der Hauswirtin brachen sie zu Jennifer auf, der Freundin, mit der sich Sophia die neue Wohnung teilen würde.

»Danke, Ernst, dass du auch hilfst«, sagte Sophia. Ernst hatte bisher noch kein Wort herausgebracht. Johannes vermutete, dass es aus Aufregung war.

»Gern«, antwortete er knapp und wurde rot.

Den Rest des Weges sprach er nichts mehr.

Als sie an der Wohnung von Jennifer ankamen, stellte Sophia die Brüder vor, dann begannen sie, die Habseligkeiten der Freundin auf den Karren zu laden. Das war schon deutlich mehr als bei Sophia, denn sie besaß mehrere Kisten voller Stoff und Spitzen, eine weitere mit Handwerkszeug, Rahmen und Schachteln, in denen sich allerlei kleine Dinge befanden.

Jennifer Larkins war eine hübsche junge Frau. Mit ihrer länglichen Nase und dem kleinen Mund erinnerte sie Johannes an ein Mädchen aus der Schule. Während die aber so schüchtern gewesen war, dass er sich nicht einmal an ihren Namen erinnern konnte, war Jennifer selbstsicher und lustig. Ganz entschieden der Typ Frau, deren Namen man nicht vergaß. Als alles aufgeladen war, zogen sie zu viert los in Richtung der neuen Wohnung. Dort angekommen trugen sie die Kisten nach oben. Sophia hatte viel zu viele Sandwiches besorgt, dazu Wasser und einen Krug Bier aus dem nächsten Pub geholt, ein helles, etwas fade schmeckendes Gebräu, das aber nach der anstrengenden Arbeit sehr guttat.

Ernst holte eine kleine Uhr aus seinem Rucksack, die er aus den letzten Resten der Unfalluhren zusammengebaut hatte. Am Ring um das Zeigerwerk konnte man den Wecker einstellen. Die römischen Ziffern auf dem kleinen Schild wirkten etwas krakelig. Offenbar hatte er einen anderen Schild zerkleinert und auf der Rückseite neu bemalt.

»Für uns?«, fragte Sophia erfreut.

»Ich habe doch gesagt, dass ich dir eine Uhr schenke«, meinte Ernst.

Sie nahm die Uhr entgegen und zeigte sie Jennifer. Beide waren überwältigt von dem Einzugsgeschenk. Johannes war davon genauso überrascht wie die beiden Frauen. Ernst hatte offenbar nur im Geheimen an der Uhr gearbeitet. Und er ärgerte sich, dass er selbst nicht auch an ein Geschenk gedacht hatte.

»Wir wollen sie euch schenken, weil in jede gute Wohnung eine gute Uhr gehört«, sagte Ernst. Johannes fiel auf, dass Ernst ihn nun in den Kreis der Schenkenden eingeschlossen hatte. Er lächelte ihm dankbar zu.

Nachdem alle gegessen hatten, schlug Sophia vor, dass sie sich das Ladenlokal anschauen könnten, das Jennifer und sie anmieten wollten.

»Leider sind die Räume zu klein, um euch auch aufzunehmen«, sagte Sophia, als sie die Treppe hinuntergingen. »Ihr findet bestimmt auch etwas.«

»Wenn ihr etwas von freien Geschäftsräumen erfahrt, sagt uns einfach Bescheid«, antwortete Johannes.

»Und da ist es schon«, rief Jennifer und zeigte auf ein Haus mit einem schmalen Schaufenster neben einer Tür. »Ist das nicht großartig? So nah an der neuen Wohnung! Oh, nein, da ist jemand drin!«, fügte sie erschrocken hinzu.

Eine alte Dame trat vor das Geschäft, um sie zu empfangen. Sie war in viele Schichten von Kleidern gehüllt und blickte Jennifer und Sophia betroffen an. Ihr folgte ein junger Mann, der schlichte Kleidung trug und seinen einfachen Zylinderhut kurz anhob.

»Oh, die beiden jungen Frauen!«, sagte die alte Dame. »Darf ich vorstellen, das ist Mister Francis, der Herr, dem ich bereits die Zusage für den Laden gegeben hatte.«

»Und der sich dafür entschieden hat, den Laden anzumieten«, sagte Francis mit einer leicht rauen Stimme. Bei seinem Blick in die Runde verweilte er einen Moment länger bei Jennifer. Sie stellten sich alle vor.

»Wir dachten, Sie würden den Laden vielleicht nicht nehmen.

Jetzt haben wir schon eine Wohnung direkt nebenan, Mistress Wolf«, erklärte Sophia.

»Ach, hat das geklappt?«, fragte die Witwe. »Es tut mir leid. Aber ich hatte Ihnen ja gesagt, dass sie sich noch keine Hoffnungen machen dürfen. Der junge Mann hatte mein Wort.«

»Was haben Sie denn mit den Räumen vor?«, fragte Johannes, der feststellte, dass er mit seinem Englisch dem Gespräch schon erstaunlich gut folgen konnte.

»Ein Tabakgeschäft«, antwortete Francis. »Ich werde in wenigen Tagen die erste Ware erhalten und bereits jetzt damit beginnen, die Einrichtung fertigzustellen.« Dann wandte er sich an Jennifer. »Ich bin untröstlich, dass Ihnen meine Planung in den Weg kommt. Aber ich versuche wirklich schon seit geraumer Zeit, etwas Passendes zu finden.«

»Ja, das kann ich mir vorstellen, Mister Francis«, entgegnete Jennifer. »Uns geht es nicht anders.«

»Nennen Sie mich John. Wenn sie künftig direkt nebenan wohnen, hoffe ich auf eine gute Nachbarschaft, Miss …«

»Larkins«, sagte Jennifer. »Jennifer Larkins.«

»Miss Jenny Larkins, sehr schön«, sagte er.

»Ihr findet sicher bald etwas anderes«, tröstete Johannes sie, als sie zurück in der Wohnung waren. Ernst machte sich daran, die Uhr in der Wohnküche aufzuhängen. Sophia stimmte Johannes zu, aber Jennifers Laune war gerade nicht zu retten.

»Das wäre perfekt gewesen! Und jetzt? Sophia geht in den Palast, und ich versauere in Riley's Wäscherei.«

»Wirst du nicht«, widersprach Sophia.

»Werde ich doch!«, gab Jennifer melodramatisch zurück.

***

Da Johannes derweil selbst nach einem Laden suchte, konnte er ihre Verzweiflung nachvollziehen. Es gab nicht viele freie Flächen in London. Zumindest nicht in Gegenden, wo es Sinn ergab, ein Geschäft zu eröffnen. Im Schwarzwälderviertel schienen alle Geschäftsräume auf Jahrzehnte vergeben. Johannes streifte die kommenden Tage durch die umliegenden Stadtbezirke. An den Docks war ein Uhrengeschäft vollkommen fehl am Platz. Weiter im East End, wo sich die Fabrikarbeiter mit mehreren Familien eine winzige Wohnung teilten und Arbeitslose an der Straße standen und auf eine Aufgabe hofften, gab es keine Kunden, die sich Uhren leisten konnten. Je näher er der Innenstadt kam, umso umkämpfter waren günstige Ladenflächen. Die anderen waren zu teuer oder lagen längst im Radius von einer Meile um den Laden von Herrn Kleyser.

»Jetzt haben wir Geld, aber keinen Laden«, klagte er im Gespräch mit Ernst. Von den vorgestreckten hundert Gulden hatten sie erst einmal Uhrmacherwerkzeug, winzige Radwerke und Zahnräder und gebrauchte Werkzeuge gekauft.

Am nächsten Tag erschien ein Bote von Kleyser und Burger. Er teilte ihnen mit, dass Geld aus dem Schwarzwald für sie angekündigt sei. Dazu überreichte er ein kurzes Schreiben von August.

Als sie allein waren, las Johannes den Brief vor:

Meine Brüder. Es ist gut zu hören, dass Ihr gesund seid. Wir sind ebenfalls wohlauf. Viele Grüße schickt Euch die Mutter. Sie grämt sich, dass Ihr so weit in der Fremde seid, und sehnt den Tag herbei, der Euch wieder nach Märgen bringen möge. Auch von Auguste die besten Grüße. Wolfgang und Wilhelm wachsen schneller als Gras im Frühling. Auch Ida macht sich sehr gut. Elsa wird bei ihr aufpassen müssen, dass sie nicht zu viele Herzen bricht. Elsa selbst liegt im Streit mit dem Vater, der dem Lehrer Urban Heim gesagt hat, er solle sich nicht mehr ständig auf unserem Hof blicken lassen. Ihm ist wohl endlich aufgegangen, dass Heim für Elsa schwärmt.

Eurer Bitte nach einer früheren Auszahlung nachzukommen stellt sich als schwieriger heraus, als ich dachte. Ich habe einen Teil des Geldes bei Nachbarn geliehen und werde nun noch lange Zeit Schulden abzutragen haben. Ich schreibe das, um Euch begreiflich zu machen, dass die zweihundertfünfzig Gulden die letzte Summe war, die Ihr zu erwarten habt. Passt dieses Mal besser auf das Geld auf und setzt es weise ein. Der Fallerhof ist als Geldquelle für Euch versiegt, auch wenn er Euch für einen Besuch gern offen steht. Lebt wohl. Euer Bruder August.

»Der Vater hat keinen Gruß ausrichten lassen«, stellte Ernst fest.

»Vielleicht hat August einfach nur vergessen, es zu erwähnen«, gab Johannes zurück.

 KAPITEL 34

London, März 1842

In den kommenden Wochen sah Sophia die junge Königin häufig. Dennoch blieb jede einzelne Begegnung mit der Monarchin etwas Besonderes für sie. Queen Victoria war der lebende Beweis dafür, dass es zwischen Mann und Frau zwar Unterschiede gab, diese aber nicht über die Herrlichkeit eines Menschen entschieden. In dem kleinen, zarten Körper der Königin steckte eine große, starke Persönlichkeit. Ob sie allein in die Nursery kam, um nach den Kindern zu sehen, oder in Begleitung ihres Mannes, ihrer Hofdamen oder gar wichtiger Gäste wie dem Premierminister – stets umgab sie eine königliche Aura. Bei Prinz Albert war es genauso.

Als eines Tages beide Kinder friedlich ihren Mittagsschlaf hielten und Mistress Roberts sich mit einem Buch in eine Ecke der Nursery zurückgezogen hatte, setzten sich Sophia und Emely weitestmöglich weg von ihr ans Fenster. Von hier aus hatte man einen herrlichen Blick auf die Royal Gardens. In den beiden Reitern, die durch die Wipfel der Buchen zu sehen waren, erkannten sie bald die Königin und Prinz Albert. Plötzlich preschte der Schimmel der Queen vor, und kurz darauf gab ihr Mann seinem Braunen die Sporen und jagte ihr in das Wäldchen nach.

»Der ganze Palast ist froh, dass die beiden sich wieder verstehen«, flüsterte Emely, um Mistress Roberts nicht auf sie aufmerksam zu machen. »In den letzten Wochen war die Stimmung eisig zwischen den beiden. Da war nichts mit gemeinsam ausreiten.«

Eine der Auseinandersetzungen hatte Sophia ja selbst unfreiwillig miterlebt.

»Prinz Albert haben die Methoden von Baroness Lehzen nicht gefallen. Er hatte Sorge um Vicky, weil sie nur Schonkost bekommen hat.«

»Deshalb war sie so dürr!« Sophia schüttelte den Kopf.

»Ich habe dem Kind manchmal etwas Honig gegeben, weil ich es nicht mitansehen konnte«, wisperte Emely. »Die Königin hat der Baroness vertraut. Sie ist seit ihrer Kindheit bei ihr, weißt du? Aber nach einiger Zeit wurde es dem Prinzen zu bunt. Er hat gefordert, dass die Baroness aus der Nursery abgezogen wird. Dass die Königin dem nachgekommen ist, hat die Krise zunächst entschärft.«

»Aber die Baroness ist trotzdem immer wieder hier aufgetaucht«, sagte Sophia.

»Bis zu deiner Bewerbung. Dass der Prinz daraufhin gefordert hat, dass sie den Palast ganz verlassen soll, hast du ja selbst mitbekommen.«

Sophia nickte. »Und seit Ihre Majestät der Baroness das wirklich nahegelegt hat, schläft Prinz Albert wieder im Bett der Königin. Man hört, dass sie wohl sehr eifrig daran arbeiten, dass uns in der Nursery die Arbeit nicht ausgeht.«

Beide kicherten, was Mistress Roberts auf den Plan rief. »Ihr sollt nicht tratschen, sondern euch um die Kinder kümmern!«

Sophia erlebte die neue Einigkeit des Paares selbst mehrfach. Erschienen die Königin und Prinz Albert allein, um nach Vicky und Bertie zu sehen, hielten sie manchmal Händchen. Es kam sogar vor, dass er sich zu ihr niederbeugte, sie sich auf die Zehenspitzen stellte und sie sich küssten. Natürlich schauten in solchen Momenten alle diskret zur Seite. Auch Sophia. Man tat dann so, als sei man gerade mit voller Konzentration anderweitig beschäftigt. Die Kunst war es, ohne hinzusehen, zu wissen, wann sie fertig waren und man sich wieder umwenden musste.

Und doch war der Frieden brüchig, wie Sophia schnell feststellen musste. Die beiden konnten sich gerade verliebt ansehen, und einen Moment später kochte die Stimmung wieder hoch. Oft ging es darum, dass die Königin Baroness Lehzen zwar nahegelegt hatte, den Hof zu verlassen, diese ihre Abreise nach Bückeburg aber offenbar immer weiter hinauszögerte. Und es kam auch durchaus vor, dass die Baronesse plötzlich wieder in der Nursery stand und Mistress Roberts und den Kindermädchen Vorschriften machte, was zu tun sein.

Manchmal brachte das königliche Paar auch Besucher mit. Einer war Ernst August, der König von Hannover und zugleich als Duke von Cumberland Victorias Onkel, wie Mistress Roberts Sophia später erklärt hatte.

Der König von Hannover war ein alter Mann, der in einer Schlacht sein linkes Auge verloren hatte. Sophia fand es sehr unangenehm, wie er Bertie grob hochhob und mit seinem gesunden Auge musterte.

»Das soll der künftige König sein?«, hatte er spöttisch gesagt.

Königin Victoria hatte ihm den Jungen abgenommen und ihn zurück in sein Bettchen gelegt.

»Zunächst habe ich noch einige Jahrzehnte Regentschaft vor mir«, gab sie bestimmt zurück.

»Dann gebe sie acht«, warnte er. »Sie weiß ja, Männer sterben auf dem Schlachtfeld, Frauen im Wochenbett.«

***

Sophia machte die eigentliche Arbeit, die Versorgung der beiden hoheitlichen Kinder, große Freude. Vicky war ein Sonnenschein, konnte aber auch jähzornig werden, wenn sie nicht auf Anhieb bekam, was sie wollte. Sie war jetzt beinahe anderthalb Jahre alt – und fast jeden Tag konnte man Fortschritte in ihrer Entwicklung wahrnehmen. Bertie schlief tagsüber viel, brauchte aber nachts beträchtliche Aufmerksamkeit. Sophia hatte erst eine einzige Nacht in der Nursery verbracht. Zwei Kinderfrauen hatten das Anrecht, sich die gut bezahlten Nachtdienste aufzuteilen. Sie beaufsichtigten dann die diensthabende Amme, die in einer Nebenkammer schlief, um den Säugling bei Bedarf stillen zu können. Als an einem Tag beide Kinderfrauen nicht zur Arbeit erscheinen konnten, hatte Mistress Roberts Sophia zum Dienst verpflichtet. Kaum dass alle anderen weg waren, hatte Bertie zu schreien begonnen. Die Amme, eine mollige Frau mit prallen Brüsten, hatte ihn gestillt, doch sein Brüllen wurde davon nur unterbrochen, nicht beendet. Die halbe Nacht hatte Sophia den schreienden Jungen herumgetragen, bis er endlich eingeschlafen war. Kaum lag er im Bettchen, war es wieder losgegangen. Dennoch mochte sie den Jungen, war aber froh, nicht häufiger zu den Nachtdiensten antreten zu müssen.

Die freien Abende verbrachte sie viel lieber mit Jennifer. Die gemeinsame Wohnung schmiedete sie als Freundinnen noch enger zusammen. Meist unterhielten sie sich beim Klöppeln der Spitze. Sie berichteten sich gegenseitig, was sie den Tag über erlebt hatten, lachten über peinliche Momente, ärgerten sich, wenn jemand eine von ihnen ungerecht behandelt hatte, erzählten sich aus ihrer Kindheit oder sprachen von der Zukunft. Wobei das letzte Thema oft auch unweigerlich zu Männern führte.

Manchmal trafen sie sich mit Johannes und Ernst, wobei Jennifer sich mittlerweile auch schon dreimal mit diesem John Francis getroffen hatte, dem angehenden Tabakhändler, der ihnen bei dem Laden zuvorgekommen war.

Sophia verstand nicht, was Jennifer in ihm sah. Sie fand, dass er ein eigentümlicher junger Mann war. Häufig schien er guter Laune, redete viel und brachte Jennifer zum Lachen. Seine Stimmung konnte aber auch ohne ersichtlichen Grund von einem Moment zum nächsten kippen wie das Wetter über dem Ärmelkanal. Wo eben noch Sonnenschein herrschte, zog plötzlich Nebel auf, dass es einem angst und bange werden konnte. John Francis wirkte dann betrübt und lethargisch. Oder er wurde mit einem Mal hektisch und hitzköpfig und neigte dazu, sein Gegenüber mit Worten zu verletzen.

Sophia hatte das einmal miterlebt und Jennifer geholfen, ihn vor die Tür zu setzen. Doch am nächsten Morgen hatte er sie auf ihrem Arbeitsweg zu Riley's Wäscherei abgefangen und sich ebenso wort- wie tränenreich entschuldigt.

Es war unübersehbar, dass er sich zu Jennifer hingezogen fühlte. Und Sophia spürte, dass ihre Freundin begann, etwas für diesen Mann zu empfinden. Aber sein schwieriger, unberechenbarer Charakter hatte dafür gesorgt, dass es bisher bis auf Gespräche und ein paar gegenseitige Besuche keine weitere Annäherung gegeben hatte, kein klares Wort der Verbundenheit und keinen Kuss.

Zwischen Sophia und Johannes stand es in dieser Beziehung nicht anders. Sie genoss die Zeit mit dem Schwarzwälder. Sie brachte ihm Englisch bei, er alberte oft herum und war charmant. Er gefiel ihr gut, aber er ließ jede Gelegenheit aus, sich ihr anzunähern. Da er ständig unwillkürlich prüfte, ob seine Haare die Narbe auf dem Kopf verdeckten, vermutete sie, dass seine Hemmungen daher rührten. Dabei war es umgekehrt: Seine Narben störten sie nicht. Je mehr er aber versuchte, sie zu verdecken, desto auffälliger fand Sophia sie. Sie wurde das Gefühl nicht los, dass Johannes Zeit brauchte, erst sich selbst zu akzeptieren, bevor er für eine Liebe bereit war.

Und dann war da noch Ernst. Sophia fand bald heraus, dass sein Schweigen keine Schüchternheit war. Vielmehr schien er sich vor der Welt wie in einer Truhe zu verschließen, die ein Guckloch hatte. Er konnte seine ganze Aufmerksamkeit auf das lenken, was ihn gerade interessierte. Vor allem waren das Uhren.

Die beiden Brüder waren sehr unterschiedlich, aber Sophia kam es vor, als wären ihre Schicksale durch ein festes Band stärker miteinander verbunden, als das normalerweise zwischen Brüdern der Fall war. Sie mussten sich oft gar nicht unterhalten, um sich zu verstehen. Johannes war natürlich der Sprecher der beiden.

Ihn nahm man wahr, ihm hörte man zu. Den kleinen Ernst übersahen viele allzu leicht. Und doch bekam er alles mit und überraschte sie mit seinen Überlegungen, die häufig den Nagel auf den Kopf trafen.

Die beiden hatten sich Geld geliehen und würden bald eine weitere Summe aus ihrer Heimat erhalten. Für ihr Vorhaben, ein Uhrengeschäft zu eröffnen, war es ein eher kleines Kapital. Aus diesem Grund war Johannes froh gewesen, als Kleyser angefragt hatte, ob Ernst nicht bis auf Weiteres in seinen Werkstätten aushelfen könne. Ernst lernte dort, wie Uhrwerke mit Repetition funktionierten. Mit einem Zug oder Druck an einem im Gehäuse versteckten Hebel zeigte ein winziges Schlagwerk im Inneren der Uhr die Zeit an. Ein Schlag pro Stunde gegen eine Klangfeder und ein Schlag pro Viertelstunde gegen eine andere. So konnte man auch nachts die Uhrzeit erfahren. Die Technik war nicht neu – aber Ernst hatte sich zuvor noch nicht damit beschäftigt und saugte geradezu auf, wie sie funktionierte. Es handelte sich dabei um ein zweites Werk, das, mit dem ersten verbunden, direkt darüber gebaut wurde. Bei ihrem letzten Treffen hatte Ernst davon geredet, bereits eine Idee zu haben, wie man vermeiden könne, dass die Taschenuhr beim Gehen Geräusche von sich gab. Bei Kleyser und Burger wurde gerade ein erstes neues Werk in Angriff genommen, um Ernsts Idee zu testen.

Freunde, dachte Sophia. *Ich habe echte Freunde gefunden.* Bisher hatte sie auch ihre Kollegen bei Lady Ann als Freunde gesehen, wusste nun aber, dass das etwas anderes war. Sie dachte nur noch selten an Miss Webster, Mister Wilson und die anderen. Das letzte Mal, als sie Lady Ann in einem Brief ihr Beileid ausgesprochen hatte. Am meisten vermisste sie William.

Inzwischen hatten Vicky und Bertie sie in ihrer Rolle vollkommen angenommen. Vicky reckte immer die Ärmchen und lachte, wenn sie Sophia sah.

Darauf freute sie sich schon, wenn sie morgens das Haus verließ, um, wie an diesem Tag, zum Palast zu spazieren. Draußen war es trocken und zugig. Der Dunst, den der Wind durch die Straßen trieb, war eine Mischung aus feinstem Nebel und dem Rauch Tausender Schornsteine. Zum Schutz zog sie die Kapuze ihres Capes über den Kopf, als sie auf die Straße trat.

Moment! Sophias Herz blieb stehen, ihr Atem setzte aus. Der Mann, der da mit weit ausholenden Schritten nur ein paar Yards von ihr entfernt in Richtung Baker Street eilte, sah aus wie Etienne Légat! Sie sah das Gesicht nur kurz im Profil, aber es passte. Ebenso die Bewegungen und die feine Kleidung, die hier vielleicht nicht deplatziert, aber immerhin auffällig war.

Sophia konnte endlich wieder Atem holen. Jetzt schlug ihr Herz auf einmal schnell. Und das, obwohl sie immer noch wie festgefroren auf der Schwelle des Hauses stand.

Légat – oder möglicherweise ein anderer Mann, der ihm ähnlich sah – bog rechts ab in die Baker Street. Und sie war immer noch wie gelähmt. So lange hatte sie darauf gewartet, ihm zu begegnen. Und jetzt ließ sie ihn einfach gehen? Nein. Sie musste ihm folgen.

Sophia lief los. Hoffentlich fand sie ihn, denn in der Baker Street herrschte mehr Betrieb. Auf der rechten Straßenseite war er nicht zu sehen. Sie entdeckte seine Gestalt ein Stück entfernt, wie er zwischen zwei Kutschen über die Straße schritt. Sie eilte weiter, musste aber zwei Frauen ausweichen. Sie versuchte, den Mann nicht aus den Augen zu lassen. Warum drehte er sich denn nicht wenigstens einmal richtig um? Dann wüsste sie mit Gewissheit, ob es Légat war.

Sophia musste warten, bevor sie die Straße überqueren konnte. Sie sah ihn nicht mehr. Er war in der Menge der Leute untergetaucht. Doch da: ein hoher Zylinder. War er das? Sie lief weiter. Der Abstand schien wieder größer geworden zu sein. Jetzt ahnte Sophia, was er vorhatte. Ein wenig weiter befand sich eine Kutschenstation. Sie versuchte, noch schneller voranzukommen, aber die Leute gingen hier zu dicht. Sie kam gerade noch rechtzeitig, um den Mann von hinten in eine Kutsche steigen zu sehen. Der angespannte Schimmel setzte sich in Bewegung. Als das Gefährt an ihr vorbeikam, schaute Sophia in das Fenster. Der Mann blickte hinaus. Ihr wurde schwindelig.

»Bei neun von zehn Personen mit Geschwüren schlägt die Behandlung an«, hatte Légat ihr damals erklärt. Sie sah die Szene genau vor sich, in der Pension an der Promenade in Hastings. Mehr als drei Jahre war das jetzt her. Sie hörte die Worte, die er gesprochen hatte, in ihrem Kopf, als sei es gerade eben gewesen: »Selbst dann, wenn die Krankheit im fortgeschrittenen Stadium ist. Du tust also genau das Richtige. Deiner Mutter wird es bald wieder gut gehen.«

Sophia schaute der Kutsche schwer atmend nach. Das schwarze Wachsleinen hatte einen Fleck, der an eine Faust erinnerte. »Deiner Mutter wird es bald wieder gut gehen«, wiederholte sie laut. Andere Passanten drehten sich zu ihr um, aber das war ihr egal. »Du tust also genau das Richtige.« Jetzt verschwand er einfach so. Das konnte doch nicht sein!

Sophia lief auf die nächste freie Kutsche zu und wies den Fahrer an, auf dem Bock zu bleiben. Sie hatte keine Zeit zu verlieren und konnte die Tür selbst öffnen.

»Miss?«, fragte der Kutscher durch eine Klappe, die Bock und Fahrgastraum verband.

»Los, fahren Sie! Ich muss der eben abgefahrenen Kutsche folgen.«

Es gab eine kurze Pause, dann sagte der Mann: »Gut. Ich versuch's.« Das Pferd lief los und setzte die Kutsche mit so einem Ruck in Bewegung, dass Sophia in den Sitz gedrückt wurde.

Die Klappe stand weiter offen. Sophia rief vor: »Sehen Sie die Kutsche?«

»Ja, ich muss nur 'nen Wagen überholen, dann kann ich rankommen. Halten Sie sich fest, Miss.«

Die Warnung kam gerade rechtzeitig, denn in dem Moment knallte die Peitsche, das Pferd lief schneller, und Sophia wurde in der Kutsche hin- und hergeworfen.

»'tschuldigung, aber das war die einzige Möglichkeit, um dranzubleiben. Soll ich ganz ran und versuchen, sie anzuhalten?«

»Nein, ich will nur wissen, wohin der Mann fährt.«

»Betrügt er sie, Miss?«, fragte der Kutscher.

»Wer?«

»Ihr Verlobter. Oder ist er das nicht?«

»Doch, doch«, sagte Sophia schnell. »Darum soll er mich erst mal nicht sehen.«

Der Kutscher zügelte das Pferd. Sophia steckte kurz den Kopf aus dem Fenster, um zu prüfen, ob Légat wirklich noch vor ihnen war. War er. Sie erkannte den Schimmel und den Fleck. Sie setzte sich wieder.

Was tat sie da? Sie sollte auf dem Weg in den Palast sein. Stattdessen verfolgte sie einen Mann, von dem sie sich im Moment gar nicht mehr so sicher war, ob es sich tatsächlich um Légat handelte. Und was wollte sie machen, wenn seine Kutsche anhielt?

»Es scheint in Richtung Westminster zu gehen«, rief ihr der Kutscher zu. »Soll ich weiter dranbleiben?«

»Ja, bitte.« Das war sowieso grob ihre Richtung. Sophia grübelte, wohin Légat unterwegs sein könnte. Und ob er es wirklich war. Für einen Moment hatte sie sein Gesicht gesehen – und glaubte, ihn wiedererkannt zu haben. Dabei hatte sie ihn ja vor dem Tod ihrer Mutter nur zweimal kurz getroffen. Dennoch – er war zuvor im Marylebone-Viertel gesehen worden. Dass es dort ein anderer Mann gewesen sein sollte, der ihm so ähnlich sah, konnte sie sich kaum vorstellen. Sie würde es herausfinden.

Sophia warf erneut einen Blick aus dem Fenster. Rechts erstreckte sich eine große, baumbestandene Grünfläche, die von Wegen durchzogen war. Das musste der Hyde Park sein. Dann befanden sie sich gerade auf der Park Lane. Ihre Einschätzung bestätigte sich, als sie kurz darauf nach links auf die Piccadilly abbogen. Sie waren damit in direkter Nähe des Palastes, entfernten sich aber auch gleich wieder davon, denn die Fahrt ging ein gutes Stück geradeaus.

»Es wird schwer, ihn nicht zu verlieren«, drang die Stimme des Kutschers durch die Klappe. »Hier ist viel Verkehr, und ich muss langsamer fahren.«

»Versuchen Sie es!«, bat Sophia.

»Ich glaube, er fährt zum Trafalgar Square«, rief er erneut. »Ja, ich kann ihn sehen.«

Sophia schaute aus dem Fenster. Sie fuhren die Regent Street hinab. Beinahe hätte sie sich den Kopf am Rahmen des Fensters angeschlagen, als ihre Kutsche bremste. Zwei Männer liefen knapp vor ihnen über die Straße. Der Kutscher beschimpfte sie und fuhr unter deren wütenden Rufen weiter.

Légats Kutsche war nicht mehr zu sehen. Es war einfach zu viel los auf den Straßen. Sophia wechselte zum anderen Fenster.

»Da, sie sind links abgebogen«, rief sie gerade noch rechtzeitig, dass ihr Kutscher in die gewiesene Richtung fahren konnte.

»Ja, ich kann sie auch wieder sehen«, gab er aufgeregt zurück.

Sie fuhren durch die Cockspur Street, weiter auf den Trafalgar Square – und dann sahen sie die Kutsche in die Whitehall einbiegen – mitten ins Regierungsviertel.

Genau in dem Moment kreuzte eine Reihe von Kutschen von der Mall aus Richtung Palast kommend ihren Weg. Sie mussten anhalten.

»Sehen Sie etwas?«, rief sie zum Kutscher, doch der verneinte. Sophia hätte am liebsten geschrien, dass sich die anderen Wagen beeilen sollten. Ungeduldig winkte sie ihnen zu fahren, was die Sache natürlich nicht beschleunigte, sondern ihr nur erstaunte Blicke von Passanten einbrachte. Endlich löste sich das Hindernis auf.

»Los, los!«, rief sie.

Sie bogen in die Straße Whitehall ein. Hier herrschte ein wirres Durcheinander an Kutschen, Wagen, Reitern und Menschen zu Fuß. Fast alle Gentlemen trugen hohe Zylinder, viele waren groß gewachsen, einige Männer waren in Uniform gekleidet, andere trugen teuer wirkende Anzüge.

»Ich glaube, weiterzufahren ist sinnlos«, sagte der Kutscher. »Arbeitet Ihr Verlobter hier?«

Der Mann hatte recht. Es war schon erstaunlich, dass sie Légat überhaupt bis hierhin hatten verfolgen können. Aber nach der Verzögerung am Trafalgar Square konnte er jetzt schon überall sein.

Sie zahlte den Fahrer aus und blieb vor dem Bau des Verteidigungsministeriums stehen. Immer noch erhitzt und aufgeregt von der Verfolgungsjagd blickte sie die Straße hinauf und hinunter. Es gab mehrere Kutschen mit angespannten Schimmeln. Nicht weit von Sophia stieg gerade ein dicklicher Mann in eine davon ein. Von der anderen Seite kam auch eine Kutsche angefahren. Die erste fuhr an Sophia vorbei. Als sie ihr nachschaute, hielt sie die Luft an. Das schwarze Wachstuch hatte hinten einen Fleck in Form einer Faust. Légat musste also irgendwo hier auf der Straße zu finden sein!

Sie lief die Straße entlang, blickte hektisch in alle Gesichter, vor allem die von größeren Männern. Aber nie waren es Légats Züge. Je mehr Zeit verging, desto größer wurden ihre Zweifel, ihn noch zu finden. Vor allem musste sie jetzt dringend in den Palast. Mistress Roberts duldete kein Zuspätkommen. Sie schaute sich ein letztes Mal um und lief dann zur Mall und von dort zum Palast.

KAPITEL 35

London, März 1842

Am Sonntag gingen Ernst und Johannes nach längerer Zeit wieder einmal zum deutschen Gottesdienst in St. Bonifatius. Flip war der Einzige, der sie freudig begrüßte. Er und Ernst zogen sich nach der heiligen Messe in eine Ecke des Raumes zurück, um in Ruhe über Uhren zu fachsimpeln.

Ansonsten fiel die Begrüßung der beiden Brüder ziemlich verhalten aus. Johannes hatte gehofft, dass sich durch das Verschwinden von Egidius Riesle auch die Vorbehalte ihm gegenüber auflösen würden, aber niemand schien sich mit ihm unterhalten zu wollen. Und wenn er auf einen Uhrenhändler zuging und ihn ansprach, entgegnete der ein paar knappe Worte und ließ ihn dann unter einem Vorwand stehen.

»Du wunderst dich wohl, was los ist«, kam eine Stimme von hinten. Es war Andreas Schwär. »Es spricht sich nun mal schnell herum, dass ihr einen Laden eröffnen wollt«, erklärte der Meister. »Aber ihr habt noch nicht das Lehrjahr im Uhrenland fertig absolviert. Es ist ein ungeschriebenes Gesetz, dass diese Reihenfolge einzuhalten ist.«

»Wir hätten das Jahr ja gern abgeleistet«, sagte Johannes und ließ offen, woran es gescheitert war. Denn das wusste Schwär selbst ja nur allzu gut.

»Ja, ja, ich habe mich von Egidius blenden lassen. Auch von mir hatte er sich Geld geliehen.« Schwär warf einen Blick nach oben. »Aber auch ohne seine Worte hätte ich dich nicht mehr lange behalten, Johannes. Das Uhrenland ist unbarmherzig. Es kann dich reicher machen, als du es dir jemals erträumt hast, es kann aber auch dein Untergang sein. Oder beides. Du jedenfalls bist nicht fürs Hausieren gemacht. Egidius Riesle hat die Entscheidung nur beschleunigt.«

»Und das wollten Sie mir jetzt noch einmal vor Augen führen?«, fragte Johannes gereizt.

»Ich wollte dir sagen, dass es mir leidtut, wie es zwischen uns gelaufen ist«, antwortete Schwär. »Und auch wenn ihr euch nicht unseren Traditionen entsprechend verhaltet, will ich euch als Zeichen meiner Reue behilflich sein.«

»Das mag nett gemeint sein, Herr Schwär, aber wir brauchen Ihre Hilfe nicht.«

Schwär hob mahnend den Zeigefinger seiner rechten Hand. »Hör dir erst an, was ich zu sagen habe, danach kannst du selbst entscheiden, ob es dich interessiert oder nicht.«

Johannes nickte zögerlich.

»Ich weiß, dass ihr einen Laden sucht, um ein Uhrengeschäft zu eröffnen. Und alle wissen, wie schwer es im Moment ist, geeignete Räume zu finden«, sagte Schwär leise. Die weiteren Worte flüsterte er fast: »Ich rate dir, beschränke dich bei deiner Suche nicht auf das Schwarzwälderviertel. Hier werden sie dir das Leben schwer machen. Ich weiß, wovon ich spreche. Über einen Kunden habe ich von einem Laden erfahren, der etwas für euch sein könnte. Er liegt halb im Keller und hat eine kleine Wohnung direkt darüber.«

Schwär wartete Johannes' Reaktion ab, ob er weitersprechen sollte. Johannes nickte wieder.

»Der Laden liegt in der Devonshire Street in Marylebone. Haus 43. Ihr könnt heute Nachmittag hin und es euch anschauen. Sagt dem Vermieter, Mister Brewster, dass ich euch geschickt habe.«

»Das ist sehr freundlich, Herr Schwär«, sagte Johannes.

»Nichts für ungut.« Der Uhrenhändler reichte ihm die Hand.

Johannes schlug ein. »Nichts für ungut.«

Nach dem Mittagessen in St. Bonifatius brachen Johannes und Ernst gleich auf. Die Devonshire Street hatte tatsächlich mehrere Vorteile. Sie lag außerhalb des Radius von einer Meile zum Laden von Kleyser, den einzuhalten sie sich verpflichtet hatten. Sie war weit genug entfernt von Whitechapel, dass einem die anderen Schwarzwälder nicht dauernd über die Füße liefen. Und dazu kam, dass es einen gerade zehnminütigen Spaziergang benötigte, um zur Wohnung von Sophia und Jennifer zu gelangen. Letzterer Punkt hatte zwar mit dem geschäftlichen Rahmen nichts zu tun, kam Johannes aber sehr gelegen.

Die Häuser in der Devonshire Street bildeten eine durchgehende Reihe auf jeder Seite. An jedem Haus führte vorn eine Treppe in den Souterrainbereich. Damit niemand hinabstürzen konnte, waren schwarze Gitterzäune vor den Treppen montiert.

Sie ließen sich von Mister Brewster, einem etwas unwirsch schauenden Mann mit zottigem Vollbart, die Räume zeigen. Die Wohnung bestand aus zwei Zimmern und einem Küchenraum mit Ofen. Sie konnten ihr Glück kaum fassen. So würde jeder von ihnen sein eigenes Reich haben. Es würde das erste Mal sein, dass Ernst und Johannes in getrennten Zimmern schlafen konnten.

Durch die Fenster des im Souterrain gelegenen Ladens fiel einiges an Tageslicht, weiter hinten brauchte es allerdings eine Lampe, vor allem, wenn dort die Werkstatt eingerichtet werden sollte, wie Ernst es sich vorstellte. Der Geschäftsraum war in etwa so groß wie der von Andreas Schwär.

Da sie selbst noch nicht viele Uhren zum Ausstellen vorzuweisen hatten, würde es wunderbar passen, in einem Teil des Geschäfts Jennifers Waren zu präsentieren. Durch die Nähe könnte sie morgens einfach herkommen.

»Von mir aus könnt ihr Laden und Wohnung haben. Aber ihr solltet euch schnell entscheiden. Morgen kommen noch andere Interessenten«, erklärte Mister Brewster mürrisch.

Johannes und Ernst sahen sich an. Es brauchte kein Nicken, beiden war klar, dass sie diese Räumlichkeiten anmieten würden. Johannes hielt Mister Brewster die Hand hin. »Wir nehmen es«, entschied er.

»So ist es«, sagte Ernst und schlug ebenfalls ein.

Am nächsten Abend stand Johannes mit Ernst, Sophia und Jennifer vor der Tür des Souterrains und holte den Schlüssel hervor.

»Das wäre also der Laden«, sagte Johannes stolz und ließ den beiden Frauen den Vortritt.

»Johannes, das ist ja perfekt!«, rief Sophia.

»Der Raum ist ja riesig«, staunte Jennifer.

»Groß genug«, sagte Johannes. »Ich hab auch schon eine Idee, wie der Laden heißen soll.«

Er machte eine Pause und sagte dann mit weit ausholenden Gesten: »*Faller, Larkins & Carpenter, Fine Clock- and Watchmakers & Cloths, Ribbons and Laces.*«

Ihm fiel ein Stein vom Herzen, dass die Frauen von dieser Idee ebenso begeistert waren wie Ernst und er selbst. Aus dem Singing Duck, einem nahe gelegenen Pub, hatte er einen großen Krug Bier besorgt, und nun stießen sie darauf an, dass ihr gemeinsamer Laden nun bald Eröffnung feiern würde. Bis dahin war aber noch viel zu tun.

Den Umzug aus Richters Dachkammer nahmen sie sich gleich am nächsten Tag vor. Sie bedankten sich bei dem Goldschmied, dass er sie gegen die vorherrschende Meinung ihrer Landsleute bei sich aufgenommen hatte, und sagten ihm zu, bei ihm die Kaliber für Ernsts goldene Taschenuhren zu kaufen, wenn es so weit wäre. Richter gab ihnen gleich ein schmuckvolles Gehäuse mit. Dabei handelte es sich nicht um ein Geschenk, sondern zum Teil um den Lohn, der Ernst noch zustand, zum Teil um einen Vorschuss, den sie beim Verkauf der Uhr an ihn zurückzahlen würden. Ernst jedenfalls war begeistert, auch wenn das Kaliber zu klein war, um eine Repetition einfügen zu können. Aber er brannte darauf, eine erste Faller-Taschenuhr zusammenzubauen.

Tags darauf begannen auch schon die Arbeiten in den Geschäftsräumen. Johannes und Ernst rissen verzogene Dielen aus dem Boden und tauschten sie gegen neue aus. Währenddessen maß Benjamin Brown, ein junger Tischler aus der Nachbarschaft, den gewünschten Tresen aus. An der Wand zur Straße blühten unterhalb der Fenster Salpeterrosen, wo die Fassade Feuchtigkeit gezogen hatte. Sie verputzten die Wand neu und weißelten alle Wände des Verkaufsraums, weil so die Uhren am besten zur Geltung kommen würden. An einer Wand bauten sie mit Benjamin Browns Hilfe ein deckenhohes Regal, in dem Jennifer ihre Waren präsentieren und lagern konnte.

Im Anschluss zogen sie den Boden mit Hobeln ab. Dann wurde er geölt und gewachst, und nach dem Trocknen legten sie auf Ernsts Wunsch einen Teppichläufer aus, den sie in einem Geschäft in der Nähe erstanden hatten. Im hinteren Bereich wuchs derweil Ernsts kleine Werkstatt. Johannes war günstig an ein gebrauchtes Regal einer Apotheke herangekommen, das sie aufarbeiteten. Der Werkstatttisch wurde nach Ernsts Vorgaben aufgestellt und erhielt Aufbauten und Schubladen, in denen die kleinen Teile untergebracht werden konnten. Links und rechts blieb Platz für Maschinen, die sie sich im Laufe der Zeit noch zulegen wollten.

Als sie den Laden einrichteten, machte er noch einen ziemlich kargen Eindruck. An einer Wand tickten vier Faller-Schwarzwalduhren, die drei, die ihnen aus der Heimat übrig geblieben waren, und eine vierte, die Ernst aus Resten zusammengeschustert hatte. In Ermangelung weiterer Uhren hingen sie die übrigen Schilde auf. Auf den ersten Blick konnte man so den Eindruck gewinnen, dass sie mehr Uhren hätten. In einer kleinen Vitrine lagen auf einer Spitzendecke zwei einfache silberne Taschenuhren, die sie im Laden von Kleyser und Burger gekauft hatten. Es handelte sich um ihre einfachsten Modelle, recht große Kaliber ohne Komplikation, aber immerhin juwelengelagert. Man konnte sie den Kunden für kleines Geld anbieten.

Im Laufe der Zeit würde Ernst sicher eine kunstvolle Uhr nach der nächsten hier ausstellen – und Johannes sie dann hoffentlich zu gepfefferten Preisen verkaufen. Solche Einnahmen waren auch bald nötig, denn die Einkäufe von Materialien und Werkzeugen und der Lohn des Tischlers hatten einen Großteil des Geldes verschlungen, das Kleyser ihnen vorgestreckt hatte. Hoffentlich kam bald das Geld von August.

Während Jennifer ihnen bei der Renovierung des Ladens nur am Wochenende helfen konnte, weil sie fünf Tage in der Woche noch in der Wäscherei bügelte, kam Sophia immer vorbei, wenn sie nicht gerade im Palast königliche Windeln wechseln musste. Johannes verbesserte sein Englisch mit ihrer Hilfe beträchtlich. Bei der Arbeit unterhielt sich Sophia mit ihm in ihrer Muttersprache. Am Anfang kam es oft vor, dass er nachfragen musste, was ein Wort bedeutete. Bald ging Sophia dazu über, ihm nicht mehr den deutschen Begriff zu nennen, sondern ein Wort zu umschreiben. Auch inhaltlich veränderten sich die Lektionen. Hatte sie ihn zuerst Vokabeln gelehrt, die für den Verkauf der Uhren nützlich waren, kamen bald alltäglichere Lebenssituationen in London dazu. Jetzt unterhielten sie sich einfach auf Englisch. Sophia berichtete ihm von ihrem Leben, vom deutschen Großvater, von schönen Erinnerungen an ihre Mutter, von ihrer Arbeit bei Lady Ann und auch von dem, was sie im Palast erlebte. Johannes hatte zuerst gedacht, sie falsch verstanden zu haben, als sie ihm von einem Betrüger namens Etienne Légat erzählte, der sie vor einigen Jahren um ein Vermögen gebracht hatte. Und noch weniger konnte er glauben, dass sie erst vor wenigen Tagen diesen Mann wiedergesehen und verfolgt hatte.

»Du musst mir versprechen, dass du das nicht noch einmal machst«, sagte er besorgt. »Dieser Mann könnte dängerlich sein.«

»*Dangerous*«, korrigierte sie sein Englisch. »Machst du dir etwa Sorgen um mich?«

»Ja, das mache ich«, entgegnete er. »*Dangerous*, gefährlich.«

»Das ist nett. Wenn ich ihn noch einmal verfolgen will, nehme ich dich mit. Apropos: Was heißt ›Folgen Sie dieser Kutsche‹?«

»*Follow the coach!*«, sagte Johannes.

»*Follow this coach!*, wäre noch besser.«

Aber auch Johannes erzählte Sophia viel von sich. Von seinen Ängsten, allein zu sein und nicht beachtet zu werden, die er als Kind ausgestanden hatte. Von Vater, Mutter, seinen Geschwistern und all den anderen, die sie in Märgen zurückgelassen hatten. Sophia war fasziniert, dass Ernst und er in einer so großen Familie aufgewachsen waren, hatte sie doch nur ihre Mutter und die Großeltern gehabt. Er erzählte ihr auch von seiner Feindschaft mit Egidius. Und dass er im Winter regelmäßig von Fieber und einer schmerzhaften Entzündung im Nasenbereich heimgesucht wurde, seit Riesle sie ihm als Kind gebrochen hatte. Aber er berichtete auch von seinen Freunden und schwärmte ihr vor, dass man ihn früher auf jedem Tanzboden antreffen konnte. Dabei nahm er Tanzhaltung ein, zog Sophia zu sich und musste gleich feststellen, dass es sich mit seinem steifen Bein nicht gut tanzen ließ.

»So sieht das heute aus«, sagte er betrübt. »Aber früher bin ich über den Tanzboden geschwebt.« Er ließ sie hastig aus seiner Umarmung frei.

»Dann gab es bestimmt auch ein Mädchen?«, fragte Sophia lächelnd.

Johannes hatte sich die vergangenen Monate in London immer wieder gefragt, wie sein Leben wohl ausgesehen haben könnte, wenn er Hedwig damals nicht abgewiesen hätte. Er träumte manchmal von ihr. Seine Verletzungen existierten im Traum nicht. Stattdessen spielten sie unbeschwert auf den sonnenbeschienenen Wiesen Fangen, ließen sich ins Gras fallen, und er schaute ihr tief in die Augen, aus denen tiefe Zuneigung und Nähe sprachen.

»Offenbar gibt es wirklich ein Mädchen«, riss Sophias Stimme ihn auf Englisch aus seinen Gedanken.

»Nein, nicht wirklich«, gab Johannes leise zurück.

Dass Ernst von den Sprachlektionen auch einiges mitbekommen hatte, zeigte sich jetzt, als er von der Werkstatt aus »Hedwig« rief.

»Ernst!«

»Deine Kinderfreundin?« Sophia blickte ihn fragend an.

Johannes atmete durch. »Ja. Meine Kinderfreundin. Aber dabei ist es auch geblieben. Sie hat sich übrigens einem Uhrenhändler versprochen, der in Cambridge lebt. Wenn wir Eröffnung haben, sollten wir das mit einem kleinen Fest feiern.«

Johannes war Sophia dankbar, dass sie nicht weiter nachbohrte, sondern sich auf den ungelenken Themenwechsel einließ.

Wenn Jennifer da war, hatten sie meist eine lustige Zeit. Sie besaß ein gutes Händchen für die Einrichtung und schaffte es mit der Auslegung von Samtstoffen und den drapierten Spitzenwaren, dass der Laden kurz vor der Eröffnung ausgesprochen ansehnlich aussah. Sie scherzte viel mit ihnen, aber es gab auch Tage, an denen sie schlechter gelaunt war. Sophia hatte Andeutungen gemacht, dass das wohl mit dem Tabakhändler John Francis zu tun hatte, in den sie offenbar verliebt war. Ganz glücklich schien sie damit nicht immer zu sein.

Jennifer war eine Frau mit unfassbarer Energie. Johannes hatte das bei den gemeinsamen Arbeiten im Laden festgestellt, war aber dennoch überrascht, als sie ihnen kurz vor der Eröffnung noch Zettel präsentierte, die sie hatte drucken lassen.

Faller, Larkins & Carpenter, Fine Clock- and Watchmakers & Cloths, Ribbons and Laces, stand darauf. *Eröffnung am Samstag, 10. April 1842, Devonshire Street 43.* Sie gingen noch am gleichen Abend los, um die Zettel an den Aushangbrettern der Umgebung auszuhängen.

Die Eröffnung fand einen Tag vor Ernsts achtzehntem Geburtstag statt. Es kamen einige Interessierte, darunter viele Nachbarn, die sich einfach anschauen wollten, was in dem neuen Laden angeboten wurde. Der Tag verlief für alle zufriedenstellend. Johannes verkaufte zwei der Schwarzwalduhren. Für eine der Taschenuhren wollte ein möglicher Käufer im Laufe der Woche noch einmal vorbeikommen. Weitaus größeren Anklang fanden Jennifers Spitzen und Bänder. Schon nach diesem ersten Tag musste sie darüber nachdenken, ob sie Ware von anderen Frauen hinzukaufen sollte.

»Es müssen nur die Qualität und der Preis stimmen«, sagte sie. »Es darf nicht teurer sein, als wenn ich die Arbeiten selbst mache, und auch nicht schlechter gearbeitet.«

»Du willst wohl sagen, dass meine Arbeit deinen Ansprüchen nicht gerecht wird«, gab Sophia grinsend zurück.

»Du musst eben noch etwas üben«, sagte Jennifer und hob ein von Sophia gefertigtes Spitzendeckchen hoch, dessen Löcher so formlos aussahen, dass sie alle lachen mussten.

***

Jennifer hatte die Stelle bei Mister Riley's Wäscherei gekündigt und saß meist mit Ernst im hinteren Bereich, wo sie konzentriert ihren Handarbeiten nachgehen konnte. Zumindest bis Kundinnen kamen. Sie machten schnell die Erfahrung, dass Frauen meist wegen der Bänder und Stoffe in den Laden kamen, während Männer sich für die Uhren interessierten. Allerdings hatten sie noch nicht viele Uhren, sodass die Anziehungskraft des Ladens, was den Bereich der beiden Brüder betraf, schmerzlich gering blieb.

Ernst stellte nach zwei Wochen die erste goldene Taschenuhr fertig, deren Gehäuse sie von Goldschmied Richter zur Verfügung gestellt bekommen hatten. Es dauerte, weil er an sich den Anspruch hatte, dass die Taschenuhr so genau wie möglich laufen sollte. Dafür hatte er sich Teile bei Kleyser und Burger gekauft, die

Stück für Stück so teuer waren, dass Johannes immer wieder ungeduldig auf die Nachricht wartete, dass das Geld aus dem Schwarzwald eingetroffen sei.

»Als Nächstes möchte ich eine Golduhr mit Repetition bauen«, sagte Ernst.

»Wir müssen damit warten, bis August uns das restliche Geld schickt«, erwiderte Johannes.

»Das muss doch jeden Tag kommen.«

»Es ist aber noch nicht da.«

»Können wir uns bei Herrn Kleyser noch etwas leihen?«

Johannes wurde ärgerlich.

»Als ich letzte Woche da war, um unseren Zins zu zahlen, hatte er schon Bedenken, ob das Geld überhaupt noch eintrifft. Der wirft uns keinen Penny mehr nach.«

Johannes hatte einen Brief nach Hause geschrieben, um sich nach dem Verbleib des Geldes zu erkundigen, aber dieser war bis jetzt unbeantwortet geblieben.

Noch hatten sie Zeit für die Rückzahlung an Kleyser, aber wenn sie nicht bald ein gutes Geschäft machten, konnte es passieren, dass sich der Traum vom eigenen Laden eher früher als später als Albtraum darstellen würde.

KAPITEL 36

London, April 1842

Guten Morgen, Miss Skerrett.«

»Ah, guten Morgen, Miss Carpenter. Sie haben die Sonne mitgebracht. Wie schön!«

Sophias Dienst begann heute später, würde dafür aber bis in den Abend dauern. Tatsächlich hatte der Himmel den Wolken ausnahmsweise freigegeben. Eine warme Sonne strahlte die Feuchtigkeit der vergangenen Wochen vom Pflaster und erfreute die Londoner, die in besonders großer Zahl draußen unterwegs zu sein schienen. Endlich kam der Frühling!

»Sie gehen gleich nach oben?«, fragte Marianne Skerrett.

»Zuerst ziehe ich mich um.«

»Dann werden Sie wahrscheinlich noch Ihre neue Vorgesetzte kennenlernen.«

»Was ist mit Mistress Roberts?«

»Nichts. Nein, es geht um die neue Leiterin der Nursery, Miss Lyttleton. Sie ist mit dem Lord Chamberlain und Baroness Lehzen oben für die Dienstübergabe. Ab Mai wird Miss Lyttleton dann wieder in den Palast ziehen.«

Das war Sophia neu. Dabei wurde doch sonst über alles getratscht. Wobei, sie musste gestehen, dass der Name Lyttleton schon einmal gefallen war. Es war Sophia aber so vorgekommen, als rede niemand gern über das Thema. Deshalb hatte sie auch nicht nachgefragt. Der Lord Chamberlain of the Household war sozusagen der für den reibungslosen Ablauf im Bereich des Palastes zuständige oberste Beamte. Sir George Sackville-West, der fünfte

Earl De La Warr, hatte Sophia zu Beginn ihrer Arbeit einmal im Bedienstetentrakt gefragt, wer sie sei. Auf ihre Antwort mit ihrer Stellung in der Nursery hatte er nur genickt und sie seither nie wieder angesprochen.

»Sie sagten, sie wird *wieder* in den Palast ziehen?«, erkundigte sich Sophia.

»Sie wurde bald nach der Krönung Ihrer Majestät eine ihrer Hofdamen und lebte hier. Dann zog sie nach Hause, um sich um ihre Enkel zu kümmern, aber die Queen hat sie jetzt gebeten, die Leitung der Nursery von der Baroness zu übernehmen. Aber gehen Sie ruhig hoch, dann dürften Sie sie noch antreffen. Die Königin ist auch da.«

Sophia nahm die Treppe, die zur großen Galerie führte. Wenn hier niemand war, blieb sie manchmal kurz stehen und bewunderte die Bilder, die an den mit grünen Seidentapeten verzierten Wänden hingen: große bis riesenhafte Gemälde, die meist Szenen aus Frankreich, Italien oder den Niederlanden zeigten. Natürlich konnte sie nie lange verweilen, höchstens einen Moment. Und wenn irgendjemand anderes hier entlangging, blieb ihr, statt erhobenen Blickes die Gemälde zu bewundern, nur, mit gesenktem Kopf durch den breiten, hohen Gang zu eilen. Heute war offenbar so ein Tag.

Als sie in die Galerie einbog, standen dort zwei Herren, gekleidet nach französischer Mode statt im normalerweise vorgeschriebenen Hofanzug. Beide waren recht klein und sahen sich auf den ersten Blick ähnlich. Sie betrachteten ein Bild und sprachen leise miteinander, wobei der dünnere, der einen Schnäuzer und einen gestutzten Kinnbart trug, mit beiden Händen vor sich hin wedelte, als weise er auf etwas.

»Schau nur, wie die Seide des Kleides glänzt!«, schwärmte er auf Deutsch. »Und wie sie ganz schwach durch die Spitze scheint. Man würde sie am liebsten anfassen.« Sophia schaute kurz hoch auf das Bild, das den Mann so begeisterte. Es war eines der größeren Gemälde, das eine frühere Königin zeigte.

Der zweite Mann wandte den Blick vom Bild ab und sah zu Sophia, als sie sich ihnen mit leisen Schritten auf dem dicken Teppich näherte. Er war stämmiger gebaut, muskulöser, hatte volle, rote Lippen, die ein charmantes Lächeln formten. Er trug einen penibel gepflegten Vollbart, wobei sein Schnurrbart weit dünner war als der des anderen Mannes. Mit einem leichten Nicken seines Kopfes grüßte er sie. Sophia schlug die Augen nieder. Sie durfte mit Gästen Ihrer Majestät keinerlei Kontakt pflegen.

»Du hast recht, Franz. Man würde sie am liebsten anfassen«, stimmte er dem anderen ebenfalls auf Deutsch zu.

»Hermann!«, mahnte der Ältere. »Du solltest deine Augen lieber auf dem van Dyck belassen!«

Sophia hörte nicht mehr, was dieser Hermann erwiderte, denn sie eilte bereits um die Ecke. Hatte er sich wirklich erdreistet, das zu sagen? Er konnte nicht wissen, dass sie Deutsch verstand, dennoch war es frech gewesen!

Sophia hatte keine Zeit, sich lange Gedanken darüber zu machen, denn sie erreichte kurz darauf die Nursery. Königin Victoria und der Lord Chamberlain waren gerade dabei aufzubrechen. Baroness Lehzen blieb mit einer Frau zurück, die Sophia auf den ersten Blick auf unter fünfzig geschätzt hätte. An den Falten am mit einer Perlenkette behangenen Dekolleté und den knöchrigen Fingern erkannte sie jedoch, dass sie älter sein musste. Lady Sarah Lyttleton hatte zur Verabschiedung einen Knicks vor der Königin vollführt, während sich dieser bei Baroness Lehzen nur leicht andeutete.

Sophia war gleich nach dem Eintreten zur Seite ausgewichen und knickste ebenfalls vor der Königin, die mit dem Lord Chamberlain die Nursery in die Richtung verließ, aus der sie gekommen war. Bei ihr würde sich dieser Hermann hoffentlich beherrschen mit seinen frechen Kommentaren!

Sophia sah, wie Mistress Roberts sie hektisch herbeiwinkte. Sie gab ihr einen Fingerzeig, einen Bogen um die beiden Ladys zu machen, doch es war zu spät.

»Und wer ist diese junge Dame?«, fragte Lady Lyttleton mit samtener Stimme.

»Nur eines der Kindermädchen«, sagte Baroness Lehzen beiläufig, als sei das Thema damit erledigt, aber das sah ihre Gesprächspartnerin wohl anders.

»Komm einmal her, Mädchen!«

»Mylady.«

»Wie heißt du, Kindchen?«

»Sophia Carpenter, Mylady.«

»Sophia«, sagte sie, »ein schöner Name. Eine Cousine von mir heißt auch Sophia. Sag, was hast du gerade gehört?« Lady Lyttleton schaute mit einer betont rätselnden Miene in die Luft.

Die Frage verunsicherte Sophia. Durch ein geöffnetes Fenster drang mit der frühlingshaften Luft der fröhliche Gesang von Finken und Meisen in die Nursery. Die kleine Vicky brabbelte leise vor sich hin. Baroness Lehzen schlug gereizt mit Ring-, Mittel- und Zeigefinger auf den Rücken ihrer Hand. Irgendwo im Nebenraum wurde gesprochen, aber man konnte nicht verstehen, was gesagt wurde. Was meinte die Frau nur?

»Mylady?«

Ohne ihren Blick und das süßliche Lächeln von Sophia abzuwenden, wies Lady Lyttleton auf die goldene Kaminuhr. »Du hättest den letzten Schlag noch vernehmen können, wenn du pünktlich erschienen wärst.«

Sophia schluckte und senkte den Kopf. »Verzeihung, Ma'am.«

»Baroness Lyttleton.«

»Verzeihung, Baroness Lyttleton.«

»Deine erste Pflicht bist du Gott schuldig, deine zweite deinem Souverän. Deine dritte dir selbst gegenüber«, sagte sie und entließ Sophia mit einem unaufgeregten Winken.

Mistress Roberts war bereits streng und achtete auf die Zeit. Aber auf fünf Minuten kam es ihr nicht an. Bei Lady Lyttleton hingegen musste man sich jetzt umgewöhnen und am besten bereits fünf Minuten früher da sein. Sophia ärgerte sich, ausgerechnet heute zu spät gekommen zu sein. Schuld war letztlich dieser freche Hermann aus der großen Galerie, dachte sie.

Während Sophia auf Mistress Roberts' Anweisung hin Vorbereitungen traf, um Vicky für das Mittagessen in ein hellblaues Samtkleidchen zu stecken, sprachen die beiden Baronessen miteinander. Sophia merkte bald, dass Lady Lyttletons Stimme immer samtener klang, je schärfer ihre Rede wurde. Zwischen ihr und Louise Lehzen schien keine Freundschaft zu bestehen. Sie belauerten sich vielmehr wie zwei Katzen. Keine wich vor der anderen zurück, und keine griff an. Das ging etwa eine halbe Stunde lang so. Niemand in der Nursery fühlte sich wohl. Und selbst die Kinder schienen die Stimmung wahrzunehmen. Emely hatte alle Hände voll zu tun, den weinenden Bertie zu beruhigen, und Vicky wollte beim Ankleiden einfach nicht stillhalten.

»Die Königin möchte Vicky beim Lunch Gästen vorstellen«, flüsterte Mistress Roberts.

»Zwei deutschen Herren?«, fragte Sophia.

»Ein Maler und sein Bruder. Ich denke, sie kommen aus Frankreich.«

»Vicky soll ihnen zwischen den Gängen vorgestellt werden. Ich möchte, dass du das machst. Bei dir ist sie am zufriedensten.«

Sophia nahm Vicky auf den Arm und brachte sie in den Dining Room im Erdgeschoss, der gern für kleine zwanglose Mahlzeiten eingedeckt wurde. Der Lunch fand im allerkleinsten Rahmen statt. Sophia stand am Rand des für den Palast recht schlicht gehaltenen Raums. Die Tapeten waren von einem heiteren Zinnoberrot, der Teppich von einem dunklen Grün. Die weiße Tischdecke der Tafel reichte bis zum Boden. In zwei Tafelaufsätzen aus Silber steckten einfache Blumen. Der Tisch war für mehrere Gänge eingedeckt, Diener in ihren rot-goldenen Jacken standen bereit.

Für Sophia war ein Platz an der Seite gerichtet, wo sie mit Vicky warten konnte. Für den Fall, dass die Kleine weinte, konnte sie sie durch eine nahe Tür in ein Nebenzimmer bringen. Aber Vicky zeigte sich jetzt in besserer Stimmung als in Anwesenheit der beiden Baronessen. Sie hatte vorher ausgiebig geschlafen, war satt, gewaschen und frisiert. Und zur Sicherheit hatte Sophia Vickys Lieblingspuppe und andere kleine Spielsachen eingepackt.

Als Erste wurden die beiden Männer in den Speisesaal geführt. Sie hatten sich umgezogen, trugen frackartige Mäntel über dem Hemd. Beide blickten einmal in die Runde der Bediensteten, und der Ältere, Schmalere sagte: »Einen schönen guten Tag, die Herren. Und die Dame.« Sein Englisch hatte einen starken Akzent, der zwischen Deutsch und Französisch lag.

Der zweite Mann, Hermann, erkannte Sophia sofort wieder. Er schritt galant auf sie zu, grinste breit und wandte sich dann mit einem »Dududu« an Vicky, die ihn ebenso skeptisch betrachtete wie Sophia selbst.

Dann kamen auch schon die Königin und ihr Mann. In ihrem Gefolge befanden sich Charlotte Canning, die jüngst als *Lady of the Bedchamber* in den Palastdienst getretene Herzogin, und der Privatsekretär des Königs, George Edward Anson.

»Wie war Ihre Reise?«, begrüßte die Königin die beiden Männer auf Deutsch.

»Danke der Nachfrage, Majestät. Wir haben die Annehmlichkeiten Ihrer Eisenbahn sehr genossen«, sagte der Ältere.

»Nicht wahr!«, rief Prinz Albert enthusiastisch. »Die Eisenbahn wird unser aller Leben revolutionieren.«

»Das wird sie gewiss«, antwortete dieser Hermann.

»Franz Xaver Winterhalter und sein Bruder Hermann. Ich bin sehr glücklich, dass Sie meiner Einladung gefolgt sind«, sagte die Queen.

»Es ist uns die größte Ehre, Eurer Majestät überhaupt aufgefallen zu sein …«

»Ach, hören Sie auf. Sie sind der Stern am Himmel der Porträtisten.«

»Einen solchen Ruf zu besitzen ist ein großes Glück, wenn es uns die unschätzbare Freude einbringt, nicht nur Ihre Gäste sein zu dürfen, sondern auch mit Ihnen zu speisen.«

Franz Xaver hieß der Ältere also. Winterhalter. Ja, das war ein deutsch klingender Name. Sophia fiel auf, dass ihr Deutsch fast genau so klang wie das von Johannes und Ernst. Sie schienen auch aus dem Süden zu stammen. Vielleicht sogar ebenfalls aus Baden?

Die Königin wechselte ins Englische und stellte Mister Anson und Lady Charlotte Canning vor. »Sie ist eine sehr begabte Aquarellmalerin«, fügte die Queen bei Letzterer hinzu.

Die Herzogin errötete. Sie war nur wenig älter als Sophia, eine wunderschöne dunkelhaarige Frau.

»Man spricht am französischen Hof heute noch in höchsten Tönen von Ihrem Herrn Vater«, sagte Franz Xaver Winterhalter.

Ein Diener trug eine eiförmige Flasche aus grünlichem Glas herein.

»Wussten Sie, dass Schweppes Wasser dem prickelnden Pyrmonter Wasser nachgeahmt ist?«, fragte Prinz Albert.

»Nein, das ist mir neu«, antwortete der Maler.

Der Diener füllte zuerst das Glas der Königin. Es war klares Wasser, in dem winzige Bläschen aufstiegen wie in einem Champagner.

Vicky beschäftigte sich derweil mit ihrer Puppe, sodass Sophia Gelegenheit hatte, den Ablauf des Lunchs zu verfolgen. Zu Beginn gab es eine Consommé. Sophia konnte dem Gespräch entnehmen, dass die beiden Männer aus Deutschland stammten, aber in Paris lebten. Franz Xaver war der berühmte Maler, dessen Bilder im Pariser Grand Salon ausgestellt wurden und der mittlerweile schon den ganzen französischen Hof porträtiert hatte. Hermann, sein jüngerer Bruder, war ihm offenbar ein treuer Wegbegleiter und selbst auch Maler. Heute saß Hermann Winterhalter so, dass er an seinem Bruder vorbei zu ihr sehen konnte.

Vor dem Hauptgang stand die Königin auf, um Vicky zum Tisch zu bringen und stolz vorzuzeigen. Der Prinz übernahm sie schließlich und ließ sie zu Beginn des Essens auf seinem Schoß, gab Sophia aber ein Zeichen, sie wieder zu holen. Sophias Aufgabe in solchen Situationen war es, sich so unauffällig wie möglich zu verhalten. Sie ging eng an der Wand entlang, näherte sich Prinz Albert von hinten, und schon hatte sie Vicky auf dem Arm, die begann, quengelig zu werden. Sophia wusste nicht, ob sie sich mit dem Kind zurückziehen durfte. Fragen konnte sie natürlich auch nicht. Also kehrte sie wieder an ihren Platz zurück.

Die Gespräche liefen gut. Die Königin lachte viel mit Franz Xaver Winterhalter und fragte, ob er ihr und Lady Canning wohl im Laufe der Woche eine Zeichenlektion geben könne, was dieser natürlich nicht ausschlug. Sie schwärmte von einem Bild namens *La Siesta*, das seinen Platz in ihren privaten Gemächern gefunden hatte, und forderte die beiden Brüder auf, unbedingt noch ihren Geburtstag abzuwarten.

Dann gab es ein Dessert, und die Königin und der Prinz empfahlen sich bis zum Abend, da sie den Premierminister wegen des Opiumkriegs mit China einbestellt hatten. Lady Canning und Mister Anson begleiteten sie.

Sophia machte sich bereit, Vicky zurück in die Nursery zu bringen, doch Hermann Winterhalter hielt sie auf.

»Ich fühle mich ganz schlecht, dass ich solche Köstlichkeiten essen durfte, während sie mir dabei zusehen mussten«, sagte er auf Englisch. »Darf ich Sie vielleicht verführen? Zu einem Küchlein?«

Sophia war sicher, dass er glaubte, dass das dazu aufgesetzte schelmische Lächeln jede Frau betören würde. »Sie brauchen sich um mein Wohlergehen keine Sorgen zu machen, Mister Winterhalter. Ich habe vorher bereits gespeist«, entgegnete sie. »Aber das

Küchlein können Sie gern Vicky geben.« Den letzten Satz sagte sie auf Deutsch.

Franz Xaver Winterhalter lachte laut auf, während das Gesicht seines Bruders das Zinnoberrot der Tapeten annahm.

»Sie … Sie sprechen Deutsch?«, stotterte er.

»Das ist ja ganz wunderbar«, ging Franz Xaver Winterhalter dazwischen. »Bitte verzeihen Sie die forsche Art meines Bruders.«

Er stellte sich ihr vor.

»Sophia Carpenter. Bitte verzeihen Sie, es wird nicht gern gesehen, wenn wir uns mit Gästen Ihrer Majestät unterhalten.«

»Ah, selbstverständlich. Wir wollen Sie auch nicht in Schwierigkeiten bringen. Es ist nur, weil ich eben erfahren habe, dass die Königin bald Geburtstag hat. Ich möchte ihr gern etwas schenken, was mit uns zu tun hat. Haben Sie vielleicht eine Idee, wo wir etwas Außergewöhnliches finden?«

Vicky begann heftiger zu quengeln. Sophia bewegte den Arm auf und ab, um sie zu beruhigen. Dann fragte sie: »Stammen Sie aus dem Schwarzwald?«

»Sie überrascht mich schon wieder«, stellte Hermann Winterhalter für sich selbst fest.

»So ist es«, sagte sein Bruder.

»Freunde von mir sind Uhrmacher aus dem Schwarzwald. Johannes und Ernst Faller. Sie haben in der Devonshire Street einen kleinen Laden. Vielleicht könnte das etwas sein.«

Sophia sah sich den strengen Blicken des obersten Kellners ausgesetzt und sagte schnell: »Entschuldigen Sie bitte, ich muss nun wirklich gehen.«

Sie knickste und bewegte sich mit Vicky auf dem Arm zwischen den beiden Männern hindurch.

»Warten Sie!«, rief ihr Hermann Winterhalter nach.

»Das versprochene Küchlein für die kleine Victoria«, sagte er, nahm eines vom Tablett und reichte es dem Mädchen. Vicky packte es mit ihren Händchen und biss hinein.

Sophia nickte und eilte hinaus. Auf dem Weg zurück in die Nursery fragte sie sich, ob es richtig gewesen war, ihnen den Laden zu nennen. Wahrscheinlich hatte sie das nicht tun dürfen. Auf der anderen Seite konnte sie so den Gästen Ihrer Majestät behilflich sein. Und Johannes und Ernst konnten die Hilfe auch gebrauchen. Das wog für sie noch schwerer.

DAS ZEIGERWERK

Alle Bauteile der Uhr dienen dem Zweck, die verstreichende Zeit richtig zu erfassen. Damit man sie ablesen kann, gibt es das Zeigerwerk, das meist aus einem Stunden- und einem Minutenzeiger besteht, die beide zentral im Werk befestigt sind. Uhren mit Komplikationen zeigen auch weitere Informationen an, etwa mit einem Sekundenzeiger, einer Datumsanzeige oder einem Mondstandsanzeiger.

# KAPITEL 37

London, Mai 1842

Die Tage im Laden konnten lang werden. Nur äußerst selten verirrte sich ein Kunde wegen ihrer Uhren in das Souterrain in der Devonshire Street. So schlecht der Uhrenladen lief, so gut verkaufte Jennifer ihre Produkte. Sie kam mit der Herstellung kaum nach und war deshalb an diesem Tag unterwegs, um mit ein paar Frauen zu sprechen, die für den Nachschub an Spitzenware eingesetzt werden sollten. Johannes vermutete, dass sie zwischendurch auch bei John Francis vorbeischauen würde. Die beiden schienen mittlerweile ein Paar zu sein. Francis hatte Jennifer auch schon hier besucht und an einem schönen Nachmittag zu einem Spaziergang abgeholt. Wenn sie weg war, vertrat Sophia sie im Verkauf. War diese auch nicht da, so wie heute, weil sie im Palast benötigt wurde, übernahm Johannes. Aber selbst in dieser Funktion hatte er nichts zu tun. Alles blieb ruhig. Zu ruhig für Johannes' Geschmack.

Jeden Tag erwartete Johannes einen Brief von zu Hause oder eine Nachricht von Kleyser und Burger, dass das versprochene Geld endlich eingetroffen sei, aber zu seiner großen Sorge blieb beides aus. Er fragte sich, was wohl auf dem Fallerhof passiert sein mochte. Dem Brief von August war doch unmissverständlich zu entnehmen gewesen, dass er das Geld anweisen würde. Aber wieso kam es nicht an? Und warum antwortete niemand auf seine wiederholten Nachfragen?

»Es wird schon gut werden«, sagte Ernst immer. Kein Wunder. Sein Bruder musste sich ja auch um nichts kümmern. Alles blieb an Johannes hängen.

Ernst hatte in den letzten Wochen drei Silberuhren zusammengesetzt, die nun im Geschäft zum Verkauf auslagen.

An der letzten Silberuhr arbeitete er jetzt schon seit vier Tagen, weil er sie mit der neuen Kronenaufzugstechnik versehen wollte, die gerade in Frankreich aufgekommen war. Man konnte bei diesen Uhren die Krone etwas herausziehen und dann direkt auf das Zeigerwerk Einfluss nehmen, um die Uhrzeit einzustellen. Ernst hatte bei Kleyser ein solches Werk gesehen und sich für den Rest ihres Geldes Bauteile dafür bestellt. Natürlich ohne das Einverständnis seines älteren Bruders abzuwarten.

Zu all den Sorgen wegen des Geldes plagten Johannes Zweifel, ob Sophia mehr in ihm sah als einen Freund. Sie trafen sich regelmäßig. Wenn Sophia im Laden war und mit Jennifer Spitze herstellte oder Bänder verkaufte, lag eine spürbare Spannung in der Luft. Aber sie gab ihm nie ein unmissverständliches Zeichen, das er deuten konnte. Und gleichzeitig war ihm ihre Freundschaft längst so wichtig geworden, dass er sie nicht gefährden wollte, indem er einen ersten Schritt wagte.

Johannes hatte es sich oft ausgemalt. Es wäre der Himmel auf Erden, wenn sie Ja sagen würde. Aber es wäre schlimmer als die Hölle, wenn sie wegen seiner Behinderungen und des entstellten Gesichts freundlich lächeln und vorschlagen würde, lieber Freunde zu bleiben. Natürlich würde man sich darauf einigen. Aber was käme dann? Irgendwann würde Sophia ihm einen anderen Mann vorstellen – das Gefühl zwischen ihnen würde immer unerträglicher. Und schließlich würden sie keine Freunde mehr sein können.

»Johannes?«, drang Ernsts Stimme vorsichtig aus dem Werkstattbereich im hinteren Laden.

»Ja?«

»Ich muss dir etwas zeigen.«

»Hast du die Uhr endlich ans Laufen bekommen? Großartig!«

Als er aber am Werktisch ankam, sah er an Ernsts betretener Miene, dass er offenbar doch keine so guten Nachrichten hatte.

»Was ist los?«, fragte er gespannt.

Auf einem schwarzen Tuch lag vor ihm das einfache Silberuhrgehäuse, daneben das Werk.

»Beim letzten Einbau ist die Platine gebrochen«, sagte Ernst und hob das Werk an, dem man bereits ansah, dass etwas nicht stimmte.

»Wie kann die Platine brechen?«, stieß Johannes aufgebracht hervor. Zumal er sah, dass auch mindestens ein Zahnrad in Mitleidenschaft gezogen war.

»Ich musste einige Anpassungen am Werk vornehmen, um den Kronenaufzug mit einzubauen. Darum habe ich neue Stiftlöcher in die Platine gebohrt. Es waren wohl zu viele. Wir müssen gleich eine neue kaufen. Oder wir lassen sie anfertigen!«

Johannes fühlte Ärger in sich aufsteigen. Er versuchte, sich zu beherrschen, aber es gelang ihm nicht. »Denkst du etwa, ich kann Geld scheißen wie ein Goldesel?«, fuhr er Ernst an und entlockte ihm damit ein Grinsen.

»Dann verrate mir mal, wovon wir eine neue Platine kaufen sollen! Und dann auch gleich, wie wir unseren Mietanteil bezahlen!«, setzte er wütend hinzu.

»Wir bekommen doch noch das Geld von August«, antwortete Ernst leise. Sein Grinsen war verschwunden.

»Es ist aber noch nicht da. Und du musst hier ständig irgendwelche Versuche machen, statt einfach mal etwas Sinnvolles zu tun.«

Ernst runzelte die Stirn. »Dann musst du eben mal eine Uhr verkaufen.«

»Wie denn, wenn kaum einer kommt?«

»Ich baue die Uhren, und du verkaufst!«, gab Ernst zurück.

»Du kostest uns ein Vermögen mit deinem Drang, immer etwas Neues auszuprobieren. Jetzt musst du einsehen, dass du an deinen Grenzen angekommen bist.« Johannes zeigte auf die gebrochene Platine auf dem Tisch.

Ernst stand auf und kam um den Tisch herum. Er war fast einen Kopf kleiner als Johannes, schmal wie ein Hänfling, aber jetzt stellte er sich unerschrocken vor seinen älteren Bruder. »Ich koste hier niemanden ein Vermögen. Das Vermögen gehört mir.«

»Und genauso mir!«

»Aber ich bin derjenige, der ständig irgendwo Geld verdient«, rief Ernst empört.

»Ach ja, würdest du das auch, wenn ich dir nicht die Stellen vermitteln würde? Und außerdem hat es dir ja auch immer gut gefallen, wenn ich mich nicht täusche.«

»Als ob es dich interessieren würde, ob mir etwas gefällt!« Ernst winkte ab. »Du denkst doch nur an dich selbst!«

»Wann habe ich einmal an mich gedacht?«, rief Johannes und pochte mit dem Zeigefinger gegen Ernsts Brust.

Jemand klopfte an die Ladentür.

»Moment!«, schrie Johannes. Wahrscheinlich eine Kundin, die ein Spitzendeckchen suchte.

»Ständig denkst du nur an dich. Ich sage nur Sophia.«

Es klopfte wieder.

»Wir reden noch darüber«, knurrte Johannes und rief dann »Nur herein!«

Zu seiner Überraschung traten zwei Gentlemen ein. Die wollten sicher keine Spitzendeckchen kaufen.

»Guten Tag, meine Herren, willkommen bei Faller, Larkins and Carpenter«, begrüßte er sie auf Englisch. Ernst stapfte derweil verärgert zurück zu seinem Platz.

Der ältere der beiden Männer war um die vierzig und trug eine schwarze Samtweste mit Goldknöpfen über einem weißen Leinenhemd. Der dunkle Mantel hatte einen körpernahen Schnitt. Der jüngere Mann wirkte mit seiner braungrauen Weste mit doppelreihiger Knopfleiste moderner gekleidet.

»Sagten Sie Carpenter?«, fragte der jüngere der beiden Männer anders als Johannes auf Deutsch. Er wirkte überrascht. »Wie Sophia Carpenter?«

»Woher kennen Sie Sophia?« Johannes sah ihn erstaunt an.

»Sie war es, die uns diesen Laden empfohlen hat«, erwiderte der ältere Mann. Es war nicht nur Deutsch, sondern sie sprachen Alemannisch wie im Schwarzwald. Ihre Kleidung wirkte allerdings französisch.

»Johannes Faller ist mein Name«, stellte er sich vor und hielt dem Älteren die Hand hin. Er musste sich zusammenreißen, war er doch immer noch aufgebracht über Ernst. Aber er witterte ein Geschäft.

»Sehr erfreut, Herr Landsmann. Winterhalter. Ich bin Franz Xaver, und das ist mein Bruder Hermann.«

»Das freut mich ungemein.« In diesem Moment dachte Johannes an Ernsts Vorwurf und fügte rasch hinzu: »Und das ist mein Bruder Ernst. Komm her, Ernst!«

Johannes hörte, dass Ernst wieder vom Werkstatttisch aufstand.

»Die Deckchen sind wohl der Teil des Geschäfts, das Miss Carpenter betreibt«, sagte Franz Xaver Winterhalter.

»So ist es. Sie und ihre Freundin Jennifer …«

»Larkins, wage ich zu raten«, rief Hermann Winterhalter belustigt dazwischen und fügte hinzu: »Das war leicht«, als Johannes nickte.

»Woher kommen Sie, meine Herren? Ich habe Sie im Schwarzwälderviertel noch nie gesehen.«

»Ach, es hat ein ganzes Viertel? Wir wohnen in Paris, stammen aber ursprünglich aus Menzenschwand.«

»Das ist ja gar nicht weit von uns«, rief Johannes erfreut. Sein Ärger war verflogen. »Wir kommen aus Märgen.«

»Aus Märgen! Dann kennt ihr den Mathias Albert?«

»Selbstverständlich! Und seinen Bruder, den Augustin.«

»Das ist mal eine große Freude!«, sagte der ältere der Winterhalter-Brüder und reichte Johannes gleich noch einmal die Hand. Johannes fand die beiden Männer auf Anhieb angenehm.

»Woher kennen Sie den Mathias?«, fragte er.

»Aus meiner Lehrzeit in Freiburg. Wir sind nämlich auch Maler. Er bemalt doch bestimmt immer noch Uhrenschilde, oder täusche ich mich?«

»Er ist der Beste!«, entgegnete Johannes. »Und Mathias und Augustin haben alle Hände voll zu tun. Ihre Schilde sind gefragt und teuer.«

»Das könnte etwas sein«, sagte Hermann Winterhalter zu seinem Bruder und wandte sich dann an Johannes: »Haben Sie vielleicht einen von ihm bemalten Schild?« Er drehte sich um und warf einen Blick auf die recht kahlen Wände. Die einfachen Schilde mit den stilisierten Blüten, die an der Wand hingen, schienen sein Interesse nicht wecken zu können.

»Momentan leider nicht. Wir haben unser Geschäft erst vor drei Wochen eröffnet und stellen gerade selbst neue Ware her. Mein Bruder ist hier der Uhrmacher. Einer der talentiertesten in ganz London.« Johannes zeigte auf Ernst, der mit grimmigem Blick bei ihnen stand. Er hoffte, dass sein kleiner Bruder jetzt nicht den Streit vor den beiden Herrschaften wieder aufnehmen wollte. »Er baut die präzisesten Sackuhren, sogar mit Repetition, wenn Sie wünschen.«

»Ah, sehr gut. Aber du bist noch ziemlich jung«, sagte Hermann Winterhalter.

»Achtzehn, mein Herr«, erwiderte Ernst.

»Sie sagten, Sie kennen Sophia?«, fragte Johannes nach.

»Wir sind Gäste der Königin«, sagte der ältere der Malerbrüder, ohne dass darin Prahlerei steckte. »Sie hat bald Geburtstag, und wir sind auf der Suche nach einem Geschenk, das ihrer würdig ist und einen Bezug zu uns hat. Wir haben gestern die junge Miss Carpenter getroffen, und sie meinte, dass Sie beide uns vielleicht helfen könnten.«

»Eine gute Uhr ist jeder Königin würdig«, sagte Ernst plötzlich. »Ihr Zeigerwerk wird sie stets daran erinnern, dass die Zeit für die Monarchin und ihre Untertanen gleichermaßen voranschreitet.«

Johannes ging zur Vitrine und holte die Golduhr hervor, für die sie noch einen Teil der Kosten an Goldschmied Richter abgeben mussten. Außerdem war sie das teuerste Stück, das sie im Angebot hatten.

»Für eine Königin kommt am ehesten eine edle Uhr aus Gold infrage.«

Franz Xaver Winterhalter wog die Taschenuhr in der Hand und betrachtete sie von allen Seiten.

»Sie ist schön klein und klar in Form und Funktion«, fuhr Johannes fort.

»Ich hatte mir etwas, sagen wir, Spektakuläreres vorgestellt«, erwiderte der Maler.

»Die Rückseite kann graviert ...« Johannes wollte versuchen, seine Bedenken zu entkräften, aber Ernst fuhr ihm in die Parade. »Nein, nein, nein! Sie haben vollkommen recht, Herr Winterhalter. Diese Uhr ist nicht für die Königin geeignet!«

Johannes sah ihn verärgert an, aber Ernst redete einfach weiter. »Für die Queen sollte es etwas ganz Besonderes sein.«

»Hast du denn eine Idee, mein Junge?«, fragte Franz Xaver Winterhalter interessiert.

Johannes machte ein Leuchten in Ernsts Augen aus.

»Eine Savonette-Uhr aus Gold mit dem neuen Kronenaufzug aus Frankreich, das Zeigerwerk mit einer kleinen Sekunde und der Mondphase«, antwortete Ernst. »Und wenn Sie wünschen, könnten Sie selbst das Innere des Deckels bemalen. Sie sind doch Maler. Ein persönlicheres Geschenk gibt es kaum.«

Alles war still. Franz Xaver und Hermann Winterhalter schauten sich abwägend an. Johannes fand das eine großartige Idee, ärgerte sich aber, dass Ernst über seinen Kopf hinweg vorgeprescht war.

»Wie soll das gehen?«, fragte Franz Xaver Winterhalter neugierig.

»Man kann in den Golddeckel ein Kupferblech einlassen, auf das gemalt werden kann«, erklärte Ernst.

Wo hat er das wieder her?, fragte sich Johannes. Gleichzeitig jubilierte er innerlich, denn es sah so aus, als fänden die beiden Schwarzwälder den Vorschlag überzeugend.

»Eine Miniatur, gemalt auf Kupfer. Wie ich es damals in Italien gelernt habe.« Franz Xaver Winterhalter hielt inne und wandte sich an Johannes. »Was würde eine solche Uhr kosten?«

»Ich kann es Ihnen nicht auf Anhieb sagen. Ich brauche dafür das Gehäuse, muss das Blech anfertigen lassen, und Ernst muss die Uhr bauen.«

»Bis wann brauchen Sie sie?«, fragte Ernst.

»Bis zum Geburtstag der Königin. Der ist am 24. Mai.«

»Fünfundzwanzig Pfund.«

»Ernst!«

»So viel können wir nicht für ein Geschenk ausgeben«, warf Hermann Winterhalter ein.

»Vierundzwanzig Pfund«, sagte Ernst.

»Es wäre ein Geschenk, das einer Königin würdig ist«, murmelte Franz Xaver Winterhalter.

»Es wäre ein Geschenk, das ein Fürst seiner Königin macht, nicht wir als Maler«, murrte sein Bruder.

»Ein sehr wertvolles Geschenk, da gebe ich dir recht. Aber wir erwarten ja auch, für ein paar große Bilder beauftragt zu werden.«

»Und was willst du malen?«

»Die Königin selbst«, erwiderte Franz Xaver Winterhalter.

»Oder ihren Gemahl, denn die Uhr soll ja für Victoria sein«, gab Johannes zu bedenken.

»Malen Sie, was einer Mutter meist am wichtigsten ist!«, schlug Ernst vor.

»Die beiden Kinder«, rief Hermann Winterhalter begeistert. »Das würde passen!«

»Ja, das wäre etwas!«, bestätigte sein Bruder nachdenklich. Seine Augen schienen entrückt, seine Hand bewegte sich fließend, als fertige er bereits eine erste Skizze an.

»Dann schlagen Sie ein«, sagte Johannes, bestrebt, das Geschäft unter Dach und Fach zu bringen. Blieb nur noch eines: Um an die wichtigsten Bauteile zu kommen, brauchten sie erst einmal Geld.

»Wir benötigen einen Vorschuss von zehn Pfund, um die Uhr bauen zu können.«

»Die sollen Sie bekommen, wenn wir uns auf den Preis von zwanzig Pfund einigen können«, sagte Hermann Winterhalter. »Aber wir brauchen das Blech, so bald es nur geht. Gemalt ist das Bild recht schnell, aber die Farbe muss trocknen, bevor wir es firnissen können. Und der Firnis braucht auch seine Zeit.«

»Wenn Sie wollen, können Sie mich morgen zum Goldschmied begleiten«, sagte Ernst. »Wir suchen das Kaliber aus, und er kann sicher ein Kupferblech dafür passend machen.«

»Ich bleibe im Palast, aber Hermann würde dich sicher gern begleiten«, meinte Franz Xaver Winterhalter.

Sie vereinbarten, dass Hermann Winterhalter Ernst am nächsten Morgen mit einer Kutsche abholen sollte. Er würde dann auch die Anzahlung mitbringen.

Als die beiden Menzenschwander Maler gegangen waren, fielen sich Johannes und Ernst glücklich in die Arme, bis ihnen gleichzeitig wieder einfiel, dass sie sich gerade gestritten hatten.

»Es tut mir leid, dass ich dich angebrüllt habe wegen der kaputten Platine«, sagte Johannes.

Ernst nickte nur, statt sich selbst auch zu entschuldigen, wie es sich gehört hätte.

»Bekommst du die Uhr mit den Komplikationen hin?«, fragte Johannes.

»Ich hoffe es«, antwortete Ernst.

»Wenn die Uhr gut und pünktlich fertig wird, haben wir es geschafft. Dann können wir überall werben, dass die Königin selbst eine Faller-Uhr besitzt. Aber wenn nicht, dann können wir uns vom Uhrenland verabschieden. Streng dich an!«

***

Als Sophia am Abend zusammen mit Jennifer in den Laden kam und erfuhr, dass die beiden Winterhalter-Brüder eine Uhr für zwanzig Pfund bestellt hatten, konnte sie es kaum glauben.

»Es war großartig, dass du sie zu uns geschickt hast«, sagte Johannes.

»Ich dachte, ihr könntet das gebrauchen«, meinte sie. »Aber ich wusste ja nicht, dass die Herren gleich in den Laden kommen.«

»Das heißt also, die Königin bekommt zu ihrem Geburtstag eine Faller-Taschenuhr aus unserem gemeinsamen Laden geschenkt?«, fragte Jennifer. »Dann wären wir ja so etwas wie ein Hoflieferant.«

»Das ist vielleicht ein bisschen übertrieben, aber zumindest sind wir auf dem rechten Weg!«

»Eine Uhr für die Queen fertigen«, murmelte Ernst selbstvergessen. »Es kommt mir vor wie ein Traum.«

»Reicht euch denn das Geld?«, wollte Sophia wissen.

»Ernst hätte wahrscheinlich dafür bezahlt, der Königin eine Uhr fertigen zu dürfen«, entgegnete Johannes.

»Das hätte ich!« Ernst nickte feierlich. »Aber Johannes hätte wahrscheinlich kein Wort mehr mit mir gewechselt, wenn ich das gesagt hätte.«

»Kein einziges«, rief Johannes und war froh, dass Ernst mit ihm darüber lachen konnte.

»Noch einmal vielen Dank, Sophia!«, sagte Johannes und nahm, ohne nachzudenken, ihre Hand. Er hielt sie, drückte sie und wurde sich plötzlich bewusst, was er da tat. Einfach loszulassen wäre zu peinlich, also nahm er ihre Hand, führte sie zu seinem Mund und hauchte einen Handkuss darauf. Das Ganze fühlte sich nun aber so gekünstelt an, dass er rot anlief und ihre Hand schnell wieder freigab.

»Oh, so galant heute, der Herr Faller?«, rief Jennifer grinsend. Sophia hingegen schwieg.

Johannes war sich gerade gar nicht sicher, was er darauf antworten sollte. Deshalb sagte er das, was ihm als Erstes durch den Kopf ging. »Habt ihr auch Lust, etwas zu trinken?«

Er erntete ein fröhliches Nicken.

»Dann würde ich sagen, dass wir in den Singing-Duck-Pub gehen. Zur Feier des Tages lade ich euch ein!«

# KAPITEL 38

London, Mai 1842

Was ist nur los bei Johannes und dir?«, fragte Jennifer ein paar Tage später, als Sophia und sie gemeinsam aus dem Haus traten. Es hing ein leichter Nebel über den Häusern, der hoffentlich bald von der Sonne vertrieben werden würde.

»Was meinst du?«

»Jetzt tu nicht so! Du weißt genau, was ich meine. Du bist in ihn verliebt. Das sieht man auf eine Meile Entfernung.«

Die Freundinnen hatten schon öfter über Johannes gesprochen, aber diesmal war Jennifer direkter als sonst. »Und er hat nur Augen für dich.«

»Woran willst du das denn feststellen?«

»Vergiss nicht, dass ich fast den ganzen Tag mit ihm und Ernst im Geschäft verbringe«, erwiderte Jennifer grinsend, wackelte demonstrativ mit den Hüften und legte die freie Hand schelmisch an ihre Wange, als ihnen eine Gruppe Kaminfegerjungen entgegenkam.

An deren Gekicher erkannte Sophia, dass die Reize ihrer Freundin auch die Halbwüchsigen nicht unberührt ließen. Sie drehte sich zu den Jungen um und sah, dass alle fünf ihnen nachblickten und die beiden Ältesten recht eindeutige Gesten machten. Sophia trat mit zur Ohrfeige erhobener Hand einen Schritt auf sie zu, was dazu führte, dass sie lachend auseinanderstoben. Sie mochten zehn Jahre alt gewesen sein, der Älteste war vielleicht vierzehn.

Jennifer schien das lustig zu finden.

»So vulgär benimmst du dich ja wohl nicht im Laden!«, schimpfte Sophia.

»Manchmal denke ich, dass die Zeit bei deiner prüden Miss Libberfield auf dich abgefärbt hat, liebe Sophia.«

»Keine Herrenbesuche!«, äffte Sophia ihre frühere Hauswirtin nach und beide lachten. Auf der anderen Straßenseite luden Handwerker Backsteine von einem Karren und schauten zu ihnen herüber.

»Männerblicke werden eben von Frauen angezogen wie ein Fuchs von einem Hasen. Der stille kleine Ernst ist auch nicht immer nur in seine Uhren vertieft ...«

»Jennifer!«

»Stimmt doch. Mein Gott, er ist achtzehn. Kein Wunder, dass er wissen möchte, wie meine Zeiger eingestellt werden.«

»Jenny!« Sophia war wirklich etwas schockiert.

»Aber dein Johannes, der sieht mich nur ganz normal an«, fügte sie, wieder ernsthaft, hinzu. »Und wenn du da bist, nimmt er die Welt um sich herum kaum noch wahr.«

»Wie du mit deinem John«, versuchte Sophia abzulenken.

Vor dem Tabakladen stand ein Pferdekarren, von dem zwei ältere Männer eine große Holzkiste hievten. Jennifer lief zur Tür und hielt sie ihnen offen.

»Jenny«, hörte Sophia von drinnen die etwas kratzige Stimme von John. Er schien erfreut. Sophia schlüpfte noch vor den beiden Kistenträgern durch die Tür.

»Ah, Sophia ist auch dabei. Welch Glanz in meinem bescheidenen Geschäft!«

John hatte etwas aus dem Laden gemacht, das musste sie zugeben. Auf dem Tresen standen geöffnete Zigarrenkisten, zwei exotische Palmen flankierten eine Ledersitzecke als Dekoration. An der Wand hingen Pfeifen aller Formen und Größen, meist aus edlen Wurzelhölzern. In einem Aschenbecher lag eine dicke, angerauchte Zigarre, die ausgegangen war. Es roch würzig-rauchig und ein bisschen süß, als hätte Mister Francatelli beim Backen seiner Küchlein eine Zigarre geraucht.

»Stellen Sie die Kiste einfach ab, meine Herren«, sagte John und zeigte auf den Bereich neben den Ledersesseln, wo er etwas Platz geschaffen hatte.

»Jenny! Wie freue ich mich, dich zu sehen!« Er nahm ihre Hand und drückte einen Kuss darauf. Sophia beobachtete fasziniert, wie aus ihrer sonst nie auf den Mund gefallenen Freundin ein schüchternes kleines Mädchen zu werden schien. Jennifers Wangen wurden so rot wie ihre Lippen.

Sophia konnte sich auf diesen Mann immer noch keinen Reim machen. Mit seinen wechselnden Launen schien sich Jennifer arrangieren zu können. Er hatte bei einem Spaziergang ihre Hand ergriffen und einfach nicht mehr losgelassen. Anders als Johannes gestern bei ihr. Und auch sein Versuch eines Handkusses war eindeutig misslungen, hatte eher Distanz geschaffen als Nähe.

»Musst du die Ware nicht bezahlen?«, fragte Jennifer, als die Männer einfach abfuhren.

»Das ist schon geregelt«, sagte John und winkte ab, um zu zeigen, dass das Thema damit für ihn erledigt war.

»Dein Geschäftspartner?«

»Ich habe bereits gesagt, dass es geregelt ist«, erwiderte er schärfer.

»Ich habe doch nur gefragt …«

»Und ich sage, dass du still sein sollst! Halt einfach deinen Mund!«

»Aber …«

»Verdammt noch mal!«, brüllte er, sodass Sophia zusammenzuckte. Jennifer machte sich ganz klein.

»Darüber haben wir schon gesprochen«, sagte er wieder beherrschter. »Du sollst mich nicht immer wütend machen! Es geht dich einfach nichts an, wer meine Waren bezahlt. Ein für alle Mal.

Ich frage dich ja auch nicht dauernd, was ihr da mit diesen Deutschen treibt!«

»Wenn Sie eifersüchtig sind, müssen Sie Jennifer nicht anschreien!«, ging Sophia scharf dazwischen. Bisher hatte er sich noch nie ihr gegenüber im Ton vergriffen.

»Ich ... ich muss jetzt arbeiten«, stieß er immer noch aufgebracht hervor.

»Es tut mir leid, John«, sagte Jennifer leise. »Ich wollte dich nicht verärgern.«

Warum tat sie das? Warum entschuldigte sie sich bei diesem Kerl? Sophia konnte das nicht verstehen.

Aber ihre Worte schienen ihn zur Ruhe zu bringen. Viel gesitteter und mit reumütigem Blick sagte er: »Mir tut es leid, Jenny. Ich habe überreagiert.«

Jennifer ergriff mit der Rechten seinen Unterarm. Und schon war seine Wüterei wieder vorbei, und seine Miene hellte sich auf.

Sophia schüttelt den Kopf. »Ich warte draußen auf dich, Jennifer.«

Sie zog die Tür hinter sich zu und trat auf die Straße. Das war doch nicht normal! Wieso tobte er plötzlich so? Und warum ließ ihre Freundin das mit sich machen? Jennifer, die sich das sicherlich von niemand anderem auf der Welt gefallen lassen würde. Sophia erkannte sie kaum wieder.

Da!

Sophia drehte ihren Kopf ruckartig zur Seite.

Da war er wieder! Etienne Légat! Der Mann mit dunklem Zylinder, schwarz glänzenden Lederschuhen und einem modernen Mantel bog keine hundert Yards von ihr entfernt in die Baker Street ein! In einer Hand trug er eine große, abgegriffen wirkende Ledertasche. Sophia wandte sich zum Laden, um Jennifer zu alarmieren. Durch die Scheibe der Tür konnte sie sehen, dass sie und John sich küssten. Bis die beiden voneinander ließen, wäre Légat längst verschwunden! Sie musste ihn allein stellen.

Er war gerade um die Ecke gebogen. Wollte er wieder zu den Kutschen? Sophia erreichte die Baker Street und blieb stehen, um sich zu orientieren. Er stand nur noch zwanzig Yards entfernt mit dem Rücken zu ihr bei einem Zeitungsjungen und kramte einen Penny hervor. Jetzt oder nie! Sophia lief zu ihm. Ihr Herz schlug wie wild. Diesmal würde sie ihn nicht verfolgen, sondern ihn hier und vor allen Leuten stellen.

»*Sie* suche ich seit mehr als drei Jahren!«, sagte sie anklagend. Ihre Stimme klang aufgeregt und etwas zittrig.

Der Mann drehte sich um. »Mich?«

Sophia starrte ihn an. Es passte nicht. Die Augen waren anders. Die Nase stumpf statt spitz. Ein grauer Schnurrbart thronte über dem schiefen Mund. Das war nicht Légat!

»Haben Sie mich aus einem bestimmten Grund gesucht? Ich denke, wir kennen uns nicht.« Der Mann blickte sie unsicher an.

»Sie ... Sie sind kein Franzose«, stammelte Sophia.

»Gott behüte!«, sagte er lächelnd und hielt beide Hände abwehrend vor sich.

»Chinesen greifen britische Truppen an«, rief der Zeitungsjunge, der mit seinen Blättern in einer Ledertasche schon weitergelaufen war.

»Und auch kein Chinese, falls das Ihre nächste Frage wäre.«

»Verzeihen Sie, Sir. Ich ... ich habe Sie verwechselt.«

»Dann hoffe ich, dass Sie Ihren Franzosen finden«, sagte der Mann und wollte sich abwenden.

»Entschuldigen Sie, Sir«, bat Sophia ein zweites Mal. »Sind Sie vor zwei Wochen schon einmal durch die Dorset Street gekommen?«

»Nicht dass ich wüsste.«

»Dann sind Sie auch nicht mit der Kutsche nach Whitehall oder in die Parliament Street gefahren?«

»Wie wir bereits gemeinsam festgestellt haben: Sie verwechseln mich. Ich bin Arzt.« Er hob seine Tasche. Ins Leder war ein

Äskulapstab geprägt. »Ich habe einen Hausbesuch bei einem alten Freund am Gloucester Place gemacht. Whitehall liegt sicher nicht in meinem normalen Wirkungskreis.«

Es war Sophia furchtbar peinlich, zumal auch andere Leute stehen geblieben waren und sie nun beäugten. »Verzeihen Sie die Störung, Sir!«, bat sie.

Der Mann nickte gnädig und ging dann weiter. Sophia stand da wie ein Ölgötze und starrte ihm nach. Er bewegte sich auch ganz anders, fiel ihr jetzt auf. Der Arzt wirkte steif in der Hüfte und machte kleinere Schritte. Légat war viel schneller und zielstrebiger unterwegs gewesen. Wenn es denn Légat gewesen war …

Sie hatte seine Gestalt vor zwei Wochen auch fast nur von hinten gesehen. Was, wenn es auch einfach ein großer, schlanker Mann in eleganter Kleidung gewesen war wie dieser Arzt? Auf der anderen Seite hatte sie diesen kurzen Blick auf sein Gesicht in der Kutsche erhascht. Aber jetzt wuchsen ihre Zweifel. Hatte der Wunsch, Légat zu finden, ihren Augen einen Streich gespielt?

Eine Hand legte sich auf ihre Schulter. Sie zuckte erschrocken zurück.

»Sophia! Was ist denn los?«

Sophia atmete erleichtert aus. Es war Jennifer. Sie schaute sie besorgt an. »Mit wem hast du da gesprochen?«

»Ich habe gedacht, das wäre …«

»Dieser Légat? Aber er war es nicht?«, vermutete Jennifer richtig.

»Offenbar nicht. Und du solltest mich nicht so erschrecken!«

»Tut mir leid.«

»Heute tut dir wohl alles leid!«, fuhr Sophia ihre Freundin gereizt an.

»Wie meinst du das?«

»Eben bei John im Laden! Warum entschuldigst du dich, wenn er so gemein zu dir ist? Und dann küsst du ihn auch noch!«

»Er hat mich geküsst«, stellte Jennifer kühl richtig.

»Zu dem, was ich gesehen habe, gehören aber zwei.«

Jennifer antwortete nicht, sondern ging einfach los. Sophia eilte ihr wütend hinterher. Sie war aufgewühlt von der Begegnung mit dem falschen Etienne Légat, entrüstet darüber, wie John Francis mit Jennifer gesprochen hatte, und am wütendsten über sich selbst, weil sie mit ihrer Freundin eigentlich nicht streiten wollte.

»Du brauchst mich nicht anzufahren, nur weil du überall diesen Légat zu sehen glaubst«, gab Jennifer gereizt zurück.

Sophia versuchte, sich zu beherrschen. »Mit diesem Mann lag ich falsch. Aber beim letzten Mal kann es nur Légat gewesen sein.«

»Ich glaube langsam, du jagst einem Phantom hinterher«, sagte Jennifer giftig. »Du solltest dich mal sehen!«

»Ich? Mich?«, fragte Sophia aufgebracht. »Du solltest *dich* mal sehen! Dein John fährt dir über den Mund, und du beugst dich ihm ergeben?«

Sie gingen eine Weile schweigend nebeneinander.

»John steht gerade unter ziemlich großem Druck«, erklärte Jennifer schließlich ernst. »Er meint es nicht so.«

»Es klang aber so.«

Jennifer atmete tief durch. »Ich weiß. Aber es tut ihm gleich wieder leid. Er ist wirklich ein guter Mann. Aber sein Leben ist nicht so einfach.«

Sophia fragte sich, wie sie ihrer Freundin im Guten klarmachen konnte, dass John Francis keine geeignete Wahl für sie war.

»Du sagst, sein Leben wäre nicht so einfach. Was genau ist denn so kompliziert?«

»Er sagt, er kann noch nicht darüber sprechen«, erwiderte Jennifer.

»Und das reicht dir?«

»Offenbar.« Jennifer stieß die Luft aus.

Es kam zu einer weiteren, diesmal längeren Pause. Sie näherten sich der Devonshire Street.

»Ich habe einfach Angst, dass er dich irgendwann schlagen wird«, sagte Sophia schließlich.

»Das würde er nie tun!« Jennifer schien entsetzt, dass Sophia so etwas nur denken konnte.

»Du liebst ihn wirklich, oder?«, fragte Sophia nach einigen weiteren Schritten.

»Statt dich ständig in meine Angelegenheiten einzumischen, solltest du dir vielleicht erst einmal klar werden, ob du Johannes liebst.«

Sophia blieb keine Möglichkeit, etwas zu erwidern, denn Jennifer sagte: »Wir sind da.«

Sie stieg die Treppe hinab und öffnete die Tür. Von drinnen verklang gerade der letzte Schlag der Schwarzwalduhren.

Sophia war noch aufgebracht wegen des Streits mit Jennifer. Sie stapfte mit einem kurzen Gruß an Johannes vorbei und nahm mit einem grimmigen Blick ihre letzte Handarbeit auf. Am liebsten wäre sie jetzt in den Palast gegangen, um ihre Gedanken in eine andere Richtung zu lenken. Vielleicht bei Hermann. Stattdessen saß sie hier im Geschäft. Jennifer hatte sich demonstrativ von ihr weggesetzt und klöppelte wie besessen drauflos.

Sophia wusste, dass auch zwischen Ernst und Johannes seit einer Woche eine angespannte Stimmung herrschte. Johannes befürchtete, dass Ernst zu viele Komplikationen in die Uhr für die Queen einbauen wollte und am Schluss scheitern könnte. Wie es mit der einen Silberuhr geschehen war.

Wieso ist mein Leben nur so kompliziert?, fragte sie sich. Warum kann ich nicht einfach glücklich sein?

»Sophia? Bist du mir irgendwie böse?«, fragte Johannes.

»Ach, nicht du auch noch! Lass mich einfach in Ruhe arbeiten«, herrschte sie ihn an und bereute es sofort. Am liebsten hätte sie jetzt geweint, aber selbst dafür war sie zu wütend.

# KAPITEL 39

London, Mai 1842

Aus der Werkstatt drang ein leises, metallisches Klingeln und anschließend ein triumphierender Ruf von Hermann Winterhalter.

Der jüngere der beiden Brüder schaute mittlerweile regelmäßig herein, um sich über die Fortschritte der Uhr auf dem Laufenden zu halten. Johannes war das gar nicht recht, da er vor allem dann auftauchte, wenn Sophia nicht im Palast Dienst tat, sondern sich im Laden aufhielt. Wenn Hermann Winterhalter nicht gerade Ernst über die Schultern schaute oder mit ihm Einzelheiten der Gestaltung der Uhr besprach, hielt er sich nur allzu gern in Sophias Nähe auf, um ihr galante Komplimente zu machen.

»Deine Nase hat durchaus etwas Aristokratisches, wenn ich das sagen darf«, hieß es dann.

Nein, du darfst das nicht sagen!, hoffte Johannes, Sophia entgegnen zu hören, aber sie bekam nur rote Wangen, fühlte mit einer Hand über ihre Nase und fragte dann: »Wirklich?« Wann hatten sie überhaupt begonnen, sich zu duzen?

»Ich wüsste zu gern, wie viele Sommersprossen du genau hast«, begann Winterhalter ein anderes Mal das Gespräch. Johannes fand das äußerst ungehörig. Natürlich hatte er den Gedanken selbst schon gehabt, aber es überhaupt – und dann auch noch vor anderen – laut auszusprechen, hätte er nie gewagt. Doch Sophia lächelte nur und mahnte ihn: »Hermann. Du sollst so etwas nicht sagen!«

Johannes wurde das Gefühl nicht los, dass sich zwischen den beiden eine Freundschaft entwickelte. Mehr vielleicht als das. Vielleicht war es so aber auch am besten. Trotz der Eifersucht, die er verspürte, mochte er den Maler. Winterhalter war offen und freundlich, lustig und großzügig. Sophia würde einen wohlhabenden, gut aussehenden Mann bekommen, der sich in den höchsten Kreisen so sicher zu bewegen wusste wie unter einfachen Leuten. Er war fünfunddreißig Jahre alt, sah aber mit seinem modernen Bart jünger aus. Vor allem hatte er weder entstellende Narben, die über Gesicht und Kopf verliefen, noch hinkte er oder musste sich plötzlich setzen, weil sein Bein ihn schmerzhaft peinigte.

Johannes hatte eine ähnliche Situation schon einmal mit Hedwig erlebt. Offenbar war es sein Schicksal, dem Glück der Frauen, die er liebte, nicht im Wege stehen zu dürfen. Er begann zwar, sich allmählich in die neue Situation zu fügen, aber glücklich machte es ihn nicht.

Die Unstimmigkeiten mit Ernst waren nach der Beauftragung der Uhr für die Königin zwar zur Seite geschoben, aber noch nicht ganz verschwunden. Es gab Tage, an denen es zwischen ihnen wie früher war, wenn der Bruder Johannes bei seinen Spaziergängen begleitet hatte. Aber manchmal genügte eine Bemerkung des einen, um eine Reaktion des anderen zu provozieren. Und schon lagen sie sich wieder in den Haaren.

»Typisch Brüder«, sagte Jennifer dann, die selbst mit zwei Jungen aufgewachsen war.

Für Johannes war der so lange schwelende Konflikt mit Ernst etwas Ungewohntes. Er hatte ihn viele Jahre lang überwiegend als stilles Kind erlebt, das jeglicher Form von Streit auswich. Im Grunde hatte erst sein Entschluss, ins Uhrenland zu gehen, etwas in ihm verändert. Es war, als würde sich ein Verschütteter selbst an die Oberfläche zu graben versuchen. Er war ein Stück vorangekommen, dann war Erde nachgerutscht. Auf Fragen antwortete Ernst ja schon länger, aber bald hatte er erste Gespräche aus eigenem Antrieb begonnen. Mit seinem Freund Flip konnte er sonntags in St. Bonifatius ohne Pause, ohne Punkt und Komma reden und ausgelassen lachen. Dass er mittlerweile auch streiten konnte, überforderte Johannes ein bisschen. Denn – das musste er sich immer wieder eingestehen – sein Bruder war ein guter Beobachter und kannte jede Wunde an ihm, in die er im Streit seine Finger legen konnte. Das tat weh, wie Johannes inzwischen schon mehrfach erlebt hatte.

Es war einfach alles nicht mehr so wie noch vor einem Monat, als die Welt in Ordnung zu sein schien. Sogar Jennifer und Sophia, die zuvor engste Freundinnen gewesen waren, hatten sich gestritten. Sie vertrugen sich mittlerweile zwar wieder besser, aber regelmäßig kam es zwischen ihnen zu mehr oder weniger offensichtlich ausgetragenen Sticheleien, die öfter mit Sophias Bedenken bezüglich Jennifers Männergeschmack zu tun hatten.

Bei ihrem letzten Sonntagsspaziergang hatte Sophia Johannes erzählt, wie dieser John Francis Jennifer manchmal behandelte. Es ging ihn zwar nichts an, aber Johannes hatte für den Tabakhändler seither noch weniger über.

Die Türklingel läutete.

»Wenn man vom Teufel spricht«, flüsterte Johannes zu sich selbst, als er aufschaute und John Francis eintreten sah. Er trug einen braunen Wollanzug, ein helles Hemd. Seine Schuhe waren schon etwas abgetreten, und in der Hand hielt er eine Schirmmütze.

»Johnny!«, rief Jennifer erfreut.

Francis grüßte in den Raum und gab ihr einen Handkuss. Er hielt ihre Hand deutlich länger als für diese Form der Begrüßung nötig.

»Darf ich vorstellen, das ist einer der beiden berühmten Maler, von denen ich dir erzählt habe. Hermann Winterhalter!«

»Sehr erfreut, mein Herr«, sagte Winterhalter und reichte Francis die Hand.

»John Francis. Die Freude ist ganz auf meiner Seite. Miss Larkins hat richtiggehend von Ihnen geschwärmt. Es muss aufregend sein, bei Ihrer Majestät im Palast zu leben.«

»Sowohl Buckingham Palace als auch Windsor Castle sind wundervoll. Aber mein Bruder und ich leben auch dort vergleichsweise bescheiden«, wiegelte Winterhalter ab.

»Wie ist die Königin denn so?«, wollte Francis wissen.

»Sehr freundlich, mein Herr. Sie mag die Gestalt eines kleinen Mädchens haben, aber in ihr steckt eine große Königin. Das ist unübersehbar.«

»Sehen Sie sie oft?«

»Wir speisen ab und zu zusammen«, erwiderte der Maler. »Und mein Bruder gibt ihr und ein paar Hofdamen Zeichenunterricht. Aber sonst ist sie sehr beschäftigt.«

»Mit Regieren, vermute ich?«

»So ist es.«

»Aber es heißt, sie würde jeden Tag ausreiten oder eine Spazierfahrt mit der Kutsche …«

»So die Zeit es ihr gestattet, würde ich sagen.«

Johannes fand, dass die Fragen von Francis langsam etwas viel wurden. Er wollte gerade dazwischengehen, als Sophia schon eingriff: »Hermann und Ernst sind gerade sehr beschäftigt. Vielleicht sollten wir sie weiterarbeiten lassen.«

»Oh, selbstverständlich. Es war mir eine Freude, Mister Winterhalter. Eine Frage noch: Rauchen Sie?« Er fasste in die Innentasche seines Jacketts und zog eine Zigarre hervor, die er dem Maler hinhielt. »Ein Geschenk des Hauses. Nachschub erhalten Sie in meinem Laden in der Dorset Street.«

»Vielen Dank, aber ich fürchte, ich vertrage keine Zigarren.«

»Macht nichts. Geben Sie sie einfach an einen Freund weiter.«

Hermann Winterhalter nahm die Zigarre eher widerwillig an und bewegte sich zum Werkstatttisch zurück. Er legte sie dort ab. Die Zigarre lag auch noch am gleichen Platz, als er den Laden eine Stunde nach John Francis verließ.

***

Ernst hatte beim Goldschmied Richter gemeinsam mit Hermann Winterhalter ein relativ großes Gehäuse für die Uhr der Königin geordert. Das war nötig, damit das Kupferblech, das in den Sprungdeckel eingearbeitet werden sollte, groß genug für die Bemalung mit den beiden Porträts der Kinder war. Richter hatte ihnen das Blech so vorbereitet, dass es perfekt in die Rundung des Deckels eingelassen werden konnte. Auch hatte er die Oberfläche für die Bemalung angeraut.

Die Rückseite der Uhr hatte Richter strahlenartig mit feinen ornamentalen Mustern graviert. Guillochieren lautete der Fachbegriff dafür, hatte Johannes gelernt. Die Außenseite des Sprungdeckels wurde gerade in seiner Werkstatt mit dem königlichen Wappen versehen.

Da die Uhr samt Bild eine Überraschung sein sollte, konnte Franz Xaver Winterhalter die beiden Kinder nur grob skizzieren, wobei Sophia ihm und seinem Bruder behilflich war, indem sie ihnen Zugang in die Nursery verschaffte, damit sie die Gesichtszüge der Kleinen studieren konnten. Dabei achtete sie darauf, so hatte sie Johannes erzählt, dass die neue Leiterin der Nursery, Lady Lyttleton, davon nichts bemerkte. Sie befürchteten, dass die ehemalige Hofdame darüber mit der Königin sprechen und die Überraschung verderben könnte.

Es blieb den Nachbarn offenbar nicht verborgen, dass regelmäßig eine Kutsche des Palasts vorfuhr und ein gut gekleideter Herr bei ihnen verkehrte. Das machte mehrere Leute neugierig, die endlich auch wegen der Uhren ins Geschäft kamen. Johannes hatte eine der einfachen Silberuhren an den Mann gebracht und die vorletzte Schwarzwalduhr verkauft. Das verschaffte ihnen immerhin etwas Luft.

Um den Warenbestand wieder aufzufüllen, klapperte Johannes die Schwarzwald-Uhrmacher ab, denen er beschädigte Uhren abkaufte. Er selbst war beim Fertigen von Taschenuhren verloren, aber kannte sich mit den Tageswerken aus der Heimat gut aus. Das

Problem waren allzu oft schlecht gearbeitete Holzzahnräder oder gebrochene Stifte. Die Zahnräder zurechtzufeilen oder neue Stifte zu schnitzen war eine undankbare Arbeit und kam weit teurer, als alle Uhren auseinanderzunehmen und neue Werke aus den guten Teilen zusammenzubauen. Aus fünf kaputten Uhren machte Johannes drei ganze, die nun die zuvor sehr leer wirkende Wand ausfüllten. Auch Ernst hatte neben der Uhr für die Königin noch eine neue kleine Silberuhr in Arbeit, damit der Platz des verkauften Exemplars in der Vitrine nicht frei blieb.

Die meiste Zeit investierte Ernst jedoch in die Uhr für Victoria. Mehrfach ging er zu Kleyser und Burger, um noch einmal neue Teile zu bestellen, weil sich in seinem Plan für das Werk Änderungen ergeben hatten.

Eine davon betraf das Schlagwerk der Uhr. Da sie ohnehin wegen des noch einzupassenden Gemäldes recht groß war, hatte sich Ernst zu Johannes' Missfallen noch eine weitere Komplikation ausgedacht. Er wollte fünf Klangfedern einsetzen, die im Inneren rund um das Werk angeordnet sein sollten. Er brachte fünf winzige Hämmerchen unter, die die Federn anschlagen konnten und um zwölf Uhr *God Save the Queen* spielten. Dazu waren sie mit der Repetition verbunden, die auf das Ziehen eines kleinen Hebels an der Unterseite des Gehäuserands dafür sorgte, dass die Uhrzeit angegeben wurde.

»Wirst du damit auch wirklich rechtzeitig fertig?«, hatte Johannes ihn schon mehrfach gefragt.

Die ersten Male war Ernst daraufhin eingeschnappt gewesen, in der letzten Woche hatte er einfach bejaht, dass es kein Problem gäbe, aber er war fast jeden Abend länger in der Werkstatt geblieben. Das beunruhigte Johannes doch sehr, aber als er konkret nachfragte, wann die Uhr fertig würde, hatte Ernst nur geantwortet, dass er schneller wäre, wenn Johannes ihn nicht dauernd störe.

Als Ernst Johannes vier Tage vor dem Geburtstag der Königin rief, machte er sich zuerst Sorgen, wieder eine defekte Platine präsentiert zu bekommen. Dann aber dachte er sich, dass Ernst ihm wahrscheinlich das fertige Spielwerk präsentieren wollte. Die vergangenen Tage hatten sie ständig *God Save the Queen* zu hören bekommen.

»Bist du fertig?«, fragte er. Statt einer Antwort machte Ernst ein langes Gesicht. »Ernst?« Das war Frage und Mahnung zugleich.

»Die Uhr geht so nicht«, gab sein Bruder so kleinlaut zu, dass man ihn kaum verstand.

»Was soll das heißen?«

»Die Repetition bedeutet, dass die Uhr auf Anforderung die Uhrzeit angibt, und …«

»Ich brauche keine Einzelheiten«, fiel ihm Johannes ins Wort. »Sag mir, was das bedeutet. Wann wird die Uhr fertig?«

»Ich muss es erklären«, erwiderte Ernst fast etwas weinerlich.

Johannes versuchte, sich zu beherrschen, und atmete tief durch.

»Die Melodie soll automatisch um zwölf Uhr mittags schlagen. Und *nur* mittags, damit sie nicht nachts stört.«

»Ja, natürlich. Wo ist das Problem?«

»Ich müsste ein drittes Werk bauen, das mit dem Uhrwerk und der Kadratur für die Repetition verbunden ist.«

Johannes blickte gen Himmel, um dort göttliche Hilfe oder zumindest eine göttliche Eingebung zu bekommen, doch es half nichts. »Wie lange wird es dauern, bis du das dritte Werk gebaut hast?«

»Ich müsste es erst entwickeln und testen. Vielleicht einen Monat?«

»Nein!«, entfuhr es Johannes. »Dann mach die Uhr ohne Melodie!«

»Das geht nicht so einfach«, sagte Ernst und schaute beschämt zu Boden. »Es ist alles darauf ausgelegt. Wenn wir es weglißen, wäre die halbe Uhr kaputt.«

Johannes war versucht, mit der Faust auf den Tisch zu schlagen, beherrschte sich aber im letzten Moment. Hätte er das getan, hätten sich die winzigen Kleinteile wahrscheinlich überall auf dem Boden verstreut. Aber seine aufgestaute Anspannung musste heraus, sodass er einfach einen lauten Schrei von sich gab. Ernst saß mit eingezogenen Schultern da und hatte Tränen in den Augen. In dem Moment ertönte die Klingel über der Eingangstür.

»Johannes! Wieso schreist du so?«, fragte Sophia besorgt. »Hast du dich verletzt?«

Sie war nicht allein. Zu allem Unglück folgte ihr Hermann Winterhalter. Den Maler konnten sie jetzt am wenigsten gebrauchen.

Sophia gewann offenbar schnell den Eindruck, dass Johannes nicht etwa wegen eines abgetrennten Fingers so gebrüllt hatte, sondern weil er vor Wut kochte.

»Was ist hier los?«, wollte sie wissen. Winterhalter stellte sich nahe neben sie.

»Dieser Uhrmacher hier«, grollte Johannes und zeigte auf Ernst, »hat gerade festgestellt, dass er die Uhr wohl nicht pünktlich fertigstellen kann.«

Ernst wurde immer kleiner auf seinem Stuhl.

»Unsere Uhr für die Königin? Stimmt das, Ernst?«, fragte Winterhalter entsetzt.

Ernst war bleich geworden. »Es klappt nicht so, wie ich es mir vorgestellt habe«, flüsterte er.

»Was denn nicht? Ich dachte, du kannst das alles!«

»Eine Sackuhr mit kleiner Sekunde, Mondstand, Repetition und Melodie baue ich zum ersten Mal.«

Winterhalter schaute anklagend in Richtung Johannes. »Sie hätten uns warnen müssen!«

»Wenn jetzt alle streiten und aufeinander herumhacken, ist der Sache auch nicht geholfen«, sagte Sophia streng. Sie wandte sich ruhig an Ernst. »Ich kenne mich nicht aus mit Uhren. Erkläre mir doch, was genau das Problem ist!«

Ernst wiederholte, was er eben zu Johannes gesagt hatte. Aber Winterhalter und Sophia schauten sich daraufhin nur ratlos an.

»Gibt es denn eine Alternative, die Uhr irgendwie schneller ans Laufen zu bringen?«, fragte Sophia nach.

»Laufen tut die Uhr ja …«

Johannes horchte auf.

»… aber ich fürchte, dass sie so nicht lange funktionieren wird. Die fünf Klangstäbe und fünf Hämmer sitzen nicht an der richtigen Stelle. Bei Erschütterungen schlagen die Klangstäbe aneinander, und zwei der Hämmer könnten sich verhaken.«

»Von welcher Art von Erschütterung sprechen wir?«, wollte Winterhalter wissen, der sich ein wenig beruhigt hatte.

»Das hier reicht«, sagte Ernst und hob das Gehäuse hoch und wiegte es in der Hand.

»Und kann man das nicht verbessern oder reparieren?«, fragte Sophia weiter.

»Dafür bräuchten wir wohl ein größeres Gehäuse …«, sagte er.

»Wie lange dauert das?«, ging der Maler dazwischen.

»Zugeschnitten auf alle Komplikationen mindestens drei Wochen, denke ich.«

»Da sind wir längst wieder in Paris.« Hermann Winterhalter rieb sich die Stirn. »Kann man nicht einfach Komplikationen weglassen? Geht es dann schneller?«

Ernst schüttelte den Kopf.

»Mir scheint, als sei die Melodie die besondere Schwierigkeit«, sagte Sophia nachdenklich. »Kannst du Hämmer und Klangstäbe nicht abmontieren, sodass man kein größeres Gehäuse braucht?«

»Das habe ich ihn auch schon gefragt«, warf Johannes ein. »Er sagt, dass das ganze Werk darauf ausgerichtet ist.«

»Das geht dann also auch nicht?«, fragte sie und sah Ernst an.

Er schüttelte den Kopf. Man konnte ihm ansehen, wie peinlich ihm das alles war.

»Gibt es denn gar keine andere Möglichkeit?«

Ernst zuckte kraftlos mit den Schultern. »Ich müsste das ganze

Werk zurückbauen und das Geh- und Zeigerwerk neu anordnen, um alles unterzubringen.«

»Das klingt auch nicht viel schneller«, stöhnte Winterhalter.

»Wie lange würde das dauern?«, fragte Johannes.

»Vielleicht zwei Wochen«, erwiderte Ernst.

»Der Geburtstag ist in vier Tagen!«, fuhr Johannes ihn an.

Sophia legte ihm eine Hand auf den Unterarm, um ihn zu beruhigen.

»Würdest du das Werk auf jeden Fall in zwei Wochen fertig haben, Ernst?«

Ernst nickte eifrig.

»Der Geburtstag ist in vier Tagen«, wiederholte Winterhalter. »Wir brauchen das Geschenk dann, nicht erst in zwei Wochen.«

»Aber du hast mir doch vorhin gesagt, dass der Firnis auch noch länger trocknen müsste«, überlegte Sophia laut. Johannes versetzte es selbst in einer Situation wie dieser einen Stich ins Herz, wie nahe sie sich bereits zu stehen schienen.

»Bei Gemälden ist es normal, dass sie manchmal erst Wochen später ausgeliefert werden können. Und die Trocknung auf dem Kupfer ist auch noch mal ganz anders als auf Leinwand.«

»Man könnte der Königin im Notfall also die Uhr zeigen und sagen, dass ihr Geschenk noch fertig trocknen muss?«

Hermann Winterhalter runzelte die Stirn. »Im Notfall …«

Sophia wandte sich wieder an Ernst. »Was wäre, wenn dir ein wirklich guter Uhrmacher hilft? Ginge es dann schneller?«

Johannes horchte auf.

Doch Ernst schüttelte den Kopf.

»Johannes kann das nicht.«

»Ich meinte auch eher jemanden, der sich sehr gut mit Taschenuhren auskennt«, sagte Sophia.

»Flip!«, rief Johannes. Ja! Das war die Lösung!

Aber zu seiner Enttäuschung schüttelte Ernst erneut den Kopf, ebenso wie Sophia.

»Bis er das Uhrwerk versteht, ist es viel zu spät«, sagte Ernst.

»Sophia, ich werde den Eindruck nicht los, dass du einen Vorschlag hast«, bemerkte Herrmann Winterhalter.

»Es ist eher eine Idee. Aber ich darf nicht darüber sprechen.«

»Wieso?«, entfuhr es Johannes.

»Weil ich es versprochen habe. In diesem Fall würde ich eine Ausnahme machen. Ernst, wir beide gehen morgen früh um acht los. Nimm alles mit, was du für die Uhr brauchst.«

KAPITEL 40

London, Mai 1842

Der hagere alte Diener, der Sophia schon einmal eingelassen hatte, empfing sie. Ernst trug eine Ledertasche bei sich, in die er die Uhr und alle dafür nötigen Teile gepackt hatte.

»Miss Carpenter, wenn mich nicht alles täuscht«, sagte der Diener.

»Richtig, Sir. Und Sie sind Everett? Mir ist nur Ihr Vorname bekannt.«

»Sie haben ein gutes Gedächtnis, junge Lady. Everett Smith.«

»Wir müssten dringend mit Mister Dent sprechen, Mister Smith.«

»Diesmal haben Sie keinen Ring, den ich mitnehmen soll?«, fragte der Diener lächelnd.

»Nein, nur die Nachricht, dass es wirklich dringend ist.«

»Und wen darf ich als Ihren Begleiter ankündigen?«

»Das ist Ernst Faller, ein junger Uhrmacher.«

»Und in welcher Angelegenheit wäre dieser dringende Besuch?«

»Sagen Sie ihm, dass es mit Ihrer Majestät, der Königin, in Verbindung steht«, bat Sophia.

Tatsächlich hatte sie Sorge, dass Dent sie nicht einmal vorlassen würde. Dass Everett nun nach oben ging, um sie anzumelden, war schon einmal ein erster Erfolg.

Sie warteten im Geschäftsraum. Sophia naschte wieder eine der Pralinen und war sich sicher, dass sie von Mister Francatelli stammen mussten, so gut wie sie schmeckte. Ernsts Augen huschten wie gehetzt durch den Verkaufsraum. Sophia sah ihm an, wie

413

schwer es ihm fiel, sitzen zu bleiben, statt sich die ganzen Wunderwerke der Technik näher anzuschauen. Sie harrten beide schweigend aus. Schon auf dem Weg hierher hatte Ernst kein Wort gesprochen. Sophia hoffte, dass er ihrem Vater gegenüber gesprächiger sein würde.

Nach recht langer Zeit kam Everett Smith zurück.

»Es wäre eine ungehörige Übertreibung, Mister Dents Reaktion auf Ihren Besuch erfreut zu nennen«, erklärte er. »Aber er lässt bitten.«

»Ich weiß nicht, wie Sie es gemacht haben, dass er uns empfängt, aber ich danke Ihnen«, sagte Sophia, als sie die Treppe hinaufstiegen.

Everett verzog keine Miene.

Der Raum, in dem Sophia ihren Vater vor über einem halben Jahr zum ersten Mal gesehen hatte, war bis auf eine Vielzahl von Bauplänen auf dem Schreibtisch vollkommen unverändert. Dent schaute Sophia aus seinem Sessel mit dem gleichen lauernden Blick an wie beim letzten Mal.

»Ich dachte, ich hätte mich unmissverständlich ausgedrückt. Sie sollten mich unbehelligt lassen und niemandem gegenüber ein Wort verlieren, dass wir uns kennen.«

»Ich stünde nicht hier vor Ihnen, wenn ich nicht glaubte, dass Sie der Einzige sind, der uns helfen kann.«

Ernst wartete neben Sophia und betrachtete die große, laut tickende Standuhr an der Wand.

»Ihr braucht Geld«, stellte Dent ärgerlich fest.

»Nein, Sir.«

Das schien ihn zu überraschen.

»Dieser Junge soll Uhrmacher sein? Faller? Nie gehört.«

»Sein Bruder und er teilen sich mit meiner Freundin und mir Geschäftsräume in Marylebone. Er gilt als großes Talent und hat auch schon bei Kleyser und Burger ausgeholfen.«

»Sie sind an einem Ladengeschäft beteiligt? Ich dachte, Sie wären Kindermädchen im Palast.«

»Nur in Buckingham Palace, Sir. Wenn die königliche Familie in Windsor weilt, werde ich nicht benötigt. In dieser Zeit arbeite ich in unserem kleinen Laden und verkaufe Spitzenwaren.«

»Spitzenwaren und Taschenuhren? Eine wahrhaft ungewöhnliche Kombination.«

»Die Räume waren groß genug für beide Geschäfte«, gab Sophia zurück.

»Und was für Uhren stellt ihr da her?«, fragte er in Ernsts Richtung.

»Die beiden Brüder stammten aus dem Schwarzwald ...«

»Ach nein«, unterbrach Dent sie aufgebracht, »diese Billigheimer mit ihren Holzuhren!«

»Mit denen haben die beiden nicht viel zu tun«, stellte Sophia klar.

»Spricht er eigentlich selbst auch einmal?«

Sophia stieß Ernst an. Das schien ihn aus seiner Trance zu holen.

»Ich baue eine Taschenuhr für Ihre Majestät, Königin Victoria«, erklärte er zu Sophias Erleichterung.

Dent schien nicht zu wissen, ob er sich amüsiert oder beeindruckt zeigen sollte. Sophias ernste Miene schien das Pendel in letztere Richtung ausschlagen zu lassen.

»Dann musst du etwas können, Junge. Aber was habe ich damit zu tun?«

Ernst war wieder still. Sophia bemerkte, dass er vor Anspannung am ganzen Körper zitterte.

»Er hat sich fast alle Kenntnisse zum Uhrenbau selbst angeeignet«, sagte Sophia. »Aber jetzt ist er in eine Sackgasse geraten und braucht Hilfe.«

Ernst atmete tief durch und öffnete wortlos die Ledertasche. Er holte die in schwarzen Samt verpackte Taschenuhr heraus und legte sie vor dem neugierig dreinschauenden Dent auf den Schreibtisch.

Sophias Vater zog die Ecken des Samttuchs zur Seite und atmete zischend ein. Er hob die unfertige Uhr an, deren Werk locker im Gehäuse saß. Mit einem routinierten Handgriff öffnete er den hinteren Deckel.

»Kleine Sekunde, Mondphase und Repetition. Aber was ist das?« Er nahm sich eine Lupe und schaute erneut. »Ein Melodiewerk, das mit der Repetition verbunden ist?«

»Aber es arbeitet nicht stabil«, sagte Ernst.

»Das hast du dir ausgedacht, Junge? Wie alt bist du?«

»Achtzehn.«

»Ich sehe das Problem. Du müsstest auf drei Hämmer umstellen statt auf fünf.«

»Aber die Melodie braucht fünf Töne.«

»Du hast aber keinen Platz für so viele Schlaghämmer«, erklärte Dent. »Wenn du allerdings einen Hammer um hundertachtzig Grad beweglich machst, kannst du mit einem zwei Töne abdecken.«

Sophia konnte mit den nun folgenden Einzelheiten nichts anfangen. Es fielen viele Begriffe, die ihr nicht mehr gesagt hätten, wenn sie in einer fremden Sprache ausgesprochen worden wären. Aber ihre Hoffnung wuchs, dass ihr Vater Ernst vielleicht wirklich helfen konnte, so eifrig, wie er jetzt über die Uhr gebeugt dasaß.

»Wie lange würde es dauern, die Uhr fertig zu bekommen?«, fragte sie in eine Pause hinein.

»Zwei Wochen mindestens, würde ich sagen«, antwortete Edward John Dent nach kurzem Überlegen.

»Der Geburtstag Ihrer Majestät ist am Dienstag«, bemerkte Sophia.

Dent blickte auf und schüttelte den Kopf. »Richtig. Daran habe ich nicht gedacht. Das schafft er nie!«

Sophia sagte: »Und wenn Sie ihm helfen würden?«

Jetzt wurde Dent offenbar klar, was Sophia geplant hatte.

»Sie meinen, ich soll mit dem Jungen zusammen an dem Werk basteln?« Er schüttelte energisch den Kopf.

»Es ist eine Uhr für die Königin«, erinnerte Sophia ihn.

»Es gibt bereits Uhren von mir im Palast«, erwiderte Dent.

»Aber keine wie diese. Im Deckel werden Porträts der beiden königlichen Kinder zu finden sein. Und die Uhr wird ein Geschenk an die Königin von zwei Malern sein, die derzeit ihre persönlichen Gäste sind.«

Dent wandte den Blick auf die Papiere, die auf seinem Schreibtisch lagen. Er legte Ernsts Taschenuhr vorsichtig zur Seite und zog ein mehrfach gefaltetes Skizzenblatt hervor, das er ausgebreitet zuoberst auf die anderen legte.

»Was ist das für eine Uhr?«, fragte Ernst aufgeregt.

»Das ist eine Utopie. Eine Vision. Und gleichzeitig ein erster Planentwurf, mit dem ich mich seit zwei Monaten beschäftige.«

Auf dem Plan war ein riesenhafter Turm mit quadratischem Grundriss zu erkennen, der sich oben in alle Seiten erweiterte und insgesamt vier gewaltige Zifferblätter aufwies, eins in jede Richtung des Himmels. Darüber wuchs das Dach steil nach oben in eine dünne Spitze.

»Das ist der Entwurf eines Architekten. Es ist ein Uhrenturm, der an der Nordseite des Parlamentspalastes entstehen soll.«

»An der Themse, da, wo im Moment diese große Baustelle ist?«, fragte Sophia nach. Sie war auf dem Weg zur Klavierfabrik daran vorbeigegangen.

»Die größte Baustelle von ganz London«, entgegnete Dent stolz. »Ich wurde gefragt, ob ich mir vorstellen könnte, das Uhrwerk zu bauen.«

»Wie groß soll die Uhr werden?«, fragte Ernst fasziniert.

»Das Pendel ist auf viereinhalb Yards angelegt und sechshundertsechzig Pfund schwer. Und jeder Minutenzeiger soll fünf Yards in der Länge haben. Die größte Glocke dürfte an die dreizehn oder vierzehn Tonnen wiegen.«

»Wie wollen Sie so große Zeiger gegen den Wind stabilisieren?«, fragte Ernst.

»Das ist eines der Probleme, denen wir uns gegenübersehen. Ein anderes ist, dass es statt eines reinen Glockenschlags eine Melodie geben soll.«

»*God Save the Queen*? Wie bei meiner?«, fragte Ernst.

»Nein, es sollen nur vier Musiktöne sein. Das steht aber alles noch nicht fest.«

»Wann fangen Sie denn an, die Uhr zu bauen?«, wollte Sophia wissen.

Dent lachte schallend. »So weit sind wir noch nicht. Zuerst müsste Augustus Pugin den Auftrag bekommen, den Turm errichten zu können. Aber es würde sicher nicht schaden, wenn wir die Königin mit einer kleinen Uhr auf unsere Seite ziehen könnten.«

»Heißt das, Sie helfen uns?«

»Heute ist Samstag, und am Dienstag soll die Uhr fertig sein? Das ist wahrscheinlich zu knapp. Aber wir können es probieren. Allerdings nur unter einer Bedingung.«

»Und die wäre?«, fragten Ernst und Sophia gleichzeitig.

»Die Uhr bekommt ein neues Ziffernblatt und neue Zeiger. Sie soll aussehen wie eine Miniatur der Uhren, die für den Glockenturm angedacht sind. Und auf dem Ziffernblatt wird stehen: Dent und Faller.«

»Faller und Dent«, sagte Ernst und hielt Sophias Vater die Hand zum Einschlagen hin.

»So werden wir es machen.« Dent stand auf und schlug ein. »Dann wollen wir mal zusehen, ob wir es noch bis zum Geburtstag Ihrer Majestät schaffen!«

# KAPITEL 41

London, 24. Mai 1842

Johannes konnte es immer noch nicht glauben. Sophia hatte es tatsächlich geschafft, einen der bekanntesten Uhrmacher Londons dazu zu bringen, Ernst beim Bau der Uhr für die Queen behilflich zu sein. Die Hoffnung, dass die Uhr noch pünktlich fertig würde, mussten sie aber trotzdem alsbald fahren lassen. Selbst mit Edward John Dents Unterstützung war am Dienstagmittag klar, dass sie länger brauchen würden. Mit aller gemeinsamer Anstrengung würden sie es bis zum Samstag schaffen.

Franz Xaver und Hermann Winterhalter waren nicht gerade erfreut über die Verzögerung, aber hatten sie schon kommen gesehen und sich darauf eingestellt. Letztlich war es wohl auch deshalb nicht so schlimm, weil sie bereits einen offiziellen Auftrag für die Anfertigung zweier großer Staatsporträts erhalten hatten. Nun wollte Franz Xaver Winterhalter den Firnis lieber noch ein paar Tage länger trocknen lassen, bevor das Bild in den Sprungdeckel montiert werden sollte. Offenbar brauchte der Firnis auf dem Kupfer auch länger als gedacht.

Zum Geburtstag überreichten die beiden Brüder der Königin ein aufwendig gearbeitetes Spitzendeckchen von Jennifer, an dem die Nachricht befestigt war, dass das eigentliche Geschenk am Sonntag, dem Tag ihrer Abreise, nachfolgen würde. Königin Victoria hatte die Qualität der Spitze gelobt, was Jennifer sehr stolz machte.

Johannes fand sich in diesen Tagen häufig allein im Laden wieder. Sophia verbrachte mehr Zeit im Palast als sonst. Die neue Leiterin der Nursery, Miss Lyttleton, hatte eines der Nachtkindermädchen entlassen. Somit musste Sophia neben den Diensten am Tag auch zwei Nächte dort verbringen. Und wenn sie sich doch einmal im Laden blicken ließ, kam sie oft in Begleitung von Hermann Winterhalter. Johannes litt darunter, die beiden so innig zu sehen. Sie lachten viel und tuschelten, verstummten aber, wenn er in Hörweite kam. Er versuchte, sich damit abzufinden, aber es schmerzte ihn sehr, wieder einmal das fünfte Rad am Wagen zu sein.

Auch Ernst sah er kaum noch. In den ersten Tagen der Arbeit mit Dent hatte er ihre Wohnung gleich nach dem Aufstehen verlassen und war erst im Dunkeln zurückgekehrt. Seit Montag war er gleich ganz in Dents Laden im Zentrum geblieben, um keine Zeit durch den Hin- und Rückweg zu verlieren.

Auch Jennifer war seltener im Laden anzutreffen. Sie half ihrem John Francis bei seinen Vorbereitungen, das Tabakgeschäft fertig zu bekommen. Am 1. Juni sollte die Eröffnung gefeiert werden. Wenn Jennifer dann doch einmal hier war, musste sie meist rasch wieder weg, um zu prüfen, ob die Waren ihrer Lieferantinnen ihren Ansprüchen gerecht wurden. Manchmal kam sie auch zusammen mit Francis in den Laden. Diesem war anzumerken, dass ihm die anstehende Geschäftseröffnung an die Nieren ging. Das Risiko war groß. Offenbar, das hatte Jennifer Johannes einmal erzählt, hatte ein potenter Geldgeber seine Hände im Spiel, der als wenig zimperlich galt, wenn sich seine Investition nicht alsbald auszahlte. Kein Wunder, dass Francis' Augenringe dunkler geworden waren. Seine Scherze ließ er meist ganz aus, reagierte dafür aber schnell gereizt und konnte durch einen nichtigen Anlass in die Luft gehen. Johannes mochte den Kerl nicht, auch wenn der sich bemühte, freundlich zu ihm zu sein. Johannes hatte selbst auch bei Gott genug Sorgen, war aber dennoch nicht die ganze Zeit ein wandelndes Pulverfass. Leidtragende war allzu oft Jennifer.

»Sein Vater und er haben den gleichen Dickkopf«, hatte sie Johannes einmal verraten. »Die beiden haben sich wohl einmal dermaßen gestritten, dass sie seither kein Wort mehr miteinander wechseln.«

Eine Gemeinsamkeit, die ich mit ihm teile, hatte Johannes gedacht.

Am Dienstag, dem Geburtstag der Königin, fand in Buckingham Palace zu ihren Ehren eine kleine Feier für gerade einmal achtzig Gäste statt. Für den Donnerstag war zudem ein großer Ball im Her Majesty's Theater am Haymarket geplant. Sophia hatte von den Vorbereitungen erzählt, von wundervollen Köstlichkeiten, die in der Küche zubereitet wurden, von den Musikern, die überall probten. Über zweitausend Gäste erwartete die Königin zu diesem Ball. Sophia gehörte nicht dazu. Sie hatte während der Feierlichkeiten Dienst in der Nursery.

Dabei hatte auch Johannes an diesem Tag allen Grund zu feiern: Am Morgen war die Nachricht aus dem Hause Kleyser und Burger eingetroffen, dass der Auszahlung des restlichen Geldes nichts mehr im Wege stünde. Der Bote hatte zudem zwei Briefe von zu Hause im Gepäck gehabt.

Jetzt waren die ärgsten Geldsorgen passé, aber niemand war da, um sich mit Johannes zu freuen. Außer John Francis.

Der Tabakhändler schaute am frühen Abend auf gut Glück im Uhrenladen vorbei, um Jennifer zu sehen. Er wollte eigentlich wieder gehen, als er diese nicht antraf. Johannes folgte einem spontanen Impuls und fragte ihn, ob er Lust habe, mit ihm etwas zu trinken.

John Francis zögerte kurz, lächelte dann aber und sagte: »Ich glaube, das wird mir guttun. Gegen ein Bier und einen Whisky kann keiner etwas sagen.«

Sie nahmen Kurs auf den Singing-Duck-Pub. Der war nicht weit weg, günstig und kein Ort, wo sich vornehmlich Schläger herumtrieben. Der Wirt und sein Sohn sorgten mit einem Holzknüppel energisch für Frieden, wenn irgendjemand einen Krieg ausrufen wollte.

»Ich habe heute etwas zu feiern«, sagte Johannes und stieß mit seinem Gegenüber an.

»Was denn?«, fragte John Francis nach dem ersten großen Schluck.

»Wir warten seit Wochen auf Geld aus unserer Heimat«, berichtete Johannes. »Das Geld kam nicht und auch kein Brief der Familie. Und heute traf alles auf einmal ein.«

»Das klingt gut. Darauf trinke ich«, rief Francis, und sie stießen erneut an.

»Und woran lag es, dass es so lange gedauert hat?«

»Mein Bruder schrieb, dass er erst länger gebraucht hat, um das Geld aufzutreiben«, begann Johannes, »dann kam es wohl zu einem Problem bei der Einzahlung. Und sein Brief ist offenbar vergessen worden und jetzt zusammen mit einem meiner Mutter eingetroffen. Sie hat mir geschrieben, dass es wegen des Vaters so lange gedauert hat. Der wollte wohl nicht, dass mein Bruder für uns Schulden aufnimmt.«

»Hast du viele Geschwister?«, fragte John beim nächsten Bier.

Sie waren inzwischen zum Du übergegangen.

Johannes zählte sie alle auf – und verspürte bei jedem Namen einen Stich im Herz. Seine Mutter hatte mitgeteilt, dass es Liesbeth und Erika samt ihren Familien gut ginge. Ida hatte selbst ein paar Zeilen dazugeschrieben. Johannes war sicher, dass sie ihre Schönschrift geübt hatte. Die Mutter hatte weiter davon berichtet, dass Egidius Riesle offenbar vor seinem Verschwinden auch in Märgen Geld eingesammelt hatte. Andreas Löfflers Vater hatte ihm wohl eine nicht kleine Summe gegeben und ihn gut auf dem Rankhof bewirtet.

Der Gedanke an Andreas Löffler weckte natürlich Erinnerungen an eine weitere Person aus der Heimat.

»Und dann gab es da ein Mädchen«, erzählte Johannes.

»Wie heißt sie?«

»Hedwig. Wenn das hier nicht passiert wäre«, er zeigte auf

seine Narbe und das Bein, »ich glaube, ich würde jetzt mit ihr im Schwarzwald sitzen.«

»Ich dachte, du und Sophia …«, meinte John.

»Das dachte ich auch einmal. Aber die hat ja jetzt den Hermann.«

»Mein Freund, ich weiß, dass du mich nicht besonders gut leiden kannst, aber ich glaube, zum Thema Frauen sollten wir noch ein Bier bereitstehen haben«, sagte John und stand auf, um die nächste Runde zu besorgen.

»So übel bist du gar nicht«, hörte Johannes sich antworten. Während John Bier holte, schaute er sich die anderen Gäste an. Die Kerle am Nebentisch machten dem Namen des Singing-Duck-Pubs alle Ehre. Einer hatte eine Fidel, einer eine Gitarre und einer eine Art Tambourin ohne Schellen. Sie begannen, eine mitreißende Musik zu spielen, und Johannes konnte nicht anders, als mit seinem gesunden Bein im Rhythmus mitzuwippen. Mehrere Leute sangen mit.

John drückte sich mit zwei großen Bierkrügen durch die Menge auf Johannes zu.

»Ganz schön gute Stimmung hier!«, sagte er. Sie nahmen gleich einen ausgiebigen Schluck. »Also, zurück zum Thema«, rief John. »Jenny hätte es mir gesagt, wenn Sophia und Hermann … Du weißt schon. Es sieht sogar für uns eher so aus, dass wir uns fragen, wann ihr euch endlich küsst.«

Johannes zuckte zurück. »Veräppel mich nicht!«, sagte er scharf.

John winkte ab. »Klappt das denn jetzt mit der Uhr?«, wechselte er das Thema.

Johannes klopfte dreimal auf die Tischplatte. »So Gott will – und mein genialer Bruder es hinbekommt.« Das süffige Bier, die Gesellschaft im Singing Duck, und mit John Francis konnte man sich doch ganz normal unterhalten … Johannes fragte sich, warum er so etwas nicht öfter machte.

»Und wann bringt ihr sie der Königin?«, hakte der nach.

»Wahrscheinlich am Samstag. Die Winterhalter-Brüder wollen der Queen die Uhr am Sonntag nach ihrer Kutschfahrt übergeben.«

»Ich dachte, die beiden wollen noch am Sonntag aufbrechen?«, fragte John.

Johannes nahm noch einen tiefen Schluck, bevor er antwortete. »So ist es. Die Königin wird am Sonntag nach der Kirche mit der Kutsche ausfahren. Dann ist gemeinsamer Lunch, und im Anschluss übergeben sie die Uhr. Gleich darauf machen sie sich auf den Weg zurück nach Paris.«

»Na, siehst du. Wenn dieser Hermann einfach abreist, hast du wirklich keinen Grund, eifersüchtig zu sein. Vielleicht solltest du Sophia einfach einmal klar sagen, was du für sie empfindest.«

»So?« Johannes zeigte an sich hinab. »Halb lahm und im Gesicht entstellt?«

»Jetzt übertreibst du aber!«, protestierte John. »Man sieht deine Narbe, aber entstellt ist etwas anderes.« Er war auf einmal sehr ernst.

»Das soll nicht entstellt sein?«, fragte Johannes.

»Ich kenne ein kleines Mädchen, das bei einem Feuer fast gestorben ist. Wenn du sie sehen würdest, wüsstest du, was entstellt sein bedeutet. Ach, vergiss es!«

Er drehte sich zu den Musikern und hörte ihnen zu.

Da hatte er gerade noch gedacht, John Francis sei ein feiner Kerl, aber da meldete sich wieder seine unberechenbare Launenhaftigkeit.

Übertrieb er es wirklich? Wenn er sich in einem Spiegel sah, nahm er immer als Erstes die Narbe wahr. Wenn er mit Sophia spazieren ging, fiel ihm ständig auf, wie er sein Bein nachziehen musste, während sie so leicht dahinlief wie ein Reh.

Das Lied war zu Ende, die Leute applaudierten und johlten und verlangten nach mehr. Einer der Musiker hob seinen Bierkrug und rief: »Auf den Geburtstag Ihrer Majestät! Lang lebe die Königin!«

»Lang lebe die Königin«, wiederholten die meisten und hoben ebenfalls ihre Krüge.

Der Mann mit der Fidel setzte den Bogen an und spielte die sechs ersten Noten einer Melodie, die jeder erkannte und die auch Johannes mittlerweile bestens vertraut war. Sie erhoben sich von ihren Sitzen. Johannes nahm durchaus wahr, dass nicht alle im Pub mit dem gleichen Eifer aufstanden. Eine Gruppe an einem Tisch in der Ecke verweigerte sich sogar ganz. Auch John stellte sich erst nach etwas Zögern neben Johannes. Und dann begann der Gesang:

God save our gracious Queen,
Long live our noble Queen,
God save the Queen!

Bis zu dieser Stelle sollte Ernsts Taschenuhr die Melodie mittags um zwölf Uhr spielen. Jetzt stemmten alle ihre Krüge in die Luft und sangen aus vollem Halse:

Send her victorious,
Happy and glorious,
Long to reign over us;
God save the Queen!

Dann war es mit einem Mal plötzlich fast still, als alle tranken.

»*The Drunken General!*«, rief ein Mann, und sofort setzte die Musik wieder zu einem lebhaften Tanz ein.

»Ich frage mich einfach, was du zu verlieren hast«, sagte John. »Wenn sich einer von uns beiden Gedanken machen muss, dann bin das wohl eher ich.«

»Aber du hast doch Jennifer!« Johannes war überrascht, dass John sich solche Gedanken machte.

»Sie ist großartig. Eigentlich viel zu gut für mich, glaub mir! Bis auf sie läuft bei mir alles schief und krumm. Und ehrlich gesagt hat sie es nicht verdient, in so etwas hineingezogen zu werden.«

»In was denn?«

John schüttelte den Kopf. »Zum Beispiel bin ich heute aus meiner Wohnung geworfen worden«, erklärte er knapp.

»Was? Wieso das?«

»Mein Mitbewohner hat dem Vermieter gesagt, ich hätte ihm Geld gestohlen.«

»Hast du?«, fragte Johannes.

»Natürlich nicht! Aber er hat es so arrangiert, dass es so aussah. Der Vermieter hat mir heute früh ein Ultimatum gestellt. Entweder ich zahle das Geld zurück und ziehe aus, oder ich werde bei der Polizei angezeigt.«

»Und du hast bezahlt?«

John nickte. »Acht Shilling.«

»Warum hast du es nicht der Polizei erklärt?«, fragte Johannes und merkte, dass seine Zunge langsam schwer wurde. Er schob sein Bier etwas weiter von sich.

»Bleib mir bloß weg mit der Polizei«, schimpfte John. »Meinst du, die hätten mir nur ein Wort geglaubt? Im Leben nicht!« Dann wurde er ruhiger. »Eingesperrt hätten sie mich wahrscheinlich. Vielleicht … vielleicht wäre es sogar das Beste gewesen«, sagte er, den Blick auf den Bierkrug vor sich gerichtet.

»Hä? Wie meinst du das?«, fragte Johannes.

Johns Kopf schnellte hoch. »Ich muss jetzt los!«, rief er laut und sprang so schnell auf, dass sein Stuhl polternd umkippte. Sogar die Musiker drehten sich um. John griff in seine Rocktasche und warf ein paar Münzen auf den Tisch, dann stürmte er aus dem Pub.

KAPITEL 42

London, 25. Mai 1842

Was hast du mit John besprochen?«, wollte Sophia wissen. Sie war wütend. »Jennifer ist vollkommen aufgelöst.«

»Wir haben etwas getrunken und über alles Mögliche geredet«, gab Johannes zurück.

Die Uhren schlugen alle einmal zur halben Stunde.

»Und du hast ihm gesagt, dass er Jennifer verlassen soll? Wie kommst du dazu, dich da einzumischen und ...«

»Das habe ich nie gesagt!«, fiel er ihr empört ins Wort.

»Willst du etwa sagen, Jennifer lügt mich an?«

»Sie nicht. Aber vielleicht hat John gelogen. Er hat sich ganz eigenartig verhalten und zu mir gesagt, dass sie zu gut für ihn sei.«

Sophia horchte auf. Sie hatte sich den ganzen Morgen um ihre Freundin kümmern müssen, die nach Johns frühem Besuch vollkommen aufgelöst war.

»Er hat gesagt, sie sei zu gut für ihn?«, wiederholte Sophia. »Wieso?«

»Weil er aus seiner Wohnung geflogen ist. Langsam frage ich mich, ob er nicht doch wirklich etwas mit dem Geld zu tun hatte.«

Sophia schloss kurz die Augen und versuchte, mit tiefem Durchatmen einigermaßen die Ruhe zu bewahren. In einer Stunde sollte sie im Palast erscheinen. Sie musste bald los. Aber das hier duldete keinen Aufschub. *Wenn Johannes nur nicht so kompliziert wäre und einfach einmal geradeheraus sagen würde, was los ist*, dachte sie.

»Von welchem Geld redest du?«

Johannes schaute sie verwundert an. »Davon hat er nichts gesagt? Das Geld, das er seinem Mitbewohner gestohlen haben soll?«

Sophia ließ sich die Geschichte erzählen. Je mehr sie hörte, desto eigenartiger fand sie das alles.

»Heute früh waren Lieferanten am Tabakladen und haben unbezahlte Ware zurückgeholt«, sagte sie. »Und John hat sich in seinem Laden eingeschlossen und macht niemandem auf. Zumindest mir nicht.«

»Er ist gestern Abend irgendwann völlig aufgebracht aus dem Pub gelaufen.« Johannes schaute sie so unschuldig und offen an, dass Sophia gar nicht anders konnte, als ihm zu glauben.

»Dann hat er danach wohl in seinem Laden geschlafen und ist heute früh als Erstes zu Jennifer. Wir waren noch gar nicht richtig fertig, aber das hat ihn nicht interessiert. Er hat ihr gesagt, dass er nach einem Gespräch mit dir zu dem Schluss gekommen sei, dass sie nicht füreinander bestimmt wären, und ist dann verschwunden.«

»Er kommt bestimmt wieder«, sagte Johannes nach einer kurzen Pause. »Du weißt doch, dass er sich manchmal vollkommen wahnwitzig verhält, sich dann aber wieder beruhigt.«

Sophia musste gestehen, dass sie das auch schon gedacht hatte. Aber diesmal war Jennifer davon überzeugt, dass sich Johns Verhalten nicht mit einer seiner Launen begründen ließ. »Ich habe in seinen Augen gesehen, dass er es ernst meint«, hatte sie gesagt.

Sophia schaute auf die Uhren an der Wand. Zwei der Schwarzwalduhren waren stehen geblieben. Ein deutliches Zeichen dafür, dass Ernst nicht da war. Sophia war sich sicher, dass er noch nie vergessen hatte, eine Uhr aufzuziehen. Johannes dagegen schon. Manchmal wirkte er regelrecht zerstreut. Aber genau das gehörte zu den Dingen, die sie an ihm mochte.

»Ich muss jetzt in den Palast«, sagte sie, beruhigt, dass ihn keine Schuld an Johns Verhalten traf. »Wenn du irgendetwas von ihm hörst, dann sag mir Bescheid!«

Sophia musste sich beeilen, um noch rechtzeitig in den Palast zu gelangen. Auf dem Weg begegnete sie einer Demonstration von Chartisten, die gegen die hohen Brotpreise protestierten. Sie wich ihnen aus und verlor wichtige Minuten, doch schließlich sah sie Buckingham Palace vor sich und schien es noch pünktlich zu schaffen. Die Wachen am Dienstboteneingang kannten sie mittlerweile und öffneten ihr mit einem freundlichen Gruß das Tor.

Sophia trat in die Gesindestube.

»Lass die Soße nicht so dick werden, Sarah!«, drang Mister Francatellis Stimme aus der Küche, begleitet von köstlichen Bratendüften. »Marc. Der Rosenkohl brennt gleich an! Verdammt. Muss man dir denn alles sagen?«

Er stob rückwärts durch die Tür und stieß dabei gegen Sophia, die ihm nicht mehr ausweichen konnte. Beinahe wäre sie hingefallen.

Der Ton, der in der Küche herrschte, mochte nicht immer zu einem Palast passen. Mister Francatelli konnte mit seinen Untergebenen sehr streng sein, vor allem, wenn das Essen zu einem bestimmten Zeitpunkt fertig sein musste. Dann kam es auch schon einmal vor, dass er fluchte. Mister Sackville-West, der Lord Chamberlain, hatte ihn deswegen auch schon ein paar Mal ermahnt, aber alle wussten, dass der Koch wieder ruhig und fürsorglich wurde, sobald die königliche Familie gesättigt und zufrieden vom Esstisch aufgestanden war. Die Königin liebte seine Gerichte – und das wusste der Küchenchef selbst nur zu gut.

»Oh, Miss Carpenter, verzeihen Sie«, bat er und brüllte gleich darauf die Pagen an, die an der Treppe tratschten: »Holt verdammt noch mal endlich die Krebssuppe ab, bevor sie kalt wird!«

»Wenn das Mister Sackville-West gehört hätte«, sagte Sophia grinsend.

Francatelli musste ebenfalls lächeln und flüsterte: »Solange der Königin mein Essen schmeckt, brauche ich mir die Vorgaben von

Mister Sackville-West nicht allzu sehr zu Herzen zu nehmen. Aber pssst.« Er legte den Zeigefinger auf die Lippen.

»Ich werde schweigen«, versprach Sophia, fügte dann aber hinzu: »Unter der Bedingung, dass ich Sie etwas fragen darf.«

»Sie wollen noch einmal meine *Crème glacée* in der Waffel?«

Das war seine Erfindung. Aus Sahne, Milch, Eiern, feinstem Zucker und frischen, pürierten Früchten zauberte er sein Speiseeis, das einen ganzen Tag im Eiskeller abgekühlt und dabei immer wieder umgerührt wurde. So erhielt es genau die rechte Festigkeit, um in eine zur Tüte geformte, krosse Waffel gefüllt zu werden. Prinz Albert fand das eine famose Idee und zog ein solches Eis den aufwendigsten Kuchenkreationen vor. Zumal ihm die Einfachheit und Frische der Nachspeise gefiel. Mister Francatelli hatte mit seiner Erfindung aber nicht nur die Herzen der königlichen Familie erobert, sondern stellte meist etwas mehr Eis her, sodass es die *Crème glacée* manchmal auch als Dessert beim Personalessen zu probieren gab.

»Ihr Eis schmeckt wirklich fantastisch, Mister Francatelli. Und ich würde dazu definitiv nicht Nein sagen, aber mein Schweigen müssen Sie sich auf andere Art erkaufen.« Sie zwinkerte ihm verschwörerisch zu.

Francatelli hob seine Kochmütze und kratzte sich am Haaransatz. »Und was wäre dann Ihre Frage, liebe Miss Carpenter?«

Sophia blickte sich prüfend um. Sie standen ein bisschen abseits, um die mittlerweile unter Francatellis strengem Blick umhereilenden Pagen nicht zu stören.

»Kennen Sie einen Sir Edward John Dent?«, fragte sie.

»Den Uhrmacher?«

»Eben den meinte ich. Sie kennen ihn also. Dann verraten Sie mir doch, ob die Pralinen, die es bei ihm gibt, aus Ihrer Hand stammen.«

»Sie verkehren in Mister Dents Laden? Ich muss sagen, Sie überraschen mich immer wieder, junge Lady.«

»Sie haben mir meine Frage nicht beantwortet«, bemerkte Sophia schelmisch.

»Die Pralinen können gar nicht aus meiner Hand sein«, flüsterte er, »weil Mister Sackville-West nicht erlaubt, dass ich neben meiner Tätigkeit in der königlichen Küche noch für andere Kunden Leckereien herstelle.«

»Zu schade«, flüsterte Sophia schelmisch zurück. »Offenbar gibt es in London einen Koch, der genauso delikate Köstlichkeiten zuzubereiten weiß wie sie.«

»Falls ich ein paar Pralinchen dieses Genies finden sollte, könnte ich Ihnen ein paar einpacken. Schauen Sie nach dem königlichen Diner noch einmal vorbei.«

»Das wäre wirklich großartig. Vielleicht können sie ja sogar die Laune meiner Freundin anheben. Sie hat Liebeskummer.«

»Gegen Liebeskummer können sie Wunder wirken«, hauchte Francatelli. »Verdammt noch mal!«, brüllte er plötzlich. Der Page, der gerade mit einer kostbaren Suppenterrine an ihnen vorbeilaufen wollte, blieb stehen und starrte ihn entgeistert an. Brummend wischte Francatelli mit dem Saum seiner Schürze etwas Suppe vom Rand der Schüssel ab.

»Ich muss jetzt auch schnell weiter«, sagte Sophia, sonst würde Lady Lyttleton wieder toben.

Die Uhr schlug eins, als Sophia in der Nursery ankam. Sie hatte es gerade noch pünktlich geschafft. Dabei wäre eine kleine Verspätung heute nicht einmal allzu tragisch gewesen, wie sie feststellte. Lady Lyttleton war nämlich gar nicht da.

»Sie ist zu Besuch bei ihrer Tochter. Die Enkelin hat Geburtstag«, erklärte Emely.

»Oh, das ist schön«, sagte Sophia.

»Für das Kind, für Miss Lyttleton und auch für uns«, entgegnete das Kindermädchen mit einem verschmitzten Lächeln.

»Sophiii«, hallte ein helles Stimmchen durch die Nursery,

als Vicky sie entdeckte. Mit ihren kurzen, stämmigen Beinchen rannte sie zielstrebig auf Sophia zu. Sie bückte sich und empfing die Kleine mit offenen Armen. Die Prinzessin stürzte sich auf sie und hätte sie beinahe umgerissen, so sehr war sie im vergangenen Monat gewachsen.

»Was das?«, fragte sie und zeigte auf Sophias Nase.

»Meine Nase«, sagte sie und wies auf Vickys Ohr. »Und was ist das?«

»Ohr!«, rief die Kleine. Im Moment liebte sie dieses Spiel und konnte sich und ihre Kindermädchen damit bis zur Erschöpfung beschäftigen.

Sophia spielte mit ihr, war mit den Gedanken bald aber wieder woanders. Was für ein furchtbarer Morgen! Zuerst hatte sie tatsächlich gedacht, Johannes wäre mit schuld an der Misere. Aber er hatte beteuert, dass sich alles anders abgespielt hatte, als John es Jennifer erzählt hatte. Sophia glaubte natürlich Johannes.

Vielleicht – dachte sie – war es sogar am besten für alle, dass John ihrer Freundin den Laufpass gegeben hatte. Den Gedanken, dass Jennifer zu gut für ihn war, hatte Sophia im Stillen auch schon gehabt. Natürlich durfte sie ihr das nie sagen, aber sie sah doch, wie Jennifer unter seinen wechselhaften Launen litt, vor allem der plötzlichen Wut, die in Hoffnungslosigkeit oder übertriebene Freude münden konnte. Wie sollte man ein Leben an der Seite eines solchen Menschen führen, ohne sich selbst zu verlieren?

Vicky hatte heute einen besonders großen Bewegungsdrang. Sie winkte Sophia kurz, drehte dann um und rannte auf Emely zu. »Emiii«, rief sie dabei. Die Kleine brachte Sophia immer wieder zum Lächeln.

Sie stand auf und ging zu Berties Bettchen. Er begann gerade, mürrisch vor sich hinzubrabbeln. Was hatte er? Sein Gesicht lief rot an, die Miene spiegelte Unbehagen. Sophia hob ihn hoch, um zu prüfen, ob es die Windel war. In dem Moment begann der Thronfolger zu brüllen.

»Ich habe ihn heute schon zweimal gewickelt«, meinte Emely.

Ihre Worte und die Geruchsprüfung bestätigten Sophias Vermutung. Bertie brauchte neue Windeln.

»Ich gehe mit ihm rüber«, sagte sie und trug den Thronfolger ins Nebenzimmer, wo sich der Wasch- und Pflegebereich für die Kleinen befand.

»Mister Cleetis, könnten Sie bitte warmes Wasser bringen?«, sagte sie zu dem an der Tür zum Flur stehenden Diener.

Sie hatte den Dienern in der Regel keine Aufträge zu erteilen, aber wenn die Nursery so wie heute schwächer besetzt war, durfte es schon einmal eine Ausnahme geben. Der Diener, ein aufrechter Mann in rotgoldener Livree, erschien kurz darauf mit dem Wasser, das im Versorgungstrakt stets heiß gehalten und mit kaltem Wasser auf die Wunschtemperatur abgekühlt werden konnte.

Sophia zog Bertie die Windel aus, wusch ihn sauber, puderte und cremte ihn ein und legte ihm eine neue Windel an. Sogar die Leinenwindeln waren mit dem Wappen der Königin bestickt.

Als sie zurück in die Kinderstube kam, war gerade Königin Victoria höchstpersönlich eingetreten. Neben ihr ging Franz Xaver Winterhalter, gefolgt von Hermann und Lady Canning. Offenbar hatten sie heute wieder zusammen gegessen und wollten nun nach den Kindern sehen.

»Es war wirklich eine wunderbare Zeit mit euch, Winterchen«, sagte die Königin auf Deutsch. Von der Queen beim Spitznamen angesprochen zu werden kam einer Adelung gleich. Das tat sie nur bei Menschen, die sie mochte. Peels Vorgänger William Lamb, der zweite Viscount Melbourne, wurde von ihr stets »Lord M« genannt. Und Franz Xaver Winterhalter war also »Winterchen«.

Hermann zwinkerte Sophia zu. Mit ihm hatte Sophia in den letzten Tagen viel Zeit verbracht. Er war lustig, selbstbewusst und verstand es, sich in Adelskreisen ebenso souverän zu bewegen wie unter einfachen Leuten. Künstlerisch stand er seinem Bruder kaum etwas nach. Dennoch schien es ihn nicht zu stören, dass die hohen Herrschaften sich vornehmlich mit den Bildern seines älteren Bruders schmücken wollten. Sophia hatte gebannt seinen vielen charmanten Geschichten gelauscht – über Erlebnisse mit anderen Adelshäusern oder Szenen aus seinem Leben in Paris. Sie glaubte, dass ihr diese Stadt auch gut gefallen würde. Sie musste ganz anders sein als London.

»Da ist ja mein Bertie«, sagte die Königin und nahm Sophia den kleinen Prinzen ab. Sophia zog sich unauffällig zurück, behielt aber die Königin im Blick, um gleich wieder zur Stelle zu sein, wenn sie ihren Sohn abgeben wollte.

Während Lady Canning zu Ihrer Majestät und Franz Xaver Winterhalter trat, kam Hermann auf sie zugeschlendert.

»Das Bild ist getrocknet. Wie steht es um die Uhr?«, flüsterte er.

»Johannes und ich holen sie am Samstag ab. Er und Ernst bringen sie dann am Sonntagmittag hierher.«

»Halb eins wäre gut.«

»Ich werde es ihnen sagen.«

Ein Hüsteln ließ Sophia herumfahren. Sie schaute in die Richtung, aus der es gekommen war, und machte als Ursprung Lady Canning aus. Die Königin blickte in Sophias und Hermanns Richtung. Schließlich war es den Bediensteten verboten, mit Gästen private Gespräche zu führen.

Sophia ging sogleich mit gesenktem Kopf auf die Königin zu, knickste und nahm ihr den Jungen ab. Victorias Blick war streng, aber sie sagte natürlich nichts, ebenso wenig wie sie eben selbst gehüstelt hatte. Eine Königin hatte dafür ihre Leute. Und sicherlich würde Lady Canning auch bei Lady Lyttleton ein Wort über Sophias Verhalten fallen lassen. Das, was ihr heute von der Leiterin der Nursery erspart blieb, würde sie morgen doppelt und dreifach treffen.

»Ich habe die junge Dame gefragt, woher sie sich so gut mit kleinen Kindern auskennt«, sagte Hermann, offenbar um sie in Schutz zu nehmen. »Es ist eine große Verantwortung, sich um die

Sprösslinge der Königin von England und Irland kümmern zu dürfen.«

»Was sagen Sie dazu, Miss Carpenter?«, fragte die Königin.

»Es ist eine große Verantwortung, aber auch die größte Ehre, Eure Majestät«, brachte Sophia hervor. »Und eine immense Freude bei diesen wundervollen Kindern.«

Als alle die Nursery verließen, hatte Sophia die Hoffnung, noch einmal um eine Meldung an Lady Lyttleton herumgekommen zu sein. Hermann zwinkerte ihr zum Abschied zu.

KAPITEL 43

London, 28. Mai 1842

Am Samstag war das Wetter in London heiterer als Johannes' Stimmung. Dabei hätte er eigentlich allen Grund zur Freude gehabt. Er befand sich in einer der großartigsten Städte der Welt, war sein eigener Herr und besaß zusammen mit seinem Bruder ein Geschäft und nun auch die nötigen Mittel, es zum Erfolg zu führen. Dent und Ernst hatten Verfahren erdacht, um die Uhr für die Königin sicher ans Laufen zu bekommen, und es mit großem zeitlichen Einsatz geschafft, die Uhr fertigzustellen. Er spazierte gerade durch die Nachmittagssonne in Richtung von Edward John Dents Geschäft, um die Uhr samt seinem Bruder abzuholen. Und dabei wurde er von einer bezaubernden Frau begleitet, die er zufällig in Dover kennengelernt hatte und nun zu einer guten Freundin geworden war.

Aber genau darin lag der Grund für den misslichen Teil seiner Laune. Er wünschte sich, dass Sophia und er mehr als Freunde sein könnten. Wenn sie so nebeneinandergingen, verspürte er den Drang, ihre Hand zu ergreifen, aber sein Unfall war nicht nur wegen der Schmerzen und der entstellenden Narben weiterhin für ihn präsent, sondern hatte auch innere Wundmale hinterlassen. Früher hatte er keine Scheu gekannt, die Mädchen auf den Tanzböden aufzufordern, sie herumzuwirbeln und ihnen irgendwann einen Kuss abzuringen. Doch diese Zeiten waren vorüber. Zudem lag ihm Sophia so sehr am Herzen, wie er es zuvor nur von Hedwig gekannt hatte. Und nun schien sich in England zu wiederholen, was schon bei dem Mädchen im Schwarzwald geschehen war:

Auch die Beziehung zu Sophia lief auf eine Freundschaft hinaus. Denn Johannes konnte die Zeichen lesen: Sie schien einen anderen Mann zu lieben.

»Kann ich dir ein Geheimnis verraten?«, unterbrach sie seine Gedanken mit einem so ernsthaften Blick, dass er stehen blieb. Ihre Haare waren gewachsen und schauten unter der Spitzenhaube hervor. Die Sonne hatte ihre Sommersprossen auf Nase, Wange und Stirn erblühen lassen wie eine Frühlingswiese in Märgen.

»Du musst mir schwören, dass du niemandem davon ein Wort verrätst«, forderte sie streng.

Johannes hob die rechte Hand und sagte feierlich: »Ich schwöre, dass ich nichts verraten werde.«

Er fürchtete zu wissen, was jetzt kam. Wollte sie Hermann nach Paris folgen?

»Edward John Dent ist mein Vater«, sagte sie.

Johannes erstarrte. »Was ist er?«

»Mein Vater«, wiederholte sie ruhig.

Johannes schüttelte ungläubig den Kopf. Gleichzeitig war er erleichtert, dass sie nicht Hermann Winterhalter nachreisen wollte. »Aber du hattest doch gesagt, Dent sei ein Verwandter deiner früheren Herrschaft?«

»Das war gelogen, weil ich ihm versprechen musste, es niemandem zu sagen.«

»Aber, wie …«

»Ich habe es auch erst erfahren, als meine Mutter tot war. Sie hat mir in einem Brief gestanden, dass die Geschichte um meinen toten Vater eine Lüge war.«

»Der, der kurz vor der Hochzeit mit deiner Mutter auf dem Ärmelkanal ums Leben gekommen ist?«, fragte Johannes nach.

»Den hat es nie gegeben. Sie wollte mir die Schande ersparen, das uneheliche Kind eines Mannes zu sein, der offensichtlich nichts von mir wissen wollte.«

»Aber das ist jetzt anders?«, fragte Johannes.

»Das Geld für die Wohnung und den Laden habe ich von ihm bekommen. Auch, damit ich schweige.«

»Du sollst schweigen darüber, aber du sagst es mir?«

»Du bist der Einzige, dem ich das erzähle. Ich möchte dich darüber nicht weiter belügen.«

Johannes fühlte sich ganz schwach auf den Beinen – und diesmal lag es nicht an seiner alten Verletzung.

»Du hast es Hermann nicht erzählt?«

Sophia blickte ihn erstaunt an. »Wie kommst du darauf?«

»Ich dachte, weil ihr euch so nahezustehen scheint.«

Aus Sophias anfänglicher Verwunderung wurde Amüsement. »Hast du etwa gedacht …«

Johannes spürte, wie sein Gesicht rot anlief.

»Na ja, du bist ständig mit ihm in seiner Kutsche gefahren. Vielleicht deshalb.«

»Weil ich mir so den langen Weg sparen konnte. Außerdem ist er ein netter Mann. Er könnte übrigens fast mein Vater sein, wenn ich nicht schon einen hätte.« Sie lachte.

Johannes musste jetzt ebenfalls lachen. Er war erleichtert. Zum einen, dass seine Sorge sich nicht bestätigt hatte, und zum zweiten, weil Sophia ihn bezüglich ihres Vaters als einzigen Menschen ins Vertrauen gezogen hatte. Vielleicht sollte er doch etwas mutiger werden.

»Da war ich wohl umsonst eifersüchtig«, sagte er und versuchte, einen vergnüglichen Ton anzuschlagen, um je nach Reaktion zurückrudern zu können.

»Warst du eifersüchtig?«, fragte sie ernster. Und Johannes wusste wieder nicht, wie er reagieren sollte. Umso glücklicher war er, dass sie in dem Moment vor Dents Geschäft ankamen.

***

Dent erwartete sie in seinem Bureau. Er und Ernst lachten gerade, als seien sie alte Freunde.

»Miss Carpenter, Mister Faller. Kommen Sie, kommen Sie!«

Johannes reichte ihm die Hand und musterte ihn dabei genau. Sophia schien seine Augen geerbt zu haben. Auch die Wangenpartie. Sonst aber zum Glück nicht allzu viel. Aber die Augen, wenn er lächelte: Sophia hatte dann die gleichen Fältchen, die bei ihm nur schon etwas ausgeprägter waren.

»Es ist endlich so weit!«, verkündete er. »In einer Zusammenarbeit der Uhrmacherhäuser Faller«, er zeigte auf Ernst, »und Dent freue ich mich, Ihnen das Ergebnis präsentieren zu können.«

Er zeigte auf ein Kästchen aus dunklem Ebenholz, in das goldene Intarsienornamente eingelegt waren. Scharniere und ein kleines Häkchen hielten Ober- und Unterteil zusammen. Er bog den Haken zur Seite und öffnete den nahtlos passenden Deckel. Darunter lag die Uhr, gebettet auf blauem Samt.

»Wie wunderschön«, rief Sophia.

Johannes beobachtete, wie Dent die Uhr aus dem Kästchen hob. Er präsentierte sie ihnen in seiner Hand. Auf dem Sprungdeckel war wie vorgesehen das königliche Wappen eingraviert. Als er den Deckel mit einem Druck auf ein Knöpfchen öffnete, sprang er lautlos auf. Der Blick war damit frei auf das fein gearbeitete Ziffernblatt auf der einen Seite, auf der anderen Seite im Deckel befand sich das Bild, das die Gesichter der beiden Kinder zeigte.

»Sie sind so genau getroffen!«, bewunderte Sophia die Malkunst der Winterhalter-Brüder.

Das Bild schien von innen heraus zu leuchten. Johannes war vom ersten Blick an überzeugt, dass die Königin es lieben würde.

Das Ziffernblatt war dem vorgesehenen des Glockenturms nachempfunden, weiß mit schwarzen, römischen Ziffern, und in der Mitte trug es eine stilisierte, aus feinsten Golddrähten geformte Blüte. Anders als bei den großen Vorbildern gab es noch eine kleine Sekundenanzeige über der VI und unter der XII eine Mondstandsanzeige. Auf beiden Seiten stand in schwarzer Schreibschrift je ein Name: Links war *Faller* zu lesen und rechts *Dent*, allerdings so klein, dass man gute Augen brauchte, um es entziffern zu können.

»Es gibt einen Glockenschlag, der zur vollen Stunde die Uhrzeit läutet und zur halben Stunde einmal schlägt«, erklärte Ernst stolz. »Diesen haben wir so eingestellt, dass er nachts aussetzt, um die Nachtruhe nicht zu stören.«

»Dazu gibt es die Repetition«, fügte Dent hinzu und schob den kleinen Hebel an der Seite, mit dem die aktuelle Zeitanzeige aktiviert wurde. Der Klang der Uhr war lauter, als Johannes gedacht hatte, aber sanft und angenehm.

»Und um zwölf Uhr mittags, aber *nur* um zwölf Uhr mittags, entfällt der Stundenschlag. Das war schwierig einzubauen«, bemerkte Dent. »Statt zwölf Schlägen spielt die Uhr die ersten sechs Takte unserer Hymne. Und durch ein Schieben an diesem Hebel in die andere Seite kann man die Melodie auch auf Wunsch abspielen.«

Es erklang die Hymne *God Save the Queen*. Und alle lauschten den warm vibrierenden Tönen, die kurz nachhallten, dann aber verstummten.

»Edward hat Filzstopper eingebaut, die verhindern, dass die Klangdrähte bei Bewegung Töne abgeben«, erklärte Ernst stolz.

Dent schüttelte die Uhr leicht, und man hörte nichts.

»Mister Dent, ich weiß nicht, wie wir uns für Ihre Unterstützung bedanken können«, sagte Johannes.

»Darüber brauchen Sie sich keine Gedanken zu machen, Mister Faller. Es war mir eine große Ehre, Ihren Bruder kennenzulernen und einen Einblick in seine Kunst der Uhrmacherei erhalten zu dürfen. Die vergangenen Tage haben mir wieder vor Augen geführt, warum wir es auf uns nehmen, solche Maschinen herzustellen und immer weiter zu verbessern. Mit unseren Uhrwerken erstellen wir die Zukunft. Und ich bin sicher, dass Ernst eine große Zukunft haben kann, wenn er es will.«

Johannes fragte Dent, ob er am nächsten Tag mit ihnen kommen wolle, um die Uhr im Palast abzugeben, aber der Uhrmacher winkte ab. »Eure Kunden haben die Uhr bei euch gekauft, und ihr sollt sie auch überreichen. Dass ich alter Mann dabei geholfen habe, ist mit meinem Namen auf dem Zifferblatt mehr als ausreichend belegt.«

Zum Abschied schien Dent Ernsts Hand kaum loslassen zu wollen. Mehrfach betonte er, dass er ihm jederzeit willkommen sei. Und Ernst dankte ihm überschwänglich.

»Miss Carpenter, kann ich Sie noch einen Moment unter vier Augen sprechen«, bat Dent.

Johannes und Ernst verließen Dents Bureau. Der Jüngere trug das Kästchen mit der Uhr wie einen Schatz in seiner Ledertasche.

Johannes fragte sich, was der Vater wohl mit seiner Tochter besprechen mochte. Immerhin schien es nicht unangenehm gewesen zu sein, denn als Sophia wenige Minuten später zu ihnen stieß, strahlte sie eine stille Zufriedenheit aus. Johannes versuchte, sie sich so einzuprägen, denn sie war wunderschön.

»Was wollte er noch von dir?«, fragte Johannes, als sie auf die Straße traten.

»Er wollte mir nur noch einen Rat geben«, antwortete sie ausweichend.

»Ich wünschte, er wäre mein Vater«, sagte Ernst.

Als Johannes und Sophia gleichzeitig zu lachen begannen, sah er sie verständnislos an, aber er lachte schließlich mit ihnen.

***

Am Sonntagmorgen mussten St. Bonifatius und die anderen Uhrmacher des Schwarzwälderviertels auf sie verzichten. Statt in die Kirche ging es heute in den Palast.

Johannes konnte nicht anders, als mehrfach in das Ebenholz-kästchen zu schauen. Einmal holte er die Uhr hervor und betrach-tete sie sich ausgiebig. Er konnte es immer noch nicht glauben. Solche kleinen Wunderwerke konnten ihnen die Türen der obers-ten Kreise öffnen. Wie bei den Winterhalters für ein Gemälde wür-den die höchsten Herrschaften bei den Faller-Brüdern für eine Uhr anstehen.

Um elf Uhr machten sie sich auf den Weg. Das Wetter war prächtig. Am 29. Mai fehlte nicht einmal im sonst so kalten und nassen London die Sonne. Sie schien kräftig und wärmte sie so gut unter ihren schwarzen Röcken, dass Johannes den obersten Knopf seines Hemdes öffnete.

»Eigentlich hätten wir auch mit der Kutsche fahren können«, sagte Ernst.

»Du meinst, weil das Geld da ist und wir heute gleich neues be-kommen?«

»Und wegen deines Beins«, ergänzte sein Bruder.

»Die Wärme tut meinem Bein gut«, erklärte Johannes. »Heute schmerzt es kaum. Vielleicht liegt es auch einfach daran, dass ich so stolz auf dich bin.«

»Auf mich? Ich habe die Uhr doch gar nicht allein hinbekom-men. Ohne Mister Dent wäre sie nicht fertig und vor allem nicht so schön geworden«, sagte Ernst leicht bedrückt.

»Mein lieber Bruder. Du musst das wirklich anders sehen. Du bist so gut, dass ein Großmeister wie Edward John Dent seine an-deren Geschäfte beiseitelegt, um mit dir an einer Uhr zu arbeiten. Du bist achtzehn Jahre alt und hast das schon erreicht. Und so vie-les Großes liegt noch vor dir in deinem Leben.«

Ernst lächelte und umschloss die Tasche mit der Uhr noch fes-ter.

So langsam scheint sich alles zum Guten zu wenden, dachte Johannes. Sie hatten einen Laden, ihr restliches Geld war ange-kommen, und sie lieferten gerade eine herrschaftliche Uhr aus, die bald der mächtigsten Frau der Welt gehören sollte. Und Sophia war nicht in Hermann verliebt, wie er befürchtet hatte. Ob sie ihn doch lieben könnte?

Sie kamen am Laden von Dent vorbei, gingen weiter zum belebten Trafalgar Square und bogen auf die Mall ein, wo sie im Schatten der Platanen auf den Buckingham Palace zugingen. Obwohl sie sich fein gemacht hatten, kam sich Johannes im Vergleich zu manch anderem Flaneur fast schäbig vor in seiner längst aus der Mode gekommenen Schwarzwälder Sonntagsjacke. Ein Großteil der Spaziergänger gehörte erkennbar der gehobenen Bürgerschaft an. Die Herren lüpften ständig ihre hohen Zylinderhüte, und die Damen drehten kleine Sonnenschirmchen, deren Spitzendach ihre zarte Haut vor den Strahlen der Mittagssonne schützen sollten. Sicherlich waren auch Vertreter des niederen Adels unter den Passanten. Man erkannte sie daran, dass die anderen sie grüßten, sie den Gruß aber nicht erwiderten. Einige Passanten allerdings wurden von niemandem gegrüßt: Leute einfacherer Herkunft, die zwischen den anderen hergingen. Johannes und Ernst erging es ebenso – und es fühlte sich ein bisschen so an wie früher, als August und seine Freunde vorgegeben hatten, Johannes nicht mehr sehen zu können.

Neben den Fußgängern waren auch Reiter unterwegs, die im Schritt über den breiten Weg ritten. Ein Landauer fuhr an ihnen vorbei in Richtung des Buckingham Palace, und von dort näherte sich eine offene Kutsche, die von vier Pferden gezogen wurde. Mehrere Uniformierte ritten voran, die Leute wichen zur Seite und winkten.

»Ich glaube, da kommt die Königin«, sagte Johannes aufgeregt zu Ernst.

Sie blieben mit den anderen Leuten stehen, um auf die vorbeifahrende Kutsche zu warten. Der erste Vorreiter erreichte gerade auf einem Schimmel ihren Standort und ritt gemütlich weiter. Wenn Johannes sich nicht täuschte und es wirklich Victoria war, die Königin von England und Irland, dann passte alles wunderbar zusammen. Was für eine grandiose Wendung des Schicksals, dass sie eine Uhr bei sich trugen, die ebendiese Frau in Kürze als Geschenk erhalten sollte.

»Da kommt sie!«, rief eine Dame in der Nähe aus.

Johannes erblickte sie nun auch. Queen Victoria saß rechts in Fahrtrichtung und winkte den Leuten in beide Richtungen majestätisch zu, die ihr Applaus spendeten und die Hälse reckten, um einen Blick auf sie zu erhaschen. Die Königin trug ein mit einem Blumenmuster besticktes, blaues Ausflugskleid. Ein eleganter Sommerhut mit weit vorgezogener Krempe spendete ihr Schatten. Sophia hatte Johannes oft von der Königin erzählt, aber erst bei ihrem Anblick begriff er, wie jung diese war. Dass eine junge Frau Monarchin des größten Weltreiches sein konnte, gab Johannes das Gefühl, dass in diesen Zeiten alles möglich werden konnte.

An ihrer Seite saß mit ernsterem Blick der Prinzgemahl, der ebenfalls ungefähr im Alter von Johannes sein musste, in seiner Uniform aber sehr respekteinflößend aussah.

Die Königin wirkte, als genieße sie die Beifallsbekundungen der Menschen. Kurz wandte sie sich zu ihrem Mann und sagte etwas. Dann schaute sie wieder zur Seite, direkt zu Johannes, und für einen Augenblick trafen sich ihre Blicke! Er hatte das Gefühl, dass sie ihn anlächelte!

Im gleichen Moment vernahm er einen leisen, hellen Glockenklang. Die Uhr in Ernsts Tasche spielte die ersten Töne von *God Save the Queen*. Was für eine wundervolle Fügung des Schicksals!

Dann änderte sich die Stimmung ganz schnell. Prinz Albert rief etwas. Die Königin riss überrascht die Augen auf, dann zog er seine Frau zur Seite. Kraftvoll drückte er sie schützend nach unten.

Die Leute in der Nähe erschraken. Eine Frau schrie auf. Was war da los? Durch die Reihe der Passanten ging ein Raunen. Viele blickten sich um.

»Ein junger Mann«, hörte Johannes Prinz Albert einem Reiter der Eskorte zurufen, der sofort neben die Kutsche geritten war. Er wies grob in ihre Richtung. Ansonsten verstand Johannes nur noch »Pistole«, dann raste der Landauer schon an ihnen vorbei. Die Kutscher auf dem Bock trieben die Pferde kräftig an.

Der Equerry Colonel, der bei Ausfahrten stets in der Nähe der Kutsche blieb, scharte die Nachhut der Reiter um sich und bellte kurze Befehle. Johannes drehte sich zu Ernst. Der hatte offenbar wieder einmal gar nichts mitbekommen, denn statt zur Straße blickte er in Richtung eines Gebüschs.

Nur Augenblicke später preschte ein Reiter an ihnen vorbei und in den Weg, der durch die Büsche führte. Ein weiterer Gardist sprang ab und befahl Ernst, die Hände zu heben. Der letzte Schlag der Uhr verklang gerade. Ernst reagierte nicht auf die Aufforderung.

»Was ist denn los?«, wollte Johannes wissen. Ein zweiter Soldat stand plötzlich neben ihm und forderte ihn auf, ebenfalls die Hände zu heben.

»Das ist mein Bruder, er hat nichts getan!«

Der erste Soldat entriss Ernst die Tasche und befahl noch einmal, dass er die Hände heben sollte.

»Los, Ernst!«, rief Johannes und machte es ihm vor.

Der Soldat tastete erst Johannes ab, dann Ernst. Der andere durchsuchte derweil die Ledertasche und fand das Kästchen.

»Was ist das?«, wollte er wissen.

»Wir sind Uhrmacher und liefern eine Uhr in den Palast.«

Der Mann öffnete das Kästchen und hielt für einen Moment die Luft an. Er schloss den Deckel gleich wieder und sagte: »Entschuldigen Sie. Sie können gehen.«

»Was ist denn los, um Himmels willen?«, fragte Johannes.

»Gehen Sie weiter. Es gibt nichts zu sehen.«

Die beiden Männer wandten sich einem anderen jüngeren Mann zu.

Ernst zitterte, als er die Uhr samt Kästchen zurück in die Tasche legte.

»Was war da nur los?«, fragte Johannes.

»Ich habe ihn gesehen«, antwortete Ernst leise.

»Wen hast du gesehen?«

»Ihn. Mit einer Pistole. Er wollte die Königin erschießen.«

»Ein Attentäter? Du hast ihn gesehen? Warte, ich hole die Soldaten zurück.«

»Nein!«, stieß Ernst heftig aus. »Tu das nicht.«

»Wieso?«

Ernst zog Johannes zur Seite, bevor er mit seinem Kopf ganz nah an sein Ohr kam und flüsterte: »Wir kennen ihn.«

Johannes machte einen Schritt zurück und starrte Ernst fragend an. Vor seinem inneren Auge sah er alle Menschen vor sich, die sie beide in London kannten. Flip? Konnte keiner Fliege etwas zuleide tun. Egidius? Zuzutrauen wäre es ihm, aber er war über alle Berge.

»John?«, fragte Johannes einer Eingebung folgend.

Ernst nickte.

»Los, wir müssen sofort in den Palast!«

Sie gingen los. Hinter ihnen zerstreute sich die Menge. Von der königlichen Kutsche war nichts mehr zu sehen außer dem Staub, den die Kutsche aufgewirbelt hatte. Johannes forderte Ernst auf zu erzählen, was genau er beobachtet hatte.

»John stand am Eingang zu dem Gebüsch.«

»Du bist ganz sicher, dass er es war?«

Das war eine überflüssige Frage, denn Ernst war ein zu guter Beobachter, um sich zu irren. Außerdem war das Gebüsch keine fünf Yards von ihnen entfernt gewesen. Ernst beantwortete Johannes' Frage dementsprechend auch mit einem gereizten Nicken, während er weitersprach: »Ich war überrascht, ihn hier zu sehen.«

»Hat er dich bemerkt?«

446

»Nein. Er hat wie gebannt nur auf die Kutsche gestarrt. Wie alle anderen auch.«

»Alle außer dir.«

Ernst nickte wieder.

»Er hatte eine Hand in seiner Jacke und zog dann eine Pistole heraus.« Mit beiden Händen zeigte er an, wie groß die Waffe gewesen war, etwa eine kleine Elle lang, oder einen Fuß, wie die Engländer maßen.

»Und dann war es zwölf, und die Uhr spielte das Lied der Königin.«

»Ich habe es gehört. Aber meinst du, er auch?«

Ernst schüttelte den Kopf. »Ich glaube nicht. Er hat auf einmal die Pistole weggesteckt und ist weggerannt.«

»Ich kann es nicht fassen!«, sagte Johannes. »Warum sollte er so etwas tun?«

Sie erreichten den Zaun, der Buckingham Palace umgab. Johannes erinnerte sich, wo er Sophia bei ihrer Bewerbung abgeholt hatte. Zu diesem Eingang ging er nun und erbat bei zwei Wachleuten am Tor Einlass. Als er erwähnte, dass sie eine vorbestellte Uhr bei den beiden Malern Winterhalter abgeben wollten, wurden die Wachen freundlicher. Vor allem, als sie das Kästchen öffneten und damit den Beweis ihrer Worte eindrucksvoll vor sich sahen.

Johannes hatte gehofft, den Besuch im Palast von Königin Victoria anders zu erleben. Jetzt hatte er kaum einen Sinn für die hohen Gänge, durch die sie von einem vielleicht vierzehnjährigen Pagen geführt wurden. Stattdessen musste er ständig an den Vorfall denken. Es ging durch die Gesindestube, wo mehrere sehr unterschiedlich gekleidete Frauen und Männer an einem großen Tisch saßen und aßen. Sie schauten kurz zu ihnen auf, wandten sich dann aber wieder dem Essen und ihren Gesprächen zu. Aus der Küche – Johannes erblickte darin hektische Betriebsamkeit – drangen wunderbare Gerüche, aber er war zu verstört, um auch nur Appetit zu verspüren. Immer wieder fragte er sich, was in John wohl vorgegangen war, um eine Pistole auf die Königin zu richten. Er hatte doch gerade noch mit ihm zusammen im Pub gesessen. Und jetzt? Was hatte ihn dazu bewogen, sein ganzes Leben wegzuwerfen? Das Einzige, womit man bei John fest rechnen musste, war seine Unberechenbarkeit. Aber wieso hatte er sich die Königin als Opfer ausgesucht? Und warum dann nicht abgedrückt?

Johannes blieb der Mund offen stehen, als der Page sie aus dem Dienstbotenbereich hinausführte. Einen solchen Prunk hatte er noch nie gesehen. Ein einziges Schränkchen, ein einzelnes Gemälde, und selbst der Teppich, auf dem sie liefen, waren wahrscheinlich mehr wert als der ganze Fallerhof samt seiner Tiere. Steckte Neid hinter Johns Versuch, die Königin zu erschießen? Gehörte er etwa diesen Chartisten an, die ständig für mehr Mitsprache der einfachen Leute protestierten, um deren Lebensumstände zu verbessern? Aber was sollte da der Tod der Monarchin bringen?

War es ein persönlicher, kein politisch motivierter Neid? John jedenfalls ging es finanziell nicht sonderlich gut. Vor wenigen Tagen hatten ihm seine Lieferanten doch den halben Laden ausgeräumt, weil er sie nicht bezahlen konnte. Aber Johannes hätte sich dann eher vorstellen können, dass John jemanden überfallen würde, um an dessen Geld zu kommen. Welchen Vorteil sollte sich ihm ergeben, wenn die Königin starb?

Sie gelangten an eine doppelflügelige Tür. Der Junge klopfte dagegen und öffnete ihnen darauf eine Seite.

»Die Herren Uhrmacher Faller«, kündigte er sie an.

Sie gelangten in einen lichtdurchfluteten Raum, der mit unfassbar teuer aussehenden Möbeln ausgestattet war. Hermann Winterhalter saß mit einem Büchlein auf einer dunkelblau bezogenen Couch, der ältere Franz Xaver stand am Fenster, von wo aus man einen wundervollen Blick in den hinter dem Palast angelegten Park hatte.

»Meine Herren!«, rief er. Er klang erfreut.

»Was ist mit euch?«, wollte sein Bruder wissen. »Ernst? Johannes? Ihr seid so blass!«

Johannes holte tief Luft. »Wir haben etwas sehr Wichtiges zu besprechen. Könnten Sie dafür sorgen, dass Sophia zu uns stößt?«

Der jüngere Winterhalter legte das Buch zur Seite.

»Um was geht es denn?«, fragte sein Bruder besorgt. »Ist etwas mit der Uhr?«

Johannes schüttelte den Kopf. »Die Uhr ist in bestem Zustand. Ich kann erst darüber reden, wenn Sophia da ist.«

Die beiden Maler blickten sich an. Sie schienen sich ohne Worte zu verstehen, wie Johannes manchmal mit Ernst.

»Peter, könntest du bitte in die Nursery gehen und Miss Carpenter bitten, uns umgehend einen Besuch abzustatten?«, bat Hermann Winterhalter den wartenden Pagen.

»Gern, Sir«, sagte der Page, verbeugte sich und schloss die Tür.

KAPITEL 44

London, 29. Mai 1842

In Buckingham Palace herrschte helle Aufregung. Die Königin und Prinz Albert waren soeben an der Nursery vorbeigeeilt, obwohl sie erst in einer halben Stunde von ihrer Ausfahrt zurückerwartet worden waren. Und dass keiner von ihnen bei den Kindern vorbeischaute, fand Sophia auch ungewöhnlich. Emely hatte auf dem Toilettengang von einem Zwischenfall erfahren, der sich zugetragen haben sollte, aber niemand wusste, worum es sich dabei handelte.

Als der Page Peter in die Nursery gestürzt kam und Lady Lyttleton atemlos informierte, dass die beiden deutschen Maler und ihre Besucher Sophia zu sich riefen, nahm die Leiterin der Kinderstube dies nicht gerade mit Wohlgefallen auf. Mistress Roberts, die soeben ihren Dienst hatte beenden wollen, erklärte sich freundlicherweise bereit, noch in der Nursery zu bleiben.

»Lassen Sie diese Ungeheuerlichkeit nicht zu lange dauern, Miss Carpenter«, warnte Lady Lyttleton Sophia eindringlich.

»Selbstverständlich, Mylady. Ich beeile mich.«

Der Page kannte nicht den Grund, weshalb Sophia zu den Herren Winterhalter kommen sollte. Nur dass einer der Besucher nachdrücklich ihre Anwesenheit erbeten hatte. »Der Herr Faller war aufgeregt und hat betont, dass es sehr dringend sei«, berichtete er.

Was konnte nur so wichtig sein, sie aus der Nursery zu sich zu zitieren? Sophia hoffte inständig, dass Johannes und Ernst die Uhr nicht auf dem Weg abhandengekommen war.

Sie eilte Peter hinterher, der sie im Erdgeschoss in einen Salon führte, den sie noch nicht kannte. Der Junge schloss hinter ihr die Tür. Drinnen standen die beiden Brüderpaare aus dem Schwarzwald vor den Couchen. Zu Sophias Überraschung schien die Stimmung doch einigermaßen gelassen zu sein. Auf dem Tisch lag das offene Ebenholzkästchen, Franz Xaver Winterhalter betrachtete die Uhr von allen Seiten und bewegte gerade den Hebel des Melodiewerks. Sofort begann die Uhr, das Lied zu spielen. Sophia atmete auf. Die Uhr war also weder verloren gegangen noch funktionsuntüchtig. Aber was mochte sonst los sein?

»Sophia!«, rief Johannes, als hätte er sie seit Wochen nicht gesehen.

Sie machte einen Knicks in Richtung der Winterhalter-Brüder. Dann schoss es auch schon aus ihr hervor: »Ich muss schnellstmöglich wieder zurück. Warum habt ihr mich hergerufen?«

»Mein Bruder und ich sind ebenso gespannt wie Sie«, antwortete Franz Xaver Winterhalter. »Johannes Faller wollte bisher nicht mit der Sprache heraus.«

Johannes atmete tief durch. »Jetzt, wo wir alle zusammen sind, will ich nicht lange um den heißen Brei herumreden«, sagte er dann. Die Melodie der Uhr war zu Ende. »Als Ernst und ich über die Mall herspaziert sind, haben wir beobachtet, wie jemand ein Attentat auf die Königin verüben wollte.«

Die beiden Malerbrüder starrten ihn mit offenem Mund und ungläubig geweiteten Augen an. Sophia bemerkte, dass sie selbst wohl nicht anders reagierte.

»Aber der Königin ist nichts passiert! Sie ist eben noch an der Nursery vorbeigegangen!«, brachte sie noch immer etwas atemlos hervor.

Johannes nickte. »Ja, der Königin geht es gut. Es hat sich zum Glück nicht einmal ein Schuss gelöst. Nur Prinz Albert scheint etwas davon bemerkt zu haben.«

»Es heißt, es habe bei der Ausfahrt einen Zwischenfall gegeben«, sagte Sophia. »Solche Gerüchte verbreiten sich rasend schnell. Habt ihr gesehen, wer es war? Ihr könnt es dem wachhabenden Offizier melden und ihm eine Beschreibung geben und …«

»Genau das wollte ich besprechen«, fiel ihr Johannes ins Wort. Er holte tief Luft. »Ernst hat den Attentäter nicht nur gesehen … sondern ihn auch erkannt.«

Sophia sah ihn ungläubig an. Dann wanderte ihr Blick zu Ernst, der nun zusammengesunken in seinem Sessel saß und die Arme um sich geschlungen hatte. Sie trat zu ihm.

»Wer hat versucht, die Königin zu töten, Ernst?«, fragte sie eindringlich und legte eine Hand auf seinen zitternden Unterarm.

Er antwortete nicht, sondern schaute nur Sophia an, dann in die Runde und suchte wieder Halt bei einem Blick auf die Uhr.

»Es war John«, sagte Johannes mit rauer Stimme.

Sophias Kopf fuhr herum. »Hast du John gesagt? Aber du meinst nicht Jennifers John!«

»Doch, genau den.«

»Ist das dieser neugierige Tabakhändler?«, erkundigte sich Hermann.

»Wieso? Kennst du ihn?«, fragte Sophia.

»Oh ja. Ich habe ihn in eurem Laden getroffen.« Er schüttelte den Kopf. »Ich fand ihn ausgesprochen lästig, weil er mich zu den Ausfahrten der Königin ausfragen wollte.«

Sophia stöhnte auf. »Mein Gott! Wir müssen das Ihrer Majestät mitteilen!«

***

»Eure Majestät, Eure königliche Hoheit, bitte verzeihen Sie …«

Sophia stand im Eingang des königlichen Arbeitszimmers, in dem sich neben der Monarchin und Prinz Albert mehrere andere Personen aufhielten: der Premierminister, zwei ältere Gentlemen in Uniform, die Sophia nicht kannte, die aber offenbar ebenfalls hohe Posten bekleideten, Mister Anson und Lady Canning. Der Letzte im Bunde war Sir Dorlake, der wachhabende Offizier der Leibgarde der Königin.

»Was soll das?«, rief der Prinz ärgerlich in Richtung Tür.

Mister Anson gab Sophia aufgebracht Zeichen, sich unverzüglich zurückzuziehen, aber sie nahm all ihren Mut zusammen und wiederholte: »Bitte verzeihen Sie. Es ist wirklich von ungemeiner Bedeutung.«

»Sehen Sie nicht, dass wir uns in einer Besprechung befinden?«, fuhr Dorlake sie an, aber die Königin gebot ihm Einhalt.

»Ist etwas mit den Kindern, Miss Carpenter?«, fragte sie besorgt. »Ach, Franz Xaver, Sie sind auch da.« Die zweite Bemerkung klang eher erstaunt, zumal da sich nun auch die anderen hinter Sophia zeigten.

»Nein, Ma'am. Es geht beiden gut. Wir kommen wegen des Vorfalls, der eben stattgefunden hat.«

Franz Xaver Winterhalter kam ihr zu Hilfe: »Diese Gentlemen waren Zeugen und können den Täter identifizieren.«

»Hören Sie, Peel! Ich bin doch nicht der Einzige!«, rief Prinz Albert triumphierend und sah zum Premierminister. Peel nickte.

»Kommen Sie gefälligst herein und schließen Sie die Tür!«, befahl der Prinzgemahl und winkte Sophia und die anderen ungeduldig zu sich.

Das Arbeitszimmer, das sich das Königspaar seit einiger Zeit teilte, wirkte schlichter als viele andere der offiziellen Räume. Zentrale Einrichtungsgegenstände waren die beiden Schreibtische, an denen die beiden die Depeschen der wichtigsten Ministerien und die Schreiben sichteten, mit denen sich die Untertanen an ihre Herrscherin richteten.

»Wer in Gottes Namen sind Sie?«, fragte Prinz Albert und zeigte auf Johannes und Ernst. »Und was suchen Sie im Palast?«

Johannes hinkte einen Schritt vor und versuchte sich an einer Verbeugung. »Mein Name ist Johannes Faller, Eure königliche

Hoheit. Ich bin Deutscher wie Ihr.« Er sprach Englisch mit seinem süddeutschen Akzent. Eigentlich hätte er zuerst die Königin ansprechen müssen. Dass er weder Uniform noch Hofanzug trug, wie vorgeschrieben, war ein weiterer Verstoß gegen das Protokoll.

»Mein Bruder heißt Ernst. Wir sind Uhrmacher, die von diesen beiden Gentlemen den Auftrag erhielten, ein Geschenk für Ihre Majestät anzufertigen, an dem auch Sir Edward John Dent teilhatte.«

Hermann hob die Hand mit dem Ebenholzkästchen, senkte sie aber gleich wieder, als Prinz Albert die Stirn runzelte. »Was hat das mit dem Attentat zu tun?«

»Wir standen zufällig direkt neben dem Mann mit der Pistole. Mein Bruder hat ihn gesehen und erkannt. Wir kennen den Täter.«

»Wie alt bist du, Junge?«, wandte sich der Prinzgemahl an Ernst.

»Achtzehn, Sir«, antwortete er.

»Was genau hast du gesehen? Erzähle es uns!«

»Mein Bruder ist kein großer Sprecher …«, begann Johannes, aber Ernst gab ihm dieses Mal ein Zeichen zu schweigen.

»Ich sah, wie ein Mann eine Pistole aus seinem Rock hervorzog. Er richtete sie auf die Kutsche. Dann steckte er die Waffe wieder weg und ging hastig zwischen den Büschen davon.«

»Genau wie Ihr es berichtet habt, Sir«, bestätigte der Premierminister.

»Und ihr habt gedacht, ich hätte mir etwas eingebildet!«

»Wir mussten nur alle Möglichkeiten bedenken«, sagte einer der älteren Uniformierten.

Königin Victoria schaute nachdenklich aus dem Fenster.

»Ihr sagt, ihr kennt den Mann«, sagte sie. »Wer ist er?«

»Sein Name ist John Francis«, erwiderte Ernst.

»Er ist in unserem Alter und will gerade einen Tabakladen in der Dorset Street in Marylebone eröffnen«, ergänzte Johannes.

Einer der Uniformierten nahm sich ein Stück Papier und notierte etwas darauf.

»Wir können uns keinen Reim darauf machen, wie er solch eine frevlerische Tat planen konnte«, fügte Sophia hinzu.

Die Gruppe der Männer um Peel wirkte nicht sonderlich überrascht.

»Ist er vielleicht in letzter Zeit unerwartet zu Geld gekommen?«, wollte Peel wissen.

»Zu Geld?«, fragte Sophia. »Er stand kurz davor, den Tabakladen zu eröffnen, den er selbst eingerichtet hat. Aber am Mittwoch holten Lieferanten bisher unbezahlte Waren wieder ab. Er löste daraufhin seine Freundschaft mit meiner Mitbewohnerin auf.«

»Hat er das Attentat aus eigenem Antrieb geplant, oder gehört er einer Organisation oder einer politischen Bewegung an? Was denken Sie?«, fragte Prinz Albert.

»Das weiß ich nicht, Sir«, entgegnete Sophia. »Ich kann nur sagen, dass es mir schwerfällt, seine Motive auszumachen.«

»Albert«, machte sich Königin Victoria bestimmt bemerkbar. »Ich möchte selbst mit diesem John Francis sprechen.«

»Eure Majestät!«, protestierte Peel. »Ich weiß nicht, ob Ihr Euch mit einem solchen Subjekt befassen solltet.«

»Liebes, ich kann Lord Robert nur zustimmen«, flüsterte ihr Mann ihr zu. »Du solltest dich ausruhen und das Verhör uns überlassen.«

Die anderen nickten, aber die Königin schien fest entschlossen. »Es geht bei dieser Sache um mein Leben. Ich möchte bei dem Verhör anwesend sein.«

Sie wandte sich an Sophia. »Wissen Sie, wo er wohnt?«

»Zurzeit wohl in seinem Laden in der Dorset Street, Ma'am«, antwortete sie.

»Mister Dorlake, schicken Sie ein paar Männer in Zivil, die ihn so unauffällig wie möglich in den Palast bringen«, befahl die Königin.

»Jawohl, Eure Majestät«, sagte der Gardist, verbeugte sich und ging hinaus.

»Sollen wir auch gehen, Ma'am?«, fragte Sophia.

Die Königin überlegte einen Moment. »Da ihr ihn kennt, möchte ich euch dabeihaben. Und am besten auch die junge Dame, von der er sich getrennt hat. Mister Anson, lassen Sie diskret ein Zimmer für das Verhör vorbereiten. Ich möchte, dass dieser Mann auf keinen Fall vom Personal gesehen wird.«

Auch Anson verließ den Raum.

»Lieber Franz Xaver, lieber Hermann. Ich fürchte, ich muss euch bitten, eure Abreise noch einmal zu verschieben.«

In diesem Moment erklang der Halbstundenschlag der Taschenuhr in dem Kästchen, das Hermann bei sich trug.

»Wenn Ihr das wünscht, bleiben wir selbstverständlich, solange es nötig ist«, erklärte Franz Xaver Winterhalter.

»Ist das etwa das angekündigte Geschenk?«, fragte die Königin und schien froh zu sein, sich damit etwas ablenken zu können.

»So ist es, Eure Majestät«, sagte Hermann und übergab das Kästchen an seinen Bruder, der es an die Königin weiterreichte.

»Wir hätten Euch dieses Präsent lieber unter angenehmeren Umständen überreicht«, sagte der ältere Winterhalter-Bruder. »Es ist gedacht als Dank, dass Ihr unseren Besuch so freundlich aufgenommen habt, und als Zeichen der Freude, dass wir bald wiederkommen und die Staatsporträts für Euch und Euren Gemahl anfertigen dürfen.« Er deutete eine Verbeugung an.

Die Königin öffnete erwartungsvoll das Kästchen. Sie blickte ehrfürchtig hinein.

»Eine Taschenuhr! Welch eine Überraschung!«

»Nehmt sie nur heraus, Ma'am«, forderte Franz Xaver Winterhalter sie auf.

Das tat Victoria und betrachtete sich zunächst die Gravur auf dem Deckel und die guillochierte Rückseite.

Sophia merkte den Faller- wie den Winterhalter-Brüdern an,

wie gespannt sie auf die Reaktion waren, wenn die Königin den Sprungdeckel öffnete.

Victoria fand das richtige Knöpfchen, und ihr Blick fiel auf das Innere der Savonette.

»Schau, Albert! Das sind Vicky und Bertie!«

»Wundervoll getroffen!«, zeigte sich Prinz Albert ebenso begeistert.

»Das ist ein viel zu wertvolles Geschenk!«, schalt die Königin.

»Die außergewöhnliche Ausarbeitung des Zifferblatts kommt mir irgendwie bekannt vor«, bemerkte der Prinz.

»Es ist der Entwurf eines Zifferblatts, das für die Uhren des neu zu errichtenden Glockenturms am Westminster Palace vorgesehen ist«, erklärte Ernst. »Es war ein Vorschlag von Mister Dent. Und darf ich noch etwas zeigen?«

Sophia verdrehte die Augen, als Ernst sich vollkommen ungeniert ganz nah neben die Königin stellte. Diese blieb davon unbeeindruckt, aber Lady Canning schnappte nach Luft.

»Die Uhr ist so eingestellt, dass sie nur tagsüber schlägt, um Euren Schlaf nicht zu stören. Wenn Ihr aber im Dunkeln die Uhrzeit wissen wollt, könnt Ihr über diesen Schieberegler die Repetition aktivieren. Und wenn Ihr ihn in die andere Richtung, nach oben, schiebt, hört Ihr die Melodie, die sonst nur um zwölf Uhr mittags erklingt.«

Die Königin drückte den Regler nach unten und lauschte auf die Zeit. Dann schob sie sie in die andere Richtung, und sie seufzte entzückt auf, als sie die Melodie erkannte. Die beiden Männer in Uniform stellten sich noch etwas aufrechter.

»*God Save the Queen*«, sagte Ernst feierlich.

»*God Save the Queen*«, wiederholte Lord Robert Peel.

KAPITEL 45

London, 29. Mai 1842

Die Königin wünschte, dass sie den Palast nicht verlassen und zu niemandem ein Wort über das Attentat verlieren sollten, bis John Francis gefasst wäre. Man brachte Johannes und Ernst, Sophia und die Winterhalter-Brüder zurück in den Salon im Erdgeschoss.

»Es tut mir leid, dass Sie Ihre Abreise verschieben müssen«, sagte Johannes. »Ich hoffe, Ihre Pläne werden davon nicht zu sehr beeinträchtigt.«

»Unser Freund Alfred wird ziemlich klagen, dass wir ihn mit so vielen Gemäldekopien so lange allein gelassen haben«, scherzte Franz Xaver Winterhalter, um dann ernst hinzuzufügen: »Es zählt nur, dass der Königin nichts passiert ist.«

»Was kann nur in John gefahren sein?« Sophia schüttelte fassungslos den Kopf.

»Ich weiß es auch nicht. Falls er in seinen Laden zurückgekehrt ist, werden wir es bald erfahren«, sagte Johannes.

»Und wenn nicht?«, fragte Sophia.

»Wollen wir hoffen, dass sie ihn schnell finden«, erwiderte er.

Hermann schlug derweil Ernst auf die Schulter. »In all der Aufregung ist deine Uhr fast etwas untergegangen. Danke!«

»Die Königin hat das Geschenk sehr wohlwollend aufgenommen«, berichtete der ältere Winterhalter-Bruder.

»Und doch ist es nicht mein Verdienst, sondern das aller hier und das von Edward John Dent«, sagte Ernst.

Die Tür wurde geöffnet, und zwei Diener traten ein, die ihnen eine Platte mit Sandwiches, Obst und eine in Schalen gefüllte, hellbraune Creme brachten. Ein weiterer trug ihnen Wein und Wasser auf.

Johannes und Ernst hatten noch nichts gegessen und genossen die mit Braten, Käse, grünem Salat und würzigen Soßen belegten Brote. Johannes wollte sich gerade noch eines nehmen, als sich die Tür erneut öffnete und ein Diener sie bat, ihm zu folgen.

Er führte sie in einen abgelegenen Bereich des Kellers, in dem Sophia noch nie gewesen war. Vor einer schweren Tür standen zwei bewaffnete Wachmänner. Johannes und seine Begleiter folgten dem Lakaien in den fensterlosen Raum dahinter, der von Kerzenleuchtern erhellt war. Hier gab es noch nicht einmal das Gaslicht. Die Einrichtung war karg. In der Mitte stand ein sehr breiter Tisch mit mehreren Stühlen auf beiden Seiten. Einer davon war fest mit dem Boden verbunden. Auf einem anderen neben diesem saß vollkommen eingeschüchtert Jennifer Larkins. Sie wirkte ungemein erleichtert, sie zu sehen. Sophia lief sofort zu ihr, und die Freundinnen fielen sich in die Arme.

»Was ist denn nur los?«, fragte Jennifer aufgelöst. »Ich hatte so eine Angst! Keiner wollte mir etwas sagen, außer dass ich dich treffen würde.«

»Du musst versprechen, dass du ruhig bleibst«, sagte Sophia.

»Wie schlimm kann es noch kommen für mich?«

Als Sophia ihr reinen Wein einschenkte, war sie fassungslos. »John?«, stammelte sie immer wieder.

Die Tür öffnete sich. Einer der Wachleute hielt sie offen. Königin Victoria trat ein, begleitet von Prinz Albert. Alle erhoben sich. Hinter dem königlichen Paar kam Premierminister Peel, gefolgt von Lord Anson und Mister Dorlake.

Die Königin ging zu Jennifer, die aufgestanden war und einen Knicks machte.

»Sie sind Miss Larkins?«

»Ja, Eure Majestät.«

»Danke, dass Sie gekommen sind. Sind Sie bereits im Bilde?«

»Es fällt mir schwer zu glauben, was ich höre, Ma'am.«

»Sie wissen, welche Strafe auf Hochverrat steht?«

»Der Tod, Ma'am …« Jennifers Stimme zitterte.

Die Königin nickte und ging auf die andere Seite des Tisches, wo sie mit ihrem Mann Platz nahm.

Von draußen hörte man einen Befehl, gleich darauf öffnete sich die Tür erneut. John Francis wurde von zwei Männern hereingeführt. Ketten an seinen Fußgelenken verhinderten, dass er große Schritte machte. Auch trug er Handschellen, die dazu noch an einer Bauchkette befestigt waren, sodass er die Hände nah am Körper behalten musste.

»John!«, rief Jennifer. Sophia hielt sie davon ab, zu ihm zu laufen.

»Ihr?«, fragte John ungläubig, als er sie alle wahrnahm. »Was macht ihr hier? Jenny, ich wollte dich nicht in diese Sache hinein…«

»Das besprechen wir gleich«, ging Prinz Albert dazwischen. »Setzen Sie sich!«

John wurde auf den im Boden befestigten Stuhl gesetzt und mit seinen Fußfesseln an den Stuhlbeinen fixiert. Die beiden Wachmänner zogen sich zurück, blieben aber auf der Hut, auch wenn John, so festgeschnallt, wie er war, sicherlich niemandem etwas tun konnte.

»Sie sind John Francis?«, begann Prinz Albert das Verhör.

John nickte.

»Reden Sie, wenn Sie gefragt werden!«

»Ja, der bin ich.«

Johannes kam es sehr eigenartig vor, dass das königliche Paar offenbar selbst das Verhör führen wollte, doch es ging so weiter.

»Sie wurden dabei beobachtet«, fuhr der Prinz fort, »wie Sie heute um zwölf Uhr mittags eine Pistole auf die Kutsche richteten, in der die Königin und ich saßen.«

John schwieg zu dem Vorwurf.

»Sie sind Chartist«, schaltete sich die Königin ein.

John schüttelte den Kopf.

»Sie haben aber die Petition der Chartisten unterschrieben.«

»Wie mehr als drei Millionen andere«, entgegnete John trotzig.

»Ihr Versuch, mich zu erschießen, steht also nicht in Verbindung mit den Chartisten?«

John schüttelte erneut den Kopf. »Nein«, sagte er leise.

»Und welches Motiv hatten Sie dann?«, fragte Prinz Albert barsch.

»Ich wollte sie gar nicht erschießen. Und ich habe es ja auch nicht getan.«

»Allein eine Waffe auf Ihre Majestät zu richten ist Hochverrat und mit dem Tod zu bestrafen«, konterte der Prinz. »Ich selbst habe Sie mit der Waffe gesehen, die in Ihrem Laden sichergestellt wurde. Sie war noch geladen.«

»Ach, John!« Jennifer stöhnte auf.

»Und dieser junge Uhrmacher«, Prinz Albert wies auf Ernst, »hat Sie gleichzeitig beobachtet und identifiziert.«

»Ausgerechnet der stumme Junge«, murmelte John vor sich hin.

»Ich bin nicht stumm«, bemerkte Ernst.

»Genug davon. Sagen Sie uns endlich, warum Sie das tun wollten!«, hakte Prinz Albert in scharfem Ton nach.

John schwieg. Johannes merkte ihm an, dass verschiedene Gefühle in ihm stritten. Jennifer saß schluchzend neben ihrem Freund.

Queen Victoria sprach deutlich ruhiger als ihr Mann. »Dann sagen Sie mir zuerst, warum Sie nicht abgedrückt haben.«

John blickte auf. »Ich konnte es nicht«, sagte er kaum hörbar.

»Was hat Sie daran gehindert? Eine Ladehemmung?«, fragte die Königin.

»Nein. Ich konnte nicht abdrücken, weil ich nicht wollte, dass Euch etwas geschieht.«

»Das klingt recht fürsorglich für einen Attentäter«, stellte sie fest.

»Ich wollte Euch von Anfang an nichts tun«, sagte John leise und starrte wieder vor sich auf die Tischplatte.

»Kommen wir zurück zu der Frage, die mein Mann Ihnen eben gestellt hat: Warum haben Sie den Versuch unternommen, mich zu töten?«

Jennifer griff nach Johns Hand. Er blickte sie an, und Johannes sah, dass er Tränen in den Augen hatte.

»Erklär uns allen, warum du so etwas tun wolltest!«, forderte Jennifer ihn mit sanfter Stimme auf.

»Deswegen habe ich mich von dir getrennt«, hauchte er.

»Ja, das weiß ich jetzt.«

»Ich wollte nicht, dass man dich für meine Komplizin hält.«

Jennifer nickte.

»Aber *warum* haben Sie es getan?«, ging die Königin dazwischen. »Wer hat Ihnen den Auftrag gegeben?«

John blickte wieder auf.

»Was wisst Ihr davon, Majestät?«

»Ich weiß, dass es Kräfte in diesem Land – und auch außerhalb seiner Grenzen – gibt, die es nur allzu gern sähen, wenn ich als Königin verschwände. Dass es jemand wirklich in die Tat umsetzen möchte, steht auf einem anderen Blatt. Ich habe jetzt zwei Möglichkeiten: Ich kann mich in meinem Palast verstecken und den Rest meines Lebens Angst haben. Aber das liegt mir nicht. Es erinnert mich zu sehr an meine Kindheit. Darum wähle ich den zweiten Weg und jage die Ratten aus ihren Löchern. Helfen Sie mir dabei. Wenn Sie mir die Hintergründe offenlegen, werde ich mich dafür einsetzen, dass die Todesstrafe in Verbannung umgewandelt wird.«

Johannes war beeindruckt von der Klarheit der Königin. Er musste sich immer wieder vor Augen halten, dass sie nicht älter war als er selbst. Und sie musste sich mit solchen lebensbedrohlichen Situationen auseinandersetzen.

»Ich kenne die Hintergründe doch selbst nicht«, sagte John weinerlich.

»John, bitte. Das ist ein großzügiges Angebot. Erzähl der Königin einfach alles, was du weißt!«, flehte Jennifer ihn an.

»Ich kann es nicht«, begann er, und wieder traten ihm Tränen in die Augen. »Ich kann es nicht!«

»Warum denn nicht?« Jennifers Stimme überschlug sich.

»Weil sie ihr etwas antun werden!«

»Was?«, fragte Jennifer.

»Wer wird wem etwas antun?«, hakte die Königin nach.

Johannes erkannte den inneren Widerstreit, den John Francis mit sich austrug.

Offenbar hatte eine Seite gewonnen. Er sackte in sich zusammen und wisperte: »Cathrin.« Nach einer Pause fügte er hinzu: »Sie ist ... meine ... Tochter.«

Jennifer blickte Sophia erschrocken an.

»Erzählen Sie uns, was vorgegangen ist!«, sagte die Königin.

»Ich bin ein schlechter Mensch. Schwach und feige«, begann John leise. Niemand sonst im Raum machte ein Geräusch, zum einen, um ihn zu verstehen, zum anderen, weil jeder fürchtete, dass eine Störung ihn dazu bringen könnte, sein Geständnis zu beenden.

»Mein Vater ist Bühnenzimmermann im Covent Garden Theater. Ich habe dort auch gelernt und gearbeitet. Ich habe Euch in einer Vorstellung gesehen«, sagte er zur Königin. »Im Februar letzten Jahres seid Ihr nach der Vorstellung des *Sommernachtstraums* noch geblieben, um Euch das Märchen anzuschauen.« Er sah auf und schien auf eine Reaktion zu warten.

»Das mit dem Riesen, der mit seinem Schwert den Turm in zwei Hälften schlug?«, fragte sie.

John nickte. »Ich habe die Maschinerie bedient.«

»Warum haben Sie das Theater verlassen?«

Johns Stimmung wechselte schlagartig. »Das war nichts für

mich!«, stieß er bitter hervor. »Mein Vater hat mich gegängelt, der Direktor überwacht.« Leiser fügte er hinzu: »Und dazu kam, dass Rebecca gestorben ist.«

Johannes fiel auf, dass Sophia eine Hand beruhigend auf Jennifers Unterarm legte.

»Rebecca hat in der Garderobe gearbeitet, als ich in der Lehre war. Im Theater gibt es viele stille Ecken, und wir kamen uns näher.« An Jennifer gerichtet fuhr er fort: »Es war eine jugendliche Spielerei, nichts Ernstes! Es war keine Liebe. Nach ein paar Wochen kündigte sie und verschwand, ohne mir etwas zu sagen.«

Er räusperte sich. »Darf ich etwas Wasser haben?«

Königin Victoria gab ein kaum sichtbares Zeichen. Kurz darauf hielt ein Diener John ein Glas Wasser an den Mund, und er trank es mit einem Zug leer.

»Danke, Ma'am.«

»Was hat Ihre Rebecca mit dem heutigen Versuch zu tun, mich zu töten?«, fragte die Monarchin.

»Erinnert Ihr Euch, dass es Anfang März ein großes Feuer im East End gab?«

Die Königin schaute zu Peel, aber der zuckte mit den Schultern.

»Natürlich nicht. Ein Brand in einem Elendsviertel ist unbedeutend. Eine Randnotiz in der Zeitung. Aber für die dreizehn Menschen, die dabei ums Leben gekommen sind, ist es von Bedeutung. Und für ihre Angehörigen. Und für die Dutzenden, die die Dächer über ihren Köpfen verloren haben. Aber die hohen Herrschaften interessiert das nicht.« John wollte empört aufspringen, doch seine Fesseln hielten ihn zurück.

»Rebecca kam bei diesem Brand ums Leben?«, fragte die Königin.

John nickte, wieder ruhiger. »Aber sie rettete ein kleines Mädchen aus dem Feuer, Cathrin. Meine Tochter …«

Es fiel ihm schwer weiterzusprechen. »Sie muss alles versucht haben, um das kleine Kind vor den Flammen zu schützen. Sie schaffte es heraus aus der Flammenhölle, aber beide hatten schwerste Verbrennungen erlitten. Ein paar Tage später habe ich erfahren, dass ich Vater bin. Rebecca hat den Priester angefleht, es mir zu sagen und mir mein Kind zu zeigen.«

Johns Blick war in weiten Fernen gefangen. Tränen liefen über seine Wangen. Es war, als beschwöre er den Moment hervor und habe alles andere um sich herum vergessen.

»Cathrin war ein qualvoll wimmerndes Bündel mit schweren Verbrennungen am Rücken und am Kopf.«

Johannes tastete über seine Narbe im Gesicht. Johns wütende Reaktion, als Johannes bei ihrem gemeinsamen Pubbesuch von seinem entstellten Gesicht gesprochen hatte, stellte sich nun in einem ganz anderen Licht dar.

»Wie alt ist Ihre Tochter?«, fragte die Königin.

»Zwei.«

»Etwas älter als Vicky«, stellte sie betroffen fest.

»Sie war gerade ein Jahr alt, als das Feuer ausbrach«, erzählte John weiter. »Die erste Zeit wurde sie in der öffentlichen Krankenanstalt im East End behandelt. Ich bin aus dem Haus meiner Eltern weggezogen, weil mein Vater unerträglich wurde, nachdem er davon erfahren hatte, was passiert war. Ich bin zuerst ins East End, um in ihrer Nähe sein zu können. Und dann erfuhr ich von einem Herrn, der da helfen könne, wo die anderen Ärzte nicht mehr weiterwussten.«

Johannes horchte auf. Er blickte zu Sophia, die plötzlich kerzengerade dasaß.

»Wie hieß der Mann?«, fiel sie John ins Wort.

»Ist das wichtig?«, murrte Prinz Albert über die Störung. Und ausgerechnet John Francis sagte: »Ja, Königliche Hoheit, das ist es. Denn Reginald Turner ist auch der Mann, der mir den Auftrag gab, die Königin zu erschießen.«

Plötzlich redeten alle durcheinander. Johannes hörte Peel fragen, ob Anson oder Dorlake ein Reginald Turner bekannt sei. Beide verneinten.

»Ich möchte um Ruhe bitten!«, drang die Stimme der Königin im Befehlston durch den Raum. »Es scheint mir, dass die so tragische wie lange Geschichte von Mister Francis sich dem Höhepunkt nähert. Das tut sie doch?«

John Francis nickte.

»Dann reden Sie weiter.«

»Verzeihen Sie, Ma'am, dass ich noch einmal nachfrage«, kam Sophia ihm zuvor. »John, ist dieser Reginald Turner vielleicht ein Franzose?«

»Nein, Engländer.«

»Das kann nicht sein!«, sagte sie. »Wie sieht er aus?«

»Er ist älter als vierzig, ein hagerer Kerl, ziemlich groß. Von der Kleidung her ein Gentleman.«

»Wo wohnt er?«, wollte Peel wissen.

»Das weiß ich nicht. Zuerst hatte er eine kleine Wohnung am Finsbury Circus. Aber im Februar ist er umgezogen und hat mir seine Adresse nicht mehr mitgeteilt. Er kam immer zu mir.«

»Dein Geldgeber?«, fragte Jennifer.

»Ein schöner Geldgeber! Er hat mich von vorne bis hinten verarscht! Verzeihen Sie, Eure Majestät. Ja, er hat mir Geld geliehen für den Laden. Und ja, er wollte die Ärzte und die Medizin für Cathrin zusammenbekommen, aber das verzögerte sich immer weiter. Und dann hat er mir vor einem Monat das Messer auf die Brust gesetzt.«

»Wie genau? Erzählen Sie weiter!«, forderte die Königin ungeduldig.

Auch Johannes konnte es kaum erwarten zu erfahren, wie es weiterging.

»Er ist zu mir gekommen und hat mir gesagt, dass seine Hinterleute eine Aufgabe für mich haben. Daran würde alles hängen: das weitere Geld für den Laden ebenso wie die Behandlung der Kleinen.«

»Hat er Ihnen mehr über diese Hinterleute mitgeteilt?«, fragte Prinz Albert nach.

»Nein. Da hielt er sich immer sehr zurück.«

»Und wieso wurde bei dir am Mittwoch die Ware abgeholt, wenn er doch dein Geldgeber war?«, wollte Jennifer wissen.

»Ich muss ein bisschen ausholen. Zuerst ging es darum, Euch, Eure Majestät, Angst einzujagen.«

»Siehst du«, sagte die Königin zu ihrem Mann. Der nickte ihr zu.

»Eigentlich sah alles ganz gut aus«, fuhr John fort. »Die Kleine fühlte sich besser bei meiner Mutter, ich hatte genug Geld, um mir eine Lebensgrundlage aufzubauen, die mich vielleicht sogar auf der gesellschaftlichen Leiter hinaufbringen konnte ... und ich war ... verliebt.«

Er schaute Jennifer an, die leise in Tränen ausbrach.

»Und am wichtigsten: Cathrin sollte bald die Behandlung bekommen, die ihr die Brandmale ablösen würde. Dafür sollte ich eine nur mit Pulver geladene Pistole auf Eure Majestät richten und abdrücken, sodass es aussehen würde, als hätte ich Euch verfehlt. Turner zeigte mir dieses Gebüsch, durch das man sich gut annähern kann und schnell wieder ungesehen verschwinden. Aber dann teilte er mir in der vergangenen Woche mit, dass sich der Auftrag verändert habe.«

»Es reichte auf einmal nicht mehr aus, meine Frau zu erschrecken. Sie sollte sterben!«, rief Prinz Albert.

»So ist es. Ich sagte ihm, dass ich das nicht tun könne. Er hat mir klargemacht, dass seine Auftraggeber keine Skrupel hätten. Wenn ich mich weigerte, müsste ich darauf gefasst sein, dass es vielleicht im Haus meiner Eltern brennt. Oder im Laden. Oder ...«, er blickte zu Jennifer, »oder dass meiner Liebsten etwas geschieht. Um mir zu beweisen, dass er es ernst meint, ließ er die Waren abholen. Die sollte ich wieder zurückerhalten, wenn der Auftrag erledigt wäre.«

467

»Warum haben Sie dann nicht abgedrückt?«, fragte die Königin erneut.

»Ich konnte es einfach nicht«, schluchzte er. »Ich bin doch kein Mörder! Aber jetzt habe ich Angst! Um meine Eltern und mein Kind. Und um Jenny.«

Jenny kniete sich weinend neben ihn und vergrub ihr Gesicht in seiner Seite.

Johannes registrierte, dass die Königin Sophia ein Zeichen gab. Die zog Jennifer von John weg und half ihr, sich wieder auf den Stuhl zu setzen.

»Haben Sie nach dem Versuch schon mit diesem Turner gesprochen?«, fragte Victoria.

»Er war ja dabei. Er stand in der Nähe, um mich zu überwachen.«

»Und was hat er gesagt?«

»Er war wütend. Und er hat mir ein Ultimatum gestellt.«

»Du sollst mich immer noch töten«, stellte die Königin fest.

John nickte. »Ein endgültiger Versuch. Bei Eurer morgigen Ausfahrt. Wenn ich erneut scheitere, sei ich wertlos für seine Auftraggeber, sagte er, was man wohl als recht unverhohlene Drohung deuten kann. Und meine Lieben würden ebenfalls dafür bezahlen.«

»Geht er davon aus, dass ich gleich wieder ausfahre?«, fragte die Königin.

»Er hat gesagt, dass Ihr nach dem Attentat vor zwei Jahren auch am nächsten Tag wieder unterwegs wart, um allen zu zeigen, dass Ihr keine Angst vor Euren Untertanen habt.«

Die Königin nickte.

»Es scheint sich um jemanden zu handeln, der Euch gut kennt, Majestät«, warf Peel ein.

»Wir unterbrechen hier und ziehen uns kurz zurück. Lord Peel, würden Sie uns begleiten?«, fragte die Königin und stand auf. Prinz Albert und der Premierminister folgten ihr mit verwunderter Miene nach draußen.

Die Minuten, die sie im Verhörzimmer auf die Rückkehr der Königin warteten, zogen sich in die Länge. Keiner sagte etwas, alle hingen ihren Gedanken nach. Dann endlich öffnete sich die Tür. Bis auf den gefesselten John Francis erhoben sich alle von ihren Plätzen. Johannes sah dem eintretenden Prinzgemahl an, dass er mit dem, was seine Frau gleich verkünden würde, nicht ganz glücklich war.

»John Francis«, sagte die Königin an ihrem Platz angekommen ohne Umschweife. »Sie haben offen zu uns gesprochen. Aber leider sind wir den Hintermännern nicht nähergekommen.«

»Die ich selbst nicht kenne, Ma'am!«, stellte John fest.

»Albert und ich gehen davon aus, dass dieser Mister Turner der Schlüssel zu den Urhebern des Komplotts ist und weiß, wer hinter diesem Attentatsversuch steht. Meinen Sie, dass er morgen wieder zugegen sein wird?«

»Ich gehe davon aus«, sagte John nach kurzem Zögern.

Die Königin nickte. »In diesem Fall schlage ich Ihnen Folgendes vor: Wir lassen Sie gehen. Morgen werden wir mit der Kutsche um sechs Uhr am Abend an der gleichen Stelle vorbeifahren wie heute. Sie, Mister Francis, lassen sich zum Schein darauf ein, den erneuten Attentatsversuch zu unternehmen! Die anderen hier Anwesenden werden bereitstehen, um diesen Reginald Turner festzusetzen!«

»Wir alle?«, fragte Sophia.

»Sie alle. Wir brauchen jeden. Denn außerhalb dieser Wände darf niemand von unserem Plan erfahren. Wir wissen nicht, wer hinter dem Komplott steckt. Und auch nicht, ob es innerhalb des Palastes Ohren gibt, die etwas an den Hintermann weitergeben könnten. Haben Sie das alle verstanden?«

Johannes sah, dass rundherum Zustimmung geäußert wurde. »Ich bin einverstanden«, sagte er.

»Ich auch«, sagte Ernst.

»Was ... was wird mit John geschehen?«, fragte Jennifer stockend.

Die Königin wandte sich an John Francis. »Wenn Sie sich an unsere Vereinbarung halten, Mister Francis, werden Sie zunächst bis zur Verhandlung eingekerkert. Wir müssen nach außen den Schein wahren. Das zu erwartende Todesurteil wird in eine Verbannung nach Australien umgewandelt. Dort können Sie als freier Mann leben. Wenn Sie kooperativ bleiben, können Sie diese junge Dame mitnehmen, die Sie offensichtlich liebt.« Sie wies auf Jennifer, die wieder Hoffnung zu fassen schien.

John Francis nickte und fragte: »Und was wird aus Cathrin, meiner Tochter?«

»Ein Kind gehört zu seinen Eltern. In diesem Fall zu seinem Vater. Es soll ebenfalls mit Ihnen kommen«, bestimmte die Königin.

KAPITEL 46

London, 29. Mai 1842

Den Sonntagnachmittag verbrachten sie alle in gedrückter Stimmung. Jennifer bangte um ihren John, der allein in seinem Geschäft warten musste. Der Königin war wichtig, dass ein eventueller Beobachter keinen Verdacht hegen konnte, denn damit fiel und stand der Plan. Sie mussten Reginald Turner zu fassen bekommen.

Sophia und Jennifer blieben bei Johannes und Ernst. Johannes hatte darauf bestanden, dass sie bei ihnen übernachteten, und dafür Ernsts Zimmer geräumt. Er fürchtete, dass Jennifer und damit auch Sophia in Gefahr schwebten, solange die unbekannten Hinterleute nicht gefasst waren. Sophia hatte den Eindruck, dass die Königin und Prinz Albert einen Verdacht hegten, wer für den Attentatsversuch verantwortlich sein könnte. Aber offenbar benötigten sie Beweise, um gegen die Person vorzugehen. Das sprach dafür, dass es sich um jemand Mächtiges handeln musste, jemanden, den man nicht unterschätzen durfte.

Ernst bastelte den ganzen Abend an Uhrwerken herum, was ihn zu beruhigen schien. Jennifer verschanzte sich in Ernsts Kammer und wollte in Ruhe gelassen werden. Sophia, die somit mit Johannes allein in dessen Zimmer war, schaute trotzdem mehrfach nach ihr.

»Warst du wirklich eifersüchtig auf Hermann?«, fragte sie leise, nachdem sie die Erlebnisse des Tages noch einmal durchgesprochen hatten. Sie hatte schon ein paar Mal auf den richtigen Moment gewartet, um dieses Thema anzuschneiden, aber der schien nie zu kommen. Jetzt hatte sie es also endlich ausgesprochen.

471

Johannes jedoch wand sich und schwieg.

»Wir haben morgen eine gefährliche Situation vor uns, Johannes«, fuhr sie fort. »Wer weiß, was passieren mag. Sag es mir doch einfach.«

Er sah ihr in die Augen und sagte dann: »Ja. Ich war eifersüchtig.«

Sophia erschauderte. Das war, was sie zu hören gehofft hatte.

»Du warst ständig mit ihm unterwegs und bist länger im Palast geblieben«, rechtfertigte er sich.

»Aber doch nicht wegen Hermann selbst, du Narr.«

»Sondern?«

»Deinetwegen! Wir wollten es dir eigentlich heute Mittag zeigen, aber die Situation war ja plötzlich eine andere.«

»Was zeigen?«

»Hermann hat ein Bild von mir gemalt, das ich dir schenken wollte. Stell dir vor, einer der berühmten Fürstenmaler wollte ausgerechnet mich porträtieren! Wie hätte ich das ausschlagen können? Wie ich da vor ihm saß und er mich malte, habe ich mich wie eine Prinzessin gefühlt. So wie jetzt – mit dir.«

Sophia war gerade dabei, ihr Herz vor Johannes zu öffnen. Und das kleine Herz hatte eine solche Angst, dass es rasend schnell schlug. Johannes ergriff ihre Hand! Endlich!

»Das Bild ist für mich?«, fragte er, als müsse er sich versichern, richtig gehört zu haben.

»Für wen denn sonst? Natürlich für dich!«, rief sie. Ihre Hand in seiner bereitete ihr eine Gänsehaut, die sich vom Arm über den ganzen Leib fortsetzte. Er hielt sie nicht nur, sondern umfasste sie, griff sie, als wolle er sie nie wieder loslassen, streichelte sie fordernd und zart zugleich, und sie erwiderte das. Aber dann packte er ganz fest zu, als fürchte er, sie könne ihre Hand aus seiner ziehen.

»Aber ich bin ein Krüppel«, sagte er kaum hörbar.

»Was bist du?«

»Ein Krüppel«, stieß er hervor und ließ ihre Hand los. Er zeigte an sich herab und auf seine Narbe. »Schau hin!«

Sophia machte einen Schritt auf ihn zu. »Ich sehe nur dich, Johannes«, sagte sie. »Und was ich sehe, gefällt mir sehr gut.«

Sie stand ganz nah vor ihm, tauchte ein in seine Augen, tastete mit beiden Händen nach seinen. Er entzog sie ihr zuerst, aber dann sah Sophia, wie sein Blick weicher wurde, als vergebe er sich selbst.

Ihre Hände fanden sich endlich wieder. Sein Kopf näherte sich ihrem. Sophia erzitterte am ganzen Leib vor gespannter Erwartung.

Doch bevor er sie küsste, hielt er inne!

Verdirb es nicht!, schrie Sophia innerlich auf.

»Vom ersten Moment an in der Kutsche wollte ich das tun«, sagte er. Dann schwieg er endlich. Als ihre Lippen sich berührten, schenkte er Sophia ein Gefühl der Wonne, das ihr vollkommen neu war.

Dem ersten Kuss folgten weitere. Sie ließen ihre Hände nicht mehr los, setzten sich auf das Bett, so eng beisammen, dass ihre Knie sich berührten, versanken in den Augen des anderen und lachten vor innerem Glück. Wenn sie sich nicht küssten, flüsterten sie miteinander. Diese Gespräche waren anders als in den Wochen zuvor. Es war, als sei eine Wand der Angst zwischen ihnen eingerissen worden.

Dann kam Ernst aus der Werkstatt nach oben und öffnete die Tür, ohne anzuklopfen. Zuerst zuckten sie erschrocken zurück und rissen sich voneinander los, aber dann gestand Johannes ihm, dass sie nun ein Paar wären. Sophia fand es wundervoll, das aus seinem Mund zu hören.

Ernst nickte, trat zu Sophia und gab ihr einen Kuss auf die Wange. Aus dem Nebenraum war derweil ein unterdrücktes Schluchzen zu vernehmen.

»Ich muss zu Jennifer«, sagte Sophia. Es tat ihr so leid, ihre Freundin im Moment ihres größten Glücks in Not zu wissen.

Jennifer lag auf dem Bett und weinte in das Kissen. Sophia setzte sich zu ihr und streichelte mit einer Hand ihr Haar.

»Er hat mich nur verlassen, weil er mich liebt«, schluchzte sie. »Und er hat eine Tochter.« Die nächsten Worte gingen im Kissen unter. »Ich habe furchtbare Angst um ihn«, hörte Sophia wieder.

»Wir müssen morgen diesen Turner fassen«, sagte Sophia. »Und es würde mich nicht wundern, wenn er mich auch zu Etienne Légat führen würde. Irgendwie wird alles gut werden!«

Ernst war nach oben gekommen, weil er Hunger hatte. Sophia und Johannes packten Brot, Wurst und Käse auf den kleinen Tisch, der im Flur beim Ofen stand. Sie hatten noch zwei hart gekochte Eier und zwei schrumpelige Äpfel, die sie sich teilten. Nach dem Essen gingen sie früh zu Bett. Johannes wollte Sophia erst gar nicht loslassen, aber sie flüsterte ihm zu, dass sie noch alle Zeit der Welt hätten! Und als sie im Bett neben Jennifer lag, erfüllte sie die Vorfreude auf all die Jahre, die ihnen bevorstanden, mit einer unsagbaren Zufriedenheit. Johannes hätte ihrer Mutter sehr gefallen, da war sie sich sicher. Es ist traurig, dass sie mein Glück nicht mehr miterleben kann, dachte sie beim Einschlafen.

***

Am nächsten Morgen wirkte Jennifer wieder klarer. »Ich habe so viel geweint, dass ich keine Tränen mehr habe«, sagte sie nach dem Aufstehen. »Und mir ist bewusst geworden, dass all die Tränen nichts ändern.«

»Da ist sie wieder, meine Jennifer«, sagte Sophia erleichtert.

»Er hat dich endlich geküsst. Ich freue mich sehr für euch!«

Sophia nahm sie stürmisch in den Arm.

»Ich wünschte nur, du könntest genauso glücklich sein wie ich«, flüsterte sie zurück.

»Ja, das wäre schön.«

»Würdest du mit ihm nach Australien gehen, wie die Queen es gesagt hat?«

»Darüber habe ich die halbe Nacht wach gelegen«, sagte sie. »Ich weiß ja gar nicht, ob er mich mitnehmen würde. Aber wenn, würde ich dann so einem Mann und einem bemitleidenswerten Kind bis ans Ende der Welt folgen wollen?«

»Und zu welchem Ergebnis bist du gekommen?«

»Ich habe Angst«, antwortete Jennifer. Sie klang traurig.

Sophia hatte ein bisschen Sorge, dass sich das Wiedersehen mit Johannes nach den gestrigen Küssen seltsam anfühlen würde. Als sie mit Jennifer die kleine Kammer verließ, tat sie das darum mit gemischten Gefühlen. Doch im gleichen Moment, als sie ihn erblickte, verspürte sie nur noch ein wohlig aufgeregtes Kribbeln, und ihr Bauch fühlte sich an, als würden tausend kleine Uhren gleichzeitig darin ticken. Gott, war sie froh, als er strahlend auf sie zukam, sie in den Arm nahm, hochhob und einmal herumwirbelte.

»Guten Morgen«, sagte er gut gelaunt und bat Jennifer und sie, sich an den Tisch zu setzen, wo er und Ernst ein kleines Frühstück vorbereitet hatten.

Mit jedem Löffel Porridge wuchs aber die Aufregung. Sie saßen bis zehn Uhr zusammen und besprachen noch einmal das heutige Vorgehen.

»Ich hoffe, dass John sich nicht aus dem Staub gemacht hat«, sagte Jennifer.

»Das glaube ich nicht. Er lässt dich und das Kind doch nicht zurück«, entgegnete Sophia, obwohl sie selbst nicht völlig davon überzeugt war. Dieser Mann hatte sich zu widersprüchlich verhalten, als dass sie das Gefühl gehabt hätte, ihn sicher einschätzen zu können.

Um einerseits nicht aufzufallen, andererseits aber auch, um die Zeit bis zu ihrem Aufbruch nicht untätig zu verbringen, öffneten sie den Laden wie gewohnt.

Jennifer hielt sich den Tag über im Hintergrund bei Ernst in der Werkstatt und beschäftigte sich mit Handarbeiten. Ernst schien es am leichtesten zu fallen, die Gedanken an die mögliche Gefahr auszublenden, die sie am Abend erwartete. Er reinigte und reparierte eine Taschenuhr, die einem Gentleman in der vergangenen Woche in eine tiefe Matschpfütze gefallen war. Ernst war zu der Zeit zwar noch bei Dent gewesen, um die Uhr für die Queen fertigzustellen, aber Johannes hatte den Auftrag dennoch angenommen. »Einen Kundenstamm bilden«, nannte er das. Sophia blieb mit Johannes im vorderen Ladenbereich, wo sie in ruhigen Momenten turtelten und sich verliebte Blicke zuwarfen oder aber tatsächlich Kundinnen bedienten. Zumindest Sophia hatte das Glück. Sie brachte zwei Spitzenhauben an die Frau.

Am späten Nachmittag aßen sie noch eine Kleinigkeit und bereiteten sich dann zum Aufbruch vor. Ständig prüften sie die Uhrzeit. Sie durften auf keinen Fall zu spät auf der Mall ankommen, wollten aber auch nicht zu früh vor Ort sein. Falls dieser Turner das Areal im Vorfeld ins Auge nahm, könnten vier junge Leute, die sich eine Stunde lang auf der Stelle herumtrieben, auffällig wirken.

Als es endlich so weit war, bot Johannes Sophia seinen Arm an, und sie hakte sich bei ihm unter. Es dauerte einen Moment, bis sie ihren Schritt an sein Hinken angepasst hatte, doch nach wenigen Minuten fühlte es sich nicht mehr störend an. So wie sie die Narbe auf seinem Kopf schon lange nicht mehr als solche wahrnahm, sondern nur als eine Eigenheit des Mannes, an den sie ihr Herz verloren hatte. Sie gingen schweigend durch die Straßen, dieses Mal jedoch lag in ihrem Schweigen eine innige Verbundenheit. Sophia stellt fest, dass sie nie glücklicher gewesen war.

# KAPITEL 47

London, 30. Mai 1842

Johannes hatte einen Moment gezögert, Sophia seinen Arm zum Unterhaken anzubieten. Doch seine Angst wich nun immer mehr einem starken Vertrauen. Nur ganz kurz fühlte sich das gemeinsame Gehen eigenartig an. Ein paar Mal wechselte Sophia das Bein, machte die Schritte mal größer und wieder kleiner, dann aber hatten sie einen gemeinsamen Takt gefunden, wie ihr eleganter Schritt mit seinem Hinken zurechtkam. Ein tiefes Glücksgefühl durchströmte ihn.

Warum nur hatte er nicht schon vorher gewagt, ihr seine Gefühle zu zeigen? Dann hätte er sich die unnötige Eifersucht auf Hermann gespart und auch so manchen anderen Ärger. Er freute sich ungemein auf das Gemälde, das Hermann von Sophia angefertigt hatte, damit sie es ihm schenken konnte. Sie hatte ihm gestern Abend erzählt, wie es war, porträtiert zu werden. Sie hatte in einem zum Atelier umgebauten Zimmer des Palastes mehrere Stunden auf einem Stuhl sitzen müssen. Zu Beginn hatte Hermann eine Haltung bestimmt, die sie einzunehmen hatte. Das war anstrengend genug gewesen, aber sie musste sich zudem noch auf ihre Augen konzentrieren. Sie hatte ihm dieses Mienenspiel vorgemacht. Den Kopf leicht zur Seite geneigt, den Blick auffordernd auf den Betrachter gerichtet, die Lippen ein wenig geöffnet. Es war ein verführerischer Anblick gewesen. Johannes hatte nicht anders gekonnt, als sie gleich zu küssen, und hoffte, diesen Ausdruck in ihrem Gesicht noch Tausende Male in seinem Leben von ihr geschenkt zu bekommen.

Sie näherten sich dem Trafalgar Square. Es war heute etwas windiger als gestern am Sonntag, ab und zu schoben sich kleinere Wolken vor die bereits wieder längere Schatten werfende Sonne. Es war angenehm warm.

Wären wir nicht gerade unterwegs zum Tatort eines Attentatsversuchs, bei dem wir versuchen sollen, einen gefährlichen Mann zu überwältigen, könnte ich Gefallen an diesem Spaziergang finden, dachte Johannes.

Sie hatten sich mit den verbliebenen silbernen Taschenuhren ausgestattet. Johannes wäre am liebsten bei Sophia geblieben, aber er hatte das Gefühl, Ernst und Jennifer nicht zusammen gehen lassen zu können. Sie hatten beschlossen, dass Johannes und Ernst am gleichen Standort wie gestern bleiben sollten, während sich Sophia und Jennifer ein gutes Stück näher am Palast postieren würden. Königin Victoria hatte ihnen gesagt, dass mehr Polizei als sonst vor Ort sein würde, vor allem auch in Zivil. Diese Männer waren allerdings nicht in die Tiefen des königlichen Plans eingeweiht. Man hatte ihnen gesagt, dass nach einem gestrigen Attentatsversuch, von dem nur Prinz Albert überhaupt etwas mitbekommen hatte, die Sicherheitsmaßnahmen verstärkt werden sollten. Egal, was geschah, sie mussten diesen Turner aus dem Hinterhalt locken.

»Ab hier sollten wir uns trennen, Sophia«, sagte Johannes.

Sie wandte sich ihm kurz zu und hauchte ihm einen blitzschnellen Kuss auf die Lippen. Dann fiel sie zurück zu Jennifer, während Ernst zu Johannes aufschloss.

Die Mall lag nun vor ihnen. Sie erreichten sie ein bisschen zu früh. Laut der Taschenuhr, die Johannes nun schon zum vierten Mal innerhalb der vergangenen fünf Minuten bemühte, würde es noch eine Viertelstunde dauern, bis die Königin hier vorbeigefahren käme.

Fünfzehn Minuten konnten sehr kurz oder sehr lang sein. In Sophias Armen war es ein Wimpernschlag, unter der Anspannung, die er nun verspürte, zogen sich die Sekunden ins Ewige.

Für einen Montagabend herrschte auf der Mall recht viel Betrieb, was sicherlich dem guten Wetter geschuldet war. Es war fast so voll wie am Vortag.

»Hier waren wir gestern«, stellte Ernst fest, und sie blieben stehen.

Johannes überprüfte die Uhrzeit ein weiteres Mal. Noch knapp zehn Minuten. »Wir sollten uns noch ein bisschen bewegen, aber in der Nähe bleiben«, sagte er.

Er schaute in Richtung des Durchgangs durch die Büsche. Der schmale Weg war gerade breit genug, dass zwei Spaziergänger einander begegnen konnten. Für die Reiter, die gestern auf der Suche nach John Francis hineingeritten waren, musste es eng geworden sein.

»Nicht zu lange in eine Richtung starren«, sagte Johannes. Sie schlenderten ein wenig umher. Aus Richtung des Palasts kam eine Kutsche angefahren, die aber deutlich kleiner war als die der Königin gestern. Sie fuhr langsam an ihnen vorbei.

Sie taten so, als unterhielten sie sich. Sie stellten sich einander gegenüber und postierten sich so, dass jeder eine Richtung im Auge halten konnte. Johannes schaute zum Palast und behielt die Büsche im Blick, Ernst sah in die andere Richtung.

»Ich glaube, es ist so weit«, sagte Johannes, als er noch einmal auf die Uhr sah. Es war eine Minute vor sechs. Und von John Francis war immer noch keine Spur zu sehen.

»Da kommt eine Kutsche mit mehreren Reitern«, stellte Ernst fest.

»Das ist die falsche Richtung. Meinst du, es ist die Königin?« Johannes drehte sich um. Kein Zweifel. Die prächtige Kutsche kam ihnen schnell entgegen, die Reiter davor und dahinter hielten ihre Pferde in einem langsamen Galopp. Die Equerry Colonels ritten sehr nah neben der Kutsche, als wollten sie die Sicht auf das königliche Paar weitgehend abschirmen.

»Wo bleibt John nur?«, fragte Johannes und sah wieder zum

Gebüsch. Ein Mann war über den Weg herausgetreten. Alle Muskeln in Johannes Körper spannten sich an. Aber es handelte sich um einen ältlichen Herrn, der seinen Zylinder richtete. Johannes drehte sich erneut zur Kutsche. Jetzt war sie schon ziemlich nahe. Warum hatte die Königin sich nicht an das Vorhaben gehalten? Oder war das von Anfang an ihr Plan gewesen? Sie fuhren jedenfalls so schnell, dass die Leute teilweise zur Seite springen mussten. Ein Mann zerrte einen Knaben weg, der nur Augen für eine Taube hatte, die mit klatschenden Geräuschen aufstob, gerade rechtzeitig, bevor sie unter die Hufe der Pferde geraten wäre.

Johannes wandte sich wieder zum Gebüsch. Nichts. Der alte Mann zog seinen Rock zurecht. War das vielleicht Turner? Wollte er die Tat selbst ausüben, die sein Scherge nicht zustande gebracht hatte? Aber Turner sollte doch groß sein. Und dieser Herr hier war klein und dicklich.

In diesem Moment fuhr die Kutsche an ihnen vorbei. Johannes hatte sich gerade rechtzeitig umgedreht, um in die Augen von Prinz Albert zu sehen. Natürlich! Er hatte die andere Route befohlen, damit er auf der Seite saß, aus der die Gefahr drohte. Offenbar traute er der Sache nicht.

Die Königin saß tief in der Kutsche und schützte ihren Rücken mit einem sehr schwer wirkenden Sonnenschirm. Dann waren sie vorbei, und die Reiter der Nachhut erreichten Johannes' und Ernsts Höhe.

Dafür die ganze Aufregung?, dachte Johannes. Nichts war geschehen. John hatte sich wahrscheinlich auf und davon gemacht.

Dann aber überkam ihn ein hartnäckiges Gefühl der Sorge. Was, wenn er doch da war und nur einen anderen Ort für seine Tat gewählt hatte? Johannes blickte hinüber zum Palast. Unter all den Menschen konnte er Sophia nicht ausmachen. Er ging los, drückte sich an murrenden Leuten vorbei, sprang in die Höhe, um eine bessere Übersicht zu gewinnen. Mein Gott, wie weit waren die beiden Frauen denn vorgegangen? Und warum?

 KAPITEL 48

London, 30. Mai 1842

E r wird doch noch auftauchen?«, fragte Sophia leise.

»Ja.« Jennifer schien fest davon überzeugt zu sein.

»Aber die Pistole wird nicht geladen sein?«

»Ich bin mir sicher, dass alles so ablaufen wird, wie es besprochen ist. Komm, lass uns noch ein bisschen weiter vorgehen.«

»Ich glaube, da kommt die Kutsche«, sagte Sophia. »Aber aus der falschen Richtung!«

Sie drehten sich um und sahen galoppierende Reiter, die die königliche Kutsche einrahmten. Die Equerry Colonels nahmen ihre Aufgabe heute besonders ernst und flankierten die Kutsche ungewöhnlich nah. Ein Wunder, dass sie die Türen nicht berührten.

»Siehst du ihn?«, fragte Sophia.

»Nein. Nichts.«

Die Kutsche fuhr schnell. Wahrscheinlich wollte man es John damit erschweren, einen Treffer zu landen, falls er sich nicht an die Abmachung halten sollte.

Die Menschen um sie herum winkten ihrer Königin zu. Ein Gentleman zögerte, was er tun sollte, und salutierte schließlich.

Laut polternd raste die Kutsche an ihnen vorbei, aber der Donnerschlag, der plötzlich durch die Luft dröhnte, kam Sophia noch viel lauter vor. Sie riss den Kopf herum. Da stand er, nur zwanzig oder dreißig Schritt von ihnen entfernt: John Francis hielt die qualmende Waffe auf die Kutsche gerichtet, seine Hand zitterte merklich. Einen Moment später tauchte aus dem Nichts eine Hand auf und schlug ihm den Arm mit der Waffe nach unten. Es war der Mann, der eben salutiert hatte. Er drückte John zu Boden. Es ging alles sehr schnell. Nur einen Moment später stürzten sich weitere Männer auf John. Und Jennifer rannte los. Sophia fühlte sich wie gelähmt. Die Kutsche fuhr weiter. Offenbar war der Königin nichts passiert. John hatte sich also an die Abmachung gehalten. Oder hatte er die Queen verfehlt?

Mit einem Schlag fiel Sophia der eigentliche Grund ihrer Anwesenheit ein. Sie sah hinüber zu den Büschen, aus denen John gekommen sein musste. Ein Pärchen schlenderte Hand in Hand darauf zu. Ansonsten schienen alle umstehenden Menschen bis auf die, die mit John rangelten, in Erstarrung gefangen zu sein. In ihren Augen stand Fassungslosigkeit.

Dann jedoch wurde Sophias Blick von einer anderen Bewegung angezogen. Ein eiskalter Schauer lief ihr über den Rücken. Ein wie ein Gentleman gekleidete Mann entfernte sich als Einziger vom Ort des Geschehens. Und zwar eilig. Von der Figur her konnte es passen. Er war groß und hager, ohne dürr zu sein. Sophia überlegte nur einen Moment, dann folgte sie dem Mann auf die Straße. Er ging schnell und zielstrebig auf die Straße zu, die zwischen dem St James's Palace und dem Marlborough House hindurchführte. Von allen Seiten strömten jetzt Menschen zu dem Ort, wo mehrere Männer John niederrangen, darunter auch ein uniformierter Polizist.

»Sir!«, sprach Sophia diesen an.

»Ich habe keine Zeit«, sagte der Mann und wollte weitereilen.

Sophia packte ihn an seiner Jacke.

»Sie müssen mitkommen. Ich bin im Auftrag Ihrer Majestät unterwegs!«

Für einen Moment schaute der Polizist verdattert drein, dann löste er sich unsanft aus Sophias Griff. »Und ich bin Prinz Alberts Vater,« erwiderte er unwirsch. »Seien Sie froh, dass ich jetzt anderes zu tun habe.« Er lief davon.

Sophia drehte sich zu dem anderen Mann. Wenn sie sehen

wollte, ob er es war und wohin er ging, musste sie ihm folgen. Und sei es allein. Sie schaute sich noch einmal nach Johannes um. Da, mitten auf der Straße drängte sich jemand durch die Menge. Er war es! Sophia winkte ihm mit möglichst großen Bewegungen. Hatte er sie gesehen?

Wenn sie jetzt nicht weiterlief, würden sie alle Hinweise auf diesen Reginald Turner verlieren. Sie rannte los. Sie musste sich beeilen, denn sie konnte ihn zwischen den Bäumen nur gerade eben noch sehen. Warum sollte ein Unbeteiligter sich so schnell von hier entfernen? Er musste es sein! Sie kam ihm schon näher. Mit ausladenden Schritten trat er auf die Straße. Es herrschte nur wenig Betrieb. Ein paar Kutschen parkten an der linken Seite, drei Kutscher standen daneben und diskutierten gestenreich miteinander. Weiter vorn spazierten ein paar Fußgänger auf die Mall zu.

»Was ist denn da los?«, hörte Sophia einen der Kutscher fragen, der zur Mall zeigte. Seine Kollegen drehten sich um. Und wie in einem Reflex wandte sich daraufhin auch der Mann um, den Sophia verfolgte.

Sie erstarrte auf der Stelle. Es war nicht Reginald Turner! Der Mann war Etienne Légat! Diesmal gab es keinen Zweifel. Und sie schauten sich genau in die Augen. Sophia las aus seinem Blick, dass er sie erkannte, aber nicht einzuordnen vermochte.

Mit offenem Mund starrte Sophia den Betrüger an. Wackelig wie ein Kind setzte sie sich in Bewegung. Er stand da wie an dem Platz festgefroren und beobachtete mit gerunzelter Stirn, wie sie sich ihm näherte.

»Etienne Légat!«, sagte Sophia. »Oder soll ich sagen«, sie spuckte den Namen geradezu aus, »Reginald Turner?«

Légats Augen funkelten, dann stürzte er so plötzlich auf sie zu wie eine Katze auf ihre Beute. Sophia sprang zur Seite, aber er bekam sie zu packen. Bevor Sophia wusste, wie ihr geschah, hatte er ihr einen Arm auf den Rücken gedreht und drückte ihn schmerzhaft herum, bis ihre Schulter knackte.

»Hey«, rief einer der drei Männer protestierend.

»Kümmere dich um deine eigenen Angelegenheiten!«, fauchte Légat und stieß Sophia in die Richtung, in die er gegangen war, weg von der Mall.

»Lassen Sie mich los!«, schrie sie.

»Du bist still!«, befahl er und verdrehte ihren Arm noch stärker, sodass Sophia vor Schmerz Tränen in die Augen schossen und ihre Stimme zu einem Wimmern wurde.

»Lassen Sie die Frau los!«, hörte sie durch den Nebel von Schmerz, der nicht besser wurde, obwohl er wieder lockerer gelassen hatte.

Sophia wurde gnadenlos vorwärtsgeschoben. Légat war stark. Ihr blieb nichts anderes, als mitzugehen. Aber sie brachte ein heiseres »Hilfe!« hervor, das erneuten Schmerz nach sich zog.

»Du sollst still sein!«, knurrte er. »Und ihr verschwindet ganz schnell!«, herrschte Légat die Kutscher an. Sophia spürte, dass er umgriff. Einen Moment schien er sie loszulassen, doch sofort packte er mit dem anderen Arm zu. Eine Sekunde später sah sie, wie er eine Pistole aus seinem Rock zog und den Lauf auf die herbeieilenden Männer richtete. Er ging rückwärts und zog sie nun mit sich. Die Kutscher blieben stehen. Einer hob beschwichtigend die Hände, aber alle versuchten nun durch Rückwärtsschritte, möglichst viel Raum zwischen sich und den Bewaffneten zu bringen.

»Lauft!«, schrie Légat, und die Männer drehten sich um und rannten davon.

Er zerrte Sophia weiter mit sich. Als sie stolperte, riss er sie am Arm hoch, was sie erneut aufwimmern ließ. Er fuchtelte mit der Pistole in Richtung der Passanten, dann öffnete er eine Tür einer Kutsche und stieß Sophia hinein. Sie landete unsanft mit dem Gesicht auf dem staubigen Boden.

Am Wackeln der Kutsche erkannte sie, dass er ebenfalls hineinsprang. Gleichzeitig brüllte er: »Du kannst los!«

Sophia hörte eine Peitsche knallen, und das Gefährt setzte sich ruckend in Bewegung.

Sie spürte einen Tritt in die Seite, der ihr die Luft raubte.

»Sieh mich an!«, befahl die Stimme, die ihr vor fast vier Jahren versprochen hatte, dass Mutter geheilt werden könnte.

Sophia stützte sich mühsam mit den Händen auf und hob den Kopf.

»Bleib auf dem Boden sitzen«, sagte er und spuckte ihr ins Gesicht. »Wer bist du? Woher kennst du die beiden Namen?«

Sophia konnte nicht anders. Sie musste lachen. Aber ein Schlag mit der Rückseite seiner Hand auf ihre Wange ließ sie sofort verstummen.

»Wer bist du?«

Sophia hatte den Ring gespürt. Jetzt sah sie ihn. Einen goldenen Siegelring. Er musste ihre Wange aufgerissen haben. Sie langte dorthin, und starrte dann auf ihre blutige Hand.

»Sophia«, brachte sie hervor. »Sophia Carpenter.«

»Verdammt! Woher kenne ich dich?« Er hielt die Pistole auf sie gerichtet.

»Aus Hastings.«

»Ja!«, rief er. Er erinnerte sich. »Das Mädchen mit der kranken Mutter. Du hast bestimmt deinen Körper verkaufen müssen, um so viel Geld aufzutreiben.«

»Ich habe drei Jahre meines Lebens verkauft«, zischte Sophia hasserfüllt. »Und meine Mutter verloren!«

»An ihrer Krankheit habe ich keine Schuld. Und auch nicht an deiner Dummheit.«

Die Kutsche nahm eine scharfe Rechtskurve. Légat wurde gegen die Außenwand gedrückt, und Sophia fiel ihm vor die Füße. Er trat sie zurück und fragte: »Woher kennst du den Namen Turner?«

»Ich kenne auch den Namen John Francis«, sagte Sophia triumphierend. Es bereitete ihr Befriedigung, sein Gesicht blasser werden zu sehen.

»Was weißt du von uns?«

»Alles. Und ich bin nicht allein.«

»Ich finde, dass du gerade sehr allein aussiehst.« Er grinste. »Und offenbar bist du immer noch so dumm wie früher.« Jetzt lachte er.

Sophia bereute bereits, dass sie so viel preisgegeben hatte. Wohin fuhren sie? Und was würde man dort mit ihr machen? Sie musste Zeit gewinnen.

»Wo bringen Sie mich hin?«

»Das wirst du früh genug sehen«, sagte er. »Oder auch nicht. Los, dreh dich um!«

Sophia musste der Aufforderung nachkommen. Sie saß jetzt mit dem Gesicht zur rechten Tür und spürte, wie ihr Légat ein großes Schnupftuch als Augenbinde umlegte und fest zuband.

Bis jetzt hatte die Aufregung ihr Handeln bestimmt, aber nun begann die Angst zu übernehmen. Sie fuhren eine leichte Rechtskurve. Die Kutsche wurde langsamer, dann beschleunigte sie wieder. Kurz darauf fielen die Pferde in den Schritt. Sophia hörte, dass viel Verkehr herrschte.

»Verdammt!«, fluchte Légat und klopfte gegen die Vorderwand.

»Hier ist alles voll!«, rief eine belegte Stimme.

»Dann drück uns irgendwie durch!«, bellte Légat.

Sophia wurde bewusst, dass die Angst ein schlechter Ratgeber war. Sie musste Légat zum Reden bringen und hoffen, dass sich eine Gelegenheit zur Flucht ergab. Ihre Hände waren frei. Sie musste nur die Augenbinde loswerden. Das Problem war die Waffe. Sophia war sicher, dass er nicht zögern würde, auf sie zu schießen. Und anders als bei John war seine Pistole bestimmt geladen.

»Warum sollte John die Königin töten?«, fragte sie.

»Du weißt also doch nicht alles«, gab er zurück.

»Was haben Sie davon?«

»Ich werde gut dafür bezahlt, Mädchen! Und jetzt sei still!«

»Wer bezahlt Sie?«

»Du sollst still sein!« Diesmal erhielt Sophia einen Schlag in den Rücken, der ihr den Atem nahm.

Gleichzeitig setzte sich die Kutsche wieder in Bewegung.

»Ich dachte, Sie sind Franzose«, keuchte Sophia. Sie wollte so viel wie möglich über diesen Mann herausfinden.

»Die Mutter aus Frankreich, der Vater aus Wales«, sagte er mit dem französischen Akzent, den sie von früher kannte. »Ich bin immer der, der oben schwimmt«, fügte er mit walisischem Dialekt hinzu.

»Und Ihnen ist egal, wer dafür untergeht. Ob ein Mädchen oder eine Königin.«

»Das waren schöne letzte Worte!«

Sophia sagte darauf nichts. Letzte Worte! Ihr wurde bewusst, dass Légat nicht nur der Betrüger war, sondern auch für seine Hinterleute ein Attentat auf die Königin beauftragt hatte. Dieser Mann kannte keine Skrupel. Er hatte sie mitgenommen, um eine Zeugin loszuwerden. Er würde sie töten!

Die Kutsche nahm wieder Geschwindigkeit auf. Es ging seit einiger Zeit geradeaus. Einmal schrie der Kutscher jemandem eine Warnung zu, bremste aber nicht ab.

»Sind Sie vor ein paar Wochen von der Baker Street mit einer Kutsche nach Whitehall gefahren?«, fragte Sophia. Sie wollte wissen, ob sie sich damals getäuscht hatte.

»Woher weißt du, wo wir sind?«

Das hatte sie gar nicht gewusst, aber seiner Reaktion entnahm sie, dass sie einen Zufallstreffer gelandet hatte.

»Ich bin Ihnen schon einmal gefolgt«, sagte sie. »Die anderen wissen, wo sie mich hinbringen.« Das war natürlich ein Bluff. »Am besten lassen Sie mich hier raus, dann bleibt Ihnen genug Zeit, um zu verschwinden.«

Légat lachte laut. »Ein guter Versuch, aber nicht gut genug. Dann sag mir doch, wo wir hinfahren!«

Sophia hatte darauf natürlich keine Antwort. Das amüsierte Légat noch mehr.

»Hey!«, brüllte der Kutscher.

Im gleichen Moment bremste er die Kutsche vom Galopp zum Stehen. Sophia wurde gegen den Vordersitz geworfen. Légat schleuderte über sie hinweg gegen die vordere Wand der Kutsche. Er schrie wütend auf.

Sophia riss sich die Binde von den Augen. Légat lag neben ihr auf der Bank, die Pistole war nicht zu sehen. Die Kutsche stand. Jetzt oder nie! Sie reagierte blitzschnell. Sie schaute zur Tür, erkannte die Verriegelung, löste sie unter dem beginnenden Fluchen von Etienne Légat und warf sich dagegen. Die Tür schwang weit nach außen auf. Sophia stürzte zu Boden und versuchte, sich in der Helligkeit zu orientieren. Nur weg von der Kutsche! Sie registrierte vor den Pferden einen umgekippten Handwagen. Ein Mann stritt mit dem Fahrer.

Direkt vor ihr erhob sich die Westminster Abbey neben der St Margret's Church, links verlief der große Zaun zur Baustelle des Parlamentspalastes. Mehr Zeit blieb ihr nicht, um sich zu orientieren. Légat hatte ihren Fluchtversuch entdeckt und tobte.

Sophia sprang auf, streifte dabei die Augenbinde ganz ab und rannte auf eine Stelle zu, an der der Zaun unten Platz ließ. Es war nur ein schmales Stück, aber sie würde hindurchpassen.

Sie hörte Légat schon aus der Kutsche springen. Es musste einfach passen! Sie hechtete zwischen die rohen Holzverschläge und zerriss sich an einem vorstehenden Nagel das Kleid. Aber das war nebensächlich. Sie musste außer Sicht, damit Légat sie nicht erschießen konnte. Sie drückte sich durch den Spalt, hatte es fast geschafft, als sie eine Hand an ihrem Fuß spürte. Er hatte sie erreicht. Sophia zog mit aller Kraft und schaffte es, sich von ihm loszureißen. Sie war ihm entkommen!

Sophia schaute sich um. Warum war denn hier niemand? Hatten schon alle aufgehört zu arbeiten? Nein! In einiger Entfernung machte sie ein paar Männer aus, die Steine mit einem Lastenkran nach oben beförderten, zu weit weg, um sie auf sich aufmerksam zu machen.

Der Holzzaun hinter ihr erzitterte. Sophia zuckte zusammen. Es war also doch noch nicht zu Ende! Légat schien fest entschlossen, sich von der Barriere nicht abhalten zu lassen. Sie musste hier weg. Sophia rannte los.

Ein Blick über die Schulter bestätigte ihre schlimmsten Befürchtungen. Sie sah Légats Hände oben am Zaun, dann zog er sich hoch und seine wutverzerrte Fratze erschien. Er würde das Hindernis jeden Moment überwinden. Und Sophia konnte es nicht rechtzeitig schaffen, auch nur in Rufweite zu den Arbeitern zu kommen.

Sie wechselte die Richtung und hielt auf die Mauern des Palastes zu, die rundum mit Eisenstangen, Holzbohlen und Leitern eingerüstet waren.

Direkt vor ihr befand sich eine solche Leiter.

»Bleib stehen!«, befahl Légat, während er vom Holzverschlag auf den Boden auf ihrer Seite sprang. Sophia gehorchte natürlich nicht, sondern rannte weiter und ergriff die Holme der Leiter.

Die Sprossen waren weit auseinander, aber das hatte den Vorteil, dass sie schnell die erste Ebene erreichte. Sie sah sich um. Légat war ihr dicht auf den Fersen. Sie musste weiter.

So schnell sie es wagte, lief sie über die Holzbohlen. An der Außenseite spannte sich ein Seil in Höhe ihrer Brust. Auf der anderen Seite befand sich die Fassade. Fensteröffnungen wechselten sich mit Wandflächen ab, dann wich die Fassade vom Gerüst zurück, um bald wieder erkerhaft hervorzustehen.

Sophia erreichte eine weitere Leiter. Sollte sie auf dieser Ebene bleiben oder hochklettern? Als sie sah, wie schnell sich Légat ihr näherte, entschied sie sich für Letzteres. Sie hetzte hinauf und sah sich einem Haufen Baumaterial gegenüber. Darüber zu klettern würde zu viel Zeit kosten. Also stieg sie gleich noch weiter hoch. Oben stand eine leere Holzkiste im Bereich der Öffnung. Sophia blickte hinter sich. Nur noch diese Leiter befand sich zwischen ihr und Légat. Er würde sie jeden Moment einholen. Ihr kam ein Gedanke. Sie trat hinter die Kiste, schob sie auf die Leiteröffnung zu und kippte sie hinab. Sie hatte gehofft, sie würde Légat herunterreißen. So weit kam es nicht, aber wenigstens verkeilte sie sich.

Légat erreichte die Kiste und schlug ärgerlich dagegen. Er fluchte laut. Seine Worte verstand sie nicht, denn sie rannte bereits weiter. Vielleicht gab er jetzt die Verfolgung auf? Sophia fürchtete, dass diese Hoffnung vergebens war.

Sie musste ihr Glück im Inneren des Gebäudes suchen, wo es sicher mehr Möglichkeiten gab, sich zu verstecken. Sie wagte einen Blick über den Abgrund zwischen den Bohlen und den Löchern für die Fenster. Drinnen standen Baumaterialien, Kisten und Säcke. Sie nahm all ihren Mut zusammen und sprang auf den Fenstersims und zog sich von dort hinein in das Gebäude. Gebäude war allerdings zu viel gesagt. Die Wände waren noch nicht verputzt, Türen nur gemauert, aber nicht eingesetzt. Verzweifelt sah sie sich nach einem Versteck um. Sie wagte es nicht, sich hier einfach hinter die Kisten zu hocken. Sie musste weiter. Also lief sie durch eine Türöffnung in einen langen Gang, der an einem großen Innenhof vorbeiführte. Am Poltern hinter sich erkannte sie, dass Légat nun ebenfalls in dem Raum angekommen war.

»Bleib stehen!«, drang seine Stimme durch den leeren Palast. »Ich finde dich sowieso!«

Verdammt, wieso war denn hier kein Mensch?

Ihre Schritte hallten laut auf dem kahlen Steinboden wider. Sie erreichte eine Treppe, rannte aber durch eine Türöffnung weiter in das Gebäude hinein. In der Mitte des Raumes befanden sich je ein Haufen Zement und Sand, daneben standen Schubkarren und Schaufeln. Hier war ein Vorsprung gemauert worden, hinter den sich Sophia presste. Sie war vollkommen außer Atem und musste hoffen, dass Légat die Treppe nahm.

Sie lauschte. Zuerst hörte sie in ihrem Versteck nur ihr eigenes Herz und ihren schnellen Atem. Sie zwang sich, langsamer Luft zu holen, durch die Nase, um weniger Geräusche zu machen, denn jetzt hörte sie Schritte, die sich näherten. Légat erreichte die Treppe.

»Gott, lass ihn hinauf- oder hinuntergehen«, schickte sie als Stoßgebet zum Himmel. Täte er das nicht, würde er sie vermutlich entdecken.

Alles war still. Offenbar lauschte auch Légat, lauerte darauf, eine Ahnung zu bekommen, wohin sie gelaufen sein konnte. In dem Moment bemerkte Sophia entsetzt, dass sie im Staub des Zements feine Spuren auf dem Boden hinterlassen hatte. Würde Légat diese sehen? Das wäre ihr Ende. Sie konnte nur warten und hoffen, dass er die Fußspuren nicht bemerken oder missdeuten würde – und die Treppe nahm.

Doch das tat er nicht! Sie vernahm ein metallisches Geräusch – und Schritte, die sich ihr näherten. Wegzulaufen war nicht mehr möglich.

»Wo sind nur die Füße, die diese kleinen Spuren hinterlassen haben?«, säuselte Légat mit seinem französischen Akzent.

Sophia konnte nicht in ihrer Nische verharren wie das Kaninchen vor der Schlange. Sie sprang aus ihrem Versteck und erschrak, wie nahe Légat vor ihr stand, die Pistole in der Hand. Sie hatte ihn überrascht. Sophia ergriff eine der Schaufeln und schwang sie in einer fließenden Bewegung um sich herum. Das Eisen schlug mit voller Wucht gegen Légats vorschnellenden Waffenarm. Er schrie vor Schmerz auf und ließ die Pistole fallen. Sophia ließ den Spaten los und rannte auf die nächstgelegene Türöffnung zu.

Jetzt säuselte Légat nicht mehr, sondern fluchte wütend. Sophia wandte sich nicht um. Sie sprang um eine Ecke, eine weitere, kam in einen Raum, in dem Stühle gelagert waren. Einige warf sie um, um Légat die Verfolgung zu erschweren, aber sie hatte den Eindruck, dass sie dadurch beide gleich viel Zeit verloren. Sie gelangte in einen hohen Raum und rannte auf die Galerie, von der aus es keinen Weg nach unten gab. Ihre Beine schmerzten. Sie spürte quälende Stiche in der Lunge. Aber sie durfte nicht nachlassen. Hier musste doch noch irgendwo ein Mensch sein. Vielleicht wenn sie um Hilfe riefe? Aber sie hatte kaum noch genug Luft, um weiterzulaufen, geschweige denn, dabei noch zu schreien.

Sie trat durch eine Tür und kam ins Freie. Hier war noch nicht weitergebaut. Ein Holzgerüst führte auf einen unfertigen Turm zu. Einen anderen Weg gab es nicht!

Sophia blickte sich nach Légat um. Er kam mit großen Schritten auf sie zu. Sie konnte schon den Wahnsinn in seinen Augen erkennen.

Aber auch er schien am Ende seiner Kräfte zu sein. Das gab Sophia Mut und sie rannte weiter.

Der Bohlenweg schien kein Ende nehmen zu wollen. Das Gerüst wackelte. Sie hörte Légats Schritte und schnaubenden Atem direkt hinter sich. Endlich erreichte sie den Turm, der nur ein Skelett war. Immerhin gab es im Inneren ein weiteres Gerüst. Sophia zog sich durch eine Öffnung und schaffte es gerade so. Légats Hand griff ihr nach, fasste aber ins Leere, denn Sophia hatte sich bereits zur Seite geworfen. Sie wandte sich nach rechts, nur um festzustellen, dass es auf dieser Seite nicht nach unten, sondern nur weiter hinauf ging! Aber Légat glitt jetzt auch durch die Öffnung im Mauerwerk hindurch. Sie konnte nicht zurück. Sie ergriff die Holme und kletterte die Leiter hinauf. Sie zog sich auf die Bretter. Hier gab es nicht mal mehr ein Seil als Begrenzung nach unten. Offenbar baute man hier noch am Gerüst. Die Bohlen bildeten nur einen notdürftigen Weg, den einzigen, der ihr noch blieb.

Und dann endete er. Vor ihr gähnte der Abgrund, mindestens zwanzig Yards ging es in die Tiefe. Sie konnte nur noch versuchen, mit einem Sprung auf das Gerüststück unter ihr zu gelangen. Aber das sah viel zu weit aus.

»Du hast mich lange genug zum Narren gehalten«, erklang Légats Stimme keuchend hinter ihr.

Sophia wandte sich um.

Er blickte sie hasserfüllt an. Die Pistole trug er offenbar nicht mehr bei sich. Aber das war auch nicht nötig. Etienne Légat war viel stärker als sie. Und zu allem Überfluss zog er jetzt noch ein Messer.

Sophia suchte nach irgendetwas, um sich zu wehren. Aber da war nichts!

Mit der Gewissheit, dass sie gleich sterben würde, verspürte sie eine plötzliche Ruhe in sich.

Als Légat den ersten Schritt auf sie zumachte, bereitete sich Sophia darauf vor zu springen. Sie merkte seinen Bewegungen an, dass es ihm nicht zu behagen schien, in einer solchen Höhe auf einer schmalen Planke gehen zu müssen. Er tastete sich mit den Füßen voran. Das brachte Sophia auf eine Idee. Sie würde ihn mit sich in den Tod nehmen, wenn sie sprang. Sie hüpfte in die Luft und landete wieder auf der Planke.

»Hör auf!«, schrie Légat fast panisch.

Sie sprang erneut.

Er versuchte, sich auszubalancieren, aber sein Blick blieb dabei auf sie gerichtet.

Er war nur noch drei Yards von ihr entfernt. Sein Hass schien größer zu sein als seine Angst.

In dem Moment zerfetzte ein lauter Knall die Luft. Sophia schaute in die Richtung, aus der der Schuss gekommen war. Sie traute ihren Augen nicht.

»Johannes!«, schrie sie erstaunt.

Gleichzeitig sackte Légat vor Sophia zu Boden.

# KAPITEL 49

London, 30. Mai 1842

Sophia schrie seinen Namen. Johannes ließ die jetzt nutzlose Waffe fallen, die er in einem der vorigen Räume gefunden hatte. Der Mann – das musste dieser Turner sein – ging auf die Knie! Er hatte ihn getroffen. Und direkt vor ihm auf der Planke stand Sophia.

Johannes hatte gesehen, wie Sophia vom Schauplatz des Attentats weggelaufen war. Sie hatte einen Polizisten angehalten und aufgeregt auf eine Seitenstraße gezeigt, doch der Ordnungshüter hatte sie einfach stehen lassen. Sie musste diesen Turner gesehen haben und verfolgte ihn offenbar auf eigene Faust!

Bis Johannes hinkend bei der Einmündung der Straße angekommen war, konnte er nur noch eine Kutsche abfahren sehen. Von Sophia keine Spur. War sie in der Kutsche? Und wo war Turner?

Mehrere Männer schauten dem Gefährt aufgeregt hinterher.

»Er hat das Mädchen einfach gepackt und mitgenommen«, rief einer.

Johannes erstarrte für einen Moment. Damit war klar, dass der Mann Sophia in seiner Gewalt hatte. Er sprang auf eine der Kutschen zu, die am Straßenrand geparkt waren.

»He!«, brüllte ein Kutscher, der sich hinter seinem Gefährt versteckte.

»Los, wir müssen dieser Kutsche folgen. Im Namen der Königin!«, rief er und zog sich auf den Bock hoch.

Es dauerte quälend lange, bis der Mann ebenfalls oben angekommen war.

494

»Los! Beeilung!«

»Aber ...«

»Nicht jetzt. Fahren Sie! Bei Gott!«

Die andere Kutsche war rechts auf die Pall Mall abgebogen. Sie musste also zum Trafalgar Square. Es gab eine Möglichkeit, ihr den Weg abzuschneiden.

»Über die Mall zum Trafalgar Square!«, befahl Johannes, denn so mussten die Pferde nicht erst gewendet werden.

Der Kutscher verstand und ließ seine Peitsche knallen.

Doch nur kurz darauf bedauerte Johannes die Entscheidung, die vermeintliche Abkürzung gewählt zu haben. Auf der Mall herrschte so eine Aufregung, dass der Kutscher nicht schnell genug fahren konnte.

»Aus dem Weg«, rief er den Leuten zu.

»Wer ist dieser Mann?«, fragte der Kutscher. »Und wer die Frau?«

»Er gehört zu den Attentätern, die gestern die Königin erschießen wollten. Und er hat die Frau, die ich liebe. Haben Sie sie gesehen? Geht es ihr gut?«

»Er hat sie in die Kutsche geworfen. Dann ist er rein und schon fuhren sie weg.«

Vor ihnen war jetzt frei. Der Kutscher ließ die Peitsche knallen.

»Kannten Sie den Fahrer?«, fragte Johannes.

»Nein, ich habe mich mit anderen Kollegen unterhalten. Sind Sie Deutscher?«

»Hört man das?«

»Und wie.«

»Achtung!«, warnte Johannes.

Sie mussten bremsen, weil der Verkehr zu dicht war. Zweihundert Yards von ihnen entfernt fuhr vor ihnen auf dem Trafalgar Square die schwarze Kutsche in Schrittgeschwindigkeit vorbei. Sie schien ebenfalls im Verkehr stecken geblieben zu sein.

»Danke, ich laufe!«, rief Johannes und schwang sich vom Bock.

Johannes rannte hinkend zwischen den Fahrzeugen vorbei, den Blick auf die Kutsche gerichtet, in der Sophia entführt wurde. Er musste sie unbedingt erreichen und fluchte, als das Stechen in seinem Bein ihn fast zu Fall brachte. Aber es war nicht mehr weit. Noch fünfzig Yards …

Doch dann kam Bewegung in den Verkehr.

»Nein, haltet die Kutsche auf!«, rief er, aber das brachte ihm nur verwirrte Blicke von Passanten ein. Er hinkte weiter, so schnell er konnte. Aber die Kutsche war außer Sicht. Jemand schrie ihn an. Nein, es war kein Anschreien, es war ein Ruf. Johannes drehte sich zur Seite.

»Los, kommen Sie hoch!«, rief der Kutscher, der ihn hierhergebracht hatte. Auch er war jetzt vorangekommen. Es war die einzige Chance, die ihm noch blieb.

Um Zeit zu sparen, kletterte Johannes nicht auf den Bock, sondern stellte sich nur auf eine der Stufen und hielt sich fest. So konnte er schnell wieder abspringen, wenn das nötig wurde.

»Los, aus dem Weg«, hörte er den Kutscher brüllen. Seine beiden Pferde zogen kräftig an, und er quetschte das Gefährt an einem zu langsamen Karren vorbei.

Sie nahmen Geschwindigkeit auf und fuhren auf den Platz. So gelangten sie endlich in die Straße, durch die die schwarze Kutsche mit Sophia verschwunden war.

»Schneller!«, forderte Johannes. Er konnte vorne ein schwarzes Verdeck erkennen. War das die Kutsche? Es ging immer geradeaus an den großen Regierungsgebäuden vorbei. Das passte zu einem Komplott, dachte Johannes.

Der Kutscher trieb seine Pferde zu einem gefährlich schnellen Galopp an. Johannes hielt sich krampfhaft fest und rutschte einmal von der Stufe. Er fand aber neuen Halt. Er sagte dem Fahrer nicht, dass er langsamer machen sollte, sondern versuchte nur, die andere Kutsche und somit Sophia nicht aus den Augen zu verlieren.

Endlich sah er die Kutsche weiter vorne anhalten. Nur einen Moment später öffnete sich eine Tür und etwas fiel heraus. Mit Schrecken sah Johannes, dass es ein Körper war. Hatte der Entführer Sophia etwas angetan? Das durfte nicht sein. Erleichtert sah er, dass sie aufstand und auf den Bauzaun zurannte. Doch dann sprang ein Mann aus dem Wagen und folgte ihr. Das musste Turner sein. Sie waren jetzt fast am Ort des Geschehens angekommen. Johannes schrie dem Kutscher zu anzuhalten. Der Mann zog sich nun an dem Zaunverschlag hoch und kletterte darüber.

Sie waren langsam genug, dass Johannes abspringen konnte. Er landete auf seinem steifen Bein und spürte, wie es ihm den Dienst versagte. Johannes fiel und fing sich mit den Händen ab. Der Schmerz der Steine, die seine Handflächen aufgeschürft hatten, war nichts gegen den in seinem Bein. Genau jetzt konnte er das nicht gebrauchen. Sophia war in höchster Gefahr!

Johannes raffte sich auf und hinkte auf den Zaun zu. Die schmale Sophia hatte durch den Spalt am Boden gepasst. Johannes sah gleich, dass er das nicht schaffen würde. Er musste den gleichen Weg wie ihr Verfolger nehmen.

Johannes sprang an der Holzwand hoch und bekam den oberen Rand zu fassen. Seine Handflächen brannten, aber er zog sich hinauf und schaffte es, mit etwas Schwung ein Bein über das Hindernis zu bekommen. Er zog sich darüber. Auf der anderen Seite fiel er zu Boden. Er schaute sich um und überlegte, wohin Sophia und der Mann gelaufen sein konnten.

Die Baustelle war monumental. Berge von Baumaterialien, Steine, aufgestapelte Holzbretter, abgestellte Karren und Werkzeuge lagen herum. Dann machte er eine Bewegung aus. Direkt an dem gewaltigen Gebäude! Zwischen den Pfählen des Gerüstes sah er diesen Turner eine Leiter hochsteigen. Und dann entdeckte er auch Sophia! Sie war ein Stück weiter oben und rannte über die Planken des Gerüstes.

Johannes hatte die Leiter bald erreicht und sprang sie förmlich empor. Gerade noch rechtzeitig, um den Mann die nächste Leiter erklimmen zu sehen. Die war ein gutes Stück weit weg. Johannes rannte über die Bohlen. Auch jetzt kam er gerade noch so zeitig an, dass er die Schuhsohlen des Mannes zwei Ebenen höher verschwinden sah. Er schaffte es einfach nicht, ihn einzuholen!

Johannes verdoppelte seine Anstrengungen und gelangte schließlich nach oben und lief gleich weiter. Er verfluchte sein Bein, das bei jedem Schritt stechende Schmerzen aussendete. Mit ganzer Willensanstrengung versuchte er, das Stechen wegzudrücken, aber nach ein paar Schritten wurde es so heftig, dass es sein Gesichtsfeld einschränkte. Er lief Gefahr, ohnmächtig zu werden.

Er schaffte es bis zu dem Fenstersims, über das Turner in das Gebäude verschwunden war. Johannes wich Kisten aus und gelangte in einen Flur. Mein Gott, dieser Bau war riesig. Wie der Palast der Königin! Er durfte jetzt nicht schlappmachen!

Er vernahm den Wutschrei eines Mannes. Johannes gelangte an eine Treppe. Der Gang führte in einer Biegung weiter in einen Raum. Verdammt, wo waren sie? Er zitterte vor Schmerz, Aufregung und der Notwendigkeit, die richtige Entscheidung zu treffen. Sophia hatte bestimmt die Treppe nach unten gewählt.

Halt! Er erblickte Fußspuren auf dem staubigen Boden. Sie war also auf dieser Ebene geblieben. Johannes betrat den Raum, in dem sich neben kunstvoll behauenen Steinen auf Holzpaletten zwei Haufen mit Baumaterialien befanden. Am Boden sah er eine Schaufel, und am Rand des Sandberges lag eine Pistole. Johannes nahm sie an sich. Sie war bereit zum Schuss. Sophias Verfolger musste die Waffe verloren haben.

Von vorn hörte Johannes weiteres Brüllen. Er beeilte sich, Sophia und Turner in die Richtung zu folgen. Er kam durch einen riesigen, unglaublich hohen Raum und rannte über eine mit Latten abgesicherte Galerie. Von draußen drang Licht durch das Mauerwerk. Johannes quetschte sich durch eine Öffnung und gelangte ins Freie. Ein langes, schnurgerades Gerüst, gerade breit genug für eine

Person, führte auf einen Turm zu. Vorn sah er Sophia taumeln. Und auch der Mann hinter ihr wirkte der Erschöpfung nahe. Johannes war also nicht der Einzige, dem diese Jagd zu schaffen machte.

Er quälte sich über die Planken auf den Turm zu. Einen Augenblick nahm er den Blick über die Stadt wahr, aber dafür hatte er jetzt keinen Sinn. Er musste die Frau retten, die er liebte.

Er folgte ihr und Turner durch eine Öffnung im Mauerwerk des Turms und fand sich in dessen Innerem auf einem weiteren Gerüst.

»Du hast mich lange genug zum Narren gehalten«, hörte er eine keuchende Stimme. Sie kam von oben. Johannes umklammerte krampfhaft den Griff der Pistole. Er konnte den Mann von hier aus erkennen. Er hielt ein Messer und tastete sich mit den Füßen auf einem schmalen Brett voran, das über dem Abgrund lag.

Er bewegte sich auf Sophia zu, die da oben ganz am Ende eines weiteren Brettes stand, in die Ecke gedrängt wie ein verängstigtes Reh. Was machte sie jetzt? Sie sprang auf einmal in die Luft und brachte bei der Landung das ganze Gerüst ins Wanken.

»Hör auf!«, schrie Turner.

Sie sprang erneut.

Er wedelte mit den Armen und fand seine Balance wieder. Johannes musste handeln, bevor Turner Sophia zu packen bekam. Er hob die Pistole, hielt den Lauf auf ihn gerichtet und drückte ab.

Der Lärm des Schusses hallte durch den Turm. Sophia schaute in seine Richtung und erkannte ihn.

»Johannes!«, schrie sie.

Gleichzeitig sank der Mann auf dem Brett nieder wie ein gefällter Baum. Er blieb direkt vor Sophia liegen. Dickes, tiefrotes Blut tropfte von der Kante der Holzplanke hinab in die Tiefe.

»Johannes!«, rief Sophia.

»Sophia! Geht es dir gut?«

»Ja. Ich hatte solch eine Angst. Wie kommst du hierher?«

499

»Ich bin da, um dich zu retten«, sagte er und fühlte sich ganz wunderbar dabei. Jetzt würde alles gut! Er kletterte die Leiter empor.

Oben fand er Sophia zitternd und weinend vor. Sie klammerte sich an einem Holzpfosten fest, der das Gerüst trug, aber hier endete.

»Sei vorsichtig! Ich schaffe hier Platz«, sagte Johannes. Der Tote lag zwischen ihm und Sophia. Wie durch ein Wunder war er so auf dem Brett aufgekommen, dass er nicht hinabgestürzt war. Ein Bein und ein Arm hingen zu den unterschiedlichen Seiten hinab. Johannes dachte zuerst daran, ihn einfach nach unten zu werfen, aber selbst bei einem Halunken konnte er das nicht tun. Er packte ihn am Fußgelenk und war froh, es nicht mit einem dicken Mann zu tun zu haben. Er zerrte ihn zu sich, bis auf die Stelle an der Treppe, wo das Gerüst noch breiter war. Sie würden achtgeben müssen, auf der Blutspur nicht zu rutschen.

»Ich hatte so eine Angst, dass dir etwas passiert!«, sagte er, während er auf dem Brett zu ihr balancierte. Er reichte ihr die Hand.

Ein Gurgeln hinter ihm ließ beide erstarren.

»Was ...«, begann Johannes, aber er entdeckte in Sophias Blick die schiere Panik.

Johannes ließ ihre Hand los und drehte sich um. Turner stand wieder auf! Gebeugt, beide Arme auf den Bauch gepresst, kam er auf die Beine. Er starrte Johannes ratlos an, als glaube er nicht, was eben passiert war. Das Blut quoll nur so aus seiner Wunde, das Gesicht war schon bleich. Johannes ahnte, dass dieser Mann keine Gefahr mehr darstellte. Das war das letzte Aufbäumen vor dem Tod. Turner stützte sich mit einer Hand an der Mauer ab.

»Wer hat Sie beauftragt?«, fragte Johannes ihn. »Sagen Sie uns: Wer will, dass die Königin stirbt?«

Das Grinsen des Mannes hatte etwas Teuflisches. Er schüttelte den Kopf. Man sah ihm an, wie viel Anstrengung ihn jede Bewegung kostete.

»Erleichtern Sie Ihr Gewissen!«, forderte Johannes ihn erneut auf. Wenn er Turner nicht zum Reden brachte, waren all die Gefahr und die Schmerzen umsonst gewesen. Ohne ein Geständnis wären sie so weit wie zuvor und dem Geheimnis um die Hintermänner des Attentats kein Stück näher gekommen.

Turner machte einen Schritt auf Johannes zu.

»Bleiben Sie, wo Sie sind!«, befahl Johannes und wich selbst einen Schritt zurück.

»Pass auf, Johannes!«, rief Sophia.

Der Mann torkelte weiter auf das Brett.

»Verdammt! Bleiben Sie stehen!«, schrie Johannes ihn an. Diesmal zeigte sein Befehl Wirkung. Aber er sah in den Augen des Mannes, dass er nicht wegen seiner Worte innegehalten hatte. Das Leben wich aus ihm. Er stürzte erneut, dieses Mal aber zur Seite, in die Tiefe.

Johannes hörte den dumpfen Aufprall des Körpers, der so schnell verhallte, als hätte es ihn nie gegeben. Ein Geräusch, das man nie vergessen konnte. In der Luft hing der herbe Geruch nach warmem Blut.

Johannes drehte sich um. Sophia starrte ihn aus tränennassen Augen an, hob ihm ihre freie Hand entgegen. Er ging auf sie zu. Nein, er schaffte nur einen Schritt. Ein Blitz durchfuhr sein Bein. Es fühlte sich an, als würden alle seine Muskeln mit einem Mal zerreißen. Das Stechen hob ihn von den Beinen.

»Nein«, schrie Sophia entsetzt auf.

Johannes spürte, wie er den Boden unter sich verlor. Er bekam das Brett mit den Händen zu fassen, eine Hand rutschte weg, bis sein ganzes Gewicht nur noch an den Fingern seiner Rechten hing. Er spürte, wie sein Blickfeld sich verengte. Dann tauchte Sophia darin auf. Sie wollte seine Hand packen, griff aber ins Leere. Johannes fühlte, dass sein Halt am blutigen Brett schwächer wurde. Nur Sophias Gesicht gab ihm Kraft. Doch dann hielt er plötzlich nichts mehr. Er stürzte in die Tiefe.

Johannes öffnete die Augen. Er wusste um jeden gebrochenen Knochen in seinen Beinen, die aufgerissene Seite, die von Rippen durchbohrte Lunge und die zertrümmerte Wirbelsäule. Aber er fühlte keinerlei Schmerz. Nicht ein bisschen. Das war ein Trost.

Ernst war da und passte auf ihn auf. Er war älter geworden, trug einen grauen Vollbart und zog eine goldene Taschenuhr aus seiner eleganten Weste. Als er sie öffnete, erklang eine zarte Melodie. Mutters Stimme ertönte dazu. Johannes hatte das Lied seit Kindertagen nicht mehr gehört.

»*Schlafe, mein Prinzlein, schlaf ein*«, sang sie und lächelte ihn dabei liebevoll an. »*Es ruh'n Schäfchen und Vögelein.*« Sie war so jung und schön! Und küsste im nächsten Augenblick den Vater, ebenfalls jung und stramm, ein Kerl voller Tatendrang, der Johannes nach dem Kuss anerkennend und stolz zunickte.

»*Garten und Wiese verstummt*«, ging das Lied weiter. »*Auch nicht ein Bienchen mehr summt.*«

August und seine Frau hatten eingestimmt, umringt von vielen Kindern. Ida stieß dazu, Liesbeth und Erika lachten im Hintergrund mit Elsa und Urban Heim.

»*Alles besorgt und bereit, dass nur mein Prinzchen nicht schreit.*«

Hinter ihnen standen noch so viele andere: Viktor und Erhard winkten ihm zu, daneben tauchten Flip und Andreas Schwär auf, Jennifer im Arm von John Francis, die Winterhalter-Brüder und sogar Königin Victoria mit Prinz Albert. Und schließlich kam Andreas Löffler Arm in Arm mit Hedwig ins Bild. Sie löste sich von ihm und näherte sich Johannes. Sie ergriff seine Hand. Sie schenkte ihm ein strahlendes Lächeln, beugte sich über ihn und küsste ihn zart auf die Stirn, bevor sie zurück zu Andreas ging.

»*Was wird es künftig erst sein? Schlafe, mein Prinzchen, schlaf ein.*«

Das Lied war zu Ende. Alle winkten noch einmal und machten sich auf den Weg. Gott wusste, wohin er sie führen würde. Ein tiefes, sattes Schwarz wuchs rund um Johannes' Blickfeld und legte sich still und friedlich über die grünen Wiesen, die dunklen Wälder, den blauen Himmel.

»*Schlaf ein, schlaf ein*«, hallte das Lied nach.

Doch dann kam noch etwas in sein Blickfeld. Ein Engel, der kam, um ihn im Himmel zu empfangen. Ein Engel mit rotem Haar und strahlenden Sommersprossen. Das Letzte, was Johannes spürte, war eine Träne, die aus ihrem Auge auf seine Wange tropfte. Er lächelte, als sich die Schwärze in ein goldenes Licht verwandelte, von dem er von nun an ein Teil war.

 EPILOG

London, Sommer 1844

Ernst hatte von Mister Sackville-West einen so dicken Schlüsselbund erhalten, dass man sich damit sicherlich zu jeder Kammer des Buckingham Palace Zutritt verschaffen konnte. Zumindest hatte er das gesagt. Und wie er von Zimmer zu Zimmer feststellen konnte, hatte der Lord Chamberlain offenbar nicht übertrieben. Kam er zu einer verschlossenen Tür, klopfte Ernst zuerst, wartete exakt zehn Sekunden, bevor er ein zweites Mal etwas heftiger klopfte. Gab es in den kommenden zehn Sekunden kein Geräusch und auch sonst keine Reaktion, probierte er so lange die Schlüssel durch, bis er den passenden gefunden hatte. Er befestigte die Schlüssel in einer neuen Reihenfolge an dem Bund, sodass er beim nächsten Durchgang nicht mehr suchen musste.

Mit sich führte Ernst ein großes, leeres Buch, in das er die Räume eintrug und die Uhren, die sich darin befanden. Es gab wundervolle Uhren im Palast! Bei jeder einzelnen ging sein Herz auf. Er warf einen Blick ins Werk, entfernte den gröbsten Staub mit einem Ziegenhaarpinsel, und, wo nötig, stellte er sie nach seiner guten Taschenuhr, in der das Werk tickte, das er im vergangenen Jahr mit Edward John Dent entwickelt hatte. Jede Uhr trug er in sein Buch ein und notierte sich, was daran zu machen war. Das reichte vom täglichen Aufziehen über eine ausgiebigere Reinigung bis zur Reparatur von ein paar Uhren, die ihren Dienst wohl schon seit Jahrzehnten versagten.

Ja. Das war eine Aufgabe nach seinem Geschmack. Dazu hatte

er im obersten Geschoss einen Raum bekommen, in dem er seine Werkstatt einrichtete. Als er eintrat, fiel durch die Fenster, die auf den Palastgarten hinausgingen, wundervoll weiches Tageslicht herein.

Im Schwarzwald hätten sich zehn Uhrmacher diesen Raum als großzügige Werkstatt geteilt. Hier hatte er ihn allein für sich und seinen neuen Gehilfen: Morgen würde Flip zu ihm stoßen.

Ernst setzte sich gerade hin, da klopfte es an der Tür. Es war Sophia, die ihn abholen wollte. Wie jeden Tag seit Johannes' Tod vor zwei Jahren trug sie ein schwarzes Kleid und eine Haube aus geschwärzter Spitze. Immerhin hatte sie nach langer Zeit wieder zu lächeln gelernt.

»Du wirst ja schon grau, Ernst«, sagte sie.

Er blickte sie fragend an.

»Ich sehe ein graues Haar in deinem Bart.«

Ernst lächelte zurück. Er stand auf und folgte ihr ins Treppenhaus.

»Wie geht es den Kindern?«, fragte er.

»Vicky ist großartig wie immer, Bertie ein großer Tollpatsch, aber liebenswert, und Alice zahnt im Moment gerade wieder und hält uns alle auf Trab.«

»Wann kommt das neue Kind?«, fragte er.

»In zwei Monaten. Die Königin kann es kaum erwarten, dass es endlich auf die Welt kommt. Sie mag es überhaupt nicht, schwanger zu sein.«

»Aber es zu werden, wie es scheint.«

»Ernst!«, schalt Sophia ihn lachend aus. »So etwas darfst du nicht sagen, wenn irgendjemand es hören könnte! Aber es stimmt. Das würde sie wahrscheinlich selbst bestätigen.«

Draußen erwartete sie eine große Kutsche mit vier Pferden. Zwei Kutscher hockten auf dem Bock, ein Page stand an der Kutschentür. Ein paar Schritte entfernt unterhielten sich Franz Xaver und Hermann Winterhalter. Die Brüder waren seit dem ersten Besuch vor zwei Jahren schon das dritte Mal in London und logierten seit einer Woche im Palast.

»Wunderbar. Dann können wir ja losfahren«, sagte Hermann.

Sophia plauderte mit den beiden Malern, während Ernst zum Fenster hinausschaute. Vom Regent's Park aus hielten sie sich weiter nördlich. Hier wurde es ganz ländlich: Hohe Bäume beschatteten die gut ausgebauten Straßen in die Vororte, sie fuhren an alten Gehöften vorbei, an Teichen voller Fische und an kleinen Wäldern, in denen Rehe und Füchse lebten. Es war ein wunderschöner, warmer Tag – wie vor zwei Jahren.

»Es ist eine Schande, dass er das Bild nie zu Gesicht bekommen hat«, sagte Hermann. Sophia nickte traurig. Ernst hatte es schon mehrfach gesehen. Es hatte auf Wunsch der Königin einen Platz in der National Gallery gefunden. Sophia kam nicht gern mit, es anzuschauen. Zum einen, weil sie erkannt wurde, wenn sie davorstand, zum anderen, weil es sie zu sehr an Johannes erinnerte.

»Wir sind da«, rief einer der Kutscher. Das Gefährt hielt an.

Sie betraten den Highgate Cemetery durch das große, von Steinsäulen eingefasste Tor und spazierten zum Grab seines Bruders.

Johannes war vom mittleren Turm des Westminster Palace bis auf den Boden der achteckigen Central Hall hinuntergestürzt. Als Sophia ihn erreichte, hatte sie ihn noch lebend vorgefunden, aber er war nur Augenblicke später in ihren Armen gestorben. Für Ernst fühlte es sich an, als hätte man ihm ein Stück seines Herzens aus der Brust gerissen. Den ganzen Sommer lang hatte ein Nebelschleier über London gehangen. Zumindest war es Ernst so vorgekommen.

Johannes war eine Woche nach seinem Tod beerdigt worden. Selbst die Königin und der Prinz waren bei der Trauerfeier zugegen gewesen. Dafür hatte die Familie aus dem Schwarzwald gefehlt, was Ernst sehr bedauerlich fand. Er hatte sie mit einem Brief informiert. Die Antwort der Mutter hatte er auf dem frischen Grab in eine Mulde gelegt und eine Eiche darüber gepflanzt.

»Sie wächst gut«, sagte Sophia und holte etwas Wasser, das sie auf das kleine Bäumchen goss.

Franz Xaver Winterhalter spazierte durch die Reihen des parkartig angelegten Friedhofs und betrachtete sich die aufwendig gestalteten Grabanlagen. Hermann saß auf einer nahen Bank und skizzierte die Aussicht mit Kohle auf einem Block.

Sophia berührte zärtlich den Grabstein und sprach mit Johannes. Sie sagte ihm, wie sehr sie ihn vermisse.

Die Arbeit in der Nursery hatte Sophia drei Monate nach der Beerdigung wieder aufgenommen. Ernst und sie hatten zuvor den Laden aufgelöst. Ernst war zunächst in der Wohnung darüber wohnen geblieben. Wie Sophia in ihrer, in die bald eine neue Mitbewohnerin ziehen würde.

Denn Jennifer war nicht mehr da. Das Urteil gegen John Francis hatte auf Hochverrat gelautet. Die Strafe dafür stammte noch aus alten Zeiten: Nach dem Erhängen sollten ihm der Kopf abgetrennt und der Körper geviertelt werden. Die Königin hatte diese martialische Strafe in eine lebenslange Verbannung umgewandelt. Zwei Monate nach dem Attentatsversuch hatte er mit Jennifer und seiner Tochter Cathrin einen Segler nach Australien bestiegen. Diesen März war ein Brief von Jennifer eingetroffen, in dem sie berichtete, dass sie einen Jungen zur Welt gebracht hatte.

Légat oder Turner oder wie immer der Mann geheißen haben mochte, hatte die Männer im Hintergrund nicht genannt. Die Spuren hatten wohl Schlüsse in mehrere Richtungen offengelassen. Eine wies auf den Onkel der Königin, den Duke von Cumberland und König von Hannover. Eine andere hatte mit Légats französischen Wurzeln zu tun. Aber soweit Ernst wusste, hatte man keine belastbaren Beweise finden können.

»Ernst?«, weckte Sophias Stimme ihn aus seinen Gedanken. »Sollen wir wieder fahren?«

Ernst warf einen Blick auf seine Uhr. Mehr als eine Stunde stand er schon hier an Johannes' Grab. Sein großer Bruder fehlte ihm ungemein. Wenn eine Entscheidung zu treffen war, fragte er sich immer, was Johannes wohl dazu gesagt hätte. Zum Beispiel als Edward John Dent ihn gefragt hatte, ob er mit ihm das genaueste Uhrwerk der Welt entwickeln wolle. Und auch als Ernst Dent zusagen sollte, ihm später beim Bau des Uhrwerks für den *Clocktower* zu helfen. Bis es so weit war, würde er alle Uhren in Buckingham Palace inventarisieren, reparieren, warten und pflegen. Und nebenbei mit ein paar Ideen experimentieren, die ihm schon seit Jahren durch den Kopf gingen.

Und dann war da noch Mary, ein neues Zimmermädchen, das vor einem knappen Monat ihre Arbeit im Palast begonnen hatte. Sie war klein und zart gebaut, hatte helles Haar und dunkle, glänzende Augen. Ihr schüchternes Lächeln, wenn sie sich auf den Fluren begegneten, fühlte sich an wie ein Sonnenaufgang. Wenn Ernst sie sah, vergaß er die Zeit. Johannes hätte sicherlich gewusst, wie Ernst ihr Herz gewinnen konnte. Jetzt würde er es allein herausfinden müssen.

ENDE

NACHWORT UND DANK

*I*n allen meinen historischen Romanen treffen fiktive Charaktere auf historisch belegte Persönlichkeiten. Dies gilt auch für die Teile meiner Geschichte, die in St. Märgen spielen. Während die Faller-Brüder Johannes und Ernst sowie die Mitglieder ihrer Familie und manche Figuren aus ihrem Umfeld meiner Fantasie entsprungen sind, gibt es auch hier reale Personen. In St. Märgen weiß man noch viel über die alten Häuser und Höfe und deren frühere Bewohner. Einigen von ihnen habe ich eine Rolle in dieser Geschichte gegeben. Egidius Riesle zum Beispiel, der nach seinem Verschwinden typisch alemannisch als »der Beschisser« benannt wurde.

Auch Andreas Löffler gab es wirklich. Er ging 1839 ins Uhrenland, nach England. Der Briefwechsel mit seinem Vater war mir eine wichtige Quelle zum Leben der Schwarzwälder im Ausland. In den Briefen findet sich auch ein besonderer Gruß an eine namenlose Magd auf dem Hof der Familie Hummel. Offenbar handelte es sich bei ihr um Andreas' Liebchen. In meinem Roman heißt sie Hedwig – wer sie wirklich war, weiß ich nicht. Auf jeden Fall wartete sie vergeblich, denn Andreas Löffler sollte nicht mehr aus dem Uhrenland zurückkehren. Nach zwei Wochen plötzlicher Krankheit verstarb er am 1. Dezember 1843.

In England treten besonders viele reale Personen in Erscheinung. Die bekannteste ist natürlich Königin Victoria. Ich habe versucht, mich so eng wie möglich an ihrer sehr detailliert belegten Biografie entlangzubewegen. Das Attentat durch John Francis und die erneute Ausfahrt einen Tag später, bei der er dann ergriffen wurde, entsprechen in großen Teilen der historischen Überlieferung. Dass die Queen ihn nach dem Mordversuch in Buckingham Palace persönlich verhörte, ist allerdings Fiktion. John Francis wurde jedenfalls auch im wahren Leben nach Australien deportiert. Dort hat er geheiratet und mit seiner Frau zehn Kinder bekommen.

Zwei andere Persönlichkeiten der Zeit sind Franz Xaver und Hermann Fidel Winterhalter. Zahlreiche ihrer Gemälde befinden sich auch heute noch im Besitz der Krone und werden hoch geschätzt. Ein Angehöriger des Hauses Baden berichtete mir vor ein paar Jahren, wie Prince Charles ihm bei einem Besuch in Buckingham Palace abends noch Winterhalter-Gemälde zeigte. In Deutschland werden die Brüder viel zu selten mit Ausstellungen gewürdigt. In ihrem Heimatort Menzenschwand befindet sich aber ein kleines, von einem Verein getragenes Museum, das die Erinnerung an die Namen der berühmten Söhne mit viel persönlichem Engagement wachhält.

Victoria und Franz Xaver Winterhalter verband eine lange dauernde Geschäftsbeziehung und wohl auch Freundschaft. Viele Jahre begrüßte die Königin ihr »Winterchen«, wie sie ihn nannte, zu Besuchen in England. Insgesamt verbrachte er dreißig Monate am englischen Hof.

Eine weitere wichtige Figur ist Edward John Dent, der das Uhrwerk für den Clocktower baute, der heute offiziell Elizabeth Tower heißt, aber den meisten wohl als Big Ben ein Begriff sein dürfte. Der Westminsterpalast war vor der Handlungszeit dieses Romans zu großen Teilen ein Opfer der Flammen geworden. Beim Neubau wollte man auch einen großen Uhrenturm integrieren. Dent selbst starb vor dem Bau der Uhr. Dass er eine uneheliche Tochter namens Sophia hatte, wurde ihm von mir angedichtet.

Im Personenverzeichnis finden Sie die wichtigsten Figuren der Handlung aufgestellt. Die mit einem realen Hintergrund habe ich mit einem Stern markiert, auch Nebenfiguren wie etwa Charles Elmé Francatelli, den obersten Koch Ihrer Majestät, der tatsächlich das Eis in der Waffel erfunden haben soll.

Nach so vielen Nachworten möchte ich den Dank kurzhalten. Er geht von Herzen an alle am Buch Beteiligten.

Ausdrücklich zu erwähnen sind Stefanie Heinen vom Lektorat im Verlag für die Koordination des Romanprojekts und Ulrike Brandt-Schwarze für ihre gewissenhafte und einfühlsame Lektoratsarbeit am Text.

Ein besonderer Dank gilt meiner Frau, Daniela Bianca Gierok, für ihre große Unterstützung bei allen Problemen, fürs Mutmachen, wenn ich zweifelte, die Geschichte zu Ende bringen zu können, und ihre unschätzbare Expertise als ehrliche Erstleserin.

Aber mein größter Dank gilt Ihnen, liebe Leserinnen und Leser. Ihre Fantasie und Lust, neue Welten und Zeiten zu entdecken, machen es mir möglich zu tun, was ich liebe: Sie zu unterhalten.

Ralf H. Dorweiler
im August 2021